FRANCIA

DELLO STESSO AUTORE
PRESSO LE NOSTRE EDIZIONI:

Il sole dei morenti
Marinai perduti
Vivere stanca
Aglio, menta e basilico. Marsiglia, il noir e il Mediterraneo

LA TRILOGIA DI FABIO MONTALE

Jean-Claude Izzo

LA TRILOGIA DI FABIO MONTALE

1. Casino totale
2. Chourmo
3. Solea

*Con una biografia inedita di Jean-Claude Izzo
a cura di Nadia Dhoukar*

edizioni e/o

Edizioni e/o
Via Camozzi, 1
00195 Roma
info@edizionieo.it
www.edizionieo.it

La traduzione dal francese dell'introduzione è di Cinzia Poli
La traduzione dal francese dei romanzi è di Barbara Ferri

Copyright © 2006 by Éditions Gallimard, Paris
Copyright © 2011 by Edizioni e/o

Sesta ristampa: luglio 2020

Titolo originale: *La trilogie Fabio Montale*
Titolo originale *Casino totale*: *Total Khéops*
Titolo originale *Chourmo*: *Chourmo*
Titolo originale *Solea*: *Solea*

Grafica e foto in copertina/Emanuele Ragnisco
www.mekkanografici.com

ISBN 978-88-7641-962-1

Introduzione

Jean-Claude Izzo.
Il percorso di un uomo

> *«Io abiterò il mio nome» fu la tua risposta
> ai questionari del porto.*
> Saint-John Perse, Esilio

Ripercorrere il cammino di un uomo è un esercizio rischioso, soprattutto quando le testimonianze scritte sono scarse o inesistenti. L'uomo Izzo appartiene a coloro che lo hanno conosciuto o amato. Ma Jean-Claude Izzo è anche uno scrittore apparso e scomparso nel cielo della letteratura poliziesca francese come una meteora; una meteora folgorante e inafferrabile, i cui romanzi custodiscono una luce che varia di intensità a seconda del momento, della nostra posizione sulla Terra, a seconda che i nostri occhi siano aperti e il nostro cuore predisposto.

La sua scrittura è di una sensibilità viva; il suo cammino lo è altrettanto. Jean-Claude Izzo non era un individuo eccezionale. Spesso aveva le mani bucate e gli ufficiali giudiziari alle costole; gli aspetti prosaici della realtà lo ripugnavano. Ma ha concesso a ognuno, a tutti qualcosa di unico. «Siamo belli soltanto attraverso lo sguardo dell'altro. Di chi ti ama[1]*»: Jean-Claude Izzo ha amato, con poche parole, pochi gesti, posando uno sguardo che a ognuno conferiva umanità, con tutte le sue caratteristiche, i colori, le debolezze... I familiari e gli amici ve lo diranno: «tornav[a] a terra sempre pieno di bontà per gli uomini*[2]*»...*

Sono nato a Marsiglia, nel 1945, in rue Ferdinand Brunetière; ma questo non ha alcuna importanza[3]

---

[1] *Solea*, pp. 532-533.
[2] *Chourmo*, p. 338.
[3] Scritto privato dell'autore.

Suo padre, Gennaro Izzo detto "François", è italiano, originario di Castel San Giorgio, un paese nei dintorni di Napoli, lo stesso di Fabio Montale. Ha appena tredici anni quando negli anni Trenta raggiunge a Marsiglia la sorella, sposata con un uomo sospettato di appartenere al milieu[4]. *Jean-Claude Izzo presterà i ricordi che conserva di lui a Félix in* Solea. *Su intercessione del cognato, Gennaro diventa barista in un caffè di place de Lenche, come Fonfon*[5], *mestiere che svolgerà per tutta la vita.*

Sua madre, Isabelle Navarro detta "Babette", è di origine spagnola. Nasce nel 1918 al 6 di rue des Pistoles, nel quartiere del Panier. Lavora come sarta sia a domicilio che per i grandi magazzini, e farà anche la commessa e l'operaia. Si incontrano in una sala da ballo e si sposano il 13 luglio 1940 nella cattedrale della Major, nel II arrondissement.

Nel gennaio del 1943 la coppia vive sulla propria pelle l'evacuazione del Panier ordinata dai tedeschi, episodio ricordato in Casino totale. *Dal 22 al 28 gennaio 1943, due mesi dopo l'arrivo dell'esercito tedesco a Marsiglia, viene compiuto un rastrellamento in tutti i quartieri del centro città. Gennaro è arrestato e spedito in un campo di lavoro nel Nord della Francia; riesce tuttavia a fuggire dal treno e a raggiungere la moglie, rifugiatasi con i parenti nel quartiere della Valentine a Marsiglia. Qui la famiglia resta per un anno prima di trasferirsi al 6 di rue Ferdinand Brunetière, dove l'anno successivo nascerà Jean-Claude Izzo.*

Sola, in fondo alla strada, una stazione ha segnato la mia infanzia[6]

È la stazione della Blancarde, situata nell'omonima via che il giovane Jean-Claude percorre regolarmente per andare alla scuola elementare e poi alle medie in boulevard Boisson. In questo

---

[4] Gli ambienti della malavita. [N.d.T.]
[5] Cfr. *Chourmo*.
[6] Scritto privato dell'autore.

quartiere del IV arrondissement di Marsiglia Jean-Claude Izzo vivrà per più di vent'anni.

Il 28 ottobre viene battezzato al Sacré-Cœur Sainte-Calixte. Figlio unico, nonostante la timidezza stringe facilmente amicizia con i compagni. Ci restano pochi ricordi d'infanzia, scomparsi insieme alle persone con cui Jean-Claude Izzo li ha vissuti. Qualche frammento emerge nel racconto "Une rentrée en bleu de Chine"[7]; inoltre, sebbene il padre di Montale sia tipografo e non barista, l'autore e il suo protagonista condividono certe memorie: «Andava al giornale verso le cinque di pomeriggio. Ero cresciuto nella sua assenza. [...] Non ho mai saputo se mio padre avesse avuto delle amanti. Amava mia madre, ne ero certo, ma la loro vita per me restava un mistero[8]».

In seguito, verso il 1995, Jean-Claude Izzo tenterà di ricostruire la vita del padre, le sue relazioni con eventuali amanti e anche i rapporti con il milieu *marsigliese. Una cosa è certa: passa l'infanzia all'ombra di un padre assente ma amato, accanto a una madre attenta e dolce, ma rassegnata e debole. Con la famiglia trascorre spesso le vacanze in Italia, di cui da adulto non conserverà un buon ricordo, soprattutto perché non ne capisce la lingua. Anche la madre di Montale è di origine spagnola ma, al pari del suo personaggio, l'autore non vivrà, evocherà né esplorerà mai le proprie radici spagnole.*

La carriera scolastica di Jean-Claude Izzo è emblematica di un'ingiustizia. Benché studi con profitto e senza intoppi, alla fine della scuola media il giovane Izzo viene indirizzato al liceo tecnico. A quei tempi per i ragazzi di origini modeste era quanto mai difficile avere accesso a scuole non professionali: erano destinati ai mestieri manuali come i loro genitori. E così, negli anni Sessanta Jean-Claude Izzo si ritrova d'ufficio a studiare per un di-

---

[7] «Corremmo fino a scuola, che era in fondo al boulevard Boisson, uscendo di casa, a destra». Cfr. "Une rentrée en bleu de Chine" nella raccolta di racconti *C'est la rentrée*, collezione Librio, Éditions Flammarion, 1997.
[8] *Casino totale*, p. 158.

ploma di tornitore-fresatore al liceo dei Remparts, in boulevard de la Corderie.

A scuola si annoia. Rimpiangerà sempre e amaramente di non aver potuto frequentare scuole diverse. Ciò che studia non gli piace, e all'esame finale viene bocciato. In quegli anni trova conforto nel gruppo dell'oratorio di rue Rostand, un luogo d'incontro per studenti del liceo, aperto nel 1962 in un convento di domenicani. *Qui gli adolescenti imparano a conoscersi, a discutere dei propri problemi e più in generale delle questioni sociali. È lì che Jean-Claude Izzo trascorre il tempo libero e con i compagni condivide anche le vacanze in campeggio nel Vercors o sulle Alte Alpi.*

L'esperienza con il gruppo è determinante nella formazione della personalità di Jean-Claude Izzo per due motivi: i fondatori sono uomini di fede e praticanti; i suoi primi contatti con la religione avvengono quindi in un clima di uguaglianza e fratellanza. D'altronde, l'altruismo, la generosità e la tolleranza sono i valori basilari dell'associazione, che organizza ogni settimana un dibattito su temi scelti dai giovani stessi, e ai quali intervengono persone di ogni tipo, dal ginecologo allo storico passando per la prostituta. Fin dalla sua creazione il gruppo dà vita a un giornale, Le Canard technique, *di cui Jean-Claude Izzo diventa caporedattore. Prime lettere, dunque, primi passi nel giornalismo.*

Le Canard technique *si compone di una quindicina di pagine, dedicate ai temi scelti dai membri che perlopiù prediligono argomenti d'attualità o riflessioni filosofiche. Il giovane Jean-Claude Izzo si occupa dell'assegnazione, della correzione e dell'impaginazione degli articoli, e ne scrive lui stesso parecchi. Tanto nella scrittura quanto negli intenti, mostra una maturità singolare:* «L'inchiesta sulla fame si è conclusa, ma sarebbe puerile credere che il problema della fame sia risolto. No! [...] La lotta può e deve essere condotta a tutti i livelli e in tutti i paesi, *poiché già porre il problema ci aiuta ad avvicinarci alle soluzioni; sostenere le iniziative dei governi in favore di un disarmo progressivo e controllato significa anche, per il futuro, rendere possibile l'appoggio finanziario delle grandi nazioni [...]. Soprattutto non mettete via questo giornale, non ignorate il problema. Pensateci, prendete in considerazione questo dramma e, anche se vi dite come me: "Da solo non posso fare niente", sappiate che è l'opinione pubblica a guidare il paese, e che voi ne fate parte*[9]».

Anche dopo aver lasciato il liceo Izzo continuerà a collaborare al giornale fino al 1967. Nel frattempo l'oratorio apre un cineclub che incontra i suoi favori e Jean-Claude Izzo diventa un appassionato di cinema. Negli anni che trascorre in quell'ambiente, dopo essersi smarrito a causa della scuola, cerca se stesso con grande determinazione. Poco loquace, riservato e pudico, utilizza la scrittura per evocare la miseria, in particolare quella del terzo mondo, tema a cui è molto sensibile. Scrive tanto, ama il jazz e Rimbaud, ma anche l'autore di una frase che probabilmente già nell'adolescenza ha fatto sua, sperimentato e messo in pratica: «[...] la profonda sofferenza di tutti i prigionieri e di tutti gli esiliati [...] è di vivere con una memoria che non serve a nulla[10]»: *Albert Camus. Fin da ragazzo Jean-Claude Izzo ha voluto lottare. Contro l'oblio. Per la memoria.*

Tentare di capire cos'era la vita[11]

Forse l'esperienza del Canard technique *lo rende consapevole del bisogno interiore di impegnarsi. Le parole gli servono, ma non bastano. Intorno al 1962-1963 si unisce al gruppo cristiano Pax Christi, il movimento internazionale per la pace che attraverso marce, mostre, riflessioni e dibattiti predica la non violenza. Jean-Claude Izzo vi militerà fino al 1968. Nel frattempo, ancora minorenne, insieme ad alcuni amici mette in piedi una*

---

[9] *Le Canard technique*, marzo 1963, n° 6. La messa in evidenza è dell'autore.
[10] Albert Camus, *La peste*, in *Le opere*, UTET, Torino 1965 (trad. di Beniamino Dal Fabbro), p. 173.
[11] *Casino totale*, p. 52.

sala da ballo nel quartiere della Plaine. L'impresa è redditizia, ma sarà costretta a chiudere per le lamentele dei vicini.

Jean-Claude Izzo viene allora assunto nella libreria cristiana La Clairière, in rue Grignan. Sottopagato, sfruttato, lavora più di cinquanta ore la settimana, ma adora quell'impiego. Sicuramente per la complicità con i libri, e anche per la personalità del proprietario, che gli dà una mano e vorrebbe lasciargli il negozio una volta andato in pensione: come Antonin che Fabio ricorda in Casino totale... *Nonostante gli sforzi, tuttavia, il libraio non può garantirgli il posto.*

Il giovane Izzo lascia quindi Marsiglia alla volta di Tolone, verosimilmente nel 1964, e offrirà due versioni per spiegare la sua partenza. È il tempo del servizio militare, e si reca a Tolone come Montale: «È lì che avevo fatto il militare di leva. Avevo visto i sorci verdi[12]». *Gli amici di allora ricordano una chiamata alle armi che Izzo rifiuta in nome delle idee difese con Pax Christi. Viene così spedito in un battaglione di disciplina a Gibuti, dove resta per quasi due anni e dove, a quanto pare, comincia anche uno sciopero della fame. Ma Gibuti era stata una meta di Rimbaud, e Jean-Claude Izzo racconterà anche di essersi arruolato volontario per partire pur non avendone i mezzi e viaggiare sulle tracce del poeta maledetto. Potremmo sempre ristabilire la verità, ma in fondo che importanza ha? Ciò che l'uomo dice della propria vita è istruttivo e rivelatore quanto la vita stessa. Le fotografie, le lettere e gli articoli per* Le Canard technique *testimoniano di quel periodo in Etiopia, non delle circostanze che in ogni caso, come lo stesso Izzo riconosce, furono difficili. Montale evocherà più volte il suo viaggio, per esempio in* Solea: «Mi ero appena arruolato nelle truppe coloniali. Destinazione Gibuti. Per fuggire da Marsiglia. E dalla mia vita[13]».

Nel 1966, di ritorno a Marsiglia, Jean-Claude Izzo si schiera a fianco di Pax Christi contro la guerra del Vietnam e le bombe atomiche nell'altopiano di Albion. La breve permanenza alla libreria

---

[12] *Chourmo,* p. 336.
[13] *Solea,* p. 521.

Flammarion sulla Canebière sembra quasi un presagio. Sempre in questo periodo conosce la futura prima moglie, che sposerà nel 1969 e da cui avrà un figlio nel 1972. Nel 1967 la Chiesa richiama all'ordine Pax Christi, ritenendo il movimento troppo impegnato: la maggior parte dei membri confluisce allora nel PSU, *il Partito socialista unificato, e Jean-Claude Izzo ne diventa un militante attivo. A Marsiglia e Aix-en-Provence manifesta, distribuisce volantini, affigge manifesti e si candida alle elezioni nell'VIII arrondissement. Ma alla fine trova che il* PSU, *seppure impegnato in una riflessione politica, agisca poco. Ad agosto, quando il* PCF, *il Partito comunista francese, disapprova l'invasione della Cecoslovacchia da parte dell'esercito del patto di Varsavia, Jean-Claude Izzo si iscrive a questo partito. Si tratta della sua più lunga, ma anche ultima adesione politica.*

Qui, bisogna schierarsi. Appassionarsi. Essere per, essere contro. Essere, violentemente[14]

Per "qui" si intende Marsiglia. E prima di proseguire la nostra incursione nella vita di Jean-Claude Izzo è doveroso soffermarci su questa città, senza la quale non potremmo capire appieno l'impegno dell'uomo Izzo.

Marsiglia è prima di tutto un porto, con le merci, gli scambi e i viaggi che ne sono l'anima. La sua storia è legata al mare ma non solo: anche l'industria ha giocato un ruolo fondamentale. Fra il 1945 e il 1975 la crescita economica attira in città più di 300.000 persone da ogni angolo di Francia, rimpatriati d'Algeria e immigrati. Negli anni Sessanta Marsiglia conosce una profonda ricomposizione sociale, una mescolanza di genti che finiscono per diventare molteplici punti di riferimento culturali e religiosi.

Lo spazio urbano si modella a partire da queste trasformazioni. A nord della Canebière i quartieri popolari dove Montale lavora in Casino totale: *un agglomerato di 80.000 case popolari che ospita*

---

[14] *Casino totale*, p. 69.

più di 250.000 abitanti e dove il tasso di disoccupazione è il doppio rispetto alla media. A sud i quartieri ricchi. Fra il 1975 e il 1990 il comune perde più di 70.000 posti di lavoro fra industria ed edilizia, e i primi a rimetterci sono gli immigrati e i loro figli nati sul territorio francese, come Mouloud, che «ci credeva nel sogno dell'immigrazione. Fu uno dei primi a essere assunto ai cantieri di Fos-sur-Mer, alla fine del 1970. [...] Al primo lingotto d'acciaio fuso, Fos era già solo un miraggio. [...] Migliaia di uomini rimasero col sedere a terra. E con loro, Mouloud[15]». Da lì trae origine una crisi sociale che è tuttora in corso.

I cambiamenti che la città ha vissuto nell'arco di quarant'anni hanno spinto la gente a lottare. Lottare per il lavoro. Lottare per la giustizia sociale. Lottare contro l'intolleranza. Contro la povertà. L'hanno spinta a impegnarsi politicamente. Ancora oggi esiste una rete di associazioni incredibilmente fitta. Marsiglia ha conosciuto le stesse trasformazioni di tutte le grandi città francesi, esacerbate però dalla sua posizione di crocevia e da una storia interamente legata allo scambio, alla condivisione e all'apertura. Ovviamente Jean-Claude Izzo avrebbe potuto militare anche se fosse nato in un'altra città; ma essendo nato a Marsiglia lo fa con tanto più ardore, dato che per tutta l'infanzia ha frequentato famiglie politicamente impegnate, e ha vissuto la città negli anni della metamorfosi. E nel mettere in luce l'ambivalenza della città Montale si fa portavoce dell'autore. Marsiglia genera e racchiude in sé la miseria, come testimoniano i quartieri nord; ma la sua storia, gli uomini, la luce e il mare, questa «città, [...] trasparente. Rosa e blu nell'aria immobile[16]» rappresentano per il futuro un mondo di speranze.

Città dai molteplici volti, vero e proprio personaggio della Trilogia, Marsiglia è all'origine della coscienza – nel senso più forte del termine – di Jean-Claude Izzo. È «un'utopia. L'unica utopia del mondo. Un luogo dove chiunque, di qualsiasi colore, poteva

---

[15] *Casino totale*, p. 85.
[16] *Solea*, p. 555.

scendere da una barca o da un treno, con la valigia in mano, senza un soldo in tasca, e mescolarsi al flusso degli altri. Una città dove, appena posato il piede a terra, quella persona poteva dire: "Ci sono. È casa mia". Marsiglia appartiene a chi ci vive[17]».

Oggi nel mondo il comunismo è solo un cumulo di ceneri fredde[18]

Nel 1969 Jean-Claude Izzo è segretario di sezione del PCF alla Plaine. Parlando del proprio futuro si immagina libraio. O giornalista...

Propone alcuni articoli al giornale comunista La Marseillaise, *menzionato più volte nella* Trilogia, *e ne riceve l'incarico di seguire il cantiere di Fos-sur-Mer, eterna piaga della storia marsigliese. In periferia, infatti, viene eretta una vera e propria città attorno al paesino di Fos-sur-Mer dove, sotto la responsabilità del porto autonomo di Marsiglia, si apre un enorme cantiere per costruire l'Europort du Sud. Si prospettano straordinarie opportunità di lavoro e vengono reclutati migliaia di operai.* La Marseillaise *affida a Jean-Claude Izzo il compito di raccontare le varie fasi del cantiere.*

Come militante, Izzo collabora inoltre con il municipio di Port-de-Bouc e concentra il suo impegno sulla cultura e la memoria operaie. Port-de-Bouc è una città portuale appena nata, senza memoria, i cui abitanti appartengono a culture e religioni diverse. Jean-Claude Izzo opera a fianco dei politici per diffondere l'idea di comunanza e contribuire alla nascita di una memoria operaia della città. Coltiva anche il progetto di riunire tutte le comunità attorno a una grigliata di sardine e, cinepresa alla mano, realizzare ritratti degli abitanti. Ma come Fos-sur-Mer, anche Port-de-Bouc è una chimera: negli anni Settanta l'industria crolla, le fabbriche chiudono, gli operai vengono licenziati. Intere città sono in lutto.

Nel 1971 Jean-Claude Izzo, ancora collaboratore esterno al

---

[17] *Casino totale*, p. 224.
[18] *Chourmo*, p. 280.

giornale, entra come bibliotecario nel comitato aziendale della Shell, a Martigues, incarico che ricoprirà per un anno, il tempo di fare le prime acquisizioni per la biblioteca. Viene quindi assunto alla Marseillaise, *dove rimarrà fino al 1979, come vice caporedattore per le pagine culturali. Sono begli anni, questi, in cui l'autore concilia tre passioni: scrivere, militare e nutrirsi di cultura. Segue il Festival di Avignone, si interessa a varie manifestazioni di teatro, scultura, musica... e propone riflessioni sulla cultura e l'educazione. Sono anche anni formativi, sia per la pratica della scrittura giornalistica che sotto il profilo intellettuale; sicuramente rappresentano poi l'occasione per misurarsi con questioni di deontologia e libertà di espressione. Da tutto ciò Izzo trarrà spunto per le sue riflessioni. Riflessioni alimentate anche dal confronto di idee e dalle dispute politiche sempre presenti nel suo lavoro.*

Sono anni, inoltre, in cui Jean-Claude Izzo cerca se stesso e alla fine si trova, mentre a poco a poco il partito politico per cui milita e opera come uomo e giornalista si sclerotizza. Nel 1977 il Partito comunista entra in conflitto con quello socialista in merito al programma comune della sinistra concordato nel 1969, e il PS *guadagna terreno. L'elettorato tradizionale del* PCF *subisce allora una trasformazione: una parte confluisce nel Fronte nazionale, che ravviva la fiamma del populismo contestatario e conquista tanti più consensi quanto più il clima sociale si degrada. I dirigenti comunisti dell'epoca non riescono a cogliere le aspettative di una società in pieno cambiamento né ad adattarsi agli stravolgimenti che portano al tracollo il blocco sovietico. Jean-Claude Izzo rimane deluso. Militante fervente, non si sente più legato a quel partito di cui esalta gli ideali. Poiché impegno e ragione di vita per Izzo sono tutt'uno, la messa in discussione supera i confini del coinvolgimento politico. Nel 1978 Izzo lascia la moglie, nel 1979 lascia* La Marseillaise *e il* PCF, *e nel 1981 infine lascia Marsiglia.*

La poesia non ha mai dato risposte. Testimonia, e basta. La disperazione. E le vite disperate[19]

[19] *Casino totale*, p. 167.

Gli anni alla Marseillaise *sono anche quelli delle prime pubblicazioni. Jean-Claude Izzo ha sempre apprezzato la poesia, leggerla e scriverla. In fondo è sulla poesia – che comprende lavori pubblicati e testi mai dati alle stampe – che si concentra l'essenziale della sua scrittura. La* Trilogia *è permeata di versi, in particolare quelli di Saint-John Perse e Louis Brauquier. Montale li assapora come gusta una pietanza. L'ex poliziotto dei quartieri nord riesuma i poeti dimenticati che hanno celebrato la vita e la città.*

Nel 1970 Izzo pubblica la raccolta Poèmes à haute voix *con le edizioni Oswald, che contribuiscono a far conoscere poeti stranieri e militanti. Per la stessa casa editrice seguono* État de veille *nel 1974 e* Braises, brasiers, brûlures, *pubblicato lo stesso anno a proprie spese.* Paysage de femmes *del 1975 e* Le réel au plus vif *del 1976 escono entrambi per le edizioni Guy Chambelland. La poesia è un nucleo fondamentale di Jean-Claude Izzo, e quando molto più tardi arriverà al successo grazie ai romanzi l'autore sentirà il desiderio di tornare ai versi per condividere con i lettori una componente essenziale della sua penna.*

È impossibile assaporare davvero i romanzi di Izzo senza sapere che l'ideatore di Montale ha mosso i suoi primi passi come poeta. La scrittura cesellata e senza fronzoli della Trilogia *deve la propria agilità alla poesia. La frase non si dispiega, si concentra, si ripiega su se stessa. A immagine del suo protagonista e del suo creatore. La concisione regala la forza del bronzo e al tempo stesso le parole, delicate o aspre, conferiscono una fragilità cristallina. Numerose, poi, sono le frasi di Izzo che assumono la cadenza di proverbi...*

Jean-Claude Izzo non scrive tanto per scrivere: scrive per vivere. Per agire. La poesia aderisce intimamente all'espressione cruda della sua sensibilità e del suo io profondo. E soprattutto della sensualità. Una sensualità che mischia la terra, la città, la donna. Il poeta carezza l'acqua del mare come sfiora la spalla di una donna, quella di Sonia per esempio, «rotonda e dolce da accarezzare come i ciottoli levigati dal mare[20]*». Quella stessa terra, con la sua generosità*

[20] Solea, p. 547.

che possiamo afferrare vigorosamente e a piene mani, la sentiamo in Montale mentre assapora sotto il palato l'uva ricolma di sole.

Marsiglia è presente nell'opera di Jean-Claude Izzo sin dal 1979, quando scrive a quattro mani una pièce radiofonica sul quartiere operaio della Belle de Mai. E naturalmente traspare in filigrana nelle sue poesie, perlopiù racconti di passeggiate. È stato rimproverato all'autore di parlare di una Marsiglia scomparsa e "letteraria". Sì, perché Jean-Claude Izzo era uno scrittore. Nella sua prosa talvolta affiorano gli stereotipi, ma la Marsiglia di Jean-Claude Izzo è quella del poeta. Vissuta, vagheggiata, interiorizzata, intrisa dei ricordi d'infanzia e delle leggende tramandate. Un autore che nei suoi romanzi rievoca continuamente la nascita di Marsiglia dal matrimonio fra Gyptis, figlia di Nanno re dei Focesi, e Protis, il bel forestiero, può parlare della città come farebbe un sociologo? Nei romanzi di Jean-Claude Izzo non dobbiamo cercare Marsiglia, ma la sua Marsiglia. E la Marsiglia di Jean-Claude Izzo, prima di tutto, è il mare.

È il mare che fa vivere Marsiglia, l'adorna con la sua luce, ne arricchisce la gamma di colori con gli ocra e la pervade di odori. Il mare che è all'origine stessa della città focese. Ed è il mare che, dalle poesie ai romanzi passando per i gusti letterari, ha forgiato Jean-Claude Izzo e il suo immaginario. «Mi ero detto che la soluzione a tutte le contraddizioni dell'esistenza era lì, in quel mare. Il mio Mediterraneo. E mi ero visto fondermi in lui. Sciogliermi e risolvere, finalmente, tutto ciò che non avevo risolto nella vita, e che non avrei mai risolto[21]». La linea dell'orizzonte rappresenta tutte le possibilità. Tutti i viaggi raccontati dagli autori che Montale e Izzo prediligono: Conrad e Rimbaud. E Ulisse, presente in tutti i romanzi della Trilogia. *Il mare rappresenta l'identità comune agli emarginati e ai discriminati della società, un'identità complessa, insondabile e pericolosa, descritta così bene in* Marinai perduti. *E la percezione che Izzo ha del mare e che condivide è proprio quella del poeta.*

[21] *Solea*, p. 523.

Izzo legge il mare, lo vede, lo vive e lo gusta. Non capire il ruolo che il mare assume nella sua opera significa non capire Jean-Claude Izzo. Montale può vivere fuori da Marsiglia, ma non lontano dal mare, non «lontano da qualsiasi riva[22]». Ultimo riparo. Antro materno. Fonte di vita presso la quale si rifugia per trovare la pace. Conforto del silenzio, del ritmo vitale della risacca, della volta celeste il cui splendore si moltiplica nello specchio d'acqua. Conforto di un'immensità che porta con sé i suoi miti, le sue leggende, i suoi ricordi e si impone come l'ultimo luogo in cui è possibile essere felici. E l'unico in cui è possibile morire in pace. Jean-Claude Izzo non avrebbe mai potuto scrivere del mare senza averlo vissuto come poeta. E senza il mare niente Trilogia *né* Marinai perduti *né, a dire il vero, alcun altro romanzo.*

E più di tutto, mi facevano schifo i pavidi, i mollaccioni[23]

Anche se i primi passi nella scrittura Jean-Claude Izzo li muove come poeta, non dobbiamo però dimenticare l'impegno. Certo, Izzo è giornalista, ma testimonia e milita anche come scrittore. Nel 1971 l'ambiente politico gli permette di entrare in contatto con il gruppo di Europe, *rivista letteraria per cui scrive un articolo sulla Comune del 1871[24]. Un richiamo alla storia sovversiva di Marsiglia. L'argomento gli sta talmente a cuore che per anni lavora sul poeta marsigliese Clovis Hugues, che aderì alla Comune prima di trascorrere tre anni in carcere in seguito alla pubblicazione di un opuscolo,* Lettre de Marianne aux républicains. *Nel 1978 Jean-Claude Izzo pubblica* Clovis Hugues, un Rouge du Midi *presso le edizioni Laffitte.*

L'interesse che nutre per questo personaggio la dice lunga. Sceglie un uomo che ha messo il proprio talento poetico al servi-

---

[22] Loin de tous rivages è il titolo di una raccolta di poesie di Jean-Claude Izzo.
[23] *Casino totale*, p. 77.
[24] E ne seguiranno altri per la stessa rivista: "L'avventure amoureuse de Molière" (n° 523-524), "Henri Beyle à Marseille" (*ibid.*).

zio di una causa politica in favore della libertà e dell'uguaglianza. Un poeta che non ha esitato a rischiare la vita: «Prova a dire / E vedrai / Se solo / te ne lasceranno il diritto[25]». Una vita senza lotta è inutile, e la scrittura di Jean-Claude Izzo si fa arma. Come nel 1971, quando scrive una pièce per la liberazione dell'afroamericana Angela Davis[26], membro del Partito comunista e delle Pantere Nere, che viene arrestata nell'agosto del 1970 per aver difeso un adolescente nero, George Jackson, accusato ingiustamente di furto. Angela Davis rischia la pena di morte, e in pochi mesi migliaia di persone, fra cui Jacques Prévert, si uniscono da ogni parte del mondo per prenderne le difese.

Fin da giovane scrivere si rivela un'esigenza per Jean-Claude Izzo, e i romanzi terranno fede alla duplice ambizione coltivata dalla sua scrittura: evocare la sua sensibilità nei confronti del mondo e difendere quei valori umani che gli stanno tanto a cuore perché lo costituiscono in quanto essere vivente. La Trilogia *ne è l'esempio più significativo. Izzo mette in scena un personaggio che si esprime in prima persona, comunica direttamente con il lettore. L'assenza di intermediari consente di entrare nell'universo di Montale nello stesso modo in cui si penetra nell'immaginario di un poeta. E nello sguardo: quello del poeta sulla città e sul mare; quello di un difensore dei valori umani sugli uomini e sulla società. Ciò che affascina tuttavia è che, anche al di là della scrittura e della militanza, Jean-Claude Izzo ha sempre cercato di vivere in simbiosi con le sue idee e i suoi ideali. E noi non possiamo fare a meno di constatare che ci è riuscito.*

Ci si accontenta sempre più facilmente. Un giorno, ci si accontenta di tutto. E si crede di aver trovato la felicità[27]

Jean-Claude Izzo non ha mai trascurato questo pensiero di

---

[25] Poesia inedita.
[26] *Libérez Angela Davis.*
[27] *Casino totale,* p. 262.

Fabio Montale. E non si è mai accontentato. La sua vita è una continua rimessa in discussione, senza mediazioni.

Nel 1980, ancora a Marsiglia, diventa collaboratore esterno della Vie mutualiste e animatore sulle frequenze di Forum 92, una radio del movimento mutualistico, all'epoca illegale. In veste di giornalista si occupa di attualità ma, fatto più rilevante, cura anche una trasmissione dedicata al polar, "Faut qu'ça saigne". Un amico ricorda un'intervista in diretta con Jean-Bernard Pouy sul suo primo romanzo, Spinoza incula Hegel. Davvero un presagio? Non esattamente, perché Jean-Claude Izzo non è arrivato al polar per caso.

Se l'autore condivide con Montale la passione per la poesia e i racconti di viaggio, c'è qualcosa che gli appartiene in maniera esclusiva. Montale non conosce Ray Bradbury perché non gli interessano i romanzi contemporanei[28]. Jean-Claude Izzo invece, salvo qualche poeta, non è molto attratto dalla letteratura classica né dalle belle lettere francesi. Il polar al contrario raccoglie ampiamente i suoi favori. Forse perché è uno dei pochi generi letterari attuali capaci di evocare la vita, la quotidianità, di creare trame immaginarie intessendole con frammenti di realtà, con ciò che quest'ultima può avere di doloroso e sordido. In casa di Izzo, la collezione quasi integrale della Série Noire di Gallimard. Da bambino il sogno di essere pubblicato lì, prima o poi. E un interesse considerevole per questa letteratura.

Nel 1981 Jean-Claude Izzo si trasferisce nell'XI arrondissement di Parigi, in rue Paul Bert, in un appartamento che terrà fino al 1996. La porta è sempre aperta per gli amici, e non solo, come la famiglia serba che sarà ospite diversi mesi per far curare gli occhi del figlio. Nel 1982 Izzo diventa redattore della Vie mutualiste e responsabile delle pagine culturali, prima di essere promosso inviato speciale nel 1985. Il giornale, destinato ai membri delle società mutualistiche, a quel punto si avvia a una svolta.

Nel 1987 Jean-Claude Izzo viene nominato caporedattore con

---

[28] *Casino totale*, p. 90: «Non mi interessano [i romanzi contemporanei]. Non hanno stile» dice Montale a Leila.

l'incarico di trasformare La Vie mutualiste *in* Viva, *mensile di una sessantina di pagine rivolto al grande pubblico e venduto in edicola su scala nazionale, a una tiratura di un milione di copie. L'impresa è rischiosa e soprattutto spossante: Izzo vi si dedica anima e corpo. Il giornale trasloca da rue de Charonne in rue du Faubourg Poissonnière e apre redazioni in tutto il paese. La nuova edizione viene lanciata lo stesso anno e immediatamente sconfessata dal movimento mutualistico. A luglio i suoi rappresentanti rimproverano a* Viva *di non aver dato sufficiente risalto a un'importante manifestazione per la previdenza sociale, ed esigono che la linea editoriale torni a essere incentrata sulla vita mutualistica. Jean-Claude Izzo si dimette. Niente mediazioni.*

Le dimissioni segnano l'inizio di una serie di progetti che Izzo intraprende con amici stretti, tutti votati alla letteratura e alla scrittura. Alcuni falliscono appena venuti alla luce; altri, nonostante numerosi tentativi, non andranno a buon fine. Con mezzi scarsi ma un grande impegno nel lavoro, Jean-Claude Izzo va avanti. Del resto forse è proprio la tendenza a non mollare mai che lo differenzia profondamente da Fabio Montale.

Avevo sempre vissuto così la realtà. Tentando di innalzarla al livello dei miei sogni[29]

Dal 1981, parallelamente al lavoro per La Vie mutualiste, *Izzo si lancia in una nuova avventura:* Orion, *una rivista letteraria che crea insieme a un amico conosciuto ai tempi di Pax Christi e rimasto a Marsiglia. Ben presto, però, non riesce a seguire appieno l'iniziativa a causa della distanza e si dedica allora alla casa di produzione* COLIMASON, *facente capo alle società mutualistiche. Qui dirige con passione la sceneggiatura di quattro film di 52 minuti consacrati... al* polar.

I quattro film realizzati sono inclusi nella serie Carte noire, *che ha per intento di chiamare alcuni scrittori a interpretare il ruolo di se stessi. Sarà il primo film a segnare maggiormente Jean-Claude*

---

[29] *Solea*, p. 566.

Izzo: Le boulot du Diable, *dedicato a Robin Cook. L'incontro con lo scrittore inglese avviene nel 1984 e colpisce profondamente il futuro autore della* Trilogia. *Jean-Pierre Gallèpe, produttore della serie, ricorda che ogni sera Robin impartiva una lezione di scrittura: «stringere i bulloni», «levare il grasso» diceva. Nel 1985 la troupe della* COLIMASON *concede il posto d'onore all'autore che ispirerà a Izzo il nome del suo personaggio*[30]. Une mort olympique, *scritto con Andreu Martín, è invece un omaggio a Manuel Vázquez Montalbán. Sempre intorno al 1984-1985 la troupe incontra Léo Malet. Lo scrittore tuttavia si rivela bisbetico, e nel film che gli è dedicato,* Sombre affaire rue Watt, *la sua parte verrà interpretata da un attore. È un vero peccato che il carattere di Malet abbia impedito un reale rapporto con Jean-Claude Izzo: e dire che Montale e Nestor Burma hanno svariati punti in comune! Infine chiude la serie* La position du tueur assis, *dedicato a Jean-Patrick Manchette. Izzo lo scrive insieme a Jean Echenoz, dal cui stile fine e intelligente resta affascinato. Nessuno di questi film verrà mai distribuito.*

Destino diverso conosce un'altra pellicola, Les matins chagrins, *diretta da Jean-Pierre Gallèpe a partire da una sceneggiatura scritta anche da Izzo. Le riprese cominciano nel 1987 e il film esce nelle sale nel 1990 con le musiche del cantautore Jean-Guy Coulange, amico di Izzo. Intorno al 1985 i due lavorano in sintonia, il nostro scrive le parole e Coulange la musica. Da questa collaborazione nascono diverse canzoni:* Nighthawks *(l'unica finora pubblicata*[31]*),* Aden Arabie, Paris-banlieue *e altre.*

La COLIMASON *incontra in seguito alcune difficoltà e, dopo aver abbandonato* Viva, *Jean-Claude Izzo non vi parteciperà più. Nel frattempo Jean-Pierre Gallèpe ha creato una nuova società di produzione e lo chiama per la riscrittura di una sceneggiatura che diventerà* Viva la sposa!... o la liberazione del Kurdistan, *del regista curdo Hiner Saleem. Peccato che Saleem si dimentichi di citare Izzo nei titoli...*

---

[30] Il cognome Montale è un omaggio anche al poeta italiano Eugenio Montale.
[31] Cfr. *Nighthawks* dell'album di Jean-Guy Coulange *Enfin seul.*

Nel 1987 Jean-Claude Izzo mette su una propria casa di produzione insieme a un amico, la Sunset Bolivar. La coppia lavora al progetto di alcuni documentari, e Izzo inizia anche una sceneggiatura di lungo corso su Lou von Salomé[32]. Mesi di ricerche, ricostruzioni e scrittura tuttavia non basteranno a far prendere forma al progetto, che non vedrà mai la luce.

Il 1988 è l'anno di un nuovo obiettivo. Jean-Claude Izzo e tre soci aprono un'agenzia di comunicazioni con un'unica finalità: permettere la pubblicazione di C'est beau une ville la nuit, *raccolta di testi inediti sul tema della città scritti da autori di* polar *quali Thierry Jonquet, Didier Daeninckx, Jean-Bernard Pouy, Marc Villard, Frédéric H. Fajardie e altri. È previsto un solo distributore, il Festival del film noir di Grenoble, con cui Jean-Claude Izzo ha contatti. Ma l'impresa si rivela un fallimento.*

Abbiamo messo in evidenza soltanto alcune delle iniziative di Jean-Claude Izzo, per poter delineare le passioni che lo animano e cercare di spiegare come sia arrivato alla scrittura romanzesca. Come senza indugi abbia intrapreso certi progetti e levigato la propria penna sulle pietre del giornalismo, della poesia e della sceneggiatura. Allo stesso modo gli incontri con amici e autori lo arricchiscono. E dal 1988 inizierà la sua avventura a fianco degli scrittori. Fino alla fine.

Saint-John Perse, Alvaro Mutis, Conrad, Brauquier, Dotremont, Omero...[33]

Sono alcuni fra gli autori apprezzati da Izzo e in realtà anche da Fabio Montale, a cui non possiamo non aggiungere Robin Cook, Jim Harrison, Nicolas Bouvier o James Crumley. E altri. La poesia, il viaggio, l'espressione personale della realtà: tre temi cari a Jean-Claude Izzo, al cuore dei quali penetra dal 1988.

---

[32] Questa donna affascinante, un tempo compagna di Rilke, ispirò a Nietzsche *Così parlò Zarathustra* e lavorò a fianco di Freud.

[33] Alcuni degli autori citati nella *Trilogia*.

A Strasburgo Alain Dugrand crea il festival Carrefour des littératures européennes e chiama il suo amico di lunga data Jean-Claude Izzo a gestire le relazioni con la stampa. Ovviamente è soprattutto l'idea di crocevia ad affascinare Izzo. Per tre anni l'autore vive al ritmo degli eventi e dei dibattiti. Eventi con autori venuti da tutta Europa: scrittori, saggisti, giornalisti... Dibattiti e conferenze sulla letteratura, lo scambio, il libro. Nelle tre edizioni del festival Izzo vive tre incontri fondamentali. Con José Manuel Fajardo, scrittore e giornalista madrileno. Con Daniel Mordzinski, fotografo argentino, autore delle fotografie del libro Marseille[34]. *E infine con Michel Le Bris. Più che incontrarsi gli ultimi due si rivedono, dal momento che all'epoca di* Viva *Jean-Claude Izzo aveva contattato per affidargli un importante reportage proprio Le Bris, che era quindi partito per la California. Ma al suo ritorno Jean-Claude Izzo si era già dimesso. Il gruppo che in seguito avrebbe dato vita al Festival Étonnants voyageurs ritrova Izzo a Strasburgo e gli propone di collaborare per gestire la comunicazione del festival.*

La prima edizione di Étonnants voyageurs ha luogo nel maggio del 1990. Qui ritroviamo un tema caro a Jean-Claude Izzo, il viaggio... E ritroviamo il mare. «Non ero un marinaio, né un viaggiatore. Conservavo dei sogni, laggiù, oltre l'orizzonte. Sogni da adolescente. Ma non mi ero mai spinto così lontano»[35]. *Indubbiamente Jean-Claude Izzo è entusiasta di partecipare a un evento del genere, che riunisce prestigiose firme di tutto il mondo e nell'arco di pochi giorni raduna in un unico luogo tanti viaggi, sogni, lacrime versate e orizzonti lontani.*

Izzo entra a far parte dell'agenzia di comunicazione Mégaliths, per cui garantisce le relazioni tra la manifestazione e la stampa. Partecipa inoltre al Festival Les Tombées de la Nuit a Rennes e al Goncourt des lycéens. Abita ancora a Parigi e viaggia avanti e indietro. Poi, nel giugno del 1993, perde il padre e ne rimane scon-

---

[34] I testi di *Marseille* sono pubblicati nel volume *Aglio, menta e basilico. Marsiglia, il noir e il Mediterraneo*, Edizioni e/o, Roma 2006. [N.d.T.]
[35] *Chourmo*, p. 277.

volto. La realtà gli piomba addosso in tutta la sua pesantezza: non si era reso conto che da alcuni mesi il padre era molto malato e stava per morire.

Aveva solo l'indirizzo. Rue des Pistoles, nel Vieux Quartier. Erano anni che non tornava a Marsiglia[36]

Il festival Étonnants voyageurs è degnamente accompagnato da Gulliver, *la rivista in formato libro, creata da Michel Le Bris, che propone i testi dei partecipanti sui temi del viaggio e dell'avventura. Il primo numero esce nell'aprile del 1990. Per il numero 12, pubblicato nell'ottobre del 1993 e dedicato alla Francia, Jean-Claude Izzo scrive un racconto, "Marseille pour finir". Michel Le Bris, Patrick Raynal, all'epoca direttore della Série Noire e fervido seguace del festival, e altri ancora lo incoraggiano a scrivere il seguito.*

Per Izzo questa esortazione è più di una sfida. Significa riaccostarsi alla scrittura, che in quegli anni non ha abbandonato ma sicuramente trascurato per seguire gli autori. E significa riaccostarvisi in una forma nuova, il romanzo, in cui non si è ancora cimentato. Izzo comincia a scrivere nella primavera del 1994 e sceglie un protagonista che si esprime alla prima persona. È al settimo cielo, per lui non esiste altro all'infuori del libro. Non pensa a un seguito, dice tutto subito, con tutta l'anima. Consegna il manoscritto in ritardo perché non trova un finale adatto. Ed è così che in pochi mesi il racconto "Marseille pour finir" diventa Casino totale, *di cui costituisce il primo capitolo. Patrick Raynal decide di includere il romanzo nella Série Noire, che all'epoca festeggia il suo cinquantenario.*

Il successo è immediato. In un momento in cui la letteratura poliziesca francese si perde spesso in meandri politici e sociali che azzerano ambientazione, personaggi e intreccio, Jean-Claude Izzo riporta in auge la tradizione del narratore. Ci racconta storie.

---

[36] Prime frasi del prologo di *Casino totale*.

Sordide, ma storie. Al tempo stesso rinverdisce la tradizione del personaggio seriale, sofferente certo, ma umano, dotato di uno sguardo tutto suo e forgiato dai ricordi. Nel corso delle inchieste tra il personaggio e il lettore si crea un rapporto di complicità e intimità. Montale è un personaggio a immagine del suo creatore. Pudico, ma terribilmente generoso.

Ovviamente Izzo viene subito definito un autore "marsigliese" – etichetta che rifiuterà perché troppo restrittiva. Eppure Marsiglia nella sua opera è solo un simbolo per parlare dei tre temi cruciali che gli stanno a cuore: la mafia, il razzismo e la miseria sociale. Temi che purtroppo si ritrovano ovunque, ben al di là di Marsiglia. Ciò di cui ci parla Montale, e che tormenterà Izzo per tutta la vita fino a provocare in lui una lacerazione in cui vengono ad annidarsi tutte le atrocità umane, è l'indifferenza. Perché la discriminazione razziale, il cancro della mafia nelle istituzioni o nelle imprese private e la miseria sono solo i risultati visibili dell'indifferenza umana. Come Gélou in Chourmo, *che a forza di chiudere gli occhi, di non voler sapere né parlare, perde il figlio. Perde l'essenziale. Ecco di cosa parla Jean-Claude Izzo nella* Trilogia *attraverso Montale. E numerosissimi sono gli esempi, dalla miseria dei quartieri nord alle figure emblematiche e sacrificate di Leila, Guitou o Sonia, passando per l'evocazione di atrocità assolutamente reali come il Rwanda, l'Algeria, la Bosnia.*

Casino totale *esce nel maggio del 1995, e in quello stesso anno Jean-Claude Izzo partecipa alla creazione del primo Salon antifasciste. Pur avendo abbandonato ogni sigla politica, non ha mai smesso di impegnarsi. Tramite la riflessione e il dibattito ma anche attraverso l'azione, manifestando a favore degli immigrati clandestini o militando contro il razzismo. Perché «l'unica [cosa] che non riuscivo a tollerare era il razzismo. Durante l'infanzia avevo convissuto con il dolore di mio padre. Per non essere stato considerato un essere umano, ma un cane[37]».*

---

[37] Chourmo, p. 452.

Non ho mai creduto che gli uomini siano buoni. Ma meritano di essere tutti uguali[38]

Dal settembre del 1995 fino al gennaio del 1996 Jean-Claude Izzo lavora su Chourmo. *È il romanzo più lungo, quello che scrive con maggiore facilità, sicurezza e fluidità. Montale si confronta con i ricordi d'infanzia, che ne escono malconci. Il personaggio invece non si piega:* «Io, non mi aspettavo più niente dalla vita. L'avevo solo prevista così com'era, un giorno. E avevo finito per amarla. [...]. La vita è come la verità. Si prende ciò che ci si trova. Spesso si trova ciò che si è dato. Non è poi così complicato[39]».
Il romanzo esce nel maggio del 1996 e conferma il talento dello scrittore. Jean-Claude Izzo vuole essere vicino ai lettori e moltiplica gli interventi e le partecipazioni ai saloni letterari. Sempre con umiltà. Alcuni quotidiani, come Le Monde, Libération, Le Parisien *o la rivista* Sud, *gli chiedono contributi su vari argomenti, e Izzo non si tira indietro. Lascia Saint-Malo per trasferirsi a La Ciotat, senza rinunciare a seguire il festival.*
1997. A settembre pubblica una raccolta di vecchie poesie rielaborate, Loin de tous rivages[40]. *Il piacere di tornare alla scrittura poetica si accompagna a quello di ritrovare Marsiglia. All'inizio dell'anno ha cominciato a scrivere* Solea, *romanzo che lo preoccupa perché la stesura si rivela ardua. Vuole chiudere il ciclo di Montale, infatti, e forse avverte la difficoltà di aver scelto un personaggio unico. Di questo si renderà ancora più conto dopo la pubblicazione, a febbraio del 1997, di* Marinai perduti[41].
Izzo è impegnato nella stesura di Marinai perduti *dal maggio al dicembre del 1996, e quando mette la parola fine è stremato. L'autore ha ormai acquisito piena confidenza con la prosa.* Marinai perduti *è un romanzo costruito, meditato, elaborato, nel quale il protagonista è il mare e la riflessione sui temi cari guadagna*

---
[38] *Chourmo*, p. 298.
[39] *Chourmo*, p. 479.
[40] Éditions Ricochet, disegni di Jacques Ferrandez.
[41] Éditions Flammarion.

profondità e spessore. L'ambiente claustrofobico porta alla luce interrogativi su argomenti quali l'identità, le radici, il padre, l'amore, la morte, la vita, il destino. Attorno a un intreccio semplice, quasi primordiale, Izzo raccoglie personaggi complessi e simbolici che offrono visioni della vita colme di sensibilità ma antagoniste. La scrittura è all'insegna del riserbo e del pudore, eppure ogni frase è affilata per bellezza o esattezza.

In realtà quando ritrova Montale Izzo ha assaporato una certa libertà. È riuscito a tratteggiare personaggi forti e irriducibili, che non ha inserito nella cornice del genere polar *bensì in quella non codificata del romanzo e del mito. Tornando a Montale, con* Solea *chiude la serie. Chi legge la* Trilogia *tutta d'un fiato in* Solea *avvertirà qualcosa di già visto, di già detto: Montale, sfinito, sembra tornare sui propri passi. E invece forse si tratta del romanzo più duro, più dilaniato e sincero della* Trilogia. *Montale è messo a nudo, e alle sue spalle si staglia nitida la sagoma dell'autore.*

FABIO MONTALE E JEAN-CLAUDE IZZO: RITRATTI INCROCIATI

Prima di concludere questo rapido excursus sul percorso di Jean-Claude Izzo è indispensabile parlare dell'uomo Izzo, nella sua vita di tutti i giorni così come nelle sue passioni. Perché adesso? Perché le vite di Jean-Claude Izzo e Fabio volgono al termine. L'uno ha sostenuto l'altro. Ma chi ha sostenuto chi?

Montale. Le stesse origini del suo ideatore, ma non la stessa vita. Stesse passioni giovanili, certo, per i libri e i viaggi. Con Ugo, Manu e Lole il sogno di andarsene o aprire una libreria. Ma la vita quotidiana erode i sogni. E Fabio diventa poliziotto. Affronta concretamente, sul campo e perfino nella vita privata le atrocità contro cui si batte il suo autore. Uno vive e subisce, l'altro soffre intimamente.

Jean-Claude Izzo è un uomo dalla coscienza acuta. Qualsiasi ingiustizia, vista all'angolo della strada sotto casa o al telegior-

nale, lo colpisce in pieno. È significativo un aneddoto: gli piace il film Pretty Woman *e lo considera un affresco sociale. E guardando questa commedia si commuove sempre alla scena in cui la prostituta viene cacciata dal negozio di lusso. L'ingiustizia, le ignominie umane lo consumano ben più profondamente di un cancro. Una lacerazione.* «*In principio era il peggio. E il grido del primo uomo. Disperato, sotto l'immensa volta celeste. Disperato di capire, lì, schiacciato da tanta bellezza, che un giorno, sì un giorno, avrebbe ucciso suo fratello*[42]».

Montale. A differenza del suo creatore, che forse incontra qualche difficoltà a indicare le ragioni della propria infinita sofferenza e della propria empatia, come poliziotto ha tutti i motivi per indignarsi. Dà le dimissioni. Ma il mondo lo riacciuffa sulla porta di casa, sul limitare dei ricordi. Ricordi comuni per Montale e Izzo. Genitori immigrati. Un'infanzia per le strade di Marsiglia percorse da odori, colori, risate e rumori. Frammenti che rendono felici: «*la dolcezza del sole sul viso. Era bello. Credevo solo a questi momenti di felicità. Alle briciole dell'abbondanza*[43]».

La felicità è questo, infatti. Quelle briciole prodigate dal mare, da Marsiglia e dai ricordi dolci. Entrambi conoscono «*le piccole gioie quotidiane*[44]»*. La felicità è anche Lole, la donna inaccessibile che Fabio sogna come si sogna una chimera. Quella dell'infanzia. Delle illusioni volate via, oppure massacrate. Montale condivide con Izzo l'amore per le donne. O meglio per la donna. Il suo mistero. Il fascino. La sensualità. La poesia. L'invito al viaggio che le sue braccia aperte promettono. Fabio legge una donna come un libro. E nella* Trilogia *tutti i personaggi femminili sono specchi. Il tema ricorrente del riflesso –* «*Ero solo e costretto a guardare la verità in faccia. Non ci sarebbe stato nessuno specchio a dirmi che ero un buon padre, un buon marito. Né un buon poliziotto*[45]» *– è rivela-*

---

[42] *Solea*, p. 540.
[43] *Chourmo*, p. 368.
[44] *Ibid.*, p. 277: «Ho sempre apprezzato le piccole gioie quotidiane» dice Montale.
[45] *Casino totale*, p. 164.

tore del principale cruccio dell'autore: potersi guardare ogni giorno, con sincerità, riflessi nello specchio.

«Sapevo ascoltare, ma non ero mai riuscito a confidarmi. All'ultimo istante, mi richiudevo nel silenzio[46]*» lamenta Montale, che come il suo autore mostra timidezza, pudore e discrezione. In fin dei conti Jean-Claude Izzo non ha mai parlato tanto come attraverso il suo personaggio. Sguardi, gesti e attenzioni costituiscono un mezzo espressivo più sicuro delle parole. Ciò non significa che a volte Izzo non si arrabbi, come il suo protagonista. Spesso, fra l'altro, per le stesse ragioni. Il riserbo però non impedisce mai a Jean-Claude Izzo di instaurare rapporti duraturi e sinceri con gli uomini. Intorno a valori comuni. E a un tavolo.*

Il cibo occupa un posto fondamentale nella vita di Jean-Claude Izzo, così come in quella di Montale, e probabilmente per gli stessi motivi. «Ho bisogno di ingurgitare cibo, verdure, carne, pesce, dolci. Di lasciarmi invadere dai sapori. Non avevo trovato niente di meglio per negare la morte. Per salvaguardarmene. La buona cucina e i buoni vini. Come un'arte della sopravvivenza[47]*». Cucinare per sé e per gli altri è un vero piacere. Un momento di condivisione e forse anche di oblio, di concentrazione su un compito preciso. Soprattutto un momento di piacere, perché da buongustaio Izzo apprezza i sapori, il vortice dei profumi, la freschezza di un piatto, la schiettezza di una pietanza. E quanto alle passioni, Izzo condivide con Montale anche quella per il whisky, il Lagavulin, «dal sapore di torba»*[48]*, che addolcisce i contorni della realtà.*

Tutti lo ricordano, Jean-Claude Izzo amava il jazz. «Il jazz aveva sempre un buon effetto su di me. Mi aiutava a rimettere insieme i pezzi[49]*».* I tre titoli della Trilogia si rifanno alla musica. Casino totale *cita il gruppo marsigliese degli* IAM; Chourmo

---

[46] *Ibid.*, p. 155.
[47] *Chourmo*, p. 360.
[48] *Solea*, p. 587.
[49] *Chourmo*, p. 413.

chiama in causa un altro gruppo marsigliese, i Massilia Sound System, mentre Solea *è uno dei più bei pezzi di Miles Davis. Immancabilmente la musica, soave, alberga nelle pagine della* Trilogia *quanto nelle giornate di Jean-Claude Izzo. Spesso viene da lontano (Lili Boniche, Abdullah Ibrahim, Paco de Lucía), talvolta è di oggi (*IAM*, Massilia Sound System, Paolo Conte) e sovente di ieri (Miles Davis, Ray Charles, Billie Holiday). Jean-Claude Izzo ama la musica, indispensabile per vivere, e in particolare il jazz, che parla e trascina senza bisogno di parole.*

Eppure i due uomini differiscono in più punti. I gusti letterari, per esempio. La capacità dell'uno di non scoraggiarsi, di riconquistare instancabilmente altre vie, mentre l'altro, anche se agisce, talvolta si lascia travolgere dall'amarezza. E poi Jean-Claude Izzo non ha mai avuto la patente, e oltretutto ha sempre sofferto di mal di mare...

Resta la felicità. Montale non è stato felice. Ogni tanto ha assaporato, magari avidamente, qualche fugace sensazione di felicità. Forse anche Jean-Claude Izzo si porta dentro la malinconia di Montale, che però non gli impedirà mai di ridere. Inoltre Izzo è uno scrittore riconosciuto e apprezzato. Probabilmente non sognava il successo, ma fin da bambino fantasticava di essere pubblicato nella Série Noire. Quando esce Casino totale *l'autore passa lunghe ore in metropolitana. Alla fine, una sera, racconta felice di aver visto un passeggero leggere il suo romanzo... Alla domanda che si pone Montale, «a furia di credere che le piccole cose quotidiane bastino a dare felicità, avevo rinunciato a tutti i miei sogni, i miei veri sogni?*[50]*», forse Jean-Claude Izzo può rispondere con un no.*

Per tutta la vita Izzo è riuscito a non «[invecchiare mai] per le [sue] indifferenze, le [sue] rinunce, le [sue] vigliaccherie[51]*». In compenso ha sopportato per empatia tutti i tormenti del mondo. Da solo, perché, come il suo protagonista, Jean-Claude Izzo è stato per tutta la vita votato alla solitudine. La solitudine inte-*

---

[50] *Solea*, p. 551.
[51] *Chourmo*, p. 369.

riore. Quella terribilmente fredda che non ci fa sentire più vicini agli uomini.

Quando non si può più vivere si ha il diritto di morire e di trasformare la propria morte in un'ultima scintilla[52]

Il 1998 è un anno cruciale. Alla fine del 1997, dopo aver scritto Solea, *Jean-Claude Izzo vive un periodo di depressione, in parte dovuta alle difficoltà della vita privata. Ed è fisicamente debilitato. Riprende in mano altre poesie che pubblicherà nel 1999,* L'aride des jours[53]. Solea *esce ad aprile e l'autore si dedica a un altro progetto proposto da Michel Le Bris: ripensare la rivista* Gulliver *per inserirla nella collezione Librio della casa editrice Flammarion. Proprio in quest'ottica Jean-Claude Izzo scrive la serie di racconti* Vivere stanca[54], *notevoli nella loro autenticità e malinconia. Pensa a un nuovo romanzo e spera di trascorrere diversi mesi in Vietnam per scrivere di quel paese. La salute tuttavia glielo impedisce. Nell'ottobre del 1998 infatti arriva il verdetto del medico: cancro ai polmoni.*

Sconvolto dalla lettura di un fatto di cronaca, Izzo comincia Il sole dei morenti. *Il suo romanzo più duro. Più aspro. Più lontano dal mare, più terribilmente umano. L'autore abbandona i suoi temi preferiti. Certo, la miseria e la disperazione sono presenti, ma il filo conduttore è la morte, declinata in tutte le sue forme: l'oblio, l'indifferenza, la miseria, l'abbandono, il disprezzo... E l'angoscia. È il momento dei bilanci. Del riflesso nello specchio. Quello in cui il barbone, l'escluso all'improvviso ritrovano il proprio posto fra gli uomini. L'uguaglianza, finalmente! «La morte che ha uno sguardo per tutti[55]». All'approssimarsi della fine Jean-*

---

[52] Solea, p. 514. Sono parole di Lole.
[53] Éditions Ricochet, fotografie di Catherine Izzo.
[54] Così come il racconto "Un jour je serai Fabien Barthes" incluso nella raccolta *Y'a pas péno: fous de foot* e un'altra, "Une rentrée en bleu de Chine", citata poco sopra.
[55] Solea, p. 566.

Claude Izzo sceglie ancora, anzi più che mai, la figura dell'escluso per parlare agli uomini di umanità. L'umanità di cui si dimenticano quando incrociano un barbone, che non riconoscono come una sfaccettatura di se stessi. Sì, perché il reietto è una sfaccettatura di noi stessi: Izzo ce lo mostra con forza.

Da Casino totale *al* Sole dei morenti, *Jean-Claude Izzo ci parla solo di noi. È lo specchio di cui tanto teme il riflesso. Anche se a qualcuno piace dire che la sua è una parola semplice, l'attualità quotidiana ce ne ricorda la giustezza. Quando parla dei quartieri nord di Marsiglia e della necessità prima o poi di una rivolta violenta. Quando parla degli integralisti che fanno proseliti nei luoghi in cui intere generazioni marciscono senza radici, senza identità né punti di riferimento. Le prigioni e le periferie. Quando ci avverte che una mattina la Francia si sveglierà insanguinata dagli attentati commessi da uomini nati sul proprio suolo e relegati nelle* cités[56] *senza anima, senza futuro né orizzonte. E infine quando ci parla di quell'uomo che come tutti noi ha lavorato faticosamente per guadagnarsi un surrogato di felicità quotidiana, ma che è caduto. Si è perso. E che d'un tratto agli occhi degli altri diventa inesistente, peggio di un cane. Izzo – e non è certo l'unico – ci parla di come l'uomo civilizzato abbia fatto suo l'inaccettabile, nell'anima e nella coscienza: «la porcheria umana[57]».*

Il sole dei morenti... «al tramonto. Mi riempiva di umanità[58]». Un libro difficile per chi lo legge. Per chi lo scrive probabilmente rappresenta l'occasione di affrontare angosce terribili. Il romanzo, «ultima scintilla», viene pubblicato nell'agosto del 1999[59] così come un altro testo breve, Un temps immobile[60]. *In quell'anno Jean-Claude Izzo si sposa, e insieme a Daniel Mordzinski comincia un progetto su Marsiglia che non avrà il tempo di finire. Il 26 gennaio 2000 si spegne all'ospedale Sainte-Marguerite, nel IX arrondisse-*

---
[56] Agglomerati urbani, popolari, perlopiù abitati dagli immigrati [*N.d.T.*].
[57] Espressione di Montale ricorrente in tutta la *Trilogia*.
[58] *Solea*, p. 596.
[59] Éditions Flammarion.
[60] Éditions Filigranes, foto di Catherine Izzo.

ment di Marsiglia. Le sue ceneri vengono disperse in mare, non lontano dalla diga del Large e dalla promenade Louis-Brauquier, nello stesso punto in cui Rico sceglie di andare a morire[61].

Nello stesso anno i familiari e gli amici si ritrovano per portare a termine il lavoro che Izzo aveva intrapreso su Marsiglia. Vengono riuniti i testi, e nell'ottobre del 2000 esce Marseille[62]. *Il cantante e amico Gianmaria Testa, che Montale scopre in* Solea, *gli rende l'ultimo omaggio interpretando una delle sue poesie:* Plage du Prophète[63]. *Ultime parole di un autore che ancora oggi è il fratello di noi tutti.*

Nadia Dhoukar

---

[61] Cfr. *Il sole dei morenti*.
[62] Éditions Hoëbecke. [Per l'edizione italiana: cfr. nota 34.]
[63] Dal nome di una delle spiagge di Marsiglia. È contenuta nell'album *La valse d'un jour* di Gianmaria Testa.

LA TRILOGIA
DI FABIO MONTALE

CASINO TOTALE

Nota dell'Autore

La storia che leggerete è totalmente immaginaria. La formula è nota. Ma non è mai inutile ripeterla. A parte gli eventi pubblici, riportati dalla stampa, i fatti narrati e i personaggi non sono mai esistiti. Neppure il narratore. Solo la città è veramente reale. Marsiglia. E tutti coloro che ci abitano. Con quella passione che è solo loro. Questa storia è la loro storia. Echi e reminiscenze.

Per Sébastien

Non esiste la verità,
ci sono solo storie.

JIM HARRISON

Prologo
Vent'anni dopo, rue des Pistoles

Aveva solo l'indirizzo. Rue des Pistoles, nel Vieux Quartier. Erano anni che non tornava a Marsiglia. Ora non aveva più scelta.

Era il 2 giugno, pioveva. Nonostante la pioggia, il tassista rifiutò di inoltrarsi nei vicoli. Lo fece scendere davanti a Montée-des-Accoules. Un centinaio e più di scalini da salire e un dedalo di strade fino a rue des Pistoles. Il suolo era cosparso di sacchi di spazzatura sventrati e dalle strade saliva un odore acre, un misto di piscio, umidità e muffa. Unico grande cambiamento, il restauro del quartiere. Alcune case erano state demolite. Le facciate di altre ridipinte, in ocra e rosa, con persiane verdi e blu, *all'italiana*.

Di rue des Pistoles, probabilmente una delle più strette, rimaneva solo una metà, il lato pari. L'altro era stato raso al suolo, così come le case di rue Rodillat. Al loro posto, un parcheggio. Fu la prima cosa che vide sbucando all'angolo di rue du Refuge. Qui, sembrava che i costruttori avessero fatto una pausa. Le case erano luride, fatiscenti, divorate da una vegetazione merdosa.

Era troppo presto, lo sapeva. Ma non aveva voglia di bere caffè in un bistrot, e aspettare, guardando l'orologio, un'ora decente per svegliare Lole. Sognava di berne uno in un vero appartamento, seduto comodamente. Da mesi non gli era più successo. Appena lei aprì la porta, si diresse verso l'unica poltrona della stanza, come se fosse un'abitudine. Accarezzò il bracciolo e si sedette, lentamente, chiudendo gli occhi. Poi, finalmente, la guardò. Vent'anni dopo.

Stava in piedi. Dritta, come sempre. Le mani infilate nelle tasche di un accappatoio giallo paglierino. Quel colore dava alla sua pelle una luce più intensa e metteva in risalto i capelli neri, che ora portava corti. I fianchi, forse, le si erano allargati, ma non ne era sicuro. Era diventata una donna, ma non era cambiata. Lole, la zingara. Bella, da sempre.

«Prenderei volentieri un caffè».

Annuì. Senza una parola. Senza un sorriso. L'aveva strappata al sonno. Da un sogno in cui Manu e lei correvano a tutto gas, in macchina, verso Siviglia, incoscienti, con le tasche piene di soldi. Un sogno che faceva tutte le notti. Ma Manu era morto. Da tre mesi.

Lui sprofondò nella poltrona, allungando le gambe. Poi accese una sigaretta. Senz'altro la migliore, da molto tempo.

«Ti aspettavo». Lole gli tese una tazza. «Ma più tardi».

«Ho viaggiato di notte. Un treno di legionari. Meno controlli. Più sicuro».

Lo sguardo di lei era altrove. Là dov'era Manu.

«Non ti siedi?».

«Il caffè lo prendo in piedi, io».

«Non hai ancora il telefono».

«No».

Sorrise. Per un attimo, il sonno sembrò sparirle dal viso. Aveva scacciato il sogno. Lo guardò con occhi malinconici: sembrava stanco e preoccupato, le solite paure. Gli piaceva che Lole fosse avara di parole, di spiegazioni. Il silenzio rimetteva in ordine la loro vita. Una volta per tutte.

Nell'aria c'era profumo di menta. Guardò con attenzione la stanza. Piuttosto grande, pareti bianche, spoglie. Niente scaffali, soprammobili o libri. Arredamento essenziale, tavolo, sedie e credenza, scombinati, e un letto singolo vicino alla finestra. Una porta si apriva su un'altra stanza, la camera da letto. Dalla poltrona, poteva vedere una parte del letto. Lenzuola blu, in disordine. Non ricordava più gli odori della notte. Dei corpi. L'odore di Lole. Le sue ascelle, durante l'amore, sapevano di basilico. I suoi occhi si chiudevano. Con lo sguardo tornò al letto accanto alla finestra.

«Dormirai lì».

«Vorrei dormire ora».

Più tardi, la vide attraversare la stanza. Non sapeva quanto tempo aveva dormito. Per guardare l'ora avrebbe dovuto spostarsi e non ne aveva voglia. Preferiva guardare Lole che andava e veniva. Con gli occhi socchiusi. Uscì dal bagno avvolta in un asciugamano. Non era molto alta. Ma aveva ciò che ci voleva al posto giusto. E le gambe erano bellissime. Poi si riaddormentò. Senza nessuna paura.

Si era fatto buio. Lole indossava un vestito nero, senza maniche. Sobrio, ma le donava molto. Segnava delicatamente il suo corpo. Le guardò di nuovo le gambe. Questa volta, si sentì addosso gli occhi di Lole.

«Ti lascio le chiavi. C'è del caffè caldo. L'ho rifatto».

Diceva le cose più ovvie. Per il resto non c'era posto nella sua bocca. Si sollevò, prese una sigaretta senza perderla di vista.

«Torno tardi. Non mi aspettare».

«Fai sempre l'entraîneuse?».

«Faccio la hostess. Al Vamping. Non ti voglio vedere da quelle parti».

Si ricordò del Vamping, sopra la spiaggia dei Catalans. Un'incredibile scenografia alla Scorsese. La cantante e l'orchestra dietro leggii luccicanti. Tango, bolero, cha-cha-cha, mambo...

«Non era nelle mie intenzioni».

Alzò le spalle.

«Non ho mai conosciuto le tue intenzioni». Il sorriso bloccò qualsiasi commento di lui. «Pensi di vedere Fabio?».

Si aspettava questa domanda. Se l'era posta anche lui. Ma aveva accantonato l'idea. Fabio era uno sbirro. Significava mettere una croce sul loro passato, sulla loro amicizia. Eppure, avrebbe desiderato rivederlo, Fabio.

«Più tardi. Forse. Com'è?».

«Lo stesso. Come noi. Come te, come Manu. Un fallito. Non abbiamo saputo far niente delle nostre vite. Dunque, poliziotto o ladro...».

«Gli volevi bene, è vero».

«Gli voglio bene, sì».

Una stretta al cuore.

«L'hai rivisto?».

«Non lo vedo da tre mesi».

Lole prese la borsa e una giacca di lino bianca. Non riusciva a toglierle gli occhi di dosso.

«Sotto il tuo cuscino» disse alla fine. Era divertita dalla sua aria sorpresa. «Il resto è nel cassetto della credenza».

E senza dire altro, uscì. Alzò il cuscino. La calibro 9 era lì. L'aveva spedita a Lole, con posta celere, prima di lasciare Parigi. Il metrò e le stazioni brulicavano di sbirri. La Francia repubblicana aveva deciso di dare una bella ripulita. Immigrazione zero. Il nuovo sogno francese. In caso di controlli, non voleva problemi. Almeno non questo, visto che aveva pure i documenti falsi.

La pistola. Un regalo di Manu per i suoi vent'anni. A quell'epoca Manu era ormai fuori di testa. Non se n'era mai separato, ma neppure l'aveva mai usata. Non si uccide come niente. Anche se minacciati. E, a volte, era successo, qui o là. C'era sempre un'altra soluzione. Sicuramente. Ed era ancora vivo. Ma oggi ne aveva bisogno. Per uccidere.

Erano da poco passate le otto. Non pioveva più e, fuori dal palazzo, l'assalì l'aria calda. Dopo una lunga doccia, aveva indossato pantaloni neri, una polo nera e un giubbotto jeans. Si era infilato le scarpe, senza calzini. Imboccò rue du Panier.

Il suo quartiere. C'era nato. Rue des Petits-Puits, vicino a dove era nato Pierre Puget. Suo padre, appena arrivato in Francia, aveva abitato in rue de la Charité. In fuga dalla miseria e da

Mussolini. Aveva vent'anni e si portava dietro due fratelli. Erano *nabos*, napoletani. Altri tre si erano imbarcati per l'Argentina. Fecero i lavori che i Francesi rifiutavano. Suo padre si fece assumere come scaricatore, pagato al centesimo. "Cane da banchina" lo insultavano così. Sua madre lavorava ai datteri, quattordici ore al giorno. La sera, *nabos* e *babis*[1] si ritrovavano in strada. Sedevano davanti alla porta, si parlavano dalla finestra. Come in Italia. La bella vita, insomma.

Non riconobbe la vecchia casa, anche quella restaurata. Non si fermò neppure. Manu era di rue Baussenque. Un palazzo buio e umido, dove sua madre, incinta di lui, si era trasferita con i suoi due fratelli. José Manuel, il padre, era stato fucilato dai franchisti. Immigrati, esiliati, tutti sbarcavano, un giorno o l'altro, in uno di questi vicoli. Con le tasche vuote e il cuore pieno di speranza. Quando Lole arrivò con la sua famiglia, Manu e lui erano già grandi. Sedici anni. O almeno, era quello che facevano credere alle ragazze.

Vivere al Panier era una vergogna. Da un secolo. Il quartiere dei marinai, delle puttane. La piaga della città. Il grande lupanare. Per i nazisti, che avevano progettato di distruggerlo, *un focolaio di infezione per il mondo occidentale*. Lì, suo padre e sua madre avevano conosciuto l'umiliazione. L'ordine di espulsione, in piena notte. Il 24 gennaio 1943. Ventimila persone. Una carretta trovata in fretta e furia per stiparci le proprie cose. Poliziotti francesi violenti e soldati tedeschi arroganti. All'alba, spingere la carretta sulla Canebière, sotto gli occhi di chi andava al lavoro. Al liceo, li segnavano a dito. Anche i figli degli operai, quelli di Belle de Mai. Ma non per molto, gliele avrebbero spezzate quelle dita! Manu e lui lo sapevano: i loro corpi e i loro vestiti sapevano di muffa. L'odore del quartiere. La prima ragazza che baciarono aveva quell'odore perfino in fondo alla gola. Ma se ne fregavano. Amavano la vita. Erano belli. E sapevano battersi.

[1] Italiani del nord.

Per scendere prese rue du Refuge. Più in basso, sei ragazzini, dai quattordici ai sedici anni, stavano organizzando un colpo. Vicino a un motorino nuovo e splendente. Lo guardarono avvicinarsi, lo tenevano d'occhio. Una faccia nuova nel quartiere, possibile pericolo. Sbirro. Informatore. O il nuovo proprietario di un'impresa di ristrutturazioni, che sarebbe andato in comune a lamentarsi sulla poca sicurezza del quartiere. Sarebbe arrivata la polizia. Controlli, fermi. Forse anche botte. Rotture di coglioni. Giunto alla loro altezza, lanciò un'occhiata a quello che sembrava il capo. Uno sguardo dritto, franco, breve. Poi andò avanti. Nessuno si mosse. Si erano capiti.

Attraversò place de Lenche, deserta, poi scese verso il porto. Si fermò alla prima cabina telefonica. Batisti rispose.

«Sono l'amico di Manu».

«Salve, ragazzo. Passa a prendere un aperitivo, domani, al Péano. Verso l'una. Mi farà piacere conoscerti. Ciao».

Riattaccò. Era di poche parole, Batisti. Lui non aveva avuto il tempo di dirgli che avrebbe preferito qualsiasi altro posto. Ma non il Péano. Il bar dei pittori. Lì, Ambrogiani aveva esposto per la prima volta i suoi quadri. Anche altri nella sua scia, dopo. Pallidi imitatori. Inoltre, era il bar dei giornalisti. Di ogni tendenza. *Le Provençal, La Marseillaise,* l'*A.F.P., Libération.* Il pastis lanciava ponti tra gli uomini. La notte, si aspettava l'ultima edizione dei giornali prima di andare ad ascoltare il jazz nella sala sul retro. C'erano venuti Petrucciani, padre e figlio. Con Aldo Romano. Quante notti aveva trascorso lì, a tentare di capire cos'era la vita. Quella notte, Harry era al piano.

«Si capisce solo quello che si vuole capire» aveva detto Lole.

«Sì. E io ho urgente bisogno di cambiare aria».

Manu era tornato con l'ennesimo bicchiere. Dopo la mezzanotte non si contavano più. Tre scotch, doppi. Si era seduto e aveva alzato il bicchiere, sorridendo sotto i baffi.

«Alla salute degli innamorati».

«Chiudi il becco» aveva detto Lole.

Vi aveva guardato come strani animali, poi vi aveva dimenticato per la musica. Lole ti osservava. Avevi scolato il bicchiere. Lentamente. Con impegno. La decisione era presa: partire. Ti eri alzato ed eri uscito barcollando. Partire. Sei partito. Senza una parola per Manu, l'unico amico che ti rimaneva e senza una parola per Lole, che aveva appena compiuto vent'anni. Che amavi. Che amavate. Il Cairo, Gibuti, Aden, Harar. Itinerario di un adolescente non cresciuto. Poi, l'innocenza persa. Dall'Argentina al Messico. L'Asia, per chiudere con le illusioni. E un mandato di arresto internazionale, per traffico di opere d'arte.

Ora tornavi a Marsiglia per Manu. Per saldare il conto allo stronzo che l'aveva ucciso. Stava uscendo da Chez Félix, un bistrot di rue Cisserie, dove mangiava di solito. Lole lo aspettava a Madrid, da sua madre. Doveva prendersi un bel pacco di soldi. Per uno scasso senza sbavature da un grande avvocato marsigliese, Eric Brunel, in boulevard Longchamp. Avevano deciso di andarsene a Siviglia. Dimenticare Marsiglia e le difficoltà.

Non ce l'avevi con chi aveva fatto quella schifezza. Un killer a pagamento, di sicuro. Anonimo. Freddo. Venuto da Lione o da Milano. E che non avresti mai ritrovato. Ce l'avevi con quella merda che aveva dato l'ordine. Uccidere Manu. Non volevi sapere perché. Non ti servivano le ragioni. Neanche una. Manu, era come se fossi stato tu.

Il sole lo svegliò. Le nove. Rimase sdraiato sulla schiena e fumò la prima sigaretta. Erano mesi che non dormiva così profondamente. Sognava sempre di essere in un posto diverso da quello dove si trovava. In un bordello di Harar. Nella prigione di Tijuana. Sull'espresso Roma-Parigi. Ovunque. Ma sempre altrove. Invece, quella notte aveva sognato di dormire da Lole. Proprio dov'era, a casa di lei. Sorrise. L'aveva sentita appena, quando era tornata e aveva chiuso la porta della sua camera. Dormiva nelle lenzuola blu, cercando di ricomporre il suo sogno interrotto. Ne mancava sempre un pezzo. Manu. O forse era lui il pezzo mancante. Ma ormai non ci credeva più. E significava darsi troppa importanza. Vent'anni, più di un lutto.

Si alzò, preparò il caffè e andò a farsi la doccia. Sotto l'acqua calda, si sentì molto meglio. Con gli occhi chiusi sotto il getto, immaginò che Lole lo raggiungesse. Come prima. Si stringeva a lui. Il sesso di Lole contro il suo. La accarezzava lungo la schiena, sul sedere. Si eccitò. Aprì l'acqua fredda, urlando.

Lole mise uno dei primi dischi di Azuquita. *Pura salsa*. I suoi gusti non erano cambiati. Ugo accennò qualche passo di danza e questo la fece sorridere. Si avvicinò per baciarlo. Lui le scorse i seni. Pere che aspettavano di essere colte. Ma non distolse abbastanza velocemente lo sguardo. I loro occhi si incontrarono. Lole s'immobilizzò, strinse più forte la cintura dell'accappatoio e andò in cucina. Si sentì un verme. Passò un'eternità. Tornò con due tazze di caffè.

«Ieri sera, un tizio mi ha chiesto tue notizie. Voleva sapere se eri da queste parti. Un tuo amico. Malabe. Franckie Malabe».

Non conosceva nessun Malabe. Uno sbirro? Più probabilmente, un informatore. Non gli piaceva che si avvicinassero a Lole. Ma, al tempo stesso, lo rassicurava. I poliziotti della Dogana sapevano che era tornato in Francia, ma non conoscevano il suo rifugio. Non ancora. A lui serviva ancora un po' di tempo. Due giorni, forse. Tutto dipendeva da ciò che Batisti aveva da vendere.

«Perché sei qui?».

Afferrò il giubbotto. Non doveva rispondere. Non doveva iniziare con il gioco delle domande-risposte. Sarebbe stato incapace di mentirle. Incapace di spiegare perché lo faceva. Non ora. Doveva farlo e basta. Così come un giorno era dovuto partire. Alle sue domande non aveva mai trovato risposte. C'erano solo domande. Nessuna risposta. L'aveva capito, ecco tutto. Non era molto, ma era più sicuro che credere in Dio.

«Dimentica la domanda».

Dietro a lui, Lole aprì la porta e urlò:

«Non mi ha mai portata da nessuna parte, il fatto di non fare domande».

Il parcheggio a due piani di cours Estienne d'Orves era stato finalmente demolito. Il vecchio canale era diventato una bella piazza. Le case erano state restaurate, le facciate ridipinte, il selciato lastricato. Una piazza all'italiana. I bar e i ristoranti avevano tutti tavolini bianchi e ombrelloni all'aperto. Come in Italia, ci si metteva in mostra. Ma non con la stessa eleganza. Anche il Péano aveva i tavolini fuori, già tutti occupati. Soprattutto giovani. L'interno era stato rifatto. In stile déco. Freddo. I quadri sostituiti dalle copie. Orribili. Ma forse era meglio così. Per tenere i ricordi a distanza.

Si sedette al banco. Ordinò un pastis. Nella sala c'era una coppia, una prostituta e il suo magnaccia. O forse no. Discutevano a bassa voce. Una discussione animata. Appoggiò un gomito sul banco nuovo di zecca e tenne d'occhio l'ingresso.

I minuti passavano. Non entrava nessuno. Ordinò un altro pastis. Si sentì "Figlio di puttana". Un rumore sordo. Gli sguardi si voltarono verso la coppia. Silenzio. La donna uscì correndo. L'uomo si alzò, lasciò un biglietto da cinquanta franchi e la seguì.

Fuori, un uomo piegò il giornale che stava leggendo. Una sessantina d'anni. Berretto da marinaio in testa. Pantaloni blu, camicia bianca a maniche corte, fuori dalla cintura. Scarpe di corda blu. Si alzò e si avvicinò. Batisti.

Passò il pomeriggio a rintracciare i posti. Monsieur Charles, come lo chiamavano nel *milieu*[1], abitava in una ricca villa sopra la Corniche. Ville meravigliose, con torrette e colonne, giardini con le palme, oleandri e alberi da fico. Lasciata la Roucas Blanc, la strada che serpeggia su per questa piccola collina, ci si trova

---

[1] Gli ambienti della malavita.

in un dedalo di sentieri, a volte neanche asfaltati. Prese l'autobus, il 55, fino a place des Pilotes, in cima all'ultima collina. Poi continuò a piedi.

Aveva la rada ai suoi piedi. Dall'Estaque alla Pointe-Rouge. Le isole di Frioul, di Chateau d'If. Marsiglia in cinemascope. Una meraviglia. Iniziò la discesa, di fronte al mare. C'erano altre due ville e poi quella di Zucca. Guardò l'ora. 16 e 58. Il cancello della villa si aprì. Apparve una Mercedes nera, parcheggiò. Superò la villa, la Mercedes, e proseguì fino a rue des Espérettes, che taglia Roucas Blanc. Attraversò. Dieci passi e sarebbe arrivato alla fermata dell'autobus. Stando agli orari, il 55 doveva passare alle 17 e 05. Guardò l'ora, poi, appoggiato al palo, aspettò.

La Mercedes fece retromarcia lungo il marciapiede e si fermò. Due uomini a bordo, tra cui l'autista. Apparve Zucca. Doveva avere una settantina d'anni. Vestito elegantemente, come i vecchi malavitosi. Cappello di paglia compreso. Teneva al guinzaglio un barboncino bianco. Preceduto dal cane, scese fino al passaggio pedonale di rue des Espérettes. Si fermò. L'autobus stava arrivando. Zucca attraversò. Lato in ombra. Poi scese per Roucas Blanc, passando davanti alla fermata dell'autobus. La Mercedes si mosse, seguendolo.

Le informazioni di Batisti valevano effettivamente cinquantamila franchi. Aveva riferito tutto minuziosamente. Non mancava nessun dettaglio. Zucca faceva quella passeggiata ogni giorno, tranne la domenica, quando riceveva la sua famiglia. Alle sei, la Mercedes lo riportava alla villa. Ma Batisti non sapeva perché Zucca se la fosse presa con Manu. Su questo punto non riusciva a saperne di più. Ci doveva essere un nesso con la rapina a mano armata allo studio dell'avvocato. Iniziava a crederlo. Ma in verità, non gliene fregava niente. Solo Zucca lo interessava. Monsieur Charles.

Quei vecchi malavitosi gli facevano orrore. Amici per la pelle degli sbirri, dei magistrati. Impuniti. Fieri. Condiscendenti.

Zucca aveva la stessa faccia di Brando nel *Padrino*. Avevano tutti la stessa faccia. Qui, a Palermo, a Chicago. E altrove, ovunque. E lui, ora, ne aveva uno sotto tiro. Ne avrebbe fatto fuori uno. Per amicizia. E per sfogare il suo odio.

Frugò tra le cose di Lole. Il comò, gli armadi. Era tornato leggermente ubriaco. Non cercava nulla di preciso. Cercava per scoprire un segreto. Su Lole, su Manu. Ma non c'era niente da scoprire. La vita era scivolata tra le loro dita, più veloce dei soldi.

In un cassetto trovò un mucchio di foto. Ormai, restava solo questo. Si sentì nauseato. Bisognava buttare via tutto. Ma c'erano quelle tre foto. Tre foto uguali. Alla stessa ora, nello stesso posto. Manu e lui. Lole e Manu. Lole e lui. Scattate in fondo al grande molo, dietro il porto commerciale. Per andarci, bisognava eludere la sorveglianza dei guardiani. Eravamo bravi, pensò Ugo. Dietro a voi, la città. Sullo sfondo, le isole. Uscivate dall'acqua. Senza fiato. Felici. Eravate stati a lungo a guardar salpare le barche al tramonto. Lole leggeva *Esilio*, di Saint-John Perse, ad alta voce. *Le milizie del vento nelle sabbie dell'esilio*. Tornando, tu le avevi preso la mano. Avevi osato. Prima di Manu.

Quella sera, avevate lasciato Manu al Bar de Lenche. La situazione era precipitata. Niente più risate. Neanche una parola. I pastis bevuti in un silenzio imbarazzato. Il desiderio vi aveva allontanati da Manu. Il giorno dopo, fu necessario andarlo a prendere al posto di polizia. Ci aveva passato la notte. Aveva scatenato una rissa con due legionari. L'occhio destro non gli si apriva più. La bocca era gonfia. Aveva un labbro tagliato. E un sacco di lividi.

«Ne ho fatti fuori due!».

Lole l'aveva baciato sulla fronte. Si era stretto a lei e si era messo a piangere.

«Cazzo, quant'è dura» aveva detto.

E si era addormentato così, sulle ginocchia di Lole.

Lole lo svegliò alle dieci. Aveva dormito profondamente, ma sentiva la bocca impastata. L'odore di caffè riempiva la stanza. Lole, seduta sul bordo del letto, gli aveva sfiorato la spalla. Le sue labbra si erano posate sulla sua fronte, poi sulle sue labbra. Un bacio furtivo e tenero. Se la felicità esisteva, l'aveva appena sfiorata.

«Avevo dimenticato».

«Se è vero, esci immediatamente di qua!».

Gli tese una tazza di caffè e si alzò per andare a prendere la sua. Sorrideva. Felice. Come se la tristezza non si fosse svegliata.

«Perché non ti siedi, come prima».

«Il caffè...».

«Lo prendi in piedi, lo so».

Lei sorrise di nuovo. Ugo non si stancava mai di quel sorriso, della sua bocca. Si aggrappò ai suoi occhi. Brillavano come quella notte: avevi alzato la sua maglietta, poi la tua camicia. Con i corpi incollati uno all'altro eravate rimasti così, senza parlare. Solo i respiri. E i suoi occhi che non ti lasciavano.

«Non mi lascerai mai».

Avevi giurato.

Ma eri partito. Manu era rimasto. E Lole ti aveva aspettato. Ma Manu era restato perché ci voleva qualcuno che proteggesse Lole. E Lole non ti aveva seguito perché le sembrava ingiusto abbandonare Manu. Dopo la morte di lui, Ugo si era messo a pensare a queste cose. Doveva tornare. E adesso era lì. Il sapore di Marsiglia gli riveniva in bocca. Con il retrogusto di Lole.

Gli occhi di Lole brillarono ancora di più. Lacrime trattenute. Capiva che Ugo nascondeva qualcosa. E quel qualcosa avrebbe cambiato la sua vita. Ne aveva avuto il presentimento, dopo il funerale di Manu. Nelle ore trascorse con Fabio. Lo sentiva. Era capace di intuire le tragedie. Ma non avrebbe detto nulla. Stava a lui parlare.

Ugo prese la busta vicino al letto.

«Ecco un biglietto per Parigi. Oggi. Il T.G.V. delle 13 e 45.

Ed ecco un biglietto per il deposito bagagli. Gare de Lyon. E quest'altro, la stessa cosa, ma per la stazione Montparnasse. Due valigie da ritirare. In ciascuna, nascosti sotto vecchi vestiti, centomila franchi. E qui la cartolina di un ottimo ristorante a Port-Mer, vicino a Cancale, in Bretagna. Dietro, il telefono di Marine. Un contatto. Puoi chiederle tutto. Ma non trattare sul prezzo per il suo aiuto. Ti ho prenotato una camera all'hotel des Marronniers, rue Jacob. A nome tuo, per cinque notti. Troverai una lettera alla reception».

Lole era rimasta immobile. Lentamente gli occhi si erano svuotati di ogni espressione. Il suo sguardo non esprimeva più niente.

«Posso dire una parola su tutta questa storia?».

«No».

«Non hai altro da aggiungere?».

Ci sarebbero voluti secoli per dire tutto quanto avrebbe voluto. Poteva riassumerlo in una parola e una frase. Mi dispiace. Ti amo. Ma non avevano più tempo. O meglio, il tempo li aveva superati. Il futuro era dietro di loro. Davanti, c'erano solo i ricordi. I rimpianti. Alzò gli occhi su di lei. Con il maggior distacco possibile.

«Chiudi il tuo conto in banca. Distruggi la carta di credito. E il libretto di assegni. Cambia identità prima possibile. Se ne occuperà Marine».

«E tu?» articolò lei a fatica.

«Ti chiamo domattina».

Ugo guardò l'ora, si alzò. Le passò accanto evitando di guardarla e andò in bagno. Si chiuse a chiave. Non voleva che Lole lo raggiungesse sotto la doccia. Si guardò allo specchio. Non gli piaceva il suo viso. Si sentiva vecchio. Non sapeva più sorridere. Una piega di amarezza segnava la sua bocca, e non se ne sarebbe più andata. Stava per compiere quarantacinque anni e quel giorno sarebbe stato il più brutto della sua vita.

Sentì il primo accordo di chitarra di *Entre dos aguas*. Paco de Lucia. Lole aveva alzato il volume, fumava davanti allo stereo, le braccia conserte.

«Ti fai prendere dalla nostalgia».

«Va' al diavolo».

Prese la pistola, la caricò, mise la sicura e la nascose dietro, nella cintura, tra la camicia e i pantaloni. Lole si voltò e seguì ogni singolo gesto.

«Sbrigati. Non vorrei che tu perdessi quel treno».

«Cosa farai?».

«Un gran casino. Credo».

Il motorino teneva perfettamente il minimo. Non perdeva un colpo. 16 e 51. Rue des Espérettes, sotto la villa di Charles Zucca. Faceva caldo. Il sudore gli colava sulla schiena. Aveva fretta di farla finita.

Aveva cercato i *beurs*[1] per tutta la mattina. Cambiavano continuamente strada. Era una regola. Probabilmente non serviva a niente, ma avevano senz'altro i loro motivi. Li aveva trovati in rue Fontaine-de-Caylus, che era diventata una piazza, con alberi e panchine. C'erano solo loro. Nessuno del quartiere veniva a sedersi lì. Preferivano rimanere accanto alle loro porte. I grandi stavano sugli scalini di una casa, i più giovani in piedi. Il motorino, accanto. Vedendolo arrivare, il capo si alzò, gli altri si spostarono.

«Ho bisogno del motorino. Per oggi pomeriggio. Fino alle sei. Duemila, in contanti».

Si guardò attorno. Ansioso. Aveva contato sul fatto che nessuno avrebbe preso l'autobus. Se fosse arrivato qualcuno, avrebbe rinunciato. Se, in autobus, qualcuno fosse voluto scendere, lo avrebbe scoperto troppo tardi. Era un rischio. Ma aveva deciso di correrlo. Poi si disse che se correva questo rischio, avrebbe potuto benissimo correre anche l'altro. Iniziò a calcolare. L'autobus

---

[1] Persone nate in Francia da genitori arabi immigrati.

si ferma. La porta si apre. Qualcuno sale. L'autobus riparte. Quattro minuti. No, ieri aveva calcolato solo tre minuti. Diciamo quattro. Zucca avrebbe già attraversato. No, avrebbe visto il motorino e l'avrebbe lasciato passare. Vuotò la testa da ogni pensiero, contando e ricontando i minuti. Sì, era possibile. Ma dopo sarebbe esploso il caos. 16 e 59.

Abbassò la visiera del casco. Teneva la pistola in pugno. Le mani erano asciutte. Accelerò, ma appena, per costeggiare il marciapiede. La mano sinistra stretta al manubrio. Apparve il barboncino, seguito da Zucca. Lo pervase un senso di gelo interiore. Zucca lo vide arrivare. Si fermò sul bordo del marciapiede, trattenendo il cane. Capì, ma troppo tardi. La bocca si arrotondò, senza che ne uscisse un suono. Gli occhi si allargarono. La paura. Già quello sarebbe bastato. Che si fosse cacato sotto. Premette il grilletto. Con disgusto. Di se stesso. Di lui. Degli uomini. E dell'umanità. Gli svuotò il caricatore nel petto.

Davanti alla villa, la Mercedes scattò. A destra, stava arrivando l'autobus. Ugo superò la fermata, senza rallentare. Imballò il motorino e tagliò la strada all'autobus, aggirandolo. Rischiando di andare a sbattere sul marciapiede, riuscì a passare. L'autobus inchiodò, bloccando la strada alla Mercedes. Ugo filò via a tutto gas, prese a sinistra, ancora a sinistra, il Chemin du Souvenir, poi rue des Roses. Rue des Bois-Sacrés, gettò la pistola in un tombino. Qualche minuto dopo procedeva tranquillo in rue d'Endoume.

Solo allora pensò a Lole. Uno di fronte all'altra. Nulla poteva più essere detto. Avevi avuto voglia del suo ventre contro il tuo. Del sapore del suo corpo. Del suo odore. Menta e basilico. Ma c'erano troppi anni tra voi, e troppo silenzio. E Manu. Morto, eppure ancora così vivo. Cinquanta centimetri vi separavano. Con la mano, allungandola, avresti potuto prenderla per la vita e avvicinarla a te. Lei avrebbe potuto sciogliere la cinta dell'accappatoio e sconvolgerti con la bellezza del suo corpo. Vi sareste presi con violenza. Con insaziabile desiderio.

Dopo, ci sarebbe stato un dopo. Trovare le parole. Parole che non esistono. Ma poi, l'avresti persa ugualmente. Per sempre. Perché te n'eri andato. Senza un arrivederci. Senza un bacio. Ancora una volta.

Tremava. Si fermò davanti al primo bistrot, boulevard de la Corderie. Come un automa, mise la catena e si tolse il casco. Trangugiò un cognac. Sentì il bruciore scendergli fino in fondo. Il freddo abbandonò il suo corpo. Iniziò a sudare. Corse in bagno a vomitare, finalmente. Vomitare i suoi atti e i suoi pensieri. Vomitare ciò che era. Colui che aveva abbandonato Manu. Che non aveva avuto il coraggio di amare Lole. Un essere alla deriva. Da così tanto tempo. Troppo tempo. Il peggio, ne era sicuro, doveva ancora venire. Al secondo cognac non tremava più. Si era ripreso.

Parcheggiò a Fontaine-de-Caylus. I *beurs* non c'erano. 18 e 20. Strano. Si tolse il casco e l'appese al manubrio, senza spegnere il motore. Il più giovane arrivò, prendendo a calci un pallone. Gli andò incontro.

«Sparisci, stanno arrivando gli sbirri. Ce ne sono piantati di fronte a casa della tua donna».

Risalì la stradina controllando le traverse. Montée-des-Accoules, Montée-Saint-Esprit, traversa des Repenties. Place de Lenche, ovviamente. Aveva dimenticato di chiedere a Lole se Franckie Malabe era tornato. Forse aveva una possibilità prendendo la rue des Cartiers dall'alto. Lasciò il motorino e scese gli scalini correndo. Erano due. Due giovani poliziotti in borghese. In fondo alle scale.

«Polizia».

Sentì la sirena, più in alto sulla strada. Incastrato. Sentì sbattere gli sportelli. Stavano arrivando. Alle sue spalle.

«Non muoverti!».

Fece ciò che doveva fare. Infilò la mano sotto il giubbotto. Doveva farla finita. Non fuggire più. Era lì. A casa sua. Nel suo quartiere. Tanto valeva che succedesse qui. Marsiglia, per finire. Fece finta di puntare la pistola contro i due giovani poliziotti. Dietro di lui, non potevano vedere che era disarmato. La prima pallottola gli trafisse la schiena. Il polmone esplose. Le altre due non le sentì.

Capitolo primo
Nel quale anche per perdere bisogna sapersi battere

Mi accovacciai davanti al cadavere di Pierre Ugolini. Ugo. Ero appena arrivato sul posto. Troppo tardi. I miei colleghi avevano giocato ai cow-boys. Quando sparavano, uccidevano. Semplice. Seguaci del generale Custer. Un buon indiano è un indiano morto. E a Marsiglia erano tutti indiani, o quasi.

Il fascicolo Ugolini era piombato sulla scrivania sbagliata. Quella del commissario Auch. In pochi anni, la sua squadra si era fatta una brutta reputazione, ma aveva dato buoni risultati. Se necessario, chiudevano un occhio sui suoi eccessi. A Marsiglia la lotta al grande banditismo è una priorità. Un'altra, è il mantenimento dell'ordine nei quartieri nord. Le periferie dell'immigrazione. Le *cités*[1] proibite. Questo è il mio lavoro. Ma io non ho il diritto di toppare.

Ugo era un vecchio compagno d'infanzia. Come Manu. Un amico. Anche se con Ugo non c'eravamo più sentiti, da vent'anni. Manu e Ugo, era un colpo troppo duro per il mio passato. Avrei voluto evitarlo. Ma non ci avevo saputo fare.

Quando seppi che Auch era incaricato di indagare sulla presenza di Ugo a Marsiglia, sguinzagliai uno dei miei informatori, Franckie Malabe. Mi fidavo di lui. Se Ugo fosse venuto a Marsiglia sarebbe andato da Lole. Era evidente. Malgrado gli anni. E Ugo, ero sicuro che sarebbe venuto. Per Manu. Per Lole. L'amicizia ha le sue regole, non si sfugge. Lo aspettavo. Da tre mesi.

---

[1] Agglomerato urbano, popolare, perlopiù abitato dagli immigrati.

Perché, anche secondo me, bisognava fare chiarezza sulla morte di Manu. Ci voleva una spiegazione. Ci voleva un colpevole. E una giustizia. Volevo incontrare Ugo per parlare di questo. Della giustizia. Io, lo sbirro e lui, il fuorilegge. Per evitare le cazzate. Per proteggerlo da Auch. Ma per trovare Ugo, dovevo trovare Lole. Dopo la morte di Manu, avevo perso le sue tracce.

Franckie Malabe fu efficiente. Ma le informazioni le fornì prima a Auch. A me, arrivarono in seconda battuta. Dopo che aveva avvicinato Lole, al Vamping. Auch era potente. Gli informatori lo temevano. E gli informatori, da veri figli di puttana, tengono d'occhio solo i loro interessi. Avrei dovuto saperlo.

L'altro errore fu quello di non essere andato a cercare Lole io stesso. A volte, manco di coraggio. Non avevo trovato la forza di presentarmi al Vamping, tre mesi dopo. Tre mesi dopo quella notte, la notte che seguì la morte di Manu. Lole non mi avrebbe rivolto la parola. Forse. Ma, vedendomi, avrebbe capito il messaggio. Ugo sì che l'avrebbe capito.

Ugo. Mi fissava con gli occhi morti e un sorriso sulle labbra. Gli chiusi le palpebre. Il sorriso rimase e sarebbe rimasto.

Mi rialzai. C'era grande attività intorno a me. Orlandi si fece avanti, per le foto. Guardai il corpo di Ugo. La mano aperta e poco più in là la Smith & Wesson scivolata sul gradino. Foto. Cos'era successo veramente? Stava per sparare? C'era stata un'intimazione? Non lo avrei mai saputo. O forse, un giorno, all'inferno, quando avrei incontrato Ugo. Perché ci sarebbero stati solo i testimoni scelti da Auch. La gente del quartiere avrebbe tenuto la bocca chiusa. La loro parola non aveva valore. Girai gli occhi. Auch era appena arrivato. Si avvicinò.

«Spiacente per il tuo amico, Fabio».

«Vaffanculo».

Risalii rue des Cartiers. Incrociai Morvan, il tiratore scelto della squadra. Una faccia alla Lee Marvin. Una faccia da assassino, non da sbirro. Lo guardai con odio. Non abbassò gli occhi. Per lui, non esistevo. Non ero niente. Solo uno sbirro di periferia.

In cima alla strada, alcuni *beurs* seguivano la scena.

«Sgomberate, ragazzi».

Si guardarono. Guardarono il più vecchio della banda. Guardarono il motorino per terra, dietro di loro. Il motorino abbandonato da Ugo. Quando era stato incastrato, ero seduto al bar du Refuge. A sorvegliare la casa di Lole. Mi ero finalmente deciso. Stava passando troppo tempo ed era pericoloso. Non c'era nessuno in casa. Ma ero pronto ad aspettare Lole o Ugo per tutto il tempo necessario. Ugo era passato a due metri da me.

«Come ti chiami?».

«Djamel».

«È tuo il motorino?». Non rispose. «Raccattalo e togliti dai piedi, finché sono occupati».

Nessuno si mosse. Djamel mi guardava, perplesso.

«Lo pulisci e lo nascondi per qualche giorno. Hai capito?».

Mi diressi alla macchina, senza voltarmi. Accesi una sigaretta, una Winston, poi la buttai. Un sapore disgustoso. Da qualche mese provavo a passare dalle Gauloises alle bionde, per tossire meno. Controllai nello specchietto retrovisore se c'erano ancora il motorino e i *beurs*. Chiusi gli occhi. Avevo voglia di piangere.

Tornato in ufficio, mi informarono della faccenda di Zucca. E dell'assassino in motorino. Zucca non era un boss del *milieu*, ma un pilastro, essenziale, da quando i capi erano morti, in prigione, o alla macchia. Zucca morto, per noi poliziotti era una pacchia. Perlomeno per Auch. Feci immediatamente il collegamento con Ugo. Ma non dissi niente a nessuno. Cosa cambiava? Manu era morto. Ugo era morto. E Zucca non valeva una lacrima.

Il traghetto per Ajaccio lasciò la banchina 2. Il *Monte-d'Oro*. L'unico vantaggio del mio misero ufficio al commissariato centrale è di avere una finestra che dà sul porto della Joliette. I traghetti sono più o meno tutto ciò che resta dell'attività del porto. Traghetti per Ajaccio, Bastia, Algeri. Anche qualche piroscafo. Per crociere della terza età. E cargo. Marsiglia è il terzo porto d'Europa. Molto più importante di Genova, la sua rivale. In fondo al molo Léon Gousset, i carichi di banane e ananas della Costa d'Avorio mi apparivano segni di speranza per Marsiglia. Gli ultimi.

Il porto interessava molto le imprese immobiliari. Duecento ettari da costruire, una vera pacchia. Immaginavano di trasferire il porto a Fos e costruire una nuova Marsiglia in riva al mare. Avevano già gli architetti e i progetti erano a buon punto. Ma non riuscivo a immaginare Marsiglia senza le banchine, i vecchi hangar, le barche. Amavo le barche. Quelle vere, grandi. Mi piaceva vederle salpare. Ogni volta, sentivo una stretta al cuore. La *Ville de Naples* usciva dal porto. Tutta una luce. Ero sul molo. In lacrime. A bordo, Sandra, mia cugina. Con i genitori e i fratelli, avevano fatto scalo due giorni a Marsiglia. Ripartivano per Buenos Aires. Volevo bene a Sandra. Avevo nove anni. Non l'avevo più rivista. Non mi aveva mai scritto. Per fortuna, non era la mia unica cugina.

Il traghetto era entrato nel bacino della grande Joliette. Scivolò via dietro la cattedrale di La Major. Il sole al tramonto dava finalmente un po' di calore alla pietra grigia tutta sudicia. È in quell'ora del giorno che La Major, dalle rotondità bizantine, ritrova la sua bellezza. Dopo, torna a essere ciò che è sempre stata: una vanitosa schifezza del Secondo Impero. Seguii il traghetto con lo sguardo. Si allontanò lentamente, lungo la diga Sainte-Marie. Pronto a prendere il largo. Per i turisti, di passaggio a Marsiglia per un giorno soltanto, magari una notte, iniziava la traversata. Domani mattina, sarebbero arrivati all'île de Beauté. Di Marsiglia, avrebbero avuto il ricordo del Vieux-Port. Di Notre-Dame de la Garde, che lo sovrasta. Della Corniche, forse. E del palazzo del Pharo, che ora potevano scorgere sulla sinistra.

Marsiglia non è una città per turisti. Non c'è niente da vedere. La sua bellezza non si fotografa. Si condivide. Qui, bisogna schierarsi. Appassionarsi. Essere per, essere contro. Essere, violentemente. Solo allora, ciò che c'è da vedere si lascia vedere. E allora è troppo tardi, si è già in pieno dramma. Un dramma antico dove l'eroe è la morte. A Marsiglia, anche per perdere bisogna sapersi battere.

Il traghetto era ormai solo una macchia scura al tramonto. Ero troppo sbirro per prendere la realtà alla lettera. Alcune cose mi sfuggivano. Da chi Ugo aveva saputo così in fretta di Zucca? Zucca aveva veramente ordinato l'omicidio di Manu? Perché? E perché Auch non aveva beccato Ugo ieri sera? O stamattina? E dov'era Lole adesso?

Lole. Come Manu e Ugo, non l'avevo vista crescere. Diventare donna. Poi, come loro, l'avevo amata. Ma senza speranza. Non ero del Panier. Ci ero nato, ma quando avevo due anni, i miei genitori traslocarono alla Capelette, un quartiere di italiani. Con Lole, potevamo essere grandi amici, e già era una bella fortuna. La mia vera fortuna furono Manu e Ugo. Essere loro amico.

Avevo ancora dei parenti nel quartiere, in rue des Cordelles. Due cugini e una cugina, Angèle. Gélou, era una grande. Quasi diciassette anni. Veniva spesso da noi. Aiutava mia madre che non si alzava quasi più. Dopo, dovevo riaccompagnarla. Allora, non era ancora pericoloso, ma Gélou non gradiva tornare da sola. A me piaceva passeggiare con lei. Era bella e mi sentivo fiero quando mi prendeva a braccetto. Il problema iniziava quando si arrivava ad Accoules. Non mi piaceva andare in quel quartiere. Era sporco, puzzava. Mi vergognavo. E soprattutto avevo paura. Non con lei. Quando tornavo, solo. Gélou lo sapeva e si divertiva. Non osavo chiedere ai suoi fratelli di riaccompagnarmi. Me ne andavo quasi correndo. Con gli occhi bassi. C'erano spesso ragazzini della mia età all'angolo tra rue du Panier e rue des Muettes. Li sentivo ridere al mio passaggio. A volte mi fischiavano, come a una ragazza.

Una sera, era verso la fine dell'estate, Gélou e io risalivamo rue des Petits-Moulins. A braccetto. Come degli innamorati. Il suo seno sfiorava il dorso della mia mano. Mi eccitava. Ero felice. Poi li avevo visti, tutti e due. Li avevo già incrociati altre volte. Dovevamo avere la stessa età. Quattordici anni. Venivano verso di noi, con un brutto sorriso sulle labbra. Gélou mi strinse con più forza il braccio e sentii il calore del suo seno sulla mano.

Al nostro passaggio si divisero. Il più grande si mise dalla parte di Gélou. Il più piccolo dalla mia. Con la spalla mi spinse, ridendo forte. Lasciai il braccio di Gélou:

«Ehi! Spagnolo!».

Si voltò, sorpreso. Gli diedi un pugno nello stomaco che lo fece piegare in due. Poi gli sferrai un sinistro in piena faccia. Uno dei miei zii mi aveva insegnato un po' di pugilato, ma era la prima volta che facevo a botte. Era sdraiato per terra, cercando di riprendere fiato. L'altro non si era mosso. Neppure Gélou. Guardava. Spaventata. E affascinata, credo. Mi avvicinai, minaccioso:

«Allora, spagnolo, ne hai prese abbastanza?».

«Non lo chiamare così» disse l'altro alle mie spalle.

«Cosa sei, tu? Italiano?».

«Che cosa cambia?».

Sentii la terra sparirmi sotto i piedi. Senza alzarsi mi aveva fatto lo sgambetto. Mi ritrovai col culo a terra. Si gettò su di me. Vidi che aveva il labbro spaccato. Sanguinava. Rotolammo uno sull'altro. Odori di piscio e merda m'invasero le narici. Ebbi voglia di piangere. Di fermarmi. Di posare la testa sul seno di Gélou. Poi mi sentii strattonare con violenza e mi arrivarono dei colpi in testa. Un uomo ci stava separando, chiamandoci delinquenti e dicendo che saremmo presto finiti in galera. Non li vidi più. Fino a settembre. Ci ritrovammo nella stessa scuola, rue des Remparts. Un istituto professionale. Ugo venne a stringermi la mano, poi Manu. Parlammo di Gélou. Per loro, era la più bella del quartiere.

Era mezzanotte passata quando arrivai a casa. Abitavo fuori Marsiglia. Les Goudes. Il penultimo porticciolo prima delle calanche. Si costeggia la Corniche, fino alla spiaggia del Roucas Blanc, poi si continua seguendo il mare. La Vieille-Chapelle. La Pointe-Rouge. La Campagne Pastrée. La Grotte-Roland. Tanti quartieri che sembrano villaggi. Poi la Madrague de Montredon. Marsiglia si ferma lì. Apparentemente. Una piccola strada tortuosa, stagliata nella pietra bianca, domina il mare. In cima, a ridosso di aride colline, il porto di Les Goudes. La strada finisce un chilometro più avanti. A Callelongue. Dietro, le calanche di Sormiou, Morgiou, Sugitton, En-Vau. Vere meraviglie. Non ne esistono altre su tutta la costa. Le si può raggiungere solo a piedi. O in barca. È questa la fortuna. Oltre, molto oltre, c'è il porto di Cassis. E i turisti.

La mia, è una piccola casa di campagna. Come quasi tutte qui. Mattoni, assi, e qualche tegola. La mia era stata costruita sulle rocce, sopra il mare. Due stanze. Una cameretta e una grande sala da pranzo e cucina, arredata con semplicità, alla bell'e meglio. La mia barca era ormeggiata otto gradini più giù. Una barca da pescatori, con poppa a canoa, che avevo comprato da Honorine, la mia vicina. La casa, l'avevo ereditata dai miei genitori. Era il loro unico bene. E io l'unico figlio.

Ci venivamo il sabato, con tutta la famiglia. Preparavamo grandi piatti di pasta con il sugo, uccelletti e polpette di carne cotti nella stessa salsa. L'odore di pomodoro, basilico, timo e alloro riempiva le stanze. Le bottiglie di vino rosé circolavano tra le risate. I pasti finivano sempre con le canzoni, prima quelle di Marino Marini, di Renato Carosone, poi quelle del nostro paese. E per ultima, sempre, *Santa Lucia*, cantata da mio padre.

Poi, gli uomini si mettevano a giocare alla *belote*. Tutta la notte. Fino a quando uno di loro si arrabbiava e buttava le carte sul tavolo. «Accidenti, a questo bisogna fargli un salasso per calmarlo!» gridava un altro. E ricominciavano le risate. Si mettevano i materassi per terra. Ce li dividevamo. Noi figli, dormivamo nello stesso letto, di traverso. Appoggiavo la testa sul seno ancora acerbo di Gélou e mi addormentavo felice. Come un bambino. Con sogni da grande.

Le feste finirono con la morte di mia madre. Mio padre non mise più piede a Les Goudes. Venire a Les Goudes, trent'anni fa, era una vera spedizione. Bisognava prendere il 19 in place de la Préfecture, all'angolo con rue Armeny, fino alla Madrague de Montredon. Lì, si continuava a bordo di una vecchia corriera, il cui autista, da tempo, aveva superato l'età della pensione. Con Manu e Ugo, iniziammo ad andarci verso i sedici anni. Ma senza ragazze. Era solo nostra. La nostra tana. Portavamo lì tutti i nostri tesori. Libri, dischi. Inventavamo il mondo. Come lo volevamo noi, a nostra immagine e somiglianza. Abbiamo trascorso giornate intere a leggere le avventure di Ulisse. Poi, a notte fonda, seduti sugli scogli, silenziosi, sognavamo le sirene dalle folte capigliature che cantavano "tra gli scogli neri sfavillanti di schiuma bianca". E maledicevamo chi aveva ucciso le sirene.

I libri, fu Antonin, un vecchio libraio anarchico di cours Julien, a farceli apprezzare. Facevamo sega a scuola per andarlo a trovare. Ci raccontava storie di avventurieri e pirati. Il mar dei Caraibi. Il mar Rosso. I mari del Sud... A volte, si fermava, prendeva un libro e ce ne leggeva un brano. Poi ce lo regalava. Il primo fu *Lord Jim*, di Conrad.

Fu lì, anche, che ascoltammo Ray Charles per la prima volta. Sul vecchio Teppaz di Gélou. Era il 45 giri del concerto di Newport. *What' Id' Say* e *I Got a woman*. Fantastico. Non smettevamo mai d'ascoltarlo, prima una facciata poi l'altra. A tutto volume.

Honorine esplose:

«Santa madre! Ma ci volete rimbambire!» gridò dalla terrazza. E, con i pugni sui grossi fianchi, minacciò di lamentarsi con mio padre. Sapevo che non l'aveva più rivisto dalla morte di mia madre, ma era talmente furiosa che la credevamo capace di farlo. Questo ci calmò. E poi, volevamo bene a Honorine. Si preoccupava sempre per noi. Veniva a vedere "se avevamo bisogno di qualcosa".

«I vostri genitori lo sanno che siete qui?».

«Certo».

«E vi hanno preparato qualcosa da mangiare?».

«Sono troppo poveri».

Scoppiavamo a ridere. Alzava le spalle e andava via sorridendo. Complice come una madre. Una madre di tre figli che non aveva mai avuto. Poi tornava con la merenda. O una zuppa di pesce, quando rimanevamo a dormire lì il sabato sera. Il pesce, era Toinou, suo marito, che lo pescava. A volte, ci portava in barca. A turno. Fu lui a farmi amare la pesca. E ora, avevo la sua barca sotto la mia finestra, il Trémolino.

Andammo a Les Goudes fino a quando il servizio militare non ci separò. L'avevamo iniziato insieme: a Tolone, poi a Fréjus, nelle truppe coloniali, in mezzo a caporali sfregiati e decorati fino alle orecchie. Superstiti d'Indocina e d'Algeria che sognavano ancora di andare in guerra. Manu era rimasto a Fréjus. Ugo partito per Nouméa. E io per Gibuti. Dopo, non eravamo più gli stessi. Eravamo diventati uomini. Disillusi e cinici. Un po' amari, anche. Non avevamo niente. Neanche il diploma. Nessun futuro. Solo la vita. Ma la vita senza futuro era meno di niente.

Dei piccoli lavoretti merdosi ci stufammo presto. Una mattina, ci presentammo da Kouros, un'impresa di costruzioni nella valle dell'Huveaune, sulla strada di Aubagne. Eravamo di pessimo umore, come ogni volta che bisognava rifarsi un gruzzolo lavorando. La sera prima, avevamo perso tutto a poker. Ci eravamo dovuti alzare presto, prendere l'autobus, imbrogliare per non pagare, fregare le sigarette a un passante. Una vera mattinata di merda. Il greco ci propose 142 franchi e 57 a settimana. Manu impallidì. Non era tanto lo stipendio ridicolo che non mandava giù, ma i 57 centesimi.

«È sicuro dei 57 centesimi, signor Kouros?».

Il padrone guardò Manu come fosse un cretino, poi Ugo e me. Conoscevamo il nostro Manu. Le cose avevano preso una brutta piega.

«Non sono 56 né 58. Neppure 59. Vero? Sono 57? 57 centesimi?».

Kouros, senza capire, annuì. Pensava che fosse una buona tariffa. 142 franchi e 57 centesimi. Manu gli diede un ceffone. Forte e ben piazzato. Kouros cadde dalla sedia. La segretaria cacciò un urlo, poi si mise a gridare. Alcuni tizi irruppero nella stanza. Una rissa. E non eravamo noi in vantaggio. Fino all'arrivo della polizia. La sera, decidemmo di farla finita, dovevamo passare alle cose serie. Metterci in proprio, ecco cosa dovevamo fare. Forse riaprire il negozio di Antonin? Ma per farlo, ci mancavano i soldi. Mettemmo a punto il colpo. Rapinare una farmacia di notte. Una tabaccheria. Una stazione di servizio. L'idea era quella di mettere da parte un gruzzolo. Rubare, lo sapevamo fare. I libri da Tacussel sulla Canebière, i dischi da Raphael in rue Montgrand o i vestiti al Magasin Général o da Dames de France in rue Saint-Ferréol. Era addirittura un gioco. Ma rapinare, questo non lo sapevamo fare. Non ancora. Avremmo imparato presto. Passammo giornate intere a elaborare strategie, a cercare il posto giusto.

Una sera ci ritrovammo a Les Goudes. Per i vent'anni di Ugo. Miles Davis suonava *Rouge*.

Manu tirò fuori un pacchetto dalla borsa e lo posò davanti a Ugo.

«Il tuo regalo».
Una calibro 9.
«Dove l'hai trovata?».

Ugo guardò l'arma senza osare toccarla. Manu scoppiò a ridere, poi rimise la mano nella borsa e tirò fuori un'altra arma. Una Beretta 7,65.

«Con queste siamo a posto». Guardò Ugo, poi me. «Sono

riuscito ad averne solo due. Ma non è grave. Noi entriamo, tu rimani in macchina. Controlli che non ci siano rotture di palle. Non c'è alcun rischio. Il posto è deserto dopo le otto. Il tizio è un vecchio. Ed è solo».

Era una farmacia. Rue des Trois-Mages, una stradina non lontana dalla Canebière. Ero al volante di una Peugeot 204 che avevo rubato quella mattina in rue Saint-Jacques, nei quartieri alti. Manu e Ugo avevano calzato dei berretti da marinaio fino alle orecchie e si erano messi un fazzoletto sul naso. Schizzarono dalla macchina, come avevamo visto fare al cinema. Il tizio alzò le braccia, poi aprì il registratore di cassa. Ugo raccolse i soldi mentre Manu minacciava il vecchio con la Beretta. Mezz'ora dopo, brindavamo al Péano. A noi, ragazzi! Un altro giro! Avevamo arraffato millesettecento franchi. Una bella somma per l'epoca. L'equivalente di due mesi da Kouros, compresi i centesimi. Proprio facile.

Presto ci riempimmo le tasche di soldi. Da far fuori senza badare a spese. Ragazze. Macchine. Divertimento. Finivamo le serate dagli zingari, all'Estaque, a bere e ad ascoltarli suonare. Parenti di Zina e Kali, le sorelle di Lole. Lole, ora, accompagnava le sorelle. Aveva appena compiuto sedici anni. Restava in un angolo, raggomitolata, in silenzio. Assente. Mangiando quasi niente e bevendo latte.

Dimenticammo presto il negozio di Antonin. Dicendo che avremmo deciso più avanti. Per ora, un po' di bella vita non ci avrebbe fatto male. E poi, forse, quel negozio non era una buona idea. Quanto avremmo potuto guadagnare? Non molto, visto in quale miseria era finito Antonin. Forse un bar sarebbe stato meglio. O un locale notturno. Io, seguivo. Stazioni di servizio, tabaccherie, farmacie. Ripulimmo la regione da Aix alle Martigues. Una volta, ci spingemmo fino a Salon-de-Provence. Io, seguivo ancora. Ma con sempre minor entusiasmo. Come a poker, bluffando.

Una sera, toccò a una farmacia. All'angolo tra place Sadi-

Carnot e rue Mery, non lontano dal Vieux-Port. Il farmacista fece un gesto. Suonò una sirena. E il colpo di pistola partì. Dalla macchina vidi il tizio cadere a terra.

«Corri» mi disse Manu salendo dietro.

Arrivai in place di Mazeau. Mi sembrava di sentire le sirene della polizia non lontano da noi. A destra, il Panier. Nessuna strada, solo scale. Alla mia sinistra, rue de la Guirlande, senso unico. Presi rue Caisserie, poi rue Saint-Laurent.

«Sei rincoglionito o cosa! È una trappola per topi questa strada».

«Sei tu il rincoglionito! Perché hai sparato?».

Fermai la macchina a impasse Belle-Marinière. Indicai le scale tra i nuovi palazzi.

«Passiamo da lì. A piedi». Ugo non aveva ancora parlato. «Come va, Ugo?».

«Ci sono circa cinquemila franchi. È il nostro colpo migliore».

Manu imboccò rue des Martégales. Ugo rue Saint-Jean. Io rue de la Loge. Ma non li raggiunsi al Péano, come facevo di solito. Tornai a casa e vomitai. Poi mi misi a bere. A bere e a piangere. Guardando la città dal balcone. Sentivo mio padre russare. Aveva lavorato sodo, sofferto, ma io, pensai, non sarei mai stato felice come lui. Completamente ubriaco, sul letto, giurai su mia madre che se il tizio se la fosse cavata mi sarei fatto prete, e se fosse morto sarei diventato poliziotto. Stronzate, ma lo giurai. Il giorno dopo, mi arruolai nelle truppe coloniali, per tre anni. Il tizio non era né morto né vivo, ma paralizzato a vita. Avevo chiesto di tornare a Gibuti. È lì che vidi Ugo per l'ultima volta.

Tutti i nostri tesori erano qui, nella casa di campagna. Intatti. I libri, i dischi. E io, l'unico superstite.

«Ti ho preparato la focaccia» aveva scritto Honorine su un pezzetto di carta. La focaccia somiglia al croque-monsieur, ma è fatta con la pasta per la pizza. All'interno ci si mette ciò che si vuole. E viene servita calda. Quella sera, era prosciutto e mozzarella. Come ogni giorno, dalla morte di Toinou, tre anni fa, Honorine mi aveva preparato un pasto. Aveva appena compiuto settant'anni e le piaceva cucinare. Ma poteva cucinare solo per un uomo. Ero il suo uomo. E mi piaceva. Mi sistemai in barca con la focaccia e una bottiglia di Cassis bianco, un Clos Boudard, del '91. Uscii a remi per non disturbare il sonno dei vicini, poi, superata la diga, avviai il motore e feci rotta sull'isola Maire.

Avevo voglia di stare lì. Tra cielo e mare. Davanti a me, tutte le luci di Marsiglia. Lasciai la barca dondolare qua e là. Mio padre aveva messo via i remi. Tenendomi per le mani mi disse: "Non aver paura". Mi immerse nell'acqua fino alle spalle. La barca pendeva verso di me e avevo il suo viso proprio sopra il mio. Sorrise. "È bello, vero?". Annuii. Nient'affatto sicuro. Mi immerse di nuovo. Sì, è bello. Il mio primo contatto con il mare. Avevo appena compiuto cinque anni. Quel bagno, lo collocavo lì, da quelle parti, e ci tornavo ogni volta che venivo sopraffatto dalla tristezza. Come si cerca di tornare con la memoria alla prima immagine di felicità.

Triste, quella sera, lo ero. La morte di Ugo mi restava sullo stomaco. Mi sentivo oppresso. E solo. Più che mai. Ogni anno, cancellavo dalla mia agenda gli amici che facevano discorsi razzisti. Trascuravo coloro che sognavano solo macchine nuove e vacanze al Club Med. Dimenticavo tutti quelli che giocavano al lotto. Amavo la pesca e il silenzio. Camminare sulle colline. Bere del Cassis freddo. Del Lagavulin, o dell'Oban, tardi nella notte. Parlavo poco. Avevo le mie idee su tutto. La vita, la morte. Il Bene, il Male. Andavo matto per il cinema. Ero appassionato di musica. Non leggevo più i romanzi contemporanei. E più di tutto, mi facevano schifo i pavidi, i mollaccioni.

Tutto ciò, aveva sedotto parecchie donne. Non ero riuscito a tenerne neppure una. Ogni volta rivivevo la stessa storia. Quel che a loro piaceva in me, si mettevano a cercare di cambiarlo, appena sistemate nelle lenzuola nuove di una vita in comune. "Nessuno ti cambierà" mi disse Rosa andandosene, sei anni fa. Ci aveva provato per due anni. Ma avevo resistito. Ancora di più che con Muriel, Carmen e Alice. E poi alla fine, una notte, mi ritrovavo davanti a un bicchiere vuoto e un posacenere pieno di cicche.

Bevetti il vino dalla bottiglia. Ancora una di quelle notti in cui non sapevo più perché ero poliziotto. Da cinque anni mi avevano assegnato alla Squadra di Sorveglianza dei Settori. Un'unità di polizia senza nessuna formazione, incaricata di mantenere l'ordine nelle periferie. Avevo esperienza, sangue freddo, ed ero un tipo calmo. L'uomo ideale da mandare in guerra dopo qualche incidente clamoroso. Lahaouri Ben Mohamed, un giovane di diciassette anni, si era fatto ammazzare durante un banale controllo d'identità. Le associazioni antirazziste avevano protestato, i partiti di sinistra si erano mobilitati. Ma era solo un arabo. Non valeva la pena sbandierare i Diritti dell'Uomo. No. Ma quando, nel febbraio 1988, Charles Dovero, figlio di un tassista, si fece uccidere, la città fu in fermento. Un francese, merda. Questo sì che era un vero casino. Si dovevano prendere dei provvedimenti. Fui io a farlo. Mi ci misi d'impegno, con la testa piena di illusioni. La voglia di spiegare, di convincere. Di dare risposte, preferibilmente quelle giuste. Di aiutare. Quel giorno, avevo iniziato a *scivolare*, come dicevano i miei colleghi. Sempre meno poliziotto. Sempre più educatore di strada. O assistente sociale. O qualcosa del genere. Da allora, avevo perso la fiducia dei miei capi e mi ero fatto un bel po' di nemici. Vero è che non c'erano stati più incidenti, e la piccola criminalità non aveva progredito, ma il "carniere" non era molto glorioso: nessun arresto spettacolare, nessun colpo mediatico. La routine, ben gestita.

I miei "successi" acuirono il mio isolamento. Non ci furono altre assegnazioni alla Squadra di Sorveglianza dei Settori. E, una mattina, mi ritrovai senza più nessun potere. Spodestato dalla squadra anticrimine, la squadra antidroga, la squadra antiprostituzione, la squadra antiemigrazione clandestina. Senza contare la squadra di repressione del grande banditismo che dirige con brio Auch. Ero diventato uno sbirro di periferia a cui sfuggono tutte le inchieste. Ma, dopo le truppe coloniali, sapevo fare solo questo, lo sbirro. E nessuno mi aveva sfidato a fare altro. Ma sapevo che i miei colleghi avevano ragione, *scivolavo*. Stavo diventando un poliziotto pericoloso. Non tipo quelli che sparano alle spalle di un piccolo delinquente per salvare la pelle a un amico.

La segreteria telefonica lampeggiava. Era tardi. Tutto poteva aspettare. Avevo fatto la doccia. Mi versai un bicchiere di Lagavulin, misi un disco di Thelonious Monk e andai a letto con *Entro le maree* di Conrad. Gli occhi si chiusero. Monk continuò l'assolo.

Capitolo secondo
*Nel quale anche senza possibilità,
scommettere significa sperare*

Posteggiai la R5 al parcheggio di La Paternelle. Una *cité* magrebina. Non la più dura. Né la meno peggio. Erano appena le 10 e faceva già molto caldo. Qui, il sole poteva darsi alla pazza gioia. Nessun albero, niente. Il quartiere. Il parcheggio. Un'area abbandonata. E lontano, il mare. L'Estaque e il porto. Come un altro continente. Ricordavo che Aznavour cantava: *La miseria è meno dura al sole.* Sicuramente non era mai venuto fin qui. Fino a questo ammasso di merda e cemento.

Quando ero sbarcato nelle *cités*, avevo avuto subito a che fare con i piccoli delinquenti, i tossici e i marginali. Quelli che escono dai ranghi e provocano. Mettono paura alla gente. Non solo a quella del centro, ma anche a quella delle periferie. I giovani delinquenti, adolescenti già progrediti nella criminalità. Rapinatori, spacciatori, membri del racket. Alcuni, appena diciassettenni, totalizzano, a volte, due anni di prigione, con una "messa alla prova" di diversi anni. Piccoli duri, dal coltello facile. Tipacci. I tossici, invece, non cercano grane. Ma spesso sono a rota e per trovare i soldi farebbero qualsiasi cazzata. Ce l'hanno scritto in fronte. La loro faccia è già una confessione.

I marginali sono tipi tranquilli. Nessuna cazzata. Fedina penale pulita. Sono iscritti agli Istituti professionali, ma non ci vanno, cosa che va bene a tutti: alleggerisce le classi e permette di ottenere professori in più. Trascorrono i pomeriggi alla Fnac o da Virgin. Fregano una sigaretta qui, cento franchi là. Svoltano la giornata. Fino a quando non iniziano a sognare di guidare una BMW, perché sono stufi di prendere l'autobus. O quando hanno "l'illuminazione" della roba. E si fissano.

Poi ci sono tutti gli altri, che ho scoperto dopo. Una turba di ragazzini senza altra storia se non quella di essere nati lì. E arabi. O neri, zingari, comoriani. Liceali di ogni categoria, lavoratori al nero, disoccupati, scocciatori, sportivi. L'adolescenza, per loro, era come camminare su una corda tesa, con la differenza che avevano grandi probabilità di cadere. Dove? Era un terno al lotto. Nessuno lo sapeva. Delinquente, tossico, marginale. Prima o poi l'avrebbero saputo. Quando per me era sempre troppo presto, per loro era già tardi. Per ora si facevano beccare per delle cavolate. Niente biglietto sull'autobus, lite fuori dalla scuola, furtarelli al supermercato.

Di questo parlavano a Radio Galère, la radio sporca che fa il lavaggio del cervello. Una radio di bla bla che ascoltavo regolarmente in macchina. Aspettai la fine del programma con lo sportello aperto.

«I nostri vecchi non ci possono più aiutare, cazzo! Prendi me, per esempio. Ho quasi diciott'anni. Beh, il venerdì sera mi ci vogliono venti o trenta sacchi. Normale, no? A casa siamo cinque. Dove vuoi che li trovi, il vecchio, centocinquanta sacchi? Perciò, vedrai che non io, ma... il più giovane, dovrà...».

«Fregare! Toh!».

«Lascia perdere!».

«Sì! Poi il tizio a cui frega i soldi si accorge che è un arabo. E in un attimo diventa del Fronte nazionale!».

«Anche se non sarebbe razzista!».

«Beh, potrebbe essere un portoghese, un francese, uno zingaro».

«O uno svizzero! Cretino! Di ladri ce ne sono dappertutto».

«La iella vuole che a Marsiglia sono più spesso gli arabi a fregare che gli svizzeri».

Da quando mi occupavo del settore, avevo messo le mani su alcuni veri malavitosi, parecchi spacciatori e rapinatori. Beccati in flagrante, inseguimenti attraverso il quartiere o sulla circonvallazione. Direzione le Baumettes, la grande galera marsigliese. Lo facevo senza pietà, ma anche senza odio. Sempre però con un dubbio. A diciott'anni, la prigione spezza la vita a chiunque. Quando facevamo le rapine con Manu e Ugo, non ci si poneva neppure il problema dei rischi. Conoscevamo la regola. Giochi. Se vinci, bene. Se perdi, tanto peggio. Altrimenti, dovevi restare a casa.

La regola era sempre la stessa. Ma i rischi cento volte maggiori. E le prigioni traboccavano di minori. Uno ogni sei, questo lo sapevo. Un numero deprimente.

Una decina di ragazzini si rincorrevano lanciandosi pietre grosse come un pugno. "Almeno, intanto, non fanno cazzate" mi aveva detto una delle madri. Quando facevano le "cazzate", doveva intervenire la polizia. Non era altro che la versione junior di OK Corral. Davanti al palazzo C12, sei *beurs*, dai dodici ai diciassette anni, stavano organizzando un colpo. Sul metro e mezzo di ombra che forniva il palazzo. Videro che mi stavo avvicinando. Soprattutto il più grande. Rachid. Iniziò a scuotere la testa e a sbuffare, convinto che la mia presenza significasse l'inizio delle rotture di coglioni. Non avevo intenzione di deluderli. Urlai a tutto il gruppo:

«Allora, facciamo lezione all'aria aperta?».

«È una giornata pedagogica, oggi, signore. Tocca a loro farci lezione» disse il più giovane.

«Sì. Per vedere se riescono a ficcarci qualcosa nella zucca» rincarò un altro.

«Splendido. E questa è l'ora di applicazioni tecniche, suppongo».

«Beh, che c'è? Non abbiamo fatto niente di male!» gridò Rachid. Per lui la scuola era finita da tempo. Cacciato dall'istituto tecnico professionale per aver minacciato un professore che gli aveva dato del demente. Eppure, era un bravo ragazzo. Sperava di poter fare uno stage da apprendista. Come molti nelle *cités*.

Questo era il futuro, aspettare uno stage di qualcosa, di qualsiasi cosa. Era meglio che non aspettare assolutamente nulla.

«Non dico niente, mi sto solo informando». Aveva un soprabito dei colori dell'Olympique Marsiglia, blu e bianco. Toccai il tessuto. «È nuovo di zecca».

«Cosa?! L'ho pagato. L'ha comprato mia madre».

Gli misi un braccio intorno alle spalle e lo trascinai fuori dal gruppo. I suoi compagni mi guardarono, come se avessi infranto la legge. Pronti a mettersi a urlare.

«Senti Rachid, sto andando al B7, laggiù. Hai capito. Al quinto piano. Da Mouloud. Mouloud Laarbi. Lo conosci?».

«Sì, e allora?».

«Ci resterò un'oretta».

«E io che c'entro?».

Gli feci fare ancora qualche passo, verso la mia macchina.

«Lì, davanti a te, c'è la mia auto. Vabbè, non è un capolavoro. Ma ci tengo. Non vorrei avesse problemi. Neanche un graffio. Dunque, sorvegliala. E se hai voglia di andare a pisciare, ti metti d'accordo con i tuoi amici. Ok?».

«Non sono mica un guardiano, io, signore».

«Beh, allenati. Forse trovi un posto». Gli strinsi la spalla con maggior forza. «Neanche un graffio, capito, Rachid, sennò...».

«Cosa?! Non ho fatto niente, non può accusarmi di niente».

«Posso tutto, Rachid. Sono un poliziotto. Lo hai dimenticato?». Gli feci scivolare la mano lungo la schiena. «Se ti metto la mano sul sedere, qui, nella tasca, cosa trovo?».

Si dimenò, innervosito. Sapevo che non aveva niente. Volevo solo esserne sicuro.

«Non ho niente. Io, quella roba non la tocco».

«Lo so. Sei solo un piccolo arabo a cui uno sbirro rompe le palle. Vero?».

«Non ho detto questo».

«Ma lo pensi. Sorveglia la macchina, Rachid».

Il palazzo B7 assomigliava a tutti gli altri. L'ingresso era lurido. La lampadina era stata fracassata a sassate. C'era puzza di piscio. E l'ascensore non funzionava. Cinque piani. Salendo, non avevi certo l'impressione di andare in Paradiso. Mouloud aveva chiamato la sera prima, lasciando un messaggio in segreteria. Sorpreso dalla voce registrata, aveva detto "Pronto, pronto", un silenzio, poi il messaggio. "Per favore, signor Montale, devi venire. È per Leila".

Leila era la maggiore dei suoi figli. Ne aveva altri due: Kader e Driss. Forse, avrebbe potuto averne degli altri. Ma sua moglie, Fatima, era morta partorendo Driss. Mouloud, ci credeva nel sogno dell'immigrazione. Fu uno dei primi a essere assunto ai cantieri di Fos-sur-Mer, alla fine del 1970.

Fos era l'Eldorado. Di lavoro ce ne sarebbe stato per secoli. Si costruiva un porto che avrebbe accolto enormi petroliere e fabbriche dove fondere tutto l'acciaio d'Europa. Mouloud era fiero di partecipare a questa avventura. Gli piaceva costruire. La sua vita, la sua famiglia, le aveva forgiate su quest'immagine. Non aveva mai costretto i suoi figli a non frequentare gli altri, a evitare i francesi. Solo a tenersi lontani dalle cattive amicizie. Avere rispetto per se stessi. Imparare a comportarsi bene. E riuscire meglio possibile. Integrarsi nella società, senza rinnegare. Né la propria razza, né il proprio passato.

"Quando eravamo piccoli" mi confidò un giorno Leila, "ci faceva ripetere dopo di lui: *Allah Akbar, La ilah illa Allah, Mohamed rasa allah, Ayya illa salat, Ayya illa el Fallah*. Non ci capivamo niente. Ma era piacevole da ascoltare, assomigliava a ciò che raccontava dell'Algeria". A quell'epoca, Mouloud era felice. Aveva sistemato la famiglia a Port-de-Bouc, tra le Martigues e Fos. In Comune erano stati "gentili con lui" e presto aveva ottenuto una casa popolare, in avenue Maurice Thorez. Il lavoro era duro, e più arabi c'erano meglio si stava. Era quel che pensavano i vecchi dei cantieri navali, che si erano fatti riassumere a Fos. Italiani, perlopiù sardi, greci, portoghesi, alcuni spagnoli.

Mouloud aderì alla C.G.T. Era un lavoratore e aveva bisogno di trovare una famiglia che lo capisse, aiutasse e difendesse. "Questa è la più grande" gli aveva detto Guttierez, il delegato sindacale. E aveva aggiunto: "Dopo il cantiere, ci sarà il tirocinio per entrare nella siderurgia. Con noi, hai già il posto in fabbrica".

A Mouloud questo piaceva. Ci credeva ciecamente. Anche Guttierez ci credeva. La C.G.T. ci credeva. Marsiglia ci credeva. Tutte le città limitrofe ci credevano e costruivano case popolari a tutto spiano, scuole, strade per accogliere tutti i lavoratori a cui era stato promesso l'Eldorado. La Francia stessa ci credeva. Al primo lingotto d'acciaio fuso, Fos era già solo un miraggio. L'ultimo grande sogno degli anni Settanta. La più crudele delle delusioni. Migliaia di uomini rimasero col sedere a terra. E con loro, Mouloud. Ma non si scoraggiò.

Con la C.G.T. fece sciopero, occupò il cantiere, e si oppose ai C.R.S.[1] che vennero per evacuarli. Avevano perso, certo. Non si vince mai contro il dispotismo economico dei padroni. Driss era appena nato. Fatima era morta. E Mouloud, schedato come agitatore, non trovò più dei veri lavori. Solo impieghi saltuari. Adesso, era spedizioniere da Carrefour, al minimo salariale. Dopo tanti anni. Ma, diceva, "è una fortuna". Moloud era così, ci credeva, nella Francia.

Nell'ufficio del commissariato di zona, una sera, Mouloud mi raccontò la sua vita. Con orgoglio. Per farmi capire. Con lui c'era Leila. Due anni fa. Avevo convocato Driss e Kader. Qualche ora prima, Mouloud aveva comprato delle pile per una radio regalatagli dai figli. Le pile non funzionavano. Kader scese al negozio, sul boulevard, per cambiarle. Driss lo seguì.

«Non le sa fare funzionare, ecco tutto».

«Sì, che lo so fare» rispose Kader, «non è la prima volta».

«Voi arabi sapete sempre tutto».

---

[1] Battaglione mobile anti-sommossa.

«Signora, non è educato dire così».

«Se voglio sono educata, ma non con degli sporchi arabi come voi. Mi fate perdere tempo. Riprenditi le pile. E poi sono vecchie, non le hai comprate da me».

«È stato mio padre, le ha comprate poco fa».

Il marito spuntò dal retrobottega con un fucile da caccia in mano.

«Vallo a chiamare quel bugiardo di tuo padre! Gliele faccio ingoiare, le sue pile». Aveva buttato le pile a terra. «Andatevene! Imbecilli!».

Kader spinse Driss fuori dal negozio. Poi tutto successe in un attimo. Driss, che non aveva ancora detto niente, raccolse un sasso e lo lanciò contro la vetrina. Si mise a correre, seguito da Kader. Il tizio era uscito dal negozio e gli aveva sparato addosso. Senza beccarli. Dieci minuti dopo, un centinaio di ragazzini assediavano il negozio. Ci vollero più di due ore, e un furgone dei C.R.S. per far tornare la calma. Senza morti, né feriti. Ma ero furioso. La mia missione era, appunto, evitare l'intervento dei C.R.S. Nessuna sommossa, nessuna provocazione, e soprattutto nessun incidente.

Avevo ascoltato il negoziante.

«Ci sono troppi arabi. È questo il problema».

«Ci sono. Non è stato lei a portarli qui. Non sono stato neppure io. Ci sono. E dobbiamo conviverci».

«Sta dalla loro parte, lei?».

«Non faccia storie, Varounian. Sono arabi. Lei è armeno».

«Sono fiero di esserlo. Ha qualcosa contro gli armeni?».

«No e neppure contro gli arabi».

«Ecco, che cosa ci si guadagna? In centro, sembra di essere ad Algeri o a Orano. Ci è mai stato, laggiù? Io sì. Qui, ora, c'è la stessa puzza». Lo lasciavo parlare. «Prima, quando per sbaglio davi una spinta a un arabo, era lui a scusarsi. Ora, ti dice: "Potresti chiedere scusa!". Sono arroganti, ecco cosa sono! Pensano di stare a casa loro, merda!».

Poi, non ebbi più voglia di ascoltare. E neppure di discutere. Mi nauseava. Era sempre la stessa storia. Ascoltarlo era come leggere *Le Méridional*. Ogni giorno, il quotidiano di estrema destra diffondeva odio. *Un giorno o l'altro,* era arrivato a scrivere, *si dovranno far intervenire i C.R.S., la squadra mobile, i cani poliziotto per distruggere le casbah marsigliesi...* Sarebbe esploso tutto, se non si interveniva. Era certo. Non avevo soluzioni. Nessuno ne aveva. Bisognava aspettare. Non rassegnarsi. Puntare su Marsiglia. Credere che sarebbe sopravvissuta a questa nuova mescolanza umana. Sarebbe rinata. Marsiglia ne aveva viste tante.

Avevo rimandato tutti a casa. Con multe per "disordini sulla pubblica via" precedute da una piccola predica. Varounian se ne andò per primo.

«Ai poliziotti come lei, faremo la festa» disse uscendo. «Presto. Quando saremo al potere».

«Arrivederci, signor Varounian» rispose Leila con arroganza.

La pugnalò con lo sguardo. Non ne fui sicuro, ma mi sembrò di sentirlo borbottare tra i denti "stronza". Avevo sorriso a Leila. Qualche giorno dopo, mi telefonò in commissariato per ringraziarmi e invitarmi per la domenica successiva a prendere il tè da loro. Avevo accettato. Mi era piaciuto, Mouloud.

Ora, Driss era apprendista in un garage, in rue Roger Salengro. Kader lavorava a Parigi, da uno zio che aveva una salumeria in rue Charonne. Leila era all'università, ad Aix-en-Provence. Quest'anno discuteva una tesi in lettere moderne. Mouloud era di nuovo felice. I suoi figli si stavano sistemando. Ne era orgoglioso, soprattutto della figlia. Lo capivo. Leila era intelligente, sicura di sé e bella. Il ritratto della madre, mi aveva detto Mouloud. E mi aveva mostrato una foto di Fatima, di Fatima e lui al Vieux-Port. Il loro primo giorno insieme, dopo anni. Era andato a prenderla in Algeria, per portarla in Paradiso.

Mouloud aprì la porta. Aveva gli occhi rossi.

«È sparita. Leila è sparita».

*

Mouloud preparò il tè. Era senza notizie di Leila da tre giorni. Non era normale. Lo sapevo. Leila aveva rispetto per suo padre. Non gli piaceva vederla in jeans, fumare o bere un aperitivo. Glielo diceva. Ne discutevano, litigavano, ma non le aveva mai imposto le sue idee. Aveva fiducia in lei. Per questo le aveva dato il permesso di prendere una stanza nella città universitaria, ad Aix. Di vivere per conto suo. Leila telefonava ogni due giorni e tornava la domenica. Spesso rimaneva a dormire. Driss le lasciava il divano in salotto e dormiva con il padre.

Quel che rendeva il silenzio di Leila preoccupante, è che non aveva neppure telefonato per dire come era andata la discussione della tesi.

«Forse è andata male. Si vergogna... È rimasta lì, sola, a piangere. Non osa tornare».

«Forse».

«Dovresti andarla a prendere, signor Montale. Dirle che non è grave».

Mouloud non credeva a una sola parola di ciò che stava dicendo. Io neanche. Se fosse andata male, avrebbe pianto, sì. Ma da lì a rintanarsi in camera, no, non riuscivo a crederci. E poi, ero sicuro che era andata bene. *Poesia e dovere d'identità*. Avevo letto la sua tesi, quindici giorni prima, e l'avevo trovato un lavoro pregevole. Ma non ero la commissione e Leila era araba.

Si era ispirata a uno scrittore libanese, Salah Stétié. Leila aveva sviluppato alcuni dei suoi temi, creando dei ponti tra Oriente e Occidente. Al di sopra del Mediterraneo. E ricordava che ne *Le Mille e una notte*, dietro i tratti di Sinbad il Marinaio, si scorgevano questo o quell'episodio dell'*Odissea*, e l'ingegno riconosciuto a Ulisse e alla sua maliziosa saggezza.

Soprattutto, mi era piaciuta la conclusione. Per lei, figlia d'Oriente, la lingua francese diventava il luogo dove l'emigrante riuniva tutte le sue terre e poteva finalmente posare le valigie. La lingua di Rimbaud, di Valéry, di Char, poteva trasformarsi.

Il sogno di una generazione di giovani arabi. A Marsiglia esisteva uno strano francese, una mescolanza di provenzale, italiano, spagnolo e arabo, con una punta di argot e un pizzico di *verlan*[1]. I ragazzi si capivano alla perfezione con questo linguaggio. Sulla strada. A scuola e a casa era un altro paio di maniche.

La prima volta che andai a trovarla all'università, vidi le scritte razziste sui muri. Ingiuriose e oscene. Mi ero fermato di fronte alla più laconica: "Gli arabi, i neri fuori!". Per me, la facoltà fascista era Legge. A cinquecento metri da lì. La cattiveria umana arrivava anche a Lettere! Qualcuno aveva aggiunto, per chi avesse dei dubbi: "Anche gli ebrei".

«Non deve certo stimolare lo studio» le dissi.

«Non le vedo più».

«Ma ce l'hai in testa, no?».

Alzò le spalle, accese una Camel, poi mi prese per un braccio e mi portò via da lì.

«Un giorno riusciremo a far valere i nostri diritti. Voto. Proprio per questo. E non sono più l'unica a farlo».

«I vostri diritti, d'accordo. Ma non ti cambieranno la faccia».

Mi guardò sorridendo. Le brillavano gli occhi.

«Ah sì? Cosa ha la mia faccia? Non ti piace, forse?».

«È bellissima» balbettai.

Aveva il viso di Maria Schneider in *Ultimo tango a Parigi*. Rotondo, con i capelli lunghi e ricci, ma neri. Come gli occhi che fissavano i miei. Arrossii.

Avevo visto spesso Leila, negli ultimi due anni. Sapevo più io di lei che suo padre. Avevamo preso l'abitudine di pranzare insieme una volta la settimana. Mi parlava di sua madre che aveva conosciuto appena. Le mancava. Il tempo non migliorava le cose. Anzi. Il compleanno di Driss era, ogni anno, un brutto giorno da trascorrere. Per tutti e quattro.

«È per questo, vedi, che Driss è diventato non cattivo, ma vio-

---

[1] Elaborazione dell'*argot* che consiste nell'invertire le sillabe di alcune parole.

lento. Per la maledizione che c'è su di lui. Lui odia. Un giorno mio padre mi ha detto: "Se avessi potuto scegliere, avrei scelto tua madre". Lo ha detto a me, perché ero l'unica che poteva capirlo».

«Anche il mio, sai, mi ha detto così. Ma mia madre se l'è cavata. E io sono qui. Figlio unico. E solo».

«La solitudine è una bara di vetro». Sorrise. «È il titolo di un romanzo. Non l'hai letto?». Scossi la testa. «È di Ray Bradbury. Un poliziesco. Te lo presto. Dovresti leggere romanzi contemporanei».

«Non mi interessano. Non hanno stile».

«Bradbury? Fabio!».

«Bradbury, forse».

E ci lanciavamo in grandi discussioni sulla letteratura. Lei, la futura professoressa di lettere e io, il poliziotto autodidatta. Gli unici libri che avevo letto erano quelli che ci aveva dato il vecchio Antonin. Libri di avventure, di viaggi. E di poeti, anche. Poeti marsigliesi, oggi dimenticati. Émile Sicard, Toursky, Gérald Neveu, Gabriel Audisio e Louis Brauquier, il mio preferito.

In quel periodo, i pranzi settimanali non ci bastavano più. Ci vedevamo una o due sere a settimana. Quando non ero in servizio e lei non faceva la baby-sitter. Andavo a prenderla ad Aix, andavamo al cinema e poi a cena da qualche parte.

Ci eravamo lanciati in un gran giro di ristoranti stranieri, cosa che, da Aix a Marsiglia, poteva tenerci occupati per diversi mesi. Davamo stelle ad alcuni e un cattivo punteggio ad altri. In testa alla classifica, il Mille et une nuits, in boulevard d'Athènes. Ci si sedeva sui pouf, davanti a un grande vassoio di rame, ascoltando il raï. Cucina marocchina. La più raffinata del Maghreb. Servivano la migliore pastilla al piccione che avessi mai mangiato.

Quella sera, avevo proposto di andare a cena al Tamaris, un piccolo ristorante greco nella baia di Samena, non lontano da casa mia. Faceva caldo. Un caldo denso, secco, come spesso a fine agosto. Avevamo ordinato cose semplici: insalata di cetrioli allo yogurt, foglie di vite ripiene, tarama, spiedini alle cento spezie, grigliata su tralci di vite, con un goccio di olio d'oliva, capretto. Il tutto accompagnato da un Retsina bianco.

Avevamo camminato sulla spiaggetta di ciottoli, poi c'eravamo seduti sugli scogli. Era una notte meravigliosa. In lontananza, il faro di Planier illuminava il capo. Leila appoggiò la testa sulla mia spalla. I suoi capelli odoravano di miele e spezie. Il suo braccio scivolò sotto il mio e mi prese la mano. Quel contatto mi fece rabbrividire. Non ebbi il tempo di svincolarmi dalle sue dita. Iniziò a recitare una poesia di Brauquier, in arabo:

> Siamo oggi senza ombra e senza mistero,
> In una povertà che lo spirito abbandona;
> Restituiteci il peccato e il sapore della terra
> Perché il nostro corpo si emozioni, tremi e si dia.

«L'ho tradotta in arabo per te. Per fartela sentire nella mia lingua».

La sua lingua era anche la sua voce. Dolce come l'halva. Ero commosso. Mi voltai verso di lei. Lentamente, per non spostare la sua testa dalla mia spalla. E ubriacarmi del suo odore. Vidi i suoi occhi brillare, appena illuminati dal riflesso della luna sull'acqua. Ebbi voglia di prenderla tra le braccia, stringerla a me. Baciarla.

Lo sapevo, e anche lei, i nostri incontri, sempre più frequenti, ci avrebbero condotto a quell'istante. E quell'istante, lo temevo. Conoscevo troppo bene i miei desideri. Sapevo come sarebbe andata a finire. In un letto, poi tra le lacrime. Non avevo fatto altro che accumulare fallimenti. La donna che cercavo, dovevo ancora trovarla. Se esisteva. Ma non era Leila. Per lei, così giovane, avevo solo del desiderio. Non avevo il diritto di giocare con lei. Con i suoi sentimenti. Era troppo in gamba per questo. La baciai sulla fronte. Sentii una carezza sulla gamba.

«Mi porti a casa tua?».

«Ti riaccompagno ad Aix. È meglio per tutti e due. Sono solo un vecchio idiota».

«Mi piacciono molto i vecchi idioti».
«Lascia perdere, Leila. Trova qualcuno di meglio. Più giovane».

Guidai guardando dritto di fronte a me. Non ci scambiammo un solo sguardo. Leila fumava. Avevo messo una cassetta di Calvin Russel. Per guidare, andava bene. Avrei attraversato l'Europa pur di non prendere il raccordo autostradale che portava ad Aix. Russel cantava *Rockin' the Republicans*. Leila, sempre senza parlare, tolse la cassetta prima dell'inizio di *Baby I Love You*.

Ne inserì un'altra che non conoscevo. Musica araba. Un assolo di oud. La musica che aveva sognato per quella notte con me. L'oud si diffuse nella macchina come un odore. Il dolce odore delle oasi. Datteri, fichi secchi, mandorle. Le lanciai un'occhiata. Aveva la gonna alzata sopra le ginocchia. Era bella, bella per me. Sì, la desideravo.

«Non avresti dovuto» disse prima di scendere.
«Dovuto cosa?».
«Lasciare che ti amassi».

Sbatté lo sportello. Ma senza violenza. Solo tristezza. E la rabbia che l'accompagna sempre. Era un anno fa. Non ci eravamo più rivisti. Non aveva più chiamato. Rimuginai sulla sua assenza. Quindici giorni fa avevo ricevuto per posta una copia della sua tesi. Sul biglietto, solo poche parole: "Per te. A presto".

«Vado a cercarla, Mouloud. Non ti preoccupare».

Gli feci uno dei miei più bei sorrisi. Quello del poliziotto su cui si può contare. Ricordai che Leila, parlando dei fratelli, aveva detto: "Quando è tardi, e uno di loro non è tornato, ci preoccupiamo. Qui può succedere di tutto". Ero preoccupato.

Davanti al C12, Rachid era solo, seduto su uno skate. Si alzò vedendomi uscire dal palazzo, raccolse lo skate e sparì nell'ingresso. Senz'altro mi stava mandando a quel paese, bastardo che non ero altro. Ma non importava. Al parcheggio, la mia macchina non aveva un solo graffio.

Capitolo terzo
Nel quale l'onore dei sopravvissuti è sopravvivere

Una foschia afosa avvolgeva Marsiglia. Ero in autostrada, con i finestrini aperti. Misi una cassetta di B. B. King. Il volume al massimo. Solo musica. Non volevo pensare. Non ancora. Soltanto creare il vuoto nella mente, respingere le domande che affluivano. Tornavo da Aix e ciò che temevo trovava conferma. Leila era veramente sparita.

Avevo vagato per una università deserta, in cerca della segreteria. Prima di andare alla città universitaria, mi serviva sapere se Leila aveva passato l'esame. La risposta era sì. Con lode. Era sparita, dopo. La sua vecchia Fiat Panda era posteggiata al parcheggio. Le avevo dato un'occhiata, ma sembrava tutto in ordine. O è un guasto, cosa che non avevo verificato, o Leila aveva preso l'autobus, o qualcuno era passato a prenderla.

Il portiere, un omino grassotello con il berretto in testa, mi aprì la camera di Leila. Ricordava di averla vista tornare ma non riuscire. Però verso le 18 si era assentato.

«Ha fatto qualcosa di male?».

«No, niente. È sparita».

«Merda» aveva detto, grattandosi la testa. «È gentile, quella ragazzina. E educata. Non come certe francesi».

«È francese».

«Non volevo dire questo, signore».

Tacque. L'avevo offeso. Rimase davanti alla porta mentre esaminavo la stanza. Non c'era niente da cercare. Solo arrivare alla convinzione che Leila non aveva preso il volo per Acapulco, così, tanto per cambiare aria. Il letto era rifatto. Sopra il lavabo, spazzolino, dentifricio, prodotti di bellezza. Nell'armadio, le sue cose, in ordine. Un sacco con la biancheria sporca. Sul tavolo, fogli di carta, quaderni e libri.

Quello che cercavo era lì. *Le Bar d'escale*, di Louis Brauquier. La prima edizione, del 1926, su carta vergata Lafuma, pubblicato dalla rivista *Le Feu*. Numero 36. Glielo avevo regalato.

Era la prima volta che mi separavo da uno dei libri che avevo in casa. Appartenevano tanto a Manu e Ugo quanto a me. Rappresentavano il tesoro della nostra adolescenza. Avevo spesso sognato che un giorno ci avrebbero riunito tutti e tre. Il giorno in cui Manu e Ugo mi avrebbero finalmente perdonato di essere un poliziotto. Il giorno in cui avrei ammesso che era più facile fare lo sbirro che il delinquente, e in cui avrei potuto riabbracciarli, come fratelli, con le lacrime agli occhi. Sapevo che quel giorno avrei letto la poesia di Brauquier che finiva con questi versi:

A lungo ti ho cercata
notte della notte persa.

Avevamo scoperto le poesie di Brauquier da Antonin. *Eau douce pour navire, L'au-delà de Suez, Liberté des mers.* Avevamo diciassette anni. A quell'epoca, il vecchio libraio si stava riprendendo a fatica da una crisi cardiaca. Tenevamo aperto il negozio a turno. Allora, non buttavamo i soldi giocando a flipper. E sguazzavamo nella nostra grande passione, i vecchi libri. I romanzi, i racconti di viaggio, le poesie che ho letto hanno un odore particolare. Di cantina, di sottosuolo. Un odore quasi speziato, un misto di polvere e umidità. Verderame. I libri di oggi non hanno più nessun odore. Neanche quello della stampa.

L'edizione originale de *Le Bar d'escale* l'avevo trovata una mattina, svuotando alcuni cartoni che Antonin non aveva mai aperto. Me l'ero portata via. Sfogliai le pagine ingiallite del libro, lo chiusi e lo infilai in tasca. Guardai il portiere.

«Mi scusi per prima. Sono nervoso». Alzò le spalle. Era il tipo di persona abituata a ricevere cazziatoni.

«La conosceva?».

Non risposi, ma gli detti il mio biglietto da visita. Se fosse servito.

Avevo aperto la finestra e abbassato la tapparella. Ero esausto. Sognavo una birra fredda. Ma prima di tutto dovevo fare un rapporto sulla sparizione di Leila e trasmetterlo al servizio persone scomparse. Mouloud doveva poi firmare la richiesta di ricerca. L'avevo chiamato. Lo sentii prostrato. Tutto il dolore del mondo che, in un attimo, ti assale per non lasciarti più. "La ritroveremo". Non avevo potuto dire altro. Parole che si aprivano su abissi. Lo immaginai seduto davanti al tavolo, immobile. Lo sguardo perso nel vuoto.

All'immagine di Mouloud si sovrappose quella di Honorine. Quella mattina, in cucina. C'ero andato alle sette. Per dirle di Ugo. Non volevo che lo venisse a sapere dai giornali. I servizi di Auch erano stati molto discreti su Ugo. Un trafiletto in cronaca. Un pericoloso malvivente, ricercato dalla polizia di molti paesi, è stato ucciso ieri mentre stava per sparare sui poliziotti. Seguiva qualche dato necrologico, ma da nessuna parte si diceva perché Ugo era pericoloso, né quali crimini avesse commesso.

La morte di Zucca s'era meritata caratteri cubitali. I giornalisti davano tutti la stessa versione. Zucca non era un malavitoso così famoso come Mémé Guérini o, più recentemente, Gaetan Zampa, Jacky Le Mat o Francis il Belga. Probabilmente non aveva neppure ucciso nessuno, o forse, giusto una o due volte, per dimostrare che ne era capace. Figlio di un avvocato, lui stesso avvocato, era un gestore. Dopo il suicidio di Zampa, in prigione, gestiva l'impero della mafia marsigliese. Senza immischiarsi nelle liti tra clan o uomini.

Così, tutti si interrogavano su quella esecuzione che avrebbe potuto riaccendere una guerra tra bande. Marsiglia non aveva certo bisogno di questo, ora. La crisi economica della città era già abbastanza pesante da sopportare. La SNCM, la compagnia dei traghetti che assicura il collegamento con la Corsica, minacciava di portare la sua attività altrove. Si parlava di Tolone o di La Ciotat, un vecchio cantiere navale a 40 chilometri da Marsiglia. Da mesi c'era un conflitto tra la compagnia e gli scaricatori, a proposito del loro statuto. Gli scaricatori avevano l'esclusiva del lavoro sui moli, dal 1947. Oggi, questi accordi venivano rimessi in causa.

La città era sospesa a questo braccio di ferro. In tutti gli altri porti, avevano ceduto. A costo di fare crepare la città, per gli scaricatori marsigliesi era una questione d'onore. L'onore, qui, è fondamentale. "Non hai onore". Era l'insulto peggiore. Si poteva uccidere per l'onore. L'amante di tua moglie, colui che ha "sporcato" tua madre, o il tizio che ha fatto un torto a tua sorella.

Ugo era tornato per questo. Per l'onore. Quello di Manu. Quello di Lole. L'onore della nostra gioventù, dell'amicizia. E dei ricordi.

«Non doveva tornare».

Honorine aveva alzato gli occhi dalla tazza di caffè. Nel suo sguardo, lessi che non era questo a tormentarla. Ma quella trappola, che si chiudeva dietro di me. Avevo onore? Ero l'ultimo. Colui che ereditava tutti i ricordi. Poteva un poliziotto andare oltre la legge? O accontentarsi della giustizia? E chi si preoccupava della giustizia quando si trattava solo di delinquenti? Nessuno. C'era questo negli occhi di Honorine. E alle proprie domande lei rispondeva sì, sì, e ancora sì, e alla fine no. E mi vedeva steso a terra. Cinque colpi sulla schiena, come per Manu. O tre, come per Ugo. Tre o cinque, non cambiava nulla. Ne bastava uno per andare a leccare la merda nei canali di scolo. Non lo voleva, Honorine. Ero l'ultimo. L'onore dei sopravvissuti è sopravvivere. Restare in piedi. Essere vivo, significava essere il più forte.

L'avevo lasciata davanti alla sua tazza di caffè. L'avevo guardata. Il viso che avrebbe potuto avere mia madre. Con le rughe di chi aveva perso due figli in una guerra che non la riguardava. Aveva voltato la testa. Verso il mare.

«Doveva venirmi a trovare» disse.

Dalla creazione della linea 1 del metrò, avevo fatto andata e ritorno non più di dieci volte. Castelanne-La Rose. Dai quartieri eleganti, dove il centro della città si era spostato con bar, ristoranti, cinema, al quartiere nord, dove non c'era nessun motivo di andare se non si era costretti.

Da qualche giorno, un gruppo di giovani *beurs* faceva casino su quella linea. La sicurezza del metrò esigeva maniere forti. Gli arabi capivano solo questo. Conoscevo il ritornello. Salvo che non aveva mai funzionato. Né per il metrò. Né per le stazioni ferroviarie. Dopo le manganellate, c'erano sempre state delle rappresaglie. Binario bloccato sulla linea Marsiglia-Aix, dopo la stazione Septemes-les-Vallons, un anno fa. Lancio di sassi sui vagoni alla stazione Frais-Vallon, sei mesi fa.

Avevo dunque proposto l'altro metodo. Quello di stabilire un dialogo con la banda. A modo mio. I cow-boys del metrò mi avevano preso per il culo. Ma, per una volta, la direzione non cedette e mi diede carta bianca.

Pérol e Cerutti mi accompagnarono. Erano le 18. Il giro poteva iniziare. Un'ora prima avevo fatto un salto al garage dove lavorava Driss. Volevo parlare di Leila.

Stava finendo la sua giornata di lavoro. L'aspettai chiacchierando con il padrone. Un forte sostenitore dei contratti di formazione. Soprattutto quando gli apprendisti lavorano quanto gli operai. E Driss non lesinava sul lavoro. Si sballava con la morchia. Ogni sera ne prendeva una dose. È meno malsano del crack o dell'eroina. O almeno dicevano così. E anch'io lo pensavo. Ma ti mangiava comunque il cervello. Driss doveva sempre dimostrare qualcosa. E non dimenticare di dire sì signore, no signore. E di chiudere il becco, sempre, perché, merda, in fin dei conti, non era altro che uno sporco arabo. Per ora, reggeva bene.

L'avevo portato al bar dell'angolo. Il Disque bleu. Un bar lurido, come il padrone. Dalla faccia capivi che gli arabi, qui, avevano il diritto di giocare al lotto o ai cavalli, e di consumare in piedi. Pur prendendo vaghe arie da Gary Cooper, per avere due birre al tavolo dovetti quasi tirare fuori il distintivo. Per alcuni ero ancora troppo abbronzato.

«Hai smesso con gli allenamenti?» chiesi, tornando con le birre.

Su mio consiglio, si era iscritto a una palestra, a Saint-Louis. Era diretta da Georges Mavros, un vecchio amico che dopo aver vinto alcuni combattimenti era stato una giovane speranza. Poi, aveva dovuto scegliere tra la donna che amava e il pugilato. Si sposò. Diventò camionista. Quando seppe che la moglie andava a letto con tutti appena partiva, era ormai troppo tardi per diventare campione. Lasciò la moglie e il lavoro, vendette ciò che aveva e aprì la palestra.

Driss aveva tutte le qualità per quello sport. Intelligenza. E passione. Poteva diventare bravo come Stéphane Haccoun o Akim Tafer, i suoi idoli. Mavros avrebbe fatto di lui un campione. Ero convinto. A condizione che tenesse duro, ancora una volta.

«Mi faccio un mazzo così per ore e ore. E poi il capo è un vero stronzo, mi sta appiccicato al culo».

«Non hai telefonato. Mavros ti aspettava».

«Notizie di Leila?».

«Per questo sono venuto. Sai se ha un ragazzo?».

Mi guardò come se lo stessi prendendo in giro.

«Non è lei il suo uomo?».

«Sono suo amico. Come con te».

«Credevo che fosse lei a sbattersela».

A momenti gli davo un ceffone. Ci sono espressioni che mi

fanno vomitare. Quella in particolare. Il piacere passa attraverso il rispetto. A cominciare dalle parole. L'ho sempre pensato.

«Non sbatto le donne. Le amo... Insomma, cerco...».

«E Leila?».

«Tu che ne dici?».

«Lei mi è simpatico».

«Lascia perdere. Bravi ragazzi, giovani come te, non mancano».

«Che vuol dire?».

«Che non so dove sia andata a finire, Driss. Merda! Non è perché non l'ho scopata che non le voglio bene!».

«La ritroveremo».

«È quel che ho detto a tuo padre. Ma, vedi, sono a un punto morto».

«Non ha nessun ragazzo. Ci siamo solo noi. Io, Kader e mio padre. L'università. Le sue amiche. E lei. Non fa altro che parlare di lei. La trovi. È il suo mestiere».

Se n'era andato lasciandomi il telefono di due amiche di Leila, Jasmine e Karine, che avevo visto una volta, e di Kader a Parigi. Ma non si capiva perché sarebbe dovuta andare a Parigi senza dirlo. Anche se Kader aveva dei problemi, Leila l'avrebbe detto. Kader era una persona perbene. Mandava avanti lui la salumeria.

Erano otto. Tra i sedici e i diciassette anni. Salirono a Vieux-Port. Li aspettavamo alla fermata Saint-Charles-Stazione SNCF. Erano raggruppati nella parte anteriore del convoglio. In piedi sui sedili, battevano sulle pareti e sui vetri come su tamburi, al ritmo di una radio K7. Musica a tutto volume. Rap, chiaramente. IAM: un gruppo marsigliese alla moda. Lo si sentiva spesso su Radio Grenouille. Mandava in onda tutti i gruppi rap e ragga di Marsiglia e del Sud. IAM, Fabulous Trobadors, Bouducon, Hypnotik, Black Lions. E Massilia Sound System, nato tra gli Ultrà, nella curva sud dello stadio Vélodrome. Il gruppo aveva diffuso la febbre del ragga hip hop ai tifosi dell'Olympique Marsiglia, poi all'intera città.

A Marsiglia, si chiacchiera. Il rap è solo questo. Chiacchiere, niente di più. I cugini della Giamaica avevano trovato qui dei fratelli. E chiacchieravano come al bar. Di Parigi, dello Stato centralista, delle periferie scalcinate, degli autobus notturni. La vita, i problemi. Il mondo visto da Marsiglia.

> Si sopravvive a ritmo di rap,
> ecco perché fa rumore.
> Vogliono il potere e la grana, a Parigi.
> Ho 22 anni, molte cose da fare.
> Ma mai, nella vita, ho tradito i fratelli.
> Vi ricordo, prima di levare le tende,
> che non mi sottometterò
> a questo fottuto Stato…

Picchiavano duro, nello scompartimento. Tamburi d'Africa, del Bronx, e del pianeta Marte. Il rap, non era la mia musica preferita. Ma dovevo riconoscere che i testi di IAM facevano centro. In più, avevano il *groove*, come si dice. Bastava guardare i due giovani che ballavano di fronte a me.

I viaggiatori si erano rifugiati nella parte posteriore del convoglio. Tenevano la testa bassa, non vedevano né sentivano niente. E neppure pensavano. Perché aprire bocca? Per prendersi una coltellata? Alla fermata, la gente esitò a salire. Si strinsero tutti dietro. Sospirando. Stringendo i denti. Sognando bastonate e omicidi.

Cerutti s'infilò tra loro. Era in contatto radio con la centrale. Se la faccenda si fosse messa male. Pérol si sistemò lì dove si era creato il vuoto. Andai a sedermi in mezzo alla banda e aprii il giornale.

«Potreste fare un po' meno casino?».

Ci fu un attimo di esitazione.

«Che razza di rompicoglioni!» urlò uno di loro, lasciandosi cadere sul sedile.

«Diamo fastidio?» disse un altro, sedendosi vicino a me.

«Sì, esatto. Come l'hai capito?».

Guardai il mio vicino negli occhi. Gli altri smisero di battere sulle pareti. Andava proprio male. Si strinsero intorno a me.

«Cosa vuoi da noi, eh? Cosa non ti piace? Il rap? Le nostre facce?».

«Non voglio che mi rompiate le scatole».

«Hai visto quanti siamo? Stai attento».

«Sì, l'ho visto. In otto fate i duri. Soli, non ce le avete le palle».

«E tu, ce le hai?».

«Sì che ce le ho, tanto è vero che sono qui».

Dietro, alzavano tutti la cresta. Sì, ha ragione. Non dobbiamo farci mettere sotto. Il coraggio delle parole. Réformés-Canebière! Il convoglio si riempì ancora. Sentivo qualcuno dietro di me. Cerutti e Pérol dovevano essersi avvicinati.

I giovani erano un po' persi. Capii che non c'era un capo. Erano lì solo per dare fastidio. Una provocazione. Gratuita. Ma che poteva costargli la pelle. Un attimo e parte il colpo. Riaprii il giornale. Quello che aveva la radio K7 alzò di nuovo un po' il volume. Un altro si rimise a battere sul vetro. Ma piano. Solo per vedere. Gli altri osservavano, ammiccavano, sorrisi di intesa, gomitate. Dei veri mocciosi. Quello seduto di fronte a me, mi mise quasi le scarpe sul giornale.

«Dove scendi tu?».

«Che te ne frega?».

«Beh, starei meglio se tu non ci fossi».

Immaginai, alle mie spalle, centinaia di occhi fissi su di noi. Mi sembrava di essere un animatore con il suo gruppo di adolescenti. Cinq-Avenue-Longchamp. Les Chartreux. Saint-Just. Le fermate si succedevano. I ragazzi non parlavano più. Ruminavano. Aspettavano. Il convoglio iniziava a svuotarsi. Malpassé. Il vuoto intorno a me.

«Se ti spacchiamo la faccia, nessuno si muove» disse uno di loro, alzandosi.

«Non sono neanche una decina, tra cui una donna e due vecchi».

«Ma tu non farai proprio niente».

«Ah sì? E cosa te lo fa pensare?».

«Hai la faccia da duro e basta».

Frais-Vallon. Solo case popolari, nessun orizzonte.

«Aïoli» gridò uno di loro.

Scesero correndo. Saltai in piedi e acciuffai l'ultimo per il braccio. Glielo piegai dietro la schiena. Con fermezza, ma senza violenza. Cercò di liberarsi. I passeggeri si affrettarono a raggiungere l'uscita.

«Sei solo ora».

«Cazzo, lasciami!». Prese a testimone Cerutti e Pérol, che si allontanavano lentamente. «È pazzo, questo! Vuole spaccarmi la faccia».

Cerutti e Pérol non lo guardarono. Il binario era deserto. Sentivo che il ragazzo era pieno di rabbia. E di paura, anche.

«Nessuno ti difenderà. Sei un arabo. Potrei ucciderti, qui, sul binario. Nessuno si muoverà. Lo capisci questo? Allora smettetela di fare stronzate, tu e i tuoi amici. Sennò, un giorno o l'altro capiterete su qualcuno che vi farà secchi. Lo capisci questo?».

«Sì, va bene. Cazzo, mi hai fatto male!».

«Fai circolare il messaggio. Se ti ritrovo in giro, te lo spezzo, il braccio!».

Quando riemersi dal metrò, era già notte. Quasi le dieci. Ero esausto. Troppo svuotato per tornare a casa. Avevo bisogno di andare un po' in giro. Di vedere gente. Di sentire palpitare qualcosa che somigliasse alla vita.

Entrai da O'Stop. Un ristorante notturno, in place de l'Opéra. Melomani e prostitute stavano fianco a fianco. Sapevo chi avevo voglia di vedere. Ed era lì. Marie-Lou, una giovane puttana delle Antille. Era arrivata nel quartiere da tre mesi. Era meravigliosa. Tipo Diana Ross a ventidue anni. Quella sera, indossava dei jeans neri e una canottiera grigia piuttosto attillata. I capelli erano raccolti e annodati con un fiocco nero. Niente di volgare, neppure il modo di sedersi. Era quasi superba. Erano rari gli uomini che osavano avvicinarla senza che fosse lei a invitarli, con uno sguardo.

Marie-Lou non adescava i clienti. Lavorava su Minitel e, volendo fare una selezione, dava gli appuntamenti qui. Per controllare l'aspetto. Marie-Lou mi eccitava molto. Ero stato con lei, qualche volta. Ci piaceva stare insieme. Per lei, ero un cliente ideale. Per me, era più semplice che amare. E per ora mi andava bene così.

O'Stop era strapieno, come al solito. Molte prostitute che facevano una pausa whisky-coca-pipì. Alcune, le più anziane, conoscevano Verdi in generale e Pavarotti in particolare. Feci qualche occhiolino, sorrisi e mi sedetti su uno sgabello, davanti al banco. Vicino a Marie-Lou. Era pensierosa, lo sguardo perso nel bicchiere vuoto.

«Vanno bene gli affari?».

«Ciao. Mi offri da bere?».

Margarita per lei, whisky per me. La notte cominciava bene.

«Avevo un programma. Ma non mi ha ispirato».

«Tipo cosa?».

«Uno sbirro».

Scoppiò a ridere, poi mi diede un bacetto sulla guancia. Una scarica elettrica, con tilt negli slip.

Quando scorsi Molines, eravamo al terzo bicchiere. Avevamo scambiato sei o sette frasi. Brevi e banali. Bevevamo con impegno. Era la cosa migliore da fare. Molines era della squadra di Auch. Sorvegliava il marciapiede davanti a O'Stop. Sembrava annoiarsi parecchio. Mi alzai dallo sgabello ordinando un altro bicchiere.

Gli feci l'effetto di un pupazzo che salta fuori dalla scatola. Ebbe un sussulto. Era chiaro, la mia presenza non lo riempiva di gioia.

«Che cazzo fai qui?».

«Uno bevo, due bevo, tre bevo, quattro mangio, cinque non ho ancora deciso. E tu?».

«Sono in servizio».

Di poche parole, il cow-boy. Si allontanò di qualche passo. Non meritavo la sua compagnia. Seguendolo con lo sguardo, vidi gli altri. Il resto della squadra, agli angoli delle diverse strade. Besquet e Paoli tra rue Saint-Saëns e rue Molière. Sandoz, Mériel e Molines, che li aveva appena raggiunti, in rue Beauvau. Cayrol andava su e giù davanti all'Opéra. Non riuscivo a vedere gli altri. Erano sicuramente nelle varie macchine ferme intorno alla piazza.

Arrivando da rue Paradis, una Jaguar grigio metallizzato imboccò rue Saint-Saëns. Besquet avvicinò il walkie-talkie alla bocca. Paoli e lui lasciarono il loro posto. Attraversarono la piazza senza preoccuparsi di Cayrol e risalirono lentamente rue Corneille.

Da una delle macchine uscì Morvan. Attraversò la piazza e rue Corneille, come se dovesse entrare a La Commanderie, un locale notturno frequentato da giornalisti, poliziotti, avvocati e malavitosi. Passò davanti a un taxi posteggiato in seconda fila proprio davanti a La Commanderie. Una Renault 21 bianca. La spia luminosa segnava "occupato". Passando, Morvan diede un colpo con la mano sullo sportello. Con disinvoltura. Poi, continuò a camminare fermandosi davanti a un sex-shop e accese una sigaretta. Stavano preparando un colpo. Non sapevo cosa. Ma ero l'unico a vederlo.

La Jaguar girò e si fermò dietro il taxi. Vidi Sandoz e Mériel avvicinarsi. Poi Cayrol. Il cerchio si stava stringendo. Un uomo scese dalla Jaguar. Un arabo, robusto, con cravatta e giacca sbottonata. Una guardia del corpo. Guardò a destra, a sinistra, poi aprì la portiera posteriore della macchina. Scese un uomo. Al Dakhil. Merda! *L'Immigrato*. Il capo del clan arabo. L'avevo visto solo una volta. Durante un interrogatorio. Ma Auch non aveva prove contro di lui. La guardia del corpo chiuse lo sportello e si diresse verso l'ingresso di La Commanderie.

Al Dakhil si abbottonò la giacca, chinandosi per dire qualcosa all'autista. Due uomini uscirono dal taxi. Il primo, vent'anni, piccolo, in jeans e giacca di cotone. L'altro, di statura media, della stessa età, i capelli rasati quasi a zero. Pantaloni, giubbotto nero. Annotai il numero del taxi proprio mentre stava per ripartire: 675 JLT 13. Un riflesso. La sparatoria iniziò. Il più basso fu il primo a far fuoco. Sulla guardia del corpo. Poi, si voltò e sparò sull'autista che usciva dalla macchina. L'altro, svuotò il caricatore su Al Dakhil.

Non ci furono altolà. Morvan uccise testa rasata prima che si girasse. L'altro, a testa bassa, con l'arma in mano, sgattaiolò tra due macchine. Dopo aver dato un'occhiata alle sue spalle, rapida, troppo rapida, indietreggiò. Sandoz e Mériel spararono insieme. Si udirono delle urla. All'improvviso ci fu un assembramento. Gli uomini di Auch. I curiosi.

Sentii le sirene della polizia. Il taxi era sparito dietro l'Opéra, da rue Francis Davso. Auch uscì dalla Commanderie, con le mani in tasca. Sentii sulla schiena il seno caldo di Marie-Lou.

«Che succede?».

«Niente di bello».

Era il meno che potessi dire. La guerra era aperta. Ma Zucca, era stato Ugo ad ucciderlo. E ciò che avevo appena visto mi lasciava col culo a terra. Sembrava che fosse stato tutto architettato. Nei minimi dettagli.

«Un regolamento di conti».

«Merda! Non aiuterà i miei affari!».

Avevo un gran bisogno di tirarmi su. Non di perdermi nelle domande. Non ora. Avevo voglia di abbandonarmi. Di dimenticare. Gli sbirri, i delinquenti. Manu, Ugo, Lole. Leila. E per prima cosa, me stesso. Di dissolvermi nella notte, se possibile. Alcol e Marie-Lou, ecco di cosa avevo bisogno. E presto.

«Metti il tassametro su "occupato". Ti invito a cena».

Capitolo quarto
Nel quale non è un cognac a far male

Sussultai. C'era stato un rumore sordo. Poi, udii il pianto di un bambino. Al piano di sotto. Non sapevo più dove ero. Per un attimo. Avevo la bocca impastata, la testa pesante. Ero sdraiato sul letto completamente vestito. Il letto di Lole. Ricordavo: dopo aver lasciato Marie-Lou all'alba, ero venuto qui. E avevo forzato la porta.

Non avevamo nessun motivo di rimanere ancora a place de l'Opéra. Il quartiere era transennato. Presto sarebbe stato pieno di poliziotti di tutti i tipi. Troppa gente che non gradivo vedere. Avevo preso Marie-Lou per un braccio e l'avevo portata dall'altra parte di cours Jean Ballard, in place Thiars. Da Mario. Un piatto di mozzarella e pomodori, con capperi, acciughe e olive nere. Spaghetti alle vongole. Tiramisù. Il tutto accompagnato da un Bandol del domaine di Pibarnon.

Parlammo di tutto e di niente. Lei più di me. Con languore. Staccando le parole come se stesse sbucciando una pesca. L'ascoltavo, ma solo con gli occhi, lasciandomi trasportare dal suo sorriso, il disegno delle labbra, le fossette sulle guance, la sorprendente mobilità del viso. Guardarla, e sentire il suo ginocchio contro il mio, mi permetteva di non pensare.

«Quale concerto?» dissi.

«Ma dove vivi? Il concerto. Alla Friche. Con Massilia».

La Friche è l'ex manifattura di tabacco. Centoventimila metri quadrati di locali, dietro la stazione Saint-Charles. Assomiglia ai locali occupati dagli artisti di Berlino, e al PSI di Queens a New York. Ci avevano messo laboratori artistici, studi per le prove, un giornale, *Taktik*, Radio Grenouille, un ristorante, una sala da concerto.

«Eravamo cinquemila. Ge-nia-le! Quei tizi sanno come accenderti».

«Capisci il provenzale, tu?».

La metà delle canzoni di Massilia era in dialetto. Provenzale marittimo. Francese di Marsiglia, come dicono a Parigi. *Parlam de realitat dei cavas dau quotidian*, cantava Massilia.

«Te ne freghi di capire. Siamo degli emarginati, non degli imbecilli. Solo questo bisogna capire».

Mi guardò, con curiosità. Forse sì, ero un emarginato. Sempre più scollato dalla realtà. Attraversavo Marsiglia senza vedere più niente. Conoscevo solo la sua sorda violenza e il razzismo a fior di pelle. Dimenticavo che la vita non è solo questo. Che in questa città, malgrado tutto, la gente amava vivere, divertirsi. Che ogni giorno la felicità era un'idea nuova, anche se le serate si concludevano con un controllo d'identità a suon di botte.

Avevamo finito di mangiare, vuotato la bottiglia di Bandol e bevuto due caffè.

«Andiamo a vedere un po'?».

Era l'espressione di rito. Vedere un po', è cercare un buon programma per la notte. Mi ero lasciato guidare. Iniziammo con il Trolleybus, in quai de Rive-Neuve. Un tempio di cui ignoravo persino l'esistenza. Ciò fece sorridere Marie-Lou.

«Ma come le passi le notti?».

«Pescando orate».

Scoppiò a ridere. A Marsiglia, un'orata è anche una bella ragazza. Il vecchio arsenale delle galere si apriva su un corridoio pieno di schermi televisivi. In fondo, sotto le volte, c'erano le sale rap, techno, rock, reggae. Tequila per iniziare, e reggae per la sete. Da quanto tempo non ballavo più? Un secolo. Mille anni. Passammo da un locale all'altro. Di ora in ora. Il Passeport, il Maybe blues, il Pêle-Mêle. Cambiare posto, continuamente, come in Spagna.

Eravamo approdati al Pourquoi, in rue Fortia. Un locale antillese. Eravamo quasi sbronzi. Ragione di più per continuare. Tequila! E salsa! I nostri corpi trovarono, molto rapidamente, il giusto accordo. Attaccati, stretti.

È stata Zina a insegnarmi a ballare la salsa. Fu la mia ragazza per sei mesi, prima che partissi militare. Poi l'avevo ritrovata a Parigi, durante il mio primo impiego da poliziotto. Alternavamo le notti alla Chapelle, in rue des Lombards e all'Escale, in rue Monsieur-le-Prince. Mi piaceva stare con Zina. Se ne fregava che fossi uno sbirro. Eravamo diventati grandi amici. Mi dava regolarmente notizie di "laggiù", di Manu, di Lole. A volte di Ugo, quando si faceva vivo.

Nelle mie braccia Marie-Lou diventava sempre più leggera. Il suo sudore liberava le spezie del corpo. Muschio, cannella, pepe. Anche basilico, come Lole. Amavo i corpi speziati. Più mi eccitavo, più sentivo il suo ventre duro strofinarsi contro di me. Sapevamo che saremmo finiti a letto, e volevamo che accadesse il più tardi possibile. Quando il desiderio sarebbe diventato insopportabile. Perché, dopo, la realtà avrebbe ripreso il sopravvento. Sarei ridiventato un poliziotto e lei una prostituta.

Mi ero svegliato verso le sei. La schiena bronzea di Marie-Lou mi ricordò Lole. Bevetti mezza bottiglia di Badoit, mi vestii e uscii. Mi piombò addosso per strada. L'ossessione. Quel sentimento di insoddisfazione che mi tormentava da quando Rosa se n'era andata. Avevo amato le donne con le quali ero vissuto. Tutte. E con passione. Anche loro mi avevano amato. Ma sicuramente con maggior sincerità. Mi avevano dato un po' di tempo della loro vita. Il tempo è una cosa essenziale nella vita delle donne. Per loro, è reale. Per gli uomini, relativo. Mi avevano dato molto. E io, cosa avevo regalato? Tenerezza. Piacere. Felicità sul momento. Su questo, sapevo cavarmela. Ma dopo?

Era dopo l'amore che, in me, tutto crollava. Che non davo più. Che non sapevo più ricevere. Dopo l'amore, ripassavo dall'altro lato della frontiera, di nuovo. In quel territorio dove ho le mie regole, le mie leggi, i miei codici. Idee fisse, da stronzo. Dove mi perdo. Dove perdevo le donne che ci si avventuravano.

Leila, avrei potuto portarla fin lì. In quel deserto. Tristezza, rabbia, grida, lacrime, disprezzo, c'è solo questo in fondo alla strada. E io, assente. Fuggitivo. Vigliacco. Con quella paura di tornare alla frontiera e di andare a vedere com'è, dall'altra parte. Forse, come mi aveva detto una sera Rosa, non amo la vita.

Quella notte, essere andato a letto con Marie-Lou, aver pagato per scopare, mi aveva, almeno, insegnato una cosa. In amore, ero un fallito. Le donne amate sarebbero potute essere le donne della mia vita. Dalla prima all'ultima. Ma non avevo voluto. Per questo ero incazzato. Con Marie-Lou. Con me stesso. Con le donne, e con il mondo intero.

Marie-Lou abitava in un piccolo monolocale in cima a rue d'Aubagne, proprio sopra il ponticello metallico che scavalca cours Lieutaud e conduce a cours Julien, uno dei nuovi quartieri alla moda di Marsiglia. È lì che, barcollando, avevamo bevuto l'ultimo bicchiere, al Degust'Mars C'et Yé, un altro locale raï, ragga, reggae. Marie-Lou mi spiegò che Bra, il proprietario, era un ex tossico. Era stato in galera. Quel locale era il suo sogno. "Siamo a casa" c'era scritto a caratteri cubitali, in mezzo a centinaia di graffiti. Il Degust' voleva passare per un posto "dove la vita scorre". Quel che scorreva era la tequila. Un ultimo bicchiere, prima di tornare. Prima dell'amore. Occhi negli occhi e i corpi elettrici.

Scendere rue d'Aubagne, a qualsiasi ora del giorno, è come viaggiare. Un susseguirsi di negozi, ristoranti, come tanti scali. Italia, Grecia, Turchia, Libano, Madagascar, La Réunion, Thailandia, Vietnam, Africa, Marocco, Tunisia, Algeria. E, per primo, Arax, il miglior negozio di loukoum[1]. Non me la sentivo di andare a recuperare la macchina al commissariato e di tornare a casa. Neppure di andare a pescare. In rue Longue-des-Capu-

---

[1] Dolci arabi fatti con pasta aromatizzata e ricoperti di zucchero a velo.

cins, c'era il mercato. Odori di coriandolo, di cumino, di curry mescolato a menta. L'Oriente. Avevo preso a destra, da Halle Delacroix. Ero entrato in un bistrot e avevo ordinato un caffè doppio ristretto. Con tartine.

I giornali "aprivano" con la sparatoria dell'Opéra. Dopo l'omicidio di Zucca, spiegavano i giornalisti, la polizia stava alle costole di Al Dakhil. Tutti si aspettavano un regolamento di conti. 1 a 0, le cose non potevano rimanere così, ovviamente. La sera prima, muovendosi con velocità e freddezza, la squadra del commissario Auch aveva evitato che place de l'Opéra diventasse un campo di battaglia. Nessun passante ferito, neppure un vetro rotto. Cinque malviventi uccisi. Un bel colpo. E, ora, tutti lì ad aspettare il seguito.

Rividi Morvan che attraversava la piazza e che con il palmo della mano colpiva il taxi posteggiato. Rividi Auch uscire da La Commanderie con il sorriso sulle labbra. Con le mani in tasca, sì. Il sorriso, forse, me l'ero immaginato. Chi lo sa.

I due malviventi che avevano aperto il fuoco, Jean-Luc Trani e Pierre Bogho, erano ricercati dalla Polizia Giudiziaria. Ma erano solo due miserabili piccoli delinquenti. Un po' protettori, un po' picchiatori. Qualche rapina, ma niente che li mettesse in testa alla hit parade della teppistocrazia. Che si immischiassero in qualcosa di così grosso lasciava molte persone perplesse. Chi aveva guidato il commando? Questa era la domanda giusta. Ma Auch non fece commenti. Aveva questa abitudine, parlare il meno possibile.

Dopo il caffè doppio, non mi sentii affatto meglio. Non avevo ancora smaltito la sbornia. Ma volevo muovermi. Attraversai la Canebière, risalii cours Belzunce, poi rue Colbert. Avenue de la République, presi la Montée des Folies-Bergère, per tagliare attraverso il Panier. Rue de Lorette, rue du Panier, rue des Pistoles. Un attimo dopo, forzai la serratura a casa di Lole. Una pessima serratura. Non fece alcuna resistenza. Io neppure. In camera, mi ero lasciato cadere sul letto. Esausto. La testa piena di pensieri neri. Non pensare. Dormire.

Mi ero riaddormentato, in un bagno di sudore. Dietro le persiane, il caldo, pesante e denso. Le due e venti, già. Sabato. Pérol era di turno fino a domani sera. I week-end mi toccavano solo una volta al mese. Con Pérol potevo dormire in pace. Era un poliziotto tranquillo. In caso di problemi, era capace di trovarmi ovunque a Marsiglia. Mi preoccupavo di più quando era Cerutti a sostituirmi. Era giovane. Sognava di fare a botte. Aveva ancora tutto da imparare. Dovevo sbrigarmi. Domani, come tutte le domeniche in cui non ero in servizio, Honorine sarebbe venuta a pranzo. Il menù, pesce, come sempre. E il pesce, di regola, va pescato.

La doccia, fredda, non mi chiarì le idee. Mi aggirai nudo nell'appartamento. L'appartamento di Lole. Non sapevo ancora perché fossi venuto qui. Lole fu il nostro polo di attrazione, di Ugo, di Manu e mio. Non solo per la sua bellezza. Diventò veramente bella solo più tardi. Da adolescente, era magra, con poche forme. Al contrario di Zina, di Kali, la cui sensualità era immediata.

Lole, fu il nostro desiderio a renderla bella. Quel desiderio che lei aveva letto dentro di noi. Era ciò che aveva in fondo agli occhi che ci aveva attratto. Quel luogo indefinito, lontano, da dove veniva e dove sembrava andare. Una Rom. Una viaggiatrice. Attraversava lo spazio, e il tempo sembrava non poterla raggiungere. Era lei a dare. Fu lei a scegliersi gli amanti che ebbe tra Ugo e Manu. Come un uomo. Da quel lato, era inaccessibile. Tenderle la mano era come afferrare un fantasma. Sulle dita, non rimaneva altro che polvere di eternità, la polvere della strada di un viaggio infinito. Lo sapevo questo. Perché, una volta, le nostre strade si erano incrociate. Come per caso.

Zina mi aveva detto come contattare Lole a Madrid. L'avevo chiamata. Per dirle di Manu. E di tornare. Con Manu, evitavamo di incontrarci, ma ci sono legami che non si rompono mai. Quelli dell'amicizia. Più forti, più veri dei legami familiari. Spettava a me annunciare a Lole la morte di Manu. Non l'avrei lasciato fare a nessun altro. Soprattutto non a un poliziotto.

Ero andato a prenderla all'aeroporto, poi l'avevo portata all'obitorio. Per vederlo. Un'ultima volta. C'eravamo solo noi ad accompagnarlo. Voglio dire, ad amarlo. Tre dei suoi fratelli vennero al cimitero. Senza mogli, né figli. Manu morto, per loro era un sollievo. Si vergognavano. Non ci eravamo scambiati una parola.

Quando se ne andarono, Lole e io restammo davanti alla tomba. Senza lacrime. Ma con un nodo in gola. Manu se ne era andato, e, con lui, una parte della nostra gioventù. Uscendo dal cimitero ci fermammo a bere qualcosa. Cognac. Due, tre, senza parlare. Nel fumo delle sigarette.

«Vuoi mangiare?».

Volevo rompere il silenzio. Alzò le spalle e fece segno al ragazzo di servirci ancora.

«Dopo questo, torniamo a casa» disse cercando nei miei occhi un'approvazione.

Era buio. Dopo la pioggia degli ultimi giorni, il mistral soffiava, gelido. L'avevo accompagnata fino alla piccola casa che Manu aveva affittato all'Estaque. C'ero andato solo una volta. Circa tre anni prima. Manu e io avevamo avuto una discussione violenta. Era infognato in un traffico di macchine rubate per l'Algeria. La rete stava per essere lanciata e lui rischiava di rimanere intrappolato. Ero venuto ad avvertirlo. A dirgli di lasciar perdere. Bevevamo il pastis nel giardinetto. Aveva riso.

«Sei un rompicoglioni, Fabio! Non t'immischiare».

«Ho fatto lo sforzo di venire, Manu».

Lole ci guardava, senza parlare. Beveva a piccoli sorsi, aspirando lentamente il fumo dalla sigaretta.

«Finisci il bicchiere e vattene. Sono stufo di sentire le tue cazzate. Ok?».

Finito il bicchiere, mi alzai. Aveva il sorriso cinico dei giorni neri. Quello che gli avevo visto durante la rapina fallita alla farmacia. E che non avevo mai dimenticato. E, in fondo agli occhi, quella disperazione solo sua. Come una follia che risponde di tutto. Uno sguardo alla Artaud, a cui assomigliava sempre di più da quando si era tagliato i baffi.

«Tanto tempo fa ti ho dato dello spagnolo. Avevo torto. Sei solo un pezzente».

E prima che reagisse, gli avevo tirato un pugno in faccia. Finì su un misero cespuglio di rose. Mi ero avvicinato, calmo e freddo:

«Alzati, pezzente».

Appena alzato, con il sinistro l'avevo colpito allo stomaco e con il destro al mento. Finì un'altra volta tra le rose. Lole aveva spento la sigaretta ed era venuta verso di me:

«Vattene! E non tornare mai più».

Quelle parole, non le avevo dimenticate. Davanti alla sua porta di casa, avevo lasciato il motore acceso. Lole mi guardò, poi, senza una parola, scese dalla macchina. La seguii. Andò direttamente in bagno. Sentii scorrere l'acqua. Mi versai un whisky, poi accesi il fuoco nel camino. Uscì indossando un accappatoio giallo. Prese un bicchiere e la bottiglia di whisky, poi avvicinò un materasso al camino e si sedette davanti al fuoco.

«Dovresti fare una doccia» disse senza voltarsi. «Toglierti di dosso la morte».

Eravamo rimasti a bere per ore. Al buio. Senza parlare. Ad aggiungere legna nel fuoco e ad ascoltare musica. Paco de Lucia. Sabicas. Django. Poi Billie Holiday, la versione integrale. Lole si era rannicchiata accanto a me. Il suo corpo era caldo. E tremava.

La notte stava per finire. L'ora in cui i demoni ballano. Il fuoco crepitava. Il corpo di Lole, lo sognavo da anni. Il piacere a fior di pelle. Le sue urla mi gelarono il sangue. Migliaia di coltelli che mi trafissero il corpo. Mi voltai verso il fuoco. Accesi due sigarette e gliene tesi una.

«Come va?» disse.

«Peggio di così non si potrebbe. E tu?».

Mi alzai infilandomi i pantaloni. Sentii il suo sguardo su di me, mentre mi vestivo. Per un attimo, la vidi sorridere. Un sorriso stanco. Ma non triste.

«È schifoso» dissi.

Si alzò e si avvicinò. Nuda, senza pudore. La sua andatura era tenera. Mi posò la mano sul petto. Le sue dita bruciavano. Ebbi la sensazione che mi lasciasse un marchio. Per sempre.

«E ora cosa farai?».

Non avevo risposte alla sua domanda. Non avevo *la* risposta alla sua domanda.

«Quel che può fare uno sbirro».

«Tutto qui?».

«È tutto ciò che posso fare».

«Puoi fare di più, se vuoi. Per esempio, scoparmi».

«L'hai fatto per questo?».

Non vidi arrivare lo schiaffo. Mi aveva colpito con tutta l'anima.

«Non faccio né baratti né scambi. Non faccio ricatti. Non mercanteggio. Non sono da prendere né da lasciare. Sì, lo puoi ben dire, è schi-fo-so».

Aprì la porta, fissandomi negli occhi. Mi sentivo un poveraccio. Davvero. Mi vergognavo di me stesso. Ebbi un'ultima visione del suo corpo. Della sua bellezza. Sapevo quanto avrei perso quando la porta si fosse chiusa.

«Vattene!».

Mi aveva cacciato via, per la seconda volta.

Seduto sul letto, sfogliavo un libro di Christian Dotremont, trovato in mezzo ad altri libri e opuscoli infilati sotto il letto. *Grand hôtel des valises*. Non conoscevo l'autore.

Lole aveva sottolineato con l'evidenziatore giallo alcune frasi, poesie.

> Mi succede di non bussare alla tua finestra
> di non rispondere alla tua voce
> di non muovermi a un tuo gesto
> per guardare solo il mare che si è fermato.

Improvvisamente, mi sentii un intruso. Posai il libro con timore. Dovevo andarmene. Diedi un'ultima occhiata alla stanza, poi al salotto. Non riuscivo a farmi un'idea. Tutto era perfettamente in ordine, i posacenere puliti, la cucina a posto. Tutto era lì come se Lole dovesse tornare da un minuto all'altro, o come se fosse partita per sempre, finalmente libera dalla nostalgia che ingombrava la sua vita: libri, foto, soprammobili, dischi. Ma dov'era Lole? Non trovando risposta, mi misi ad annaffiare il basilico e la menta. Con tenerezza. Per amore degli odori. E di Lole.

C'erano tre chiavi appese a un chiodo. Le provai. Le chiavi d'ingresso, e della buca delle lettere, sicuro. Chiusi la porta e le misi in tasca.

Passai davanti alla Vieille Charité, il capolavoro – incompiuto – di Pierre Puget. Il vecchio ospizio aveva accolto gli appestati del secolo scorso, gli indigenti dell'inizio secolo, poi tutti coloro che i tedeschi avevano cacciato di casa dopo l'ordine di distruzione del quartiere. Ne aveva vista di miseria. Adesso, era nuovo fiammante. Sublime nelle sue linee, messe in risalto dalla pietra rosa. Gli edifici ospitavano diversi musei, e la grande cappella era diventata una sala di esposizione. C'era una libreria, e anche una sala da tè e ristorante. Tutti gli intellettuali e artisti di Marsiglia venivano qui a farsi vedere, quasi con la stessa regolarità con la quale io andavo a pesca.

C'era una mostra di César, quel genio marsigliese che ha fatto fortuna comprimendo qualsiasi cosa. Divertiva i marsigliesi. A me, mi faceva vomitare. I turisti arrivavano a frotte. Interi pullman. Italiani, spagnoli, inglesi, tedeschi. E giapponesi, certo. Tanta banalità e cattivo gusto in un luogo così carico di storie dolorose, mi sembra il simbolo di questa fine secolo.

Marsiglia è stata contagiata dalla coglionaggine parigina. Sogna di essere capitale. Capitale del Sud. Dimenticando che quel che la rendeva una capitale era il porto. Incrocio di tutte le mescolanze umane. Da secoli. Da quando Protis ha posato il piede sulla spiaggia. E sposato la bella Gyptis, principessa ligure.

Djamel stava risalendo rue Rodillat. Si bloccò. Sorpreso di incontrarmi. Ma non poté far altro che proseguire nella mia direzione. Sperando, senza contarci troppo, che non lo riconoscessi.

«Tutto bene, Djamel?».

«Sì, signore» farfugliò.

Si guardò intorno. Lo sapevo, si vergognava di farsi vedere con un poliziotto. Gli afferrai un braccio.

«Vieni, ti offro da bere».

Con il mento indicai il bar dei Treize-Coins, un po' più giù. La mia mensa. Il commissariato centrale era a cinquecento metri da lì, in fondo al passaggio dei Treize-Coins, dall'altro lato di rue Sainte-Françoise. Ero l'unico poliziotto a venire qui. Gli altri preferivano andare più giù, in rue dell'Évêché o place des Trois-Cantons, secondo i gusti.

Malgrado il caldo, ci sedemmo all'interno. Al riparo dagli sguardi. Ange, il padrone, ci portò due birre.

«Allora, il motorino? L'hai nascosto?».

«Sì, signore. Come mi ha detto». Bevette un sorso, mi guardò di sottecchi. «Senta, signore. Mi hanno già fatto un sacco di domande. Devo ricominciare?».

Ero io adesso a essere sorpreso.

«Chi?».

«Non sei uno sbirro?».

«Ti ho fatto una domanda».

«Gli altri».

«Quali altri?».

«Beh, gli altri. Quelli che l'hanno ammazzato. Devo stare attento. Mi hanno detto che possono sbattermi dentro, per complicità in omicidio. A causa del motorino. È vero che quello ha ucciso un tizio?».

Sentii una vampata di calore. Dunque, sapevano. Bevetti chiudendo gli occhi. Non volevo che Djamel vedesse il mio turbamento. Il sudore mi colava su fronte, guance e collo. Sapevano. Ripetermelo, un'altra volta, mi fece rabbrividire.

«Chi era quel tizio?».

Aprii gli occhi. Ordinai un'altra birra. Avevo la bocca secca. Avevo voglia di raccontare a Djamel di Manu, di Ugo e di me. La storia di tre amici. Ma potevo dare la versione che volevo, si sarebbe ricordato solo di Manu e Ugo. Non dello sbirro. Il poliziotto è merda pura. Il solo fatto di esistere, è un'ingiustizia.

> Polizia fabbrica di imbecilli
> incaricati dalla giustizia
> sulla quale piscio

urla NTM, la radio dei musicisti rap di Saint-Denis. È nella hit parade dei giovani quindici-diciottenni di periferia, malgrado il boicottaggio delle altre radio. Era l'odio per lo sbirro che univa i giovani. Certo non li aiutavamo ad avere una buona immagine di noi. Ero pagato per saperlo. E sulla mia fronte non c'era scritto: sbirro simpatico. Non lo ero, d'altronde. Credevo nella giustizia, nella legge, nel diritto. Quelle cose lì che nessuno rispettava, perché noi, per primi, le calpestiamo.

«Un delinquente» dissi.

Djamel se ne fotteva della mia risposta. Un poliziotto poteva rispondere solo così. Non si aspettava che dicessi: "Era un tipo per bene, e, per di più, un amico". Forse era questo che avrei dovuto rispondere. Forse. Ma non sapevo più cosa era giusto dire ai ragazzi come lui, a tutti quelli che incrociavo nelle *cités*. Figli di immigrati, senza lavoro, senza futuro, senza speranza.

Bastava che accendessero la televisione e ascoltassero il telegiornale, per sapere che il loro padre era stato inculato e che erano pronti a inculare anche loro. Driss mi aveva raccontato che un suo amico, Hassan, il giorno in cui aveva ricevuto il suo primo stipendio, si era presentato in banca. Non stava in sé dalla gioia. Si sentiva finalmente rispettabile, anche solo con il salario minimo sindacale. "Avrei bisogno di un prestito di tre milioni, signore. Per pagarmi la macchina". Gli avevano riso dietro, in banca. Quel giorno, aveva capito tutto. Djamel già lo sapeva. E nei suoi occhi, vedevo Manu, Ugo e me. Trent'anni prima.

«Posso tirarlo fuori il motorino?».

«Se vuoi un consiglio, dovresti farlo sparire».

«Gli altri mi hanno detto che non c'erano problemi». Mi guardò di nuovo di sottecchi. «Non gliel'ho detto che lei mi aveva chiesto la stessa cosa».

«Cioè?».

«Di inguattarlo. E così via».

Squillò il telefono. Dal banco, Ange mi fece segno.

«Pérol, per te».

Presi la cornetta.

«Come sapevi che ero qui?».

«Lascia perdere, Fabio. Hanno ritrovato la ragazza».

Sentii sprofondare la terra sotto i piedi. Vidi Djamel alzarsi e uscire dal bar senza voltarsi. Mi reggevo al banco come ci si aggrappa a una boa. Ange mi lanciò uno sguardo preoccupato. Gli feci segno di versarmi un cognac. Uno solo, da bere tutto di un fiato. Non era il cognac, quello che poteva fare più male.

Capitolo quinto
*Nel quale è nel dolore che si riscopre
di essere un esiliato*

Non avevo mai visto niente di così brutto. Eppure ne avevo viste tante. Leila giaceva su un sentiero di campagna. Il viso a terra. Nuda. Teneva i vestiti stretti sotto il braccio sinistro. Tre pallottole, nella schiena. Una le aveva perforato il cuore. Colonne di grosse formiche nere si davano da fare intorno alle ferite e ai graffi che le rigavano la schiena. Anche le mosche attaccavano, ora, disputandosi con le formiche la loro parte di sangue ormai secco.

Il corpo di Leila era ricoperto di punture di insetti. Ma non sembrava essere stato morso né da un cane affamato, né da un topo. Misera consolazione, pensai. Aveva della merda secca tra le natiche e le cosce. Lunghe strisce giallastre. La pancia doveva essersi rilassata per la paura. O dopo il primo sparo.

Dopo averla violentata, dovevano averle fatto credere che era libera. E vederla correre nuda li aveva eccitati. Una corsa verso una speranza che era in fondo al sentiero. All'inizio della strada. Di fronte ai fari di una macchina in arrivo. La parola ritrovata. Aiuto! Aiuto! La paura dimenticata. La disperazione che si allenta. La macchina che si ferma. L'umanità che viene a soccorrere, che aiuta, finalmente.

Probabilmente Leila aveva continuato a correre dopo la prima pallottola. Come se non avesse sentito niente. Come se non sentisse quel bruciore sulla schiena che le spezzava il fiato. Una corsa fuori dal mondo. Lì dove ci sono solo merda, piscia, lacrime. E quella polvere che sta per mangiare per sempre. Lontano dal padre, dai fratelli, dagli amanti di una sera, da un amore desiderato con tutto il cuore, da una famiglia da costruire, da bambini che potevano nascere.

Dopo la seconda pallottola, doveva aver urlato. Perché, comunque, il corpo rifiuta di tacere. Grida. Non più a causa di quel dolore, violento, che l'ha trafitto. È la sua volontà di vivere. L'anima mobilita tutta la sua energia e cerca una via d'uscita. Cerca, cerca. Dimentica che vorresti sdraiarti sull'erba e dormire. Grida, piangi, ma corri. Ti lasceranno, ora. La terza pallottola aveva messo fine a ogni suo sogno. Sadici.

Con un gesto rabbioso della mano scacciai le formiche e le mosche. Guardai per l'ultima volta quel corpo che avevo desiderato. Dalla terra saliva un odore di timo, caldo e inebriante. Avrei voluto fare l'amore con te, Leila, qui, in una sera d'estate. Sì, l'avrei voluto. Saremmo stati bene e avremmo avuto voglia di ricominciare. Anche se a fior di pelle, in ogni carezza reinventata, si sarebbero profilate rottura, lacrime, delusione, e ancora, tristezza, angoscia, disprezzo. Non avrebbe cambiato nulla della perfidia umana, che governa il mondo. È certo. Ma almeno, ci sarebbe stata questa nostra passione a sfidare gli ordini. Sì, Leila, avrei dovuto amarti. Parole da vecchio idiota. Ti chiedo scusa.

Coprii il corpo di Leila con il lenzuolo bianco che i gendarmi le avevano buttato addosso. Con la mano le sfiorai il viso. Il collo era segnato da una bruciatura, il lobo dell'orecchio sinistro strappato per la perdita di un orecchino, le labbra piene di terra. Sentii salirmi le budella in gola. Con rabbia, tirai su il lenzuolo e mi rialzai. Nessuno parlava. Il silenzio. Solo le cicale continuavano a frinire. Insensibili, indifferenti ai drammi umani.

Rialzandomi, vidi che il cielo era azzurro. Un azzurro assolutamente puro, che il verde scuro dei pini rendeva ancor più luminoso. Come sulle cartoline. Vaffanculo cielo. Vaffanculo cicale. Vaffanculo paese. E vaffanculo io. Mi allontanai, barcollando. Ubriaco di dolore e di rabbia.

Ridiscesi il sentiero, in mezzo al canto delle cicale. Non eravamo lontani dal villaggio di Vauvenargues, a pochi chilometri da Aix-en-Provence. Il corpo di Leila era stato trovato da una coppia durante una passeggiata. Quel sentiero è uno di quelli che portano al massiccio di Sainte-Victoire, la montagna che tanto ispirò Cézanne. Quante volte aveva fatto quella passeggiata? Forse si era fermato proprio lì, posato il cavalletto, per tentare di cogliere ancora una volta tutta la sua luce.

Incrociai le braccia sul cofano della macchina e ci appoggiai la fronte. Con gli occhi chiusi. Il sorriso di Leila. Non sentivo più il caldo. Sangue freddo mi scorreva nelle vene. Avevo il cuore disseccato. Così tanta violenza. Se Dio fosse esistito, l'avrei strozzato lì sul posto. Senza pietà. Con la rabbia dei dannati. Una mano si posò sulla mia spalla, quasi timidamente. E la voce di Pérol:

«Vuoi aspettare?».

«Non c'è niente da aspettare. Nessuno ha bisogno di noi. Né qui, né altrove. Lo sai questo Pérol, vero? Siamo poliziotti da due soldi. Che non esistono. Dài, andiamo».

Si mise al volante. Sprofondai sul sedile, accesi una sigaretta e chiusi gli occhi.

«Chi si occupa del caso?».

«Loubet. Era in servizio. Va bene così».

«Sì, è una brava persona».

In autostrada, Pérol prese l'uscita Saint-Antoine. Da poliziotto coscienzioso accese la radiotrasmittente. Il fruscio gracchiante riempiva il silenzio. Non avevamo scambiato più una sola parola. Ma senza fare domande aveva capito cosa volevo fare: andare da Mouloud, prima degli altri. Anche se sapevo che Loubet l'avrebbe fatto con tatto. Leila, era un affare di famiglia. Pérol l'aveva capito e questo mi commosse. Non mi ero mai confidato con lui. L'avevo scoperto un po' alla volta, da quando lo avevano destinato alla mia Squadra. Ci stimavamo, ma finiva lì. Anche davanti a un bicchiere. Un'eccessiva prudenza ci impediva di andare oltre. Di diventare amici. Una cosa era certa: come poliziotto non aveva più futuro di me.

Rimuginava su ciò che aveva visto, con il mio stesso dolore e odio. E sapevo perché.

«Quanti anni ha tua figlia?».

«Venti».

«E... come va?».

«Ascolta i Doors, gli Stones, Dylan. Poteva andare peggio». Sorrise. «Voglio dire, avrei preferito che fosse professoressa o medico. Insomma, non lo so. Ma cassiera alla Fnac, non è che mi entusiasmi».

«E lei, credi che la entusiasmi? Sai, ci sono centinaia di persone che stanno alla cassa. I ragazzi non hanno futuro. Oggi hanno un'unica possibilità: prendere quel che capita».

«Hai mai pensato ad avere bambini?».

«L'ho desiderato tanto».

«Amavi quella ragazza?».

Si morse il labbro, per essere stato così diretto. Mi stava dimostrando la sua amicizia. Ero commosso, ancora una volta. Ma non avevo voglia di rispondere. Non mi piace rispondere alle domande che mi toccano intimamente. Le risposte sono spesso ambigue e si possono prestare a ogni interpretazione. Anche se si tratta di una persona vicina. Lo sentì.

«Non sei obbligato a parlarne».

«Vedi, Leila ha avuto quello che un figlio di immigrati su mille può avere. Doveva essere troppo. La vita le ha ripreso tutto. Avrei dovuto sposarla, Pérol».

«Non sarebbe servito a evitare la disgrazia».

«A volte, basta un gesto, una parola, per cambiare il corso della vita di una persona. Anche se la promessa non dura per sempre. Hai pensato a tua figlia?».

«Ci penso ogni volta che esce. Ma di stronzi come quelli, ce ne sono ovunque, tutti i giorni».

«Sì, e ora sono in giro».

Pérol propose di aspettarmi in macchina. Raccontai tutto a Mouloud. A parte le formiche e le mosche. Gli spiegai che sarebbero venuti altri poliziotti e che sarebbe dovuto andare a riconoscere il corpo, riempire un mare di documenti. E, che, se avesse avuto bisogno di me, ci sarei stato.

Si era seduto e mi ascoltava senza batter ciglio. Con gli occhi fissi nei miei. Non c'erano lacrime pronte a sgorgare. Come me, era congelato. Per sempre. Iniziò a tremare, senza rendersene conto. Non ascoltava più. Invecchiava, lì, di fronte a me. Gli anni, all'improvviso, scorsero più velocemente e lo raggiunsero. Anche gli anni felici tornavano con un sapore amaro. È nei momenti di dolore che si riscopre di essere un esiliato. Mio padre me lo aveva spiegato.

Mouloud aveva appena perduto la seconda donna della sua vita. Il suo orgoglio. Colei che avrebbe giustificato tutti i suoi sacrifici, fino a oggi. Colei che finalmente avrebbe dato un senso al suo sradicamento. L'Algeria non era più il suo paese. La Francia l'aveva appena respinto definitivamente. Ora era solo un povero arabo. Nessuno avrebbe pianto sulla sua sorte.

Avrebbe atteso la morte, qui, in questa periferia di merda. Non sarebbe tornato in Algeria. C'era tornato, una volta, dopo Fos. Con Leila, Driss e Kader. Per vedere, come era "laggiù". C'erano rimasti venti giorni. Aveva capito subito. L'Algeria non faceva più per lui. Non lo interessava più. I negozi vuoti, abbandonati. Le terre, distribuite ai vecchi mudjahidin, rimanevano incolte. I villaggi deserti e ripiegati sulla propria miseria. Niente che potesse soddisfare i sogni, rifarsi una vita. Nelle strade di Orano non aveva ritrovato la sua giovinezza. Tutto era "dall'altra parte". E Marsiglia aveva iniziato a mancargli.

La sera in cui si erano trasferiti nel loro piccolo appartamento, Mouloud, a mo' di preghiera, aveva detto ai figli: "Vivremo qui, in questo paese, la Francia. Con i francesi. Non è un bene. Ma non è il peggiore dei mali. È il destino. Bisogna adattarsi, ma non dimenticare chi siamo".

Poi chiamai Kader a Parigi per dirgli di venire immediatamente e prevedere di rimanere un po' di tempo qui. Mouloud avrebbe avuto bisogno di lui, e anche Driss. Mouloud gli disse alcune parole in arabo. Infine, telefonai a Mavros, alla sala di pugilato. Driss si stava allenando, come sempre il sabato pomeriggio. Ma è con Mavros che volevo parlare. Gli dissi di Leila.

«Organizzagli un incontro, Georges. Presto. E fallo lavorare. Ogni sera».

«Accidenti, lo ammazzo se lo metto a combattere ora. Anche tra due mesi. Diventerà un bravo pugile. Ma quel ragazzino non è ancora pronto».

«Preferisco che si uccida così piuttosto che facendo cazzate. Georges, fallo per me. Occupati di lui. Personalmente».

«Ok, ok. Te lo passo?».

«No. Glielo dirà suo padre quando tornerà a casa».

Mouloud annuì. Era lui il padre. Stava a lui dirglielo. Era un uomo vecchio quello che si alzò dalla poltrona quando riattaccai.

«Dovresti andare via ora, signore. Vorrei restare solo».

Lo era. E perduto.

Il sole era appena tramontato e io ero in mare aperto. Da più di un'ora. Mi ero portato dietro alcune birre, pane e salame. Ma non riuscivo a pescare. Per pescare, bisogna avere la mente sgombra. Come a biliardo. Si guarda la palla. Ci si concentra sulla traiettoria che le si vuole far fare, e poi si imprime alla stecca la forza che si desidera. Con sicurezza e determinazione. A pesca, si lancia la lenza, poi ci si concentra sul galleggiante. Non si lancia la lenza così a caso. Un pescatore si riconosce dal lancio. Lanciare denota l'arte della pesca. L'esca attaccata all'amo deve impregnarsi di mare, dei suoi riflessi. Sapere che il pesce è lì sotto non basta. L'amo deve arrivare in acqua con la leggerezza di una mosca. L'abbocco, lo si deve intuire. Per uncinare il pesce nell'attimo in cui morde.

Lanciavo senza convinzione. Avevo un nodo nello stomaco che la birra non riusciva a sciogliere. Un nodo di nervi. Di lacrime, anche. Piangere mi avrebbe fatto bene. Ma non ci riuscivo. Fino a quando quegli stronzi sarebbero rimasti in libertà, avrei vissuto col dolore e con quell'orribile immagine di Leila. Che fosse Loubet a seguire il caso mi rassicurava. Era meticoloso. Non trascurava nessun indizio. Se esisteva una possibilità su mille di scovare quelle merde, lui l'avrebbe trovata. Ne aveva dato prova. In questo campo, era molto meglio di tanti altri, molto meglio di me.

Stavo male, tra l'altro, perché non potevo condurre l'inchiesta. Non volevo farne una questione personale. Ma sapere che simili individui erano in libertà mi era insopportabile. No, non era veramente questo. Sapevo cosa mi tormentava. L'odio. Avevo voglia di ucciderli.

Quel giorno non riuscii a combinare niente. Ma non mi rassegnavo a pescare con il palamito. In quel modo, si prendono facilmente i pesci. Fragolini, orate, gallinelle. Ma non mi diverte affatto. Sulla lenza, ogni due metri, si attaccano gli ami e la si lascia galleggiare. Tengo sempre un palamito in barca, nel caso dovesse servire. Per i giorni in cui non voglio tornare al porto con le mani vuote. Ma la pesca per me è con la lenza.

Leila mi aveva riportato a Lole, e Lole a Ugo e Manu. Ero molto confuso. Troppe domande e nessuna risposta. Ma c'era soprattutto una domanda a cui non volevo rispondere. Cosa avrei fatto? Non avevo fatto niente per Manu. Convinto, senza ammetterlo, che Manu poteva finire solo così. Ammazzato per strada. Da uno sbirro, o più semplicemente, da un piccolo delinquente assoldato da un altro. Era nella logica delle cose della strada. Che Ugo crepasse su un marciapiede, lo era meno. Non nutriva quell'odio per il mondo che Manu covava nel profondo, e che non aveva smesso di crescere nel corso degli anni.

Non pensavo che Ugo fosse cambiato a questo punto. Non potevo crederlo capace di tirare fuori una pistola e sparare su un poliziotto. Sapeva cos'era la vita. Per questo aveva "rotto" con Marsiglia, e con Manu. E rinunciato a Lole. Qualcuno capace di fare questo non mette mai in gioco la vita e la morte. Preso in trappola, si sarebbe fatto arrestare. La prigione è solo una parentesi nella libertà. Prima o poi si esce. Vivo. Se dovevo fare qualcosa per Ugo, era questo. Capire cos'era successo.

Quando sentii l'abbocco, mi tornò in mente la conversazione con Djamel. Il pesce scappò. Tirai su la lenza per attaccarci un'altra esca. Se volevo capire, dovevo far luce su quella pista. Auch aveva identificato Ugo sulla base delle testimonianze delle guardie del corpo di Zucca? O l'aveva fatto seguire da casa di Lole? Aveva lasciato che Ugo uccidesse Zucca? Era un'ipotesi, ma non potevo confermarla. Non amavo Auch, ma non lo immaginavo così machiavellico. Tornai a un'altra domanda: come aveva fatto Ugo a sapere così presto di Zucca? E da chi? Un'altra pista da seguire. Non sapevo ancora come, ma dovevo iniziare. Senza cadere tra le grinfie di Auch.

Finii le birre e riuscii comunque a prendere una spigola. Due chili, due chili e mezzo. Per una brutta giornata era meglio di niente. Honorine aspettava il mio ritorno. Seduta in terrazza guardava la televisione dalla finestra.

«Caro mio, non avresti fatto fortuna come pescatore!» disse vedendo la spigola.

«Non sono mai andato a far fortuna».

«Solo questa spigola...». Guardò il pesce con aria sconsolata. «E come la cucinerai?».

Alzai le spalle. «Alla salsa Belle Hélène, magari viene bene. Ci vorrebbe un granchio, e non ce l'ho».

«Oh! Non mi sembri di gran buon umore. Meglio non stuzzicarti troppo! Senti, ho messo a marinare delle lingue di merluzzo. Se ti va le porto domani?».

«Mai assaggiate. Dove le hai prese?».

«Ho una nipote che me le ha riportate da Sète. Io, non le ho più mangiate da quando il mio povero Toinou è morto. Beh, ti ho lasciato un po' di minestra di basilico. È ancora tiepida. Riposati, perché non hai una bella faccia».

Babette non esitò un secondo.
«Batisti» disse.
Batisti. Merda! Come mai non ci avevo pensato prima? Così evidente che non mi era venuto in mente. Batisti era stato un sicario di Mémé Guérini, il caid marsigliese degli anni Quaranta. Aveva lasciato il giro una ventina di anni fa. Dopo il massacro del Tanagra, un bar del Vieux-Port, dove quattro rivali, vicini a Zampa, vennero uccisi. Amico di Zampa, Batisti si era sentito minacciato? Babette lo ignorava.

Aveva aperto una piccola società di import-export e faceva una vita tranquilla, rispettato da tutti i malavitosi. Non si era mai schierato nelle guerre tra capi, non aveva manifestato alcuna smania di potere e di soldi. Consigliava, faceva da messaggero, metteva gli uomini in contatto tra loro. Quando ci fu lo scasso di Spaggiari a Nizza, fu lui che, in piena notte, formò la squadra che arrivò alle casseforti della Société Générale. Gli uomini con le torce. Al momento della divisione, rifiutò la sua parte. Aveva fatto un favore, e basta. Guadagnava in rispetto. E il rispetto nel *milieu*, era la migliore assicurazione sulla vita.

Un giorno, Manu arrivò da lui. Un passaggio obbligato, se non si voleva restare uno scassinatore da quattro soldi. Manu aveva esitato a lungo. Dopo la partenza di Ugo era diventato un solitario. Non aveva fiducia in nessuno. Ma le piccole rapine stavano diventando pericolose. E poi, c'era la concorrenza. Per molti arabi era diventato lo sport preferito. Qualche colpo riuscito permetteva di farsi il gruzzolo necessario per diventare spacciatore e avere il controllo di una zona, o addirittura della *cité*. Gaetan Zampa, che aveva ricostituito il clan marsigliese, si era appena impiccato nella sua cella. Il Mat e Il Belga cercavano di evitare una nuova esplosione. Reclutavano.

Manu si mise a lavorare per Il Belga. Saltuariamente. Batisti e Manu si erano piaciuti. Manu aveva trovato in lui il padre che non aveva mai avuto. Il padre ideale, che gli somigliava, e che non faceva prediche. Il peggiore dei padri, per me. Non mi piaceva Batisti. Ma io un padre l'avevo avuto, e non me ne potevo proprio lamentare.

«Batisti» ripeté. «Si trattava solo di pensarci, tesoro».

Fiera di sé, Babette si servì un'altra grappa del Garlaban. «Cin cin» disse sorridendo e alzando il bicchiere. Dopo il caffè, Honorine andò a riposare a casa sua. Eravamo in terrazza, sulle sdraio sotto l'ombrellone, in costume da bagno. Il caldo si incollava alla pelle. Avevo chiamato Babette la sera prima e, fortunatamente, era in casa.

«Allora, bel brunetto, ti decidi a sposarmi?».

«Volevo solo invitarti, bellezza. Da me, domani a pranzo».

«Devi chiedermi un favore. Sei il solito stronzo! Da quanto non ti fai sentire? Eh? Non te lo ricordi neppure, vero?».

«Beh... Diciamo tre mesi».

«Otto, scemo! Avrai inzuppato il biscotto ovunque».

«Solo nelle puttane».

«Puah, che vergogna! E io che sto qui ad aspettare...» sospirò. «Beh, qual è il menu?».

«Lingue di merluzzo, spigola al forno, lasagne al finocchio».

«Ma no, scemo! Volevo sapere di cosa vuoi parlare, così ripasso la lezione».

«Cosa succede nel *milieu* in questo periodo».

«C'entrano i tuoi amici? Ho letto di Ugo. Mi dispiace».

«Può darsi».

«Cosa hai detto? Lingue di merluzzo? Buone?».

«Mai assaggiate. Le farò per la prima volta per te».

«E se ci facessimo un antipastino subito? Porto la camicia da notte e i preservativi! Ne ho alcuni blu, come i miei occhi!».

«Sai, è quasi mezzanotte, le lenzuola sono sporche e quelle pulite sono da stirare».

«Maiale!».

Riattaccò. Ridendo.

Conoscevo Babette da quasi venticinque anni. L'avevo incontrata una sera al Péano. Era stata appena assunta come correttrice di bozze a *La Marseillaise*. Avevamo avuto una storia, come succedeva in quel periodo. Poteva durare una notte o una settimana. Mai di più.

Ci eravamo incontrati, di nuovo, durante la conferenza stampa in cui venne presentata la riorganizzazione delle Squadre di Sorveglianza dei Settori. Con me come guest star. Era diventata giornalista, si era specializzata nella cronaca, poi aveva lasciato il giornale e si era messa in proprio. Lavorava regolarmente per il *Canard enchaîné*, e quotidiani o settimanali le affidavano spesso grosse inchieste. Ne sapeva molto più di me sulla delinquenza, la politica per la pubblica sicurezza e il *milieu*. Una vera e propria enciclopedia, carina da morire. Aveva qualcosa delle madonne di Botticelli. Ma nei suoi occhi vedevi che non era Dio a ispirarla, ma la vita. Con tutti i suoi piaceri.

Avemmo un'altra storia. Breve come la prima. Ma ci faceva piacere incontrarci. Una cena, una notte. Un week-end. Lei non si aspettava niente. Io non chiedevo niente. Ognuno tornava alle proprie cose, fino alla volta successiva. Fino al giorno in cui non ci sarebbe stata una prossima volta. E durante il nostro ultimo incontro, sia lei che io, avevamo capito che era finita.

Quella mattina, mi ero messo a cucinare presto, ascoltando del vecchio blues di Lightnin' Hopkins. Dopo aver pulito la spigola, l'avevo farcita con il finocchio, e condita con olio d'oliva. Poi avevo preparato il sugo per le lasagne. Avevo fatto cuocere il resto del finocchio a fuoco lento nell'acqua salata, con un pezzetto di burro. In una pentola ben oleata, avevo fatto soffriggere la cipolla tagliata sottile, aglio e peperoncino. Un cucchiaio di aceto e i pomodori che avevo immerso nell'acqua bollente e tagliato a cubetti. Una volta evaporata l'acqua, avevo aggiunto il finocchio.

Finalmente mi stavo calmando. La cucina aveva quest'effetto su di me. La mente non si perdeva più nei complessi meandri dei pensieri. Si metteva al servizio degli odori, del sapore. Del piacere.

Babette arrivò con *Last night blues*, mentre mi versavo il terzo pastis. Indossava jeans neri molto attillati e una polo blu dello stesso colore degli occhi. Sui capelli lunghi e ricci aveva un berretto di tela bianco. Avevamo all'incirca la stessa età, ma lei sembrava non invecchiare. Le piccole rughe all'angolo degli occhi o intorno alle labbra la rendevano ancor più seducente. Lo sapeva e usava il suo fascino con abilità. Non mi lasciava mai del tutto indifferente. Andò a ficcare il naso nella pentola, poi mi offrì le sue labbra.

«Salve marinaio» disse, «berrei volentieri un pastis».

In terrazza, avevo preparato una bella brace. Honorine portò le lingue di merluzzo. Le aveva fatte marinare in una pirofila con olio, prezzemolo tritato e pepe. Seguendo le sue indicazioni, preparai un impasto a cui aggiunsi due bianchi d'uovo montati a neve.

«Su, andate a bervi il pastis con calma. Ci penso io qui».

Le lingue di merluzzo, ci spiegò a tavola, è un piatto delicato. Le si può fare gratinate, con un sugo alle vongole o alla provenzale, al cartoccio o al vino bianco con qualche lamella di tartufo e funghi. Babette e io eravamo già pronti ad assaggiare le altre ricette.

«E ora, ho diritto allo zucchero filato?» chiese Babette, leccandosi le labbra.

«Non credi di aver superato l'età?».

«Non esiste età per le ghiottonerie, tesoro!».

Avevo voglia di pensare a tutto quel che mi aveva appena raccontato sul *milieu*. Un'ottima lezione. E a Batisti. Non vedevo l'ora di andarlo a trovare. Ma avrei aspettato fino al giorno dopo. Era domenica, e per me, non sempre è domenica. Babette mi lesse nei pensieri.

«Calma, Fabio. Lascia perdere, è domenica». Si alzò, mi prese per mano. «Andiamo a fare il bagno? Placherà i tuoi ardori!».

Nuotammo fino a restare senza fiato. Mi piaceva. Anche a lei. Mi chiese di uscire in barca per andare al largo della Baie des Singes. Rifiutai. Era una regola, in barca non portavo nessuno. Era la mia isola. Urlò, dandomi del cretino, poi si buttò in acqua. Era fresca al punto giusto. Senza fiato, con le braccia rotte, galleggiammo facendo il morto.

«Cosa cerchi, a proposito di Ugo?».

«Capire. Poi vedrò».

Per la prima volta, misi in conto che capire non mi sarebbe probabilmente bastato. Capire significa aprire una porta, ma raramente si sa cosa c'è dietro.

«Stai attento a dove metti i piedi».

E si tuffò. Direzione casa mia.

Era tardi. E Babette era rimasta. Eravamo andati a prendere la pizza ai calamari, da Louisette. La mangiammo sul terrazzo, bevendo un côtes de Provence rosato del Mas Negrel. Fresco al punto giusto. Finimmo la bottiglia. Poi parlai di Leila. Dello stupro e del resto. Lentamente, fumando. Cercando le parole. Per trovare le più belle. Era scesa la notte. Tacqui. Svuotato. Il silenzio ci avvolgeva. Nessuna musica, niente. Solo il rumore dell'acqua contro gli scogli. E sussurri, lontani.

Sulla diga, alcune famiglie cenavano, illuminate appena dalle lampade a gas da campeggio. Le canne da pesca infilate tra gli scogli. Ogni tanto, si sentiva una risata. Poi un "sss". Come se ridere facesse fuggire via i pesci. Ci sentivamo altrove. Lontano dallo schifo del mondo. C'era un profumo di felicità. Le onde. Quelle voci lontane. Quell'odore di sale. E Babette vicino a me.

Sentii la sua mano muoversi tra i miei capelli. Mi attirò piano verso di lei. Sapeva di mare. Mi accarezzò la guancia con dolcezza, poi il collo. Arrivò alla nuca. Era dolce. Finalmente, mi misi a singhiozzare.

Capitolo sesto
Nel quale le albe non sono
che l'illusione della bellezza del mondo

Mi svegliò l'aroma del caffè. Un odore che, al mattino, non sentivo più da anni. Da molto prima di Rosa. Farla alzare dal letto non era semplice. Vederla alzarsi per preparare il caffè, un miracolo. Carmen forse? Non ricordavo più. Sentii il pane tostato e decisi di muovermi. Babette non era tornata a casa. Si era sdraiata vicino a me. Avevo appoggiato la testa sulla sua spalla. Il suo braccio mi aveva avvolto. Mi ero addormentato. Senza aggiungere altro. Avevo detto tutto. Sulla mia disperazione, sui miei odi e sulla mia solitudine.

In terrazza la colazione era pronta. Bob Marley cantava *Stir it Up*. La canzone giusta per quella giornata. Cielo blu, mare come olio. Il sole pronto all'appuntamento. Babette si era infilata il mio accappatoio. Imburrava le tartine, con la sigaretta in bocca, muovendosi impercettibilmente al ritmo della musica. Per un attimo, un lampo di felicità.

«Avrei dovuto sposarti» le dissi.

«Non dire cazzate!».

E invece di tendermi le labbra, mi offrì la guancia. Inaugurava un nuovo rapporto tra noi. Stavamo precipitando in un mondo dove non esistono più bugie. Volevo bene a Babette. Glielo dissi.

«Sei completamente matto, Fabio. Sei fissato con i sentimenti. Io con il sesso. Le nostre strade non possono incontrarsi». Mi guardò come se mi vedesse per la prima volta. «E, in fondo, preferisco che sia così. Perché anch'io ti voglio bene».

Il caffè era delizioso. Mi disse che avrebbe proposto a *Libé* un'inchiesta su Marsiglia. La crisi economica, la mafia, il calcio. Un modo per ottenere informazioni, che, in seguito, mi avrebbe passato. Ed era andata via promettendo di farsi sentire entro due o tre giorni.

Rimasi a fumare, guardando il mare. Babette mi aveva dipinto un quadro preciso della situazione. Il *milieu* marsigliese era finito. La guerra tra capi l'aveva indebolito e nessuno oggi aveva la stoffa di un boss. Marsiglia era ormai solo un mercato, bramato dalla Camorra napoletana, la cui unica attività era il traffico di eroina e cocaina. *Il Mondo*, un settimanale milanese, aveva valutato, nel 1991, il volume d'affari dei camorristi Carmine Alfieri e Lorenzo Nuvoletta rispettivamente di 7 e 6 miliardi di dollari. Due organizzazioni si disputavano Marsiglia da dieci anni. La Nuova Camorra organizzata di Raffaele Cutolo, e la Nuova Famiglia dei clan Volgro e Giuliano.

Zucca aveva deciso da che parte stare. La Nuova Famiglia. Aveva lasciato la prostituzione, i locali notturni e il gioco d'azzardo, cedendone una parte alla mafia araba, e l'altra ai malavitosi marsigliesi. Gestiva per questi ultimi i traffici minori dell'impero corso. I veri affari li faceva con il camorrista Michele Zazà, detto *'O Pazzo*. Zazà operava sull'asse Napoli, Marsiglia e Sint Marteens, la parte olandese dell'isola Saint-Martin, nelle Antille. Per lui, riciclava i guadagni della droga nell'acquisto di supermercati, ristoranti e immobili. Boulevard Longchamp, uno dei più belli della città, era tutto loro.

Zazà era "caduto" un mese prima a Villeneuve-Loubet, vicino a Nizza, durante l'operazione "Mare verde"[1]. Ma questo non cambiava nulla alla storia. Zucca, abile, quasi geniale, aveva sviluppato potenti reti finanziarie tra Marsiglia, Svizzera e Germania. Zucca era protetto dai napoletani. Lo sapevano tutti. Ucciderlo era una vera follia.

Avevo detto a Babette che era stato Ugo a uccidere Zucca.

---

[1] In italiano nel testo.

Per vendicare Manu. E non capivo chi avesse potuto mettergli in testa quell'idea, né perché. Chiamai Batisti.

«Fabio Montale. Ti dice qualcosa?».

«Lo sbirro» disse dopo un breve silenzio.

«L'amico di Manu e di Ugo». Ebbe un risolino ironico. «Ti voglio vedere».

«Sono molto occupato in questi giorni».

«Io no. Sono libero, anche oggi all'ora di pranzo, e non mi dispiacerebbe se mi invitassi in un bel posto. Per chiacchierare un po'».

«Altrimenti?».

«Sono guai».

«Anche per te».

«Ma so che a te non piace la pubblicità».

Arrivai in ufficio in piena forma. E determinato. Avevo le idee chiare e sapevo di voler arrivare fino in fondo, per Ugo. Riguardo a Leila, mi rimettevo all'inchiesta. Per ora. Ero sceso nella sala dell'appello a compiere il rito settimanale della formazione delle squadre.

Cinquanta uomini in divisa. Dieci macchine. Due pullman. Squadre diurne e squadre notturne. Assegnazioni divise in settori, *cités*, supermercati, stazioni di servizio, banche, uffici postali, licei. La solita routine. Persone che non conoscevo o quasi. Raramente le stesse. Un passo indietro rispetto alla missione che mi era stata affidata. Giovani e vecchi. Padri di famiglia, novelli sposi. Padri tranquilli, giovani grintosi. Niente razzismo, se non verso gli arabi. E i neri, e gli zingari. Non dovevo dire niente. Solo formare le squadre. Facevo l'appello e, dalle facce, decidevo i componenti della squadra. Un metodo che non sempre dava buoni risultati.

Tra loro c'era un antillese. Il primo che mi mandavano. Alto, robusto, capelli a spazzola. I tipi come lui si credono più francesi degli abitanti dell'Auvergne. Non amano molto gli arabi. Né gli zingari.

Avevo lavorato con loro a Parigi, al commissariato di Belleville. Facevano scontare agli altri il fatto di non essere dell'Auvergne. Uno di loro mi aveva detto: "Tra di noi di arabi non ne vedi. Diciamo, che hanno scelto da che parte stare". Io non sto da nessuna parte. Sono solo al servizio della giustizia. Ma il tempo gli dava ragione. I tipi come lui li preferisco alla Posta, o alla Società Elettrica. Luc Reiver rispose all'appello. Lo misi in squadra con tre anziani. E accada pure ciò che deve accadere.

Le belle giornate esistono solo al mattino presto. Avrei dovuto ricordarlo. Le albe non sono che l'illusione della bellezza del mondo. Quando il mondo apre gli occhi, la realtà riprende i suoi diritti. E riappare il merdaio. Pensavo a questo, quando Loubet entrò nel mio ufficio. Capii cosa era venuto a dirmi, perché rimase in piedi. Con le mani in tasca.

«La ragazzina è stata uccisa sabato verso le 2 di notte. Con il caldo, i topi... Poteva essere molto peggio di quanto hai visto. Ignoriamo cosa sia successo prima. Secondo il laboratorio è stata violentata da più persone. Giovedì, venerdì. Ma non lì, dove l'abbiamo trovata... Davanti e dietro, se lo vuoi sapere».

«Me ne fotto dei dettagli».

Dalla tasca destra della giacca tirò fuori un sacchetto di plastica. Posò davanti a me tre pallottole.

«Sono state estratte dal corpo della ragazza».

Lo guardavo. Aspettavo. Dalla tasca sinistra tirò fuori un altro sacchetto. Posò due pallottole, vicino alle altre.

«Queste sono state estratte da Al Dakhil e dalle sue guardie del corpo».

Erano identiche. Le stesse armi. I due assassini erano i violentatori. Mi si seccò la gola.

«Merda» articolai a fatica.

«L'inchiesta è chiusa, Fabio».

«Ne manca una».

Indicai la terza pallottola. Quella di un Astra special. Sostenne il mio sguardo.

«Non l'hanno usata, sabato sera».

«Erano due uomini. Il terzo è in giro».

«Il terzo? E questa da dove la tiri fuori?».

Avevo una teoria sugli stupri. Lo stupro può essere fatto da una o da tre persone. Mai da due. Perché, in questo caso, ce n'è sempre uno che non sa che fare. Deve aspettare il suo turno. Da soli, è un classico. In tre, un gioco perverso. Ma era una teoria che avevo appena ipotizzato. Su un'intuizione. E per rabbia. Perché mi rifiutavo di credere che l'inchiesta fosse chiusa. Ce n'era ancora uno in giro e lo dovevo trovare.

Loubet mi guardò con aria dispiaciuta. Raccolse le pallottole e le rimise nei sacchetti.

«Sono aperto a ogni ipotesi. Ma... ho altri quattro casi da seguire».

Teneva la pallottola dell'Astra special tra le dita.

«È quella che ha perforato il cuore?».

«Non lo so» disse sorpreso. «Perché?».

«Lo vorrei sapere».

Un'ora dopo richiamò per confermare. Era la pallottola che aveva perforato il cuore di Leila. Certo, non significava nulla. Conferiva a quella pallottola un mistero che volevo chiarire. Dal tono della sua risposta, capii che Loubet considerava l'affare totalmente archiviato.

Incontrai Batisti al Bar de la Marine. Andava sempre lì a mangiare. Era diventato il punto di ritrovo degli skipper. Alle pareti c'era ancora il quadro di Louis Audibert raffigurante la partita a carte di *Marius*, e la foto di Pagnol con moglie al porto. Al tavolo dietro al nostro, Marcel, il proprietario, spiegava a due turisti italiani che, sì, proprio lì era stato girato il film. Il piatto del giorno, calamari fritti e melanzane gratinate. Con un rosé delle cantine del Rousset, riserva del proprietario.

Ero venuto a piedi. Per il piacere di ciondolare al porto, mangiando noccioline salate. Mi piaceva quella passeggiata.

Quai du port, quai des Belges, quai de Rive-Neuve. L'odore del porto. Mare e morchia.

Le pescivendole, berciando come sempre, vendevano la pesca del giorno. Orate, sardine, spigole e pagelli. Davanti al banco di un africano, un gruppo di tedeschi trattava il prezzo di alcuni elefantini in ebano. L'africano avrebbe ottenuto ciò che chiedeva. Con l'aggiunta di un braccialetto in argento fasullo, col punzone fasullo. Tutto per cento franchi. Guadagnandoci. Sorrisi. È come se li avessi conosciuti da sempre. Mio padre mi lasciava la mano e io correvo verso gli elefanti. Mi accovacciavo per vederli meglio. Non osavo toccarli. L'africano mi guardava muovendo gli occhi. Fu il primo regalo di mio padre. Avevo quattro anni.

Con Batisti andai per tentativi.

«Perché hai messo Ugo sulle tracce di Zucca? Voglio sapere solo questo. E chi ci guadagna cosa?».

Batisti era una vecchia volpe. Masticò con impegno, vuotò il bicchiere di vino.

«Cosa sai?».

«Cose che non dovrei sapere».

I suoi occhi cercarono nei miei il segno di un bluff. Non battei ciglio.

«I miei informatori erano precisi».

«Smettila, Batisti! Me ne frego dei tuoi informatori. Non esistono. È quel che ti hanno detto di dire e lo dici. Hai mandato Ugo a fare quello che nessuno aveva le palle di rischiare. Zucca era sotto protezione. E Ugo, dopo, si è fatto ammazzare. Dagli sbirri. Ben informati. Una trappola».

Mi sembrava di pescare con il palangaro. Tanti ami e aspettavo l'abbocco. Bevette il caffè, e sentii di aver esaurito il mio credito.

«Senti, Montale. Esiste una versione ufficiale e a questa devi attenerti. Sei uno sbirro di periferia, restalo. Hai una bella casetta, cerca di tenertela». Si alzò. «I consigli sono gratis. Il conto è mio».

«E di Manu? Neanche di lui sai niente? Te ne fotti».

Lo dissi per rabbia. Stupidamente. Avevo spifferato le ipotesi costruite faticosamente. Niente di solido. E riportavo a casa una minaccia, appena velata. Batisti era venuto per capire cosa sapevo.

«Quel che vale per Ugo vale per Manu».

«Ma gli volevi bene a Manu, no?».

Mi lanciò un'occhiataccia. Avevo fatto centro. Ma non rispose. Se ne andò verso il banco con il conto in mano. Lo seguii.

«Ora ti dico una cosa, Batisti. Mi hai preso per il culo, d'accordo. Ma non credere che lasci perdere. Ugo è venuto da te per avere una dritta. L'hai fregato alla grande. Lui voleva solo vendicare Manu. Dunque non ti mollo». Raccolse gli spiccioli. Posai la mano sul suo braccio e avvicinai il viso al suo orecchio. Mormorai: «Hai talmente paura di morire che sei pronto a tutto. Ti caghi sotto. Non hai orgoglio, Batisti. Ma quando capirò cosa è successo a Ugo, non ti dimenticherò. Credimi».

Liberando il braccio, mi guardò tristemente. Con pietà.

«Ti faranno fuori prima».

«Meglio per te».

Uscì senza voltarsi. Per un attimo lo seguii con lo sguardo. Ordinai un altro caffè. I due turisti italiani si alzarono e se ne andarono con una profusione di "Ciao, ciao".

Se Ugo aveva ancora dei familiari a Marsiglia, sicuramente non leggevano i giornali. Nessuno si era fatto vivo dopo la sua morte, né dopo l'avviso di decesso che avevo fatto pubblicare su tre quotidiani del mattino. Il permesso d'inumazione era stato rilasciato venerdì. Dovetti decidere io. Non volevo vederlo andare nella fossa comune, come un cane. Ruppi il mio salvadanaio e sostenni le spese del funerale. Quest'anno, non sarei andato in vacanza. Comunque, non andavo mai in vacanza.

I tizi aprirono la tomba. Era quella dei miei genitori. C'era ancora un posto per me là dentro. Ma ero deciso a prendermela con calma. I miei genitori non si sarebbero seccati di ricevere una visita. Faceva un caldo infernale. Guardai il buco buio e umido. Non sarebbe piaciuto a Ugo. A nessuno, d'altra parte. Neanche a Leila. L'avrebbero sepolta l'indomani. Non avevo ancora deciso se andare o meno. Ormai, per loro, Mouloud e i suoi figli, ero solo un estraneo. E un poliziotto. Che non aveva potuto impedire nulla.

Ero a pezzi. Avevo vissuto questi ultimi anni con tranquillità e indifferenza. Assente dal mondo. Niente mi toccava veramente. I miei vecchi amici non chiamavano più. Le donne mi lasciavano. Tenevo i sogni e la rabbia a mezz'asta. Invecchiavo senza più alcun desiderio. Senza passione. Mi scopavo le puttane. E la felicità era una canna da pesca.

La morte di Manu aveva buttato all'aria tutto. Ma senz'altro troppo debole sulla mia scala Richter. La morte di Ugo fu una sberla. In piena faccia. Che mi svegliava da un vecchio sonno, poco tranquillo. Tornavo alla vita e mi sentivo un coglione. Ciò che avevo pensato di Manu e Ugo non cambiava nulla alla mia storia. Loro, avevano vissuto. Mi sarebbe piaciuto parlare con Ugo, farmi raccontare i suoi viaggi. Seduti sugli scogli, di notte, a Les Goudes, sognavamo solo questo, l'avventura.

«Santo Dio! Perché vogliono andarsene così lontano?» aveva urlato Toinou. Aveva preso Honorine a testimone. «Cosa vogliono questi ragazzi? Dimmelo tu! Abbiamo tutti i paesi qui. Tutte le razze. Campioni di ogni latitudine». Honorine ci aveva posato davanti una zuppa di pesce.

«I nostri padri sono venuti da altri luoghi. Sono arrivati in questa città. Quel che cercavano l'hanno trovato qui. E, per Dio, anche se non è così, ci sono rimasti».

Aveva ripreso fiato. Poi ci aveva guardato con rabbia.

«Su, mangiare!» aveva gridato, indicando i piatti. «È un rimedio contro la stronzaggine!».

«Qui, si muore» aveva osato Ugo.

«Si muore anche altrove, ragazzo mio! Ed è peggio!».

Ugo era tornato ed era morto. Fine del viaggio. Feci un cenno con la testa. La bara venne ingoiata dal buco buio e umido. Trattenni le lacrime. Mi rimase in bocca un sapore di sangue.

Mi fermai alla sede di Taxis Radio, all'angolo tra boulevard de Plombière e de la Glacière. Volevo seguire questa pista, quella del taxi. Forse non avrebbe portato a nulla, ma era l'unico filo che univa i due killer di place de l'Opéra a Leila.

Il tizio dell'ufficio sfogliava una rivista porno, con aria stanca. Un perfetto *mia*. Capelli lunghi fino sulla nuca, pettinatura alla moda, camicia a fiori aperta sul petto nero e villoso, grossa catena d'oro con appeso un Cristo che aveva due diamanti al posto degli occhi, due anelli a ogni mano, Ray Ban sul naso. L'espressione *mia* viene dall'Italia. Dalla Lancia. Hanno pubblicizzato una macchina, la *Mia*, che ha un'apertura sul finestrino per permettere di tenere fuori il gomito senza abbassare il vetro. Troppo, per il genio marsigliese!

I bistrot erano pieni di *mia*. Sbruffoni, intrallazzatori. Reazionari. Passavano le giornate al banco a bere Ricard. Casualmente, succedeva che lavorassero un po'.

Questo qui, sicuramente andava in giro su una Renault 12 piena di fari, con la scritta Dédé & Valérie sul vetro anteriore, peluche appesi qua e là e moquette sul volante. Girò la pagina. Il suo sguardo si soffermò tra le cosce di una bionda formosa. Poi si degnò di alzare gli occhi su di me.

«Dica» disse con un forte accento corso.

Gli mostrai il distintivo. Lo guardò appena, come se lo conoscesse a memoria.

«Ce la fa a leggere?» gli chiesi.

Abbassò leggermente gli occhiali sul naso e mi guardò con indifferenza. Parlare sembrava spossarlo. Gli spiegai che volevo sapere chi guidava la Renault 21, targata 675 JTL 13, sabato sera. Per un semaforo rosso bruciato sull'avenue des Aygalades.

«Vi muovete per questo, ora?».

«Ci muoviamo per tutto. Altrimenti la gente scrive al ministero. C'è stata una denuncia».

«Una denuncia? Per un semaforo rosso?».

Era stupefatto. In che mondo si viveva!

«C'è un sacco di pedoni matti in giro» dissi.

A quel punto, si tolse i Ray Ban e mi guardò con attenzione. Lo stavo forse prendendo per il culo? Alzai le spalle con aria stanca.

«Sì, e siamo noi a pagare, porca miseria! Sarebbe meglio perdere meno tempo dietro a queste cazzate. È di più sicurezza che abbiamo bisogno».

«Anche sulle strisce pedonali». Iniziava a seguirmi. «Cognome, nome, indirizzo e numero telefonico dell'autista».

«Se occorre gli dirò di presentarsi in commissariato».

«Sono io a fare le convocazioni. Scritte».

«A quale commissariato appartiene?».

«Ufficio centrale».

«Posso rivedere il suo distintivo?».

Lo prese e annotò il mio nome su un pezzo di carta. Mi resi conto di oltrepassare la linea bianca. Ma era troppo tardi. Me lo restituì, quasi con disgusto.

«Montale. Italiano, no?». Annuii. Sembrò raccogliersi in una profonda riflessione, poi mi guardò: «Per un semaforo rosso ci si può mettere d'accordo. Vi facciamo abbastanza favori, no?».

Altri cinque minuti di quel blaterare e lo avrei strangolato con la sua catena d'oro, o gli avrei fatto ingoiare il Cristo. Sfogliò un registro, si fermò su una pagina, fece scorrere il dito su un elenco.

«Pascal Sanchez. Se lo scrive o lo devo fare io?».

Pérol mi fece il resoconto della giornata. 11 e 30. Un minore fermato per furto, da Carrefour. Una sciocchezza, ma avevano comunque dovuto avvertire i genitori e schedarlo. 13 e 13. Una lite in un bar, Le Balto, chemin du Merlan, fra tre zingari, per una ragazza. Erano stati portati via, poi, subito rilasciati per mancanza di denuncia. Ore 14 e 18. Chiamata via radio. Una madre si presenta al commissariato di zona con il figlio con gravi contusioni al viso. Una storia di botte e ferite all'interno del liceo Marcel-Pagnol. Convocazioni dei presunti autori e dei rispettivi genitori. Confronto. La faccenda era durata l'intero pomeriggio. Né droga, né spaccio. Così, almeno, sembrava. Da seguire. Predica ai genitori nella speranza che potesse servire a qualcosa. La routine.

Ma la buona notizia è che finalmente avevamo trovato un modo per incastrare Nacer Mourrabed, un giovane spacciatore che operava sulla *cité* Bassens. Aveva fatto a botte la sera prima uscendo dal Miramar, un bar dell'Estaque. Il tizio lo aveva denunciato. Meglio ancora: era andato in commissariato per presentare la denuncia e deporre.

Di solito, le persone coinvolte lasciavano perdere e non si rivedevano più. Anche per un furto, se non c'era violenza. Per paura. E per mancanza di fiducia nella polizia.

Conoscevo bene Mourrabed. Ventidue anni, aveva ottenuto la libertà vigilata per sette volte. La prima a soli quindici anni. Una buona media. Ma era un furbo. Non eravamo mai riusciti ad avere alcuna prova contro di lui. Questa volta, forse sì.

Da mesi, spacciava su vasta scala senza andarci di mezzo. Per lui lavoravano ragazzini di quindici anni. Facevano il lavoro sporco. Uno portava in giro la roba, l'altro ritirava i soldi. Ne aveva otto o dieci così. Lui, seduto in macchina, sorvegliava. Dopo raccoglieva il denaro. In un bar, nel metrò, in autobus o al supermercato. Ogni volta cambiava posto. Nessuno cercava di fregarlo. Una volta ci provarono. Non lo fecero mai più. Il furbacchione si era ritrovato con la guancia sfregiata. E chiaramente non fece il nome di Mourrabed. Rischiava di peggio.

Più volte avevamo fermato i ragazzini. Ma invano. Preferivano la galera piuttosto che sputare il nome di Mourrabed. Quando prendevamo quello che aveva la roba, gli facevamo le foto segnaletiche e lo schedavamo. Poi lo rilasciavamo. Non erano mai dosi così importanti da giustificare un'imputazione. Ci avevamo provato, ma il giudice l'aveva respinta.

Pérol propose di beccare Mourrabed a letto, l'indomani mattina. Ero d'accordo. Prima di andarmene, presto per una volta, Pérol mi disse:

«È stata dura al cimitero?». Alzai le spalle, senza rispondere. «Vorrei che tu venissi a mangiare da noi, un giorno».

Se ne andò senza aspettare la risposta e senza salutare. Pérol era così, semplice. Avevo il turno di notte con Cerutti.

Squillò il telefono. Era Pascal Sanchez. Avevo lasciato un messaggio alla moglie.

«Ehi! Non sono mai passato col rosso, io! E senz'altro non dove dite voi. Non ci vado mai in quella zona. È piena di arabi».

Non raccolsi. Sanchez, volevo lavorarmelo piano piano.

«Lo so, lo so. Ma c'è un testimone, signor Sanchez. E ha preso il suo numero di targa. La parola di quel tizio vale quanto la sua».

«A che ora ha detto?» disse, dopo un attimo di silenzio.

«22 e 38».

«Impossibile» rispose senza esitare. «A quell'ora ho fatto una pausa. Ho bevuto un bicchiere al Bar dell'Hôtel de Ville. Ho anche comprato le sigarette. Ci sono testimoni. Non le sto mentendo. Ne ho almeno quaranta».

«Non me ne servono così tanti. Passi in ufficio, domani verso le undici. Farà la sua deposizione. E porti i nomi, gli indirizzi e i numeri telefonici di due testimoni. Sistemeremo tutto».

Avevo un'oretta da ammazzare prima dell'arrivo di Cerutti. Decisi di andare a bere qualcosa da Ange, al Treize-Coins.

«C'è il ragazzino che ti cerca» mi disse. «Sai, quello che hai portato qui sabato».

Dopo aver bevuto una birra, andai alla ricerca di Djamel. Non avevo mai gironzolato così tanto nel quartiere, dopo la mia assegnazione a Marsiglia. Ci ero tornato solo alcuni giorni prima, per cercare di incontrare Ugo. In tutti quegli anni me n'ero tenuto alla larga. Place de Lenche, rue Baussenque e rue Sainte-Françoise, rue François-Moisson, boulevard des Dames, Grand-Rue, rue Caisserie. L'unico posto dove andavo, era passage des Treize-Coins e il bar di Ange.

Il restauro del quartiere aveva qualcosa di incompiuto e ne ero sorpreso. Mi chiesi se le numerose gallerie d'arte, i negozi e le altre attività commerciali attirassero gente. E chi? Sicuramente non i marsigliesi. I miei genitori non erano più tornati nel quartiere dopo l'espulsione da parte dei tedeschi. Le saracinesche erano abbassate. Le strade deserte. I ristoranti vuoti, o quasi. Tranne Chez Etienne, in rue Lorette. Ma erano ventitré anni che era lì, Etienne Cassaro. E faceva la migliore pizza di Marsiglia. "Conto e chiusura secondo l'umore", avevo letto su un articolo di *Géo* su Marsiglia. L'umore di Etienne ci aveva spesso nutrito gratis, Manu, Ugo e me. Urlandoci dietro. Fannulloni, buoni a nulla.

Ridiscesi rue du Panier. I ricordi rimbombavano più dei passi della gente. Il quartiere non era ancora come Montmartre. La cattiva reputazione continuava. Anche i cattivi odori. E Djamel era introvabile.

Capitolo settimo
Nel quale è meglio esprimere ciò che si sente

Mi aspettavano davanti a casa. Avevo la testa altrove ed ero esausto. Sognavo un bicchiere di Lagavulin. Uscirono dall'ombra, silenziosi come gatti. Quando mi accorsi di loro, era già troppo tardi.

Mi infilarono un sacchetto di plastica in testa e due braccia scivolarono sotto le mie ascelle, sollevandomi e stringendomi al petto. Due braccia di acciaio. Il corpo del tizio era incollato al mio. Cercai di liberarmi.

Il colpo arrivò allo stomaco. Violento e forte. Aprii la bocca e ingoiai tutto l'ossigeno ancora contenuto nel sacchetto. Merda! Con che cosa colpiva? Un altro colpo. Della stessa potenza. Un guantone da pugile. Maledizione! Un guantone da pugile! Non c'era più ossigeno nel sacchetto. Stronzo! Scalciai con gambe e piedi. Nel vuoto. Sentii una morsa al petto.

Un colpo alla mascella. Aprii la bocca, seguì un altro colpo, alla pancia. Stavo per asfissiare. Sudavo a fiotti. Avevo voglia di piegarmi. Di proteggere la pancia. Braccio d'acciaio lo intuì. Mi fece scivolare. Una frazione di secondo. Mi fece rialzare, rimanendo sempre incollato al mio corpo. Sentii il suo pene sul mio sedere. Ce l'aveva duro lo stronzo! Sinistro, destro. Due colpi. Ancora alla pancia. Con la bocca spalancata, agitavo la testa da ogni lato. Volevo gridare, ma non usciva alcun suono. Solo un rantolo.

La mia testa sembrava vagare in un bollitore. Senza valvola di scarico. La morsa al petto non si allentava. Mi sentivo un punching-ball. Persi la nozione del tempo e dei colpi. I muscoli non reagivano più. Volevo ossigeno. Ecco tutto. Aria! Un po' d'aria! Solo un po'! Poi le mie ginocchia toccarono il suolo con violenza. Istintivamente, mi raggomitolai. Un soffio d'aria era entrato sotto il sacchetto di plastica.

«Questo è soltanto un avvertimento, stronzo! La prossima volta, ti facciamo fuori!».

Mi arrivò un calcio sul fondo schiena. Gemetti. Il rumore di una moto. Tirai via il sacco di plastica e respirai tutta l'aria che potei.

La moto si allontanò. Restai lì immobile. Cercando di ritrovare un respiro normale. Rabbrividii, poi iniziai a tremare dalla testa ai piedi. Muoviti, mi dissi. Ma il mio corpo si rifiutava. Non voleva. Muoversi significava far ripartire il dolore. Stando raggomitolato non sentivo niente. Ma non potevo restare così.

Le lacrime mi colavano sulle guance, scendevano, salate, sulle labbra. Mi ero messo a piangere sotto i colpi e non avevo più smesso. Leccavo le lacrime. Era quasi buono quel sapore salato. E se te ne andassi a bere un whisky, eh, Fabio? Ti alzi e vai. No, non in piedi. Piano, ecco. Non puoi. Vacci a quattro zampe, allora. Fino alla tua porta. È lì, vedi. Bene. Siediti, con le spalle appoggiate al muro. Respira. Dài, cerca le chiavi. Ecco, reggiti al muro, alzati lentamente, lascia che il tuo corpo si appoggi alla porta. Apri. La serratura in alto, ecco. Ora, quella di mezzo. Merda, non l'avevi chiusa questa!

La porta si aprì e mi ritrovai nelle braccia di Marie-Lou. Per lo shock persi l'equilibrio. Vidi che cadevamo. Marie-Lou. Dovevo essere nel buio assoluto. Ero nel buio assoluto. Nero.

Avevo un guanto di spugna bagnato sulla fronte. Sentii la stessa freschezza sugli occhi e le guance, poi sul collo e sul petto. Alcune gocce d'acqua scivolarono lungo le scapole. Rabbrividii. Aprii gli occhi. Marie-Lou mi sorrise. Ero nudo. Sul letto.

«Va meglio?».

Annuii, chiusi gli occhi. Malgrado l'illuminazione scarsa, faticavo a tenerli aperti. Mi tolse il guanto dalla fronte. Poi ce lo rimise. Era di nuovo freddo. Piacevole.

«Che ore sono?».

«Le tre e venti».

«Hai una sigaretta?».

Ne accese una e me la mise tra le labbra. Aspirai, poi avvicinai alla bocca la mano sinistra per togliere la sigaretta. Bastò quel movimento per riaccendere il dolore. Aprii gli occhi.

«Che ci fai qui?».

«Dovevo vederti. Vedere qualcuno. Ho pensato a te».

«Come hai avuto il mio indirizzo?».

«Con Minitel».

Minitel! Accidenti! Cinquanta milioni di persone potevano sbarcare, così, a casa mia, grazie a Minitel. Che stupida invenzione. Richiusi gli occhi.

«Stavo seduta davanti alla porta. La signora accanto, Honorine, mi ha proposto di aspettare da lei. Abbiamo parlato. Le ho detto che ero una tua amica. Poi mi ha fatto entrare a casa tua. Era tardi. Meglio così, ha pensato. Mi ha detto che avresti capito».

«Capito cosa?».

«Cosa ti è successo?».

Le raccontai. Brevemente. In poche parole. Prima che mi chiedesse perché, rotolai sul lato e mi sedetti.

«Aiutami. Ho bisogno di una doccia».

Le circondai le spalle con il mio braccio destro, e con grande sforzo sollevai i miei settanta chili. Peggio delle fatiche d'Ercole! Restai chinato in avanti. Per paura di risvegliare il dolore, nascosto nello stomaco.

«Appoggiati».

Mi addossai al muro. Aprì i rubinetti.

«Tiepida» dissi.

Si tolse la maglietta e i jeans e mi fece entrare nella doccia. Mi sentivo debole. L'acqua mi diede un immediato sollievo. Mi appoggiai a Marie-Lou e le misi le braccia intorno al collo. Con gli occhi chiusi. L'effetto non si fece attendere.

«Ehi! Mi sembri piuttosto in forma, porco!» urlò, sentendo il mio pene indurirsi.

Sorrisi, mio malgrado. Avevo le gambe sempre più molli. Tremavo.

«La vuoi più calda?».

«No. Fredda. Esci». Appoggiai le mani al muro. Marie-Lou uscì dalla doccia. «Dài!».

Aprì del tutto il rubinetto. Urlai. Chiuse l'acqua, prese un asciugamano e mi massaggiò. Andai fino al lavandino. Avevo bisogno di guardarmi la faccia. Accesi la lampadina. Ciò che vidi non mi piacque. Il mio viso era intatto. Ma dietro di me... Il viso di Marie-Lou. Aveva l'occhio sinistro gonfio, quasi blu. Mi girai lentamente, tenendomi al lavandino.

«Cos'è questa roba?».

«Il mio magnaccia».

La tirai verso di me. Aveva due lividi sulla spalla, un segno rosso sul collo. Si strinse a me, mettendosi a piangere silenziosamente. Il suo corpo era caldo. Mi fece un gran bene. Le accarezzai i capelli.

«Siamo tutti e due in uno stato pietoso. Ora mi racconti».

Mi sciolsi dall'abbraccio, aprii l'armadietto delle medicine e presi una scatola di Doliprane. Il dolore mi percorreva da capo a piedi.

«Prendi due bicchieri in cucina. La bottiglia di Lagavulin, è qui da qualche parte».

Tornai in camera restando chinato in avanti. Mi lasciai cadere sul letto, poi misi la sveglia alle sette.

Marie-Lou tornò. Aveva un corpo meraviglioso. Non era più una prostituta. Non ero più un poliziotto. Eravamo due poveri derelitti. Ingoiai due Doliprane con un po' di whisky. Gliene proposi uno. Rifiutò.

«Non c'è niente da raccontare. Mi ha pestata perché sono venuta con te».

«Con me?».
«Sei un poliziotto».
«Come lo sa?».
«Viene a sapere tutto da O'Stop».
Guardai l'ora. Finii il bicchiere.
«Rimani qui. Fino al mio ritorno. Non muoverti. E...».
Credo di non essere riuscito a finire la frase.

Mourrabed venne beccato come previsto. A letto con gli occhi gonfi dal sonno e i capelli in disordine. Con lui, una ragazzina non ancora diciottenne. Indossava mutande a fiori e una maglietta con la scritta: "Ancora". Non avevamo avvertito nessuno. Neppure la squadra antidroga, che ci avrebbe detto di lasciar perdere. Beccare gli intermediari poteva ostacolare l'arresto dei pezzi grossi. Li metteva in allarme, dicevano. E neppure il commissariato di zona, che avrebbe cercato di far circolare la notizia nelle *cités*, per bloccarci. Succedeva sempre più spesso.

Da noi, Mourrabed era schedato come delinquente ordinario. Violenza e vie di fatto. E, ora, sottrazione di minore. Ma non era un delinquente ordinario. Lo portammo via così com'era, senza permettergli di vestirsi. Un'umiliazione assolutamente gratuita. Si mise a urlare. A trattarci da fascisti, da nazisti, da rotti in culo, madri e sorelle comprese. Ci divertiva. Sui pianerottoli, le porte si aprivano e tutti lo potevano vedere con le manette ai pugni, in mutande e maglietta.

Fuori, ci prendemmo anche il lusso di fumarci una sigaretta prima di farlo salire sul furgone. Perché tutti, dalle finestre, potessero vederlo. La notizia avrebbe circolato nella *cité*. Mourrabed in mutande, un'immagine che avrebbe fatto sorridere, per sempre. Non era come farsi incastrare in un rodeo attraverso le *cités*.

Arrivammo al commissariato dell'Estaque senza avvisare. Non ne furono contenti. Già si vedevano assediati da un centinaio di ragazzini armati fino ai denti. Cercarono di rimandarci indietro. Al nostro commissariato di zona.

«La denuncia è stata registrata qui» disse Pérol. «Dunque bisogna occuparsene qui. Logico, no?». Spinse Mourrabed davanti a sé. «Avremo un'altra cliente. Una minorenne che abbiamo beccato insieme a lui. Si sta vestendo».

Sul posto avevamo lasciato Cerutti con una decina di agenti. Volevo che prendessero la prima deposizione della ragazzina. Che passassero al setaccio l'appartamento e la macchina di Mourrabed. Poi avrebbero avvertito i genitori e l'avrebbero portata qui.

«Ci sarà un bel po' di gente» dissi.

Mourrabed si era seduto e ci ascoltava. Si divertiva, quasi. Mi avvicinai a lui, lo presi per il collo e lo feci alzare, senza mollarlo.

«Perché sei qui? Ce l'hai un'idea?».

«Sì. Ho dato uno schiaffo a un tizio l'altra sera. Ero ubriaco».

«Beh, sì. Hai lamette di rasoio in mano, vero?».

Poi mi mancarono le forze. Impallidii. Le gambe iniziarono a tremarmi. Stavo per cadere e avevo voglia di vomitare. Senza sapere da dove iniziare.

«Fabio!» disse Pérol.

«Portami in bagno».

Dal mattino avevo preso sei Doliprane, tre Guronsan e tonnellate di caffè. Non ero in forma, ma mi reggevo in piedi. Quando la sveglia aveva suonato, Marie-Lou, brontolando, si era girata dall'altra parte. Le avevo dato un Lexomil per farla dormire in pace. Avevo spalle e schiena indolenzite e il dolore non mollava. Appena mettevo i piedi a terra sentivo male da tutte le parti. Come avere una macchina da cucire nello stomaco. L'odio montava sempre più.

«Batisti» dissi appena rispose. «I tuoi avrebbero dovuto farmi fuori. Ma non sei altro che un vecchio merdoso rottinculo. La pagherai cara, come mai nella tua schifosa esistenza».

«Montale!» urlò nel ricevitore.

«Sì, ti ascolto».

«Cosa stai dicendo?».

«Che sono passato sotto un rullo compressore, imbecille! Ti ecciti se ti racconto i dettagli?».

«Montale, non c'entro niente. Te lo giuro».

«Non giurare, pezzo di merda! Mi vuoi spiegare?».

«Non c'entro niente».

«Ancora!».

«Non ne so niente».

«Senti, Batisti, per me sei solo un pezzo di merda. Ma voglio crederti. Ti do ventiquattro ore per informarti. Ti chiamo domani. Ti dirò dove incontrarci. Vedi di cacciar fuori qualcosa».

Pérol, vedendomi, aveva immediatamente capito che qualcosa non andava. Non smetteva di lanciarmi sguardi preoccupati. L'avevo rassicurato inventandomi una vecchia ulcera.

«Sì, d'accordo» aveva detto.

Aveva capito benissimo. Ma non avevo voglia di raccontargli che ero stato pestato. Né il resto, Manu, Ugo. Dovevo aver colto nel segno. L'avvertimento era chiaro. Non ci capivo niente, ma avevo messo il dito in un ingranaggio. Sapevo di poterci lasciare la pelle anch'io. Ma io, Fabio Montale, ero solo. Non avevo moglie né figli. Nessuno mi avrebbe pianto. Non volevo coinvolgere Pérol nelle mie storie. Lo conoscevo bene. Per amicizia era pronto a lanciarsi in qualsiasi casino. Ed era evidente che lì dove andavo la cosa puzzava. Peggio dei bagni di quel commissariato.

L'odore di piscio sembrava aver impregnato le mura. Sputai. Catarro al caffè. Ogni trenta secondi, nel mio stomaco, si alternavano alte e basse maree. E tra quelle, un ciclone. Spalancai la bocca. Vomitare viscere e budella mi avrebbe dato sollievo. Ma non avevo niente nello stomaco da ieri.

«Caffè» disse Pérol alle mie spalle.

«Non ce la faccio».

«Prova».

Teneva una tazza in mano. Mi sciacquai il viso con l'acqua fredda, presi un fazzoletto di carta e mi asciugai. Stavo meglio.

Presi la tazza e ingoiai un sorso. Scese senza troppi problemi. Subito iniziai a sudare. La camicia s'incollò alla pelle. Dovevo avere la febbre.

«Va meglio» dissi.

Ed ebbi un altro conato. L'impressione di ricevere un altro colpo. Pérol aspettava che gli spiegassi. Non si mosse.

«Ora occupiamoci dello stronzetto, poi ti racconto».

«Va bene. Ma di Mourrabed mi occupo io».

Dovevo solo trovare una versione più credibile dell'ulcera.

Mourrabed mi guardò tornare con aria derisoria. Sorridendo. Pérol gli diede una sberla, poi si sedette davanti a lui, a cavalcioni sulla sedia.

«Che cosa spera, eh?» gridò Mourrabed, girandosi verso di me.

«Di sbatterti in galera» dissi.

«Sì. Fantastico. Giocherò a calcio». Alzò le spalle. «Per aver menato un tizio, dovrà trovare delle buone argomentazioni davanti al giudice. Il mio avvocato vi farà il culo».

«Abbiamo dieci cadaveri nell'armadio» disse Pérol. «Riusciremo sicuramente ad appiccicartene uno. Non se la caverà il tuo avvocato di merda».

«Ehi! Non ho mai steso nessuno, io».

«L'altra sera, lo stavi per fare, no? Allora non vedo perché, in passato, non avresti potuto ammazzare qualcuno».

«Va bene, va bene. Ero ubriaco, ecco tutto. Gli ho solo dato un ceffone, merda!».

«Racconta».

«Uscendo dal bar ho visto quel tizio. Pensavo fosse una donna. Da lontano. Aveva i capelli lunghi. Gli ho chiesto una sigaretta. Non ce l'aveva, quello stronzo! Mi prendeva per il culo, in un certo senso. Allora, gli ho detto, se non ce l'hai, succhiamelo! Cazzo, si mette a ridere! Allora gli ho allungato un ceffone. Ecco. Così è andata. Se l'è data a gambe come un coniglio. Era solo un frocio».

«Ma non eri solo» proseguì Pérol. «Con i tuoi amici l'avete inseguito. Fermami se sbaglio. Si è rifugiato dentro il Miramar. L'avete fatto uscire. E l'avete pestato di botte. Fino al nostro arrivo. E purtroppo per te, all'Estaque sei una vera star. La tua faccia non si dimentica».

«Quel frocio ritirerà quel cazzo di denuncia!».

«Non è nelle sue intenzioni». Pérol guardò Mourrabed, soffermandosi sulle mutande. «Belle le tue mutande. Non sono un po' da finocchio?».

«Ehi! Non sono mica frocio, io! Ho una fidanzata».

«Parliamone. È quella che era a letto con te?».

Non ascoltavo più. Pérol sapeva come procedere. Mourrabed lo disgustava quanto me. Per lui, non c'erano più speranze. Girava su un'orbita schifosa. Pronto a colpire, a uccidere. Il tipo ideale per i delinquenti. Tra due o tre anni si sarebbe fatto ammazzare da uno più duro di lui. Forse, la miglior cosa che gli poteva accadere era di beccarsi vent'anni di galera. Ma sapevo che non era vero. La verità è che di fronte a tutto questo non c'è risposta.

Il telefono mi fece sobbalzare. Mi ero assopito.

«Puoi venire un attimo? Cerutti al telefono».

«Non c'è niente a cui appigliarsi. Niente. Neanche un grammo di marijuana».

«La ragazzina?».

«È fuggita di casa. Saint-Denis, vicino a Parigi. Suo padre vuole rimandarla in Algeria, per farla sposare, e...».

«Va bene. Falla portare qui. Prenderemo la sua deposizione. Tu resta lì con altri due e verifica se è Mourrabed che affitta l'appartamento. Sennò, trovami l'affittuario. In giornata».

Riattaccai. Mourrabed ci vide tornare. E di nuovo, sorrise.

«Problemi?» chiese.

Pérol gli allungò un'altra sberla, più violenta della prima. Mourrabed si strofinò la guancia.

«Non sarà contento il mio avvocato, quando glielo racconterò».

«Allora, è la tua fidanzata?» continuò Pérol come se non avesse sentito.

M'infilai la giacca. Avevo appuntamento con Sanchez, l'autista del taxi. Dovevo andarci. Non volevo perderlo. Se il braccio d'acciaio di quella notte non era venuto da parte di Batisti, forse era legato al tassista. A Leila. Mi ritrovavo in un'altra storia. Ma potevo credere a Batisti?

«Ci vediamo in ufficio».

«Aspetta» disse Pérol. Si voltò verso Mourrabed. «Puoi scegliere, a proposito della tua fidanzata. Se è sì, ti presento suo padre e i suoi fratelli. In una cella chiusa. Visto che non sei quel che avevano in mente, ti faranno la festa. Se è no, ti incrimineremo per sottrazione di minore. Pensaci, ora torno».

Si addensavano nuvole nere e pesanti. Non erano ancora le dieci e il caldo umido s'incollava alla pelle. Pérol mi raggiunse fuori.

«Non fare stronzate, Fabio».

«Non ti preoccupare. Ho appuntamento per una dritta. Una pista per Leila. Il terzo uomo».

Scosse la testa. Poi indicò la mia pancia con un dito.

«E questo?».

«Una rissa, stanotte. Per una ragazza. Non sono allenato. E le ho prese».

Gli sorrisi. Con quel sorriso che piace alle donne. Da diabolico seduttore.

«Fabio, cominciamo a conoscerci, io e te. Smettila di far finta di niente». Mi guardò, aspettando una reazione che non arrivò. «Hai delle noie, lo so. Perché? Forse me lo immagino. Non sei obbligato a dirmelo. Le tue faccende le puoi tenere per te. E mettertele in culo. Affari tuoi. Se vuoi parlarne sono qui. Ok?».

Non aveva mai parlato così tanto. Ero commosso dalla sua sincerità. Se avevo qualcuno su cui poter contare ancora in questa città, era lui, Pérol, di cui non sapevo quasi niente. Non riuscivo a immaginarlo come padre di famiglia. E non immaginavo neppure sua moglie. Non avevo mai chiesto nulla. Neppure se era felice. Eravamo complici, ma estranei. Ci fidavamo uno dell'altro. Ci rispettavamo. E questo solo importava. Per lui come per me. Perché è così difficile farsi un amico dopo i quarant'anni? Perché non abbiamo più sogni, ma solo rimpianti?

«Ecco, vedi, non ho voglia di parlarne». Mi voltò le spalle. Lo presi per il braccio, prima che riuscisse a fare un passo. «Vorrei che veniste da me, domenica a pranzo. Cucinerò io».

Ci guardammo. Mi avviai verso la macchina. Caddero le prime gocce di pioggia. Lo vidi entrare nel commissariato con passo deciso. A Mourrabed conveniva comportarsi bene. Mi sedetti, infilai una cassetta di Ruben Blades e misi in moto.

Passai dall'Estaque per tornare a casa. L'Estaque cercava di restare fedele alla sua vecchia immagine. Un porticciolo, un villaggio. A pochi minuti da Marsiglia. Si dice: abito all'Estaque. Non a Marsiglia. Ma il porticciolo, oggi, è circondato dalle *cités* dove si ammassano gli immigrati ricacciati dal centro della città.

È meglio esprimere ciò che si sente. Certo. Sapevo ascoltare, ma non ero mai riuscito a confidarmi. All'ultimo istante, mi richiudevo nel silenzio. Sempre pronto a mentire, piuttosto che raccontare cosa non andava. La mia vita avrebbe potuto senz'altro essere diversa. Non avevo osato raccontare a mio padre le cazzate fatte con Manu e Ugo. Nelle truppe coloniali ne avevo viste di tutti i colori. Ma non mi era servito di lezione. Con le donne, arrivavo fino all'incomprensione e soffrivo nel vederle allontanarsi. Muriel, Carmen, Rosa. Quando tendevo la mano, e finalmente aprivo la bocca per spiegarmi, era già troppo tardi.

Non era mancanza di coraggio. Non mi fidavo. Non abbastanza. Non sufficientemente da mettere la mia vita e i miei sentimenti nelle mani di qualcuno. E mi logoravo provando a risolvere tutto da solo. Vanità da perdente. Dovevo riconoscerlo, nella vita, avevo sempre perso. Manu e Ugo, per iniziare.

Spesso, mi ero detto che quella sera, dopo quella maledetta rapina, non sarei dovuto scappare. Avrei dovuto affrontarli, dire cosa non mi andava giù da tanti mesi, che ciò che stavamo facendo non ci portava a niente, che avremmo avuto di meglio da fare. Ed era vero, avevamo la vita davanti a noi, e il mondo da scoprire. Ci sarebbe piaciuto andare in giro per il mondo. Ne ero sicuro. Avremmo litigato? Avrebbero continuato senza di me? Forse. Ma oggi, forse, sarebbero stati qui. Vivi.

Presi la strada del Littoral, che costeggia il porto e la diga du Large. Il mio percorso preferito per entrare a Marsiglia. Vista sui bacini. Bacino Mirabeau, bacino de la Pinède, bacino National, bacino d'Arenc. Il futuro di Marsiglia era lì. Volevo ancora crederci.

La voce e i ritmi di Ruben Blades iniziarono ad avere effetto sulla mia mente. Dissipavano l'angoscia. Calmavano il dolore. Felicità caraibica. Il cielo era grigio e basso, ma carico di una luce violenta. Il mare era di un blu metallizzato. Mi piaceva quando Marsiglia prendeva i colori di Lisbona.

Sanchez mi stava già aspettando. Ne fui sorpreso. Credevo di incontrare una specie di *mia*, arrogante. Era basso e grassottello. Da come mi salutò, capii che non era un tipo coraggioso. Mano molle, occhi bassi. Uno che dice sempre sì, anche se pensa no.

Aveva paura.

«Sa, sono un padre di famiglia» disse, seguendomi in ufficio.

«Si sieda».

«E ho tre figli. I semafori, i limiti di velocità, s'immagini se non ci faccio attenzione. Con il taxi mi guadagno da vivere, dunque...».

Mi tese un foglio. Nomi, indirizzi, numeri di telefono. Quattro. Lo guardai.

«Le daranno conferma. A quell'ora ero con loro. Fino alle undici e trenta. Dopo mi sono rimesso in macchina».

Posai il foglio, accesi una sigaretta e lo fissai negli occhi. Occhi porcini, iniettati di sangue. Li abbassò svelto. Si teneva le mani, non smetteva di stringerle una all'altra. La fronte era imperlata di sudore.

«Peccato, signor Sanchez». Alzò la testa. «I suoi amici, se li convoco, saranno obbligati a fare una falsa testimonianza. Gli procurerà delle noie».

Mi guardò con i suoi occhi rossi. Aprii un cassetto, tirai fuori un fascicolo voluminoso, lo posai di fronte a me e iniziai a sfogliarlo.

«Lei capisce che per un banale semaforo rosso non l'avremmo convocata». Spalancò gli occhi. Ora, stava sudando bestialmente. «È più grave. Molto più grave, signor Sanchez. I suoi amici rimpiangeranno di averle dato fiducia. E lei...».

«C'ero. Dalle nove alle undici».

Aveva gridato. La paura. Ma mi sembrava sincero. Ero stupito. Decisi di parlar chiaro.

«No, signore» risposi con fermezza. «Ho otto testimoni. Valgono più dei suoi. Otto poliziotti in servizio». Aprì la bocca senza emettere alcun suono. Nei suoi occhi vidi sfilare tutte le catastrofi del mondo. «Alle 22 e 30, il suo taxi era a rue Corneille, davanti a La Commanderie. La posso accusare di concorso in omicidio».

«Non ero io» disse con un fil di voce. «Non ero io. Ora le spiego».

Capitolo ottavo
Nel quale non dormire non risolve i problemi

Sanchez era in un bagno di sudore. Grosse gocce gli colavano sulla fronte. Si asciugò con il dorso della mano. Anche il collo era sudato. Dopo un po', tirò fuori un fazzoletto e se lo passò sul viso. Iniziai a sentire il suo odore. Non smetteva di agitarsi sulla sedia. Doveva aver voglia di pisciare. Forse se l'era già fatta addosso.

Sanchez non mi piaceva, ma non mi stava veramente sulle palle. Doveva essere un buon padre di famiglia. Lavorava sodo, ogni notte. Dormiva quando i suoi figli andavano a scuola. Saliva sul taxi quando loro tornavano a casa. Non doveva vederli mai. Tranne i rari sabati e domeniche di riposo. Una volta al mese, probabilmente. Prima di andare a lavorare o dopo. Con la moglie doveva capitare una volta al mese, quando il giorno di riposo cascava di sabato.

Mio padre aveva fatto la stessa vita. Era tipografo al quotidiano *La Marseillaise*. Andava al giornale verso le cinque di pomeriggio. Ero cresciuto nella sua assenza. Di notte, quando tornava, veniva a darmi un bacio. Sapeva di piombo, inchiostro e sigaretta. Non mi svegliavo. Faceva parte del mio sonno. Quando se ne dimenticava, a volte succedeva, facevo dei brutti sogni. Immaginavo che ci abbandonava, mia madre e me. Verso i dodici, tredici anni, sognavo spesso che aveva un'altra donna. Assomigliava a Gélou. La palpeggiava. Poi, invece di mio padre, era Gélou che veniva a baciarmi. Mi eccitava. Allora trattenevo Gélou per accarezzarla. Entrava nel letto. Poi arrivava mio padre, furioso. Faceva una scenata. E mia madre se ne andava, piangendo. Non ho mai saputo se mio padre avesse avuto delle amanti. Amava mia madre, ne ero certo, ma la loro vita per me restava un mistero.

Sanchez si mosse sulla sedia. Il mio silenzio lo preoccupava.
«Quanti anni hanno i suoi figli?».
«Quattordici e sedici, i maschi. Dieci anni, la bambina. Laure. Laure, come mia madre».

Tirò fuori il portafoglio, lo aprì e mi tese una foto dell'intera famiglia. Non mi piaceva quello che stavo facendo. Ma volevo farlo rilassare, perché mi desse maggiori informazioni. Guardai i suoi figli. I lineamenti erano mosci. Nei loro occhi, sfuggenti, nessun lampo di rivolta. Amari dalla nascita. Avrebbero nutrito odio solo per i più poveri. E per chi avrebbe tolto loro il pane. Arabi, neri, ebrei, gialli. Mai per i ricchi. Si capiva già come sarebbero diventati. Poca cosa. Nel migliore dei casi, autisti di taxi, come il padre. E la ragazza, shampista. O commessa al Prisunic. Dei francesi medi. Cittadini della paura.

«Sono belli» dissi con ipocrisia. «Bene, mi dica. Chi guidava il taxi?».
«Ora le spiego. Ho un amico, Toni, diciamo un conoscente. Perché, capisce, non siamo intimi. Fa coppia con il fattorino di Frantel. Charly. Portano in giro gli allocchi. Uomini d'affari. Funzionari. Toni mette il taxi a loro disposizione per la serata. Li porta nei ristoranti chic, nei locali dove non c'è confusione. Poi, dalle puttane. Quelle buone! Quelle che hanno un piccolo appartamento...».

Gli offrii una sigaretta. Si rilassò. Smise di sudare.
«E ai tavoli da gioco dove si punta alto, scommetto?».
«Sì. Accipicchia! Ne esistono di molto belli. Come le puttane. Lo sa a quei tizi cosa piace? L'esotico. Farsi le arabe, le negre, le vietnamite. Ma quelle pulite, però. A volte, fanno addirittura un cocktail».

Era instancabile. Raccontare lo faceva sentire importante. E poi lo eccitava. Doveva farsi pagare a puttane, qualche volta.

«E lei, presta il taxi».

«Ecco. Mi paga e io mi riposo. Gioco alla *belote* con gli amici. O vado a vedere l'Olympique Marsiglia. Dichiaro solo quello che è segnato sul contatore. Il resto è profitto. È logico. Toni ci guadagna su tutto. Gli allocchi, i ristoranti, i locali, le puttane. Su tutto».

«Lo fate spesso?».

«Due o tre volte al mese».

«E venerdì sera».

Annuì. Come una lumaca bavosa tornò nella sua conchiglia. Si stava riparlando di qualcosa che non gli piaceva. La paura prendeva il sopravvento. Sapeva che diceva troppo e che ancora non aveva detto abbastanza.

«Sì. Me lo aveva chiesto».

«Qualcosa mi sfugge, Sanchez. Quella sera, il suo amico non portava in giro degli allocchi, ma due assassini».

Accesi un'altra sigaretta, stavolta senza offrirgliela. Mi alzai. Sentivo di nuovo delle fitte di dolore. Accelera, pensai. Guardai fuori dalla finestra. Il porto, il mare. Le nuvole si alzavano. All'orizzonte c'era una luce incredibile. Sentirlo parlare di puttane mi fece pensare a Marie-Lou. Ai colpi che aveva preso. Al suo magnaccia. Ai clienti che riceveva. Era in uno di quei giri? Coinvolta in orge di ricchi porci? "Con o senza cuscino?" chiedevano in certi alberghi, specializzati in colloqui e seminari, quando si prenotava.

Il mare era argenteo. Chissà cosa stava facendo, in quel momento, Marie-Lou a casa mia? Non riuscivo a immaginarlo. Non riuscivo più a immaginare una donna in casa mia. Una barca a vela prendeva il largo. Sarei andato volentieri a pesca. Per non essere più lì. Avevo bisogno di silenzio. Stufo di ascoltare stronzate. Mourrabed. Sanchez, il suo amico Toni. Sempre il solito porcaio umano.

«Allora, Sanchez» gli dissi avvicinandomi. «Come te lo spieghi?».

L'avergli dato del tu lo fece sobbalzare. Capì che stava iniziando il secondo tempo.

«Beh, non me lo spiego. Non ci sono mai state fregature».

«Senti» dissi risedendomi. «Hai una famiglia. Bei figli. Senz'altro una moglie carina. Li ami. Ci tieni. Hai voglia di portare a casa qualche soldo in più, lo capisco. Siamo tutti nella stessa barca. Ma ora sei coinvolto in una brutta storia. Una strada senza uscita. Non hai molte soluzioni. Devi parlare. Il nome e l'indirizzo del tuo amico Toni. Ecco».

Sapeva che ci saremmo arrivati. Ricominciò a sudare e mi disgustò. Sotto le ascelle erano apparse delle gore. Diventò supplichevole. Non ebbi più nessuna simpatia per lui. Mi disgustava. Mi sarei vergognato a schiaffeggiarlo.

«È che non lo so. Posso fumare?».

Non risposi. Aprii la porta dell'ufficio e feci cenno al piantone di venire.

«Favier, porta via questo tizio».

«Glielo giuro. Non lo so».

«Sanchez, vuoi che creda al tuo Toni? Dimmi dove lo posso trovare. Altrimenti cosa vuoi che pensi, io? Eh? Che mi prendi in giro. Ecco, cosa penso».

«Non lo so. Non lo vedo mai. Non ho neanche il suo numero di telefono. È lui che mi fa lavorare, non il contrario. Quando mi vuole, mi chiama».

«Come una puttana, diciamo».

Non raccolse. Doveva pensare che c'era odore di bruciato. La sua testolina cercava una via d'uscita.

«Mi lascia dei messaggi. Al Bar dell'Hôtel de Ville. Chiami Charly, al Frantel. Glielo può chiedere. Lui, magari, lo sa».

«Con Charly vedremo dopo. Portalo via» dissi a Favier.

Favier lo prese sottobraccio. Energicamente. Lo fece alzare. Sanchez cominciò a piangere.

«Aspetti. Ha delle abitudini. Prende l'aperitivo da Francis, sulla Canebière. A volte, la sera, mangia al Mas».

Feci un segno a Favier, che gli lasciò il braccio. Sanchez si accasciò sulla sedia, come una merda.

«Ecco che ci siamo, Sanchez. Finalmente riusciamo a capirci. Che fai stasera?».

«Beh, ho il taxi. E...».

«Alle sette ti presenti da Francis. Ti siedi. Bevi una birra. Guardi le donne. E quando arriva il tuo amico, lo saluti. Sarò lì. Non fare scherzi, perché so dove trovarti. Favier ti riaccompagna».

«Grazie» piagnucolò.

Si alzò tirando su col naso e si diresse verso la porta.

«Sanchez!». S'immobilizzò, abbassò la testa. «Ora ti dico cosa penso. Il tuo Toni, non ha mai guidato il taxi. Tranne venerdì sera. Mi sbaglio?».

«Beh...».

«Beh cosa, Sanchez? Sei un fottuto bugiardo. Spero che tu non mi abbia fregato con Toni. Sennò, puoi dire addio al tuo taxi».

«Mi scusi. Non volevo...».

«Cosa? Dire che ci guadagni con i delinquenti? Quanto hai beccato venerdì?».

«Cinque. Cinquemila».

«Visto a cosa è servito il tuo taxi, se vuoi il mio parere, ti sei fatto fregare alla grande».

Feci il giro della scrivania, aprii un cassetto e tirai fuori un piccolo registratore. A caso, premetti un tasto. Glielo mostrai.

«Qui c'è tutto. Dunque, non dimenticarti, stasera».

«Ci sarò».

«Un'ultima cosa. Per tutti, colleghi di lavoro, moglie, amici... la storia del semaforo rosso è sistemata. Gli sbirri sono simpatici, eccetera, eccetera».

Favier lo spinse fuori dall'ufficio e chiuse la porta, strizzandomi l'occhio. Avevo una pista. Finalmente qualcosa da ruminare.

*

Ero sdraiato. Sul letto di Lole. Ci ero andato istintivamente. Come sabato mattina. Avevo voglia di stare da lei, nel suo letto. Come tra le sue braccia. E non avevo esitato. Per un attimo immaginai Lole che mi apriva la porta e mi faceva entrare. Avrebbe preparato il caffè. Avremmo parlato di Manu, di Ugo. Del passato. Del tempo che passa. Di noi, forse.

L'appartamento era immerso nella penombra. Era fresco e aveva conservato il suo odore. Menta e basilico. Le due piantine erano secche. Le annaffiai. Fu la prima cosa che feci. Poi, mi spogliai e infilai sotto la doccia, quasi fredda. Misi la sveglia alle due e mi sdraiai sulle lenzuola blu, esausto. Con lo sguardo di Lole su di me. Il suo sguardo quando il suo corpo era scivolato sul mio. Nero come l'antracite, millenni di nomadismo. Leggero come la polvere delle strade. Cerca il vento, troverai la polvere, dicevano i suoi occhi.

Non dormii a lungo. Un quarto d'ora. Troppe cose si agitavano nella mia mente. Con Pérol e Cerutti avevamo avuto una piccola riunione. Nel mio ufficio. La finestra era spalancata, ma non c'era aria. Il cielo si era di nuovo fatto scuro. Un temporale sarebbe stato ben accetto. Pérol aveva portato birre e panini. Pomodoro, acciughe, tonno. Non erano facili da mangiare, ma era comunque meglio dell'insano e abituale burro e prosciutto.

«Abbiamo raccolto la deposizione di Mourrabed, poi lo abbiamo riportato qui» riassunse Pérol. «Oggi pomeriggio c'è il confronto con il tizio che ha pestato. Lo teniamo quarantott'ore. Forse troveremo qualcosa per farlo affondare».

«E la ragazzina?».

«Anche lei è qui. Abbiamo avvertito la famiglia. Il fratello maggiore viene a prenderla. Con il T.G.V. delle 13 e 30. Per lei le cose si mettono male. Si ritroverà in Algeria in un batter d'occhio».

«Dovevi lasciarla andare».

«Sì, così tra un mese o due la ritroviamo ammazzata in una cantina» disse Cerutti.

Non appena quei ragazzi iniziano a vivere, finiscono in un vicolo cieco. Scegliamo per loro. Tra due mali, qual è il migliore? Cerutti mi guardava attentamente. Tanto accanimento su Mourrabed lo stupiva. Era nella squadra da un anno e non mi aveva mai visto così. Mourrabed non meritava nessuna pietà. Era sempre pronto al peggio. Gli si leggeva negli occhi. Tra l'altro si sentiva protetto dai suoi fornitori. Sì, avevo voglia di incastrarlo. E volevo che succedesse lì, ora. Forse per convincermi che ero ancora capace di gestire un'inchiesta, di portarla a termine. Mi rassicurava riguardo alle mie possibilità di arrivare fino in fondo su Ugo. E, forse, su Leila.

C'era dell'altro. Volevo di nuovo credere nel mio lavoro di poliziotto. Avevo bisogno di un appiglio. Di regole, di codici. E di esprimerli per potermici aggrappare. Ogni passo che avrei fatto mi avrebbe allontanato dalla legge. Ne ero cosciente. Già non pensavo più da poliziotto. Né per Ugo, né per Leila. Ero guidato dalla mia giovinezza perduta. Tutti i sogni erano in quel versante della mia vita. Se avevo ancora un futuro, era da quella parte che dovevo tornare.

Ero come tutti gli uomini che navigano verso la cinquantina. Stavo qui a chiedermi se la vita aveva risposto alle mie speranze. Volevo dirmi di sì, ma mi restava poco tempo. Perché quel sì non fosse una menzogna. Non avevo neppure, come la maggioranza degli uomini, la possibilità di dare un figlio a una donna che avevo smesso di desiderare, per nascondere tale bugia. Per andare avanti. In tutti i campi è moneta corrente. Ero solo e costretto a guardare la verità in faccia. Non ci sarebbe stato nessuno specchio a dirmi che ero un buon padre, un buon marito. Né un buon poliziotto.

La stanza sembrava aver perso la sua freschezza. Dietro le persiane, sentivo la minaccia del temporale. L'aria diventava sempre più pesante. Chiusi gli occhi. Forse mi sarei riaddormentato.

Ugo era sdraiato sull'altro letto. Li avevamo spinti sotto il ventilatore. Eravamo in pieno pomeriggio. Il minimo movimento ci faceva sudare come bestie. Aveva affittato una cameretta a place Ménélik. Era arrivato a Gibuti tre settimane prima, senza avvertirmi. Mi ero preso quindici giorni di ferie ed eravamo scappati a Harar per rendere omaggio a Rimbaud e alle principesse decadute d'Etiopia.

«Allora, sergente Montale, che ne dici?».

Gibuti era un porto franco. C'era la possibilità di realizzare molti affari. Si potevano comprare barche, yacht, a un terzo del loro prezzo. Poi li si portava in Tunisia e lì si rivendevano al doppio. Ancora meglio, si poteva riempirli di macchine fotografiche, di telecamere, di registratori e rivenderli ai turisti.

«Mi mancano altri tre mesi, poi torno».

«E dopo?».

«Ancora non ne ho la più pallida idea».

«Vedrai, è ancora peggio di prima. Se non fossi partito, un giorno o l'altro, avrei ucciso. Per mangiare. Per vivere. La felicità che ci prospettano non m'interessa. Non credo a quel tipo di felicità. Puzza troppo. La cosa migliore è non tornare. Io, non tornerò più». Pensieroso, diede un tiro alla Nationale, e aggiunse: «Sono partito, non tornerò più. Tu l'hai capito questo».

«Non ho capito niente, Ugo. Assolutamente niente. Ho avuto vergogna. Di me stesso. Di noi. Di quel che facevamo. Ho solo trovato un modo per tagliare i ponti. Non ho voglia di rifinirci dentro».

«E cosa farai?». Alzai le spalle. «Non mi dire che ti arruolerai di nuovo con questi stronzi?».

«No. Ho già dato».

«Allora?».

«Non lo so, Ugo. Non ho più voglia di colpi del cazzo».

«Bene, fatti assumere alla Renault!».

Si era alzato, inferocito. Sparì sotto la doccia. Ugo e Manu si amavano come fratelli. Non ero mai riuscito a infilarmi tra loro. Ma Manu era divorato dal suo odio per il mondo. Non vedeva più niente. Neanche il mare, dove navigavano ancora i nostri sogni di adolescenti. Per Ugo era troppo. Si era avvicinato a me. Nel corso degli anni, tra noi si era creata una bella complicità. Malgrado le differenze, avevamo gli stessi deliri.

Ugo aveva capito la mia "fuga". Più tardi. Dopo un'altra rapina violenta. Aveva lasciato Marsiglia, rinunciato a Lole, sicuro che l'avrei seguito. Per riprendere con i nostri libri, i nostri sogni. Il Mar Rosso, per noi, era la vera casella di partenza per tutte le nostre avventure. Ugo era venuto fino qui per questo. Ma non volevo seguirlo, lì dove voleva andare. Non avevo il gusto, né il coraggio per quel tipo di avventure.

Ero tornato. Ugo se ne era andato ad Aden, senza una parola di addio. Manu mi rivide senza piacere. Lole senza eccessivo slancio. Manu era coinvolto in brutte storie. Lole faceva la cameriera al Cintra, un bar del Vieux-Port. Vivevano aspettando il ritorno di Ugo. Ciascuno con delle avventure amorose, che li allontanavano uno dall'altra. Manu amava per disperazione. Ogni nuova donna lo separava da Lole. Lole amava come si respira. Andò a stare a Madrid, per due anni, tornò a Marsiglia, ripartì per andare a vivere in Ariège, da dei cugini. A ogni ritorno, Ugo non era all'appuntamento.

Tre anni fa, Manu e lei si trasferirono all'Estaque, per vivere insieme. Per Manu era troppo tardi. Fu il risentimento che lo spinse a questa decisione. O la paura di vedere Lole andare via di nuovo e ritrovarsi solo. Con i suoi sogni perduti. E il suo odio. Io, mi trascinavo da mesi e mesi. Ugo aveva ragione. Ci si doveva uniformare. Andarsene. O uccidere. Ma non ero un killer. E diventai poliziotto. Merda, pensai, furente per il sonno che non arrivava.

Mi alzai, preparai un caffè e andai a farmi un'altra doccia. Bevetti il caffè, nudo. Misi un disco di Paolo Conte e sedetti sul divano.

Guardate dai treni in corsa...[1]

[1] In italiano nel testo.

*

Bene, avevo una pista. Toni. Il terzo uomo. Forse. Come avevano fatto a incastrare Leila? Dove? Quando? Perché? A cosa serviva farmi queste domande? L'avevano violentata, poi uccisa. La risposta era questa. Era morta. Perché chiederselo. Per capire. Dovevo capire. Manu, Ugo, Leila. Lole. E tutti gli altri. Ma oggi, c'era ancora qualcosa da capire? Non stavamo tutti sbattendo la testa al muro? Perché le risposte non esistevano più. E le domande non portavano da nessuna parte.

Commedia commedia
La commedia di un giorno, la commedia della vita[1]

Batisti dove mi avrebbe portato? Sicuramente in un mare di casini. C'era un nesso tra la morte di Manu e quella di Ugo? Un nesso diverso da quello di Ugo tornato per vendicare Manu? Chi aveva interesse a far uccidere Zucca? Un clan marsigliese. Non vedevo altro. Ma chi? Cosa sapeva Batisti? Da che parte stava? Fino a ora non si era mai schierato. Perché farlo adesso? Cosa significava la messa in scena dell'altra sera? L'esecuzione di Al Dakhil per mano di due killer, uccisi subito dopo dagli sbirri di Auch. Toni era coinvolto? Coperto dai poliziotti? Controllato da Auch a causa dei suoi intrallazzi? E come avevano fatto a portarsi via Leila? Ritorno alla casella di partenza.

Ecco quel che ti darò
e la sensualità delle vite disperate…[2]

La sensualità delle vite disperate. Solo i poeti possono parlare così. Ma la poesia non ha mai dato risposte. Testimonia, e basta. La disperazione. E le vite disperate. E chi mi aveva spaccato la faccia?

---

[1] In italiano nel testo.
[2] In italiano nel testo.

*

Ovviamente, arrivai in ritardo al funerale di Leila. Mi ero perso nel cimitero cercando la zona musulmana. Mi trovavo tra le nuove costruzioni, lontano dal vecchio cimitero. Ignoravo se a Marsiglia si moriva di più che in altri posti, ma la morte si stendeva a perdita d'occhio. Tutta questa parte era senza alberi. Viali asfaltati alla svelta. Controviali in terra battuta. File di tombe. Il cimitero rispettava la geografia della città. E qui sembrava di essere nei quartieri nord. La stessa desolazione.

Fui sorpreso dalla quantità di gente. La famiglia di Mouloud. I vicini. E molti giovani. Una cinquantina. Perlopiù arabi. Volti che non mi erano sconosciuti. Incrociati nella *cité*. Due o tre di loro erano anche passati in commissariato per qualche fesseria. Due neri. Otto bianchi, anche loro giovani, maschi e femmine. Vicino a Driss e Kader riconobbi le due amiche di Leila, Jasmine e Karine. Perché non le avevo chiamate? Mi ero buttato a capofitto su una pista e non avevo pensato a interrogare le sue amiche migliori. Non ero coerente. Ma non lo ero mai stato.

Alle spalle di Driss, Mavros. Era veramente una persona perbene. Con Driss sarebbe andato fino in fondo. Non solo nel pugilato. Nell'amicizia. Essere pugile non significa soltanto colpire, ma, prima di tutto, imparare a ricevere i colpi. A incassare. A fare in modo che quei colpi facciano meno male possibile. La vita non è altro che un succedersi di round. Incassare, incassare. Tenere duro, non cedere. E colpire al posto giusto, nel momento giusto. Mavros avrebbe insegnato tutto questo a Driss. Pensava che fosse bravo. Era, addirittura, il migliore della sua palestra. Gli trasmetteva tutto il suo sapere. Come a un figlio. Con gli stessi conflitti. Perché Driss sarebbe potuto diventare tutto ciò che lui non era stato.

Ciò mi rassicurava. Anche perché Mouloud non aveva più la stessa energia, lo stesso coraggio. Se Driss avesse fatto una cazzata, non avrebbe retto. La maggior parte dei genitori dei ragazzi che avevo arrestato, si erano arresi. La vita li aveva talmente derubati, che rifiutavano di affrontare il problema. Chiudevano gli occhi su tutto. Frequentazioni, scuola, risse, furti, droga. Di sberle, se ne perdevano migliaia al giorno!

Mi ricordai di essere andato, durante l'inverno, alla *cité* Busserine per beccare un ragazzino. Era l'ultimo di una famiglia di quattro maschi. L'unico a non essersene andato, o che non fosse in prigione. L'avevamo identificato per delle rapine di merda. Al massimo mille franchi. La madre ci aprì la porta. Disse semplicemente: "Vi aspettavo", poi scoppiò a piangere. Era più di un anno che la derubava, per pagarsi la roba. Anche le rapine contribuivano. Per non preoccupare il marito, aveva iniziato a prostituirsi nella *cité*. Lui sapeva tutto, ma preferiva tacere.

Il cielo era plumbeo. Non un filo d'aria. Dall'asfalto saliva un caldo cocente. Nessuno riusciva a star fermo. Era impossibile restare qui a lungo. Qualcuno se ne accorse e la cerimonia accelerò. Una donna si mise a piangere. Con piccoli strilli. Era l'unica a singhiozzare. Driss evitò il mio sguardo per la seconda volta. Eppure mi spiava. Uno sguardo senza odio, ma carico di disprezzo. Non aveva più rispetto. Non ero stato all'altezza. Né come uomo, avrei dovuto amare sua sorella. Né come poliziotto, avrei dovuto proteggerla.

Quando toccò a me abbracciare Moluloud, mi sentii come un pesce fuor d'acqua. Mouloud aveva, al posto degli occhi, due grandi cerchi rossi. Lo strinsi a me. Ma non ero più niente per lui. Solo un brutto ricordo. Colui che gli aveva detto di sperare. Che gli aveva fatto battere il cuore. Sulla strada del ritorno, Driss rimase indietro con Karine, Jasmine e Mavros, per non dovermi incontrare. Scambiai qualche parola con Mavros, ma senza convinzione. Mi ritrovai solo.

Kader mi mise il braccio intorno alle spalle.

«Mio padre non parla più. Non te la prendere. Anche con noi è così. Bisogna capirlo. A Driss occorrerà del tempo». Mi strinse una spalla. «Leila ti amava».

Non risposi. Non volevo parlare di Leila. Né di Leila, né dell'amore. Camminammo vicini, in silenzio. Poi disse:

«Come ha fatto a farsi incastrare così?».

Sempre la solita domanda. Se sei una ragazza, araba, e sei vissuta in periferia, non sali in macchina con chiunque. A meno di non essere scema. Leila aveva i piedi per terra. La Panda non era rotta. Kader l'aveva riportata dalla città universitaria insieme alle cose di Leila. Dunque, qualcuno era andato a prenderla. Ed era andata via con lui. Qualcuno che conosceva. Chi? Lo ignoravo. Avevo l'inizio. E la fine. Tre stupratori, secondo me. Di cui due, morti. E il terzo? Era Toni? O qualcun altro? Era lui l'uomo che Leila conosceva? Chi era andato a prenderla? Perché? Ma non potevo confessare i miei pensieri a Kader. L'inchiesta era chiusa. Ufficialmente.

«Il caso» dissi. Una malasorte?

«Ci credi tu, al caso?».

Alzai le spalle.

«Non ho altre risposte. Nessuno ne ha. I tizi sono morti e...».

«Cosa avresti preferito per loro? La galera e tutto il resto?».

«Hanno avuto quel che meritavano. Ma averli di fronte a me, vivi, sì, mi sarebbe piaciuto».

«Non ho mai capito come puoi fare il poliziotto».

«Neppure io. È così».

«È male, credo».

Jasmine ci raggiunse. Infilò il braccio sotto quello di Kader e si strinse leggermente a lui. Kader le sorrise. Un sorriso da innamorato.

«Quanto rimani ancora?» chiesi a Kader.

«Non lo so. Cinque, sei giorni. Forse meno. Non lo so. C'è il negozio. Lo zio non può più occuparsene. Me lo vuole lasciare».

«Bene».

«Devo anche vedere il padre di Jasmine. Forse torniamo su insieme, io e lei».

Sorrise, poi la guardò.

«Non sapevo».

«Noi neanche lo sapevamo» disse Jasmine. «Prima non lo sapevamo, ecco. È il non vedersi che ci ha fatto sapere».

«Vieni a casa?» disse Kader.

Scossi la testa.

«Non è il mio posto, Kader. Lo sai, no? Andrò a trovare tuo padre, tra un po'». Lanciai uno sguardo a Driss, che rimaneva sempre indietro. «E Driss, non ti preoccupare, lo tengo d'occhio. Neanche Mavros lo mollerà». Annuì. «Non dimenticatemi, per il matrimonio!».

Non mi restava altro che regalargli un sorriso. Sorrisi, come ho sempre saputo fare.

Capitolo nono
*Nel quale l'insicurezza toglie
ogni sensualità alle donne*

Si era messo a piovere. Un temporale violento e breve. Rabbioso, come a volte capita a Marsiglia durante l'estate. Non faceva affatto più fresco, ma il cielo si era finalmente aperto. Ritrovò la sua limpidezza. Il sole raccoglieva l'acqua dai marciapiedi. Ne saliva una specie di tepore. Mi piaceva quell'odore.

Ero seduto sulla terrazza di chez Francis, sotto i platani dei viali di Meilhan. Erano quasi le sette. La Canebière si stava svuotando. Tra qualche minuto tutti i negozi avrebbero abbassato le saracinesche. E la Canebière sarebbe diventata un posto morto. Un deserto dove circolavano solo gruppi di giovani arabi, di C.R.S. e qualche turista sperso.

La paura degli arabi aveva fatto fuggire i marsigliesi verso quartieri meno centrali, dove si sentivano più sicuri. Place Sébastopol, boulevard de la Blancarde e Chave, avenue Foch, rue Monte-Cristo. E, più a est, place Castelane, avenue Cantinin, boulevard Baille, avenue du Prado, boulevard Périer, e le rue Paradis e Breteuil.

Intorno a place Castelane, un immigrato lo si notava come un capello nella minestra. In alcuni bar, i clienti, liceali e studenti, figli di papà, puzzavano talmente di soldi che io stesso mi sentivo fuori posto. Qui era raro che si bevesse al banco e i pastis venivano serviti in grandi bicchieri, come a Parigi.

Gli arabi si erano raggruppati in centro, e così gli altri avevano deciso di lasciarlo. Disgustati da cours Belzunce, rue d'Aix e da tutte le strade, strette, fatiscenti, che andavano da Belzunce ai viali di Meilhan o della stazione Saint-Charles. Strade da puttane. Con palazzi insalubri e alberghi pidocchiosi. Ogni migrazione era transitata per quelle strade. Fino a quando una ristrutturazione avrebbe rispedito tutti quanti in periferia, ai confini della città. A Septèmes-les-Vallons. Verso Pennes-Mirabeau. Lontano, sempre più lontano. Fuori Marsiglia.

I cinema avevano chiuso uno dopo l'altro, poi i bar. La Canebière non era, oramai, che un susseguirsi di negozi di vestiti e scarpe. Un grande ciarpame. Con un solo cinema, il Capitole. Un complesso di sette sale, frequentato da giovani arabi. Facce da duri fuori e dentro.

Finii il pastis e ne ordinai un altro. Un vecchio amico, Corot, riusciva ad apprezzare il pastis solo dopo il terzo bicchiere. Il primo lo bevi per sete. Il secondo, beh, inizi ad apprezzarne il sapore. Il terzo te lo godi! Trent'anni fa, alla Canebière, ci si veniva a passeggiare la sera, dopo cena. Si tornava a casa, si faceva una doccia, si cenava, poi si indossavano vestiti puliti e si andava sulla Canebière. Fino al porto. Si scendeva sul marciapiede di sinistra, e si risaliva dall'altro. Al Vieux-Port ognuno aveva le proprie abitudini. Alcuni si spingevano fino al bacino di carenaggio, dopo aver assistito alla vendita dei pesci. Altri verso il comune e il Fort Saint-Jean. Mangiando gelati al pistacchio, al cocco o al limone.

Con Manu e Ugo eravamo degli assidui frequentatori della Canebière. Come tutti i giovani, andavamo lì per farci vedere. Vestiti come principi. Non se ne parlava di andare in giro con le scarpe di corda o da tennis. Calzavamo le più belle, le *italiane*, preferibilmente, che facevamo lucidare per strada, all'angolo di rue des Feuillants. Si risaliva e ridiscendeva la Canebière almeno due volte. E si rimorchiava.

Le ragazze passeggiavano spesso a gruppi di quattro o cinque. A braccetto. Camminavano lentamente, sui tacchi a spillo, ma senza sculettare come facevano a Tolone. La loro andatura era semplice, con un languore che si acquista solo qui. Parlavano e ridevano forte. Per farsi notare. Per mostrare che erano belle. E lo erano.

Noi, le seguivamo a pochi passi di distanza, facendo commenti, a voce abbastanza alta perché potessero sentire. A un certo punto, una di loro si voltava e diceva: "Ehi, ma l'hai visto! Per chi si prende questo belloccio? Per Raf Vallone!". Scoppiavano a ridere. Si voltavano. Ridevano a crepapelle. Era fatta. Arrivati a place de la Bourse, la conversazione era già iniziata. Quai des Belges, non dovevamo far altro che mettere le mani in tasca e pagare i gelati. Ciascuno il suo. Si faceva così. Uno sguardo e un sorriso. Una storia che durava, al massimo, fino alla domenica sera, dopo interminabili lenti nella penombra dei Salons Michel, in rue Montgrand.

Già a quell'epoca gli arabi non mancavano. Né i neri. Né i vietnamiti. Né gli armeni, i greci, i portoghesi. Ma non c'era problema. Il problema era sorto con la crisi economica. La disoccupazione. Più la disoccupazione aumentava, più si notava che c'erano gli immigrati. E gli arabi sembravano aumentare insieme alla disoccupazione. I francesi, il pane fresco, se l'erano mangiato tutto negli anni Settanta. E il pane secco volevano mangiarselo da soli. Non volevano che gliene venisse rubata neppure una briciola. Gli arabi, ecco cosa facevano, rubavano la miseria dai nostri piatti.

I marsigliesi non pensavano veramente questo, ma gli avevano messo paura. Una paura vecchia come la storia della città, ma, questa volta, facevano una gran fatica a superarla. La paura gli impediva di pensare. Di rimettersi in questione, ancora una volta.

Sanchez ancora non si vedeva. Le 7 e 10. Che stava facendo, quel cretino? Non mi dispiaceva di aspettare lì, senza far niente. Mi rilassava. Unico rimpianto, le donne avevano un solo pensiero, quello di tornare a casa al più presto. Una brutta ora per guardarle passare.

Camminavano a passo svelto. La borsa stretta in vita. Gli occhi bassi. L'insicurezza toglieva ogni sensualità. L'avrebbero ritrovata il giorno dopo, una volta salite sull'autobus. Con quello sguardo franco, che mi piaceva tanto. Una ragazza, qui, se ti piace e la guardi, non abbassa gli occhi. Anche se non la vuoi rimorchiare, ti conviene approfittare di ciò che ti lascia vedere, senza distogliere lo sguardo. Altrimenti farà una scenata, soprattutto se c'è gente intorno.

Una Golf GTI decappottabile, bianca e verde, rallentò, salì sul marciapiede tra due platani e si fermò. Musica a tutto volume. Qualcosa di indigesto come Withney Houston! Il guidatore venne dritto verso di me. Venticinque anni circa. Bella faccia. Pantaloni bianchi, giacca leggera a righine blu e bianche, camicia blu. Capelli di media lunghezza, ma ben tagliati.

Si sedette guardandomi dritto negli occhi. Accavallò le gambe, tirando leggermente su i pantaloni per non rovinare la piega. Notai l'anello e il braccialetto. Un figurino, avrebbe detto mia madre. Un vero magnaccia, per me.

«Francis! *Una mauresque*[1]» gridò.

E accese una sigaretta. Anch'io. Aspettavo che parlasse, ma non avrebbe detto niente prima di aver bevuto. Un vero atteggiamento da tosto. Sapevo chi era. Toni. Il terzo uomo. Uno dei tizi che avevano, forse, ucciso Leila. E che l'avevano violentata. Ma lui, ignorava che lo pensavo. Credeva di essere, per me, solo l'autista del taxi di place de l'Opéra. Aveva la sicurezza di chi non rischia niente. Di chi ha protezioni. Mandò giù un sorso di *mauresque*, poi mi fece un grande sorriso. Un sorriso carnivoro.

«Mi hanno detto che volevi vedermi».

«Speravo che ci potessimo presentare».

«Non cercare di coglionarmi. Sono Toni. Sanchez canta troppo. E si piscia addosso di fronte a qualsiasi sbirro. È facile fargli sputare delle cazzate qualsiasi».

---

[1] Pastis con sciroppo di orzata.

«Tu hai più palle di lui?».

«Ma vaffanculo! Che tu sappia o meno qualcosa sul mio conto mi è indifferente. Non sei niente. Sei buono solo a spazzare la merda in mezzo agli arabi. E anche lì pare che non brilli per un cazzo. Ovunque ti vai a ficcare, non sei al posto giusto. Ho qualche amico dove lavori. E pensano che se non cambi strada, dovranno spezzarti le gambe. Sono loro a darti questo consiglio. E io mi associo di cuore. Chiaro?».

«Non mi fai paura».

«Stai attento, stronzo! Potrei stenderti e nessuno se ne accorgerebbe».

«Quando un coglione si fa ammazzare, non se ne accorge mai nessuno. Questo vale per me come per te. Se ti sparo, i tuoi amici ti sostituiscono e basta».

«Ma non succederà».

«Perché? Pensi di spararmi prima alla schiena?».

Gli occhi gli si velarono leggermente. Avevo detto una cazzata. Non avrei dovuto fargli capire che ne sapevo più di quanto credeva. Ma non lo rimpiangevo. Avevo toccato il tasto giusto. Aggiunsi, per recuperare:

«Hai la faccia di uno che fa queste cose, Toni».

«Quel che pensi tu me lo ficco nel culo! Ricordalo! Un consiglio lo do una volta, mai due. E dimentica Sanchez».

Per la seconda volta in ventiquattr'ore venivo minacciato. Un consiglio lo do, due no. Con Toni, era meno doloroso della notte scorsa, ma altrettanto umiliante. Ebbi voglia di spargli una pallottola nella pancia, lì, sotto il tavolo. Soltanto per calmare il mio odio. Ma non volevo perdermi l'unica pista che avevo. E comunque, non ero armato. Raramente mi porto dietro l'arma di servizio. Finì il suo bicchiere come se niente fosse e si alzò. Mi lanciò uno sguardo micidiale. Lo presi per oro colato. Quel tizio era un vero killer. Forse era meglio che iniziassi a girare armato.

Toni si chiamava Antoine Pirelli. Abitava in rue Clovis Hugues. A Belle-de-Mai, dietro la stazione Saint-Charles. Storicamente, il più vecchio quartiere popolare di Marsiglia. Un quartiere operaio, rosso. Intorno al boulevard de la Révolution, ogni nome di strada ricorda un eroe del socialismo francese. Il quartiere ha dato i natali a sindacalisti puri e duri, a migliaia di militanti comunisti. E a un bel gruppetto di delinquenti. Francis le Belge era un figlio del quartiere. Oggi, i voti se li dividevano equamente comunisti e Fronte nazionale.

Appena tornato in ufficio, andai a controllare la targa della Golf. Toni non era schedato. Non ne fui sorpreso. Se lo era stato, sicuramente qualcuno aveva fatto pulizia. Il mio terzo uomo aveva un viso, un nome e un indirizzo. A parte i rischi, era una buona giornata.

Accesi una sigaretta. Non riuscivo a lasciare l'ufficio. Come se qualcosa me lo impedisse. Ma non sapevo cosa. Ripresi il fascicolo Mourrabed. Rilessi l'interrogatorio. Cerutti l'aveva completato. Mourrabed non era l'affittuario dell'appartamento. Era a nome di Raoul Farge, da un anno. L'affitto veniva pagato ogni mese, in contanti. Regolarmente. Era inusuale nelle *cités*. Cerutti ne era convinto, ma era arrivato troppo tardi per trovare il fascicolo all'Ufficio degli H.L.M.[1] Chiudeva alle cinque. Ci sarebbe tornato il giorno dopo.

Ottimo lavoro, pensai. Invece, per quanto riguarda la roba era stato un fallimento. Non avevamo trovato niente, né in casa, né in macchina. Da qualche parte doveva pur essere. Per una rissa, anche se con lesioni, non avremmo ottenuto il fermo di Mourrabed. Saremmo stati obbligati a rimetterlo in libertà.

Alzai gli occhi e si accese la lampadina. Al muro c'era un vecchio manifesto. La strada dei vini in Borgogna. E sotto, la scritta: Visitate le nostre cantine. La cantina! Merda! Era sicuramente in cantina che Mourrabed aveva nascosta quella maledetta

---

[1] Case popolari.

roba! Chiamai la frequenza radio. Capitai su Reiver, l'Antillese. Credevo di averlo messo nel turno di giorno, quello lì. Ne fui irritato.

«Come mai fai la notte?».

«Sostituisco Loubié. Ha tre ragazzini. Io sono scapolo. Non ho neanche una donna che mi aspetta. È più giusto così, no?».

«Va bene. Corri alla *cité* Bassens. Informati se i palazzi hanno la cantina. Non mi muovo da qui».

«Sì, ce l'hanno» rispose.

«Come lo sai?».

«Conosco Bassens».

Squillò il telefono. Era Ange, del Treize-Coins. Djamel era passato due volte. Sarebbe tornato tra una quindicina di minuti.

«Reiver» dissi, «rimani in zona. Arrivo tra un'ora al massimo».

Djamel era al banco. Con una birra davanti. Portava una maglietta rossa con la scritta "Charly pizza" in nero.

«Eri sparito» gli dissi, avvicinandomi.

«Lavoro per Charly. A place Noailles. Consegno le pizze». Con il pollice indicò il motorino parcheggiato sul marciapiede. «Ho un motorino nuovo! Fico, vero?».

«Bene» dissi.

«Sì. È un lavoro tranquillo e mi faccio un po' di grana».

«Mi cercavi, l'altra sera?».

«So una cosa che le può interessare. Il tizio che hanno fatto fuori, beh, non era armato. La pistola gliel'hanno messa dopo».

Fu un colpo. Così forte che lo stomaco si strinse. Sentii tornare il dolore in fondo alla pancia. Ingoiai il pastis che Ange aveva deciso di servirmi.

«Come lo sai?».

«Dalla madre di un amico. Abitano proprio sopra a dove è successo. Stava stendendo i panni. Ha visto tutto. Ma non aprirà bocca. Già ci sono passati i suoi colleghi. Le hanno chiesto i documenti e tutto il resto. Si caca sotto. È andata proprio come le ho detto».

Guardò l'ora ma non si mosse. Aspettava. Dovevo dargli qualcosa, non se ne sarebbe andato senza. Anche se avrebbe perso un po' di soldi.

«Sai, quel tizio si chiamava Ugo. Era mio amico. Un amico di prima. Di quando avevo la tua età».

Djamel annuì. Registrava e nella sua testa quella storia doveva trovare un posto.

«Sì. Gli anni delle cazzate, vuol dire».

«Sì, esatto».

Registrò di nuovo, stringendo le labbra. Per lui, che avessero fatto la pelle a Ugo in quel modo, era schifoso. Ugo meritava giustizia. Ero io la giustizia. Ma nella mente di Djamel giustizia e poliziotto non andavano insieme. Ero forse l'amico di Ugo, ma ero anche un poliziotto, e la cosa non quadrava. Aveva fatto un passo verso di me, non due. Eravamo ancora lontani dalla fiducia.

«Mi è sembrato simpatico il suo amico». Guardò ancora l'ora, poi me. «C'è un'altra cosa. Ieri, quando mi cercava, c'erano due tizi che la seguivano. Non erano sbirri. I miei amici li hanno spiati».

«Avevano una moto?».

Djamel scosse la testa.

«Non erano tipi da moto. Italiani, che facevano finta di essere turisti».

«Italiani?».

«Sì. Parlavano così tra di loro».

Finì la birra e se ne andò. Ange mi servì un altro pastis. Lo bevetti cercando di non pensare a niente.

Cerutti mi aspettava in ufficio. Non eravamo riusciti a contattare Pérol. Peccato. Ma ero sicuro che, quella sera, saremmo riusciti a fare tombola. Tirammo fuori Mourrabed dalla cella e, con le manette ai pugni e le mutande a fiori, lo portammo via. Non smetteva di urlare, come se lo stessimo per sgozzare. Cerutti gli disse di smetterla, altrimenti sarebbe stato obbligato a schiaffeggiarlo.

Percorremmo la strada in silenzio. Ripensando a Ugo, mi chiesi se Auch fosse al corrente. Ero arrivato sul luogo prima di lui. C'era già tutta la sua squadra. O quasi. Morvan, Cayrol, Sandoz e Mériel. Loro, sì. Un errore. Queste cose ogni tanto succedono. Un errore? E se non lo fosse stato? Armato o no, avrebbero comunque sparato a Ugo? Se lo avevano seguito nel suo giro da Zucca, dovevano aver pensato che fosse ancora armato.

«Accidenti!» disse Cerutti. «C'è un comitato d'accoglienza!».

Davanti al palazzo, una ventina di ragazzi circondavano la macchina di Reiver. Ce n'erano di tutte le etnie. Reiver stava appoggiato all'auto con le braccia incrociate. I ragazzi gli giravano intorno, come gli apache. Al ritmo di Khaled. Il volume al massimo. Alcuni avevano il naso incollato al finestrino, per vedere la faccia del collega di Reiver, rimasto dentro. Pronto a chiamare aiuto. Reiver non sembrava preoccupato.

Quando la sera giriamo per le strade, i ragazzi se ne fregano. Ma si irritano quando veniamo nelle *cités*. Soprattutto in estate. Il marciapiede è il luogo più simpatico della zona. Chiacchierano, rimorchiano. Sono un po' rumorosi ma non fanno niente di male. Ci avvicinammo lentamente. Speravo che fossero ragazzi della *cité*. Avremmo potuto parlare. Cerutti parcheggiò dietro la macchina di Reiver. Alcuni di loro si scansarono. Come mosche, vennero a incollarsi alla nostra macchina. Mi voltai verso Mourrabed:

«Tu, cerca di non incitarli alla sommossa! Ok?».

Scesi e andai verso Reiver. Con aria noncurante.

«Tutto bene?» dissi, senza occuparmi dei ragazzi intorno a noi.

«Tranquillo. Ce ne vorrà prima che riescano a farmi paura. Li ho avvertiti, il primo che tocca le ruote, gliele faccio ingoiare. Non è vero, amico?» disse rivolgendosi a un nero, alto e magro, con un berretto rasta incollato alle orecchie.

Quello pensò che non valeva la pena rispondere.

«Bene» dissi a Reiver, «andiamo».

«Cantina N488. Il portiere vi aspetta. Io rimango qui. Preferisco ascoltare Khaled. Mi piace». Reiver mi sorprendeva. Mandava all'aria le mie statistiche sugli antillesi. Lo capì. Indicò un palazzo a un livello inferiore. «Vedi, sono nato lì. Sono a casa, qui».

Facemmo scendere Mourrabed. Cerutti lo prese dal braccio per farlo avanzare. Il nero si avvicinò.

«Per cosa t'hanno beccato gli sbirri?» chiese a Mourrabed, ignorandoci volutamente.

«Per colpa di un frocio».

Sei ragazzini chiudevano l'accesso al palazzo.

«Il frocio è un dettaglio» dissi. «Ora, siamo qui per visitare la sua cantina. Ci deve essere una tale quantità di roba da far sballare tutta la *cité*. Forse a te piace. A noi no. Per niente. Se non troviamo nulla, domani lo rilasciamo».

Il nero fece un cenno con la testa. I ragazzini si scansarono.

«Ti seguiamo» disse a Mourrabed.

La cantina era un gran casino. Casse, cartoni, vestiti, pezzi di motorini.

«Ci dici tu dove cercare?».

Mourrabed alzò le spalle con aria stanca.

«Non c'è niente. Non troverete niente».

Lo disse senza convinzione. Per una volta aveva smesso di fare lo sbruffone. Cerutti e gli altri tre iniziarono a frugare. Nel corridoio i ragazzini si accalcavano. Anche gli adulti. Tutto il palazzo. La luce si spegneva regolarmente e qualcuno spingeva l'interruttore. Era veramente meglio che ci fosse il malloppo.

«Non c'è droga» disse Mourrabed. Era diventato molto nervoso. Spalle afflosciate e testa bassa. «Non sta qui».

La squadra smise di frugare. Guardai Mourrabed.

«Non sta qui» disse riacquistando un po' di sicurezza.

«E dov'è?» disse Cerutti, avvicinandosi.

«Lassù, nella colonna del gas».
«Andiamo?» chiese Cerutti.
«Cercate ancora» dissi.
Mourrabed crollò.
«Cazzo! Non c'è niente, ti dico. È lassù. Vi faccio vedere».
«E qui, cosa c'è?».
«Questo qua!» disse Béraud mostrando una mitraglietta Thompson.
Aveva aperto una cassa. Un vero arsenale. Pistole di ogni tipo. Munizioni per un assedio. Una vera tombola, con il super premio.

Scendendo dalla macchina controllai che nessuno mi stesse aspettando con un guantone da pugile. Ma non ci credevo veramente. Mi avevano dato una buona lezione. I guai seri sarebbero arrivati più tardi. Se non mi fossi attenuto ai consigli ricevuti.
Avevamo rimesso Mourrabed al fresco. Un chiletto di eroina, in sacchetti. Hashish a volontà. E dodicimila franchi. Quanto bastava per farlo restare dentro un bel po'. Il possesso di armi avrebbe seriamente peggiorato la sua situazione. Anche perché mi ero fatto un'idea di come intendevano utilizzarle in futuro. Mourrabed non aveva più aperto bocca. Aveva solo reclamato il suo avvocato. A ogni domanda rispondeva con un'alzata di spalle. Ma senza fare lo spavaldo. L'avevamo incastrato. Si chiedeva se loro sarebbero riusciti a toglierlo dai guai. Loro, erano quelli che si servivano della cantina per nascondere le armi e che gli fornivano la droga. Probabilmente, le stesse persone.
Aprendo la porta, sentii la risata di Honorine. Una risata felice. Poi il suo bell'accento:
«Ehi, mi sta facendo cucù dal paradiso! Ho vinto ancora!».
Erano lì, tutte e tre. Honorine, Marie-Lou e Babette: in terrazza a giocare a ramino. In sottofondo, Petrucciani. *Estate*[1].

---
[1] In italiano nel testo.

Uno dei suoi primi dischi. Non il migliore. Ce n'erano stati altri più curati. Ma questo pezzo smuoveva tonnellate di emozioni. Non l'avevo più ascoltato da quando Rosa se n'era andata.

«Spero di non disturbarvi» dissi avvicinandomi un po' contrariato.

«Che fortuna! Ehi! È la terza partita che vinco» disse Honorine, visibilmente eccitata.

Diedi un bacio a ogni guancia, presi la bottiglia di Lagavulin dal tavolo, e andai a cercare un bicchiere.

«Ci sono i peperoni ripieni, nella pentola» urlò Honorine. «Riscaldali a fuoco lento. Babette, stanno a te le carte».

Sorrisi. Qualche giorno fa, questa era la casa di uno scapolo, e ora, tre donne ci stavano giocando a ramino, a mezzanotte meno dieci! Era tutto a posto. La cena pronta. I piatti lavati. La biancheria ad asciugare fuori. Avevo di fronte il sogno di ogni uomo: una madre, una sorella, una prostituta!

Le sentii ridacchiare alle mie spalle. Sembravano unite da una dolce complicità. Il mio malumore svanì velocemente, così come era venuto. Ero felice di vederle lì. Volevo bene a tutte tre. Peccato che non potessero essere un'unica donna, da amare.

«Giochi?» mi chiese Marie-Lou.

Capitolo decimo
Nel quale lo sguardo dell'altro è un'arma di morte

Honorine era insuperabile nel cucinare i peperoni ripieni. Alla rumena, diceva. Riempiva i peperoni con riso, salsiccia, carne di manzo, sale e pepe. Li metteva in un recipiente di terra cotta e li ricopriva d'acqua. Aggiungeva salsa di pomodoro, timo, alloro e santoreggia. Lasciava cuocere a fuoco molto lento e senza coperchio. Il sapore era meraviglioso, soprattutto se alla fine ci si aggiungeva un cucchiaio di panna.

Mangiavo guardandole giocare a ramino. A 51. Quando si hanno cinquantuno punti, divisi in tris, scala, cento o poker, si posano le carte sul tavolo. Se un altro giocatore ha già "calato", si possono aggiungere i propri punti alle sue carte: devono precedere o seguire il tris o la scala. Gli si può anche prendere il ramino, il jolly, messo per sostituire una carta mancante. Il vincitore è colui che riesce a chiudere calando tutte le carte.

È un gioco semplice. Ma per vincere, occorre la massima attenzione. Marie-Lou si affidava al caso e perdeva. La gara era tra Honorine e Babette. Entrambe ricordavano perfettamente le carte dell'avversaria. Ma Honorine aveva pomeriggi interi di allenamento e, anche se si fingeva sorpresa quando vinceva una partita, era evidentemente la più forte. Giocava per vincere.

A un tratto, il mio sguardo si posò sulla biancheria stesa ad asciugare. In mezzo alle mie camicie, mutande e calzini, uno slip e un reggiseno bianchi. Guardai Marie-Lou. Si era infilata una mia maglietta. I suoi seni risaltavano sotto il cotone. Con lo sguardo seguii le gambe, le cosce, fino al sedere. Mi eccitai, realizzando che era nuda sotto la maglietta. Marie-Lou sorprese il mio sguardo e indovinò i miei pensieri. Mi fece un adorabile sorriso, mi strizzò l'occhio e, un po' imbarazzata, incrociò le gambe.

Seguirono scambi di sguardi. Da Babette a Marie-Lou. Da Babette a me. Da me a Babette. Da Honorine a Babette, poi a Marie-Lou. Mi sentii a disagio e mi alzai per andare a farmi una doccia. Sotto l'acqua, ero ancora eccitato.

Honorine se ne andò verso mezzanotte e mezzo. Aveva vinto cinque partite. Babette quattro. Marie-Lou una. Salutandomi con un bacio, si chiese probabilmente cosa avrei fatto con due donne in casa.

Marie-Lou annunciò che andava a farsi un bagno. Non potei fare a meno di seguirla con gli occhi.

«È veramente molto bella» disse Babette, sorridendo.

Annuii.

«Anche tu».

Ed era vero. Aveva i capelli raccolti in una coda di cavallo. I suoi occhi sembravano immensi, e la bocca più grande. Malgrado i quarant'anni, poteva tranquillamente competere con un mucchio di ragazzine. Anche Marie-Lou. Lei era giovane. La sua bellezza era evidente, immediata. Quella di Babette irradiante. La gioia di vivere preserva – pensai.

«Lascia perdere» disse facendomi una piccola linguaccia.

«Ti ha raccontato?».

«Abbiamo avuto modo di conoscerci. Non cambia niente. Ha la testa sulle spalle, quella ragazza. L'aiuterai a liberarsi del suo magnaccia?».

«Te l'ha detto lei?».

«No, assolutamente. Sono io che lo voglio sapere».

«Se non molla, ci sarà sempre un magnaccia. Ma deve averne voglia. E coraggio. Non è così semplice, sai. Le ragazze le tengono sotto controllo». Stavo dicendo un mare di banalità. Marie-Lou era una prostituta. Era venuta a casa mia. Perché non aveva niente. Perché non ero un pazzo. Perché rappresentavo la sicurezza. Non riuscivo ad andare molto più in là. Molto più in là di domani, ed era già tanto. «Devo trovarle un posto dove stare. Non può rimanere. Non è più molto sicuro, qui da me».

L'aria era mite. Come una carezza salata. Il mio sguardo si perse in lontananza. Lo sciabordio delle onde parlava di felicità. Provai a scacciare le minacce che presentivo. Ero entrato in un'area pericolosa, con tutte le scarpe. Ma quel che la rendeva ancor più pericolosa era ignorare da dove arrivavano i colpi.

«Lo so» disse Babette.

«Sai sempre tutto» risposi, un poco innervosito.

«No, non tutto. Quanto basta per essere preoccupata».

«Sei gentile. Scusa».

«Marie-Lou è qui solo per questo motivo?».

Ero imbarazzato. Diventai aggressivo, mio malgrado.

«Cosa vuoi sapere? Se sono innamorato di una prostituta? È la fantasia di ogni uomo. Amare una puttana. Strapparla al suo magnaccia. Essere il suo magnaccia. Averla solo per sé. Donna oggetto...». Mi sentii stanco. Con la sensazione di non aver più niente da dire. «Non so dove sia la donna della mia vita. Forse non esiste».

«Io vivo in un monolocale. Lo conosci».

«Non ti preoccupare. Troverò un posto».

Babette tirò fuori dalla borsa una busta, l'aprì e mi tese una fotografia.

«Ero venuta per farti vedere questo».

Diversi uomini intorno a un tavolo, in un ristorante. Ne conoscevo uno. Morvan. Ingoiai la saliva.

«Quello a destra è Joseph Poli. Grandi ambizioni. Si candida come successore di Zucca. È stato sicuramente lui a ordinare l'omicidio dell'Opéra. È un amico di Jacky Le Mat. Ha partecipato allo scasso di Saint-Paul-de-Vence, nell'81». Me lo ricordavo. Due miliardi di gioielli rubati. Dopo l'interrogatorio, Le Mat era stato rimesso in libertà. Il testimone principale aveva ritrattato. «In piedi» continuò Babette, «c'è suo fratello. Emile. Specializzato nei racket, le macchine mangia soldi e le discoteche. Un tignoso con l'aria da bonaccione».

«Pagano Morvan?».

«Quello a sinistra è Luc Wepler» continuò, senza rispondere. «Pericoloso».

La sua foto mi fece rabbrividire. Nato in Algeria, Wepler si arruolò, giovanissimo, nei paracadutisti e diventò militante attivo dell'OAS[1]. Nel '65 fa parte del servizio d'ordine di Tixier-Vignancourt. L'insuccesso elettorale dell'avvocato lo allontana dall'attivismo ufficiale. Riprende coi parà. Poi, mercenario in Rhodesia, alle Comore, in Ciad. Nel '74 è in Cambogia. Tra i consiglieri militari degli Americani contro i Khmer rossi. Poi, a catena: Angola, Sudafrica, Benin, Libano con le falangi di Béchir Jemayel.

«Interessante» dissi, immaginando un faccia a faccia con lui.

«Dal '90, milita nel Fronte nazionale. Abituato ai comandi, lavora nell'ombra. Poche persone lo conoscono a Marsiglia. Da un lato, ci sono i simpatizzanti, sedotti dalle idee radicali del Fronte nazionale. Vittime della crisi economica. Disoccupati. I delusi del socialismo, del comunismo. Dall'altro lato, i militanti. Wepler si occupa di loro. Dei più determinati. Quelli che vengono dall'Œuvre française, dal GUD o dal Fronte di lotta anticomunista. Li organizza in cellule d'azione. Uomini pronti alla lotta. Ha fama di saper formare i giovani. Con lui, o la va o la spacca».

Non riuscivo a togliere gli occhi dalla foto. Ero come ipnotizzato dallo sguardo blu, elettrico, glaciale di Wepler. A Gibuti, avevo conosciuto persone come lui. Specialisti della morte fredda. Puttane dell'imperialismo. I suoi figli perduti. Lanciati nel mondo con l'odio per essere stati "i cretini della Storia", co-

---

[1] *Organisation Armée Secrète*, organizzazione paramilitare clandestina fondata nel 1961 da ufficiali dell'esercito francese in Algeria per impedirne l'indipendenza.

me disse un giorno Garel, il mio assistente. Poi, ne vidi un altro che conoscevo. In fondo a destra. Seduto a un altro tavolo. Toni. Il bel Toni.

«Questo, lo conosci?».

«No».

«L'ho conosciuto stasera».

Le raccontai come e perché l'avevo incontrato. Fece una smorfia.

«Non mi piace. La foto è stata scattata durante uno degli incontri dei più arrabbiati. Fuori persino dal giro dei militanti del Fronte nazionale».

«Vuoi dire che i fratelli Poli sono diventati fascisti?».

Alzò le spalle.

«Mangiano e ridono insieme. Cantano canzoni naziste. Come a Parigi, sai, da Jenny. Non vuol dire niente. Quel che è sicuro è che fanno affari insieme. I fratelli Poli devono avere il loro tornaconto. Altrimenti, non vedo perché li frequenterebbero. Ma c'è un nesso. Morvan. È stato addestrato da Wepler. In Algeria. 1° reggimento paracadutisti. Dopo il '68, Morvan milita nel Fronte di lotta anticomunista dove diventa responsabile del Groupe Action. È allora che incontra di nuovo Wepler e diventano grandi amici...». Mi guardò, sorrise e aggiunse, sicura dell'effetto: «E sposa la sorella dei fratelli Poli».

Fischiai tra i denti.

«Hai ancora molte sorprese come questa?».

«Batisti».

Era in primo piano sulla foto. Ma di spalle. Non ci avevo fatto caso.

«Batisti» ripetei inebetito. «Certo. Anche lui fa parte del giro?».

«Simone, sua figlia, è la moglie di Emile Poli».

«La famiglia, eh?».

«La famiglia e gli altri. La Mafia, ecco. Guérini, la stessa cosa. Zucca aveva sposato una cugina di Volgro, il Napoletano.

Quando non c'è stata più la famiglia è esploso tutto. Zucca l'aveva capito. Si era legato a un'altra famiglia».

«*Nuova famiglia*» dissi con un sorriso amaro. «Nuova famiglia e vecchie schifezze».

Marie-Lou tornò, il corpo avvolto in un grande asciugamano. L'avevamo quasi dimenticata. La sua apparizione fu come una boccata d'aria fresca. Ci guardò come se fossimo dei cospiratori, poi accese una sigaretta, ci versò delle generose dosi di Lagavulin e tornò dentro casa. Poco dopo, si sentì il bandoneon di Astor Piazzolla, poi il sassofono di Jerry Mulligan. Uno degli incontri musicali più belli negli ultimi quindici anni. *Buenos Aires, twenty years after.*

Davanti a me c'erano sparsi, qui e là, i pezzi di un puzzle. Dovevo solo metterli insieme. Ugo, Zucca con Morvan. Al Dakhil, le sue guardie del corpo e i due killer con Morvan e Toni. Leila con Toni e i due killer. Ma tutto ciò non si incastrava. Dove mettere Batisti?

«Chi è questo?» chiesi indicando sulla foto un uomo, molto distinto, seduto alla destra di Joseph Poli.

«Non lo so».

«Dov'è questo ristorante?».

«L'auberge des Restanques. All'uscita di Aix, andando verso Vauvenargues».

Nella mia testa, immediatamente, si accesero delle spie luminose. Dalle informazioni su Ugo passai a Leila.

«Leila. Il suo corpo è stato ritrovato non lontano da lì».

«Cosa c'entra in tutto questo?».

«Me lo sto chiedendo».

«Credi nelle coincidenze?».

«Non credo a niente».

Accompagnai Babette fino alla sua macchina, dopo essermi assicurato che non ci fossero pericoli sulla strada. Nessuno l'aveva seguita. Né macchine, né moto. Aspettai ancora qualche minuto. Tornai dentro, rassicurato.

«Stai attento» aveva detto.

Con la mano mi aveva accarezzato la nuca. L'avevo stretta a me.

«Non posso tornare indietro, Babette. Non so dove tutto questo mi porterà. Ma ci vado. Non ho mai avuto uno scopo nella vita. Ora ce l'ho. Vale quel che vale, ma mi sta bene».

Mi era piaciuta la luce dei suoi occhi, quando si era staccata da me.

«L'unico scopo è vivere».

«È proprio ciò che ho detto».

Ora dovevo affrontare Marie-Lou. Avevo sperato che Babette restasse. Avrebbero potuto dormire nel mio letto, e io sul divano. Ma Babette mi aveva risposto che ero abbastanza grande da poter dormire sul divano, anche senza di lei.

Marie-Lou teneva la foto in mano.

«Chi sono questi tizi?».

«Gentaccia! Pericolosa, se lo vuoi sapere».

«Ti stai occupando di loro?».

«Potrebbe essere».

Le presi la foto dalle mani e la guardai un'altra volta. Era stata scattata tre mesi prima. Les Restanques, quella sera, di domenica, di solito era chiuso. Babette aveva avuto la foto da un giornalista del *Méridional*, invitato alla festa. Avrebbe cercato di saperne di più sui partecipanti e, soprattutto, su ciò che architettavano i fratelli Poli, insieme a Morvan e Wepler.

Marie-Lou si era seduta sul divano con le gambe ripiegate. Alzò gli occhi su di me. Il segno dei colpi si stava attenuando.

«Vuoi che me ne vada, vero?».

Le mostrai la bottiglia di Lagavulin. Annuì. Riempii i bicchieri e gliene tesi uno.

«Non posso spiegarti tutto. Sono in una brutta storia, Marie-Lou. L'hai capito, ieri sera. Le cose si complicheranno ancora di più. Stare qui può diventare pericoloso. Non sono persone tenere» dissi, pensando ancora alle facce di Morvan e di Wepler.

Non smetteva di guardarmi. La desideravo molto. Avevo voglia di buttarmi addosso a lei e di prenderla, così, per terra. Era il modo più semplice per evitare di parlare. Ma non era quel che voleva lei. Non mi mossi.

«Questo, l'ho capito. Cosa sono io, per te?».

«Una puttana… a cui voglio bene».

«Stronzo!».

Mi lanciò il bicchiere addosso. Intuendolo, lo evitai. Il bicchiere si ruppe sul pavimento. Marie-Lou non si mosse.

«Vuoi un altro bicchiere?».

«Sì, per favore».

La servii di nuovo e mi sedetti accanto a lei. Il peggio era passato.

«Vuoi lasciare il tuo magnaccia?».

«Non so fare altro».

«Vorrei che facessi altro».

«Ah sì, e cosa? Cassiera al Prisunic, forse?».

«Perché no? La figlia del mio collega lo fa. Ha la tua età, o poco più».

«Sai che inferno!».

«Preferisci farti sbattere da persone che neppure conosci?».

Rimase in silenzio. A fissare il fondo del bicchiere. Come l'altra sera quando l'avevo incontrata da O'Stop.

«Ci stavi pensando?».

«Da un po' di tempo ho grosse difficoltà. Non ce la faccio più, a farmi tutti quei tizi. Per questo ho preso un fracco di botte».

«Credevo che fosse stato a causa mia».

«Tu, sei stato il pretesto».

Era giorno fatto quando finimmo di parlare. La storia di Marie-Lou era quella di tutte le Marie-Lou del mondo. Più o meno. Cominciando dallo stupro di papà, disoccupato, mentre la mamma va a servizio per nutrire la famiglia. I fratelli che se ne fregano, perché sei una femmina. Salvo se ti vedono frequentare un bianco, o peggio, un arabo. Piovono sberle, per una qualsiasi sciocchezza. Perché le sberle sono le caramelle dei poveri.

Marie-Lou era fuggita di casa a diciassette anni, una sera, uscendo dal liceo. Sola. Il suo compagnetto di classe si era scoraggiato. Addio a lui e a La Garenne-Colombes. Direzione sud. Il primo camionista scendeva verso Roma.

«È al ritorno che ho capito. Che sarei finita a fare la puttana. Mi ha scaricata a Lione, con cinquecento franchi. Aveva moglie e figli che l'aspettavano. Mi aveva scopata per una cifra maggiore, ma in fondo mi era piaciuto! E avrebbe potuto lasciarmi senza una lira. È stato il primo, non è stato il peggiore.

«In seguito, tutti gli uomini che ho incontrato, anche loro pensavano solo a scopare. Durava una settimana. Nella loro testolina, ero troppo bella per fare di me una donna onesta. Che io fossi desiderabile, li spaventava. Una bella botta. Oppure vedevano in me la puttana che sarei diventata. Cosa ne pensi?».

«Penso che lo sguardo degli altri è un'arma di morte».

«Parli bene» disse con aria stanca. «Ma non l'ameresti una ragazza come me, eh?».

«Quelle che ho amato sono andate via».

«Io, potrei restare. Non ho niente da perdere».

Le sue parole mi sconvolsero. Era sincera. Si abbandonava. E si dava, Marie-Lou.

«Non sopporterei di essere amato da una donna che non ha niente da perdere. Amare, è questo, la possibilità di perdere».

«Sei un po' malato, Fabio. Non sei felice, vero?».

«Non me ne vanto».

Risi. Lei no. Mi guardò e vidi tristezza nel suo sguardo. Non sapevo se per me o per lei. Le sue labbra si incollarono alle mie. Sapeva di olio di anacardio.

«Vado a dormire» disse. «È meglio, no?».

«È meglio» mi sentii ripetere, pensando che era troppo tardi per saltarle addosso. E ciò mi fece sorridere.

«Sai» disse, alzandosi, «conosco uno degli uomini della foto». Raccolse la foto per terra e mise il dito su un uomo, seduto vicino a Toni. «È il mio magnaccia, Raoul Farge».

«Dio mio!».

Il migliore dei divani è comunque scomodo. Ci si dorme perché costretti, se qualcun altro occupa il tuo letto. Non ci avevo più dormito dall'ultima notte che Rosa era stata qui.

Avevamo parlato e bevuto fino all'alba, con la speranza di farcela ancora una volta. Non era il nostro amore a essere in causa. Eravamo lei e io. Io più di lei. Rifiutavo di soddisfare il suo vero desiderio: avere un figlio. Non avevo alcun argomento logico da offrirle. Ero soltanto prigioniero della mia vita.

Clara, l'unica donna che avevo messo incinta, involontariamente, aveva abortito senza dirmelo. Non ero un tipo affidabile – mi aveva dichiarato. Dopo. Per spiegare la sua decisione. Ero troppo interessato alle donne. Mi piacevano troppo. Ero infedele anche solo con lo sguardo. Non si poteva fidare di me. Ero un amante. Non sarei mai stato un marito. Né tanto meno un padre. Ovviamente, ciò aveva messo fine alla nostra storia. Nella mia mente avevo ucciso il padre, che invece, si era solo assopito.

Rosa, l'amavo. Un viso d'angelo circondato da una chioma di riccioli castani, quasi rossi. Aveva un sorriso disarmante, magnifico, ma quasi sempre un po' triste. È quello che all'inizio mi aveva sedotto, il suo sorriso. Oggi, riuscivo a pensare a lei senza stare male. Era diventata non indifferente, ma irreale. Ci avevo messo del tempo per disabituarmi a lei. Al suo corpo. Quando eravamo insieme, mi bastava chiudere gli occhi per desiderarla. Ero stato a lungo ossessionato dalle sue immagini. Spesso, mi chiedevo se quello stesso desiderio sarebbe rinato se lei fosse riapparsa, così, senza avvertire. Ancora non lo sapevo.

Sì, lo sapevo. Da quando ero andato a letto con Lole. Non ci si riprendeva dopo aver amato Lole. Non era una questione di bellezza. Rosa aveva un corpo magnifico, pieno di forme, sottilmente disegnato. Tutto in lei era sensuale. Il minimo gesto. Lole era più magra, più longilinea. Aerea, anche nel suo modo di camminare. Faceva pensare alla Gradiva degli affreschi di Pompei. Camminava sfiorando la terra, senza toccarla. Amarla, significava lasciarsi portare via dai suoi viaggi. Trascinava. E, quando raggiungevi l'orgasmo, non avevi l'impressione di aver perso qualcosa, ma di aver *trovato*. Proprio questo avevo sentito, ma subito dopo, avevo rovinato tutto. Una sera a Les Goudes, Manu aveva detto: "Maledizione, perché quando godi, non dura!". Non avevamo saputo rispondere. Con Lole, c'era un dopo al piacere.

Da allora, vivevo in questo dopo. Avevo un unico desiderio, ritrovarla, rivederla. Anche se, dopo tre mesi, rifiutavo di ammetterlo. Anche se non avevo illusioni. Sul corpo sentivo ancora il bruciore delle sue dita. Sulla guancia la vergogna era sempre viva. Dopo Lole, avevo potuto trovare solo Marie-Lou. Con lei godevo come quando si è perduti. Per disperazione. Si finisce con le puttane per disperazione. Marie-Lou meritava di più.

Cambiai posizione. Con la sensazione che non sarei riuscito a dormire. Il desiderio, intatto, di ritrovare Lole. La voglia, repressa, di andare a letto con Marie-Lou. Cosa c'entrava il suo magnaccia in tutta questa storia? La morte di Leila era come un sasso gettato in acqua. Intorno, si formavano dei cerchi, dove gravitavano poliziotti, malavitosi, fascisti. E ora, Raoul Farge, che nascondeva nella cantina di Mourrabed materiale sufficiente a prendere d'assalto la Banca di Francia.

Merda! A cosa erano destinate tutte quelle armi? Mi venne in mente un'idea interessante, ma l'ultimo sorso di Lagavulin ebbe il sopravvento sui miei pensieri. Non feci in tempo a guardare l'ora. Quando la sveglia suonò, mi sembrò di non aver chiuso occhio.

Marie-Lou doveva aver lottato tutta la notte contro dei mostri. I cuscini erano appallottolati e le lenzuola sgualcite, attorcigliate. Dormiva sopra le lenzuola, a pancia in giù, con la testa girata dall'altro lato. Non vedevo il viso. Vedevo solo il corpo. Mi sentivo un po' fesso con le tazze di caffè e le brioche.

Avevo nuotato per una mezz'ora buona. Il tempo necessario per sputare tutta la nicotina e sentire i muscoli del corpo tendersi fino a scoppiare. Dritto di fronte a me, oltre la diga. Senza piacere. Con violenza. Avevo smesso quando avevo sentito lo stomaco contrarsi. Lo sforzo mi ricordò i colpi che avevo ricevuto. Il ricordo del dolore diventò paura. Panico. Per un attimo, credetti di affogare.

Solo sotto la doccia, a contatto con l'acqua tiepida, ritrovai la calma. Avevo bevuto una spremuta di arancia, poi ero uscito a comprare le brioche. Mi ero fermato da Fonfon, per leggere il giornale bevendo un caffè. Malgrado l'insistenza di alcuni clienti, da lui trovavi solo *Le Provençal* e *La Marseillaise*. Non *Le Méridional*. Fonfon meritava la mia assiduità.

La notte scorsa c'era stata una retata in grande stile. Condotta da numerose squadre, tra cui quella di Auch. Una retata minuziosa: bar, bordelli, locali notturni. Tutti i luoghi caldi: place d'Aix, cours Belzunce, place de l'Opéra, cours Julien, la Plaine e anche place Thiars. Più di una sessantina di interrogatori, esclusivamente arabi clandestini. Alcune prostitute. Alcuni piccoli delinquenti. Ma nessun malavitoso importante. Neppure un piccolo malavitoso da due soldi. I commissari coinvolti si erano rifiutati di commentare, ma i giornalisti lasciavano capire che quel tipo di operazione poteva ripetersi. Occorreva risanare la vita notturna marsigliese.

Per chi sapeva leggere tra le righe, la situazione era chiara. Non c'erano più capi nella teppistocrazia marsigliese. Zucca era morto e Al Dakhil l'aveva raggiunto nel paese degli stronzi. La polizia si faceva largo, la squadra di Auch studiava il campo. Chi sarebbe stato, ora, il suo interlocutore? Scommetto, pensai, che Joseph Poli sarà l'uomo della situazione. Rabbrividii. La sua ascesa dipendeva da un gruppo di estremisti e il futuro di un uomo politico sarebbe dipeso da questo. A quel punto ne ero certo, Ugo era stato lo strumento nelle mani del diavolo.

«Non dormo» disse Marie-Lou, mentre me ne stavo andando con il caffè e le brioche.
Si coprì con il lenzuolo. Aveva il viso stanco e pensai che avesse dormito male, come me. Mi sedetti sul bordo del letto e, posandole accanto il vassoio, la baciai sulla fronte.
«Come va?».
«Sei gentile» disse guardando il vassoio. «È la prima volta che mi portano la colazione a letto».
Non risposi. Bevemmo il caffè in silenzio. La guardai mentre mangiava. Teneva la testa china. Le tesi una sigaretta. I nostri occhi s'incrociarono. I suoi erano tristi. Misi nel mio sguardo tutta la dolcezza possibile.
«Avresti dovuto far l'amore con me, stanotte. Mi avrebbe aiutata».
«Non potevo».
«Ho bisogno di sapere che mi ami. Se voglio venirne fuori. Altrimenti, non ce la farò».
«Ce la farai».
«Non mi ami, vero?».
«Sì, ti amo».
«Allora perché non mi hai scopata come una qualsiasi ragazza?».
«Non potevo».
«Cosa non potevi?!».
Con un gesto veloce fece scivolare la mano tra le mie cosce. Afferrò il pene e lo strinse da sopra la stoffa dei pantaloni. Strinse forte. Con gli occhi fissi nei miei.
«Smettila!» dissi, senza muovermi.
«Vuoi dire che "lì" non puoi?». Lasciò il pene e con la mano, sempre velocemente, mi afferrò per i capelli. «O è qui che non puoi? In testa».

«Sì, è lì. Non devi più fare la puttana».

«Ho smesso, cretino!» gridò. «Ho smesso. Qui, nella mia testolina. Venendo da te. Da te! Ma non lo vedi! Sei cieco? Se tu non vedi un cazzo, nessuno ci vedrà mai un cazzo. Sarò sempre una puttana». Mi cinse il collo con le braccia e si mise a piangere. «Amami, Fabio. Amami. Una sola volta. Ma amami come una qualsiasi donna».

Tacque. Le mie labbra si appoggiarono alla sua bocca. La mia lingua trovò nella sua parole che non sarebbero mai state dette. Il vassoio cadde a terra. Sentii rompersi le tazze sulle mattonelle. Con le unghie mi graffiò la schiena. Penetrandola, fui sul punto di raggiungere l'orgasmo. Il suo sesso era caldo come le lacrime che le scivolavano sulle guance.

Facemmo l'amore come se fosse stata la prima volta. Con pudore. Con passione. E senza preconcetti. Le sue occhiaie sparirono. Mi lasciai cadere sul fianco. Mi guardò un attimo e fu sul punto di dirmi qualcosa. Invece, sorrise. Un sorriso dolce, e neppure io seppi cosa dire. Restammo così, in silenzio, guardando altrove. Già alla ricerca, ognuno per conto suo, di una possibile felicità. Quando la lasciai, era solo una puttana. E io, come sempre, nient'altro che uno sbirro.

E, senza dubbio, ciò che mi aspettava fuori dalla porta era la schifezza del mondo.

Capitolo undicesimo
Nel quale le cose si fanno come si deve

Dalla faccia di Pérol, capii che c'erano guai in vista. Ma ero pronto ad affrontare il peggio.
«Il capo vuole vederti».
Un evento! Erano due anni che il mio direttore non mi convocava. Dalla sommossa scatenata da Kader e Driss. Varounian aveva inviato una lettera al *Méridional*. Raccontava la sua vita, i tormenti inflitti dagli arabi al suo negozio, i furti continui, e riportava i fatti a modo suo. La legge, diceva in conclusione, la fanno gli arabi. La giustizia, è la loro giustizia. La Francia capitola di fronte all'invasione, perché la polizia sta dalla loro parte. Finiva la lettera con uno slogan del Fronte nazionale: Amate la Francia, o lasciatela!

Certo, non ebbe l'eco del "J'accuse". Ma il commissariato di zona, che non aveva mai accettato che si cacciasse sul suo territorio, aveva scritto un durissimo rapporto sulla mia squadra. Nel mirino in particolare c'ero io. La mia squadra assicurava perfettamente la protezione dei luoghi pubblici, tutti lo riconoscevano. Ma mi si rimproverava di non essere abbastanza fermo all'interno delle *cités*. Di negoziare troppo con i delinquenti, soprattutto immigrati e zingari. Seguiva la lista di tutti i casi nei quali, in loro presenza, avevo lasciato correre.

Mi beccai una lavata di capo. Prima dal mio superiore, poi dal Grande Capo. La mia missione non era capire, ma reprimere. Ero lì per far regnare l'ordine. La giustizia spetta ai giudici applicarla. Nel caso riportato dal *Méridional*, avevo fallito.

Il Grande Capo mi aveva esposto il problema che, agli occhi

di tutti, era un delitto di lesa maestà poliziesca: i miei incontri con Serge, un animatore. Conobbi Serge una sera al commissariato. Si era fatto caricare con una quindicina di ragazzi al parcheggio della Simiane. La solita storia: musica a tutto volume, grida, risate, motorini che scoppiettano... Era con loro, a bersi qualche birra. Non aveva neppure i documenti, quel coglione!

Serge si divertiva. Aveva una faccia da adolescente invecchiato. Vestiva come loro. Gli avevano dato del capobanda. Aveva solo chiesto dove poteva andare con i ragazzi per fare rumore senza disturbare nessuno. Pura provocazione, visto che intorno c'erano solo *cités* e parcheggi. I ragazzi, è vero, non erano dei chierichetti. Quattro o cinque di loro si erano fatti arrestare per scippo e altro.

«Siamo noi che pagheremo la tua pensione! Allora, stai zitto!» urlava Malik a Babar, uno dei poliziotti più vecchi del commissariato.

Conoscevo Malik. Quindici anni, quattro furti di auto. "Non sappiamo più cosa farne" aveva dichiarato il sostituto procuratore. "Ogni tentativo è fallito". Quando avevamo finito con lui, tornava nella *cité*. Era casa sua. Aveva fatto comunella con Serge. Perché con lui, accidenti, si poteva parlare.

«Cazzo, è vero!» disse vedendomi. «Siamo noi a pagare».

«Chiudi il becco!» avevo risposto.

Babar non era una cattiva persona. Ma in quel periodo doveva darci dentro, per ottenere il massimo di arresti. Un centinaio al giorno. Altrimenti, addio bilancio ed effettivi.

Con Serge simpatizzammo. Era un po' troppo "prete" perché diventassimo amici, ma mi piacevano molto il suo coraggio e il suo amore per i ragazzi. Serge aveva la fede. Un ottimismo bestiale. Un ottimismo urbano, diceva. In seguito, ci incontrammo regolarmente al Moustiers, un caffè dell'Estaque, vicino alla spiaggia. Chiacchieravamo. Era in contatto con le assistenti sociali. Mi aiutava a capire. Spesso, quando un ragazzino veniva fermato per una stronzata qualsiasi, lo chiamavo in commissariato, ancor prima dei genitori.

Serge venne trasferito dopo il colloquio con i miei superiori. Ma, forse, la decisione era stata presa prima. Serge inviò una lettera aperta ai giornali. "Spaccato di un vulcano". Un invito a capire la gioventù delle *cités*. "Su questa brace, che un minimo soffio di vento può ravvivare" concludeva, "c'è una gara tra pompieri e piromani". Nessuno lo pubblicò. I giornalisti di cronaca preferivano essere in buoni rapporti con i poliziotti. Li rifornivano di informazioni.

Non avevo più rivisto Serge. L'avevo bruciato. Collaborando con lui. Poliziotti, animatori, assistenti sociali, sono lavori diversi. Non devono lavorare insieme. "Non siamo assistenti sociali!" aveva urlato il Grande Capo. "La prevenzione, la dissuasione, la stessa vigilanza nei quartieri, sono chiacchiere! Lo vuol capire, Montale!". Avevo capito. Si preferiva soffiare sulla brace. Politicamente, rendeva di più, oggi. Il mio superiore non aveva detto nulla. La squadra passò, armi e bagagli, nell'oblio del commissariato centrale. Non eravamo più che la squadra di pulizia dei quartieri nord.

Con Mourrabed, ero sul mio territorio. Una banale storia di lite tra un delinquente e un frocio non appassionava nessuno. Non avevo redatto il rapporto, e dunque nessuno sapeva ancora niente. La droga, le armi. Il nostro tesoro di guerra. Potevo intuire la destinazione delle armi. Mi era tornata in mente una banale nota di servizio. Menzionava l'apparizione di bande armate nelle periferie. Parigi, Créteil, Rueil-Malmaison, Sartrouville, Vaulx-en-Velin, nelle *cités*, a ogni vampata di rabbia, seguiva la visita di un commando. Fazzoletti sul naso, giubbotti di cuoio rovesciato. Armati. Non ricordavo dove, ma un C.R.S. era stato ucciso. L'arma, una colt 45, era servita nell'esecuzione di un ristoratore di Grenoble.

La notizia non doveva esser sfuggita ai miei colleghi. Né a Loubet, né tantomeno ad Auch. Se avessi mollato il boccone, le altre squadre sarebbero arrivate e ci avrebbero tolto l'inchiesta. Come al solito. Avevo deciso di ritardare al massimo quel momento. Di tacere sull'episodio della cantina e, soprattutto, di non dire niente su Raoul Farge. Ero l'unico a sapere dei suoi legami con Morvan e Toni.

Cerutti arrivò con i caffè. Tirai fuori un pezzetto di carta su cui Marie-Lou aveva scarabocchiato il telefono di Farge e un possibile indirizzo, chemin de Montolivet. Lo passai a Cerutti.

«Verifica se telefono e indirizzo corrispondono. E vacci accompagnato. Dovresti trovarci Farge. Non deve essere uno che si alza presto».

Mi guardarono sbalorditi.

«Dove l'hai preso, questo?» chiese Pérol.

«Uno dei miei indizi. Voglio Farge qui, prima di mezzogiorno» dissi a Cerutti. «Controlla se è schedato. Quando avremo la sua deposizione, lo metteremo a confronto con Mourrabed. Pérol, tu farai parlare quel cretino sulla roba e le armi. Soprattutto le armi. Chi le fornisce, eccetera. Digli che hanno messo dentro Farge. Che qualcuno segua la faccenda delle armi. Voglio anche l'inventario, per mezzogiorno. Ah! Voglio, anche, la lista delle pistole usate negli omicidi degli ultimi tre mesi». Erano sempre più stupefatti. «È una gara di velocità, ragazzi. Presto, avremo tutta l'azienda in ufficio. Allora, muoviamoci! Beh, non che la vostra compagnia mi annoi, ma Dio mi aspetta!».

Ero in forma.

La giustizia di Dio è cieca, lo sanno tutti. Il capo non la tirò in lungo. Urlò: «Entri!». Non era un invito, ma un ordine. Non si alzò, non mi tese la mano né mi salutò. Rimasi in piedi, come un cattivo alunno.

«Cos'è questa storia di...» guardò la scheda. «Mourrabed. Nacer Mourrabed».

«Una lite. Una semplice lite tra delinquenti».

«E mette dentro la gente per questo?».

«C'è una denuncia».

«Abbiamo il magazzino pieno di denunce. Non ci sono stati morti, che io sappia». Scossi la testa. «Non credo di avere ancora letto il suo rapporto».

«Ora lo preparo».

Guardò l'orologio.

«Sono esattamente ventisei ore e quindici minuti che ha interrogato quel delinquente, e mi dice che il rapporto non è ancora pronto? Per una semplice lite?».

«Volevo controllare alcune cose. Mourrabed ha dei precedenti. È recidivo».

Mi guardò dalla testa ai piedi. Il cattivo alunno. L'ultimo della classe. Il suo sguardo sprezzante non m'impressionava. Ero abituato, dalle elementari. Rissoso, strafottente, insolente. Di rimproveri e prediche, solo, in piedi in mezzo agli altri, ne avevo avuti in abbondanza. Sostenni il suo sguardo, con le mani nelle tasche dei jeans.

«Recidivo. Credo, piuttosto, che si stia accanendo su questo...». Guardò di nuovo la scheda. «Nacer Mourrabed. È anche il parere del suo avvocato».

Un punto a suo favore. Ignoravo che l'avvocato fosse già stato informato. Pérol lo sapeva? Guadagnò un altro punto quando con l'interfono chiese di far entrare l'avvocato Eric Brunel.

Quel nome mi disse vagamente qualcosa. Non ebbi il tempo di pensarci. L'uomo che entrò nella stanza, lo avevo visto in foto, non più tardi di quella notte, vicino ai fratelli Poli, a Wepler e a Morvan. Il cuore mi batté più forte. Il cerchio si era chiuso ed ero nella merda. Total Khéops, dicono i musicisti di IAM. Casino totale. Potevo solo sperare che Pérol e Cerutti facessero in fretta. Io dovevo guadagnare tempo. Fino a mezzogiorno.

Il mio superiore si alzò e fece il giro della scrivania per accogliere Eric Brunel. Era impeccabile, con il suo doppio petto di lino blu. E pensare che fuori la temperatura si avvicinava ai 30, 35 gradi. Evidentemente non era un tipo che sudava! Il padrone gli indicò la sedia. Non mi presentò. Probabilmente, avevano parlato del mio caso.

Stavo ancora in piedi e, dato che non mi chiedevano niente, accesi una sigaretta e aspettai. Come aveva già detto al telefono, precisò Brunel, gli era sembrato alquanto anormale che il suo cliente, fermato ieri mattina per una lite, non avesse avuto il diritto – insistette su questa parola – di chiamare il suo avvocato.

«La legge mi autorizza a farlo» risposi.

«La legge non l'autorizza ad accanirsi su di lui. È ciò che sta facendo. Da diversi mesi».

«È uno dei più grossi spacciatori dei quartieri nord».

«Cosa sta dicendo! Non c'è la minima prova contro di lui. L'ha già portato davanti a un giudice. Invano. Non l'ha mandata giù. Lo perseguita per orgoglio. Riguardo alla sedicente lite, ho fatto una piccola inchiesta. Molti testimoni affermano che è il querelante, un drogato omosessuale, che avrebbe aggredito il mio cliente all'uscita del bar».

Capii che stava iniziando un'arringa. Cercai di interromperlo.

«Continui, avvocato» disse il capo, intimandomi il silenzio con un gesto della mano.

Lasciai cadere a terra la cenere della sigaretta.

Ci toccò il racconto della triste infanzia del suo "cliente". Brunel si occupava di Mourrabed da meno di un anno. Ragazzi così meritano una possibilità. Difendeva diversi "clienti" come lui. Arabi, come Mourrabed, e qualche altro con nomi veramente francesi. Era certo che i giurati avrebbero avuto le lacrime agli occhi.

E iniziò l'arringa:

«Il mio cliente lascia la casa paterna a quattordici anni. Non c'era più posto per lui. Va a vivere in strada. Molto presto, impara a cavarsela da solo, a contare solo su se stesso, e a lottare. A lottare duro per sopravvivere. Ecco in quale disperazione è costretto a crescere».

Se continuava così, sarei esploso. L'avrei preso per il collo per fargli ingoiare la sua tessera del Fronte nazionale! Ma le lancette giravano e, con tutte quelle chiacchiere, guadagnavo tempo. Brunel continuava, parlando ora del futuro. Lavoro, famiglia, patria:

«Si chiama Jocelyne. Viene anche lei da una *cité*. La Bricarde. Ma ha una vera famiglia. Suo padre è operaio ai cementifici Lafarge. Sua madre, donna di servizio all'ospedale Nord. Jocelyne è una brava studentessa. Vuole ottenere il diploma di parrucchiera. È la sua fidanzata. Lo ama e lo aiuta. Sarà la madre che non ha conosciuto. La donna che sogna. Insieme, metteranno su casa e costruiranno un angolo di paradiso. Sì, signore!» disse, vedendomi sorridere.

Non avevo potuto farne a meno. Era troppo. Mourrabed in pantofole, davanti alla televisione, con tre marmocchi sulle ginocchia. Mourrabed, impiegato felice!

«Lo sa» disse Brunel, prendendo il mio capo come testimone, «cosa mi ha raccontato, un giorno, quel ragazzo, quel delinquente? "Con mia moglie vorremmo abitare in un palazzo dove, all'ingresso, c'è una targa di marmo con incisa una R dorata. La R di residenza, come ne esistono verso Saint-Tronc, Saint-Marcel e la Gavotte". Ecco il suo sogno».

Passare dai quartieri nord al quartiere Est. Una fantastica ascesa sociale!

«Glielo dico io, cosa sogna Mourrabed» lo interruppi, disgustato. «Sogna furti, soldi, grosse macchine, vestiti e gioielli. Sogna tutto ciò che lei rappresenta. Ma non ha la sua stessa chiacchiera da vendere. Solo droga. Fornita da persone vestite bene come lei».

«Montale!» urlò il capo.

«Che c'è!» urlai anch'io. «Non so dove fosse la sua fidanzatina, l'altra sera. Quello che posso dirvi è che lui si stava scopando una ragazzetta di sedici anni! Dopo aver pestato un tizio che aveva solo i capelli un po' troppo lunghi. E per rincarare la dose ci si sono messi in tre. Nel caso, l'omosessuale, come dice lei, sapesse fare a botte. Non ho niente di personale contro

Mourrabed, ma mi sarebbe piaciuto se si fosse fatto pestare da un frocio!».

E schiacciai la sigaretta a terra.

Brunel era rimasto imperturbabile. Mi osservava, con un accenno di sorriso sulle labbra. Già mi vedeva tra le grinfie dei suoi uomini, pronti a farmi ingoiare la lingua ed esplodere il cervello. Si sistemò il nodo della cravatta, sempre impeccabile, e si alzò con aria sinceramente dispiaciuta.

«Di fronte a tali argomenti, signore...». Si alzò anche il mio capo, scioccato, come Brunel, dalle mie parole. «Esigo che il mio cliente venga rilasciato immediatamente».

«Permette» dissi, alzando il ricevitore del telefono. «Un ultimo controllo».

Erano le dodici e dieci. Pérol rispose.

«Tutto a posto» disse. E mi raccontò velocemente.

Mi voltai verso Brunel.

«Il suo cliente verrà imputato» dissi. «Per colpi e ferite volontarie. Sottrazione di minore. Ricettazione di droga e possesso di armi, di cui una, almeno, è servita per l'omicidio di una ragazza, Leila Laarabi. Stanno interrogando un complice. Raoul Farge. Un magnaccia. Spero che non sia un altro dei suoi clienti, avvocato».

Riuscii a non sorridere.

Chiamai Marie-Lou. Stava prendendo il sole in terrazza. Ebbi la visione del suo corpo. Mi hanno sempre stupito i neri che si abbronzano. Non riuscivo a vedere la differenza. Loro sì, pare. Le annunciai la buona notizia. Farge era nel mio ufficio, e non ne sarebbe uscito facilmente. Poteva prendere un taxi e andare a fare le valigie.

«Sarò lì tra un'ora e mezzo» le dissi.

Avevamo deciso che se ne sarebbe andata quella stessa mattina, dopo aver raccolto, ridendo, le tazze rotte e bevuto un altro caffè in terrazza con Honorine. Avrebbe preso le sue cose e

si sarebbe sistemata, per un periodo, in campagna. Una sorella di Honorine abitava a Saint-Cannat, un paesino a venti chilometri da Aix, sulla strada per Avignone. Con il marito, gestiva una piccola proprietà. Vigneti, ciliegi, albicocchi. Non erano più molto giovani, ed erano pronti ad accogliere Marie-Lou per l'estate. Honorine era felice di potersi rendere utile. Come me, voleva bene a Marie-Lou. Mi aveva strizzato l'occhio:
 «Beh, troverai un po' di tempo per andarla a trovare, no? Non sta in capo al mondo!».
 «Verrai con me, Honorine».
 «Bello mio, ho superato l'età per fare da chaperon!».
 Avevamo riso. Avrei dovuto trovare il modo di dirle che il mio cuore era altrove. Mi chiedevo se Honorine avrebbe amato Lole. Ma, di fronte a lei, ero come di fronte a mia madre. Impossibile parlare di ragazze. L'unica volta che osai, avevo appena compiuto quattordici anni, le avevo detto che amavo Gélou, che era bellissima. Ricevetti una sberla. La prima della mia vita. Probabilmente Honorine avrebbe reagito nello stesso modo. Non si scherzava con le cugine.
 Mettere dentro Farge riduceva il rischio per Marie-Lou. Sicuramente ci doveva essere qualcuno vicino a casa sua a spiarla. Non avrebbe fatto niente, senza prima parlare con Farge, ma preferivo esserci. Farge negava tutto. Salvo l'evidenza. Riconosceva di essere l'affittuario dell'appartamento dove viveva Mourrabed. Ma non sopportava quella *cité*. C'erano solo arabi e negri. Aveva inviato una disdetta all'Ufficio degli H.L.M. Ovviamente, non si sarebbe trovata nessuna traccia di lettera raccomandata. Ma questa scusa gli permetteva di affermare di non conoscere Mourrabed. Uno squatter, ripeteva in continuazione. "Vanno lì per drogarsi! Non sanno fare altro. E violentare le nostre donne". Fui sul punto di mollargli un pugno. Pensando a Leila. Ai due killer. E a Toni.
 «Ripetilo» gli dissi, «e ti faccio ingoiare i coglioni».
 Sul casellario, niente. Farge, candido come la neve. Come

per Toni, era stata fatta pulizia. Avremmo trovato qualcosa, per farigli confessare da dove provenivano le armi. Noi forse no, ma Loubet sì. Ero disposto a lasciargli Farge. Andai a trovarlo, con l'Astra special in tasca. Lo misi al corrente dei ritrovamenti da Mourrabed. Guardò la pistola posata sulla scrivania.

«Il terzo uomo è ancora a spasso. Dunque, se hai tempo...».
«Sei perseverante» disse con un sorrisetto.
«La fortuna».

Era una buona mossa rifilare Farge a Loubet. Ci si toglieva Auch di torno. E fuori dai piedi anche Morvan. Loubet era più rispettato di me. Non gli piaceva che si intromettessero nelle sue inchieste. Avrebbe fatto il suo lavoro.

Non gli parlai di Toni. Guidava il taxi. Questo non faceva di lui né un killer né uno stupratore. Al massimo avrebbe dovuto rispondere dei suoi rapporti con i due killer. Ed essendo morti, Toni poteva raccontare quel che gli pareva. Avendo solo una certezza, ma nessuna prova, preferivo tenermi un vantaggio su tutti.

«Vi piace avere degli arabi nel vostro trofeo, vero?» disse "lo squatter" Mourrabed in un impeto di rabbia.

«Gli arabi non sono un problema. Tu, sì».

Gli dissi che avevo incontrato il suo avvocato e che, per ora, sfortunatamente, non poteva fare niente per lui. Per pura cattiveria, aggiunsi che, se voleva, potevo telefonare alla sua fidanzatina.

«Il tuo avvocato mi ha parlato molto bene di Jocelyne. Credo che per il matrimonio non ci sia più niente da fare!».

Gli si annebbiarono gli occhi. Lacrime che non riuscivano a sgorgare. Era solo disperazione e prostrazione. L'odio era sparito. Ma sarebbe riapparso. Dopo anni di galera. Ancora più violento.

Crollò. A furia di minacce e di false informazioni. E di sberle. Farge lo riforniva di roba e, regolarmente, gli portava le armi. Da sei mesi. Il suo lavoro era quello di consegnarle a persone che avevano veramente le palle. Ma lui, non le toccava. Trovava solo i clienti. E prendeva una piccola commissione. Era Farge che gestiva tutto. Con un altro. Un tizio grande e grosso. Capelli molto corti. Occhi blu, come l'acciaio. Wepler.

«Posso avere dei vestiti decenti?».

Faceva quasi pena. La sua maglietta aveva delle gore di sudore e le mutande erano macchiate di giallo: gocce di piscia. Ma non avevo pietà di lui. Aveva, da tempo, superato il confine. E la sua storia personale non spiegava tutto. Non c'era bisogno di chiamare Jocelyne. Si era appena sposata con un cretino, impiegato alle poste. Era una stronza. Il frocio, era suo fratello.

Da Marie-Lou non c'era nessun comitato d'accoglienza. Il monolocale era esattamente come l'aveva lasciato. Fece in fretta le valigie. Ansiosa di tagliare la corda. Come quando si va in vacanza.

Portai le valigie fino alla sua macchina, una Fiesta bianca, parcheggiata in cima a rue Estelle. Marie-Lou stava chiudendo un'ultima borsa di oggetti a cui teneva. Non era una vacanza, ma una vera partenza. Risalii la strada. Una moto, una Yamaha 1100, si posteggiò davanti al ponte che scavalca cours Lieutaud. Marie-Lou abitava dopo il ponte. Un palazzo a ridosso delle scale che salgono fino a Cours Lieutaud. Erano due. Il passeggero scese. Biondo, alto, muscoloso. Aveva bicipiti tali da strappare le maniche della maglietta. Mister Muscolo. Lo seguii.

Marie-Lou uscì. Mister Muscolo andò dritto verso di lei. La prese per il braccio. Cercò di divincolarsi, poi mi vide.

«Problemi?».

Mister Muscolo si voltò. Pronto ad allungarmi un pugno. Indietreggiò. Fisicamente, non dovevo certamente impressionarlo. No, era qualcos'altro. E capii. Era il mio amico pugile.

«Ti ho fatto una domanda!».

«Chi sei?».

«È vero, l'altra notte non ci siamo presentati».

Aprii la giacca. Vide la fondina e la pistola. Prima di lasciare l'ufficio, l'avevo presa, controllata e caricata. Sotto lo sguardo preoccupato di Pérol.

«Dobbiamo parlare, io e te».

«Più tardi».

«Stasera».

«Te lo prometto. Ora ho un appuntamento urgente. Con una ragazza di Farge. È lei, la dritta».

Non commentò. Ai suoi occhi, ero ormai di sicuro uno sbirro fuori categoria. E pazzo, sicuramente. Era indispensabile che io e lui parlassimo. Con Mourrabed eravamo finiti nel cassonetto dell'immondizia.

«Posa le mani al muro e allarga le gambe» gli dissi.

Sentii la moto avviarsi. Mi avvicinai a Mister Muscolo e gli tolsi il portafoglio che usciva dalla tasca posteriore dei jeans. Non riuscivo a credere che mi aveva messo k.o a causa di Marie-Lou.

«Il tuo amico Farge è al gabbio. Per cosa sei venuto, l'altra sera?».

Non mi credeva veramente. E non gli facevo paura. Non sarei riuscito a portarlo via, così da solo. Anche con una pistola. Aspettava l'occasione giusta. Gli posai la canna della pistola sulla nuca. Con gli occhi, sorvegliavo i rari passanti. Nessuno si fermava. Un'occhiata e scappavano via.

«Cosa devo fare?» chiese Marie-Lou alle mie spalle.

«Vai in macchina».

Passò un secolo. Poi, finalmente, successe ciò che speravo. Si sentì una sirena di polizia a cours Lieutaud. Si avvicinò. Esistevano ancora bravi cittadini. Arrivarono tre poliziotti. Mostrai il distintivo. Ero lontano da casa mia, ma al diavolo le buone maniere.

«Dava fastidio a una ragazza. Portatelo via per oltraggio a pubblico ufficiale. Consegnatelo all'ispettore Pérol. Saprà cosa farne. Con te, ci rivediamo dopo».

Marie-Lou aspettava appoggiata al cofano della Fiesta. Fumando. Alcuni uomini si voltarono a guardarla. Ma sembrava non vedere nessuno. Né sentire gli sguardi su di lei. Aveva la stessa espressione che avevo notato quella mattina, dopo l'amore. Uno sguardo lontano. Era già altrove.

Si strinse a me. Tuffai il viso tra i suoi capelli. Respirai il suo odore per l'ultima volta. Odore di cannella. Sentii il suo seno caldo contro il mio petto. Lasciò scivolare le dita sulla mia schiena. Mi scostai, leggermente. Le misi un dito sulle labbra prima che potesse dire qualcosa. Un arrivederci. Un a presto. O qualsiasi altra cosa. Non mi piacevano le partenze. E neppure i ritorni. Desideravo solo che le cose succedessero, così come dovevano succedere.

La baciai sulle guance. Piano, con calma. Poi imboccai rue Estelle, verso un altro appuntamento. Batisti mi aspettava alle cinque.

Capitolo dodicesimo
*Nel quale si sfiora la parte più infima
della schifezza del mondo*

Saltammo sul traghetto, proprio mentre stava lasciando la banchina. Spinsi Batisti con forza, senza mollarlo. Lo slancio lo fece finire al centro della cabina. Credetti che avrebbe perso l'equilibrio e sarebbe caduto, ma riuscì a tenersi alla panchina. Si voltò, guardandomi, poi si sedette. Sollevò il berretto e si asciugò la fronte.

«Gli italiani!» dissi. E andai a pagare.

Li avevo notati mentre Batisti mi stava raggiungendo davanti all'imbarco del traghetto, in place aux Huiles. Lo seguivano a distanza di pochi metri. Pantaloni bianchi, camicie a fiori, occhiali da sole, borsa a tracolla. Come aveva detto Djamel, giocavano a fare i turisti. Li riconobbi immediatamente. Avevano pranzato dietro di noi, qualche giorno prima, al Bar de la Marine. Erano andati via quando Batisti mi aveva lasciato. Batisti li aveva alle costole. Se mi avevano seguito al Panier era perché mi avevano visto con lui. Era possibile. Sembrava logico.

Gli italiani non seguivano me. Nessuno mi seguiva. Me ne ero assicurato prima di andare a raggiungere Batisti. Lasciando Marie-Lou, avevo percorso rue Estelle, poi rue Saint-Ferréol, la grande strada pedonale di Marsiglia. Tutti i grandi magazzini sono concentrati qui. Nouvelles-Galeries, Mark & Spencer, La Redoute, Virgin. Avevano spodestato i bei cinema degli anni Sessanta, il Rialto, il Rex, il Pathé Palace. Non c'era più neppure un bar. Alle sette, le strade diventavano vuote e tristi come alla Canebière.

Mi ero immerso nel flusso dei passanti. Piccoli borghesi,

funzionari, imprenditori, disoccupati, giovani, vecchi... Dalle cinque, tutta Marsiglia cammina su questa strada. Passeggiano vicini, senza aggressività. Marsiglia è lì nella sua verità. Solo alle estremità della strada ricompaiono le divisioni. La Canebière, implicita frontiera tra Nord e Sud della città. E place Félix-Baret, a due passi dalla Prefettura, dove staziona sempre un furgone di C.R.S. L'avamposto dei quartieri borghesi. Dietro, i bar, tra cui il Bar Pierre, il più alla moda del centro, sono da un secolo il luogo di appuntamento della gioventù dorata.

Sotto lo sguardo dei C.R.S. l'impressione, sempre, di una città in stato di guerra. Superati quei limiti, sguardi nemici, paura o odio a seconda se ti chiami Paul o Ahmed. Qui, avere la faccia "sbagliata" porta al delitto come una legge naturale.

Avevo camminato senza meta, e senza guardare le vetrine. Rimettevo ordine nei miei pensieri. Dalla morte di Manu a quella di Ugo, il filo degli eventi si sbrogliava. Ma pur non capendoci niente, riuscivo a dare loro un ordine. Per ora, mi bastava. Le adolescenti che incrociavo mi sembravano più belle di prima. Sul loro viso si leggeva l'incrocio delle migrazioni. La loro storia. Camminavano sicure e fiere della loro bellezza. Avevano adottato lo stesso modo di camminare delle marsigliesi, languido, e lo sguardo, quasi sfrontato, se i tuoi occhi non si soffermavano su di loro. Non so più chi avesse detto che erano delle mutanti, e mi sembrava esatto. Invidiavo i ragazzi di oggi.

A rue Vacon, invece di proseguire sul quai Rive-Neuve, fino all'imbarco del traghetto, presi a sinistra. Per scendere nel parcheggio sotterraneo di cours Estienne d'Orves. Avevo acceso una sigaretta e avevo aspettato. La prima persona che apparve fu una donna sulla trentina. Tailleur salmone, di lino. Rotondetta. Molto truccata. Vedendomi, indietreggiò. Si strinse la borsa al petto e si allontanò svelta a cercare la macchina. Finita la sigaretta, ero risalito.

Seduto sulla panchina, Batisti si asciugava la fronte con un grande fazzoletto bianco. Aveva l'aria di un bravo pensionato della marina. Di un buon vecchio marsigliese. La camicia bianca, sempre fuori dai pantaloni blu, le scarpe di corda, e il berretto da marinaio calato in testa. Batisti guardava allontanarsi la banchina. I due italiani esitavano. Anche trovando un taxi, e sarebbe stato un miracolo, sarebbero arrivati dall'altro lato del porto troppo tardi. Ci avevano persi. Per ora.

Mi appoggiai a una finestra. Senza occuparmi di Batisti. Volevo che cuocesse nel suo brodo. Per il tempo della traversata. Mi piaceva quella traversata. Guardare il passaggio tra i due forti, Saint-Nicolas e Saint-Jean, che sorvegliano l'ingresso di Marsiglia. Verso il largo, e non verso la Canebière. Per scelta. Marsiglia, porta d'Oriente. Altro luogo. Avventura, sogno. I Marsigliesi non amano i viaggi. Tutti li credono marinai, avventurieri, con padri e nonni che hanno fatto il giro del mondo, almeno una volta. Al massimo, sono stati fino a Niolon, o a Cap Croisette. Nelle famiglie borghesi, il mare era proibito ai bambini. Il porto permetteva gli affari, ma il mare era sporco. Da lì veniva il vizio. E la peste. Appena arrivava la bella stagione ci si spostava a vivere all'interno. Aix e la sua campagna, i *mas* e le *bastides*[1]. Il mare veniva lasciato ai poveri.

Il porto fu il terreno di gioco della nostra infanzia. Avevamo imparato a nuotare tra i due forti. Prima o poi bisognava fare l'andata e ritorno. Per essere uomini. Per far colpo sulle ragazze. La prima volta, Manu e Ugo dovettero venire a ripescarmi. Stavo annegando, senza più fiato.

«Hai avuto paura».

«No. Sono rimasto senza fiato».

Il fiato l'avevo. Ma anche molta paura.

Manu e Ugo non c'erano più per venire ad aiutarmi. Erano annegati e non li avevo potuti soccorrere. Ugo non aveva cercato di vedermi. Lole era fuggita. Ero solo e stavo per affondare nella merda. Solo per essere in regola con loro. Con la nostra

---

[1] Case di campagna tipiche del Sud della Francia.

sbalestrata gioventù. L'amicizia non tollera debiti. In fondo alla traversata ci sarei stato solo io. Se fossi riuscito ad arrivarci. Avevo ancora alcune illusioni sul mondo. Anche qualche vecchio e tenace sogno. Ora, credo che saprei vivere.

Ci avvicinavamo alla banchina. Batisti si alzò e si diresse verso l'altro lato del traghetto. Era pensoso. Mi lanciò uno sguardo. Non ci lessi niente. Né paura, né odio, né rassegnazione. Una fredda indifferenza. Place de la Mairie, nessuna traccia degli italiani. Batisti mi seguì senza parlare. Attraversammo davanti al Municipio e salimmo per rue de la Guirlande.

«Dove andiamo?» disse, finalmente.

«In un posto tranquillo».

Rue Caisserie, prendemmo a sinistra. Ci trovammo di fronte a Chez Félix. Italiani a parte, era lì che lo volevo portare. Lo presi con forza per il braccio e gli mostrai il marciapiede. «Qui, hanno ucciso Manu. Scommetto che non c'eri venuto».

Lo feci entrare nel bar. Quattro vecchi giocavano alla *belote*, bevendo acqua e sciroppo di menta. Faceva molto più fresco, all'interno. Non c'ero più tornato dopo la morte di Manu. Ma Félix non fece nessun commento. Dalla stretta di mano capii che era felice di rivedermi.

«Lo sai, Céleste fa ancora l'aïoli».

«Verrò» risposi.

Solo Honorine poteva competere con Céleste nel cucinare l'aïoli. Il baccalà viene dissalato al punto giusto. E già questo è raro. Di solito, rimane troppo a lungo in due soli cambi d'acqua. Mentre è preferibile cambiarla più spesso. Una volta per otto ore, poi, tre volte per due ore. Viene poi immerso nell'acqua bollente con finocchio e grani di pepe. Céleste aveva anche un olio di oliva particolare per montare l'aïoli. Del mulino Rossi, a Mouriès. Per cucinare o condire le insalate ne usava altri. Oli di Jacques Barles d'Eguilles, di Henri Bellon di Fontvieille, di Margier-Aubert di Auriol. Le insalate avevano sempre un sapore diverso.

Da Félix, Manu aveva giocato con me a nascondino. Evitava di incontrarmici da quando gli avevo dato del buono a nulla. D'altra parte si era subito dato da fare per uscire da quella storia. Quindici giorni prima che lo uccidessero, venne a sedersi di fronte a me. Un venerdì, giorno di aïoli. Facemmo qualche giro di pastis, poi passammo al rosé Saint-Cannat. Due bottiglie. Ci si incontrava sulle vecchie strade. Senza astio, solo rancore.

«Al punto in cui siamo, nessuno dei tre tornerà indietro».

«Per farlo, dobbiamo riconoscere ognuno le proprie cazzate».

«Che palle, Fabio! È troppo tardi. Abbiamo aspettato troppo. Ci siamo dentro fino al collo».

«Parla per te!». Mi guardò. Non c'era cattiveria nei suoi occhi. Solo ironia e stanchezza. Non riuscii a sostenere il suo sguardo. Perché diceva la verità. Ciò che ero diventato non era di certo meglio. «Ok» dissi. «Ci siamo dentro fino al collo».

Brindammo, finendo l'ultima bottiglia.

«Ho fatto una promessa. A Lole. Tanto tempo fa. Non ci sono riuscito. Ricoprirla di soldi e portarla via di qui. A Siviglia, o in qualche altro posto, da quelle parti. Lo farò. Sto per fare un bel colpo. Per una volta».

«I soldi non sono tutto. Lole, è amore...».

«Lascia perdere! Ha aspettato Ugo. Io ho aspettato lei. Il tempo ha confuso le carte. O dato ragione a...». Alzò le spalle. «Non lo so. Lole e io, sono dieci anni che trasciniamo un amore senza passione. Amava Ugo. E te».

«Me?».

«Se non ti fossi tirato indietro come un coniglio, sarebbe venuta da te. Un giorno o l'altro. Con o senza Ugo. Sei il più solido. E hai cuore».

«Oggi, forse».

«Lo hai sempre avuto. Tra noi, sei quello che ha sofferto di più. Per questo motivo, perché hai cuore. Se mi succede qualcosa, prenditi cura di lei». Si alzò. «Noi due, non ci rivedremo, credo. Abbiamo raschiato il fondo. E non abbiamo più niente da dirci».

Se n'era andato alla svelta. Lasciandomi il conto.

Presi una birra alla spina, Batisti un'orzata.

«Ho saputo che ti piacciono le puttane. Non sono molto apprezzati, gli sbirri che vanno a puttane. Te l'hanno fatto sapere. Punto».

«Sei solo uno stronzo, Batisti. Ho beccato il picchiatore, circa un'ora fa. Quello che l'ha mandato, Farge, è nel mio ufficio da stamattina. E, credimi, non stanno parlando di puttane. Ma di droga. E di detenzione di armi. In un appartamento affittato alla *cité* Bassens».

«Ah!» disse, laconico.

Già lo sapeva. Di Farge. Di Mourrabed e del mio incontro con Toni. Aspettava che parlassi ancora. Di nuovo, era lì per quello. Per avere informazioni. Lo sapevo. E sapevo anche dove lo volevo portare. Ma non volevo scoprire tutte le carte. Non subito.

«Perché ti seguono, gli italiani?».

«Non lo so».

«Senti, Batisti, non perdiamo tempo, veniamo al sodo. Non mi sei troppo simpatico. Se parli, guadagno tempo».

«Quel che guadagni è di farti ammazzare».

«Ci penserò dopo».

Manu era al centro di tutto quel merdaio. Dopo la sua morte, avevo interrogato alcuni informatori. Fatto domande qui e là, in diverse squadre. Niente. Ero stupito: nessuno aveva avuto il minimo sentore dell'ordine di uccidere Manu. Ne avevo dedotto che si era fatto ammazzare da un piccolo delinquente. O da un vecchio truffatore. Qualcosa del genere. Uno stupido caso. Mi ero accontentato di questo. Fino a oggi, a mezzogiorno.

«Il lavoro da Brunel, l'avvocato, Manu l'aveva fatto. E bene. Come lo sapeva fare lui, suppongo. Anche meglio, poiché non rischiava di farsi incastrare. Quella sera, avevate mangiato tutti insieme. A Les Restanques. Manu non ha avuto il tempo di farsi pagare. Due giorni dopo era morto».

Battendo a macchina il rapporto, avevo messo insieme i pezzi della storia. I fatti. Ma non sempre il loro nesso. Avevo interrogato Lole sul famoso colpo di cui Manu mi aveva parlato. Si confidava poco. Ma, per una volta, era andato tutto bene, le aveva detto. Un buon affare. Finalmente avrebbe messo le mani su grosse cifre. Avevano fatto un giro di champagne, quella sera. Per festeggiare. Il lavoro, un gioco da ragazzi. Aprire la cassaforte di un avvocato a boulevard Longchamp e prendere tutti i documenti. L'avvocato era Eric Brunel. L'uomo di fiducia di Zucca. Era stata Babette a darmi la notizia, quando l'avevo chiamata dopo aver concluso il rapporto. Eravamo rimasti d'accordo che ci saremmo risentiti prima del mio appuntamento con Batisti. Brunel voleva fregare Zucca, e il vecchio doveva essersene accorto. Aveva mandato Manu a fare pulizia. O qualcosa del genere. Zucca e i fratelli Poli, non erano dello stesso pianeta. Né della stessa famiglia. C'erano troppi soldi in gioco. Zucca non poteva permettersi di farsi fregare.

A Napoli, secondo un corrispondente romano di Babette, la morte di Zucca non era stata apprezzata. Si sarebbero comunque ripresi. Come sempre. Ma metteva un freno a grossi affari in corso. Zucca stava trattando con due grosse imprese francesi, almeno così sembrava. Il riciclaggio dei soldi della droga contribuiva al necessario rilancio economico. Padroni e politici ne erano convinti.

Spiattellavo le informazioni a Batisti, sperando di provocare una qualche reazione. Un silenzio, un sorriso, una parola. Tutto sarebbe servito per capire meglio. Ancora non riuscivo a mettere a fuoco il ruolo di Batisti. Né dove situarlo. Babette credeva che fosse più legato a Zucca che ai fratelli Poli. Ma c'era Simone. Unico dato certo: aveva messo Ugo sulle tracce di Zucca. Non mollavo quel filo. Il filo conduttore. Da Ugo a Manu.

E, in mezzo, Leila, alle prese con l'ignobile. Ancora non riuscivo a pensare a lei senza rivedere il suo corpo ricoperto di formiche. Avevano divorato anche il suo sorriso.

«Sei ben informato» disse Batisti, senza batter ciglio.

«Non ho altro da fare. Come sai, sono un piccolo poliziotto. I tuoi amici, o non so chi, possono togliermi di mezzo senza problemi. E io ho voglia solo di andare a pesca. Tranquillo. Senza rotture di palle. Ho molta fretta di tornarci, a pescare».

«Vacci. Nessuno verrà a cercarti. Anche se scopi le puttane. È ciò che ti ho detto l'altro giorno».

«Troppo tardi. Ho gli incubi. Capisci? Al solo pensiero che i miei vecchi amici si sono fatti ammazzare. Certo, non erano santi...» ripresi fiato e fissai Batisti negli occhi, «ma la ragazzina che hanno violentato nella sala posteriore del ristorante Les Restanques, non aveva niente a che fare con tutta questa storia. Mi dirai, era solo un'araba. Per te e i tuoi non conta. Come i negri, non hanno anima quegli animali. Vero, Batisti?».

Avevo alzato la voce. Al tavolo dietro di noi, le carte rimasero sospese in aria, per una frazione di secondo. Félix alzò gli occhi dal fumetto che stava leggendo. Un vecchio *Pieds Nickelés* ingiallito. Li collezionava. Ordinai un'altra mezza birra.

«*Belote*» disse un vecchietto.

E la vita riprese il suo corso.

Batisti aveva accusato il colpo senza far trasparire nulla. Aveva anni di imbrogli e intrallazzi alle spalle. Volle alzarsi. Gli posai la mano sul braccio. Con fermezza. Gli bastava fare una telefonata e Fabio Montale avrebbe finito la sua serata steso sull'asfalto. Come Manu. Come Ugo. Ma ero troppo arrabbiato per farmi sparare come un piccione. Avevo scoperto quasi tutte le mie carte, ma, in mano, avevo ancora un ramino.

«Non avere così fretta, non ho finito».

Alzò le spalle. Félix posò la birra davanti a me. Il suo sguardo si spostò da Batisti a me. Non era cattivo, Félix. Ma se gli avessi detto: "Manu è stato ucciso a causa di questo stronzo", vecchio o giovane, lo avrebbe conciato per le feste. Ma, purtroppo, Batisti non lo sistemavi con le sberle.

«Ti ascolto» disse con tono asciutto. Stavo iniziando a innervosirlo ed era proprio ciò che volevo. Farlo uscire dai gangheri.

«Non devi temere i due italiani, credo. Sono lì per proteggerti. I napoletani stanno cercando un successore di Zucca. E penso che ti abbiano contattato. Sei, come sempre, nell'agenda dei mafiosi. Rubrica consigli. Forse, vogliono designare proprio te». Tenevo d'occhio le sue reazioni. «O Brunel. O Emile Poli. O tua figlia».

Ebbe come un tic, all'angolo della bocca. Due volte. Mi stavo avvicinando alla verità.

«Sei completamente matto a pensare stronzate del genere!».

«Dài, lo sai bene! Matto no. Scemo sì. Non capisco proprio niente: i motivi per cui hai fatto uccidere Zucca da Ugo, come hai organizzato il colpo e perché, proprio allora, Ugo fosse tornato a Marsiglia. Né perché il tuo amico Morvan lo aspettasse, una volta finito il lavoro. Né in quale losco affare sei coinvolto. Niente. E neppure perché Manu è morto e chi l'ha ucciso. Non posso fare niente contro di te. Né contro gli altri. Rimane Simone. Lei, riuscirò ad affondarla».

Ero sicuro di aver fatto centro. I suoi occhi diventarono grigio elettrico. Si strinse le mani tanto da far scricchiolare le giunture.

«Non la toccare! Ho solo lei!».

«Anche io, ho solo lei. Da mettermi sotto i denti. Loubet segue il caso della ragazzina. Ho tutto in mano, Batisti. Toni, l'arma, il luogo. Se racconto tutto a Loubet, nel giro di un'ora arresta Simone. Lo stupro è stato fatto a casa sua. Les Restanques è suo, no?».

Era stata l'ultima informazione fornitami da Babette. Ovviamente, non ero sicuro su niente di quel che stavo dicendo, ma non aveva importanza. Batisti non lo sapeva. Lo stavo portando dove non si aspettava di arrivare. Allo scoperto.

«Ha fatto un errore a sposare Emile. Ma i figli non ascoltano. Non ho mai sopportato i fratelli Poli».

L'impressione di freschezza era svanita. Avevo voglia di andarmene, di essere sulla mia barca, al largo. Il mare e il silenzio. L'umanità intera mi usciva dagli occhi. Tutte quelle storie non erano altro che la parte più infima della schifezza del mondo. Su grande scala: guerre, massacri, genocidi, fanatismo, dittature. C'era da credere che, venendo al mondo, il primo uomo si era sentito talmente fregato che nutriva solo odio. Se Dio esiste, siamo dei figli di puttana.

«È con lei che ti tengono in pugno?».

«Zucca, per anni, ha fatto il contabile. Gli piacevano più i numeri delle armi. È scampato alla guerra tra clan, ai regolamenti di conti. Anzi, ha tenuto il punteggio. La mafia cercava un informatore a Marsiglia, e hanno scelto lui. Ha gestito bene la cosa. Come un imprenditore. Proprio questo era diventato negli ultimi anni. Un uomo d'affari. Se sapessi…».

«Non voglio sapere. Non mi interessa. Mi farebbe vomitare».

«Vedi, era meglio lavorare con lui che con i fratelli Poli. Loro, sono solo artigiani. Non hanno stile. Zucca, un giorno o l'altro, li avrebbe eliminati. Stavano diventando troppo inquieti. Soprattutto da quando sono sotto l'influenza di Morvan e Wepler. Pensano di ripulire Marsiglia. Sognano di appiccare il fuoco alla città. Un grande casino, che parta dai quartieri nord. Orde di giovani che si danno al saccheggio. È Wepler a occuparsi di questo, con l'aiuto degli spacciatori. Hanno il compito di aumentare la tensione tra i giovani. Ora, sono caldi. Da un lato, la violenza. Dall'altro, la paura e il razzismo. Sperano così di far arrivare in Comune i loro amici fascisti. E di stare tranquilli. Come ai tempi di Sabiani, l'onnipotente vice sindaco, amico di Carbone e Spirito, i due grandi capi della teppa marsigliese d'anteguerra. Potranno muoversi indisturbati e ottenere una posizione di forza rispetto agli italiani. Già s'immaginano di recuperare il denaro di Zucca».

Avevo ascoltato abbastanza da esserne nauseato per secoli. Fortunatamente sarei morto prima! Cosa avrei potuto farne di tutto questo? Niente. Non pensavo di poter portare Batisti davanti a Loubet e fargli raccontare tutto. Non avevo nessuna prova contro di loro. Solo un'imputazione contro Mourrabed. L'ultimo della lista. Un arabo. La vittima designata. Come sempre. Babette non avrebbe neanche potuto scrivere un articolo. La sua etica era severa. Fatti, solo fatti. Così era riuscita a imporsi nella stampa.

Non mi vedevo neppure nel ruolo di giustiziere. Non mi vedevo più in nessun ruolo, neanche in quello di poliziotto. Non vedevo più niente. Ero frastornato. L'odio, la violenza. I malavitosi, gli sbirri, i politici. E la miseria come sfondo. La disoccupazione, il razzismo. Eravamo tutti come insetti intrappolati nella ragnatela. Ci si dimenava, ma il ragno avrebbe finito per divorarci.

Dovevo saperne di più.

«E Manu in tutto ciò?».

«Non ha mai scassinato la cassaforte di Brunel. Ha negoziato con lui. Contro Zucca. Voleva più soldi. Molti di più. Era fuori di testa, credo. Zucca non glielo ha perdonato. Quando Ugo mi ha chiamato da Parigi, ho capito che avevo in mano la rivincita».

Aveva parlato svelto. Per vuotare il sacco. Ma troppo svelto.

«Quale rivincita, Batisti?».

«Come?».

«Hai parlato di rivincita».

Alzò gli occhi su di me. Per la prima volta, era sincero. Gli si velò lo sguardo. E si perse lì dove io non esistevo più.

«Lo sai che volevo bene a Manu» balbettò.

«Ma non a Zucca, vero?».

Non rispose. Non ne avrei cavato più nulla. Avevo toccato un punto sensibile. Mi alzai.

«Stai ancora cercando di fregarmi, Batisti». Teneva la testa bassa. Mi chinai verso di lui. «Continuerò. Cercherò. Fino a sapere. Tutto. Non ve la caverete. Neppure Simone».

Mi faceva un gran bene poter minacciare a mia volta. Non mi aveva dato scelta. Finalmente, mi guardò. Con un sorriso cattivo sulle labbra.

«Sei pazzo» disse.

«Se mi vuoi far ammazzare, muoviti. Per me, sei un uomo morto, Batisti. E quest'idea mi piace. Perché sei una merda».

Lasciai Batisti davanti alla sua orzata.

Fuori, il sole mi inondò il viso. L'impressione di tornare alla vita. La vera vita. Dove la felicità è un insieme di piccoli fatti insignificanti. Un raggio di sole, un sorriso, la biancheria stesa a una finestra, un bambino che gioca a calcio con una scatola di conserva, un'aria di Vincent Scotto, un leggero colpo di vento sotto la gonna di una donna...

CAPITOLO TREDICESIMO
*Nel quale esistono cose
che non si può lasciar correre*

Restai immobile per qualche secondo, davanti a chez Félix. Con gli occhi accecati dal sole. Mi avrebbero potuto uccidere, lì sul posto, e avrei perdonato tutto a tutti. Ma nessuno mi stava aspettando all'angolo della strada. L'appuntamento era altrove, non l'avevo fissato, ma ci stavo andando.

Risalii rue Caisserie e tagliai per place de Lenche. Passando davanti al bar Le Montmartre, non potei trattenere un sorriso. Ogni volta sorridevo. Era talmente fuori luogo, qui, Le Montmartre. Imboccai rue Sainte-Françoise ed entrai al Treize-Coins, da Ange. Gli indicai la bottiglia di cognac. Bevetti d'un sol colpo. Era rimasto fermo di fronte a me con la bottiglia in mano. Gli feci cenno di versarmene un altro che vuotai anche quello in un attimo.

«Come va?» chiese, un po' preoccupato.

«A meraviglia! Mai stato così bene!».

E gli tesi il bicchiere. Lo ripresi e andai a sedermi sulla terrazza, vicino a un tavolo di arabi.

«Ma siamo francesi, idiota. Siamo nati qui. Io, l'Algeria, neppure la conosco».

«Francese, tu? Siamo i meno francesi di tutti i francesi. Ecco cosa siamo».

«Se i francesi non ti vogliono, che fai? Aspetti che ti sparino? Io me ne vado».

«Ah, sì? E dove vai, idiota, eh? Smettila di vaneggiare».

«Io, me ne frego. Sono marsigliese. Voglio rimanere qui. Punto. E se mi cercano mi troveranno».

Erano di Marsiglia. Più marsigliesi che arabi. Con la stessa convinzione dei nostri genitori. Come lo eravamo noi, Ugo, Manu e io a quindici anni. Un giorno, Ugo aveva chiesto: "A casa mia e da Fabio, si parla napoletano. Da te, si parla spagnolo. A scuola, impariamo il francese. Ma, in fondo, cosa siamo?".

"Arabi" aveva risposto Manu.

Eravamo scoppiati a ridere. Ed eccoli lì. A rivivere la nostra miseria. Nelle case dei nostri genitori. A scambiare il poco che avevano per il paradiso e a pregare che durasse. Mio padre mi aveva detto: "Non dimenticarlo. Quando arrivammo qui, con i miei fratelli, non sapevamo se, a pranzo, avremmo avuto da mangiare, e poi si mangiava comunque". Questa era la storia di Marsiglia. La sua eternità. Un'utopia. L'unica utopia del mondo. Un luogo dove chiunque, di qualsiasi colore, poteva scendere da una barca o da un treno, con la valigia in mano, senza un soldo in tasca, e mescolarsi al flusso degli altri. Una città dove, appena posato il piede a terra, quella persona poteva dire: "Ci sono. È casa mia".

Marsiglia appartiene a chi ci vive.

Ange, con un pastis in mano, venne a sedersi al mio tavolo.

«Non ti preoccupare» dissi, «si sistemerà tutto. C'è sempre una soluzione».

«Pérol ti sta cercando da due ore».

«Dove sei? Accidenti a te!» urlò Pérol.

«Da Ange. Vieni. In macchina».

Riattaccai. Ingoiai velocemente il terzo cognac. Mi sentivo molto meglio.

Aspettai Pérol in rue de l'Evêché, sotto le scale del passage Sainte-Françoise. Doveva passare per forza di lì. Il tempo di fumarmi una sigaretta e sarebbe arrivato.

«Dove andiamo?».

«Ad ascoltare Ferré, ti va?».

Da Hassan, al Bar des Maraîchers à la Plaine, niente raï, né reggae, né rock. Canzoni francesi, e quasi sempre Brel, Brassens e Ferré. L'arabo si divertiva a prendere i clienti in contropiede. «Salve stranieri» disse, vedendoci entrare.

Qui, eravamo tutti l'amico straniero. Qualsiasi fosse il colore della pelle, dei capelli o degli occhi. Hassan si era fatto una bella clientela di giovani, liceali e studenti. Quelli che saltano i corsi, soprattutto i più importanti. Parlavano del futuro del mondo davanti a una birra, poi, dopo le sette di sera, decidevano di ricostruirlo. Non serviva a niente, ma era bello farlo. Ferré cantava:

> Non siamo santi.
> Per la beatitudine abbiamo solo un Cinzano.
> Poveri orfani,
> preghiamo per abitudine il nostro Pernod.

Non sapevo cosa bere. Avevo saltato l'ora del pastis. Dopo un'occhiata alle bottiglie, decisi per un Glenmorangie. Pérol prese una birra.

«Sei mai venuto qui?». Scosse la testa. Mi guardava come se fossi malato. Dovevo essere un caso grave. «Dovresti uscire più spesso. Vedi, Pérol, ogni tanto, la sera, dovremmo farci dei giri insieme. Per non perdere di vista la realtà. Capisci? La si perde di vista facilmente, e badabum, non si sa più dove si è lasciata l'anima. Nel reparto amici. Nel reparto donne. Lato cortile, lato cucina. Nella scatola delle scarpe. Il tempo di girarsi, e ti sei perso nel cassetto in basso, quello degli attrezzi».

«Smettila!» disse senza gridare, ma con fermezza.

«Vedi» continuai, indifferente alla sua rabbia, «non sarebbe male mangiare delle orate. Alla griglia, con timo, alloro e un goccio di olio di oliva. A tua moglie piacerebbe?».

Avevo voglia di parlare di cucina. Di elencare tutti i piatti che sapevo cucinare. Di preparare cannelloni ripieni di prosciutto e spinaci. O un'insalata di tonno con patate novelle. Sardine marinate. Avevo fame.

«Non hai fame?». Pérol non rispose. «Pérol, ora te lo dico, non mi ricordo neanche più il tuo nome».

«Gérard» disse sorridendo, finalmente.

«Bene, Gégé. Ora ci beviamo un altro bicchiere, e poi andiamo a mangiare qualcosa. Che ne dici?».

Invece di rispondere mi spiegò il casino successo in commissariato. Auch era venuto a reclamare Mourrabed, per via delle armi. Brenier lo voleva per la droga. Loubet si rifiutava di lasciarlo andare, perché, merda, stava indagando su un omicidio. Auch se l'era presa con Farge. Dato che faceva lo stronzo, troppo sicuro delle sue protezioni, si era beccato un bel po' di sberle. Auch gridava che se non gli avesse detto come le armi erano arrivate fino lì, nella sua cantina, gli avrebbe fatto saltare le cervella.

In corridoio, l'altro, Mister Muscolo, che avevo spedito da Pérol, vedendo Farge, urlò che era stato lui a mandarlo a spaccare la faccia alla puttana. Appena la parola "puttana" arrivò al piano di sotto, Gravis si immobilizzò. I protettori erano affar suo. E Farge, lo conosceva come le sue tasche.

«Ho scelto quel momento per stupirmi che Farge non fosse schedato».

«Bel colpo».

«Gravis urlava che, lì in commissariato, c'erano un sacco di rotti in culo. Auch gridando ancora più forte, diceva che Farge l'avrebbero schedato subito. Ha affidato Farge a Morvan per una visita guidata nel sottosuolo...».

«E...» chiesi, sapendo già la risposta.

«Il cuore non gli ha retto. Crisi cardiaca, tre quarti d'ora dopo».

Quanto tempo mi rimaneva da vivere? Mi chiesi quale piatto avrei voluto mangiare prima di morire. Forse, una zuppa di pesce. Con una buona bottiglia di vino e carne di riccio di mare con un po' di zafferano. Ma non avevo fame. Ed ero spompato.

«E Mourrabed?».

«Abbiamo riletto le sue confessioni. Le ha firmate. Poi, l'ho consegnato a Loubet. Bene, ora tocca a te raccontarmi la tua storia e in cosa ti sei cacciato. Non ho voglia di morire fesso».

«È lunga. Dunque, lasciami andare a pisciare».

Ordinai un altro Glenmorrangie. Quella roba andava giù meglio di un bicchiere di latte. In bagno qualcuno aveva scritto: "Sorridete, c'è chi vi sta filmando". Feci il mio sorriso n°5. Fabio, va tutto bene. Sei il più bello. Sei il più forte. Poi, misi la testa sotto il rubinetto.

Quando tornammo al commissariato, Pérol sapeva tutta la storia. Nei minimi dettagli. Aveva ascoltato senza interrompermi. Raccontargli tutto mi aveva fatto bene. Le idee non erano più chiare, ma avevo l'impressione di sapere dove andare.

«Credi che Manu abbia voluto fregare Zucca?».

Era plausibile. Tenuto conto di ciò che mi aveva detto. Il suo scopo non era vantarsi di aver fatto il colpo grosso. Ma prendersi i soldi in palio. Più ci pensavo più i conti non mi tornavano. Pérol metteva il dito proprio dove l'ingranaggio non funzionava. Non riuscivo a immaginare Manu che fregava Zucca. Gli succedeva di fare cose folli, ma sapeva annusare il pericolo. Come un animale. E poi, era stato Batisti a coinvolgerlo nel colpo. Il padre che si era scelto. L'unica persona a cui dava, più o meno, fiducia. Non poteva fargli questo.

«No, non credo, Gérard».

Ma non capivo chi avrebbe potuto ucciderlo.

Mi mancava un'altra risposta: come aveva fatto Leila a conoscere Toni?

Volevo andarglielo a chiedere. Era solo un dettaglio, ma mi stava a cuore. Mi pizzicava, come la gelosia. Leila innamorata. Mi ero abituato a quest'idea. Ma non facilmente. Ammettere che una donna che si desidera va a letto con un altro. Anche se ero stato io a deciderlo, non era così semplice da accettare. Con Leila, forse, sarei potuto ripartire da zero. Reinventare. Ricostruire. Libero dal passato e dai ricordi. Illusione. Leila era il presente, il futuro. Io appartenevo al mio passato. Per avere un domani felice, dovevo tornare a quell'appuntamento mancato. A Lole. Tutto il tempo che era passato tra noi.

Leila con Toni, non riuscivo a capire. Eppure Leila era salita in macchina con Toni. Il guardiano della città universitaria aveva chiamato nel pomeriggio, mi disse Pérol. Sua moglie si era ricordata di aver visto Leila salire su una Golf decappottabile, dopo aver parlato per alcuni minuti con il guidatore. E aveva pensato: "Beh, non si annoia di certo, la ragazzina!".

Dietro i binari della stazione Saint-Charles, incastrata tra l'uscita dell'autostrada Nord e i boulevard de Plombières e National, il quartiere di Belle-de-Mai restava identico a se stesso. Ci si continuava a vivere come prima. Lontano dal centro, che, comunque, era a pochi minuti da lì. Regnava un'atmosfera da villaggio. Come a Vauban, Blancarde, Rouet o Capelette, dove ero cresciuto.

Da piccoli venivamo spesso a Belle-de-Mai. Per fare a botte. Spesso a causa delle ragazze. C'era sempre una lite nell'aria. E uno stadio o un terreno abbandonato per menarsi. Vauban contro Blancarde. Capelette contro Belle-de-Mai. Panier contro Rouet. Dopo un ballo, una festa popolare, una sagra, o all'uscita del cinema. Non era *West Side Story*. Latini contro americani. Ogni banda aveva la sua parte di italiani, spagnoli, armeni, portoghesi, arabi, africani, vietnamiti. Si faceva a botte per il sorriso di una ragazza, non per il colore della pelle. Questo creava amicizie, non odio.

Un giorno, dietro allo stadio Vallier, mi feci pestare da un italiano. Avevo dato una "brutta occhiata" alla sorella, all'uscita dell'Alambra, una sala da ballo, a Blancarde. Ugo aveva fatto amicizia con alcune ragazze. Scoprimmo in seguito che i nostri padri venivano da paesi vicini. Il mio da Castel San Giorgio, il suo da Piovene. Andammo a berci una birra. Una settimana dopo, mi presentò sua sorella, Ophelia. Eravamo del "paese", e questo cambiava le cose. "Se riesci a tenertela, complimenti! È una civetta". Ophelia, era peggio di questo. Una stronza. Mavros si sposò con lei. E, poveraccio, ne vide di tutti i colori.

Avevo perso la nozione del tempo. Posteggiai la macchina quasi di fronte al palazzo di Toni. La sua Golf era parcheggiata cinquanta metri più avanti. Fumavo, ascoltando Buddy Guy. *Damn right, He's got the blues.* Meraviglioso. Marc Knopfler, Eric Clapton e Jeff Beck lo accompagnavano. Esitavo a salire. Toni abitava al secondo piano e su da lui era tutto illuminato. Mi chiedevo se fosse solo.

Perché io ero solo. Pérol era corso a Bassens. Si preparava una resa dei conti tra i ragazzi del quartiere e gli amici di Mourrabed. Una banda di tizi poco raccomandabili era sbarcata, provocando quelli della *cité*. Li accusavano di aver lasciato che gli sbirri portassero via Mourrabed. Era chiaro che erano stati pagati. Il nero venne pestato. Lo avevano bloccato in cinque in un parcheggio. Quelli di Bassens non intendevano lasciar calpestare il loro territorio. Soprattutto non da spacciatori. Si affilavano i coltelli.

Da solo, Cerutti non ce l'avrebbe fatta. Neppure con l'aiuto di Reiver, che era arrivato immediatamente, pronto a riprendere il turno di notte dopo aver fatto quello di giorno. Pérol aveva riunito le squadre. Bisognava far presto. Fermare qualche spacciatore, dicendo che Mourrabed aveva fatto i loro nomi. Far circolare la voce che era una spia. Ciò avrebbe calmato gli ardori. Volevamo evitare che i ragazzi di Bassens facessero a botte con dei teppisti.

"Vai a mangiare, respira un po' e non fare cazzate" mi aveva detto Pérol, "per quelle, aspettami". Non lo avevo informato sulle mie intenzioni serali. Io stesso ancora non le conoscevo. Sentivo solo di dovermi muovere. Avevo fatto delle minacce. Non potevo restare immobile come un animale braccato. Dovevo costringerli a venire allo scoperto. A fare una cazzata. Avevo detto a Pérol che ci saremmo visti più tardi e insieme avremmo messo a punto un piano. Mi aveva proposto di dormire a casa sua, era troppo rischioso tornare a Les Goudes. Pensavo fosse vero.

«Vedi, Fabio» aveva detto dopo avermi ascoltato, «è chiaro che non proviamo la stessa cosa. I tuoi amici non li ho conosciuti e Leila non me l'hai mai presentata. Ma ti capisco. So che per te non è una questione di vendetta, ma esistono cose che non si possono lasciar correre. Perché, altrimenti, non ti puoi più guardare allo specchio».

Pérol parlava poco, ma quando lo faceva, poteva starci secoli.

«Non preoccuparti, Gérard».

«Non è questo il punto. Ora ti spiego. Hai messo le mani su qualcosa di grosso. Non puoi affrontarlo e uscirne solo. Sono con te. Non ti abbandono».

«Lo so, sei un amico. Qualsiasi cosa faccia. Ma non ti chiedo niente, Gérard. Conosci l'espressione: aldilà di questo limite il vostro biglietto non è più valido. Sono arrivato lì. E non voglio trascinartici. È pericoloso. Si dovranno fare cose poco pulite, credo. Anzi, sicuramente. Hai una moglie, una figlia. Pensa a loro e scordami».

Aprii lo sportello. Mi trattenne per un braccio.

«Impossibile, Fabio. Domani, se ti dovessero trovare morto, non so cosa farei».

«Ti dico cosa farai. Un altro bambino. Con la donna che ami. Con i tuoi figli, sono sicuro che c'è un futuro su questa terra».

«Sei uno stronzo!».

Mi aveva fatto promettere di aspettarlo. O di contattarlo se mi fossi mosso. Avevo promesso. E se ne era andato verso Bassens rassicurato. Ignorava che non avrei mantenuto la parola. Merda! Spensi la terza sigaretta e uscii dalla macchina.

«Chi è?».

Una voce di donna. Di ragazza. Preoccupata. Avevo sentito delle risate. Poi, il silenzio.

«Montale. Fabio Montale. Vorrei vedere Toni».

La porta si socchiuse. Karine fu sorpresa quanto me. Eravamo uno di fronte all'altra senza riuscire a dire una parola. Entrai. Sentii un forte odore di haschisch.

«Chi è?» udii chiedere, in fondo al corridoio.

La voce di Kader.

«Entri» mi disse Karine. «Come fa a sapere che abito qui?».

«Ero venuto a cercare Pirelli. Toni».

«Mio fratello! Sono secoli che non abita più qui».

La risposta! Finalmente ce l'avevo. Ma non spiegava niente. Leila e Toni, non riuscivo a crederci. Erano tutti lì. Kader, Jasmine, Driss. Intorno al tavolo, come cospiratori.

«Allah è grande» dissi, indicando la bottiglia di whisky davanti a loro.

«E Chivas il suo profeta» rispose Kader, afferrando la bottiglia. «Bevi con noi?».

Dovevano aver bevuto parecchio. E anche fumato. Ma non avevo l'impressione che fossero sballati. Al contrario.

«Non sapevo che conoscevi Toni» disse Karine.

«Ci conosciamo per modo di dire. Vedi, non sapevo neppure che avesse traslocato».

«È da tanto, allora, che non lo vedi...».

«Passavo di qui, ho visto la luce, sono salito. Sai, i vecchi tempi».

Avevo i loro occhi incollati addosso. Non riuscivano a trovare un nesso tra Toni e me. Troppo tardi per cambiare tattica. Si spremevano le meningi.

«Che cosa volevi da Toni?» chiese Driss.

«Un favore. Volevo chiedergli un favore. Ma non importa» dissi vuotando il bicchiere, «non voglio disturbarvi ancora».

«Non ci disturbi» disse Kader.

«È stata una giornata faticosa».

«Ha arrestato uno spacciatore, vero?» chiese Jasmine.

«Le notizie corrono».

«Radio Maghreb!» aggiunse Kader ridendo. Una risata forzata. Falsa.

Aspettavano di sapere cosa facevo lì, perché cercavo Toni. Jasmine spinse verso di me un libro, ancora mezzo impacchettato. Lessi il titolo, senza neppure prenderlo in mano. *La solitudine è una bara di vetro*, di Bradbury.

«Può prenderlo. Era di Leila. Lo conosce?».

«Me ne ha parlato spesso, ma non l'ho mai letto».

«Tieni» disse Kader, tendendomi un bicchiere di whisky. «Siediti. Non c'è fretta».

«Lo avevamo comprato insieme. La vigilia...» disse Jasmine.

«Ah» risposi. Il whisky bruciava. Non avevo ancora mangiato niente. La stanchezza iniziava a invadermi. La notte non era ancora finita. «Avresti un caffè?» chiesi a Karine.

«È ancora caldo, l'ho appena fatto».

«Era per lei» continuò Jasmine. «Voleva regalarglielo».

Karine tornò con una tazza di caffè. Kader e Driss non parlavano più. Aspettavano il seguito di una storia di cui sembravano conoscere la fine.

«Non ho capito subito cosa ci faceva nella macchina di mio fratello» continuò Karine.

Eccoci. Rimasi senza voce. Quei ragazzi mi stavano mettendo k.o. Non sorridevano più. Erano seri.

«Sabato sera è passato per portarmi a mangiare al ristorante. Lo fa regolarmente. Parliamo dei miei studi, mi regala un po' di soldi. Un fratello maggiore, insomma. Il libro era nel cassetto del cruscotto. Non so più cosa stessi cercando. Ho detto: "Cos'è?". Era molto sorpreso. "Cosa? Ah, questo... Beh, è... un regalo. Per te. Volevo... dartelo dopo. Va bene, puoi aprirlo".

«Mi faceva spesso dei regali, Toni. Ma un libro, era veramente la prima volta. Mi chiedevo come lo avesse scelto. Ero commossa. Gli ho detto che gli volevo bene. Siamo andati a mangiare e ho infilato il libro in borsa. Tornando, l'avevo posato qui, sullo scaffale. Poi è successo tutto. Leila, il funerale. Sono rimasta con loro. Abbiamo dormito da Mouloud. Il libro l'avevo dimenticato. Oggi, a mezzogiorno, Jasmine, venendomi a prendere, lo ha visto. Eravamo confuse. Abbiamo chiamato i ragazzi. Dovevamo chiarirci le idee. Capisce?». Era seduta. Tremava. «Ora, non sappiamo più che fare».

Scoppiò in lacrime.

Driss si alzò e la prese tra le braccia. Le accarezzava dolcemente i capelli. Il suo pianto era quasi una crisi di nervi. Jasmine le si avvicinò, inginocchiandosi, e fece scivolare le mani in quelle di Karine. Kader rimase immobile, con i gomiti sul tavolo. Aspirava lo spinello morbosamente. Con lo sguardo totalmente assente.

Ebbi una vertigine. Il cuore iniziò a battermi freneticamente. No, non era possibile! Una frase di Karine mi aveva fatto sussultare. Aveva parlato di Toni al passato.

«E dov'è, Toni?».

Kader si alzò come un automa. Karine, Jasmine e Driss lo seguirono con gli occhi. Kader aprì la porta finestra del balcone. Mi alzai, avvicinandomi. Toni era lì. Disteso sul pavimento.

Morto.

«Ti avremmo chiamato, credo».

Capitolo quattordicesimo
Nel quale è preferibile essere vivi all'inferno piuttosto che morti in paradiso

I ragazzi erano distrutti. Ora che il corpo di Toni era di nuovo davanti ai loro occhi, andarono in pezzi. Karine continuava a piangere. E adesso, anche Jasmine e Driss. A Kader sembrava gli fosse scoppiato il cervello. Il fumo e il whisky non l'avevano aiutato. Ridacchiava ogni volta che guardava il corpo di Toni. Io, stavo iniziando a dare i numeri. E non era il momento.

Chiusi la porta del balcone, mi versai un whisky e accesi una sigaretta.

«Dunque» dissi. «Riprendiamo dall'inizio».

Ma era come parlare a dei sordomuti. Kader si mise a ridere freneticamente.

«Driss, porta Karine in camera. Che si sdrai e si riposi. Jasmine, trova un tranquillante qualsiasi, Lexomil o altro, e danne uno a ciascuno. Anche tu prendine uno. Dopo, rifai il caffè». Mi guardavano con occhi da marziani. «Dài!» dissi con fermezza, ma senza alzare la voce.

Si alzarono. Driss e Karine sparirono nella camera da letto.

«E ora che facciamo?» chiese Jasmine.

Si stava riprendendo. Dei quattro era la più solida. Si capiva dai gesti. Precisi, sicuri. Forse, aveva fumato quanto gli altri, ma non bevuto altrettanto.

«Rimettiamo in sesto questo qui» risposi, indicando Kader. Lo sollevai dalla sedia.

«Non romperà più i coglioni, vero?» disse lui scoppiando a ridere. «Lo abbiamo conciato per le feste quello stronzo».

«Dov'è il bagno?».

Jasmine me lo indicò. Ci trascinai Kader. C'era una minuscola vasca da bagno. Odore di vomito. Ci doveva essere già passato Driss. Afferrai Kader dal collo e l'obbligai ad abbassare la testa. Aprii il rubinetto dell'acqua fredda. Fece resistenza.

«Non rompere le palle! Altrimenti ti ci butto dentro!».

Dopo avergli abbondantemente sciacquato la testa, gli diedi un asciugamano. Quando tornammo in salotto, il caffè era pronto. Ci sedemmo intorno al tavolo. Dalla camera, si sentivano ancora i singhiozzi di Karine, ma più deboli. Driss le stava parlando. Non sentivo cosa diceva, ma era come una musica dolce.

«Merda» dissi a Kader e Jasmine, «potevate chiamarmi!».

«Non volevamo ucciderlo» rispose Kader.

«Cosa speravate? Che vi chiedesse scusa? Quel tizio sarebbe stato capace di sgozzare padre e madre».

«Lo abbiamo visto» disse Jasmine. «Ci ha minacciati. Era armato».

«Chi lo ha colpito?».

«Prima Karine, col posacenere».

Un grosso posacenere di vetro, che avevo riempito di cicche. Toni era caduto, lasciando cadere la pistola. Jasmine, con il piede, l'aveva spinta sotto l'armadio. Era ancora lì. Toni, rotolando, aveva cercato di risollevarsi. Driss gli si era buttato addosso e lo aveva preso alla gola. "Rotto in culo! Rotto in culo!" aveva gridato.

"Ammazzalo!" avevano urlato Jasmine e Kader. Driss strinse con tutta la forza, ma Toni continuava a dimenarsi. Karine urlava: "È mio fratello!". Piangeva. Implorava. E tirava Driss per un braccio cercando di fargli lasciare la presa. Ma Driss era altrove. Stava dando sfogo alla sua rabbia. Leila non era solo sua sorella. Era sua madre. Lo aveva cresciuto, coccolato, amato. Non potevano farlo. Portargli via due madri.

Le tante ore di allenamento con Mavros, erano lì, nelle sue braccia.

Toni, in mezzo ai deboli, come Sanchez e gli altri, era il più forte. Il più forte, con un'arma in pugno. Ora, era perduto. Lo capì, appena le mani di Driss gli afferrarono il collo. E strinsero. Gli occhi di Toni chiedevano pietà. I suoi amici non glielo avevano insegnato. La morte che s'insinua piano piano nel corpo. L'assenza di ossigeno. Il panico. La paura. Avevo vissuto la stessa esperienza, l'altra notte. La forza di Driss pari a quella di Mister Muscolo. No, non mi sarebbe piaciuto morire così.

Karine circondava il busto di Driss con le sue deboli braccia. Piangeva, dicendo: "No, no, no". Ma era troppo tardi. Troppo tardi per Leila che amava. Troppo tardi per Toni, che amava. Troppo tardi per Driss, che amava. Più di Leila. Molto più di Toni. Driss non sentiva più niente. Neanche Jasmine che gridava: "Fermati!". Stringeva ancora, con gli occhi chiusi.

Chissà se Leila sorrideva a Driss? Chissà se rideva? Come quel giorno. Eravamo andati a fare il bagno a Sugitton. Avevamo lasciato la macchina su un terrapieno del colle della Gineste, e ci eravamo incamminati per un sentiero, nel massiccio di Puget, per raggiungere il colle della Gardiole. Leila voleva vedere il mare dall'alto delle scogliere di Devenson. Non ci era mai stata. Uno dei posti più sublimi del mondo.

Leila camminava davanti a me. Indossava dei pantaloncini sfrangiati e una canottiera bianca. Teneva i capelli raccolti in un berretto bianco. Gocce di sudore le colavano sul collo. A momenti, brillavano come diamanti. Con lo sguardo avevo seguito il percorso del sudore sotto la canottiera. L'incavo dei reni. Fino alla vita. E all'attaccatura dei glutei.

Andava avanti con l'ardore della sua giovinezza. Vedevo tendersi i muscoli, dalla caviglia alla coscia. Aveva molta grazia, sia quando si arrampicava sulle colline che quando camminava per la strada con i tacchi. Il desiderio mi invase. Era presto, ma il caldo liberava già i forti odori di resina dei pini. Immaginavo quell'odore di resina tra le cosce di Leila. Il sapore che poteva avere sulla mia lingua. In quel momento seppi che le avrei posato le mani sui glutei. Si sarebbe fermata. L'avrei stretta a me. I suoi seni nelle mie mani. Poi, le avrei accarezzato la pancia, sbottonato i pantaloncini.

Avevo smesso di camminare. Leila si era voltata, sorridendo.

«Vado avanti io» avevo detto.

Mentre la superavo, mi aveva dato una pacca sul sedere, ridendo.

«Cosa ti fa ridere?».

«Tu».

La felicità. Un giorno. Diecimila anni fa.

Più tardi, sulla spiaggia, mi aveva fatto qualche domanda sulla mia vita, sulle donne della mia vita. Non ho mai saputo parlare delle donne che ho amato. Volevo preservare quegli amori che erano in me. Raccontarli, significava rievocare litigi, lacrime, porte sbattute. E le notti che seguono, con le lenzuola spiegazzate come il cuore. E non volevo. Volevo che i miei amori continuassero a vivere. Con la bellezza del primo sguardo. La passione della prima volta. La tenerezza del primo risveglio. Avevo risposto a vanvera, più vagamente possibile.

Leila mi aveva guardato, perplessa. Poi mi aveva parlato dei suoi innamorati. Li poteva contare sulle dita di una mano. La descrizione che mi fece dell'uomo che sognava, di ciò che si aspettava da lui, prese l'aspetto di un ritratto. Mi spaventai. Non mi piaceva quel ritratto. Non somigliava né a me, né a nessuno. Le dissi che era solo una ragazzina sentimentale e frivola. Ne fu divertita, poi si arrabbiò. Per la prima volta litigammo. Un litigio reso più complicato dal desiderio.

Sulla strada del ritorno, non avevamo più toccato l'argomento. Camminavamo, in silenzio. Avevamo nascosto quel desiderio in qualche luogo dentro di noi. Un giorno, dovremo affrontarlo, pensai, ma non ora. Il piacere di stare insieme, di scoprirsi, prendeva il sopravvento. Lo sapevamo. E il resto poteva aspettare. Poco prima di raggiungere la macchina, la sua mano era scivolata nella mia. Leila era una ragazza incredibile.

Prima di lasciarci, mi aveva baciato sulla guancia. «Sei una persona perbene, Fabio».

Leila mi sorrideva.

Finalmente riuscivo a rivederla. Oltre la morte. Quelli che l'avevano violentata, poi uccisa, erano morti. Le formiche potevano scatenarsi sulla carogna. Leila non era più attaccabile. Aveva raggiunto il mio cuore, e l'avrei portata con me, su questa terra che ogni giorno dà un'opportunità agli uomini.

Sì, in quel momento, doveva aver sorriso a Driss. Toni, sapevo che l'avrei ucciso. Per cancellare l'orrore. Con le mie mani, come aveva fatto Driss. Così ciecamente. Fino a quando quella schifezza che aveva fatto gli fosse risalita in gola e l'avesse soffocato.

Toni si pisciò addosso. Driss aprì gli occhi, senza mollare la presa. Toni intravide l'inferno. Il buco nero. Si dimenò un'ultima volta. Un sussulto. L'ultimo respiro. Poi non si mosse più.

Karine smise di piangere. Driss si sollevò, con le braccia a penzoloni sul corpo di Toni. Non osarono più muoversi, né parlare. Non sentivano più odio. Erano svuotati. Non realizzavano ciò che Driss aveva appena fatto. Ciò che gli avevano lasciato fare. Non riuscivano ad ammettere che avevano appena ucciso un uomo.

«È morto?» aveva chiesto, infine, Driss.

Nessuno gli rispose. Driss ebbe un conato di vomito e corse in bagno. Da allora era passata un'ora e avevano continuato a ubriacarsi e fumare spinelli. Ogni tanto, davano un'occhiata al corpo. Kader si alzò, aprì la portafinestra del balcone e, con il piede, fece rotolare il corpo di Toni. Non vederlo più. Chiuse.

Ogni volta che si decidevano a chiamarmi, uno di loro avanzava un'altra soluzione. Per ognuna, si doveva toccare il corpo. E non osavano farlo. Non osavano neppure più uscire in balcone. Dopo aver quasi finito la bottiglia di whisky ed essersi fumati un numero considerevole di spinelli, avevano pensato di dare fuoco alla casa e di scappare. Avevano iniziato a ridere a crepapelle, una risata liberatoria. In quel momento, avevo bussato alla porta.

Il telefono squillò. Come nei brutti teleromanzi. Nessuno si mosse. Mi guardarono, aspettando che prendessi una decisione. In camera, Driss aveva smesso di parlare.
«Non rispondiamo?» chiese Kader.
Risposi, con un gesto veloce e nervoso.
«Toni?».
Una voce di donna. Una voce sensuale, roca e calda. Eccitante.
« Chi lo vuole?».
Silenzio. Sentii un rumore di piatti e forchette. In sottofondo, una musica sdolcinata. Un ristorante. Les Restanques? Forse, era Simone.
«Pronto». Una voce maschile, con un leggero accento corso. «Emile? Joseph? C'è Toni? O sua sorella?».
«Vuole lasciare un messaggio?».
Riattaccarono.
«Karine ha chiamato Toni, stasera?».
«Sì» rispose Jasmine. «Per chiedergli di venire subito. Ha un numero di telefono dove contattarlo. Lascia un messaggio e lui richiama».
Andai in camera da letto. Erano sdraiati uno vicino all'altra. Karine non piangeva più. Driss si era addormentato, tenendole la mano. Erano adorabili. Mi augurai che potessero attraversare la vita con lo stesso tenero abbandono.
Gli occhi di Karine erano spalancati. Uno sguardo stravolto. Viveva ancora in un inferno. Non ricordavo più in quale canzone Barbara diceva: *Preferisco vivere all'inferno, piuttosto che essere morta in paradiso*. O qualcosa del genere. Cosa desiderava in quel momento, Karine?
«Dove hai chiamato Toni, prima?» le chiesi a bassa voce.
«Chi ha telefonato?».

«Amici di tuo fratello, credo».

Vidi nei suoi occhi la paura.

«Verranno qui?».

«Non ti preoccupare» dissi, scuotendo la testa. «Li conosci?».

«Due. Uno, con una brutta faccia, l'altro è alto e robusto. Sembra un militare. Hanno tutti e due brutte facce. Il militare ha degli occhi strani».

Morvan e Wepler.

«Li hai visti spesso?».

«Una volta. Ma non li ho dimenticati. Stavamo bevendo qualcosa con Toni sulla terrazza del Bar de l'Hôtel de Ville. Si sono seduti al nostro tavolo, senza chiedere permesso. Il militare ha detto: "Carina tua sorella". Non mi è piaciuto, come lo ha detto. Né come mi ha guardata».

«E Toni?».

«Ha riso, ma era imbarazzato, credo. "Dobbiamo parlare di lavoro" mi ha detto. Un modo per dirmi di andare via. Non ha neppure osato baciarmi. "Ti telefono" ha detto. Ho sentito lo sguardo di quel tizio su di me. Mi vergognavo».

«Quando è successo?».

«La settimana scorsa, mercoledì. All'ora di pranzo. Il giorno in cui Leila discuteva la tesi. Cosa succederà, ora?».

Driss aveva lasciato la mano di Karine e si era voltato. Russava leggermente. A momenti, era scosso da piccoli fremiti. Stavo male per lui. Per loro. Avrebbero dovuto vivere con quell'incubo. Ci sarebbero riusciti, Karine e Driss? Kader e Jasmine? Dovevo aiutarli. Liberarli da quelle luride immagini che avrebbero rovinato le loro notti. E alla svelta. Driss per primo.

«E ora che succederà?» ripeté Karine.

«Dobbiamo muoverci. Dove sono i tuoi genitori?».

«A Gardanne».

Non è lontano da Aix. L'ultima città mineraria del dipartimento. Condannata, come tutti gli uomini che ci lavoravano.

«Tuo padre lavora?».

«Lo hanno licenziato due anni fa. Milita nel Comitato di difesa. Con la C.G.T.».

«Come va con loro?».

Alzò le spalle.

«Sono cresciuta senza che se ne accorgessero. Anche Toni. Educarci, significava costruire un mondo migliore. Mio padre...». Si fermò, pensierosa. Poi, riprese. «Quando hai sofferto troppo, contando i soldi, non riesci più a vedere nulla della vita. Pensi solo a cambiarla. Un'ossessione. Toni avrebbe potuto capire, credo. Mio padre, invece di dirgli non posso comprarti il motorino, gli faceva un discorso. Alla sua età, lui non aveva motorini. C'erano cose più importanti nella vita dei motorini. La solita manfrina. Ogni volta, la stessa cosa. I discorsi. I proletari, i capitalisti, il Partito. Per i vestiti, la paga settimanale, la macchina.

«La terza volta che i poliziotti sono venuti a casa, mio padre ha buttato fuori Toni. Dopo, non so che fine abbia fatto. O meglio, lo so. Non mi piaceva come era diventato. Le persone che frequentava. I discorsi che faceva sugli arabi. Non so se lo pensava veramente. O se era...».

«E Leila?».

«Desideravo che Toni conoscesse i miei amici, che scoprisse altre persone. Jasmine, Leila. Le aveva incrociate, una volta o due. Anche Kader e Driss. E qualche altro. Il mese scorso, l'ho invitato per il mio compleanno. Leila gli è piaciuta. Lo sai come succede. Si balla, si beve, si rimorchia. Leila e lui hanno parlato molto, quella sera. Aveva sicuramente voglia di rimorchiarla, ma Leila non ha voluto. È rimasta a dormire qui, con Driss.

«Dopo, l'ha rivista. Quattro o cinque volte, credo. Ad Aix. Un bicchiere, una cena, un cinema. Non sono andati oltre. Credo che Leila lo facesse per me. Più che per lui. Non le piaceva molto, Toni. Gliene avevo parlato spesso. Non era la persona che sembrava. Li ho spinti uno verso l'altra. Mi dicevo che lei lo avrebbe potuto cambiare. Io non ci riuscivo. Volevo un fratello di cui non vergognarmi. Che avrei potuto amare. Come Kader e Driss». Il suo sguardo si perse lontano. Verso Leila. Verso Toni. Poi i suoi occhi tornarono su di me. «So che le voleva bene, Fabio. Parlava spesso di lei.

«Pensava di chiamarla. Dopo la tesi. Era sicura che sarebbe andata bene. Aveva voglia di rivederla. Mi aveva detto: "Ora posso. Sono diventata grande"».

Karine rise, poi gli occhi le si riempirono di lacrime e si rannicchiò accanto a me.

«Dài» dissi. «Andrà tutto bene».

«Non ci capisco niente di quel che è successo».

La verità non si saprà mai. C'erano solo delle ipotesi. La verità appartiene all'orrore. Potevo supporre che Toni fosse stato visto insieme a Leila ad Aix. Da uno della banda. Dai peggiori, a mio avviso. Morvan. Wepler. I fanatici della razza bianca, delle epurazioni etniche e delle soluzioni definitive. Avevano messo Toni alla prova. Come un rito. Per innalzarlo a un grado superiore.

I parà lo facevano. Follie. Violentare il tizio della stanza accanto. Fare un giro in un bar della Legione, ammazzare qualcuno e riportare il suo chepì come trofeo. Farsi un adolescente dall'aria omosessuale. Avevano fatto un patto con la morte. La vita non aveva alcun prezzo. Né la loro, né tantomeno quella degli altri. A Gibuti, avevo incontrato dei matti simili, peggio ancora di questi. Che, dopo il loro passaggio, lasciavano sulla loro strada le puttane morte, nei quartieri della vecchia place Rimbaud. Sgozzate. A volte mutilate.

Le nostre vecchie colonie ora erano qui. Capitale, Marsiglia. Qui, come laggiù, la vita non esisteva. Solo morte. E sesso, con violenza. Per comunicare l'odio di non essere nessuno. Solo potenziali fantasmi. Militi ignoti del futuro. Prima o poi. In Africa, in Asia, in Medioriente. O anche a due ore da qui. Lì dove l'Occidente veniva minacciato. Dove dei cazzi impuri si drizzavano per violentare le nostre donne. Bianche e Pulite. E rovinare la razza.

Ecco cosa dovevano aver chiesto a Toni. Portargli la sporca araba. E farsela. Uno dopo l'altro. Toni per primo. Doveva essere stato il primo. Prima degli altri. Con il suo desiderio. E la rabbia di essere stato respinto. Una donna è solo un culo. Tutte puttane. Le sporche arabe, culi di puttane. Come quelle stronze di ebree. Il culo delle ebree è più rotondo, più alto. Le arabe hanno il culo un po' basso, no? Anche le negre. Il culo delle negre, ah! Non parliamone.

Poi, era toccato agli altri due. Né Morvan, né Wepler. No, gli altri due. Gli aspiranti nazisti. Quelli che erano morti sulla strada, a place de l'Opéra. Certo non erano stati all'altezza, quando avevano dovuto sparare su Leila. Violentare una sporca araba era un conto. Ammazzarla, senza che il braccio tremi, non era così semplice.

Morvan e Wepler, guardoni. Questo immaginavo. Maestri di cerimonia. Chissà se gli era venuto duro, guardandoli. O si erano accoppiati, dopo, con la nostalgia degli amori SS. Amori maschi. Virili. Amori da guerrieri. Chissà quando avevano deciso che il sopravvissuto di quella notte sarebbe stato colui che avrebbe sparato al cuore di Leila?

Toni, almeno per un secondo, aveva avuto pietà di lei mentre se la faceva? Prima di precipitare, anche lui, nell'orrore. Nell'irrimediabile.

Riconobbi la voce di Simone. E lei riconobbe la mia. Il numero dove Karine lasciava i messaggi per suo fratello era del ristorante Les Restanques. Lo aveva chiamato lì, quella sera.

«Mi passi Emile. O Joseph».

Ancora musica vomitevole. Caravelli e i suoi magici violini. O una schifezza del genere. Ma meno rumore di piatti e forchette. Les Restanques si andava svuotando. Era mezzanotte e dieci.

«Emile» disse una voce.
Quella di prima.
«Montale. Non hai bisogno di spiegazioni. Sai già chi sono».
«Ti ascolto».
«Sto per venire lì. Voglio parlare. Facciamo una tregua. Ho delle proposte da fare».

Non avevo alcun piano. A parte ucciderli tutti. Ma era solo un'utopia. Quel che ci voleva per non crollare. Fare quel che c'era da fare. Andare avanti. Sopravvivere. Ancora un'ora. Un secolo.

«Solo?».
«Ancora non ho eserciti al mio seguito».
«Toni?».
«È morto».
«Vedi di darci delle spiegazioni, perché per noi sei già morto».
«Non sai cosa dici, Emile. Se io muoio verrete tutti arrestati. Ho venduto la storia a un giornale».
«Nessuno oserà parlarne».
«Qui no, ma a Parigi sì. Se non chiamo entro le due, uscirà nella seconda edizione».
«Hai solo una storia. Nessuna prova».
«Ho tutto. Tutto quel che Manu ha rubato da Brunel. Nomi, estratti conto, blocchetti di assegni, acquisti, fornitori. L'elenco dei bar, dei locali, dei ristoranti sottoposti al racket. Ancora meglio, i nomi e gli indirizzi di tutti gli industriali locali che sostengono il Fronte nazionale».

Esagerai, ma di quello si trattava. Batisti mi aveva ingannato su tutta la linea. Se Zucca avesse avuto il minimo sospetto su Brunel, avrebbe mandato due dei suoi uomini all'ufficio dell'avvocato. Unico messaggio, una pallottola in testa. E, con l'occasione, avrebbero fatto pulizia. Zucca aveva superato l'età delle incertezze. Aveva una linea. Diritta. E nulla doveva piegarla. In questo modo era riuscito a farsi strada.

E Zucca, un lavoro come questo, non l'avrebbe affidato a

Manu. Non era un killer. Batisti aveva mandato Manu da Brunel per motivi suoi. Ignoravo perché. E per quali fini. A che gioco giocava su quella scacchiera sudicia? Babette era categorica. Batisti aveva chiuso con loro. Manu faceva parte del trucco. Un lavoro per Zucca non si rifiuta mai. Lui aveva fiducia in Batisti. E non si sputava su tanti soldi così.

Ero arrivato a quelle conclusioni. Zoppicavano. Sollevavano più dubbi di quanti ne risolvessero. Non aveva importanza. Mi ero spinto troppo lontano. Volevo averli tutti di fronte a me. La verità. Anche a costo di crepare.

«Chiudiamo tra un'ora. Porta i documenti».

Riattaccò. Batisti, dunque, aveva i documenti. E aveva fatto uccidere Zucca da Ugo. E Manu?

Mavros arrivò venti minuti dopo la mia chiamata. Non avevo trovato altre soluzioni. Chiamarlo. Farmi dare il cambio. Affidargli Driss e Karine. Non dormiva. Stava guardando *Apocalypse Now* di Coppola. Secondo me, era già la quarta volta. Quel film lo affascinava, e non lo capiva. Ricordavo la canzone dei Doors. *The End*.

Era sempre la fine, annunciata, che si avvicinava a noi. Bastava aprire i giornali alla pagina internazionale o alla cronaca. Non occorrono le armi nucleari. Ci ammazziamo con ferocia preistorica. Siamo solo dei dinosauri, e peggio ancora, assolutamente consapevoli.

Mavros non esitò. Per Driss avrebbe corso qualsiasi rischio. Gli aveva voluto bene da subito. Sono cose inspiegabili. Così come l'attrazione amorosa che ti fa desiderare una persona piuttosto che un'altra. Avrebbe messo Driss sul ring. L'avrebbe fatto combattere. E pensare. Pensare al sinistro, al destro. All'allungo del braccio. Lo avrebbe fatto parlare. Di se stesso, della madre che non aveva conosciuto, di Leila. Di Toni. Fino a quando non sarebbe venuto a patti con quel che aveva fatto per amore e per odio. Non si può vivere con l'odio. E neppure fare il pugile. C'erano delle regole. Ingiuste, spesso, troppo spesso.

Ma rispettarle significava salvarsi la pelle. E in questo fottuto mondo, restare vivi è comunque la cosa più bella. Driss avrebbe ascoltato Mavros. Di cazzate ne aveva fatte molte anche lui. A diciannove anni si era beccato un anno di galera per aver picchiato il suo allenatore. Quello aveva truccato l'incontro che doveva vincere. Quando finalmente erano riusciti a fermarlo, il tizio era sul punto di morire. E Mavros non era mai riuscito a provare che l'incontro era stato truccato. In prigione, aveva meditato su tutto questo.

Mavros mi strizzò l'occhio. Eravamo d'accordo. Non potevamo lasciare a nessuno dei ragazzi il peso di assumersi la responsabilità dell'omicidio. Toni non meritava niente. Niente di più di quel che aveva trovato quella sera. Volevo che avessero una possibilità. Erano giovani, si amavano. Ma anche con un buon avvocato, non ce l'avrebbero fatta. Legittima difesa? Bisognava provarlo. Lo stupro di Leila? Non c'erano prove. Al processo, o anche prima, messa sotto pressione, Karine avrebbe raccontato come erano andate le cose. E non ci sarebbe stato altro che un arabo dei quartieri nord che uccide, a sangue freddo, un giovane. Un delinquente, certo, ma francese, figlio di operai. Due arabi complici, e una ragazza, la giovane sorella, sotto la loro influenza. Non ero neanche troppo sicuro che i genitori di Karine, su consiglio dell'avvocato, non avrebbero accusato Driss, Kader e Jasmine. Implorando per la figlia le circostanze attenuanti. Avevo già il quadro della situazione. Non credevo più nella giustizia del mio paese.

Quando tirammo su Toni, sapevo che mi stavo mettendo fuori legge. E che ci stavo trascinando Mavros. Ma il problema non si poneva più. Mavros aveva previsto tutto. Avrebbe chiuso la sala da pugilato fino a settembre, portandosi Driss e Karine in montagna. Nelle Hautes-Alpes. A Orcières, dove aveva un piccolo chalet. Passeggiate, piscina, bicicletta, questo era il programma. Karine aveva finito le lezioni e Driss di garage e morchia ne aveva fin sopra i capelli. Kader e Jasmine il giorno dopo sarebbero partiti per Parigi. Con Mouloud, se voleva. Avrebbe potuto vivere con loro. Kader era sicuro che la salumeria avrebbe dato da vivere a tutti e tre.

Portai la Golf di Toni davanti al portone. Kader fece da palo. Non c'erano rischi. Un deserto. Neanche un'anima. Solo noi, a truccare la realtà, non potendo trasformare il mondo. Mavros aprì lo sportello posteriore e feci scivolare all'interno il corpo di Toni. Girai intorno alla macchina, aprii l'altro sportello e misi Toni seduto. Lo fermai in posizione eretta con la cintura di sicurezza. Driss si avvicinò. Non sapevo cosa dire. Lui, neppure. Allora, mi prese tra le braccia e mi strinse a sé. Poi Kader, Jasmine e Karine. Nessuno fiatò. Mavros mi mise un braccio intorno alle spalle.

«Ti farò avere notizie».

Vidi Kader e Jasmine salire sulla Panda di Leila; Driss e Karine, sulla 4x4 di Mavros. Avviarono il motore. Andavano via tutti. Pensai a Marie-Lou. Buongiorno tristezza. Mi misi al volante della Golf. Un'occhiata allo specchietto retrovisore. Ancora deserto. Ingranai la prima. E succeda quel che succeda!

Capitolo quindicesimo
Nel quale l'unica trama è l'odio del mondo

Avevo mezz'ora di ritardo e questo mi salvò. Les Restanques era illuminato come per il 14 luglio. Da una trentina di faretti. Macchine della gendarmeria, macchine di polizia, ambulanze. La mezz'ora che mi era servita per portare la Golf di Toni al terzo livello del parcheggio del Centre Bourse, cancellare le impronte, trovare un taxi per tornare alla Belle-de-Mai e recuperare la mia macchina.

Feci fatica a trovare un taxi. Il colmo sarebbe stato se avessi preso quello di Sanchez. Ma no. Mi toccò una copia conforme. Con in più la fiamma del Fronte nazionale attaccata sopra il tassametro. A cours Belzunce, qualsiasi macchina della polizia mi avrebbe potuto fermare. A quell'ora, camminare solo era un delitto. Non ne passò nessuna. Era facile farsi uccidere. Ma non incrociai neppure un assassino. Tutti dormivano in pace. Posteggiai dall'altro lato del parcheggio del ristorante. Vidi la macchina di radio France posteggiata con le due ruote anteriori sul prato. La notizia si era diffusa alla svelta. Davanti all'ingresso del ristorante c'erano tutti i giornalisti, tenuti a bada con difficoltà da un cordone di gendarmi. Babette doveva essere da quelle parti. Anche se non seguiva mai la cronaca, ci teneva a essere presente. Una vecchia abitudine dei giornalisti locali.

La scorsi, sulla sinistra della squadra di France 3, un po' in disparte. Mi avvicinai, le passai il braccio intorno alle spalle, mormorandole all'orecchio:

«E con quello che ti racconterò, farai il pezzo più bello della tua vita». Le diedi un bacio sulla guancia. «Ciao, bella».

«Sei arrivato dopo il massacro».
«Stavo per partecipare. Perciò, sono alquanto fiero di me!».
«Non dire cazzate!».
«Si sa chi è stato liquidato?».
«Emile e Joseph Poli. E Brunel».

Feci una smorfia. Restavano in giro i più pericolosi. Morvan e Wepler. E anche Batisti. Dato che Simone era viva, anche Batisti doveva esserlo. Chi aveva fatto il colpo? Gli italiani avrebbero fatto fuori tutti. Morvan e Wepler? Stavano dalla parte di Batisti? Mi perdevo nelle congetture.

Babette mi prese per mano e mi allontanò dai giornalisti. Andammo a sederci per terra, con la schiena appoggiata al muretto del parcheggio e mi raccontò cos'era successo. O meglio, cosa le avevano detto.

Due uomini avevano fatto irruzione all'ora di chiusura, verso mezzanotte. Un'ultima coppia di clienti aveva appena lasciato il ristorante. In cucina non c'era più nessuno. Solo un cameriere. Era stato ferito, ma leggermente. Secondo Babette, era più di un cameriere, una guardia del corpo. Si era tuffato sotto il bancone e aveva sparato contro gli aggressori. Era ancora nel ristorante. Auch aveva voluto interrogarlo immediatamente, come anche Simone.

Le raccontai tutto quel che sapevo. Per la seconda volta nella giornata. Finii con Toni, e il parcheggio del Centre Bourse.

«Hai ragione su Batisti. Ma stai toppando su Morvan e Wepler. Sono i due italiani ad aver fatto il colpo, per ordine di Batisti. D'accordo con la camorra. Ma prima leggi questo».

Mi tese la fotocopia di un articolo di giornale. Un pezzo sulla sparatoria del Tanagra. Uno dei fratelli uccisi era il fratello maggiore di Batisti, Tino. Era di dominio pubblico che fosse stato Zucca a ordinare l'operazione. Volevano candidarsi tutti alla successione di Zampa. Tino più degli altri. Zucca lo superò in velocità. E Batisti l'aveva raggiunto e acciuffato. Con la vendetta nel cuore.

Batisti aveva giocato su tutti i tavoli. Un'intesa apparente con Zucca, dopo aver lasciato e rinunciato a qualsiasi partecipazione negli affari. Legami familiari con i fratelli Poli, e dunque amichevoli con Brunel, e più tardi, con Morvan e Wepler. Buone e strette relazioni con i napoletani. Ferri tenuti sul fuoco, da anni. La nostra conversazione da Félix iniziava ad avere un senso.

Aveva iniziato a credere nella rivincita quando 'O *Pazzo* venne arrestato. Zucca non era più così intoccabile. Il corrispondente romano di Babette aveva richiamato in serata, dando nuove informazioni. In Italia, i giudici non se la prendevano più tanto comoda. Ogni giorno cadevano delle teste, e fornivano preziose informazioni. Se Michele Zazà era finito male, era perché il suo ramo marsigliese era marcio. Bisognava tagliarlo al più presto. E ricominciare gli affari con un uomo nuovo. Era stato ovviamente Batisti a esser contattato dalla camorra per operare il cambiamento.

Era pulito. Non veniva più sorvegliato dalla polizia. Da quindici anni il suo nome non appariva più. Da Simone, tramite i fratelli Poli e Morvan, Batisti aveva saputo che la morsa si stava stringendo intorno a Zucca. La squadra di Auch presidiava la zona intorno a casa sua. Veniva seguito anche durante le passeggiate con il barboncino. Batisti informò i napoletani e mandò Manu da Brunel per recuperare i documenti compromettenti. Farli passare di mano.

Zucca preparava la sua fuga in Argentina. Batisti, anche se di malavoglia, si stava rassegnando. Arrivò Ugo. Con odio sufficiente da non accorgersi della trappola che gli stavano tendendo. Non ci capivo granché, ma una cosa era certa: mandato da Batisti, Ugo aveva sparato a Zucca senza che la squadra di Auch intervenisse. Lui, era stato ucciso dopo. Armato o meno, l'avrebbero fatto comunque fuori. Ma rimaneva una domanda: chi aveva ucciso Manu, e perché?

«Batisti» disse Babette. «Come ha appena fatto con gli altri. Grande pulizia».

«Questo vale anche per Morvan e Wepler?».
«Sì. Credo di sì».
«Ma ci sono solo tre cadaveri».
«Gli altri arriveranno. Con posta celere!». Mi guardò. «Dài, sorridi Fabio».
«Non può essere andata così per Manu. Non c'entrava niente con queste cose. Voleva scappare, una volta portato a termine il colpo. Lo aveva detto a Batisti. Vedi, Batisti, mi ha fregato su tutta la linea. Tranne che su questo. Voleva bene a Manu. Sinceramente».
«Sei troppo romantico, tesoro. Ne morirai».
Ci guardammo, stanchi e frastornati.
«Casino totale, vero?».
«Proprio così, bella mia».
Ero in un merdaio. In mezzo ai casini degli altri. Solo una banale storia di delinquenti. Un'altra storia, e senz'altro non l'ultima. I soldi, il potere. La storia dell'umanità. E l'odio del mondo come unica trama.
«Tutto bene?».
Babette mi scosse leggermente. Mi ero assopito. Stanchezza e troppo alcol. Ricordo che lasciando i ragazzi avevo portato via la bottiglia di Chivas. Ne rimaneva ancora un po'. Feci a Babette qualcosa che assomigliava a un sorriso e mi alzai faticosamente.
«Ho bisogno di carburante. Ce l'ho in macchina. Ne vuoi?».
Scosse la testa.
«Smettila di bere».
«Se permetti, preferisco morire così».
Davanti a Les Restanques, lo spettacolo continuava. Stavano tirando fuori i cadaveri. Babette andò a caccia di notizie. Mandai giù due bei sorsi di whisky. Sentii l'alcol scendere nello stomaco e scaldare tutto il corpo. Mi girava la testa e mi appoggiai al cofano. Avevo le budella in gola. Mi voltai per vomitare sull'erba. Fu allora che li vidi. Stesi nel fossato. Due corpi

inerti. Altri cadaveri. Dovetti ringoiare quel che avevo in gola e fu schifoso.

Scivolai nel fosso e mi accovacciai vicino ai corpi. Gli avevano sparato alla schiena. Con una mitragliatrice. Fine del turismo e delle camicie a fiori. Mi rialzai con la testa che ronzava. Per posta celere non erano arrivati i cadaveri attesi. Tutte le nostre teorie crollavano. Stavo per tirarmi fuori dal fosso, quando vidi, più lontano nel campo, una macchia scura. Lanciai un'occhiata verso il ristorante. Erano tutti occupati ad attendere una dichiarazione da Auch. Con tre falcate mi ritrovai vicino a un terzo cadavere. La testa era riversa sulla terra. Tirai fuori un fazzoletto per spostare leggermente il viso verso di me, poi avvicinai la fiamma dell'accendino. Morvan. Con la sua Special in mano. Fine della carriera.

Presi Babette per un braccio. Si voltò.
«Cosa c'è? Sei pallido».
«Gli italiani. Crepati. E anche Morvan. Nel fossato e sul campo... vicino alla mia macchina».
«Dio mio!».
«Avevi ragione, con gli italiani, Batisti si è messo al sicuro».
«E Wepler?».
«Sarà in giro. Secondo me, quando è iniziata la sparatoria, Morvan è riuscito a fuggire. Lo hanno inseguito. Dimenticando Wepler. Da quel poco che mi hai detto, doveva essere da qualche parte, qui intorno, a sorvegliare e ad aspettare il mio arrivo per assicurarsi che fossi solo. I due italiani non lo preoccupavano. Il tempo di capire e tutto è saltato per aria. Quando sono usciti, inseguendo Morvan, gli ha sparato alle spalle».

I flash iniziarono a crepitare. Besquet e Paoli uscirono, sostenendo una donna. Simone. Auch li seguiva a pochi passi. Con le mani in tasca, come al solito. Con un'espressione seria. Molto seria.

Simone attraversò il parcheggio. Un viso emaciato, circondato da capelli neri fino alle spalle. Slanciata, abbastanza alta per essere una mediterranea. Aveva classe. Indossava un tailleur di lino crudo, che metteva in risalto l'abbronzatura. Era identica alla sua voce. Bella e sensuale. E fiera, come le donne corse. Si fermò, singhiozzando. Lacrime calcolate. Per permettere ai fotografi di fare il loro mestiere. Girò lentamente il viso sconvolto verso di loro. Aveva degli immensi occhi neri, magnifici.

«Ti piace?».

Era molto più di questo. Era il tipo di donna che piaceva a Ugo, Manu e me. Simone somigliava a Lole. E capii.

«Me ne vado» dissi a Babette.

«Spiegami».

«Non ho tempo». Tirai fuori un mio biglietto da visita. Sul mio nome, scrissi il telefono personale di Pérol. Dietro, un indirizzo. Quello di Batisti. «Contatta Pérol. In ufficio. A casa. Ovunque. Devi trovarlo, Babette. Digli di venire a questo indirizzo. Presto. Ok?».

«Vengo con te».

L'afferrai per le spalle, scuotendola.

«Non se ne parla neppure! Non ti devi immischiare. Ma puoi aiutarmi. Trovami Pérol. Ciao».

Mi riacciuffò per la giacca.

«Fabio!».

«Non preoccuparti. Ti pagherò le telefonate».

Batisti abitava in rue des Flots-Bleus, sopra il ponte della Fausse-Monnaie, una villa sovrastante Malmousque, la lingua di terra più vicino alla rada. Uno dei più bei quartieri di Marsiglia. Le ville, costruite sugli scogli, avevano una vista magnifica. Dalla Madrague de Montredon, sulla sinistra, ben oltre l'Estaque, sulla destra. Di fronte, le isole d'Endoume, il Fortin, la Tour du Canoubier, il Château d'If e le isole del Frioul, Pomègues e Ratonneaux.

Andavo a tavoletta, ascoltando una vecchia registrazione di

Dizzy Gillespie. Stavo arrivando a place d'Aix, quando attaccò *Manteca*, un pezzo che adoravo. Uno dei primi incontri tra jazz e salsa.

Le strade erano deserte. Presi la strada del porto, quai de Rive-Neuve, dove alcuni gruppetti di giovani sostavano ancora davanti al Trolleybus. Pensai di nuovo a Marie-Lou. Alla notte trascorsa con lei a ballare. Il piacere provato mi aveva riportato indietro di anni. All'epoca in cui ogni pretesto era buono per passare le notti in bianco. Ero invecchiato una mattina, tornando a casa. E non sapevo come.

Un'altra notte in bianco. Una città addormentata, dove, anche di fronte al Vamping, era rimasta una sola prostituta. Stavo per giocare alla roulette russa tutto il mio passato. Gioventù e amicizie. Manu, Ugo. Tutti gli anni che erano seguiti. I migliori e i peggiori. Gli ultimi mesi, gli ultimi giorni. Contro un futuro nel quale avrei potuto dormire in pace.

La posta in gioco non era abbastanza alta. Non potevo affrontare Batisti solo con dei sogni da pescatore. Cosa avevo da giocarmi? Quattro donne. Babette, l'amicizia trovata, Leila, un appuntamento mancato. Marie-Lou, una promessa fatta. Lole, persa, e attesa. Fiori, picche, quadri, cuori. L'amore delle donne, pensai, parcheggiando cento metri prima della villa di Batisti.

Aspettava sicuramente una chiamata di Simone. Preoccupato. Dopo la mia telefonata a Les Restanques, doveva essersi deciso molto rapidamente. Ucciderci tutti in una sola volta. Non era da lui agire con precipitazione. Era un calcolatore, come tutti gli astiosi. Agiva freddamente. Ma l'occasione era troppo buona. Non si sarebbe più ripresentata ed era maledettamente vicino alla meta che si era prefisso, quando aveva sepolto Tino.

Feci il giro della villa. Il cancello d'ingresso era chiuso e non sarei mai riuscito a forzare una simile serratura. Tra l'altro, doveva essere collegata a un sistema di allarme. Non potevo suonare e dire: "Salve Batisti, sono Montale". Ero bloccato. Poi mi ricordai che tutte quelle ville erano accessibili a piedi, attraverso vecchi sentieri che scendevano direttamente al mare. Con Ugo e Manu avevamo esplorato quel quartiere nei minimi recessi. Ripresi la macchina e scesi, senza accendere il motore, fino alla Corniche. Ingranai la marcia, feci cinquecento metri e girai a sinistra, per il vallone della Baudille. Parcheggiai e continuai a piedi, scendendo le scale della traverse Olivary.

Mi trovavo a est della villa di Batisti. Davanti alle mura di cinta della sua proprietà. Le costeggiai, trovando quel che cercavo. La vecchia porta di legno che dava sul giardino. Era ricoperta di vite vergine. Non la usavano più da secoli. Non c'erano né serrature né chiavistelli. Spinsi la porta ed entrai.

Il pianterreno era illuminato. Costeggiai la casa. Trovai una finestrella aperta. Saltai e scivolai all'interno. Il bagno. Tirai fuori la pistola e mi inoltrai nella casa. In un grande salone, Batisti, in calzoncini e maglietta, era assopito davanti alla televisione. Una videocassetta. *La Grande Vadrouille*. Russava leggermente. Mi avvicinai piano piano e gli puntai la pistola alla tempia. Sussultò.

«Uno zombi». Sgranò gli occhi, realizzò e impallidì. «Ho lasciato gli altri a Les Restanques. Non mi piacciono le feste di famiglia. Né i san Valentino. Vuoi sapere i dettagli? Quanti cadaveri c'erano, e tutto il resto?».

«Simone?» articolò.

«In piena forma. È molto bella, tua figlia. Avresti potuto presentarmela. Anche a me piace molto quel tipo di donna. Merda! Tutto per Manu e niente per i suoi amichetti».

«Cosa stai dicendo?».

Si stava svegliando.

«Non muoverti, Batisti. Metti le mani in tasca e non muoverti. Sono stanco. Non mi controllo più tanto bene». Obbedì. Stava riflettendo. «Non hai più speranze. I tuoi due italiani sono morti, anche loro. Parlami di Manu. Quando ha conosciuto Simone?».

«Due anni fa. Forse più. Non so dove fosse la sua amica. In

Spagna, credo. L'avevo invitato a mangiare la bouillabaisse, all'Épuisette, al Vallon des Auffes. Simone era venuta con noi. Era il giorno di chiusura di Les Restanques. Hanno legato, ma non me ne sono reso conto. Non subito. Simone e Manu, non mi dispiaceva l'idea. I fratelli Poli non li ho mai potuti sopportare. Soprattutto Emile. Poi la sua ragazza è tornata. Credevo fosse finita tra lui e Simone. Era meglio così. Avevo paura che scoppiasse un casino. Emile è un violento. Hanno continuato e...».

«Lascia perdere i dettagli».

«Un giorno ho detto a Simone: Manu farà ancora un lavoro per me, poi se ne andrà a Siviglia con la sua amica. "Ah!" ha detto Simone, "non lo sapevo". Ho capito che non era finita tra loro. Ma era troppo tardi, avevo fatto la gaffe».

«Lo ha ucciso, vero?».

«Manu aveva detto a Simone che sarebbero partiti insieme. In Costarica, o in qualche posto del genere. Ugo gliene aveva parlato bene».

«Lo ha ucciso, vero?» ripetei. «Dillo! Accidenti a te!».

«Sì».

Gli allungai una sberla. Quella che volevo dargli da tanto tempo. Poi, una seconda, una terza. Piangendo. Perché lo sapevo, non avrei potuto schiacciare il grilletto. Neppure strangolarlo. Non provavo odio. Solo disgusto. Potevo avercela con Simone per essere bella come Lole? Potevo avercela con Manu per essersi scopato il fantasma di un amore? Potevo avercela con Ugo per aver spezzato il cuore di Lole?

Avevo posato l'arma e mi ero buttato su Batisti. Lo avevo sollevato e continuavo a picchiare. Era solo un mollusco. Lo lasciai e cadde a terra a quattro zampe. Mi lanciò un'occhiata da cane. Intimorito.

«Non meriti neppure una pallottola in testa» dissi, pensando che era proprio quello che avrei avuto voglia di fare.

«Questo lo dici tu» urlò una voce alle mie spalle. «Stronzo, sdraiati a terra, allarga le gambe e metti le mani sopra la testa. Tu, vecchio, rimani dove sei».

Wepler.

Me l'ero dimenticato.

Ci passò accanto, raccolse la mia pistola, controllò se era carica e tolse la sicura. Aveva un braccio insanguinato.

«Grazie per avermi mostrato la strada, stronzo!» disse, dandomi un calcio.

Batisti sudava pesantemente.

«Wepler, aspetta!» implorò.

«Sei peggio di tutti i musi gialli messi insieme. Peggio di quei pezzi di merda di arabi». Con la pistola in mano si avvicinò a Batisti. Gli appoggiò la canna alla tempia. «Alzati. Non sei altro che una larva, ma morirai in piedi».

Batisti si alzò. Era osceno quell'uomo in pantaloncini e maglietta con le gocce di sudore che cadevano sui suoi cuscinetti di grasso. E quella paura negli occhi. Uccidere era facile. Morire…

Il colpo partì.

E nella stanza si sentì l'eco di diverse detonazioni. Batisti mi crollò addosso. Vidi Wepler fare due passi, saltellando. Ci fu un altro sparo, e passò attraverso la porta a vetri del salone.

Ero ricoperto di sangue. Il sangue marcio di Batisti. Aveva gli occhi aperti. Mi guardavano. Balbettò:

«Ma-nu…gli vo-le-vo be…».

Uno spruzzo di sangue mi arrivò in faccia. E vomitai.

Poi vidi Auch. E gli altri. La sua squadra. Poi Babette, che corse verso di me. Spostai il corpo di Batisti. Babette si inginocchiò.

«Sei ferito?».

«Pérol? Ti avevo detto Pérol».

«Un incidente. Rincorrevano una macchina. Una Mercedes, con a bordo degli zingari. Cerutti ha perso il controllo della macchina, sull'autostrada del Littoral, all'altezza del bacino di Radoub. Il guard-rail. Pérol è morto sul colpo».

«Aiutami» dissi, tendendole la mano.

Ero stravolto. Avevo la morte ovunque. Sulle mani. Sulle labbra. Nella bocca. Nel corpo. Nella testa. Ero un morto vivente.

Vacillai. Babette mi mise il braccio sotto la spalla. Auch si avvicinò. Con le mani in tasca, come sempre. Sicuro. Fiero. Forte.

«Tutto bene?» disse, guardandomi.

«L'estasi, come vedi».

«Sei solo un rompicoglioni, Fabio. Tra alcuni giorni, li avremmo presi tutti. Hai scatenato un casino. E, ora, abbiamo solo cadaveri».

«Lo sapevi? Morvan? Tutto?».

Annuì. Soddisfatto di sé, dopo tutto.

«Non hanno fatto altro che cazzate. Il tuo amico per primo. L'ha fatta grossa».

«Sapevi anche di Ugo e hai lasciato fare?».

«Dovevamo andare fino in fondo. Stavamo preparando la retata del secolo! Arresti in tutta Europa».

Mi tese una sigaretta. Gli sferrai un pugno in faccia con la forza che ero andato a prendere nel buco più profondo, umido e nero, dove imputridivano Manu, Ugo e Leila. Urlando.

E svenni, almeno credo.

Epilogo
Nulla cambia ed è un nuovo giorno

La voglia di pisciare mi svegliò verso mezzogiorno. Sulla segreteria c'erano sei messaggi. Non me ne fregava niente. Ripiombai immediatamente nel buio più fitto. Quando mi risvegliai, il sole stava tramontando. Undici messaggi che potevano ancora aspettare. In cucina trovai un biglietto di Honorine. "Non mi ero accorta che dormivi. Ho messo del ripieno nel frigo. Ha chiamato Marie-Lou. Sta bene. Ti abbraccia. Babette ha riportato la macchina. Anche lei ti abbraccia". E ancora sotto: "Ho letto il giornale".

Non potevo rimanere a lungo così. Fuori dalla porta, la terra continuava a girare. C'era qualche stronzo in meno al mondo. Un nuovo giorno, ma nulla era cambiato. Fuori, ci sarebbe stato sempre odore di marcio e né io né nessun altro potevamo farci niente. Si chiamava vita, quel cocktail di odio e amore, di forza e debolezza, di violenza e passività. E mi aspettava. I miei capi, Auch, Cerutti. La moglie di Pérol. Driss, Kader, Jasmine, Karine. Mouloud. Mavros. Djamel, forse. Marie-Lou che mi abbracciava. E Babette e Honorine che, anche loro, mi abbracciavano.

Avevo tempo. Bisogno di silenzio. Nessuna voglia di muovermi, ancora meno di parlare. Avevo del ripieno, due pomodori e tre zucchine. Almeno sei bottiglie di vino, di cui due di Cassis bianco. Una stecca di sigarette appena iniziata. Lagavulin a sufficienza. Ce l'avrei fatta. Ancora una notte. E un giorno. E, ancora una notte, forse.

Ora che avevo dormito, che mi ero liberato dallo stordimento delle ultime ventiquattr'ore, i fantasmi mi avrebbero assalito. Avevano già iniziato. Con una danza macabra. Ero nella vasca, a fumare, con un bicchiere di Lagavulin vicino. Avevo chiuso gli occhi, per un attimo. Erano arrivati. Masse informi, cartilaginose e sanguinolente. In decomposizione. Su ordine di Batisti, si davano da fare per disseppellire i corpi di Manu e Ugo. E di Leila, strappandole i vestiti. Non riuscivo ad aprire la tomba, per scendere a salvarli. Toglierli dalle grinfie di quei mostri. Paura di mettere il piede nel buco nero. Ma Auch, dietro di me, con le mani in tasca, mi spingeva a calci in culo. Caddi nell'abisso melmoso. Tirai fuori la testa dall'acqua. Respirando forte. Poi, mi sciacquai con acqua fredda.

Nudo, con il bicchiere in mano, restai a guardare il mare dalla finestra. Una notte senza stelle. Che fortuna! Non osai andare in terrazza, per paura di incontrare Honorine. Mi ero lavato, strofinato, ma l'odore della morte impregnava ancora la mia pelle. Ce l'avevo in testa. Babette mi aveva salvato la vita. Auch pure. Le volevo bene. Lui lo detestavo. Non avevo fame. E il rumore delle onde mi era insopportabile. Mi innervosiva. Ingoiai due Lexomil e mi rimisi a letto.

Svegliandomi il giorno dopo, verso le otto, feci tre cose. Presi un caffè con Honorine sulla terrazza. Parlammo del più e del meno, poi del tempo, della siccità e degli incendi che divampavano già. In seguito, scrissi una lettera di dimissioni. Concisa, laconica. Non sapevo più chi ero, ma sicuramente non un poliziotto. Poi andai a nuotare, per trentacinque minuti. Senza fretta. Senza forzare. Uscendo dall'acqua, guardai la mia barca. Era ancora troppo presto per usarla. Sarei dovuto andare a pesca per Pérol, sua moglie e sua figlia. Non avevo più alcun motivo, ora, per andarci. Domani, forse. O dopodomani. Il piacere della pesca sarebbe tornato. E con quello il piacere delle cose semplici. Honorine mi guardava, in cima alle scale. Era triste nel vedermi così, ma non avrebbe fatto nessuna domanda. Avrebbe aspettato che fossi io a parlare, se avessi voluto. Tornò in casa prima che io risalissi.

Indossai degli scarponcini, presi un berretto, uno zaino dove infilai un termos di acqua e un asciugamano. Avevo bisogno di camminare. La strada delle calanche era sempre riuscita a infondermi tranquillità. Mi fermai da un fioraio alla rotonda di Mazargue. Scelsi dodici rose e le inviai a Babette. Ti chiamerò. Grazie. E mi avviai verso il colle della Gineste.

Tornai tardi. Avevo camminato. Da una calanca all'altra. Poi, avevo nuotato, mi ero tuffato, avevo scalato. Concentrato sulle gambe, sulle braccia. I muscoli. E il respiro. Aspirare, espirare. Avanzare una gamba, un braccio. E ancora una gamba, un braccio. Sudare ogni impurità, bere, sudare ancora. Una riossigenazione totale. Provavo a tornare tra i vivi.

Menta e basilico. L'odore m'invase i polmoni, rimessi a nuovo. Il cuore iniziò a battermi all'impazzata. Respirai profondamente. Sul tavolo, le piante di menta e basilico che avevo annaffiato ogni volta che ero passato da Lole. Vicino, una valigia di tela, e un'altra, più piccola, di pelle nera.

Lole apparve nel vano della porta della terrazza. In jeans e canottiera nera. La sua pelle luccicava, bronzea. Era come era sempre stata. Come non avevo mai smesso di sognarla. Bella. Aveva attraversato il tempo, intatta. Sorrise e il suo viso si illuminò. I suoi occhi si posarono su di me.

Il suo sguardo. Su di me.

«Ti ho telefonato. Non rispondevi. Una quindicina di volte. Ho preso un taxi e sono venuta».

Eravamo lì, faccia a faccia. A un metro di distanza appena. Senza muoverci. Con le braccia penzoloni. Sorpresi di ritrovarci uno di fronte all'altra. Vivi. Intimiditi.

«Sono felice. Che tu sia qui».

Parlare.

Dissi una banalità dietro l'altra. Il caldo. Una doccia. Sei qui da molto? Hai fame? Sete? Vuoi un po' di musica? Un whisky?

Sorrise ancora. Fine delle banalità. Si sedette sul divano, davanti alle piante di menta e basilico.

«Non potevo lasciarle lì».
Un sorriso, di nuovo. «Solo tu potevi farlo».
«Qualcuno doveva pur farlo. Non credi?».
«Credo che sarei tornata comunque. Qualunque cosa tu avessi fatto o non fatto».
«Annaffiarle, significava far vivere l'anima del posto. Sei stata tu a insegnarcelo. Lì dove vive l'anima, l'altro è vicino. Avevo bisogno della tua esistenza. Per andare avanti. Aprire le porte intorno a me. Vivevo nel chiuso. Per pigrizia. Ci si accontenta sempre più facilmente. Un giorno, ci si accontenta di tutto. E si crede di aver trovato la felicità».
Si alzò e venne verso di me. Con la sua andatura aerea. Le mie braccia erano aperte. Dovevo solo stringerla a me. Mi baciò. Le sue labbra erano vellutate, come le rose che avevo inviato quella mattina a Babette, di un rosso scuro più o meno uguale. La sua lingua cercò la mia. Non ci eravamo mai baciati così.
Il mondo si stava rimettendo in ordine. Le nostre vite. Tutto quel che avevamo perso, sbagliato, dimenticato, trovava finalmente un senso. Con un solo bacio.
Quel bacio.

Mangiammo il ripieno, riscaldato, su cui avevo messo un goccio di olio d'oliva. Aprii una bottiglia di Terrine, un rosso di Toscana, che tenevo per una buona occasione. Ricordo di un viaggio con Rosa a Volterra. Raccontai a Lole tutti i fatti, nei dettagli. Come si disperdono le ceneri di un defunto. E che il vento porterà con sé.
«Sapevo di Simone. Ma non credevo in Manu e Simone. Non credevo neppure più in Manu e Lole. Non credevo più in niente. Quando Ugo arrivò, capii che era la fine. Non è tornato per Manu. È tornato per se stesso. Perché non ce la faceva più a correre dietro alla sua anima. Aveva bisogno di un vero motivo per morire. Sai, se Manu fosse rimasto con Simone, l'avrei

ucciso. Non per amore. Né per gelosia. Per principio. Manu non aveva più principi. Il Bene, era ciò che poteva avere. Il Male, ciò che non poteva. Non si può vivere così».

Preparai i golf, le coperte e la bottiglia di Lagavulin. Presi Lole per mano e la portai alla barca. Attraversai la diga a remi, poi accesi il motore e feci rotta sulle isole del Frioul. Lole si sedette tra le mie gambe con la testa appoggiata sul mio petto. Ci passammo la bottiglia, le sigarette. Senza parlare. Marsiglia si avvicinava. Lasciai a babordo Pomègues e Ratonneaux, lo Château d'If, tirai dritto avanti, verso il passaggio.

Superata la diga Sainte-Marie, sotto il Pharo, fermai il motore lasciando cullare la barca. Ci eravamo avvolti nelle coperte. La mia mano riposava sulla pancia di Lole. Sulla sua pelle, dolce e bollente.

Marsiglia si scopriva così. Dal mare. Come l'aveva scoperta il Focese, un mattino, secoli fa. Con lo stesso stupore. Port of Massilia. Qui esistevano gli amanti felici, avrebbe potuto scrivere un Omero marsigliese, evocando Gyptis e Protis. Il viaggiatore e la principessa. Il sole apparve dietro le colline. Lole mormorò:

Oh convoglio dei gitani,
Che lo strepito dei nostri cavalli possa orientarti...

Una delle poesie preferite da Leila.

Erano tutti qui. I nostri amici, i nostri amori. Lole posò la mano sulla mia. La città poteva incendiarsi. Bianca, poi ocra e rosa.

Una città in armonia con i nostri cuori.

CHOURMO
IL CUORE DI MARSIGLIA

Nota dell'autore

Niente di quello che leggerete è mai esistito. Tranne, ovviamente, ciò che è vero. E che avete potuto leggere sui giornali, o vedere in televisione. Poche cose, in fin dei conti. E, sinceramente, spero che la storia qui raccontata resterà al suo posto: nelle pagine di questo libro. Detto ciò, Marsiglia, lei sì che è reale. Talmente reale che vorrei non si cercassero somiglianze con personaggi veramente esistiti. Neppure con il protagonista. Quello che dico di Marsiglia, la mia città, sono solo, e sempre, echi e reminiscenze. Dunque, quanto si può leggere tra le righe.

Per Isabelle e Gennaro,
mia madre e mio padre, semplicemente

È una brutta epoca, ecco tutto.
RUDOLPH WURLITZER

In memoria di Ibrahim Ali,
ucciso il 24 febbraio 1995
nei quartieri nord di Marsiglia,
dagli attacchini del Fronte nazionale.

Prologo
Capolinea: Marsiglia, stazione Saint-Charles

Dall'alto dei gradini della stazione Saint-Charles, Guitou, come lo chiamava ancora sua madre, contemplava Marsiglia. "La grande città". Sua madre ci era nata, ma non gliel'aveva mai fatta vedere. Malgrado le promesse. Adesso era lì. Solo. Come un adulto.

E tra due ore, avrebbe rivisto Naïma.

Per questo era venuto.

Con le mani infilate nelle tasche dei jeans e una Camel tra le labbra, scese lentamente la scalinata. Di fronte alla città.

«In fondo alle scale» gli aveva detto Naïma, «trovi il boulevard d'Athènes. Lo segui fino alla Canebière. Giri a destra. Verso il Vieux-Port. Ancora a destra, dopo duecento metri, vedrai un grande bar all'angolo, La Samaritaine. Ci incontriamo lì. Alle sei. Non puoi sbagliarti».

Le due ore che aveva davanti lo rassicuravano. Poteva trovare il bar. Essere puntuale. Non voleva far aspettare Naïma. Era ansioso di rivederla. Di prenderla per mano, di stringerla tra le braccia, di baciarla. Quella sera avrebbero dormito insieme. Per la prima volta. La prima volta, per lei e per lui. Mathias, un compagno di liceo di Naïma, gli prestava il monolocale. Sarebbero stati soli, loro due. Finalmente.

Questo pensiero lo fece sorridere. Un sorriso timido, come quando aveva conosciuto Naïma.

Poi fece una smorfia, pensando a sua madre. Senz'altro, al ritorno, se la sarebbe vista brutta. Non solo aveva tagliato la corda senza permesso, a tre giorni dall'inizio della scuola, ma prima di partire si era anche fregato mille franchi dalla cassa del negozio. Una boutique di prêt-à-porter, piuttosto chic, nel centro di Gap.

Alzò le spalle. Non sarebbero stati mille franchi a mettere in pericolo il tran tran familiare. Con la madre tutto si sarebbe sistemato. Come sempre. Ma era l'altro a preoccuparlo. Quel grande stronzo che pretendeva di fargli da padre. Già una volta l'aveva picchiato per via di Naïma.

Attraversando i viali di Meilhan, vide una cabina telefonica. Pensò che sarebbe stato comunque meglio chiamare la madre. Per non farla preoccupare.

Posò lo zainetto e infilò la mano nella tasca posteriore dei jeans. Cazzo! Il portafoglio, sparito! Si palpò l'altra tasca, preso dal panico, poi quella del giubbotto, anche se non era sua abitudine metterlo lì. Niente. Come aveva fatto a perderlo? L'aveva ancora, uscendo dalla stazione. Ci aveva rimesso il biglietto del treno.

Si ricordò. Scendendo le scale della stazione, un *beur*[1] gli aveva chiesto da accendere. Aveva tirato fuori lo Zippo. Nello stesso istante era stato urtato, con una spinta alla schiena, da un altro *beur* che scendeva correndo. Come un ladro, aveva pensato. C'era mancato poco che perdesse l'equilibrio, e si era ritrovato tra le braccia dell'altro. Si era fatto fregare alla grande.

Ebbe una vertigine. Rabbia e preoccupazione. Non aveva più documenti, scheda telefonica e biglietto del treno, ma soprattutto non aveva quasi più soldi. Gli rimanevano solo il resto del biglietto ferroviario e del pacchetto di Camel. Trecentodieci franchi. «Merda!» esclamò ad alta voce.

«Tutto bene?» gli chiese un'anziana signora.

«Mi sono fatto fregare il portafoglio».

«Ah! Poverino. Non c'è niente da fare! Sono disgrazie che capitano tutti i giorni». Lo guardò con compassione. «Non deve andare dalla polizia. Non deve! Sarebbe ancora peggio!».

---

[1] Persona nata in Francia da genitori arabi immigrati.

E proseguì, con la piccola borsa stretta al petto. Guitou la seguì con lo sguardo. Si mescolò alla folla eterogenea dei passanti, perlopiù neri e arabi.

Marsiglia, non era un granché come inizio!

Per scacciare la iella, baciò la medaglietta d'oro con la Vergine che gli pendeva sul petto ancora abbronzato dall'estate in montagna. Sua madre gliel'aveva regalata per la comunione. Quella mattina lei se l'era tolta e gliel'aveva messa intorno al collo. «Viene da lontano» aveva detto. «Ti proteggerà».

Non credeva in Dio, ma era superstizioso, come tutti i figli di italiani. E poi baciare la Vergine era come baciare sua madre. Quando era bambino e lei lo metteva a letto, gli dava un bacio sulla fronte. Quel movimento faceva oscillare la medaglietta sulle opulente tette della madre, vicino alle sue labbra.

Scacciò quell'immagine, che come sempre lo eccitava. E pensò a Naïma. I suoi seni, anche se meno grandi, erano belli quanto quelli della madre. Altrettanto scuri. Una sera, dietro il fienile dei Reboul, aveva infilato la mano sotto il maglione di Naïma, baciandola. Lei glieli aveva lasciati accarezzare. Lentamente, aveva alzato il maglione per guardarli. Le sue mani tremavano. «Ti piacciono?» aveva chiesto Naïma a bassa voce. Non aveva risposto, solo aperto le labbra per prenderli in bocca, uno dopo l'altro. Si eccitò. Stava per incontrare Naïma e il resto non aveva molta importanza.

Se la sarebbe cavata.

Naïma si svegliò di soprassalto. Un rumore, al piano di sopra. Uno strano rumore. Sordo. Il cuore le batteva forte. Tese l'orecchio, trattenendo il respiro. Niente. Silenzio. Una luce debole filtrava attraverso le persiane. Che ora poteva essere? Non aveva l'orologio. Guitou dormiva tranquillamente. A pancia in giù. Il viso girato verso di lei. Poteva appena sentire il suo respiro. Quel respiro regolare la rassicurò. Si sdraiò di nuovo e si strinse a lui, con gli occhi aperti. Avrebbe volentieri fumato, per calmarsi. Riaddormentarsi.

Fece scivolare delicatamente la mano sulle spalle di Guitou, poi la fece scendere sulla schiena in una lunga carezza. Aveva la pelle morbida. Dolce. Come gli occhi, il sorriso, la voce, le parole che le diceva. Come le mani, quando la toccava. Quella dolcezza era ciò che l'aveva attratta. Quasi femminile. I ragazzi che aveva conosciuto e con cui aveva flirtato, Mathias compreso, erano più bruschi nel loro modo di fare. Al primo sorriso di Guitou, lei aveva immediatamente desiderato di stare tra le sue braccia e di posare la testa sul suo petto.

Aveva voglia di svegliarlo. Per farsi accarezzare, come prima. Le era piaciuto, le dita sul suo corpo, lo sguardo stupito che la rendeva bella. E innamorata. Fare l'amore le era sembrata la cosa più naturale del mondo. E anche questo le era piaciuto. Sarebbe stato altrettanto bello quando avrebbero ricominciato? Sarebbe stato sempre così? Al solo ricordo, sentì dei brividi sulla pelle. Sorrise, poi baciò la spalla di Guitou e si strinse ancora più forte a lui. Era caldo.

Si mosse. La sua gamba scivolò tra quelle di lei. Aprì gli occhi.

«Sei sveglia?» mormorò, carezzandole i capelli.

«Un rumore. Ho sentito un rumore».

«Hai paura?».

Non c'era motivo di aver paura.

Hocine dormiva al piano superiore. Avevano parlato un po' con lui quando erano venuti a prendere le chiavi, prima di andare a mangiare una pizza. Era uno storico algerino. Uno storico dell'antichità. Si interessava agli scavi archeologici di Marsiglia. "Un'incredibile ricchezza" aveva iniziato a spiegare. Sembrava appassionante. Ma l'avevano ascoltato distrattamente. Ansiosi di rimanere loro due, da soli. Ansiosi di dirsi che si amavano. E di amarsi.

I genitori di Mathias ospitavano Hocine da più di un mese. Erano andati per il week-end nella loro villa di Sanary, nel Var. E Mathias aveva lasciato ai due amici il suo monolocale al pianterreno.

Era una di quelle belle case ristrutturate del Panier, all'angolo tra rue Belles-Ecuelles e rue Puits Saint-Antoine, vicino a place de la Lorette. Il padre di Mathias, un architetto, aveva ridisegnato l'interno. Tre piani. Fino alla terrazza all'italiana sul tetto, da cui si dominava tutta la rada, dall'Estaque alla Madrague de Montredon. Sublime.

Naïma aveva detto a Guitou: «Domani mattina andrò a prendere il pane. Faremo colazione sulla terrazza. Vedrai com'è bello». Voleva che amasse Marsiglia. La sua città. Gliene aveva parlato tanto. Guitou era stato un po' geloso di Mathias. «Sei stata con lui?». Lei aveva riso, ma non gli aveva risposto. Dopo, quando gli aveva confessato: «Sai, davvero, è la prima volta», lui si era scordato di Mathias.

La promessa della colazione. La terrazza. Marsiglia.

«Paura di cosa?».

Fece scivolare la gamba su di lui, facendola salire fino alla pancia. Con il ginocchio gli sfiorò il pene, lo sentì indurirsi. Posò la guancia sul petto da adolescente di Guitou. Lui la strinse a sé. Le accarezzò la schiena. Naïma rabbrividì.

La desiderava di nuovo, tanto, ma non sapeva se si poteva fare. Se era ciò che lei voleva. Non sapeva niente delle ragazze, né dell'amore. Ma era follemente eccitato. Lei sollevò lo sguardo verso di lui. E le loro labbra s'incontrarono. Guitou l'attirò a sé e lei gli salì sopra. Poi lo sentirono urlare, Hocine.

L'urlo li pietrificò.

«Dio mio» disse Naïma, quasi senza voce.

Guitou la spinse via e saltò fuori dal letto. S'infilò i pantaloni.

«Dove vai?» chiese lei senza osare muoversi.

Non lo sapeva. Aveva paura. Ma non poteva restare così. Mostrare di aver paura. Era un uomo, ora. E Naïma lo stava guardando.

Si era seduta sul letto.

«Vai a vestirti» disse Guitou.

«Perché?».

«Non lo so».

«Che succede?».

«Non lo so».

Dei passi rimbombarono nelle scale.

Naïma corse verso il bagno, raccogliendo le sue cose sparse. Con l'orecchio sulla porta, Guitou ascoltò. Altri passi per le scale. Dei mormorii. Aprì, senza realizzare veramente cosa stesse facendo. Come spiazzato dalla sua stessa paura. Vide prima l'arma. Poi lo sguardo dell'uomo. Crudele, tanto crudele. Tutto il suo corpo si mise a tremare. Non sentì lo sparo. Sentì solo un dolore lancinante invadergli la pancia, e pensò a sua madre. Cadde. La testa sbatté violentemente contro la pietra delle scale. L'arcata sopraccigliare si lacerò. Scoprì il gusto del sangue in bocca. Era schifoso.

«Filiamo» fu l'ultima cosa che poté udire. E sentì che lo scavalcavano. Come un cadavere.

CAPITOLO PRIMO
*Nel quale di fronte al mare la felicità
è un'idea semplice*

Non c'è nulla di più piacevole, quando si ha tempo da perdere, che farsi uno spuntino, la mattina, di fronte al mare.

A proposito di spuntini, Fonfon aveva appena sfornato un purè di acciughe. Tornavo dalla pesca, felice. Avevo preso una bella spigola, quattro orate e una decina di cefali. Il tortino di acciughe aumentò la mia felicità. Ho sempre apprezzato le piccole gioie quotidiane.

Aprii una bottiglia di rosato di Saint-Cannat. La qualità dei rosati di Provenza mi stupiva ogni anno di più. Brindammo, per farci la bocca. Quel vino della Commanderie de la Bargemone era una delizia. Si sentivano sotto la lingua le meravigliose giornate di sole sulle colline della Trévarèse. Fonfon mi strizzò l'occhio e ci mettemmo a spalmare il purè di acciughe sulle fette di pane, condendolo con pepe e aglio tritato. Il mio stomaco si svegliò al primo boccone.

«Ehi, accidenti, come fa bene questa cosa!».

«L'hai detto».

Non si poteva aggiungere altro. Anche una parola di più sarebbe stata una parola di troppo. Mangiammo senza parlare. Con gli occhi persi sulla superficie del mare. Un bel mare autunnale, blu scuro, quasi vellutato. Non me ne stancavo mai. Ogni volta sorpreso dal fascino che esercitava su di me. Un richiamo. Ma non ero un marinaio, né un viaggiatore. Conservavo dei sogni, laggiù, oltre l'orizzonte. Sogni da adolescente. Ma non mi ero mai spinto così lontano. Tranne una volta. Nel mar Rosso. Tanto tempo fa.

Mi avvicinavo ai quarantacinque anni e, come molti marsigliesi, i racconti di viaggi mi incantavano più dei viaggi stessi. Non mi ci vedevo a prendere un aereo per Città del Messico, Saigon o Buenos Aires. Facevo parte di una generazione per cui i viaggi avevano un significato preciso. Quello dei piroscafi, dei cargo. Della navigazione. Dei tempi imposti dal mare. Dei porti. Della passerella posata sulla banchina, e l'ebbrezza dei nuovi odori, dei visi sconosciuti.

Mi accontentavo di portare la mia barca, il *Tremolino*, al largo dell'isola Maire e dell'arcipelago di Riou, e di pescare per alcune ore, avvolto dal silenzio del mare. Non avevo più niente da fare, se non questo. Andare a pesca, quando ne avevo voglia. E giocare alla *belote* fra le tre e le quattro di pomeriggio. Scommettersi gli aperitivi a bocce.

Una vita regolare.

Ogni tanto andavo a farmi un giro nelle calanche, Sormiou, Morgiou, Sugiton, En-Vau... Ore di marcia, zaino in spalla. Sudavo, respiravo. Mi teneva in forma. Placava i miei dubbi, le mie paure. Le mie angosce. La bellezza mi riconciliava con il mondo. Sempre. È vero che sono belle le calanche. Ma dirlo non basta, bisogna venirle a vedere. Ci si può accedere solo a piedi o in barca. I turisti se ne guardavano bene, ed era meglio così.

Fonfon si alzò una decina di volte per andare a servire i clienti. Tipi che, come me, avevano l'abitudine di venire qui. Vecchi, soprattutto. Il suo cattivo carattere non era riuscito ad allontanarli. Nel suo bar non si poteva leggere neppure *Le Méridional*. Solo *Le Provençal* e *La Marseillaise* erano consentiti. Fonfon era un vecchio militante della SFIO[1]. Era un tipo aperto, ma non al punto di tollerare le idee del Fronte nazionale. Certamente non nel suo bar, dove si erano tenute così tante riunioni politiche. Gastounet[2], come veniva chiamato familiarmente l'ex sindaco,

---

[1] Sezione francese dell'Internazionale operaia. Nome del partito socialista in Francia dal 1905 al 1969.
[2] Gaston Defferre (1911-1986), personaggio di primo piano del socialismo francese, più volte ministro e sindaco di Marsiglia.

ci era venuto anche lui una volta, accompagnato da Milou, per stringere la mano ai militanti socialisti. Era il 1981. Poi era sopraggiunto il tempo delle delusioni. Dell'amarezza, anche.

Una mattina Fonfon aveva staccato il ritratto del presidente della Repubblica, che troneggiava sopra la macchina da caffè, e l'aveva buttato nel grosso secchio di plastica rossa della spazzatura. Si era sentito il rumore del vetro rotto. Da dietro il bancone Fonfon ci aveva guardati uno dopo l'altro, ma nessuno aveva aperto bocca.

Fonfon non aveva comunque riposto la sua bandiera. Né la lingua. Fifi Grandi Orecchie, uno dei nostri compagni di *belote*, aveva tentato di spiegargli, la settimana scorsa, che *Le Méridional* era cambiato. Era ancora un giornale di destra, d'accordo, ma liberale, diciamo. D'altronde in tutta la regione le pagine di cronaca locale erano comuni sia al *Provençal* che al *Méridional*. Dunque, fare tante storie…

Avevano quasi fatto a botte.

«A me un giornale che ha aumentato le vendite incitando a far fuori gli arabi fa venire il vomito. Solo vederlo mi fa sentire le mani sporche».

«Per Dio! Non si può parlare con te!».

«Bello mio, questo non significa parlare, ma straparlare. Non mi sono fatto un culo così per ascoltare le tue stronzate».

«Ecco, ci risiamo!» aveva detto Momo, gettando un otto di quadri sull'asso di fiori di Fonfon.

«A te nessuno ti ha chiesto niente! Hai fatto la guerra con la feccia mussoliniana! Considerati fortunato se ti puoi sedere a questo tavolo!».

«*Belote*» avevo detto.

Ma era troppo tardi. Momo aveva gettato le carte sul tavolo.

«Posso andare a giocare da un'altra parte».

«Ecco, bravo. Vai da Lucien. Lì le carte sono blu bianche e rosse. E il re di picche ha la camicia nera».

Momo se n'era andato e non aveva più rimesso piede nel bar.

Ma non andò da Lucien. Non giocava più alla *belote* con noi, ecco tutto. Ed era un peccato, perché gli volevamo bene, a Momo. Ma Fonfon non aveva torto. Non bisogna tenere la bocca chiusa solo perché si invecchia. Mio padre avrebbe fatto come lui. Peggio, forse, perché era comunista, e oggi nel mondo il comunismo è solo un cumulo di ceneri fredde.

Fonfon tornò con un piatto di fette di pane strofinate con aglio e pomodoro fresco. Solo per addolcire il palato. Là sopra il rosato trovò una nuova vivacità.

Il porto si svegliava lentamente, con i primi raggi di sole caldo. Non era lo stesso bordello della Canebière. No, era solo un brusio. Voci e musica, qui e là. Macchine in movimento. Motori di barche. E il primo autobus che arrivava per fare il pieno di liceali.

Finita l'estate, Les Goudes, ad appena mezz'ora dal centro della città, non era che un villaggio di seicento persone. Da quando ero tornato a vivere a Marsiglia, una decina d'anni circa, non ero riuscito a decidermi ad abitare altrove se non qui, a Les Goudes. Una casetta – due stanze e cucina – che avevo ereditato dai miei genitori. Nel tempo libero l'avevo risistemata alla bell'e meglio. Non era certo lussuosa, ma dalla terrazza, scendendo otto gradini, c'era il mare, e la mia barca. E questo era senz'altro meglio di tutte le speranze del paradiso.

Impossibile credere, per chi non è venuto fin qui, in questo piccolo porto consumato dal sole, di trovarsi in un quartiere di Marsiglia. Nella seconda città di Francia. Qui si sta in cima al mondo. La strada finisce a meno di un chilometro, a Callelongue, in un sentiero di pietra bianca, dalla vegetazione rada. È da lì che partivo per fare le passeggiate. Dalla valle della Mounine, e poi il Plan des Cailles, che permettono di raggiungere i colli di Cortiou e di Sormiou.

La barca della scuola sub uscì dal passaggio e fece rotta sulle isole di Frioul. Fonfon la seguì con gli occhi, poi volse lo sguardo verso di me e disse con gravità:

«Allora, cosa ne pensi?».

«Penso che ci fotteranno».

Ignoravo di cosa stesse parlando. Con lui, poteva trattarsi del ministro dell'Interno, del FIS[1], di Clinton. Del nuovo allenatore dell'Olympique Marsiglia. O addirittura del papa. Ma la mia risposta era senz'altro quella giusta. Perché era evidente che ci avrebbero fottuti. Più ci riempivano la testa con il sociale, la democrazia, la libertà, i diritti dell'uomo e tutte le altre manfrine, più ci fottevano. Vero come due più due fa quattro.

«Sì» disse. «Lo penso anch'io. È come alla roulette. Tu punti, punti di nuovo, c'è un unico numero giusto e perdi sempre. Come un cornuto».

«Ma finché giochi, rimani in vita».

«Per questo, al giorno d'oggi, bisogna puntare alto. Io, bello mio, non ho più molte fiches».

Finii il bicchiere e lo guardai. I suoi occhi erano posati su di me. Le occhiaie violacee gli divoravano la parte alta delle guance, accentuando la magrezza del viso. Fonfon, non l'avevo visto invecchiare. Non sapevo neanche più quanti anni avesse. Settantacinque, settantasei. Non era poi così vecchio.

«Tra un po' mi metto a frignare» dissi, scherzando.

Ma sapevo che lui non scherzava. Aprire il bar ogni mattina era diventato uno sforzo notevole. Non sopportava più i clienti. Non sopportava più la solitudine. Forse un giorno non avrebbe sopportato più neanche me, e questo lo preoccupava.

«Voglio smettere, Fabio».

Con un largo gesto indicò il bar. La grande sala con i venti tavolini, il calcetto all'angolo – un pezzo raro degli anni '60 –, il bancone, in fondo alla sala, in legno e zinco, che ogni mattina Fonfon lucidava con cura. E i clienti. Due tizi seduti al bancone. Uno immerso nell'*Equipe* e l'altro che, sopra le spalle, sbirciava i risultati sportivi. Due vecchi, uno di fronte all'altro. Uno

---

[1] Fronte islamico di salvezza, organizzazione di fondamentalisti islamici.

che leggeva *Le Provençal*, l'altro *La Marseillaise*. Tre liceali che aspettavano l'autobus raccontandosi le vacanze.

L'universo di Fonfon.

«Non dire stronzate!».

«Sono sempre stato dietro un bancone a servire. Da quando sono arrivato a Marsiglia con Luigi, il mio povero fratello. Non l'hai conosciuto, tu. Abbiamo iniziato a sedici anni. Al bar di Lenche. Lui si è messo a fare lo scaricatore. Io ho lavorato a Le Zanzi, al bar Jeannot aux Cinq-Avenues, e al Wagram, sul Vieux-Port. Dopo la guerra, quando ho avuto due soldi, ho cominciato qui. A Les Goudes. Si stava bene qui. Quarant'anni fa.

«Prima ci si conosceva tutti. Un giorno aiutavi Marius a ridipingere il suo bar. Il giorno dopo era lui che ti dava una mano a sistemare la terrazza. Andavamo a pesca insieme. Pescavamo alla tartana. C'era ancora il marito di Honorine, il povero Toinou. Non ti dico quanta roba riportavamo! E si mangiava tutti insieme. Facevamo delle enormi zuppe di pesce a casa di uno o dell'altro. Le donne, i bambini. Venti, trenta, a volte. E come si rideva! I tuoi genitori, lì dove sono, che Dio li protegga, scommetto che se lo ricordano ancora».

«Me lo ricordo, Fonfon».

«E tu volevi mangiare solo la zuppa con i crostini. Niente pesce. Piantavi tante di quelle grane alla tua povera mamma».

Smise di parlare, perso nei ricordi dei "bei tempi". Io, da quel verme che ero, mi divertivo ad affogare Magali, sua figlia, nelle acque del porto. Avevamo la stessa età. Tutti ci vedevano già sposati. Magali fu il mio primo amore. La prima con cui sono andato a letto. Nel fortino, sotto la Maronnaise. La mattina dopo ci beccammo un bel cazziatone perché eravamo tornati dopo mezzanotte.

Avevamo sedici anni.

«Tutto questo è acqua passata».

«Te l'ho detto. Vedi, avevamo ognuno le proprie idee. Urlavamo, peggio delle pescivendole. E io più degli altri, come puoi ben immaginare. Ma cazzo, avevamo rispetto. Ora, se non pisci addosso a chi è più povero di te, ti sputano in faccia».

«Cosa farai?».

«Chiudo».

«Ne hai parlato a Magali e a Fredo?».

«Ma sei rincoglionito? Da quant'è che non vedi Magali da queste parti? E i figli? Sono anni che giocano a fare i parigini. Con la macchina e tutto il resto. L'estate preferiscono andarsi ad abbronzare le chiappe a Benidorm, dai turchi, o alle isole di non so che. Qui, figurati, è un posto per poveracci come noi. E Fredo, mah, forse è morto. L'ultima volta che mi ha scritto stava andando ad aprire un ristorante a Dakar. Da allora i negri se lo saranno mangiato crudo! Vuoi un caffè?».

«Sì, volentieri».

Si alzò. Mi posò la mano sulla spalla e si chinò, sfiorandomi il viso con la guancia.

«Fabio, metti un franco sul tavolo, e il bar è tuo. Non ho smesso un attimo di pensarci. Non puoi restare così senza far niente, eh? I soldi vanno e vengono ma non durano mai tanto. Allora, mi tengo la casetta e quando muoio devi solo assicurarti che mi mettano vicino alla mia Louisette».

«Cazzo! Non sei mica morto, ancora!».

«Lo so e questo ti darà un po' di tempo per pensarci».

E se ne andò verso il bancone senza che potessi aggiungere altro. Del resto, non so cosa avrei potuto dire. La sua proposta mi lasciava senza parole. La sua generosità, soprattutto. Ma non riuscivo a vedermi dietro il bancone. Non riuscivo a vedermi da nessuna parte.

Avrei visto le cose accadere, come si dice da queste parti.

In quel momento vidi avvicinarsi Honorine. Camminava a passo veloce, con la sporta sotto il braccio. L'energia di quella piccola donna di settantadue anni mi sorprendeva sempre.

Stavo finendo il secondo caffè e leggendo il giornale. Il sole mi scaldava dolcemente la schiena permettendomi di non disperare troppo del mondo. La guerra continuava nella ex Jugoslavia. Un'altra stava per scoppiare in Africa. Un'altra ancora covava in Asia, alle frontiere della Cambogia. E sicuramente prima o poi sarebbe esplosa a Cuba. O in qualche altro posto in Centroamerica.

Vicino a noi non era certo più rasserenante.

"Furto sanguinario al Panier" titolava la cronaca locale del *Provençal*. Un articolo breve dell'ultima ora. Due persone erano state uccise. I proprietari, partiti per il week-end a Sanary, avevano scoperto solo ieri sera i cadaveri degli amici che ospitavano. E la loro casa svuotata di tutto ciò che poteva essere rivenduto: televisione, videoregistratore, hi-fi, cd... Secondo la polizia, la morte delle vittime risaliva alla notte tra venerdì e sabato, attorno alle tre.

Honorine venne dritta verso di me.

«Ero sicura di trovarti qui» disse posando a terra la sporta.

Fonfon apparve all'istante, sorridendo. Si volevano bene quei due.

«Salve Honorine».

«Fammi un caffettino, Fonfon. Ma non troppo ristretto, ne ho già presi parecchi». Si sedette e avvicinò la sedia. «Senti, c'è qualcuno che è venuto a farti visita».

Mi guardò, spiando la mia reazione.

«Dove? Da me?».

«Beh sì, da te. Non da me. Chi vuoi che venga a trovarmi, a me?». Aspettava che la interrogassi, ma aveva una gran voglia di parlare. «Non ti immagini chi è!».

«No».

Non riuscivo a immaginare chi potesse venire a trovarmi. Così, un lunedì alle nove e mezza di mattina. La donna della mia vita era dalla sua famiglia, tra Siviglia, Cordoba e Cadice, e non sapevo quando sarebbe tornata. Non sapevo neppure se Lole sarebbe mai tornata.

«Eh! Sarà una bella sorpresa». Mi guardò ancora, con gli occhi pieni di malizia. Non ce la faceva più. «È tua cugina. Tua cugina Angèle».

Gélou. La mia bella cugina. Questa sì che era una sorpresa. Non vedevo Gélou da dieci anni. Dal funerale di suo marito. Gino era stato ucciso, una notte, mentre chiudeva il ristorante a Bandol. Non era un delinquente, e dunque tutti pensarono a una brutta storia di racket. L'inchiesta si perse, come tante altre, in fondo a un cassetto. Gélou vendette il ristorante, prese i tre figli e se ne andò per ricominciare una nuova vita. Da allora, non avevo più avuto sue notizie.

Honorine si chinò verso di me e bisbigliò:

«Poveraccia, non sembra molto in forma. Ha dei guai, ci metterei la mano sul fuoco».

«Perché dici così?».

«È stata gentile. Mi ha dato un bacio, mi ha sorriso. Abbiamo fatto due chiacchiere bevendo un caffè. Ma non ho potuto fare a meno di notare che aveva il viso sciupato».

«Forse è solo stanca».

«Per me, ha dei guai. E per questo è venuta a trovarti».

Fonfon tornò con tre caffè. Si sedette di fronte a noi.

«Ho pensato che ne avresti preso volentieri un altro. Tutto bene?» chiese, guardandoci.

«È Gélou» disse Honorine. «Te la ricordi?». Annuì. «È appena arrivata».

«Sì, e allora?».

«Ha delle noie» dissi.

Honorine dava giudizi infallibili. Guardai il mare, pensando che la tranquillità era senz'altro finita. In un anno avevo preso due chili. Essere tranquillo iniziava a pesarmi. Dunque, con o senza guai, Gélou era la benvenuta. Vuotai la tazzina e mi alzai.

«Vado».

«E se prendessi una focaccia, per pranzo?» disse Honorine. «Si fermerà a mangiare, no?».

Capitolo secondo
Nel quale quando si apre bocca si dice sempre troppo

Gélou si voltò e tutta la mia giovinezza mi saltò addosso. Era la più bella del quartiere. Aveva fatto girare la testa a più d'uno, me per primo. Aveva accompagnato la mia infanzia, alimentato i miei sogni di adolescente. Era stata il mio amore segreto. Inaccessibile. Gélou era più grande. Aveva quasi tre anni più di me.

Mi sorrise, e due fossette le illuminarono il viso. Il sorriso di Claudia Cardinale. Gélou sapeva di assomigliarle. Quasi in ogni tratto. Ci giocava spesso con questa somiglianza, arrivava addirittura a vestirsi e pettinarsi come la star italiana. Non perdevamo nessuno dei suoi film. La mia fortuna era che ai fratelli di Gélou non piaceva il cinema. Preferivano le partite di calcio. Gélou veniva a chiamarmi, la domenica pomeriggio, per farsi accompagnare. Da noi, a diciassette anni una ragazza non usciva mai sola. Neanche per andare a trovare le amiche. Ci doveva sempre essere un maschio di casa. E Gélou mi voleva bene.

Adoravo stare con lei. Per strada, quando mi prendeva a braccetto, mi sentivo un re! Durante la proiezione del *Gattopardo* di Visconti, stavo per impazzire. Gélou si era avvicinata e mi aveva mormorato all'orecchio:

«Guarda che bella».

Alain Delon la prendeva tra le braccia. Avevo posato la mano su quella di Gélou e, quasi senza voce, le avevo risposto:

«Come te».

Restò con la mano nella mia per tutta la proiezione. Non capii niente del film, tanto ero eccitato. Avevo quattordici anni. Ma non somigliavo per niente a Delon, e Gélou era mia cugina. Quando la luce tornò in sala, la vita riprese il suo corso e io capii che sarebbe stata totalmente ingiusta.

Fu un sorriso fugace. Il lampo dei ricordi. Gélou si avvicinò. Feci appena in tempo a vederle gli occhi riempirsi di lacrime ed era già tra le mie braccia.

«Sono contenta di vederti» dissi, stringendola a me.

«Ho bisogno del tuo aiuto, Fabio».

La stessa voce roca dell'attrice. Ma non era una replica del film. Non eravamo più al cinema. Claudia Cardinale si era sposata, aveva avuto dei figli e viveva felice. Alain Delon era ingrassato e guadagnava un sacco di soldi. Noi eravamo invecchiati. La vita, come promesso, era stata ingiusta con noi. E lo era ancora. Gélou aveva dei problemi.

«Ora mi racconti».

Guitou, il più piccolo dei tre maschi, era fuggito di casa. Venerdì mattina. Senza lasciare un biglietto, niente. Aveva soltanto fregato mille franchi dalla cassa del negozio. Da allora, silenzio. Aveva sperato che la chiamasse, come quando andava in vacanza dai cugini di Napoli. Aveva pensato che sarebbe tornato il sabato. Lo aveva aspettato tutto il giorno. Poi tutta la domenica. Stanotte era crollata.

«Dove pensi che sia andato?».

«Qui. A Marsiglia» rispose, senza esitare.

I nostri occhi si incrociarono. Lo sguardo di Gélou si perse lontano, lì dove non era facile essere madre.

«Ti devo spiegare».

«Credo anch'io».

Rifeci il caffè per la seconda volta. Avevo messo un disco di Bob Dylan. L'album *Nashville Skyline*. Il mio preferito. Con *Girl from the North Country*, un duo con Johnny Cash. Una vera meraviglia.

«È vecchio questo, sono anni che non lo sentivo. Ascolti ancora queste cose?».

Aveva detto le ultime parole quasi con disgusto.

«Questo e altro. I miei gusti cambiano poco. Ma posso metterti Antonio Machin, se preferisci. *Dos gardenias por amor*». Canticchiai, accennando qualche passo di bolero.

Non la feci sorridere. Forse preferiva Julio Iglesias! Evitai di chiederglielo e mi diressi in cucina.

Ci eravamo messi in terrazza, di fronte al mare. Gélou era seduta su una poltrona di vimini, la mia preferita. Con le gambe incrociate, fumava pensierosa. Dalla cucina la osservavo con la coda dell'occhio, aspettando che uscisse il caffè. Da qualche parte in un armadio ho una meravigliosa caffettiera elettrica, ma continuo a usare la mia vecchia caffettiera italiana. Questione di gusti.

Gélou, il tempo sembrava averla risparmiata. Si avvicinava alla cinquantina e restava una bella donna, desiderabile. Sottili zampe di gallina agli angoli degli occhi, uniche rughe, la rendevano ancora più seducente. Ma in lei c'era qualcosa che mi disturbava. Che mi aveva disturbato dal momento in cui si era allontanata dalle mie braccia. Sembrava appartenere a un mondo nel quale non avevo mai messo piede. Un mondo rispettabile. Dove si respira Chanel n° 5 anche in un campo da golf. Dove le feste sono una sfilza di comunioni, fidanzamenti, matrimoni, battesimi. Dove tutto è in armonia, anche tra le lenzuola, i copripiumini, le camicie da notte e le pantofole. E gli amici, relazioni mondane con gente che si invita a cena una volta al mese, e che ricambia l'invito. Avevo visto una Saab nera parcheggiata davanti alla mia porta ed ero pronto a scommettere che il tailleur grigio che indossava Gélou non era stato comprato ai grandi magazzini.

Dalla morte di Gino in poi avevo senz'altro perso alcuni episodi della vita della mia bella cugina. Morivo dalla voglia di saperne di più, ma non era da lì che dovevo cominciare.

«Quest'estate Guitou si è fatto un'amichetta. Un flirt, ecco. Era in campeggio con un gruppo di amici al lago di Serre-

Ponçon. L'ha conosciuta a una festa di paese. A Manse, credo. Durante l'estate ci sono feste di paese, con balli, eccetera. Da quel giorno non si sono più lasciati».

«È normale, alla sua età».

«Sì. Ma ha solo sedici anni e mezzo. E lei diciotto, capisci».

«Beh, deve essere un bel ragazzino il tuo Guitou» dissi scherzando.

Di nuovo nessun sorriso. E non si rilassava. Era angosciata. Non riuscivo a rasserenarla. Prese la borsa che era ai suoi piedi. Una borsa di Vuitton. Tirò fuori il portafoglio, lo aprì e mi tese una foto.

«Eravamo in montagna, quest'inverno. A Serre-Chevalier».

Lei e Guitou. Magro come un chiodo e di una spanna più alto di lei. Capelli lunghi, scompigliati, gli ricadevano sulla fronte. Un viso quasi effeminato. Quello di Gélou. E lo stesso sorriso. Vicino a lei sembrava sbiadito. Tanto lei appariva sicura, determinata, tanto lui sembrava non debole, ma fragile. Sapevo che era l'ultimo, quello che lei e Gino non aspettavano più, e che aveva dovuto viziare moltissimo. Ciò che mi sorprese è che solo la bocca di Guitou sorrideva, non i suoi occhi. Lo sguardo, perso nel vuoto, era triste. E dal modo in cui teneva gli sci, immaginai che tutto ciò lo annoiasse terribilmente. Non lo dissi a Gélou.

«Sono sicuro che, a diciotto anni, avrebbe fatto perdere la testa anche a te».

«Trovi che somigli a Gino?».

«Ha il tuo sorriso. Difficile resistergli. Lo sai».

Non colse l'allusione. O non volle. Alzò le spalle e mise via la foto.

«Vedi, Guitou si illude facilmente. È un sognatore. Non so da chi abbia preso. Passa ore e ore a leggere. Non gli piace lo sport. Il minimo sforzo sembra costargli tanto. Marc e Patrice non sono così. Sono più... terra terra. Più pratici».

Capivo. Realisti, si dice oggi.

«Vivono con te, Marc e Patrice?».

«Patrice è sposato. Da tre anni. Gestisce un negozio che ho a Sisteron. Con la moglie. Le cose gli vanno bene. Marc è negli Stati Uniti, da un anno. Sta studiando ingegneria turistica. È ripartito dieci giorni fa». Si fermò, pensierosa. «È la prima ragazza per Guitou. Insomma, la prima di cui sono al corrente».

«Te ne ha parlato?».

«Quando è ripartita, dopo il 15 agosto, non la finivano più di telefonarsi. Mattina e sera. Stavano ore al telefono. La cosa stava iniziando a diventare seria. Ho dovuto dirgli qualcosa».

«Cosa speravi? Che finisse così? Un ultimo bacino, arrivederci e grazie?».

«No, ma...».

«Credi che sia venuto a trovarla? È così?».

«Non lo credo, lo so. Prima voleva che invitassi la sua amica per un week-end a casa e ho rifiutato. Poi mi ha chiesto il permesso di andarla a trovare a Marsiglia e ho detto di no. È troppo giovane. E poi, non trovavo fosse giusto, alla vigilia dell'inizio della scuola».

«E così, trovi che sia meglio?» dissi, alzandomi.

Questa conversazione mi innervosiva. Potevo capire la paura di vederlo volare via verso un'altra donna. Soprattutto il più piccolo. Le madri italiane sono eccellenti in questo. Ma no, c'era dell'altro. Gélou non mi diceva tutto, lo sentivo.

«Non voglio un consiglio, Fabio, ma un aiuto».

«Se credi di rivolgerti a uno sbirro, hai sbagliato indirizzo» dissi con freddezza.

«Lo so. Ho chiamato il commissariato. Non sei in servizio da oltre un anno».

«Ho dato le dimissioni. Una lunga storia. Comunque ero solo un misero poliziotto di periferia. Nei quartieri nord».

«Sono venuta a trovare te, non il poliziotto. Voglio che tu vada a cercarlo. Ho l'indirizzo della ragazza».

Ora avevo smesso di capire.

«Aspetta, Gélou. Spiegami. Se hai l'indirizzo, perché non ci sei andata direttamente? Perché non hai chiamato, almeno?».

«Ho telefonato. Ieri. Due volte. Ho parlato con la madre. Mi ha detto di non conoscere Guitou. Che non l'aveva mai visto. E che sua figlia non c'era. Che era da suo nonno e che non aveva telefono. Fesserie».

«Forse è vero».

Pensavo. Cercavo di mettere ordine in tutto quel casino. Ma ancora mi mancavano elementi, ne ero certo.

«A cosa pensi?».

«Che impressione ti ha fatto quella ragazzina?».

«L'ho vista una sola volta. Il giorno della sua partenza. È venuta a prendere Guitou a casa per farsi accompagnare alla stazione».

«E com'è?».

«Così».

«Così, come? È bella?».

Alzò le spalle.

«Mah».

«Sì o no? Merda! Cos'ha? È brutta? Inferma?».

«No. È... No, è bella».

«Beh, si direbbe che ti dispiaccia. Ti sembra seria?».

Alzò di nuovo le spalle e, a dire il vero, iniziava proprio a innervosirmi.

«Non lo so, Fabio».

Lo disse con una punta di panico nella voce. I suoi occhi diventarono sfuggenti. Ci stavamo avvicinando alla verità.

«Come non lo sai? Non le hai parlato?».

«Alex l'ha sbattuta fuori».

«Alex?».

«Alexandre. L'uomo con cui vivo dopo la... Poco dopo la morte di Gino».

«Ah! E perché lo ha fatto?».

«È... è una giovane araba. E... non ci piacciono tanto, tutto qui».

Eccoci. Era lì che il meccanismo si inceppava. Improvvisamente, non osai più guardare Gélou. Mi voltai, verso il mare.

Come se potesse rispondere di tutto. Mi vergognavo. L'avrei volentieri sbattuta fuori, ma era mia cugina. Suo figlio era fuggito, rischiava di perdere l'inizio della scuola, ed era preoccupata. E questo, malgrado tutto, potevo capirlo.

«Di cosa avete avuto paura? Che la piccola araba potesse sporcarvi? Per Dio, ma che cazzo! Lo sai da dove vieni, tu? Ti ricordi chi era tuo padre? Come lo chiamavano? Lui, il mio? Tutti i *nabos*[1]? Cani da banchina! Sì! Non dirmi che non hai sofferto per essere nata lì, al Panier, dai cani di banchina! E mi vieni a parlare di arabi! Non è perché guidi la Saab e indossi un tailleur da fichetta stronza che oggi sei qualcos'altro. Se facessero le carte d'identità dopo un prelievo di sangue, sulla tua ci schiaffferebbero sopra Araba».

Si alzò, sconvolta.

«Il mio sangue è italiano. Noi italiani non siamo arabi».

«Il sud non è l'Italia. È il paese dei vagabondi. Sai come dicono in Piemonte? Mau-Mau. Un'espressione per indicare gli arabi, gli zingari e tutti gli italiani da Roma in giù. Cazzo! Gélou, non dirmi che credi a tutte queste stronzate!».

«Alex ha fatto la guerra d'Algeria. Gliene hanno fatte vedere di tutti i colori. Lo sa come sono. Subdoli e…».

«Ecco. E hai paura che facendo un bocchino a tuo figlio gli attacchi l'Aids».

«Sei veramente volgare».

«Certo. Di fronte alla stronzaggine non posso fare di meglio. Prendi la borsa e togliti di torno. Manda il tuo Alex dagli arabi. Forse torna a casa vivo, e con tuo figlio».

«Alex non sa niente. Non c'è. È in viaggio. Fino a domani sera. Devo tornare insieme a Guitou entro domani, sennò…».

«Sennò cosa?».

Si lasciò ricadere sulla poltrona e scoppiò in lacrime. Mi accovacciai davanti a lei.

[1] Napoletani.

«Sennò cosa, Gélou?» chiesi ancora, con più dolcezza.
«Lo picchierà di nuovo».

Ecco che apparve Honorine. Naturalmente non si era persa una sola parola del mio scazzo con Gélou, ma si era guardata bene dal farsi vedere sulla terrazza. Non si immischiava mai nei miei affari. A meno che non fossi io a coinvolgerla.

Gélou e io eravamo persi in un silenzio pesante. Quando si apre bocca, si dice sempre troppo. Dopo ci si deve assumere la responsabilità di ciò che si è detto. E il poco che Gélou mi aveva detto di lei e Alex non faceva rima con felicità.

Si accontentava. Perché, aveva aggiunto, a cinquant'anni una donna, benché affascinante, non ha più molta scelta. Un uomo conta più di ogni altra cosa. Così come la sicurezza economica. E ciò valeva anche qualche sofferenza e umiliazione. Anche qualche sacrificio. Per questo, ammise senza vergogna, aveva trascurato Guitou. Per la migliore ragione del mondo. Cioè la paura. Paura di litigare con Alex. Paura di farsi mollare. Paura di restare sola. Sarebbe venuto il giorno in cui Guitou se ne sarebbe andato via di casa. Come avevano fatto prima Patrice, poi Marc.

È vero, lei e Gino non avrebbero voluto Guitou. Era venuto tanti anni dopo. Sei anni. Un incidente. Gli altri due erano già grandi. Lei non aveva più voglia di essere madre, ma donna. Poi Gino era morto. Le rimaneva questo bambino. E un'immensa tristezza. Ridiventò madre.

Alex si era occupato bene dei suoi figli. Tra loro funzionava. Non c'erano problemi. Ma, crescendo, Guitou iniziò a odiare il patrigno. Al padre, che non aveva avuto il tempo di conoscere, attribuiva tutte le virtù e le qualità del mondo. Guitou iniziò ad amare e odiare tutto ciò che Alex odiava e amava. Dopo la partenza dei due fratelli, l'astio tra Guitou e Alex era aumentato. Ogni pretesto era buono per uno scontro. Anche la scelta di un film alla televisione era causa di litigio. Guitou, allora, si chiudeva nella sua stanza con la musica a tutto volume. All'inizio, rock e reggae. Da un anno raï e rap.

Alex iniziò a picchiare Guitou. Schiaffi, niente di più. Come avrebbe fatto Gino. I ragazzini ogni tanto se li meritano. E Guitou molto spesso. La sberla che si era beccato, quando la ragazzina araba si era presentata a casa, segnò l'inizio della degenerazione. Guitou si era ribellato. Alex lo aveva picchiato. Forte. Lei si era intromessa, ma Alex le aveva detto di restarsene fuori. Quel ragazzino ne combinava troppe. Lo avevamo già sopportato abbastanza. Ascoltare la musica araba, passi. Ma da lì a invitare gli arabi in casa... c'era un limite che non si poteva superare. Era sempre la stessa storia. Prima avrebbe portato lei, poi i fratelli. E dopo tutta la tribù. Gélou, in fondo, era abbastanza d'accordo con Alex.

Adesso era in preda al panico. Perché era confusa. Non voleva perdere Alex, ma la fuga e il silenzio di Guitou accrescevano i sensi di colpa. Era suo figlio e lei era sua madre.

«Ho fatto friggere qualche frittella di purè di ceci» disse Honorine a Gélou. «Sono calde calde». Mi tese il piatto e la focaccia che teneva sotto il braccio.

Dall'inizio dell'estate avevo costruito un piccolo passaggio tra la sua terrazza e la mia. Con una porticina in legno. Le evitava di uscire di casa per venire da me. Non avevo più nulla da nascondere a Honorine. Né le mia biancheria sporca, né le mie storie d'amore. Ero come il figlio che il suo Toinou non aveva potuto darle.

Sorrisi, presi l'acqua e una bottiglia di pastis. E preparai la brace per fare le orate alla griglia. Quando ci sono problemi, la fretta non esiste più.

Capitolo terzo
Nel quale dove c'è rabbia c'è vita

I ragazzini giocavano benissimo. Senza fare scena. Giocavano per il piacere di farlo. Per imparare di più ed essere i migliori, un giorno. Il campo di basket, relativamente nuovo, aveva mangiato parte dello spazio del parcheggio, davanti a due grandi isolati della *cité*[1] La Bigotte, sulle alture di Notre-Dame Limite, alla "frontiera" tra Marsiglia e Septème-les-Vallons. Una *cité* che dominava i quartieri nord.

Qui, le cose non sono peggio che altrove. Né meglio. Cemento in un paesaggio convulso, roccioso e calcareo. E la città, laggiù a sinistra. Lontano. Qui si è lontani da tutto. Salvo dalla miseria. Anche la biancheria stesa ad asciugare alle finestre lo dimostra. Sembra senza colore, malgrado il sole e il vento che la agita. Bucato da disoccupati, ecco tutto. Ma, rispetto a "quelli di giù", c'è la vista. Magnifica. La più bella di Marsiglia. Basta aprire la finestra e si ha tutto il mare per sé. Gratis. Quando non si ha niente, avere il mare – il Mediterraneo – è molto. Come un tozzo di pane per chi ha fame.

L'idea del campo di basket era stata di uno dei ragazzini, chiamato OubaOuba. Non perché fosse un selvaggio negro senegalese, ma perché davanti a un canestro saltava con più agilità di un marsupiale. Un vero artista.

«Vedere le macchine che si prendono tutto lo spazio mi fa incazzare» aveva detto a Lucien, un tizio piuttosto simpatico del Comitato sociale. «Casa mia non è grande, e vabbè. Ma questi parcheggi, merda!».

---
[1] Agglomerati urbani, popolari, perlopiù abitati dagli immigrati.

L'idea si era fatta strada. Una gara di velocità aveva preso il via tra il sindaco e il deputato, sotto lo sguardo beffardo del consigliere che non era in campagna elettorale. Me lo ricordavo bene. I ragazzini non aspettarono la fine dei discorsi ufficiali per occupare il loro "campo". Non era neppure finito. Non lo fu mai, d'altronde. E ora il sottile strato di cemento si spaccava in più punti.

Li guardavo giocare, fumando. Era strano ritrovarmi qui, nei quartieri nord. Era il mio settore. Ma da quando avevo dato le dimissioni non ci avevo più messo piede. Non avevo nessun motivo per venirci. Né qui, né alla Bricarde, né alla Solidarité, né alla Savine, né alla Paternelle... *Cités* dove non c'è niente. Niente da vedere. Niente da fare. Neanche andarsi a comprare una Coca Cola, come al Plan d'Aou, dove almeno una salumeria riusciva a sopravvivere.

Per portare il culo in questi quartieri dovevi abitarci, essere uno sbirro o un educatore. Per la maggioranza dei marsigliesi i quartieri nord sono solo una realtà astratta. Luoghi che esistono, ma che non si conoscono, che non si conosceranno mai. E che verranno sempre visti con gli "occhi" della televisione. Come il Bronx, ecco. Con i fantasmi che l'accompagnano. E le paure.

Ovviamente, mi ero lasciato convincere da Gélou ad andare a cercare Guitou. Avevamo evitato di parlarne durante il pranzo. Eravamo tutti e due imbarazzati. Lei, per ciò che mi aveva raccontato. Io, per ciò che avevo sentito. Fortunatamente Honorine aveva tenuto banco.

«Mah, non so come faccia a vivere laggiù, tra quelle montagne. Io ho lasciato Marsiglia un'unica volta. Per andare ad Avignone. Louise, una delle mie sorelle, aveva bisogno di me. Come ero triste... E ci sono rimasta solo due mesi. Era il mare a mancarmi di più. Qui, posso restare per ore a guardarlo. Non è mai lo stesso. Certo, lì c'era il Rodano. Ma non è uguale. Non cambia mai. È sempre grigio e non ha nessun odore».

«Nella vita non si può sempre scegliere» aveva risposto Gélou, con grande stanchezza.

«Certo, il mare non è tutto. La felicità, i figli, la salute vengono al primo posto».

Gélou era sull'orlo delle lacrime. Si era accesa una sigaretta. A malapena aveva assaggiato l'orata.

«Vacci, ti prego» aveva mormorato, quando Honorine era sparita per andare a prendere le tazzine da caffè.

Ero lì. Davanti al palazzo dove abitava la famiglia Hamoudi. E Gélou mi aspettava. Ci aspettava, Guitou e me. Ansiosa, nonostante la rassicurante compagnia di Honorine.

«Ha dei problemi, non è vero?» mi aveva chiesto in cucina.

«Con il figlio minore. Guitou. È fuggito di casa. E crede che sia qui, a Marsiglia. Non la stuzzicare troppo, quando vado via».

«Vai tu a cercarlo?».

«Qualcuno deve pur andarci, no?».

«Poteva essere... Non lo so... Vive sola?».

«Ne parliamo dopo, va bene?».

«È come pensavo, ha dei problemi tua cugina. E non solo con suo figlio».

Accesi un'altra sigaretta. OubaOuba fece un canestro che lasciò a bocca aperta i suoi compagni. Formavano davvero una bella squadra, quei ragazzetti. E io non riuscivo a decidermi. Non trovavo il coraggio. O piuttosto non ero convinto. Perché sarei dovuto sbarcare a casa di quelle persone? "Buongiorno, mi chiamo Fabio Montale. Vengo a recuperare il ragazzo. Tutta questa storia è durata abbastanza. E tu piantala, tua madre è molto preoccupata". No, non potevo farlo. Ciò che avrei fatto sarebbe stato di portare i due ragazzini a casa mia e poi se la sarebbero vista con Gélou.

Vidi una sagoma conosciuta. Serge. Lo riconobbi dall'andatura goffa, quasi infantile. Usciva dal palazzo D4, di fronte a me. Mi sembrò dimagrito. Una fitta barba gli copriva metà del viso. Andò diretto al parcheggio. Con le mani nelle tasche del giubbotto. Le spalle curve. Sembrava piuttosto triste.

Non l'avevo più visto, da almeno due anni. Pensavo addirittura che avesse lasciato Marsiglia. Per diversi anni era stato educatore nei quartieri nord, poi si era fatto licenziare, un po' anche a causa mia. Quando beccavo dei ragazzini che avevano fatto una cazzata, lo convocavo in commissariato, prima dei genitori. Mi passava informazioni sulle famiglie, mi dava consigli. I ragazzini erano la sua vita. Per questo aveva scelto il lavoro di educatore. Era stufo di vedere adolescenti finire in galera. Prima di tutto, aveva fiducia in loro. Con quella specie di fede nell'uomo che hanno alcuni preti. Un po' troppo prete per i miei gusti, del resto, lo era... Avevamo simpatizzato, senza diventare amici. Per questo, per quel suo lato pretonzolo. Non ho mai creduto che gli uomini siano buoni. Ma meritano di essere tutti uguali.

I miei rapporti con Serge diedero adito alle chiacchiere. E ai miei capi non piacevano affatto. Un poliziotto e un educatore! Ce la fecero pagare. Prima a Serge, duramente. A me dopo, con un po' più di eleganza. Non si caccia così facilmente uno sbirro il cui incarico nei quartieri nord era stato volontariamente programmato alcuni anni prima. Mi ridussero gli effettivi e, un po' alla volta, mi deresponsabilizzarono. Senza più crederci, avevo continuato a lavorare, perché non sapevo far altro che questo, lo sbirro. C'era voluta la morte di tante persone che amavo, troppe, per arrivare al disgusto e liberarmi.

Che cosa Serge stesse combinando lì, non ebbi il tempo di chiederglielo. Una BMW nera, con i vetri fumé, arrivò da non so dove. Andava a passo d'uomo e Serge non ci fece caso. Quando giunse alla sua altezza, un braccio sbucò dal finestrino posteriore. Un braccio armato di pistola. Tre colpi a bruciapelo. La BMW partì di scatto e sparì così come era venuta.

Serge era lì, steso sull'asfalto. Morto, senza dubbio.

Gli spari rimbombarono tra i palazzi. Le finestre si aprirono. I ragazzini smisero di giocare e il pallone rotolò via. Il tempo si immobilizzò in un breve silenzio. Poi tutti scapparono in ogni direzione.

E io corsi verso Serge.

«Spostatevi» gridai a tutti quelli che si ammassavano davanti al cadavere. Come se Serge avesse ancora bisogno di spazio, di aria.

Mi accovacciai davanti a lui. Un movimento che mi era diventato familiare. Troppo. Tanto quanto la morte. Gli anni passavano e non facevo altro, appoggiare un ginocchio a terra per chinarmi su un cadavere. Merda! Non poteva ricominciare, adesso. Ancora. Perché la mia strada era piena di cadaveri? E perché erano sempre più spesso quelli di persone che conoscevo e amavo? Manu e Ugo, i miei amici d'infanzia e di vita. Leila, talmente bella e giovane che non avevo osato vivere con lei. E ora, il mio amico Serge.

La morte non mi lasciava più, come una specie di iella che un giorno mi era piombata addosso. Ma perché? Perché? Cazzo di merda!

Serge se le era beccate tutte. Pallottole di potente calibro .38, pensai. Armi da professionisti. In cosa poteva essersi cacciato, quel fesso. Alzai gli occhi verso il D4. Da chi era andato? E perché? La persona che era andato a trovare non si sarebbe di certo messa alla finestra per farsi vedere.

«L'avevi mai visto?» chiesi a OubaOuba, che era sgusciato vicino a me.

«Mai visto prima».

Le sirene della polizia si fecero sentire all'ingresso della *cité*. Finalmente veloci! I ragazzi si volatilizzarono in un attimo. Rimasero solo le donne, i bambini, alcuni vecchi senza età. E io.

Arrivarono come cow-boys. Dal modo in cui frenarono, all'altezza del gruppo, mi convinsi che avevano a lungo studiato Starsky e Hutch in televisione. Sicuramente avevano più volte provato la scena, questa dell'arrivo, perché era veramente perfetta. I quattro sportelli si aprirono e gli uomini saltarono contemporaneamente fuori dalla macchina. Tranne Babar. Era il più anziano poliziotto del commissariato di settore e, ormai, da tempo non si divertiva più a recitare i remake dei film polizieschi. Sperava di arrivare alla pensione come aveva iniziato la carriera, senza fare troppo. E, preferibilmente, vivo.

Pertin, chiamato Due Teste dai ragazzini delle *cités*, per via dei Ray-Ban che portava fissi, lanciò un'occhiata al cadavere di Serge, poi mi guardò a lungo.

«Che ci fai qui?».

Pertin e io non eravamo proprio amici. Pur essendo lui il commissario, per sette anni ero stato io ad avere ogni autorità sui quartieri nord. Il suo commissariato di settore non era altro che una fonte di informazioni per le squadre di sicurezza che dirigevo. A nostra disposizione.

Fin dai primi giorni c'era stata guerra tra Pertin e me. "In questi quartieri di arabi" ripeteva, "c'è una sola cosa che funziona, la forza". Era il suo credo. Lo aveva applicato alla lettera per anni. "I *beurs*, ne acchiappi uno ogni tanto e lo pesti di botte in una cava deserta. Hanno sicuramente fatto qualche cazzata che tu non sai. Tu picchi e sei sicuro che quel verme sa perché lo stai facendo. Meglio di qualsiasi controllo d'identità. Evita l'accumulo di scartoffie in commissariato. E ti calma la strizza che quegli sporchi arabi ti hanno messo addosso".

Per lui "fare bene il proprio lavoro" era questo, aveva dichiarato ai giornalisti. Il giorno prima la sua squadra aveva "incidentalmente" ammazzato un *beur* di diciassette anni durante un semplice controllo di identità. Nel 1988. Questa sbavatura aveva messo Marsiglia in tumulto. Proprio quell'anno mi spedirono a capo delle squadre di sicurezza. Il super-sbirro che doveva riportare ordine e serenità nei quartieri nord. Eravamo ai limiti della sommossa.

Il mio modo di agire gli dimostrò, ogni giorno di più, che si sbagliava. Anche se io stesso, a mia volta, sbagliavo a voler troppo temporeggiare, mediare. A voler comprendere troppo l'incomprensibile. La miseria e la disperazione. Senz'altro non ero abbastanza sbirro. È ciò che mi spiegarono i miei capi. Dopo.

Credo che avessero ragione. Dal punto di vista della polizia, voglio dire.

Dopo le mie dimissioni Pertin aveva ripreso potere sulle *cités*. Regnava la sua "legge". I pestaggi nelle cave abbandonate erano ricominciati. Anche i rodei in macchina. L'odio. E l'escalation dell'odio. I fantasmi diventavano realtà e qualsiasi cittadino, armato di fucile, poteva sparare a vista su qualsiasi cosa non fosse proprio bianca. Ibrahim Ali, un comoriano di diciassette anni, era morto così, una sera del febbraio 1995, correndo dietro all'autobus notturno con i suoi amici.

«Ti ho fatto una domanda. Che ci fai qui?».

«Turismo. Mi mancavano i quartieri. La gente, tutto questo».

Dei quattro sorrise solo Babar. Pertin si chinò sul corpo di Serge.

«Merda! È il tuo amico frocio! È morto».

«L'ho visto».

Mi guardò, con cattiveria.

«Che ci faceva qui?».

«Non ne ho la minima idea».

«E tu?».

«Te l'ho detto, Pertin. Passavo. Ho avuto voglia di veder giocare i ragazzi. Mi sono fermato».

Il campo di basket era vuoto.

«Quali ragazzi? Nessuno sta giocando».

«La partita è finita con gli spari. Sai come sono, non è che non vi vogliano bene, ma preferiscono evitare di incrociarvi».

«Lascia stare i commenti, Montale. Me ne fotto. Racconta».

Gli raccontai.

Gli raccontai, per la seconda volta. In commissariato. Pertin non aveva potuto fare a meno di concedersi questo piccolo regalo. Avermi lì seduto di fronte e interrogarmi. In quel commissariato dove per anni ero stato l'unico a comandare. Era una misera vendetta, ma l'assaporava con quella gioia che appartiene solo ai miserabili, e voleva goderne il più possibile. Forse una simile occasione non si sarebbe più ripresentata.

E si spremeva le meningi, Pertin, dietro ai quei fottuti Ray-Ban. Serge e io eravamo stati amici. Potevamo esserlo ancora. Serge si era appena fatto ammazzare. Senz'altro per una brutta storia. Ero lì, sul luogo. Testimone. Sì, ma perché non complice? Dunque, potevo essere una pista. Non per incastrare chi aveva fatto fuori Serge, ma per incastrare me. Sapevo quanto tutto ciò lo rendesse felice.

Non gli vedevo gli occhi, ma è esattamente questo che ci avrei letto. La stronzaggine non impedisce di ragionare con logica.

«Professione» aveva detto con disprezzo.

«Disoccupato».

Scoppiò a ridere. Carli smise di battere a macchina e cominciò a ridere anche lui.

«No! Passi il tempo a scopare? Come le scimmie e gli arabi?».

Mi voltai verso Carli.

«Non lo scrivi questo?».

«Scrivo solo le risposte».

«Magari superman si offende!» riprese Pertin. Si chinò verso di me:

«E di cosa vivi?».

«Ehi! Pertin, dove credi di essere? In televisione? Al circo?».

Avevo solo alzato il tono. Per rimettere le cose in chiaro. Per ricordare cos'ero, un testimone. Ignoravo tutto di quella storia. Non avevo niente da nascondere, a parte il motivo della mia visita nella *cité*. La mia versione dei fatti potevo raccontarla cento volte, sempre nello stesso modo. Pertin lo aveva capito rapidamente, e lo faceva veramente incazzare. Aveva voglia di mollarmi un ceffone. Ne sarebbe stato capace. Era capace di tutto. All'epoca in cui era ai miei ordini informava gli spacciatori quando stavo per fare un'incursione. O informava la squadra antinarcotici, se sentiva che l'esca era appetibile. Mi ricordavo ancora il fallimento di un'operazione al Petit-Séminaire, un'altra *cité* dei quartieri nord. Gli spacciatori operavano in famiglia. Erano coinvolti fratelli, sorelle, genitori. Vivevano lì, da bravi vicini. I ragazzini pagavano con materiale hi-fi proveniente dalle rapine. Materiale che loro rivendevano immediatamente, al triplo. Il guadagno veniva reinvestito nella "roba". Facemmo cilecca. La squadra antinarcotici ci riuscì tre anni dopo, con Pertin a dirigere l'operazione.

Sorrise. Un sorriso ipocrita. Stavo accumulando punti, e lo sentì. Per dimostrarmi di essere ancora padrone del gioco, afferrò il passaporto di Serge e me lo agitò sotto il naso.

«Senti, Montale, lo sai dove abitava il tuo amico?».

«Non ne ho la minima idea».

«Sicuro?».

«Dovrei?».

Aprì il passaporto, e riapparve il suo sorriso.

«Da Arno».

Merda! Che cazzo di storia era questa! Pertin osservava le mie reazioni. Non ne ebbi. Aspettai. L'odio che nutriva per me lo portava a fare stronzate, a dare informazioni a un testimone.

«Qui non c'è scritto» disse agitando il passaporto come un ventaglio. «Ma abbiamo i nostri informatori. E sanno parecchie cose, da quando non ci sei più. Non siamo preti, noi. Siamo poliziotti. La capisci la differenza?».

«Capisco» risposi.

Si chinò verso di me.

«Dimmi, quella schifezzuola di zingaro, non era uno dei vostri cocchini?».

Arno. Arno Gimenez. Non avevo mai saputo se con lui avevamo fatto un errore. Diciott'anni, rapinatore, furbo, testardo fino a diventare stupido, a volte. Appassionato di moto. L'unico capace di impennare la motocicletta con una ragazza a bordo. E portarsela via, senza far gridare al crimine o allo stupro.

Un genio della meccanica. A ogni furto che lo vedeva coinvolto, arrivava Serge, poi io.

Una sera l'avevamo beccato in un bar, il Balto, all'Estaque.

«Perché non provi a lavorare?» aveva detto Serge.

«Sì, fantastico. Potrei comprarmi la tv, mettere da parte il gruzzolo per la pensione e guardare le Kawasaki sulla strada. Come fanno le mucche con i treni. Esatto. Geniale, ragazzi. Veramente il massimo».

Ci prendeva per il culo. Bisogna dire che in tema di benefici della società non eravamo proprio degli esperti. Discutere di morale, questo lo sapevamo fare bene. Dopo, c'era il buco nero. Arno riprese: «Mi chiedono delle moto. Gliele trovo, gliele aggiusto e sono contenti. È meno caro che dai concessionari, e non c'è neanche l'Iva, dunque...».

Avevo immerso il naso nel bicchiere di birra per meditare sull'inutilità di quella discussione. Serge voleva ancora piazzare qualche frase, ma Arno lo interruppe.

«Per i vestiti c'è Carrefour. C'è molta scelta. Per la roba da mangiare, lo stesso. Basta solo ordinare». Ci guardò, beffardo. «Volete venire con me, una volta?».

Pensavo spesso al credo di Serge: "Dove c'è rivolta, c'è rabbia. Dove c'è rabbia, c'è vita". Era bello. Ma ad Arno gli avevamo forse dato troppa fiducia. O non abbastanza. Senz'altro non abbastanza, perché una sera, invece di venire da noi, decise di andare a rapinare una farmacia, a boulevard de la Libération, sopra la Canebière. Solo, come un coglione. E neanche con una fottuta pistola di plastica. No, con una vera, grossa e nera, che spara pallottole vere, di quelle che ammazzano. Tutto questo perché Mira, sua sorella maggiore, aveva gli ufficiali giudiziari alle calcagna. E ci volevano cinquemila franchi in contanti perché non si ritrovasse per strada, lei con i suoi due ragazzini.

Arno si era beccato cinque anni. Mira era stata cacciata di casa. Aveva preso i figli ed era ritornata a Perpignan, dalla famiglia. L'assistente sociale non aveva potuto far niente per lei, il comitato di quartiere neppure. E né Serge né io, per Arno. Le nostre testimonianze furono scaricate come la merda nella tazza dei cessi. La società ha bisogno di esempi, a volte, per mostrare ai cittadini di avere la situazione in pugno. E fine dei sogni per i bambini Gimenez.

Eravamo parecchio invecchiati, Serge e io. Nella sua prima lettera, Arno scriveva: «Mi rompo il cazzo da morire. Non ho niente da dire a nessuno. C'è un tipo, qui, che non fa che raccontare le sue prodezze. Si prende per Mesrine. Che stronzo! L'altro, un arabo, a lui interessa solo fregarti le sigarette, lo zucchero, il caffè... Le notti sono lunghe. Ma non riesco a dormire, anche se sono distrutto. Una stanchezza nervosa. Allora, non smetto di rimuginare».

Pertin non aveva smesso di fissarmi, felice del suo effetto.

«Come te lo spieghi, eh? Che abitasse da quel figlio di puttana?».

Sollevai lentamente il sedere dalla sedia, avvicinando il mio viso al suo. Afferrai i Ray-Ban e glieli feci scivolare sul naso. Aveva occhi piccoli. Giallo marcio. Le iene dovevano averli uguali. Guardare fisso dentro quegli occhi era piuttosto disgustoso. Non batté ciglio. Restammo così, per una frazione di eternità. Con una spinta secca del dito gli rimisi a posto i Ray-Ban.

«Ci siamo visti abbastanza. Ho altro da fare. Dimenticami».

Carli teneva le dita sospese sopra la tastiera. Mi guardava a bocca aperta.

«Quando avrai finito di scrivere il rapporto» gli dissi, «firma per me e puliscitici il culo». Mi voltai verso Pertin: «Ciao Due Teste».

Uscii. Nessuno mi trattenne.

Capitolo quarto
Nel quale è essenziale che la gente si incontri

Era già notte quando tornai alla *cité* La Bigotte. La casella di partenza. Davanti al D4. Sulla strada, la sagoma del corpo di Serge tracciata con il gesso si stava già cancellando. Nelle torri, fino al telegiornale delle venti, avevano senz'altro parlato del tizio che si era fatto uccidere. Poi la vita aveva ripreso il suo cammino. Domani avrebbe fatto ancora brutto tempo al nord e bello al sud. Anche i disoccupati trovavano che fosse fantastico.

Alzai gli occhi verso i palazzi, chiedendomi da quale appartamento poteva essere uscito Serge, chi fosse venuto a trovare, e perché. Cosa diavolo avesse combinato per farsi uccidere così, come un cane.

Il mio sguardo si fermò sulle finestre della famiglia Hamoudi. Al nono. Lì dove abitava Naïma, una dei loro figli. Quella che Guitou amava. Ma, secondo me, i due ragazzi non erano qui. In questo palazzo, in una stanza ad ascoltare musica. Neppure in salotto a guardare tranquillamente la televisione. Quelle *cités* non erano un luogo dove potersi amare. Tutti i ragazzi che ci erano nati e che c'erano cresciuti lo sapevano. Qui, non c'è vita, è la fine. E l'amore ha bisogno di sogni e di futuro. Il mare, invece di scaldargli il cuore come ai loro genitori, li spingeva ad andarsene.

Lo sapevo. Con Manu e Ugo, appena possibile, fuggivamo dal Panier per andare a vedere le navi da carico prendere il largo. E lì dove andavamo era meglio della miseria che vivevamo nelle stradine umide del quartiere. Avevamo quindici anni e ci credevamo. Come sessant'anni prima ci aveva creduto mio padre nel porto di Napoli. O mia madre. E, senz'altro, migliaia di spagnoli e portoghesi. Armeni, vietnamiti, africani. Algerini, comoriani.

Attraversando il parcheggio pensavo a questo. E poi che la famiglia Hamoudi non poteva ospitare un francese. Come Gélou non accettava di ricevere in casa un'araba. Le tradizioni erano queste, e il razzismo, non si poteva negarlo, funzionava nei due sensi. Oggi più che mai.

Ma ero lì. Senza illusioni, e sempre pronto a credere ai miracoli. Trovare Guitou, riportarlo dalla madre e da uno stronzo, il cui alfabeto si limitava alle cinque dita della mano. Avevo deciso di andarci piano, se lo avessi trovato. Non volevo essere brutale. Non con quei due ragazzini. Credevo nel primo amore. Alla *"prima ragazza presa tra le braccia"*, come cantava Brassens.

Per tutto il pomeriggio avevo pensato a Magali. Non mi succedeva da anni. Era passato tanto tempo da quella prima notte nel fortino. Avevamo avuto altri appuntamenti. Ma quella notte non era più uscita dal cassetto dei ricordi. Qualunque sia l'età, quindici, sedici, diciassette o anche diciott'anni, la prima volta che si va a letto con qualcuno e che si chiude una volta per tutte con la madre, o con il padre, è molto importante. Non è solo una questione di sesso. Determina lo sguardo che, dopo, poseremo sugli altri, le donne, gli uomini. Lo sguardo che poseremo sulla vita. E l'atteggiamento, giusto o meno, bello o brutto, che avremo per sempre nei confronti dell'amore.

Amavo Magali. Avrei dovuto sposarla. La mia vita, ne ero sicuro, sarebbe stata diversa. Anche la sua. Ma erano in troppi a volere che si realizzasse ciò che lei e io desideravamo così tanto. I miei genitori, i suoi, gli zii, le zie... Non volevamo dargli ragione, ai vecchi, che sanno tutto, che impongono tutto. Allora avevamo iniziato a farci del male, Magali e io. La sua lettera mi arrivò a Gibuti, dove facevo il servizio militare, nelle truppe coloniali. "Sono incinta di tre mesi. Il padre mi vuole sposare.

A giugno. Ti abbraccio". Magali fu la prima cazzata della mia vita. Le altre seguirono.

Guitou e Naïma, non sapevo se si amassero come ci amavamo noi. Ma non volevo che si rovinassero e si distruggessero. Volevo che riuscissero a vivere insieme un week-end, un mese, un anno. O sempre. Senza che gli adulti gli togliessero l'aria. Senza troppe rotture di coglioni. Potevo fare questo per loro. Lo dovevo a Magali che, da vent'anni, rimaneva accanto a un uomo che non aveva mai amato veramente, come mi aveva scritto molto tempo dopo.

Feci un respiro profondo e salii fino a casa degli Hamoudi. Perché, ovviamente, l'ascensore era "momentaneamente fuori servizio".

Dietro la porta, musica rap a tutto volume. Riconobbi la voce di MC Solaar. *Prose combat*. Un successo. Era diventato un idolo da quando, durante i festeggiamenti del 1° maggio, aveva partecipato a un gruppo di scrittura rap con i ragazzi delle *cités*.

Una donna urlò. Il volume diminuì. Ne approfittai per suonare una seconda volta.

«Suonano» gridò la donna. Mourad aprì.

Mourad era uno dei ragazzini che avevo visto giocare, sul campo di basket. Lo avevo notato. Giocava con uno spiccato spirito di squadra.

«Ah» disse indietreggiando, «salve».

«Chi è?» chiese la donna.

«Un signore» rispose, senza voltarsi. «È un poliziotto?».

«No. Perché?».

«Beh...». Mi fissò. «Beh, per quello che è successo prima, ecco. Il francese che si è fatto ammazzare. L'ho vista parlare con gli sbirri, allora credevo... Era come se li conoscesse».

«Sei un buon osservatore».

«Beh, noi non ci parliamo un granché con loro. Li evitiamo».

«Lo conoscevi, il tizio che è morto?».

«L'ho intravisto. Ma gli altri dicono che non lo avevano mai notato girare da queste parti».

«Allora non dovresti essere preoccupato».

«No».

«Ma hai creduto che fossi uno sbirro. E hai paura. C'è un motivo?».

La donna apparve nel corridoio. Era vestita all'europea e portava ai piedi delle pantofole con due grossi pompon rossi.

«Cosa c'è, Mourad?».

«Buonasera, signora» dissi.

Mourad batté in ritirata, dietro a sua madre. Senza sparire, però.

«Cosa c'è?» chiese di nuovo, rivolta a me.

I suoi occhi, neri, erano magnifici. Esattamente come il suo viso, circondato da capelli ricci tinti con l'henné. Doveva avere appena quarant'anni. Una bella donna, che si stava arrotondando. Immaginai come doveva essere a vent'anni e potei farmi un'idea di Naïma. Guitou aveva buon gusto, mi dissi, con un pizzico di soddisfazione.

«Vorrei parlare a Naïma».

Mourad tornò allo scoperto. Era scuro in volto. Guardò la madre.

«Non c'è» disse.

«Posso entrare un attimo?».

«Ha fatto qualcosa di male?».

«È ciò che vorrei sapere».

Con la punta delle dita si toccò il cuore.

«Lascialo entrare. Non è un poliziotto».

Raccontai tutta la storia, bevendo un tè alla menta. Dopo le otto di sera non è la mia bibita preferita. Sognavo un bicchiere di Clos-Cassivet, un bianco all'aroma di vaniglia, che avevo scoperto recentemente durante uno dei miei giri nell'entroterra.

Di solito a quell'ora era quello che facevo, seduto in terrazza, di fronte al mare. Bevevo con piacere e impegno. Ascoltando jazz. Coltrane o Miles Davis, negli ultimi tempi. Riscoprivo. Avevo riesumato il vecchio *Sketches of Spain* e, le sere in cui l'assenza di Lole diventava troppo pesante, ascoltavo e riascoltavo *Saeta* e *Solea*. La musica portava il mio sguardo fino a Siviglia. Ci sarei andato volentieri a Siviglia, subito, in quel preciso momento. Ma ero troppo orgoglioso per farlo. Lole se ne era andata via. Sarebbe tornata. Era libera, e non dovevo correrle dietro. Era un ragionamento da stronzo, e lo sapevo.

Volendo convincere la madre di Naïma, feci allusione ad Alex, presentandolo come "un uomo non facile". Avevo raccontato l'incontro tra Guitou e Naïma, la fuga di Guitou, i soldi fregati dalla cassa, e il silenzio e la preoccupazione della madre, mia cugina.

«Lo può capire» dissi.

Capiva, la signora Hamoudi, ma non rispondeva. Il suo vocabolario francese sembrava limitarsi a: "Sì. No. Forse. Lo so. Non lo so". Lo sguardo di Mourad non mi lasciava. Sentivo tra di noi una corrente di simpatia. Ma il suo viso rimaneva chiuso. Capii che non era tutto così semplice come avevo immaginato.

«Mourad, è grave, sai».

Guardò la madre che teneva le mani strette alle ginocchia.

«Parlagli, mamma. Non ce l'ha con noi».

Si voltò verso il figlio e lo strinse a sé. Come se, in quel momento, qualcuno potesse strapparglielo via. Ma, e lo capii dopo, era il gesto di una donna algerina che si concede il diritto di parlare solo sotto la responsabilità di un uomo.

«Non abita più qui» iniziò, con gli occhi bassi. «Da una settimana. Vive da suo nonno. Da quando Farid è andato in Algeria».

«Mio padre» precisò Mourad.

«Una decina di giorni fa» continuò, sempre senza guardarmi, «gli islamisti hanno attaccato il villaggio di mio marito. Per cercare fucili da caccia. Il fratello di mio marito vive ancora lì. Siamo preoccupati per quello che accade nel nostro paese. Allora Farid ha detto vado a prendere mio fratello.

«Non sapevo come ci saremmo sistemati» aggiunse dopo aver bevuto un sorso di tè, «perché non è grande qui. Per questo Naïma è andata a vivere dal nonno. Si vogliono bene». Aggiunse velocemente, e stavolta guardandomi negli occhi: «Non perché non sta bene con noi, ma... beh... Già, con i ragazzi... E poi Redouane, Redouane è il maggiore, è... come dire... più religioso. Le sta sempre addosso. Perché mette i pantaloni, perché fuma, perché esce con le amiche».

«E perché ha amici francesi» la interruppi.

«Uno straniero a casa, no, è impossibile, signore. Non va bene per una ragazza. Non si fa. Come dice Farid, c'è la tradizione. Quando torniamo nel nostro paese, non vuole sentirsi dire: "Hai voluto la Francia, ma come vedi ha rovinato i tuoi figli"».

«Per ora sono i barbuti a rovinarli, i vostri figli».

Mi pentii subito di essere stato così diretto. Si fermò immediatamente, guardandosi intorno, persa. Con gli occhi tornò su Mourad, che ascoltava senza dire niente. Si sciolse piano dall'abbraccio della madre.

«Non sta a me parlare di questo» continuò. «Noi siamo francesi. Il nonno ha fatto la guerra per la Francia. Ha liberato Marsiglia. Con il reggimento dei fucilieri algerini. Ha avuto una medaglia per questo».

«È stato ferito gravemente» precisò Mourad. «A una gamba».

La liberazione di Marsiglia. Anche mio padre aveva ricevuto una medaglia. Un premio. Ma tutto questo era lontano. Cinquant'anni. Storia antica. Sulla Canebière rimaneva solo il ricordo dei soldati americani. Con le scatole di Coca Cola, e i pacchetti di Lucky Strike. E le ragazze che gli si buttavano tra le braccia per un paio di calze di nylon. I liberatori. Gli eroi. Dimenticati i loro ciechi bombardamenti sulla città. Dimenticati i disperati assalti dei fucilieri algerini su Notre-Dame de la Garde, per sgomberare i tedeschi. Carne da cannone, comandata dai nostri ufficiali.

Marsiglia non aveva mai ringraziato gli algerini per questo. Neppure la Francia. D'altra parte nello stesso periodo altri ufficiali francesi reprimevano violentemente le prime manifestazioni indipendentiste in Algeria. Dimenticati anche i massacri di Sétif, dove non furono risparmiati neppure donne e bambini... Abbiamo questa facoltà, avere la memoria corta, quando ci fa comodo...

«Francesi, ma anche musulmani» riprese. «Prima, Farid andava nei bar, beveva birra, giocava a domino. Ora ha smesso. Prega. Forse un giorno andrà allo Hadj, in pellegrinaggio alla Mecca. Da noi è così, c'è un tempo per tutto. Ma... non abbiamo bisogno di persone che ci dicono cosa dobbiamo fare o meno. Il Fis, ci fa un po' paura. Questo ha detto Farid».

Quella donna era piena di bontà. E di finezza. Ora si esprimeva in un francese molto corretto. Lentamente. Parlava delle cose con dovizia di dettagli, ma senza svelare l'essenziale, da buona orientale. Aveva le sue opinioni e le celava dietro quelle del marito. Non avevo voglia di metterla alle strette, ma dovevo sapere.

«Redouane l'ha scacciata, è così?».

«Dovrebbe andarsene» disse, alzandosi. «Naïma non c'è. E non conosco il ragazzo di cui mi ha parlato».

«Devo vedere sua figlia» dissi, alzandomi a mia volta.

«Non è possibile. Il nonno non ha telefono».

«Potrei andarci. Non ci metterò molto. Devo parlarle. E soprattutto devo parlare a Guitou. Sua madre è preoccupata. Devo spiegarglielo. Non ce l'ho con loro. E...» esitai un attimo, «rimarrà tra noi. Redouane non lo saprà. Ne parlerete dopo, quando suo marito tornerà».

«Non è più con lei» intervenne Mourad.

Sua madre lo guardò con aria di rimprovero.

«Hai visto tua sorella?».

«Il ragazzo non è più con lei. È ripartito, così mi ha detto Naïma. Hanno litigato».

Merda! Se era vero, Guitou doveva starsene da qualche parte a rimuginare la storia del primo amore finito male.

«Devo comunque incontrarla» dissi, rivolgendomi alla madre. «Guitou non è tornato a casa. Lo devo trovare. Questo lo può capire» dissi.

C'era del panico nei suoi occhi. Anche molta tenerezza. E delle domande. Il suo sguardo si perse in lontananza e mi trafisse, cercando in me una risposta possibile. O una rassicurazione. Dare fiducia, quando si è un immigrato, era la strada più difficile da percorrere. Chiuse gli occhi per una frazione di secondo.

«Andrò io dal nonno. Domani. Domani mattina. Mi chiami verso mezzogiorno. Se il nonno è d'accordo, allora Mourad l'accompagnerà». Si diresse verso la porta d'ingresso. «Deve andarsene, Redouane sta per tornare».

«Grazie» dissi. Mi voltai verso Mourad. «Quanti anni hai?».

«Quasi sedici».

«Continua con il basket. Sei molto bravo».

Uscendo dal palazzo, accesi una sigaretta e andai verso la macchina. Con la speranza di trovarla ancora intera. OubaOuba doveva sorvegliarmi da un bel pezzo, perché venne verso di me prima che arrivassi al parcheggio. Come un'ombra. Maglietta nera, pantaloni neri. E berretto dei Rangers intonato con il resto.

«Salve» disse senza fermarsi, «ho una dritta per lei».

«Ti ascolto» risposi seguendolo.

«Il tizio che hanno steso, dicono che si impicciava di tutto. Alla Savine, alla Bricarde, ovunque. E al Plan d'Aou, specialmente. Qui era la prima volta che si vedeva».

Continuammo a camminare per l'isolato, fianco a fianco, chiacchierando.

«E di che cosa si impicciava?».

«Faceva domande. Sui giovani. Solo sugli arabi».

«Che tipo di domande?».
«Per via dei barbuti».
«E cosa ne sai, tu?».
«Quello che ti ho detto».
«E poi?».
«Il tizio che guidava la macchina, l'abbiamo visto qualche volta qui, con Redouane».
«Redouane Hamoudi?».
«Beh, non è da casa sua che vieni?».

Avevamo fatto il giro della *cité*, tornavamo verso il parcheggio e l'auto. Le informazioni si stavano esaurendo.

«Perché mi racconti tutto questo?».

«So chi sei. E anche certi amici miei lo sanno. E che Serge era un tuo amico. Di prima. Di quando eri sceriffo». Sorrise e un quarto di luna gli illuminò il viso. «Era bravo, quell'uomo. Ci ha aiutati, questo dicono. E anche tu. Qui, molti ragazzini dovrebbero esserti riconoscenti. Le madri lo sanno. Ti stimano da queste parti».

«Non ho mai saputo il tuo vero nome».

«Anselme. Non sono mai venuto in commissariato perché non ho mai fatto grosse cazzate».

«Continua».

«Ho dei bravi vecchi. Non è così per tutti. E il basket...». Sorrise. «E c'è il *chourmo*. Sai cos'è?».

Lo sapevo. *Chourmo*, in provenzale, significa la ciurma, i rematori della galera. A Marsiglia, le galere, le conoscevamo bene. Per finirci dentro non c'era bisogno, come due secoli fa, di aver ucciso il padre o la madre. No, oggi bastava essere giovane, immigrato o non. Il fan-club dei Massilia Sound System, il gruppo di *raggamuffin* più scatenato che ci sia, aveva ripreso quell'espressione.

Da allora, il *chourmo* era diventato un gruppo di incontro e di supporto di fan. Erano duecentocinquanta, trecento forse, e "sostenevano" diversi gruppi. I Massilia, i Fabulous, i Bouducon, i Black Lions, gli Hypnotik, i Wadada... Insieme avevano fatto uscire un incredibile album. *Ragga baletti*. Il sabato sera era un vero sballo!

Il *chourmo* organizzava dei *sound-systems* e con i fondi raccolti pubblicava un notiziario, distribuiva cassette *live*, e metteva in piedi viaggi a basso costo per seguire i gruppi nei loro spostamenti. Anche allo stadio funzionava così, intorno all'Olympique Marsiglia. Con gli Ultras, i Winners o i Fanatics. Ma non era questo lo scopo del *chourmo*. Lo scopo era che la gente si incontrasse. Si "immischiasse" come si dice a Marsiglia. Degli affari degli altri e viceversa. Esisteva uno spirito *chourmo*. Non eri di un quartiere o di una *cité*. Eri *chourmo*. Nella stessa galera, a remare! Per uscirne fuori. Insieme.

Rastafada!

«Sta succedendo qualcosa nelle *cités*?» azzardai, arrivando al parcheggio.

«Succede sempre qualcosa, dovresti saperlo. Pensaci».

Arrivato all'altezza della mia macchina, proseguì senza salutare.

Presi una cassetta di Bob Marley dal cruscotto. Ne tenevo sempre una in macchina, per momenti come questo. *So much trouble in the world* andava bene per guidare nella notte marsigliese.

Capitolo quinto
Nel quale un po' di verità non fa male a nessuno

Arrivato in place des Baumes, a Saint-Antoine, presi la decisione. Per tornare a casa, invece di imboccare l'autostrada del Littoral, girai intorno alla rotonda e presi la strada da Saint-Antoine a Saint-Joseph. Direzione le Merlan.

La conversazione con Anselme occupava i miei pensieri. Doveva esserci qualcosa sotto se era venuto a parlarmi di Serge. Avevo voglia di sapere. Di capire, come sempre. Una vera malattia. Dovevo avere un'anima da sbirro. Per farmi coinvolgere così, immediatamente. A meno che non fossi *chourmo* anch'io! Poco importa. Un po' di verità, pensai, non fa male a nessuno. Non ai morti, in ogni caso. E Serge non era una persona qualunque. Era una persona perbene, che rispettavo.

Avevo una notte di anticipo per andare a ficcare il naso tra le sue cose. Pertin era orgoglioso, astioso. Ma non era un buon poliziotto. Non me lo vedevo a perdere un'ora, una sola ora, a rastrellare l'appartamento di un morto. Preferiva lasciarlo fare agli "scribacchini", come chiamava i suoi colleghi del commissariato. Lui aveva cose più interessanti da fare. Giocare ai cowboys nei quartieri nord. Soprattutto la notte. Potevo prendermela comoda.

In realtà volevo guadagnare tempo. Come potevo tornarmene a casa con le mani in tasca e affrontare lo sguardo di Gélou? E cosa le avrei detto? Che Guitou e Naïma potevano anche trascorrere un'altra notte insieme? Che non facevano del male a nessuno? Cose così. Bugie. Avrebbero solo ferito il suo orgoglio di madre. Comunque aveva sofferto di ferite più gravi. E io, a volte, non ho coraggio. Soprattutto davanti alle donne. Quelle che amo, soprattutto.

A Merlan-village, vidi una cabina telefonica. A casa mia non rispondeva nessuno. Chiamai Honorine.

«Non ti abbiamo aspettato. Ci siamo messe a tavola. Ho fatto gli spaghetti al pesto. Hai visto il ragazzino?».

«Non ancora, Honorine».

«Si sta divorando il fegato. Senti, prima di passartela volevo chiederti: cosa ne dici se con le uova dei muggini che hai portato stamattina facessi la bottarga?».

La bottarga è una specialità di Martigues. Una specie di caviale. Non ne mangiavo da un'eternità.

«Non ti preoccupare, Honorine, è un lavoro faticoso».

Bisogna, infatti, estrarre i due grappoli di uova, senza strappare la membrana che li protegge, salarli, schiacciarli e farli seccare. Per la preparazione ci vuole almeno una settimana.

«No. Non è niente. E poi è una buona occasione. Potresti invitare quel povero Fonfon a cena. Ho l'impressione che l'autunno lo renda triste».

Sorrisi. Era vero che da secoli non invitavo Fonfon. E se non lo facevo io per loro, quei due non si invitavano mai. Come se fosse indecente che due vedovi settuagenari potessero aver voglia di vedersi.

«Bene, ti passo Gélou, che sta morendo d'impazienza».

Ero preparato.

«Pronto».

Claudia Cardinale in diretta. Al telefono la sensualità della voce di Gélou si accentuava. E mi scese nel corpo con lo stesso calore di un bicchiere di Lagavulin. Dolce e caldo.

«Pronto» ripeté.

Dovevo scacciare via i ricordi. Anche quelli che la riguardavano. Feci un respiro profondo e tirai fuori il mio discorso.

«Senti, è più complicato di quanto credessi. Non sono dai genitori di lei. Né dal nonno. Sei sicura che non sia tornato a casa?».

«No. A casa ho lasciato il tuo numero di telefono. Sul suo letto. E Patrice è al corrente. Sa che sono qui».

«E... Alex?».

«Non chiama mai quando è fuori per lavoro. In questo caso è una fortuna. È così da quando ci conosciamo. Si fa gli affari suoi. Io non faccio domande». Ci fu una pausa, poi riprese: «Guitou... forse sono da un amico di lei. Mathias. Faceva parte del gruppo di ragazzi che erano al campeggio. Mathias era con lei quando venne a salutare Guitou, e...».

«Sai qual è il suo cognome?».

«Fabre. Ma non so dove abita».

«L'elenco telefonico di Marsiglia è pieno di Fabre».

«Lo so. Domenica sera l'ho consultato e ne ho chiamati diversi. Ogni volta facevo la figura da scema. Al dodicesimo ci ho rinunciato, esausta. E innervosita. Mi sentivo ancora più scema di prima».

«Comunque, ormai è tardi per l'inizio della scuola. Vedo cosa posso ancora fare stasera. Sennò, domani cercherò di saperne di più su questo Mathias. E andrò dal nonno».

Un po' di verità, in mezzo alle bugie. E la speranza che la madre di Naïma non mi avesse preso in giro. E che il nonno esistesse veramente. Che Mourad mi ci accompagnasse. Che il nonno mi ricevesse. E che Guitou e Naïma fossero lì, o poco lontano...

«Perché non subito?».

«Gélou, hai visto che ore sono?».

«Sì, ma... Fabio, credi che stia bene?».

«Ora è sotto le lenzuola con una bella ragazzina. Non si ricorda neanche più che esistiamo. Pensaci, non era male, no?».

«Avevo vent'anni! E con Gino ci saremmo sposati».

«Ma non era male, no? Questo ti chiedo».

Ci fu ancora silenzio. Poi la sentii tirare su con il naso. Non c'era niente di erotico. Non era la star italiana che recitava. Era semplicemente mia cugina che stava piangendo, come una madre.

«Penso di aver fatto veramente una sciocchezza con Guitou, non credi?».

«Gélou, sei stanca morta. Finisci di mangiare e vai a dormire. Non mi aspettare. Infilati nel mio letto e prova a dormire».

«Sì» sospirò.

Tirò di nuovo su con il naso. In sottofondo, sentii Honorine tossire. Un modo per dirmi di non preoccuparmi, se ne sarebbe occupata lei. Honorine non tossiva mai.

«Ti abbraccio» dissi a Gélou. «Vedrai, domani staremo tutti insieme».

E riattaccai. Anche un po' bruscamente, perché da alcuni minuti un paio di stronzetti in motorino ronzavano attorno alla mia macchina. Avevo quarantacinque secondi per salvare l'autoradio. Uscii dalla cabina urlando. Più per sfogarmi che per fargli paura. Si presero un bello spavento, ma questo non mi aiutò a svuotare la testa da tutti i pensieri che vi si affollavano. Passandomi davanti, a tutto gas, il passeggero del motorino mi gridò un "bastardo pezzo di merda" che non valeva neppure il prezzo della mia misera autoradio.

Arno abitava in località Le Vieux Moulin, un posto stranamente risparmiato dai costruttori, sulla strada del Merlan. Prima e dopo c'erano solo costruzioni da quattro soldi. Case popolari per impiegati di banca e medi funzionari. Ci ero venuto alcune volte con Serge. Il luogo era piuttosto squallido. Soprattutto di notte. Dopo le venti e trenta non c'erano più autobus e le macchine passavano raramente.

Parcheggiai davanti al vecchio mulino, diventato un deposito di mobili. Di fronte c'era lo sfasciacarrozze di Saadna, un lontano cugino di Arno. Arno abitava dietro, in una catapecchia con il tetto in lamiera. Saadna l'aveva costruita per allestirci una piccola officina da meccanico.

Girai intorno al mulino e costeggiai il canale delle acque di Marsiglia. Dopo cento metri formava una curva a gomito, proprio dietro lo sfasciacarrozze. Superai una scarpata di immondizia e mi trovai davanti alla bicocca di Arno. Alcuni cani abbaiarono, ma non era preoccupante. Dormivano nelle case e, come i loro padroni, crepavano dalla fifa. Saadna non amava i cani. Non amava nessuno.

Intorno alla catapecchia c'erano ancora alcune carcasse di moto. Senz'altro rubate. Di notte Arno le aggiustava, a torso nudo, in pantofole, con una canna tra le labbra.

«Potresti avere grane per questo» gli avevo detto una sera che passavo da quelle parti. Solo per assicurarmi che fosse a casa sua e non per mettere il naso in qualche truffa alla *cité* Bellevue. Stavamo per fare un'incursione nelle cantine e raccogliere ciò che trovavamo in giro. Roba, spacciatori e altre porcherie umane.

«Non rompere i coglioni, Montale! Non ti ci mettere pure tu. Tu e Serge me li fate a tocchetti. Questo è lavoro. Ok. Non avrò la pensione, ma è la mia vita. Un modo per cavarmela. Lo capisci?». Aveva aspirato con rabbia lo spinello, l'aveva fatto volare via, incazzato, poi mi aveva guardato con la chiave inglese in mano. «Beh, che c'è? Di certo non voglio abitare qui per tutta la vita. Quindi, lavoro. Cosa credi».

Non credevo niente. E, riguardo ad Arno, era proprio questo che mi preoccupava. "I soldi rubati sono soldi guadagnati". A vent'anni io, Manu e Ugo avevamo fatto il nostro ingresso nella vita con le stesse idee. Puoi anche ripeterti che cinquanta milioni sono una bella cifra per fermarsi, ma un giorno o l'altro trovi sempre qualcuno che fa più di quello che ci si aspetta da lui. Manu aveva sparato. Ugo aveva esultato perché era il nostro miglior colpo. Io avevo vomitato e mi ero arruolato nelle truppe coloniali. Voltando pagina, brutalmente. La pagina dell'adolescenza, e dei nostri sogni di viaggi, di avventure. Della gioia di essere liberi, di non lavorare. Né Dio né padrone.

In un'altra epoca mi sarei potuto imbarcare su un transatlantico. L'Argentina. Buenos Aires. "Prezzi ridotti. Solo andata" si poteva leggere sui vecchi manifesti delle messaggerie marittime. Ma, nel 1970, i transatlantici erano già finiti. Il mondo era diventato come noi, senza destinazione. Senza futuro. Ero partito. Gratis. A Gibuti. Per cinque anni. Ci avevo già fatto il servizio militare, qualche anno prima. Non era peggio della galera. O della fabbrica. Con in tasca *Esilio* di Saint-John Perse, per sopravvivere, per restare sano di mente. La copia che Lole ci leggeva sulla Digue du Large, di fronte al mare.

> Avevo, avevo quel piacere di vivere degli uomini, e
> ecco che la terra esala la sua anima straniera...

Da piangere.
Poi ero diventato poliziotto, senza sapere bene perché, né come. Avevo perso i miei amici. Manu e Ugo erano morti. E Lole era in qualche luogo dove si poteva vivere senza ricordi. Senza rimorsi. Senza rancore. Mettersi in regola con la vita significava mettersi in regola con i ricordi. Me lo aveva detto Lole, una sera. La vigilia della sua partenza. Su questo ero d'accordo con lei. Interrogare il passato non serve a niente. È al futuro che bisogna fare domande. Senza futuro, il presente è solo disordine. Sì, certo. Ma io non venivo a patti con il passato, era questo il mio problema.

Oggi non ero più niente. Non credevo ai ladri. Non credevo più alle guardie. Chi rappresentava la legge aveva perso ogni senso dei valori morali, e i veri ladri non avevano mai rubato per poter mangiare. Certo, i ministri venivano messi in carcere, ma era solo un caso della vita politica. Non si trattava di giustizia. Sarebbero riapparsi, prima o poi. La politica si ripulisce nel mondo degli affari. L'esempio più lampante è la mafia. Invece, per migliaia di ragazzi delle *cités*, la galera è il grande salto. Quando escono trovano davvero il peggio. Il meglio se lo lasciano alle spalle. L'hanno divorato, ed è già pane vecchio.

Spinsi la porta. Non aveva mai avuto serrature. D'inverno

Arno ci metteva una sedia per tenerla chiusa. D'estate dormiva fuori, su un'amaca cubana. L'interno era come me lo ricordavo. In un angolo, un letto in ferro. Un tavolo, due sedie. Un armadietto. Un piccolo fornello a gas. Un termosifone elettrico. Vicino al lavello c'erano alcune stoviglie ad asciugare. Un piatto, un bicchiere, una forchetta, un coltello. Serge viveva solo. Non potevo immaginare che invitasse una ragazza. Per vivere qui, bisognava volerlo. Comunque, non avevo mai saputo che avesse fidanzate. Forse era veramente gay.

Non sapevo esattamente cosa fossi venuto a cercare. Forse un indizio che mi indicasse in cosa fosse coinvolto, e che spiegasse il suo omicidio. Non avevo grandi speranze, ma provare non mi costava niente. Iniziai dall'armadio, sopra, sotto. Al suo interno, una giacca, un giubbotto, due jeans. Nelle tasche, niente. Il tavolo non aveva cassetti. C'era una lettera aperta che mi infilai in tasca. Sotto il letto, niente. Neppure sotto il materasso. Mi sedetti e pensai. Non c'erano nascondigli possibili.

Vicino al letto, sopra una pila di giornali, due tascabili. *Fragments d'un paradis* di Jean Giono e *L'homme foudroyé* di Blaise Cendrars. Li avevo letti. Li sfogliai. Nessun foglietto. Nessun appunto. Li rimisi a posto. Un terzo libro, rilegato, che non faceva parte dei miei classici. *Il Lecito e l'Illecito nell'Islam* di Youssef Qaradhawi. Un ritaglio di giornale riportava l'ordinanza che proibiva la vendita e la diffusione del libro "per i suoi toni antioccidentali e per le tesi contrarie alle leggi e ai valori repubblicani fondamentali che contiene". Anche qui, nessun appunto.

Mi cadde l'occhio su un capitolo intitolato: "Cosa si deve fare quando la donna si mostra orgogliosa e ribelle". Sorrisi, pensando che forse avrei potuto imparare qualcosa su come comportarmi con Lole, se un giorno fosse tornata. Ma si può decidere sulla vita di coppia con una legge? Ci vuole il fanatismo dei religiosi – islamisti, cristiani o ebrei – per esserne convinti. In amore, io credo solo nella libertà e nella fiducia. Non semplifica i miei rapporti sentimentali. L'ho sempre saputo. Oggi lo provo sulla mia pelle.

I giornali erano quelli del giorno prima. *Le Provençal, Le Méridional, Libé, Le Monde, Le Canard enchaîné.* Diversi numeri recenti di quotidiani algerini, *Liberté* e *El Watam*. Più strano, una pila di *Al Ansar*, il notiziario clandestino del Gruppo islamico armato. Sotto i giornali, in alcune cartelline, diversi ritagli di giornale: "Processo di Marrakech: un processo sullo sfondo della periferia francese", "Una retata senza precedenti nell'ambiente islamico", "Terrorismo: come gli islamisti reclutano in Francia", "La ragnatela islamica tesse la sua tela in Europa", "Islam: la resistenza all'integralismo".

Il libro di Qaradhawi, i numeri di *Liberté*, di *El Watam* e di *Al Ansar* erano forse l'inizio di una pista. Chissà che cazzo combinava, Serge, da quando l'avevo perso di vista. Giornalismo? Un'inchiesta sugli islamisti a Marsiglia? C'erano sei cartelline piene di articoli. Da sotto il lavello, presi un sacchetto della Fnac, ci infilai il libro e tutte quelle scartoffie.

«Non muoverti!» sentii gridare alle mie spalle.

«Non fare lo stronzo, Saadna, sono Montale!».

Riconobbi la voce. Non avevo voglia di incontrarlo. Per questo ero passato dal canale.

La stanza si illuminò. Grazie all'unica lampadina appesa al soffitto. Una luce bianca, fredda, violenta. Il posto mi sembrò ancora più squallido. Mi voltai lentamente, strizzando gli occhi, con il sacchetto della Fnac in mano. Saadna mi puntava addosso un fucile da caccia. Fece un passo, trascinando la gamba matta. Una poliomelite curata male.

«Sei venuto dal canale, eh?» disse con un brutto ghigno. «Come un ladro. Ti sei riciclato nel furto, Fabio?».

«Qui non si rischia di diventare ricchi» ironizzai.

Saadna e io ci odiavamo con tutto il cuore. Era il prototipo dello zingaro. Per lui chiunque non fosse uno zingaro era un figlio di puttana. Ogni volta che un giovane nomade faceva una cazzata era, ovviamente, colpa degli altri. Secondo lui li tenevamo sotto il mirino da sempre. Esistevamo solo per dargli fastidio. Un'invenzione del diavolo. Per rompere i coglioni a Dio Padre che, nella sua infinita bontà, aveva creato lo zingaro a sua immagine e somiglianza. Il Rom. L'Uomo. Da allora il diavolo aveva fatto ancor peggio. Aveva diffuso in Francia milioni di arabi, solo per rompere ancora di più i coglioni agli zingari.

Si dava arie da vecchio saggio, con barba e capelli lunghi, brizzolati. I giovani venivano spesso a chiedergli consiglio. Era sempre il più cattivo. Spinto dall'odio e dal disprezzo. Dal cinismo. Attraverso loro si vendicava della gamba matta che si trascinava dietro da quando aveva dodici anni. Se non fosse stato per l'affetto che aveva per lui, probabilmente Arno non avrebbe mai fatto cazzate. Non si sarebbe ritrovato in prigione. E sarebbe ancora vivo.

Quando Chano, il padre di Arno, morì, Serge e io eravamo intervenuti perché gli accordassero un permesso. Era sconvolto. Voleva andare al funerale. Avevo perfino corteggiato l'assistente sociale, purché intervenisse personalmente. "Più scopabile dell'educatrice" mi aveva detto Arno. Il permesso venne accordato, e poi ritirato per decisione del direttore, con il pretesto che Arno era una testa dura. Lo autorizzarono solo a vedere il padre all'obitorio, per l'ultima volta. Tra due guardie. Lì, non vollero togliergli le manette. Allora Arno rifiutò di vedere il padre. "Non volevo che mi vedesse con quelle ai polsi" ci aveva scritto poco dopo.

Tornato in carcere, esplose. Fece un casino spaventoso e si ritrovò in cella di isolamento. "Ragazzi, ne ho piene le palle della merda, non sopporto più che mi si dia del tu, eccetera eccetera. Le mura, il disprezzo, gli insulti... Merda! Ho guardato duemila volte il soffitto, e non ce la faccio più".

Uscito dalla cella di isolamento, si era tagliato le vene.

Saadna abbassò gli occhi. E il fucile.

«Le persone oneste passano dall'ingresso principale. Ti facevi male a venirmi a dire buonasera?». Lanciò un'occhiata alla stanza. Il suo sguardo si fermò sulla busta Fnac. «Cosa hai messo, lì dentro?».

«Documenti. Serge non ne ha più bisogno. Si è fatto stendere. Davanti a me. Oggi pomeriggio. Domani, qui, verranno gli sbirri».

«Stendere, hai detto?».

«Hai idea di cosa stesse combinando Serge?».

«Ho bisogno di un goccio. Seguimi».

Anche se avesse saputo qualcosa, Saadna non mi avrebbe mai detto niente. Eppure questa volta non si fece pregare per parlare, e non si imbarcò in spiegazioni tortuose, come faceva di solito quando mentiva. Questo fatto avrebbe dovuto colpirmi. Ma avevo troppa fretta di lasciare quella topaia.

Aveva riempito due bicchieri lerci di una brodaglia puzzolente che chiamava whisky. Non l'avevo toccato. E neppure avevo brindato. Saadna faceva parte di quella gente con cui non brindo mai.

Serge era venuto a trovarlo, l'autunno scorso, per chiedergli di andare ad abitare da Arno. «Ne ho bisogno, per un po'» aveva detto Serge. «Ho bisogno di un posto dove nascondermi». Saadna aveva cercato di fargli sputare l'osso, ma invano. «Non rischi niente, ma meno ne sai meglio è». Si vedevano poco, raramente si parlavano. Quindici giorni prima Serge gli aveva chiesto di assicurarsi che nessuno lo seguisse, quando tornava la sera. Gli aveva allungato cento franchi.

Saadna non aveva una grande simpatia neppure per Serge. Educatori, sbirri, erano tutti dei fottuti rotti in culo. Ma Serge si era occupato di Arno. Gli scriveva, gli mandava dei pacchi, andava a trovarlo. Lo disse con la sua solita cattiveria, per sottolineare che tra Serge e me c'era comunque una differenza. Non risposi. Non avevo voglia di fare l'amicone con Saadna. Erano fatti miei come mi comportavo. E della mia coscienza.

Era vero, non avevo scritto molto ad Arno. Ma le lettere non sono mai state il mio forte. L'unica a cui ne avevo scritte tonnellate era Magali. Quando era entrata in un istituto di Caen, per diventare maestra. Le raccontavo di Marsiglia, di Les Goudes. Le mancava così tanto. Ma neppure le parole sono il mio forte. Mi confondono. Non so parlare. Di quello che ho dentro, voglio dire. Le chiacchiere, le so fare benissimo, come tutti i marsigliesi.

Andavo a trovare Arno ogni quindici giorni. Prima nel carcere minorile, a Luynes, vicino a Aix-en-Provence. Poi alle Baumettes. Un mese dopo l'avevano trasferito in infermeria, perché non mangiava niente. E passava il tempo a cacare. Si svuotava. Gli avevo portato i biscotti Pépitos, li adorava.

«Ora ti racconto dei Pépitos» mi disse. «Un giorno, avevo circa otto o nove anni, gironzolavo con i miei fratelli maggiori. Avevano fregato una sigaretta a un francese e parlavano di sesso. Ero in estasi! Ad un tratto Pacho ha detto: "Marco, quante calorie ha uno yogurt bianco?". Ovviamente Marco non lo sapeva. A quindici anni gli yogurt non sono certo la tua specialità. "E un uovo sodo?" continuò Pacho. "Sputa l'osso!" dissero gli altri, che non capivano dove volesse arrivare.

«Pacho aveva sentito dire che quando si scopa si consumano ottanta calorie. La quantità contenuta in un uovo sodo o in un Danone. "Perciò se li mangi" ha detto, "dovresti poter ripartire". Roba da matti! Marco non voleva essere da meno: "Io ho sentito dire che, se non hai quelle cose sotto mano, ti fai fuori quindici Pépitos, e riparti lo stesso!". Da allora mangio solo Pépitos! Non si sa mai! Beh, mi dirai che forse qui non è proprio utile. Hai visto la faccia dell'infermiera?!».

Eravamo scoppiati a ridere.

Improvvisamente, ebbi bisogno di aria. Non avevo voglia di parlare di Arno con Saadna. Né di Serge. Saadna sporcava tutto quando parlava. Sporcava ciò che toccava, ciò che lo circondava. E anche chi parlava con lui. Aveva accettato che Serge venisse lì, non per amicizia nei confronti di Arno, ma perché saperlo nella merda glielo faceva sentire vicino.

«Non hai neanche toccato il bicchiere» disse, quando mi alzai.

«Lo sai, Saadna. Non bevo mai con tipi come te».

«Un giorno lo rimpiangerai».

E vuotò d'un sol colpo il mio bicchiere.

Una volta in macchina, accesi la lampadina e guardai la lettera che avevo portato via. Era stata spedita sabato, dall'ufficio Colbert, in centro. Sul retro il mittente, invece di indicare nome e indirizzo, aveva scritto malamente: "Hanno distribuito male le carte e siamo arrivati a questo caos in cui la vita non è più possibile". Rabbrividii. All'interno, c'era solo un foglio strappato da un quaderno. La stessa scrittura. Due frasi brevi. Le lessi febbrilmente, mosso dall'urgenza di un simile richiamo di aiuto. "Non ne posso più. Vieni a trovarmi. Pavie".

Pavie. Dio mio! Ci mancava solo lei per completare il quadro.

Capitolo sesto
Nel quale nella vita le scelte non determinano tutto

Nel mettere la freccia per riprendere a destra rue de la Belle-de-Mai, capii di essere seguito. Una Safrane nera mi stava dietro, a una buona distanza e con furbizia. A boulevard Fleming, dopo un semaforo rosso, si era addirittura presa il lusso di sorpassarmi. Sfiorando la mia macchina. Sentii d'essere fissato. Lanciai un'occhiata, ma i vetri fumé proteggevano l'autista da sguardi indiscreti. Intravidi solo il riflesso del mio viso.

La Safrane mi superò, rispettando scrupolosamente i limiti di velocità. Questo avrebbe dovuto insospettirmi. Di notte nessuno rispetta i limiti di velocità. Neppure io con la mia vecchia R5. Ma ero troppo impegnato a mettere ordine nei miei pensieri per preoccuparmi di un eventuale inseguitore. E poi ero lontano mille miglia dall'idea che qualcuno potesse pedinarmi.

Pensai a ciò che viene chiamato insieme di circostanze, e fa sì che ci si svegli la mattina tranquilli e la sera ci si ritrovi con il figlio di una cugina scappato di casa, un amico che si fa ammazzare sotto i tuoi occhi, un ragazzino appena conosciuto che vuole fare amicizia, e un tizio che non vuoi vedere ma con cui sei costretto a fare due chiacchiere. Con il passato che riaffiora. Magali. Manu, Ugo. E Arno, che si faceva ricordare con violenza, attraverso la sua ex ragazza, sempre strafatta. Pavie, la piccola Pavie aveva sognato troppo. E aveva capito troppo in fretta che la vita è un brutto film, dove il Technicolor non cambia la storia. Pavie che chiedeva aiuto, e Serge che non rispondeva più, per sempre.

L'esistenza è fatta così, di incroci. Scegli se andare a sinistra o a destra e ti ritrovi su una strada diversa da quella che avevi sperato di imboccare. Non era la prima volta che mi trovavo in una situazione del genere. A volte, avevo la sensazione di prendere sempre la direzione sbagliata. Ma quell'altra, sarebbe stata migliore? Diversa?

Ne dubitavo. Ma non potevo esserne sicuro. Avevo letto da qualche parte, probabilmente in un romanzo da due soldi, che "gli uomini sono guidati dalla parte cieca che è in loro". È così, e così andiamo avanti. Alla cieca. La scelta è solo un'illusione. L'inganno che la vita ti offre per rendere la pillola meno amara. Non è lo scegliere che determina le cose, ma la nostra disponibilità verso gli altri.

Quella mattina, quando Gélou era arrivata, mi sentivo uno zombi. Gélou era stata come la scintilla di una reazione a catena. Intorno a me, il mondo si era rimesso in movimento. E si era rimesso a scoppiettare, come al solito.

Accidenti!

Un'occhiata allo specchietto retrovisore e mi resi conto di essere ancora seguito. Chi? Perché? Da quando? Domande senza peso, dato che non avevo elementi per rispondere. Potevo solo supporre che l'inseguimento fosse iniziato dopo che avevo lasciato Saadna. Oppure, dopo aver lasciato Anselme. O uscendo dal commissariato. O fuori da casa mia. No, impossibile, non da casa, non aveva alcun senso. Ma "da qualche parte" dopo la morte di Serge, sì, era plausibile.

Rimisi la cassetta di Bob Marley su *Slave Driver*, per darmi un po' di coraggio, e in rue Honorat, lungo i binari della ferrovia, accelerai un pochino. La Safrane reagì appena ai miei settanta chilometri all'ora. Tornai alla velocità normale.

Pavie. Aveva assistito al processo di Arno. Senza protestare, senza piangere, senza dire una parola. Orgogliosa, come Arno. Poi si era rituffata nella droga e nei furtarelli per procurarsela. La vita con Arno, in fin dei conti, era stata solo una parentesi di felicità. Arno era stato per lei un'ancora di salvezza. Ma l'ancora era insaponata con la merda. Arno era scivolato, e lei era affogata.

A place d'Aix, la Safrane passò con il semaforo arancione. Beh, pensai, sono quasi le undici e ho fame. E sete. Presi rue Sainte-Barbe, senza mettere la freccia, ma senza neppure accelerare. Poi rue Colbert, rue Méry e rue Caissererie, verso i Vieux-Quartiers, territorio della mia infanzia. Lì dove avevano vissuto i miei genitori, fuggendo dall'Italia. Lì dove era nata Gélou. Lì dove avevo conosciuto Manu e Ugo. E Lole, che sembrava riempire le strade con la sua presenza.

A place de Lanche, parcheggiai come andava di moda da queste parti, lì dove era proibito, davanti all'ingresso di un palazzo, con la ruota destra sul gradino d'ingresso. Dall'altro lato della strada c'era un posto libero, ma volevo che il mio inseguitore pensasse che fossi lì per poco e che quindi non valesse la pena parcheggiare. Facciamo così, da queste parti. Anche per un quarto d'ora, ci mettiamo in seconda fila e inseriamo le quattro frecce.

La Safrane fece capolino mentre stavo chiudendo a chiave lo sportello. Non ci badai molto. Accesi una sigaretta, poi, con passo deciso, risalii place de Lanche, presi a destra rue des Accoules, poi ancora a destra, rue Fonderie-Vieille. Una rampa di scale da scendere ed ero di nuovo in rue Caisserie. Non mi restava altro che tornare a place de Lanche per vedere che fine avesse fatto il mio inseguitore.

Senza alcun pudore aveva occupato il posto che avevo lasciato libero. Una manovra impeccabile. Il finestrino del guidatore era abbassato e ne uscivano nuvole di fumo. Tranquillo, il tipo. Non mi preoccupavo per lui. Quelle macchine avevano anche lo stereo. La targa della Safrane era del Var. Annotai il numero. Non ci avrei fatto granché, adesso. Ma domani era un altro giorno.

A tavola, pensai.

Da Félix, due coppie stavano finendo di cenare. Félix stava in fondo al ristorante. Seduto a un tavolo, un pacchetto di Gitanes con filtro da un lato, un pastis dall'altro, leggeva *Les Pieds Nickelés à Deauville*. La sua lettura preferita. Non leggeva altro, neppure il giornale. Collezionava i *Pieds Nickelés* e i *Bibi Fricotin*, ne leggeva uno ogni volta che aveva cinque minuti liberi.

«Oh! Céleste» gridò vedendomi entrare, «abbiamo ospiti».

La moglie uscì dalla cucina, asciugandosi le mani sul grembiule nero, che toglieva solo alla chiusura del ristorante. Aveva messo su altri tre bei chili, Céleste. Proprio dove si notavano di più. Sul petto e sul sedere. Solo vederla, faceva venir voglia di mettersi a tavola.

La sua zuppa di pesce era una delle migliori di Marsiglia. Scorfano, gallinella, sampietro, coda di rospo, pesce ragno, fragolino, pesce cappone, donzella... Anche qualche granchio e, se possibile, un'aragosta. Solo pesce di scoglio. Non come tante altre. E poi, per quanto riguarda la salsa, Celeste era davvero abile nell'accostare aglio e peperoncino alla patata e al riccio di mare. Ma la zuppa di pesce non era mai sul menu. Bisognava telefonare per sapere quando la cucinava. Perché venisse bene doveva essere preparata per almeno sette o otto persone. Per farla ricca e metterci più tipi di pesci possibile. Così, ci si ritrovava sempre tra conoscenti e amici. Anche Honorine "ammetteva" le qualità di Céleste. «Beh, comunque, non è il mio mestiere...».

«Capita bene» disse, dandomi un bacio. «Stavo cucinando gli avanzi. Vongole al sugo, la fricassea. E stavo per fare i fegatelli alla griglia. Vuole qualche sardina marinata, per cominciare?».

«Se la mangiate voi...».

«Accidenti! Perché chiedi, servi piuttosto!» urlò Félix.

Finì il bicchiere e passò dietro al banco per servire un giro di pastis. Ne beveva almeno una dozzina a pranzo e una a cena. Ora, li beveva in un bicchiere normale, con un goccio d'acqua.

Prima, serviva solo delle *mominettes*, un piccolissimo bicchiere riempito quasi esclusivamente di liquore. I giri di *mominettes* non finivano mai. A seconda degli amici presenti, un giro poteva comprendere da otto a dieci pastis. Mai di meno. Quando Félix diceva: "È mio", ripartiva un altro giro. Ma al Péano e a L'Unic, prima che diventassero uno un bar alla moda e l'altro un rockcaffè, era uguale. Il pastis e la kémia – olive nere e verdi, cetriolini e sottaceti – facevano parte dell'arte di vivere marsigliese. Un'epoca in cui la gente sapeva ancora parlare e aveva ancora cose da dirsi. Certo, mettevano sete. E dovevi avere tempo da perdere. Ma il tempo non contava. Non esisteva la fretta. Tutto poteva aspettare. Un'epoca né migliore né peggiore della nostra. Semplicemente, si dividevano gioie e dolori, senza falsi pudori. La miseria stessa veniva raccontata. Non si era mai soli. Bastava venire da Félix. O da Marius. O da Lucien. E drammi nati in sonni inquieti morivano tra i vapori dell'anice.

Spesso Céleste apostrofava un cliente:
«Ehi! Ti preparo qualcosa?».
«No, torno a mangiare a casa».
«Tua moglie lo sa che torni a mangiare a casa?».
«Eh! Per Dio! Gliel'ho detto stamattina».
«Non ti aspetta più. Hai visto che ore sono?».
«Oh! Cazzo!».
Il cliente si sedeva davanti a un piatto di spaghetti alle vongole, che mangiava in fretta e furia, per tornare in orario al lavoro.

Félix posò il bicchiere di fronte a me e brindò, con gli occhi iniettati di sangue fissi nei miei. Era felice di vedermi. Ci conoscevamo da venticinque anni. Ma, negli ultimi quattro, era diventato molto più paterno nei miei confronti.

Dominique, il loro unico figlio, appassionato dei relitti che giacevano nel tratto di mare tra le isole Riou e Maire, non era mai risalito da un'immersione. Félix aveva sentito dire che dei pescatori di Sanary lanciavano regolarmente le loro reti sui fondali del plateau de Blauquières, a venti chilometri dalla costa, tra Tolone e Marsiglia. O forse era stato uno scoglio sporgente. O qualcos'altro. Dominique non venne mai a raccontarlo.

Ma Dominique aveva "sentito giusto". Qualche mese fa, del tutto casualmente, due sub della Compagnia marittima peritale, Henri Delauze e Popof, avevano portato a galla, in quel punto preciso, a centoventi metri di profondità, il relitto intatto del Protée. Il sottomarino francese sparito nel 1943 tra Algeri e Marsiglia. La stampa locale aveva dato ampio spazio alla scoperta, citando Dominique. All'ora di pranzo mi ero presentato da Félix. La scoperta del Protée non ridava la vita a suo figlio. Lo resuscitava, facendo di lui un pioniere. Entrava nella leggenda. Avevamo festeggiato. Commossi fino alle lacrime.

«Salute!».

«Accidenti, che soddisfazione!».

Da quel giorno non ero più venuto. Quattro mesi. Il tempo, quando si resta fermi, passa a una velocità folle. Me ne resi conto all'improvviso. Dalla partenza di Lole non avevo più lasciato la mia casetta. E avevo trascurato i rari amici che mi rimanevano.

«Puoi farmi un piacere?».

«Sì» disse.

Potevo domandargli tutto, tranne di bere dell'acqua.

«Telefona a Jo, del Bar de la Place. Una Safrane nera è parcheggiata quasi davanti al suo locale. Chiedigli di servire un caffè all'autista, da parte del tizio della R5». Alzò il ricevitore. «E chiedigli di vedere un po' che tipo è. Mi sta attaccato al culo da ore, una vera piattola».

«Ci sono sempre più stronzi in giro. L'hai fatto cornuto?».

«Non me lo ricordo».

A Jo non dispiacque, a fine giornata, farsi un po' di risate. Non mi stupiva. Gli scherzi erano tipici di quel locale. Infatti, lo evitavo. Un po' troppo grezzo per i miei gusti. Avevo altre abitudini. Félix, chiaramente. Etienne, in cima al Panier, a rue de Lorette. E Ange, a place des Treize-Coins, proprio dietro il commissariato centrale.

«E dopo il caffè» chiese Jo, «lo mettiamo alle strette? Siamo in otto nel bar».

Félix mi guardò. Ascoltavo la conversazione. Con la testa, feci segno di no.

«Lascia perdere» rispose Félix. «Basta il caffè. È uno che ha appena scoperto di avere le corna».

Un quarto d'ora dopo, Jo richiamò. Avevamo già finito un Côteaux d'Aix, un rosso del Domaine des Béates. 1988.

«Oh! Félix! Dovresti stare attento se l'hai fatto cornuto, il tizio».

«Perché?».

«Si chiama Antoine Balducci».

Félix mi interrogò con lo sguardo. Non conoscevo nessuno con quel nome. E tanto meno sua moglie.

«Non lo conosco» disse Félix.

«È un frequentatore del Rivesalte, a Tolone. Quel tizio bazzica nel *milieu*[1] del Var. Lo dice Jeannot. Mi ha accompagnato a servire il caffè. Tanto per divertirci un po'. Jeannot ha fatto il cameriere a Tolone. Lì ha conosciuto Balducci. Per fortuna era buio, cazzo! Se lo riconosceva, magari facevano scintille... Tra l'altro erano due».

«Due?» ripeté Félix, interrogandomi con lo sguardo.

«Non lo sapevi?».

«No».

«L'altro, non posso neanche dirti che faccia avesse. Non si è mosso. Non ha detto una parola. Neppure un respiro. Vedi, riguardo a Balducci, credo che si tratti della first class... Hai delle grane, Félix?».

«No, no... Riguarda... un buon cliente, ecco».

«Beh, digli di farsi piccolo piccolo. Secondo me, quei tizi sono armati fino ai denti».

---

[1] Gli ambienti della malavita.

«Riferirò. Senti, Jo, spero di non averti creato casini».

«No, Balducci ha riso. Una risata forzata. Ma ha riso. Vedi, quei tizi sanno incassare».

«Sono sempre lì?».

«Se ne sono andati. "È offerto?" ha chiesto, indicando il caffè. "Sì, signore" ho detto. Ha infilato dieci sacchi nella tazza. Cazzo! Mi sono ritrovato con le mani piene di caffè. "La mancia". Hai capito il tipo».

«Ho capito. Grazie, Jo. Passa a prendere l'aperitivo, uno di questi giorni. Ciao».

Céleste portò i fegatelli, cotti a puntino, e le patate al prezzemolo. Félix si sedette e stappò un'altra bottiglia. Con quel profumo di timo, rosmarino ed eucalipto, quel vino era un piccolo capolavoro. Non stancava mai.

Mangiando, parlammo del concorso di pesca al tonno che il Club Nautico del Vieux-Port organizzava tradizionalmente alla fine di settembre. Era la stagione giusta. A Marsiglia, a Port-de-Bouc, a Port-Saint-Louis. Tre anni fa, al largo di Saintes-Maries-de-la-Mer, avevo preso un tonno di 300 chili, a una profondità di 85 metri. Tre ore e un quarto di lotta. Avevo avuto diritto a una mia foto nell'edizione di Arles del *Provençal*. Da allora ero membro onorario di La Rescasse, la società nautica di Les Goudes.

Mi stavo preparando al concorso, come ogni anno. Da poco era consentito pescare al *broumé*. Un metodo tradizionale di pesca marsigliese. Con la barca ferma, si attirano i pesci lanciando in mare sardine tritate e pane. Si forma così una macchia d'olio che viene trasportata dalla corrente. Quando il pesce, che nuota controcorrente, sente quell'odore, risale fino alla barca. Dopo è un'altra storia. Vero sport!

«Allora, non hai fatto grandi passi avanti con quella telefonata, vero?» chiese Félix, un po' preoccupato, quando Céleste andò a prendere i formaggi.

«Mah» risposi laconico.

Avevo dimenticato i tizi della Safrane. Certo, non avevo le idee molto chiare. Chissà in cosa avevo ficcato il naso per avere attaccati al culo due malavitosi del Var. A Tolone non conoscevo nessuno. La evitavo da quasi trent'anni. È lì che avevo fatto il militare di leva. Avevo visto i sorci verdi. Avevo cancellato Tolone dalla cartina geografica, per sempre. E non ero ancora pronto a cambiare parere. Dopo le ultime comunali, la città si era "data" al Fronte nazionale. Forse non era peggio della vecchia giunta comunale. Si trattava solo di una questione di principio. Come con Saadna. Non bevevo mai con persone piene di odio.

«Non avrai mica fatto una cazzata?» riprese con tono paterno.

Alzai le spalle.

«Non ho più l'età per le cazzate».

«Penso che... Beh, non voglio immischiarmi in cose che non mi riguardano... Credevo che te la passassi bene, nella tua casetta. Con Lole che ti accudisce amorevolmente».

«Me la passo bene, Félix. Ma senza Lole. Se n'è andata».

«Scusami» disse, dispiaciuto. «Da come vi ho visti l'ultima volta, credevo...».

«Lole ha amato Ugo. Ha amato Manu. Ha amato anche me. Tutto questo in vent'anni. Ero l'ultimo».

«Ha amato sempre te».

«Anche Manu me lo ha detto, una volta. Pochi giorni prima che si facesse ammazzare qui, su questo marciapiede. Avevamo mangiato l'aïoli, te lo ricordi?».

«Viveva con questa paura, che gliela portassi via, prima o poi. Pensava che tra di voi avrebbe funzionato».

«Lole non la si porta via. Ugo aveva bisogno di lei per vivere. Anche Manu. Io, no. Non allora. Oggi sì».

Ci fu silenzio. Félix riempì i bicchieri.

«Dobbiamo finire la bottiglia» disse, un po' imbarazzato.

«Sì... avrei potuto essere il primo, e tutto sarebbe stato diverso. Per lei e per me. Per Ugo e Manu, anche. Invece sono stato l'ultimo. Va bene amarsi. Ma non possiamo vivere in un museo, in mezzo ai ricordi. Le persone che abbiamo amato non muoiono mai. Viviamo con loro. Sempre... Vedi, è come questa città, vive di tutti quelli che ci hanno vissuto. Tutti ci hanno sudato, faticato, sperato. Mio padre e mia madre sono ancora vivi in queste strade».

«Una città di esiliati».

«Sì, è così. Questa città sarà sempre e soltanto l'ultimo scalo del mondo. Il suo futuro appartiene a coloro che arrivano. Mai a quelli che partono».

«Oh! E chi resta, allora?».

«Sono come chi sta in mare, Félix. Non si sa mai se sono morti o vivi».

Come noi, pensai, finendo il mio bicchiere. Perché Félix lo riempisse di nuovo.

E, ovviamente, lo fece subito.

Capitolo settimo
*Nel quale si vorrebbe sbrogliare
il filo nero dal filo bianco*

Ero rientrato tardi, avevo bevuto parecchio, fumato troppo e dormito male. La giornata non poteva che essere schifosa.

Eppure c'era un tempo splendido, come capita solo qui, in settembre. Oltre il Lubéron o le Alpilles era già autunno. A Marsiglia, a volte sino a fine ottobre, l'autunno conserva un retrogusto di estate. Basta una corrente d'aria per ravvivarne gli odori di timo, menta e basilico.

Quella mattina, si sentiva proprio questo. Menta e basilico. Gli odori di Lole. Il suo odore durante l'amore. Mi ero improvvisamente sentito vecchio e stanco. E anche triste. Ma sono sempre così quando ho bevuto troppo, fumato troppo e dormito male. Non me l'ero sentita di uscire in barca. Brutto segno. Non mi succedeva da tanto. Pure dopo la partenza di Lole avevo continuato i miei giri in mare.

Ogni giorno sentivo la necessità di allontanarmi per un po' dagli esseri umani. Rigenerarmi nel silenzio. Pescare era secondario. Solo un omaggio da rendere a quest'immensità. Lontano, al largo, imparavo di nuovo l'umiltà. E tornavo a terra sempre pieno di bontà per gli uomini.

Lole lo sapeva e, insieme a questa, sapeva molte altre cose che non avevo mai detto. Mi aspettava per pranzare sulla terrazza. Poi, mettevamo la musica e facevamo l'amore. Con lo stesso piacere della prima volta. Con la stessa passione. I nostri corpi sembravano essersi promessi dalla nascita questa festa. L'ultima volta avevamo iniziato ad accarezzarci con *Yo no pue-*

do vivir sin ti. Un disco di zingari di Pérpignan. Cugini di Lole. Dopo, mi aveva annunciato la sua intenzione di partire. Aveva bisogno di "altro" come io avevo bisogno del mare.

Con un caffè bollente in mano mi ero fermato davanti al mare, lasciando lo sguardo andare lontano. Lì dove anche i ricordi non hanno più vita. Lì dove tutto oscilla. Al faro di Planier, a venti miglia dalla costa.

Perché non ero partito per non tornare più? Perché mi lasciavo invecchiare in questa casetta da quattro soldi, guardando partire i cargo? Marsiglia c'entrava sicuramente molto. In questa città, sia che ci nasci o che ci arrivi, ti ritrovi in poco tempo con le suole di piombo. I viaggi, si preferisce guardarli negli occhi di un altro. Di colui che torna dopo aver affrontato "il peggio". Come Ulisse. Lo amavamo molto Ulisse, qui. E i marsigliesi, nel corso degli anni, tessevano e disfacevano la loro storia come la povera Penelope. Il dramma è che Marsiglia non guardava più neppure l'Oriente, ma il riflesso di ciò che stava diventando.

E io ero come lei. E ciò che diventavo era niente, o quasi. Meno illusioni e un sorriso in più, forse. Non avevo capito nulla della vita, ne ero sicuro. Il faro del Planier, d'altra parte, non indicava più la strada alle barche. Era fuori servizio. Ma l'orizzonte del mare rimaneva il mio unico credo.

Tornerò ad arenarmi nel cuore delle navi

Mi tornò in mente questo verso di Louis Brauquier, un poeta marsigliese, il mio preferito. Sì, mi dissi, quando sarò morto, m'imbarcherò su quel cargo, destinazione i miei sogni di bambino. In pace, finalmente. Finii il mio caffè e uscii per andare da Fonfon.

Quando lasciai Félix, all'una di notte, nessuno mi stava aspettando vicino alla macchina. E nessuno mi aveva seguito.

Non sono pauroso, ma dopo la Madrague de Montredon, all'estremo sud-est di Marsiglia, la strada che porta a Les Goudes di notte è piuttosto inquietante. Un vero paesaggio lunare, deserto. Le case finiscono intorno alla calanca di Samena. Dopo, non c'è più niente. La strada, stretta e sinuosa, costeggia il mare poco sopra gli scogli. Quei tre chilometri non mi sembrarono mai così lunghi. Avevo fretta di tornare.

Gélou dormiva, senza aver spento la lampada sul comodino. Mi aveva senz'altro aspettato. Era raggomitolata, con la mano destra aggrappata al cuscino come a una boa. Il suo sonno somigliava a un naufragio. Spensi la luce. Era tutto ciò che potevo fare per lei, in quel momento.

Mi ero versato un Lagavulin e mi ero sistemato per la notte sul divano con *Entro le maree* di Conrad. Un libro che non smetto di rileggere, ogni sera. Mi calma e mi aiuta a prendere sonno. Come le poesie di Brauquier mi aiutano a vivere. Ma la mia mente era altrove. Sulla terra degli uomini. Dovevo riportare Guitou da Gélou. Tutto qui. Poi, avremmo avuto una piccola discussione, anche se, lo sapevo, lei aveva già capito l'essenziale. Un figlio merita che si vada fino in fondo con lui. Ne ero convinto, anche se nessuna donna mi aveva dato l'occasione di diventare padre. Non sarebbe stato certo facile tirare su un bambino. Non si poteva fare senza dolore. Ma ne sarebbe valsa la pena. Se c'era un futuro per l'amore.

Mi ero addormentato per svegliarmi quasi subito. Ciò che mi preoccupava era qualcosa di profondo. Serge, la sua morte. Quello che aveva fatto riaffiorare. Arno, e Pavie, persa in qualche posto nella notte. E tutto ciò che aveva scatenato. Se due malavitosi mi pedinavano, era per via di Serge. Non capivo il nesso tra dei barbuti esaltati e il *milieu* del Var. Ma da Marsiglia a Nizza, tutto era possibile. Ne avevamo viste di tutti i colori. C'era sempre da aspettarsi il peggio. Ma strano che non fossi riuscito a scovare un'agendina, un block-notes o qualcosa del genere. Anche solo un semplice pezzo di carta. Forse, pensai,

Balducci e il suo amico erano passati prima di me. Ma non ricordavo di aver né visto né incrociato una Safrane, arrivando al Vieux-Moulin. Tutta quella documentazione sugli islamisti doveva avere un senso. Dopo essermi versato un altro Lagavulin, mi ero immerso nei giornali e nei ritagli che avevo portato a casa. All'Islam, oggi, nel suo rapporto con l'Europa, si presentano diverse possibilità. La prima, il *Dar el-Suhl*, letteralmente "terra di contratto", chiede che ci si conformi alle leggi del paese in cui si vive. Mentre, la seconda, il *Dar el-Islam*, vuole che l'Islam diventi maggioritario. Questa era l'analisi di Habib Mokni, un funzionario del movimento islamico tunisino, rifugiato in Francia nel 1988.

Da allora, il *Dar el-Suhl* era stato rifiutato dai barbuti. L'Europa, e più in particolare la Francia, erano diventate un luogo, una base, da cui partivano azioni destinate a destabilizzare il paese di origine. L'attentato all'hotel Atlas Asni, a Marrakech, in Marocco, nell'agosto 1994, aveva la sua origine in una *cité* della Courneuve. Questa congiunzione di obiettivi ci faceva precipitare, noi europei, e loro integralisti, in una terza strada, quella del *Dar el-Harb*, "terra di guerra", secondo i termini coranici.

Dopo l'ondata di attentati dell'estate '95 a Parigi, era inutile nascondere la testa sotto la sabbia. Era iniziata una guerra sul nostro territorio. Una sporca guerra, i cui "eroi", come Khaled Kelkal, erano cresciuti nelle periferie parigine e lionesi. I quartieri nord di Marsiglia potevano diventare anche loro un vivaio di "soldati di Dio"? È a questa domanda che cercava di rispondere Serge? Ma perché? E per chi?

Sull'ultima pagina dell'articolo di Habib Mokni, Serge aveva scritto a margine: "Le vittime più visibili sono quelle degli attentati. Altre cadono, senza che il nesso sia evidente". Con un evidenziatore giallo, aveva sottolineato una citazione del Corano: "Fino a quando non si riuscirà a sbrogliare il filo bianco dal filo nero". Tutto qui.

Esausto, avevo chiuso gli occhi. Ed ero immediatamente

precipitato in un'immensa matassa di fili neri e fili bianchi. Per perdermi poi nel più complicato dei labirinti. Un palazzo di specchi che non riflettevano la mia immagine, ma quella degli amici persi, delle donne amate. Venivo spinto da una parte all'altra. Un quadro raffigurava dei visi, dei nomi. Avanzavo come una pallina da flipper. Un violento scossone mi svegliò, grondante sudore.

Tilt.

Gélou era di fronte a me. Con gli occhi assonnati.

«Come va?» aveva chiesto, preoccupata. «Hai urlato».

«Tutto bene. Un incubo. Succede, quando dormo in questo schifo di divano».

Aveva guardato la bottiglia di whisky e il bicchiere vuoto.

«E quando esageri con l'alcol».

Avevo alzato le spalle e mi ero seduto. Con la testa pesante. Ritorno sulla terra. Erano le quattro di notte.

«Mi dispiace».

«Vieni a dormire con me. Starai meglio».

Mi aveva teso la mano. Dolce e calda come quando aveva diciotto anni. Sensuale e materna. Guitou aveva senz'altro imparato la dolcezza da quelle mani, quando si posavano sulle sue guance per dargli un bacio sulla fronte. Come avevano fatto a non capirsi quei due? Perché, accidenti!

Nel letto, Gélou si era voltata e riaddormentata immediatamente. Non avevo più osato muovermi, per paura di svegliarla di nuovo.

Dovevamo avere dodici anni l'ultima volta che avevamo dormito insieme. Succedeva spesso, quando eravamo bambini. Quasi ogni sabato, d'estate, tutta la famiglia si ritrovava qui, a Les Goudes. A noi bambini ci mettevano a dormire per terra, sui materassi. Gélou e io eravamo i primi a infilarci a letto. Ci addormentavamo tenendoci per mano, ascoltando le risa e le canzoni dei nostri genitori. Cullati da *Maruzzella*, *Guaglione* e altre canzonette napoletane di Renato Carosone.

Più tardi, quando mia madre si ammalò, Gélou veniva a casa due o tre sere alla settimana. Faceva il bucato, stirava e preparava la cena. Stava per compiere sedici anni. A letto si stringeva a me e ci raccontavamo storie orribili. Per farci venire delle paure atroci. Allora, faceva scivolare la sua gamba tra le mie, e ci stringevamo ancora più forte. Sentivo i suoi seni, già molto sviluppati, e i capezzoli duri sul mio petto. Mi eccitava da morire. Lo sapeva. Ma, ovviamente, non se ne parlava. Erano cose che appartenevano ai grandi. E ci addormentavamo così, pieni di tenerezza e di certezze.

Mi ero voltato piano, per rimettere a posto quei ricordi, fragili come il cristallo. Per respingere il desiderio di posarle la mano sulla spalla e di prenderla tra le braccia. Come prima. Solo per scacciare le nostre paure.

Avrei dovuto farlo.

Fonfon mi trovò sbattuto.

«Beh» dissi, «non si sceglie sempre la faccia che si vuole».

«Oh, il signore ha dormito male».

Sorrisi e mi sedetti fuori. Al mio solito posto. Di fronte al mare. Fonfon tornò con un caffè e *Le Provençal*.

«Ecco, te l'ho fatto ristretto. Non so se ti sveglierà, ma almeno ti farà essere più educato».

Aprii il giornale e andai alla ricerca di un articolo sull'omicidio di Serge. Aveva avuto diritto solo a un trafiletto. Senza commenti, né dettagli. Non si diceva neppure che Serge era stato per diversi anni educatore di strada nelle *cités*. Veniva qualificato "senza professione", e l'articolo si concludeva con un laconico "la polizia propende per un regolamento di conti tra delinquenti". Pertin aveva sicuramente fatto un rapporto succinto. Per una storia di delinquenti non ci sarebbe stata un'inchiesta. Ecco che cosa voleva dire. E che Pertin avrebbe tenuto l'affare per sé. Come un osso da rosicchiare. L'osso in questione potevo essere io, molto semplicemente.

Alzandomi per andare a prendere *La Marseillaise*, voltai automaticamente pagina. Il titolo, a caratteri cubitali, in cima a pagina 5, mi paralizzò: "Il duplice omicidio del Panier: trovato il cadavere mezzo nudo di un ragazzo non ancora identificato". Al centro dell'articolo, in un riquadro: "Il proprietario dell'immobile, l'architetto Adrien Fabre, è sconvolto".

Mi sedetti, sciocccato. Forse era solo un cumulo di coincidenze. Mi obbligai a pensare a questo, per poter leggere l'articolo senza tremare. Avrei dato la vita per non vedere le righe che si stendevano sotto i miei occhi. Poiché sapevo cosa avrei scoperto. Un brivido mi scese lungo la schiena. Adrien Fabre, un architetto molto conosciuto, ospitava da tre mesi Hocine Draoui, uno storico algerino, specialista dell'antico Mediterraneo. Minacciato di morte dal Fis, come numerosi intellettuali algerini, era fuggito dal suo paese. Aveva appena chiesto asilo politico.

Ovviamente, si era pensato subito a un'azione del FIS. Ma per gli inquirenti era piuttosto improbabile. Fino a quel giorno c'era stata, ufficialmente, un'unica esecuzione rivendicata, quella a Parigi, dell'iman Sahraoui, l'11 luglio 1995. Perché lui e non un altro? E poi, come riconosceva Adrien Fabre, Hocine Draoui non aveva mai accennato a minacce di morte. Si preoccupava solo per la sorte della moglie, rimasta in Algeria, che avrebbe dovuto raggiungerlo non appena fosse stata accolta la sua domanda di asilo.

Adrien Fabre raccontava della sua amicizia con Hocine Draoui, che aveva incontrato una prima volta nel 1990, durante un grande simposio sul tema "Marsiglia greca e la Gallia". I suoi lavori sulla situazione del porto – fenicio prima, romano poi – dovevano, secondo lui, rinnovare la storia della nostra città e aiutarla a riscoprire la sua memoria. Sotto il titolo "All'inizio era il mare", il giornale pubblicava degli estratti dell'intervento di Hocine Draoui durante il simposio.

Considerata l'ora dell'omicidio, la polizia sosteneva la tesi del furto finito male. Al Panier, i furti erano frequenti. Ciò frenava la politica di restauro del quartiere. I nuovi arrivati, perlopiù persone agiate, erano i bersagli dei malviventi, quasi sempre giovani arabi. Alcune case erano state "visitate" tre o quattro volte a pochi mesi di distanza, obbligando così i nuovi proprietari a lasciare il Panier, disgustati.

Era la prima volta che la casa dei Fabre veniva derubata. Avrebbero traslocato? La moglie, il figlio e lui erano ancora troppo sconvolti per pensarci.

Restava l'enigma del secondo cadavere.

I Fabre non conoscevano il ragazzo, di circa sedici anni, che indossava solo le mutande, ritrovato morto a pianterreno, davanti alla porta d'ingresso del monolocale solitamente occupato dal figlio. Gli investigatori avevano perquisito la casa, trovando solo vestiti: un paio di jeans, una maglietta, un giubbotto, uno zainetto con l'occorrente per il bagno, e un ricambio, ma nessun portafoglio né documenti d'identità. Una catenina che portava al collo gli era stata strappata con violenza. C'era ancora il segno.

Secondo Adrien Fabre, Hocine Draoui non avrebbe mai ospitato qualcuno senza dirglielo, l'avrebbe prima chiamato a Sanary. Era molto rispettoso dei suoi ospiti.

Chi era quel ragazzo? Da dove veniva? Cosa ci faceva lì? Per il commissario Loubet, incaricato dell'inchiesta, solo rispondendo a queste domande si sarebbe chiarita questa drammatica vicenda.

Conoscevo le risposte.

«Fonfon!».

Fonfon arrivò, con due caffè sul vassoio.

«Non c'è bisogno di urlare, ecco i caffè! Ho pensato che un altro non ti avrebbe fatto male. Tieni» disse, posandoli sul tavolo. Poi mi guardò: «Cos'hai? Sei bianco come un lenzuolo!».

«Hai letto il giornale?».

«Non ne ho avuto ancora il tempo».

Gli misi la pagina del *Provençal* sotto agli occhi.

«Leggi».

Lesse, lentamente. Non toccavo la tazza, incapace di fare anche il minimo gesto. Avevo il corpo percorso da brividi. Tremavo fino alla punta delle dita.

«E allora?» disse, alzando la testa.

Gli raccontai. Gélou. Guitou. Naïma.

«Cazzo!».

Mi guardò, poi si rituffò nell'articolo. Come se, leggerlo per la seconda volta, potesse cancellare la triste verità.

«Dammi un cognac».

«Di Fabre...» iniziò.

«L'elenco è pieno, lo so. Vammi a prendere un cognac, vai!».

Avevo bisogno di scongelarmi il sangue nelle vene.

Tornò con la bottiglia. Ne bevetti due, tutti d'un fiato. Con gli occhi chiusi, aggrappandomi con una mano al tavolo. La schifezza del mondo andava più velocemente di noi. Potevamo dimenticarla, negarla, ma tanto ci avrebbe raggiunti, sempre.

Bevetti un terzo cognac. Ebbi un conato di vomito. Corsi in fondo alla terrazza e vomitai sugli scogli. Un'onda si infranse, divorando il mio rifiuto del mondo. La sua disumanità e la sua inutile violenza. Guardai la schiuma bianca lambire gli anfratti dello scoglio prima di ritirarsi. Mi faceva male lo stomaco. Il mio corpo cercava la bile. Ma non avevo più nulla da vomitare. Solo un'immensa tristezza.

Fonfon mi aveva portato l'ennesimo caffè. Mandai giù un altro cognac, il caffè, poi mi sedetti.

«Cosa farai?».

«Niente. Non le dirò niente, per ora. È morto, non c'è più niente da fare. Che lei soffra ora, stasera, o domani, è lo stesso. Devo prima verificare cos'è successo. Devo trovare la ragazzina. E quel giovane, Mathias».

«Mah» disse scettico, scuotendo la testa. «Non credi che...».

«Vedi, Fonfon, non riesco a capire. Quel Mathias ha trascorso le vacanze con Guitou, si sono visti e si sono divertiti insieme quasi ogni sera. Perché dice di non conoscerlo? Secondo me, Guitou e Naïma pensavano di trascorrere il week-end nel suo monolocale. Guitou venerdì sera ha dormito lì, aspettando di incontrare Naïma, il giorno dopo. Avrà avuto bisogno della chiave o di qualcuno che lo facesse entrare».

«Hocine Draoui».

«Sì. Sicuramente. E i Fabre sanno chi è Guitou. Ci metterei la mano sul fuoco, Fonfon».

«Forse la polizia ha voluto mantenere il segreto».

«Non credo. Forse qualcun altro, ma sicuramente non Loubet. Non è così machiavellico. Se avesse conosciuto l'identità di Guitou, l'avrebbe rivelata. Lui stesso dice che l'identificazione del cadavere può permettere di chiarire la vicenda».

Conoscevo bene Loubet. Era nella squadra anticrimine. Ne aveva visti di cadaveri... Aveva avuto a che fare con casi molto complicati ed era riuscito a far luce su questioni difficili. Un buon poliziotto. Onesto e serio. Uno di quelli per cui la polizia è al servizio dell'ordine repubblicano. Del cittadino. Chiunque sia. Non si faceva più illusioni, ma teneva duro. E quando dirigeva un'inchiesta nessuno aveva interesse a invadere il suo campo. Andava sempre a fondo. Mi ero spesso chiesto per quale strano caso fosse ancora in vita. E a quel posto di lavoro.

«Allora?».

«Qualcosa non quadra».

«Non credi al furto?».

«Non credo a niente».

Sì, avevo creduto che quella giornata sarebbe stata schifosa. Era persino peggio.

Capitolo ottavo
Nel quale la storia non è l'unica forma del destino

La porta si aprì, e non seppi più cosa dire. Mi trovai di fronte una giovane asiatica. Vietnamita, pensai. Ma potevo sbagliarmi. Era a piedi nudi e vestita con un abito tradizionale. Una tunica di seta scarlatta, abbottonata sulla spalla, che scendeva fino a metà coscia, pantaloni blu, corti. I capelli, lunghi e neri, erano raccolti su un lato e nascondevano parte dell'occhio destro. Il viso era serio e il suo sguardo mi rimproverava di aver suonato alla porta. Apparteneva senz'altro a quella categoria di donne che vengono sempre disturbate, qualsiasi ora sia. Eppure erano le undici passate.

«Vorrei parlare con il signore e la signora Fabre».

«Sono io la signora Fabre. Mio marito è in ufficio».

Ancora una volta rimasi senza parole. Non avrei mai immaginato che la moglie di Adrien Fabre potesse essere vietnamita. E così giovane. Doveva avere circa trentacinque anni. Mi chiesi a che età avesse avuto Mathias. Ma forse non era sua madre.

«Buongiorno» riuscii finalmente ad articolare, senza comunque smettere di divorarla con gli occhi.

Un atteggiamento piuttosto insolente, il mio. Ma, ancor più della bellezza, era il suo fascino a colpirmi. Lo sentii in tutto il corpo. Come una corrente elettrica. A volte succede, per strada. Si incrocia lo sguardo di una donna e ci si volta con la speranza di incrociarlo di nuovo. Senza neanche chiedersi se quella donna è bella, com'è fatto il suo corpo, quanti anni ha. Solo per quello che passa attraverso lo sguardo, in quell'istante: un sogno, un'attesa, un desiderio. Tutta una vita possibile.

«A che proposito voleva vederlo?».

Aveva appena mosso le labbra e la sua voce aveva lo stesso tono di una porta sbattuta in faccia. Ma la porta rimase aperta. Con un gesto nervoso si tirò indietro i capelli, lasciandomi vedere il viso.

Mi esaminò dalla testa ai piedi. Pantaloni blu, camicia blu a pois bianchi, un regalo di Lole, scarpe di tela bianche. Facevo la mia porca figura col mio metro e settantacinque e le mani infilate nelle tasche del giubbotto grigio. Honorine mi aveva trovato molto elegante. Non le avevo detto niente di quello che avevo letto sul giornale. Per lei e Gélou, andavo a cercare Guitou.

I nostri occhi si incontrarono e restai così, senza dire una parola. Il suo viso si contrasse.

«La ascolto» disse, secca.

«Potremmo parlarne dentro, forse».

«Di che si tratta?».

Malgrado la sicurezza, che doveva esserle propria, stava sulla difensiva. Scoprire due cadaveri, a casa propria, tornando da un week-end, non doveva spingere a essere accoglienti. E, anche se avevo fatto uno sforzo nell'abbigliamento, i miei capelli neri un po' mossi e la mia pelle olivastra dovevano darmi un'aria da vagabondo. Lo ero, d'altronde.

«Di Mathias» dissi, con la maggiore dolcezza possibile. «E dell'amico con cui ha trascorso le vacanze quest'estate. Guitou. Che è stato trovato morto, qui da voi».

Si chiuse a riccio.

«Chi è lei?» balbettò, come se quelle parole le ferissero la gola.

«Un parente».

«Entri».

Indicò una scala in fondo all'ingresso, e si scostò per lasciarmi passare. Feci alcuni passi, poi mi fermai davanti al primo scalino. La pietra – una pietra bianca di Lacoste – era macchiata del sangue di Guitou. Una macchia scura, che copriva lo scalino, come una fascia nera. Anche la pietra era in lutto.

«Qui?» chiesi.

«Sì» mormorò.

Avevo fumato diverse sigarette, guardando il mare, prima di decidermi a muovermi. Sapevo cosa avrei fatto, e in quale ordine, ma mi sentivo pesante. Come il piombo. Un piccolo soldato di piombo. In attesa che una mano lo toccasse per mettersi in moto. E la mano era il destino. La vita, la morte. Non si sfugge a quel dito che si posa su di noi. Chiunque siamo. Nel bene e nel male.

Il male mi era ormai più familiare.

Avevo chiamato Loubet. Conoscevo le sue abitudini. Era un lavoratore e si alzava presto. Erano le otto e trenta e rispose al primo squillo.

«Sono Montale».

«Oh! Uno zombi. Mi fa piacere sentirti».

Era stato uno dei pochi a brindare con me quando avevo lasciato la polizia. Mi aveva colpito. Bere alla mia salute in occasione delle mie dimissioni, così come le elezioni sindacali, rivelava le divisioni all'interno della polizia. Solo che in questo caso non si trattava di un voto segreto.

«Ho le risposte alle tue domande. Per il ragazzino del Panier».

«Cosa? Di che parli, Montale?».

«Della tua inchiesta. So chi è il ragazzino. Da dove viene e tutto il resto».

«Come lo sai?».

«È il figlio di mia cugina. È fuggito di casa, venerdì».

«Che cazzo ci faceva lì?».

«Te lo dirò. Ci possiamo vedere?».

«Eccome! Tra quanto puoi essere qui?».

«Preferisco se ci vediamo da Ange. Al Treize-Coins, va bene?».

«Ok».

«Verso mezzogiorno, mezzogiorno e mezzo».

«Mezzogiorno e mezzo! Ehi! Montale, cosa devi fare prima?».

«Andare a pesca».

«Sei uno sporco bugiardo».

«È vero. A dopo, Loubet».

Era proprio a pesca che volevo andare. Ma di informazioni. Spigole e orate mi avrebbero aspettato. Erano abituate. Non ero un vero pescatore, ma solo un dilettante.

Cûc – così si chiamava ed era veramente vietnamita, di Dalat, nel sud, "l'unica città fredda del paese" – si voltò verso di me e il suo sguardo si perse di nuovo sotto una ciocca di capelli. Non li scansò. Si era seduta su un canapé, con le gambe incrociate sotto il sedere.

«Chi altro lo sa?».

«Nessuno» mentii.

Ero controluce, seduto sul divano che mi aveva indicato. Da quello che riuscivo a vedere, i suoi occhi erano diventati due fessure, di un nero brillante e duro. Aveva riacquistato sicurezza. O almeno, abbastanza forza per tenermi a distanza. Pensai che sotto quella calma apparente doveva celarsi una notevole energia. Si muoveva come un'atleta. Cûc non stava solo sulle sue, era pronta a saltare, tirando fuori gli artigli. Dopo il suo arrivo in Francia, aveva avuto molte cose da difendere. Ricordi, sogni. La sua vita. La sua vita come moglie di Adrien Fabre. La sua vita come madre di Mathias. Suo figlio. "Mio figlio" come aveva tenuto a precisare.

Fui sul punto di farle un sacco di domande indiscrete. Ma mi limitai all'essenziale. E le spiegai chi ero io. La mia parentela con Gélou. La storia di Guitou e Naïma. La fuga. Marsiglia. Quello che avevo letto sul giornale e come avevo fatto il collegamento.

«Perché non ha detto niente alla polizia?» chiesi.

«A che proposito?».

«Sull'identità di Guitou».

«Me l'ha rivelata lei ora. Non ne sapevamo niente».

Non potevo crederle.

«Eppure, Mathias... Lo conosceva, e...».

«Mathias non era con noi, quando siamo tornati domenica sera. L'avevamo lasciato a Aix, dai miei suoceri. Quest'anno comincia l'università, e aveva ancora alcune cose da sistemare».

Era plausibile, ma non convincente.

«E ovviamente» non potei impedirmi di ironizzare, «non gli avete telefonato. Non sa niente della tragedia che è accaduta né che uno dei suoi amici delle vacanze è stato ucciso qui?».

«L'ha chiamato mio marito. Mathias ha giurato di non aver prestato le sue chiavi a nessuno».

«E gli avete creduto?».

Scostò la ciocca dei capelli. Un gesto che voleva farsi interpretare come sincero. Lo avevo capito fin dall'inizio.

«Perché non avremmo dovuto credergli, signor Montale?» disse chinandosi leggermente, con il viso proteso verso di me.

Ero sempre più affascinato da lei e la cosa mi innervosiva molto.

«Perché se qualcuno avesse alloggiato da voi, Hocine Draoui vi avrebbe avvertiti» risposi, con più durezza di quanto volessi. «È quanto ha detto suo marito ai giornali».

«Hocine è morto» disse piano.

«Anche Guitou!» gridai. Mi alzai, stizzito. Era mezzogiorno. Dovevo saperne di più, prima di incontrare Loubet. «Posso telefonare?».

«A chi?».

Era balzata in piedi. Di fronte a me. Dritta, immobile. Mi sembrò più alta e con le spalle più larghe. Sentii il suo respiro sul petto.

«Al commissario Loubet. È ora che conosca l'identità di Guitou. Non so se berrà la sua storia. Ma se non altro questo gli permetterà di fare un passo avanti sull'inchiesta».

«No. Aspetti».

Con le due mani, si tirò indietro i capelli. Mi fissò. Era pronta a tutto. Anche a cadermi tra le braccia. E non ci tenevo molto.

«Ha delle orecchie meravigliose» mi sentii mormorare.

Sorrise. Un sorriso quasi impercettibile. Mi posò la mano sul braccio, e questa volta, ci fu una scarica elettrica. Violenta. La sua mano bruciava.

«Per favore».

Arrivai in ritardo al Treize-Coins. Loubet beveva una *mauresque* in un grande bicchiere. Ange, vedendomi entrare, mi servì un pastis. Difficile cambiare le proprie abitudini. Per anni quel bar, dietro al commissariato di polizia, mi era servito da mensa. Lontano dagli altri sbirri, che avevano un tavolo a rue de l'Evêché o a Place des Cantons. Lì dove le cameriere tubavano per rimediare un po' di mancia.

Ange non era un chiacchierone. Non correva dietro ai clienti. Quando il gruppo IAM decise di girare da lui il videoclip del nuovo album, aveva semplicemente detto: «Ehi! Perché proprio il mio bar?». Con una punta di orgoglio, comunque.

Era appassionato di storia. Con la S maiuscola. Tutto ciò che gli capitava sotto mano, andava bene. Decaux, Castellot. E, insieme a testi scelti a casaccio, Zévaes, Ferro, Rousset. Tra un bicchiere e l'altro, mi dava lezioni. L'ultima volta che ero passato a trovarlo mi aveva attaccato un bottone, con dovizia di particolari, sull'ingresso trionfale di Garibaldi nel porto di Marsiglia, il 7 ottobre 1870. «Esattamente alle dieci». Al terzo pastis, gli avevo detto che rifiutavo l'idea che la Storia fosse l'unica forma di destino. Non sapevo cosa volessi dire, e anche oggi non lo so, ma mi sembrava giusto. Mi aveva guardato, stupefatto, e non aveva più aperto bocca.

«Ti aspettavamo» disse spingendo il bicchiere verso di me.

«Hai pescato bene, Montale?».

«Abbastanza».

«Mangiate qui?» chiese Ange.

Loubet mi guardò.
«Dopo» dissi stancamente.
Non ci tenevo molto ad andare all'obitorio. Ma per Loubet era indispensabile. Solo Mathias, Cûc e io sapevamo che era Guitou a essere stato trovato morto. Non volevo raccontare a Loubet del mio incontro con Cûc. Non lo avrebbe apprezzato e, soprattutto, si sarebbe fiondato a casa sua. E avevo promesso a Cûc di lasciarle tempo. Il pranzo. Perché lei, suo marito e Mathias potessero mettere a punto la versione vera di una bugia. L'avevo promesso. Non crea problemi, avevo pensato. Mi vergognavo un po' per essermi così facilmente lasciato sedurre. Ma non mi si può cambiare, sono sensibile alla bellezza femminile.
Vuotai il bicchiere come un condannato a morte.

Avevo messo piede all'obitorio solo tre volte durante la mia carriera. Appena varcata la soglia dell'ingresso, fui colto da un'atmosfera glaciale. Si passava dal sole alla luce del neon. Bianca, livida. Umida. L'inferno non era altro che questo. La morte, fredda. Non solo qui. In fondo a un buco, d'estate, era uguale.
Evitai di pensare a quelli che avevo già sepolto. Quando avevo lanciato la prima manciata di terra sulla bara di mio padre, mi ero detto: "Ecco, ora sei solo". Avevo avuto difficoltà con le altre persone, dopo. Anche con Carmen, la donna che allora viveva con me. Ero diventato taciturno. E mi era impossibile spiegarle che, improvvisamente, quell'assenza aveva più importanza di lei, che era lì accanto a me, e del suo amore. Ero stupido. Mio padre era stato, certo, un vero padre. Ma come Fonfon o Félix. Come molti altri. Come avrei potuto esserlo io, con semplicità e naturalezza.
Ciò che mi angustiava, a dire il vero, era la morte stessa. Ero troppo giovane quando mia madre ci lasciò. Allora, per la prima volta, la morte si era infiltrata in me, come un roditore. Nella testa, nelle ossa. Nel cuore. Il roditore aveva continuato la sua

strada di merda. Il mio cuore, dopo l'atroce morte di Leila, era solo una piaga, che non riusciva a guarire.

Concentrai l'attenzione su un'impiegata che puliva il pavimento con uno straccio. Una grossa africana. Alzò la testa e le sorrisi. Perché, comunque, ci voleva un bel coraggio a lavorare lì.

«Per il 747» disse Loubet, mostrando il distintivo.

Ci fu uno scatto metallico e la porta si aprì. L'obitorio era nel sottosuolo. L'odore, così particolare, tipico degli ospedali, mi prese alla gola. La luce del giorno filtrava, giallastra come l'acqua del secchio nel quale la donna delle pulizie sciacquava lo straccio.

«Tutto bene?» chiese Loubet.

«Andrà bene» risposi.

Guitou arrivò su una barella cromata, spinta da un ometto calvo con una sigaretta all'angolo della bocca.

«È per voi?».

Loubet annuì. Il tizio lasciò la barella e se ne andò senza aggiungere una parola. Loubet alzò lentamente il lenzuolo facendolo calare fino al collo. Avevo chiuso gli occhi. Presi fiato, poi, alla fine, guardai il cadavere di Guitou. Il figlio prediletto di Gélou.

Lo stesso della foto. Ma pulito, esangue e gelido, somigliava a un angelo. Dal paradiso alla terra, in caduta libera. Avevano avuto il tempo di amarsi, lui e Naïma? Cûc mi aveva detto che erano arrivati il venerdì sera. Aveva telefonato a Hocine attorno alle venti. Da allora mi galoppavano in testa un mucchio di domande: dove poteva essere Naïma quando Guitou era stato ucciso? Era già andata via? O era con lui? E cosa aveva visto? Avrei dovuto aspettare fino alle cinque, forse, per avere delle risposte. Mourad doveva accompagnarmi dal nonno.

Era la prima cosa che avevo fatto, dopo aver chiamato Loubet. Andare a trovare la madre di Naïma. Non era stata contenta che andassi da lei, e così in fretta. Redouane poteva essere lì, e lei ci teneva che restasse fuori da questa storia. "La vita è già abbastanza complicata così" aveva detto. Era un rischio, ma avevo le ore contate. Volevo essere in anticipo su Loubet. Era una cazzata, ma volevo *sapere* prima di lui.

Quella donna era buona. Si preoccupava per i suoi figli. E fu per questo che mi decisi a metterle paura.

«Forse Naïma è coinvolta in una brutta storia. A causa di quel ragazzo».

«Il francese?».

«Il figlio di mia cugina».

Si era seduta lentamente sul bordo del divano, e si era presa il viso tra le mani.

«Cosa ha fatto?».

«Niente. Insomma, non lo so. È stata l'ultima a vedere il ragazzo».

«Perché non ci lascia in pace? I figli, in questo momento, mi danno già abbastanza preoccupazioni». Voltò il viso verso di me. «Forse quel ragazzo è già tornato a casa sua. O ci sta tornando. Anche Redouane era sparito, più di tre mesi senza dare notizie. Poi è tornato. Ora non se ne va più. È diventato serio».

Mi accovacciai davanti a lei.

«Le credo, signora. Ma Guitou non tornerà più. È morto. È stato ucciso. E quella notte Naïma era con lui».

Lessi il panico nei suoi occhi.

«Morto? E Naïma…».

«Erano insieme. Tutti e due nella stessa… la stessa casa. È necessario che lei mi racconti. Se era ancora lì quando è successo il fatto, deve aver visto qualcosa».

«Povera piccola mia».

«Sono l'unico a saperlo. Se non era lì, nessuno saprà niente. Non c'è nessuna possibilità che la polizia risalga a lei. Non sanno neanche della sua esistenza. Lo capisce? Ecco perché non posso aspettare».

«Il nonno non ha telefono. È vero, mi deve credere, signore. Dice che il telefono serve solo a non vedersi più. Volevo andarci, come le avevo promesso. È lontano, a Saint-Henri. Da qui bisogna prendere non so quanti autobus. Non è semplice».

«L'accompagno io, se vuole».

«Non è possibile, signore. Io nella sua macchina. Si saprebbe in giro. Qui si sa tutto. E Redouane farebbe di nuovo un sacco di storie».

«Mi dia l'indirizzo».

«No!» disse categorica. «Oggi pomeriggio Mourad esce da scuola alle tre. L'accompagnerà lui. Lo aspetti al capolinea dell'autobus, a cours Joseph Thierry, alle quattro».

«Grazie» dissi.

Sobbalzai. Loubet mi aveva preso per un braccio perché guardassi meglio il corpo di Guitou. Aveva fatto scivolare il lenzuolo fino alla pancia.

«Si è beccato una .38 special. Un solo colpo. A bruciapelo. Senza possibilità di scampo. Con un buon silenziatore, non fa più rumore di una mosca. Un vero professionista, il killer».

Mi girava la testa. Non per quello che vedevo. Ma per quello che immaginavo. Guitou nudo, e l'altro, con l'arma in mano. Lo aveva guardato, quel ragazzino, prima di sparare? Perché non sembrava avesse ucciso, così, di corsa. No, c'era stato un faccia a faccia. Nella mia vita non avevo incontrato tanta gente così. Qualcuno a Gibuti. Legionari, parà. Reduci di Indocina, di Algeria. Neppure nelle sere di grandi sbornie ne parlavano. Si erano salvati la pelle, ecco tutto. Lo capivo. Si poteva uccidere per gelosia, per rabbia, per disperazione. Anche questo potevo capirlo. Ma così, no.

Venni invaso dall'odio.

«L'arcata sopracciliare» proseguì Loubet, indicandola con il dito, «si è spaccata quando è caduto». Poi con il dito arrivò fino al collo. «Vedi, questo è più interessante. Gli hanno strappato la catenina».

«Per il suo valore? Credi che avessero bisogno di una catenina d'oro?».

Alzò le spalle.

«Forse la catenina poteva servire a identificarlo».

«E che cosa gliene fregava a loro?».

«Per guadagnare tempo».

«Spiegati meglio. Non capisco».

«È solo un'ipotesi. Che l'assassino conoscesse Guitou. Hocine Draoui aveva al polso uno splendido braccialetto d'oro. Ce l'ha ancora».

«Non è un elemento importante per l'inchiesta».

«Lo so. Prendo atto, Montale. Faccio delle ipotesi. Ne ho un centinaio. Nessuna è importante. Dunque, sono tutte valide». Con il dito tornò verso il corpo di Guitou. Sulla spalla. «Questo livido è più vecchio. Quindici, venti giorni circa. Un bel livido. Vedi, serve ad identificarlo quanto la catenina, e non ci fa fare lo stesso nessun passo avanti».

Loubet ricoprì il corpo di Guitou, poi mi guardò. Sapevo che avrei dovuto firmare il registro. E che non sarebbe stata la cosa più difficile da fare.

Capitolo nono
Nel quale non esiste una bugia innocente

In mezzo a rue Sainte-Françoise, davanti al Treize-Coins, un certo José stava lavando la sua macchina, una R21 dei colori dell'Olympique Marsiglia. Blu in basso, bianco in alto. Con bandierina coordinata, attaccata al retrovisore, e sciarpa dei tifosi sul cruscotto posteriore. Musica a tutto volume. I Gipsy Kings. *Bamboleo, Djobi Djoba, Amor, Amor...* Il best of.

Sicard, il cantoniere, gli aveva aperto la presa d'acqua del canaletto. José aveva a disposizione tutta l'acqua della città. Ogni tanto veniva al tavolo di Sicard, e si sedeva per bere il pastis senza lasciare con gli occhi la sua macchina. Come se fosse un pezzo da collezione. Ma forse stava sognando la pin-up che avrebbe rimorchiato e portato a fare un giro a Cassis. Comunque, dato il sorriso felice che aveva stampato sulle labbra, sicuramente non pensava al suo esattore. E se la prendeva comoda, José.

In questo quartiere succedeva sempre così, quando si voleva lavare la macchina. Gli anni passavano, e c'era sempre un Sicard che offriva l'acqua in cambio di un pastis. Dovevi essere veramente un coglione di Saint-Giniez per andare al lavaggio automatico.

Ora, se arrivava una macchina doveva aspettare che José finisse e completasse il lavoro passando una pelle di daino sulla carrozzeria. Sempre con la speranza che un piccione non venisse, proprio in quel momento, a cacarci sopra.

Se l'autista era del Panier, si sarebbe tranquillamente preso l'aperitivo con José e Sicard, parlando del campionato di calcio, ironizzando, ovviamente, sui pessimi risultati del Paris St. Germain. E non potevano essere che pessimi, anche se i parigini erano in testa alla classifica. Se era un "turista", dopo qualche frettoloso colpo di clacson, sarebbero potuti arrivare alle mani. Ma era raro. Quando non si è del Panier, non si viene a sfottere. Si chiude il becco e si fa finta di niente. Ma non si presentò nessuna macchina, e Loubet e io potemmo mangiare tranquilli. Personalmente, non avevo niente contro i Gipsy Kings.

Ange ci aveva apparecchiato sulla terrazza, portandoci una bottiglia di rosato di Puy-Sainte-Réparade. Sul menù, pomodori, patate, zucchine e cipolle ripiene. Avevo fame ed era delizioso. Mi piace mangiare. Soprattutto quando ho dei problemi e ancora di più quando la morte mi passa vicino. Ho bisogno di ingurgitare cibo, verdure, carne, pesce, dolci. Di lasciarmi invadere dai sapori. Non avevo trovato niente di meglio per negare la morte. Per salvaguardarmene. La buona cucina e i buoni vini. Come un'arte della sopravvivenza. Fino a oggi c'ero riuscito piuttosto bene.

Loubet e io restammo in silenzio. C'eravamo scambiati qualche parola mangiando un piatto di affettati. Rimuginava sulle sue ipotesi. Io sulle mie. Cûc mi aveva proposto un tè, un tè nero. «Credo di poterle dare fiducia» aveva iniziato. Le avevo risposto che nelle attuali circostanze non si trattava di fiducia, ma solo di verità. Una verità da confessare al poliziotto incaricato dell'inchiesta. L'identità di Guitou.

«Non le racconterò tutta la mia vita» spiegò. «Ma capirà meglio quando le avrò detto alcune cose. Sono arrivata in Francia a diciassette anni. Mathias era appena nato. Era il 1977. Mia madre aveva deciso che era ora di andarsene. Il fatto che avessi partorito contò forse qualcosa nella sua decisione. Non ricordo».

Mi lanciò un'occhiata furtiva, poi afferrò un pacchetto di Craven A e accese nervosamente una sigaretta. Il suo sguardo si perse in una nuvola di fumo. Molto lontano. Continuò. Le frasi finivano a volte in lunghi silenzi. La voce le si smorzava. Alcune parole restavano sospese, nell'aria, e sembrava scartarle con un gesto della mano quando cacciava via il fumo della sigaretta. Il suo corpo non si muoveva. Solo i suoi lunghi capelli oscillavano al ritmo della testa, che inclinava come alla ricerca di un dettaglio perso.

L'ascoltavo, attento. Non osavo credere che fossi io il primo a cui confidava la sua vita. Sapevo che alla fine del racconto ci sarebbe stato un favore da chiedere. Ma ero sedotto da quell'improvvisa intimità. E funzionava.

«Siamo tornati, mia madre, mia nonna, le mie tre sorelle minori, il bambino e io. Mia madre ha avuto molto coraggio. Sa, facevamo parte di quelli che chiamavano i rimpatriati. La mia famiglia era naturalizzata dal 1930. Ho la doppia nazionalità. Eravamo considerati francesi. Ma l'arrivo in Francia non ebbe nulla di idilliaco. Da Roissy fummo portati in un centro di lavoratori a Sarcelles. Poi ci dissero che dovevamo andare via e approdammo a Le Havre.

«Ci abbiamo vissuto quattro anni, in due stanze. Mia madre si è occupata di noi fino a quando non siamo riusciti a cavarcela da soli. È a Havre che ho incontrato Adrien. Un caso. Senza di lui... sa, lavoro nella moda. Ho creato dei modelli e dei tessuti d'ispirazione orientale. L'atelier e il magazzino sono a cours Julien. E ho appena aperto una boutique a Parigi, a rue de la Roquette. E presto ne aprirò una a Londra».

Si era tirata su per dire questo.

La moda era l'ultima siccheria di Marsiglia. La precedente amministrazione comunale aveva dato fondo alle casse per costruire l'Espace Mode-Méditerranée, sulla Canebière. Nei vecchi locali dei magazzini Thierry. Il "Beaubourg dell'alta moda'". I giornali lo avevano presentato così. Ci avevo messo piede solo una volta, per curiosità. Perché non capivo cosa ci si potesse fare lì dentro. In realtà, non succedeva niente. Ma, mi avevano spiegato, "a Parigi dava un'altra immagine di noi".

Da ridere, veramente! Appartenevo a quella razza di marsigliesi che se ne frega dell'immagine che si ha di noi a Parigi, o altrove. L'immagine non conta. Per l'Europa, siamo sempre e solo la prima città del terzo mondo. La preferita, per chi nutre per lei una particolare simpatia.

L'importante, per me, era che si facessero delle cose per Marsiglia. Non per sedurre Parigi. Tutto ciò che abbiamo guadagnato lo abbiamo guadagnato contro Parigi. Era ciò che aveva sempre affermato la vecchia borghesia marsigliese, quella dei Fraissinet, dei Touache, dei Paquet. Quella che, nel 1870, come mi aveva raccontato Ange, finanziò la spedizione di Garibaldi a Marsiglia, per respingere l'invasione prussiana. Ma oggi, quella borghesia non parlava più, non agiva più. Agonizzava tranquillamente nelle sontuose ville del Roucas Blanc. Indifferente a ciò che l'Europa tramava contro la città.

«Ah!» risposi evasivamente.

Cûc, donna d'affari. Spezzava l'incantesimo. Ci riportava, soprattutto, alla realtà.

«Non creda, sono solo all'inizio. Due anni soltanto. Ho lavorato duro, ma non sono ancora a livello di Zazza of Marseille».

Conoscevo Zazza. Anche lei si era lanciata nella moda. E la sua firma di prêt-à-porter artigianale iniziava a fare il giro del mondo. Si vedeva la sua foto su tutti i settimanali che "raccontano" Marsiglia al buon popolo di Francia. L'esempio del successo. Il simbolo del Mediterraneo che crea. Ma forse non ero obiettivo. Possibile. Ed era altrettanto vero che a Les Goudes rimanevano solo sei pescatori professionisti, e all'Estaque neppure uno. Alla Joliettes i cargo diventavano sempre più rari. Le banchine erano praticamente deserte. La Spezia, in Italia e Algeciras, in Spagna, avevano visto quadruplicare il loro traffico di merci. Allora, di fronte a tutto questo, mi chiedevo spesso perché un porto non viene innanzitutto utilizzato e sviluppato come porto? Era così che vedevo la rivoluzione culturale a Marsiglia. Con i piedi nell'acqua, innanzitutto.

Cûc aspettava una mia reazione. Non ne ebbi. Ero in attesa. Ero lì per capire.

«Tutto questo per dirle» riprese con sicurezza, senza più inciampare nelle parole, «che tengo a tutto ciò che ho costruito. E quello che ho costruito è per Mathias. Tutta la mia vita è per lui».

«Non ha mai conosciuto il padre?» la interruppi.

La misi fuori strada. I capelli le ricaddero sugli occhi, come uno schermo.

«No… Perché?».

«Neppure Guitou. Da questo punto di vista fino a venerdì notte erano uguali. E suppongo che i rapporti tra Mathias e Adrien non siano dei più facili».

«Cosa l'autorizza a pensarlo?».

«Perché ieri ho sentito una storia simile. Quella di Guitou. E di un tizio che pretende di fargli da padre. E del vero padre, idealizzato. La complicità con la madre…».

«Non la seguo».

«No? Eppure è semplice. Suo marito non sapeva che Mathias avrebbe prestato il suo appartamento per il week-end. Non è nelle sue abitudini, suppongo. Lei era l'unica a saperlo. E Hocine Draoui, ovviamente. Che ha condiviso il segreto. Più complice di lei che di suo marito».

Avevo esagerato. Spense la sigaretta con violenza e si alzò in piedi. Se avesse potuto buttarmi fuori lo avrebbe fatto. Ma aveva bisogno di me. Mi si piazzò di fronte, con la stessa sicurezza di prima. Diritta. Fiera.

«Lei è un cafone. Ma quello che dice è esatto. Con una sola differenza: Hocine ha accettato questa… questa complicità, come dice lei, solo per amicizia di Mathias. Credeva che la ragazza, Naïma, che è venuta spesso qui, fosse l'amica di Mathias. La sua… ragazza, voglio dire. Non sapeva che ci sarebbe stato l'altro giovane».

«Ecco, ora ci siamo» dissi. I suoi occhi mi fissarono e perce-

pii l'estrema tensione che c'era in lei. «Non era obbligata a raccontarmi la sua vita, per dirmi semplicemente questo».
«Non capisce proprio niente».
«Non voglio capire niente».
Sorrise, per la prima volta. E le donava.
«"Non voglio capire niente" sembra una replica di Bogart!».
«Grazie, ma ciò non mi dice cosa ha intenzione di fare, ora».
«Lei cosa farebbe al mio posto?».
«Chiamerei suo marito. Poi la polizia. Come le ho detto prima. Dica la verità a suo marito, trovi una bugia plausibile per la polizia».
«Ne ha una da propormi?».
«Centinaia. Ma io non so mentire».
Non vidi arrivare lo schiaffo. Me l'ero meritato. Perché l'avevo detto? C'era troppa tensione tra noi. Rischiavamo di fulminarci. E non volevo. Bisognava interrompere la corrente.
«Mi dispiace».
«Le do due ore. Poi il commissario Loubet suonerà alla sua porta».
Me ne ero andato, per raggiungere Loubet. Fuori, lontano dal suo fascino, mi ero ripreso. Cûc era un mistero. La sua storia ne nascondeva un'altra. Lo intuivo. Non si mente con innocenza.

Il mio sguardo incrociò quello di Loubet. Mi osservava.
«Cosa ne pensi di questa storia?».
«Niente. Sei tu lo sbirro, Loubet. Hai tutte le carte in mano, io no».
«Non rompere i coglioni, Montale. Hai sempre avuto un parere, anche con le tasche vuote. E ora, so che stai pensando a qualcosa».
«Così, a naso, penso che non ci sia alcun nesso tra la morte di Hocine Draoui e quella di Guitou. Non sono stati uccisi nello stesso modo. Credo che Guitou si sia trovato lì nel momen-

to sbagliato, ecco tutto. Che ucciderlo si sia reso indispensabile, ma che sia stato un errore da parte loro».

«Non credi al furto finito male».

«Ci sono sempre delle eccezioni. Posso ripetere l'esame, capo?».

Sorrise.

«Anch'io la penso così».

Due rasta attraversarono la terrazza, portandosi dietro un odore di fumo. Uno dei due, ultimamente, aveva recitato in un film, ma "non ci si era montato la testa" come si dice qui. Entrarono nel bar e si sedettero al banco. L'odore di fumo mi solleticò il naso. Erano anni che avevo smesso di farmi gli spinelli. Ma l'odore mi mancava. A volte lo cercavo fumando le Camel.

«Cosa sai di Hocine Draoui?».

«Tutto quello che lascia pensare che i barbuti siano andati lì solo per farlo fuori. Prima di tutto, era amico intimo di Azzedine Medjoubi, il drammaturgo assassinato di recente. Poi, è stato membro per alcuni anni del Pags, il Partito dell'avanguardia socialista. Attualmente era soprattutto un militante attivo del Fais, la federazione degli artisti, intellettuali e scienziati algerini. Il suo nome è citato nel gruppo di preparazione di un convegno del Fais, che si terrà a Tolosa tra un mese.

«Un tipo veramente in gamba, questo Draoui. È venuto una prima volta in Francia, nel 1990. C'è rimasto un anno, facendo spesso su e giù. È tornato alla fine del 1994, dopo essere stato pugnalato in un commissariato di Algeri. Da qualche tempo il suo nome era nella lista delle persone da sopprimere. La sua casa è sorvegliata ventiquattr'ore su ventiquattro dall'esercito. In Francia ha vissuto un po' a Lille, poi a Parigi con dei visti turistici. In seguito è stato aiutato dai comitati di sostegno agli intellettuali algerini a Marsiglia».

«Ed è qui che ha conosciuto Adrien Fabre».

«Si erano già incontrati nel 1990, durante un simposio su Marsiglia».

«È vero. Lo diceva il giornale».

«Avevano simpatizzato. Anche perché, da anni, Fabre milita nei Diritti dell'Uomo. Sicuramente ha contribuito».

«Non sapevo che fosse un militante».

«Solo nei Diritti dell'Uomo. Pare che non abbia altri impegni politici. Non ne ha mai avuti. Solo nel 1968. Aveva partecipato al movimento del 22 marzo. Qualche lancio di sassi contro gli sbirri. Come ogni buon studente di quegli anni».

Lo guardai. Loubet aveva una laurea in legge. Aveva sognato di essere avvocato. Era diventato poliziotto. «Ho preso l'indirizzo che rendeva di più nel campo amministrativo» aveva detto un giorno, scherzando. Ma, ovviamente, non gli avevo creduto.

«Sei stato sulle barricate?».

«Sono sempre andato a letto con molte ragazze» disse, sorridendo. «E tu?».

«Non sono mai stato studente».

«Dove eri nel '68?».

«A Gibuti. Nelle truppe coloniali... Comunque, non facevano per noi quelle cose».

«Vuoi dire tu, Ugo e Manu?».

«Voglio dire che non esiste una vera rivoluzione che, per esempio, puoi prendere a modello. Non sapevamo molto, ma questo sì, lo sapevamo. Sotto ai sassi non c'era la spiaggia, come si diceva allora. Ma il potere. I più puri finiscono sempre al governo e ci prendono gusto. Il potere corrompe solo gli idealisti. Noi eravamo dei piccoli delinquenti. Ci piacevano il denaro facile, le ragazze e le macchine. Ascoltavamo Coltrane. Leggevamo poesie. E attraversavamo il porto a nuoto. Il piacere e l'apparenza. Non chiedevamo di più alla vita. Non facevamo male a nessuno e stavamo bene».

«E sei diventato poliziotto».

«Nella vita non mi sono concesso molte scelte. Ci ho creduto. E non rimpiango nulla. Ma lo sai bene... Non faceva per me».

Restammo in silenzio fino a quando Ange non ci portò i caffè. I due rasta si erano seduti a un tavolino sulla terrazza e guardavano José che finiva di lavare la macchina. Come se fosse un marziano, ma con una punta di ammirazione. Il cantoniere guardò l'ora:

«Ehi! José! Ho finito di lavorare» disse vuotando il bicchiere. «Senti, devo chiudere l'acqua!».

«Si sta bene qui» riprese Loubet, allungando le gambe.

Accese un *cigarillo* e aspirò il fumo con piacere. Mi piaceva, Loubet. Non era una persona facile, ma non faceva mai brutti scherzi. E poi adorava mangiare, e per me era essenziale. Non do nessuna fiducia a chi mangia poco e qualsiasi cosa. Morivo dalla voglia di interrogarlo su Cûc. Di saperne di più. Non lo feci. Fare una domanda a Loubet era come un boomerang, ti ritornava sempre contro.

«Non avevi finito su Fabre».

«Mah... Famiglia borghese. Ha cominciato con poco. Oggi è uno degli architetti più noti di Marsiglia, e anche di tutta la Costa. Soprattutto nel Var. Ha un grosso studio. È specializzato nelle grandi imprese. Nel privato come nel pubblico. Molti tra quelli che sono stati eletti, fanno capo a lui».

Ciò che mi disse in seguito su Cûc non mi aiutò granché. Cosa avrei voluto sapere di più? Dettagli, essenzialmente. Solo per farmene un'idea più precisa. Un ritratto freddo. Senza emozioni. Non avevo smesso un attimo di pensare a lei, durante il pranzo. Non mi piaceva sentirmi sotto l'influenza di qualcuno.

«Una bella donna» precisò Loubet.

Poi mi guardò con un sorriso tutt'altro che innocente. Sapeva forse che l'avevo già incontrata?

«Ah, sì» risposi evasivamente.

Sorrise ancora, guardò l'orologio, si chinò verso di me spegnendo il *cigarillo*.

«Ti devo chiedere un favore, Montale».

«Dimmi».

«L'identità di Guitou ce la teniamo per noi. Per qualche giorno».

Non mi sorprese. Guitou, in quanto "errore" degli assassini, rimaneva una delle chiavi dell'inchiesta. Appena sarebbe stato ufficialmente identificato, qualcosa si sarebbe mosso tra quegli stronzi che l'avevano ucciso. Per forza.

«E cosa racconto a mia cugina?».

«È la tua famiglia. Saprai cosa fare».

«Facile a dirsi».

In realtà, mi andava bene così. Fin dal risveglio avevo cercato di scacciare dalla testa il momento in cui avrei dovuto affrontare Gélou. Come avrebbe reagito, lo potevo immaginare. Non molto bello da vedere. E difficile da vivere. In seguito sarebbe dovuta venire a identificare il corpo. Le solite formalità. Il funerale. Sapevo già che, allora, sarebbe precipitata in un altro mondo. Quello del dolore. Dove si invecchia, definitivamente. Gélou, mia bella cugina.

Loubet si alzò, posandomi la mano sulla spalla. La sua stretta era ferma.

«Un'ultima cosa, Montale. Per quanto riguarda Guitou, non farne una questione personale. So cosa provi. E ti conosco abbastanza bene. Allora, non dimenticarlo, è la mia inchiesta. Sono poliziotto e tu no. Se vieni a sapere qualcosa chiamami. Il conto è mio. Ciao».

Lo seguii con gli occhi mentre risaliva rue du Petit-Puits. Camminava con passo sicuro, la testa alta e le spalle larghe. Era come questa città.

Accesi una sigaretta e chiusi gli occhi. Sentii immediatamente la dolcezza del sole sul viso. Era bello. Credevo solo a questi momenti di felicità. Alle briciole dell'abbondanza. Avremo solo ciò che riusciremo a mietere, qui e là. Questo mondo non aveva più sogni. E neppure speranza. E si potevano uccidere ragazzini di sedici anni a torto e senza motivo. Nelle *cités*, all'uscita di una discoteca. O a casa di qualcuno. Ragazzini che non sapranno mai niente della fugace bellezza del mondo. E delle donne.

No, per quanto riguardava Guitou, non ne facevo una questione personale. Era più di questo. Come un colpo apoplettico. Una voglia di piangere. "Quando sei sull'orlo delle lacrime" mi aveva detto mia madre, "se sai fermarti in tempo, saranno gli altri a piangere". Mi accarezzava la testa. Dovevo avere undici o dodici anni. Era a letto, incapace di muoversi. Sapeva che sarebbe morta presto. Anche io, credo. Ma non avevo capito il senso di quelle parole. Ero troppo giovane. La morte, la sofferenza, il dolore, non erano reali. Avevo trascorso una parte della vita a piangere, l'altra a rifiutare di farlo. E mi ero fatto fregare alla grande. Dal dolore, dalla sofferenza. Dalla morte.

Chourmo dalla nascita, avevo imparato l'amicizia, la fedeltà nelle strade del Panier, sulle banchine della Joliette. E l'orgoglio della parola data sulla Digue du Large, guardando un cargo partire. Valori primari. Cose che non si spiegano. Quando qualcuno era nella merda, si poteva essere solo della stessa famiglia. Era semplice. C'erano troppe madri che si preoccupavano e soffrivano in questa storia. E troppi ragazzini anche, tristi, allo sbando, già persi. E Guitou morto.

Loubet avrebbe capito. Non potevo restarne fuori. D'altronde, non mi aveva fatto promettere niente. Solo dato un consiglio. Convinto, senz'altro, che sarei andato oltre. Con la speranza che andassi a ficcare il naso lì dove lui non poteva mettere il suo. Volevo crederci, perché era proprio ciò che contavo di fare. Immischiarmi. Solo per essere fedele alla mia giovinezza. Prima di diventare vecchio, definitivamente. Perché tutti invecchiamo, per le nostre indifferenze, le nostre rinunce, le nostre vigliaccherie. E per la disperazione di sapere tutto questo.

«Invecchiamo tutti» dissi ad Ange, alzandomi.

Non fece nessun commento.

Capitolo decimo
Nel quale è difficile credere alle coincidenze

Avevo due ore davanti, prima dell'appuntamento con Mourad. Sapevo cosa fare. Cercare di vedere Pavie. Il biglietto lasciato a Serge mi preoccupava. Evidentemente era ancora nella merda. Il rischio, adesso che Serge era morto, era che si aggrappasse a me. Ma non potevo abbandonarla. Ci avevo creduto in Pavie e Arno.

Decisi di tentare al suo ultimo indirizzo. Rue des Mauvestis, dall'altro lato del Panier. Forse, pensai, avrebbe potuto chiarirmi le idee sulle attività di Serge. Se era riuscita a raggiungerlo voleva dire che si vedevano ancora.

Il Panier somigliava a un gigantesco cantiere. La ristrutturazione era al suo apice. Chiunque poteva comprarsi una casa per un tozzo di pane e, tra l'altro, risistemarla completamente grazie ai crediti speciali del Comune. Si abbattevano case, addirittura pezzi interi di strade, per costruire graziose piazzette e dare luce a quel quartiere che ha sempre vissuto nell'ombra dei suoi vicoli. Il giallo e l'ocra cominciavano a dominare. Marsiglia italiana. Gli stessi odori, le stesse risate, gli stessi scoppi di voci delle strade di Napoli, Palermo o Roma. Anche lo stesso fatalismo rispetto alla vita. Il Panier sarebbe rimasto il Panier. Non si poteva cambiare la sua storia. Così come quella della città. Qui, in ogni epoca, erano sbarcate persone senza un soldo in tasca. Era il quartiere dell'esilio. Degli immigrati, dei perseguitati, dei senzatetto e dei marinai. Un quartiere di poveri. Come il Grands-Carmes, dietro place d'Aix. O il cours Belsunce, e i vicoli che salgono lentamente verso la stazione Saint-Charles.

La ristrutturazione voleva cancellare il cattivo nome di queste strade. Ma i marsigliesi non venivano a passeggiare da queste parti. Neppure quelli che c'erano nati. Appena si erano fatti quattro soldi, erano passati "dall'altra parte" del Vieux-Port. Verso Endoume e Vauban. Verso Castellane, Baille, Lodi. O anche più lontano, verso Saint-Tronc, Sainte-Marguerite, Le Cabot, La Valbarelle. E se ogni tanto, ancora, si avventuravano a riattraversare la Canebière, era per andare al centro commerciale della Bourse. Non andavano oltre. Oltre, non era più la loro città.

Io ero cresciuto in quei vicoli, dove Gélou era "la più bella del quartiere". Con Manu e Ugo. E Lole, che seppure più giovane di noi, diventò presto la principessa dei nostri sogni. Il mio cuore rimaneva da quel lato di Marsiglia. In "quel calderone dove bolle il più sorprendente concentrato di esistenza", come diceva Gabriel Audisio, l'amico di Brauquier. E mai niente sarebbe cambiato. Ero un esiliato. I tre quarti degli abitanti della città potevano dire la stessa cosa. Ma non lo facevano. Non abbastanza per i miei gusti. Eppure, essere marsigliese significava questo. Sapere che non si è nati qui per caso.

"Se hai cuore" mi spiegò un giorno mio padre, "non puoi perdere niente, dovunque vai. Puoi solo trovare". Lui aveva trovato Marsiglia, come un colpo di fortuna. E passeggiavamo sul porto, felici. In mezzo ad altri uomini che parlavano di Yokohama, di Shanghai o di Diégo-Suarez. Mia madre lo prendeva a braccetto e lui mi dava la mano. Portavo ancora i pantaloni corti, e sulla testa un berretto da pescatore. Era l'inizio degli anni Sessanta. Gli anni felici. Tutti, la sera, si ritrovavano lì, a ciondolare lungo le banchine. Con un gelato al pistacchio. O un sacchetto di mandorle o di noccioline salate. O ancora, meraviglia delle meraviglie, un pacchetto di giuggiole.

Anche dopo, quando la vita diventò più dura e dovette vendere la sua splendida Dauphine, continuò a pensare la stessa cosa. Quante volte ho dubitato di lui? Della sua morale di immigrato. Striminzita, senza ambizioni, credevo. Più tardi, avevo letto *I Fratelli Karamazov* di Dostoevskij. Verso la fine del romanzo, Alëša diceva a Krasotkin: "Sai, Kolja, in futuro sarai sicuramente molto infelice. Ma benedici la vita nel suo insieme". Parole che risuonavano nel mio cuore, la voce di mio padre. Ma era troppo tardi per dirgli grazie.

Afferravo con le dita la rete metallica che circondava il cantiere, davanti alla Vieille-Charité. Un grosso buco al posto di rue des Pistoles e di rue Rodillat. Era stato progettato un parcheggio sotterraneo, ma come sempre, appena si scava intorno al Vieux-Port, il costruttore aveva trovato i resti dell'antica Focea. Nel cuore della città fortificata. I greci avevano costruito tre templi su ogni collina. Quella di Moulins, di Carmes e di Saint-Laurent. Con un teatro proprio vicino all'ultimo tempio, e un'agorà, lì dove ora c'è place de Lanche.

Perlomeno era quanto affermava Hocine Draoui, nell'estratto del suo intervento al simposio su Marsiglia. Il *Provençal* lo aveva riportato vicino all'intervista ad Adrien Fabre. Draoui, per sostenere questa tesi, si era rifatto ad alcuni scritti antichi, in particolare a Strabone, un geografo greco. La maggior parte dei resti di quei monumenti non sono mai stati ritrovati. Ma, commentava il giornale, l'inizio degli scavi a place Jules Verne, vicino al Vieux-Port, sembrava confermare le sue tesi. Da lì fino alla Vieille-Charité era un sorprendente viaggio attraverso un millennio. Sottolineava l'eccezionale influenza di Massilia e, soprattutto, rimetteva in discussione l'idea del suo declino dopo la conquista di Cesare.

La realizzazione del parcheggio era stata immediatamente sospesa. Ovviamente, la società responsabile dei lavori aveva digrignato i denti. Era già successo nel centro della città. Al Centre Bourse, il negoziato era stato lungo e difficile. Le mura di Massilia venivano alla luce per la prima volta. L'immondo bunker di cemento si era comunque imposto, in cambio della salvaguardia di un "Giardino delle vestigia". Niente e nessuno poté impedire la realizzazione del parcheggio a place du Général de Gaulle, a due passi dal Vieux-Port. Qui, davanti alla Vieille-Charité, doveva essere iniziato il braccio di ferro.

Quattro giovani archeologi, tre ragazzi e una ragazza, si davano da fare all'interno dello scavo. Senza fretta. Alcune vecchie pietre erano state ripulite dalla terra giallastra, come le mura della città delle nostre origini. Non usavano più né zappa né piccone. Si limitavano a fare progetti, a posizionare ogni pietra. Ero pronto a scommettere la mia bella camicia a pois che, anche qui, avrebbe vinto il cemento. Come altrove, una volta terminati i rilievi, avrebbero "datato" il loro passaggio con una bottiglia di Coca Cola o di Kronenbourg. Tutto sarebbe andato perso, tranne la memoria. I marsigliesi si sarebbero accontentati. Sanno tutti cosa c'è sotto i loro piedi, e la storia della città se la portano nel cuore. È il loro segreto e nessun turista glielo potrà rubare.

Anche Lole aveva abitato lì, fino a quando non era venuta ad abitare da me. Sul lato di rue des Pistoles che non era stato demolito. La facciata della casa era fatiscente, ricoperta di graffiti fino al primo piano. Il palazzo sembrava abbandonato. Tutte le persiane erano chiuse. Fu alzando gli occhi verso le sue finestre che vidi il cartello del cantiere del parcheggio. Un nome soprattutto. Quello dell'architetto Adrien Fabre.

Una coincidenza, pensai.

Ma non credevo alle coincidenze. Né al caso. A niente del genere. Quando qualcosa accade, c'è sempre una ragione, un senso. Di che cosa potevano discutere l'architetto del parcheggio e l'amante del patrimonio marsigliese?, mi chiesi risalendo rue du Petit-Puits. Andavano veramente così d'accordo come sosteneva Fabre?

Il rubinetto delle domande era aperto. L'ultima era ineluttabile: poteva essere stato Fabre a uccidere prima Hocine Draoui e poi Guitou proprio perché avrebbe potuto identificarlo? Era possibile. E confermava la mia sensazione che Fabre ignorasse la presenza del ragazzino in casa sua. Ma pur senza conoscerlo, mi era difficile immaginare che potesse aver ucciso Hocine, poi Guitou. No, era impossibile. Già non doveva essere facile premere una volta il grilletto, ma farlo di nuovo, e poi contro un ragazzino, era veramente un'altra cosa. Una cosa da assassini. Da veri assassini.

Comunque, per mettere la casa a soqquadro dovevano essere stati in parecchi. Era evidente. Forse Fabre aveva solo aperto la porta. Meglio così. Ma aveva un alibi di ferro, che Cûc e Mathias avrebbero confermato. Erano insieme a Sanary. È vero che di notte, con una buona macchina, il tragitto si faceva in meno di due ore. Ma perché Fabre avrebbe dovuto farlo? Questa era una buona domanda. Ma non potevo fargliela, così, direttamente. Né nessun'altra del resto. Per ora.

Sulla cassetta della posta c'era ancora il nome di Pavie. Il palazzo era vetusto come quello dove aveva vissuto Lole. Le mura erano fatiscenti e c'era puzza di piscio di gatto. Al primo piano bussai alla porta. Nessuna risposta. Bussai ancora, chiamando:
«Pavie!».
Girai la maniglia. La porta si aprì. Aleggiava un odore di incenso indiano. Nessuna luce filtrava da fuori. Buio totale.
«Pavie» ripetei più piano.
Trovai l'interruttore ma nessuna lampada si accese. Feci luce con l'accendino. Vidi una candela sul tavolo, l'accesi, sollevandola di fronte a me. Mi tranquillizzai. Pavie non c'era. Per un attimo avevo pensato al peggio. Una decina di candele erano sparse nell'unica stanza dove viveva. Il letto, un materasso a terra, era rifatto. Non c'erano piatti sporchi né sul lavandino né sul tavolinetto vicino alla finestra. Era, anzi, molto pulito. Questo mi rassicurò completamente. Forse Pavie stava male, ma reggeva il colpo. Per una drogata, l'ordine e la pulizia erano un buon segno.

Erano solo parole, lo sapevo. Illusioni. Quando hai avuto la scimmia sulle spalle per molto tempo, i momenti di depressione sono frequenti. Peggio di "prima", o quasi. Pavie aveva smesso una prima volta quando aveva conosciuto Arno. Aveva voluto Arno a tutti i costi. Gli era stata dietro. Per mesi. Ovunque lui andasse, lei era lì. Anche al Balto, Arno non riusciva più a bersi una birra in pace. Una sera, erano in gruppo, a tavola. C'era anche Pavie, appiccicata a lui. Arno aveva finito il bicchiere e le aveva detto:

«Io, anche col preservativo, non mi scopo una ragazza che si fa».

«Aiutami».

Aveva risposto solo questo. C'erano solo loro due al mondo. Gli altri non contavano più.

«Lo vuoi veramente?» chiese Arno.

«Voglio te. Solo questo voglio».

«Ok».

La prese per mano e uscirono dal bar. La portò da lui, dietro lo sfasciacarrozze di Saadna, e la rinchiuse lì. Un mese. Due mesi. Si occupò solo di lei, trascurando tutto il resto. Anche le moto. Non la lasciava un attimo. Ogni giorno la portava nelle calanche della Côte Bleue. Carry, Carro, Ensues, La Redonne. L'obbligava a camminare da una cala all'altra, a nuotare. Amava la sua Pavie. E lei non era mai stata amata così.

Dopo, ci era caduta di nuovo. Dopo la morte di Arno. Perché, in fin dei conti, la vita era solo una schifezza.

Serge e io avevamo ritrovato Pavie al Balto. Davanti a un caffè. Da quindici giorni non riuscivamo a beccarla. Un ragazzino ci aveva informati: «Va a scopare nelle cave con chiunque. Per trenta franchi». Il prezzo di un cattivo buco.

Quel giorno, al Balto, si può dire che ci stesse aspettando. Come una speranza. L'ultima. Ultimo salto, prima del tuffo. In due settimane, era invecchiata di vent'anni. Guardava la televisione, accasciata sul tavolo. Le guance scavate, lo sguardo vuoto. I capelli appiccicati alla testa. I vestiti lerci.

«Che ci fai qui?» le chiesi, stupidamente.

«Lo vedi, guardo la televisione. Aspetto il telegiornale. Pare che il papa sia morto».

«Ti abbiamo cercata dappertutto» disse Serge.

«Ah, sì? Posso prendere lo zucchero?» chiese, quando Rico, il padrone del bar, portò il caffè a Serge. «Non siete delle vere e proprie saette. Soprattutto tu, sbirro. Potremmo sparire tutti e non saresti capaci di ritrovarci. Perché dobbiamo cercarvi, mi chiederai? Eh?».

«Smettila!» dissi.

«Quando mi avrai pagato un panino. Vedi, è da ieri che non mando giù niente. Io non sono come voi. Non c'è nessuno che mi nutre. A voi, è lo stato che vi fa mangiare. Se non ci fossimo noi a fare cazzate, saresti a pezzi».

Il panino arrivò e Pavie si azzittì. Serge iniziò.

«Ti proponiamo due soluzioni, Pavie. O entri di tua spontanea volontà all'Edouard Toulouse, negli Alti Pirenei, o Fabio e io ti facciamo ricoverare. Per problemi di salute. Sai come funziona. Troveremo un buon motivo».

Erano già diversi giorni che se ne discuteva. Non ne ero entusiasta. Ma non avevo trovato niente di meglio da contrapporre all'idea di Serge. «Per decenni l'ospedale psichiatrico è servito da casa di riposo per gli anziani indigenti. D'accordo? Beh, oggi è l'unico posto ad accogliere tutti i vagabondi di vent'anni. Alcolizzati, tossici, malati di Aids... È l'unico asilo sicuro. Mi segui?».

Seguivo, certo. E capivo ancor meglio i nostri limiti. Lui e io insieme non eravamo Arno. Non avevamo abbastanza amore. Né altrettanta disponibilità. Esistevano migliaia di Pavie, e noi eravamo solo dei funzionari del male minore.

Avevo detto amen al prete.

«Ho rivisto Lily» riprese Pavie, con la bocca piena. «Aspetta un bambino. Si sposerà. È un sacco felice». I suoi occhi, per un attimo, brillarono, come una volta. Come se fosse stata lei, la futura mamma. «Il suo uomo è fichissimo. Ha una GTI. È bello. Ha i baffi. Somiglia a...».

Scoppiò a piangere.

«Dài, su» disse Serge passandole il braccio intorno alle spalle. «Siamo qui».

«Sono d'accordo, farò come dite voi» mormorò. «Sennò, lo so che ci lascio le penne. E ad Arno non piacerebbe. Non è vero?».

«No, non gli piacerebbe» avevo detto.

Sì, erano solo parole. Ancora, sempre.

Da allora non aveva smesso di andare e tornare dagli Alti Pirenei. Appena si faceva vedere al Balto con una brutta faccia, Rico ci chiamava, e andavamo lì. Avevamo fatto questo accordo con lui. E Pavie aveva capito. L'ancora di salvezza. Non era una soluzione, lo sapevo. Ma non avevamo soluzioni. Solo questa. Ricorrere all'istituzione. Sempre.

L'ultima volta che avevo visto Pavie era un po' più di un anno fa. Lavorava al reparto di frutta e verdura di un supermercato, alla Valentine, nella periferia est. Sembrava stesse meglio. In forma. Le avevo proposto di andare a bere qualcosa insieme, la sera dopo. Aveva immediatamente accettato, entusiasta. L'avevo aspettata tre ore. Non era venuta all'appuntamento. Se non ha voglia di vedere la tua faccia, mi ero detto, vuol dire che sta bene. Ma non ero tornato al supermercato per accertarmene. Lole aveva occupato i miei giorni, e le mie notti.

Con una candela in mano, stavo frugando in tutti gli angoli nascosti della stanza. Sentii una presenza dietro di me. Mi voltai.

«Che ci fai qui?».

Un nero, alto, stava nel vano della porta. Genere buttafuori. Appena ventenne. Ebbi voglia di rispondere che avevo visto la luce ed ero entrato. Ma non ero sicuro che gli piacesse scherzare.

«Cercavo Pavie».

«E chi sei?».

«Un amico. Fabio».

«Mai sentito parlare di te».

«Sono anche amico di Serge».

Si rilassò. Forse avevo una speranza di uscire di lì sulle mie gambe.

«Lo sbirro».

«Speravo di trovarla» dissi, senza raccogliere. Per molti sarò "lo sbirro" fino alla fine dei miei giorni.

«Mi ripeti il tuo nome?».

«Fabio. Fabio Montale».

«Montale, ecco. Ti chiama solo così. Lo sbirro o Montale. Io sono Randy. Sono il vicino. Del piano di sopra».

Mi tese la mano. Misi la mia in una morsa. Cinque dita nella macina.

Spiegai in due parole che dovevo parlare a Pavie. Riguardo a Serge. Aveva qualche grana, precisai, ma senza soffermarmi sui dettagli.

«Non lo so dov'è. Stanotte non è tornata. La sera, viene su da noi. Abito con i miei genitori, i miei due fratelli e la mia ragazza. Abbiamo tutto il piano per noi. Ci siamo solo noi nel palazzo. Pavie e la signora Guttierez a pianterreno. Ma lei non esce più. Ha paura di essere cacciata via. Dice di voler morire qui. Siamo noi a farle le commissioni. Anche quando non rimane a mangiare, Pavie passa a salutarci. A dirci che è in casa, ecco».

«E le succede spesso di non tornare?».

«Non più, da un sacco di tempo».

«Come sta?».

Randy mi guardò. Cercava di capire che tipo fossi.

«Mah, si sforza. L'aiutiamo come possiamo. Ma... c'è ricascata qualche giorno fa, se è questo che vuoi sapere. Ha smesso di lavorare e tutto il resto. Rose, la mia ragazza, ha dormito con lei l'altra notte, poi ha fatto un po' di pulizie. Non era un granché pulito».

«Capisco».

E allora, rimisi insieme i pezzi. Come investigatore non valevo ancora un cazzo. Andavo avanti per intuizione, ma senza mai darmi il tempo di riflettere. Nella fretta, avevo saltato dei passaggi. La cronologia, gli orari. Questo tipo di cose. L'abc degli sbirri.

«Hai il telefono?».

«No. Ce n'è uno in fondo alla strada. Una cabina, voglio dire. Che funziona senza monete. Alzi la cornetta e funziona. Anche per gli States!».

«Grazie, Randy. Ripasserò».

«E se Pavie torna?».

«Dille di non muoversi. Anzi, di rimanere a casa vostra».

Ma se non mi sbagliavo, questo era l'ultimo posto dove Pavie sarebbe venuta. Anche strafatta. La vicinanza della morte allunga la speranza di vita.

CAPITOLO UNDICESIMO
*Nel quale non c'è poi niente di veramente
bello da vedere*

Mourad ruppe il silenzio.
«Spero che mia sorella ci sia».
Un'unica frase. Laconica.
Avevo appena lasciato rue de Lyon, per tagliare attraverso i quartieri nord e raggiungere Saint-Henri, dove abitava suo nonno. Saint-Henri è proprio prima dell'Estaque. Vent'anni fa era ancora un piccolissimo villaggio. Da dove si dominava l'avamporto nord e il bacino Mirabeau.

Borbottai un "anch'io", leggermente nervoso. Avevo una gran confusione in testa. Una vera insalata russa! Da quando era salito in macchina, Mourad non aveva aperto bocca. Gli avevo fatto delle domande. Su Naïma, su Guitou. Si era limitato a rispondere "sì" e "no". E dei vaghi "non so". All'inizio avevo creduto che mi tenesse il muso. Ma no, era preoccupato. Lo capivo. Lo ero anch'io.

«Sì, anch'io» ripetei con maggiore dolcezza questa volta, «spero che ci sia». Mi lanciò uno sguardo di traverso. Solo per dire: ok, siamo sulla stessa lunghezza d'onda. Lo speriamo, ma non ne siamo sicuri, e ci mette strizza non sapere. Era veramente carino quel ragazzetto.

Misi su una cassetta di Lili Boniche. Un cantante algerino degli anni '30. Un mescolatore di generi. Le sue rumbe, i suoi paso doble, i suoi tanghi avevano fatto ballare tutto il Maghreb. Avevo scovato una gran quantità di suoi dischi al mercato delle pulci di Saint-Lazare. A Lole e a me piaceva andarci la domenica, verso le undici. Poi andavamo a prendere l'aperitivo, in un bar dell'Estaque, e si finiva da Larrieu, davanti a un vassoio di frutti di mare.

Quella domenica aveva trovato una bella gonna lunga, rossa a pois bianchi. Una gonna da zingara. La sera avevo avuto diritto a uno spettacolo di flamenco. I Los Chunghitos. *Apasionadamente*. Un album torrido. Proprio come la fine della notte.

Lili Boniche ci aveva accompagnato fino a che non eravamo stati vinti dal sonno. Sul terzo disco scoprimmo *Ana Fil Houb*. Una versione, in arabo, di *La mia storia è la storia di un amore*! Un motivo che fischiettavo sempre. Questo e *Besame mucho*. Brani che mia madre non smetteva di canticchiare. Ne avevo diverse versioni. Questa qui era bella quanto quella della messicana Tish Hinojosa e cento volte meglio di quella di Gloria Lasso. Era il massimo. La vera felicità.

Sempre fischiettando, mi rimisi a pensare a ciò che mi aveva raccontato Rico, il proprietario del Balto. Nel sentirmi dire così apertamente certe cose mi sarei preso a schiaffi. Quella settimana Pavie era andata ogni pomeriggio al Balto. Prendeva una birra e mangiucchiava le briciole di un panino al prosciutto. Aveva la faccia dei brutti giorni, come diceva Rico. Allora aveva telefonato a Serge. Da Saadna. Ma Serge non era venuto, e neppure il giorno dopo, né quello dopo ancora.

«Perché non mi hai chiamato?» avevo chiesto.

«Non so più dove beccarti, Fabio. Non sei neppure sull'elenco».

Mi ero fatto togliere dalla lista degli abbonati. Col Minitel, rischi di trovarti in casa cinquanta milioni di rompicoglioni. Amavo la tranquillità e gli amici che mi restavano conoscevano il mio numero di telefono. Non avevo pensato alle situazioni di emergenza.

Serge era andato al Balto. Dopo la lettera di Pavie. Sicuramente.

«A che ora?».

«Verso le due e mezza. Aveva l'aria preoccupata. Non parlava. Non era in forma, ecco tutto. Hanno preso un caffè. Saranno rimasti, non lo so, un quarto d'ora, venti minuti. Parlavano a bassa voce, ma Serge sembrava incazzarsi con Pavie. Lei teneva la testa bassa, come una bambina. Poi ho visto Serge sospirare. Sembrava esausto. Si è alzato, ha preso Pavie per mano e sono usciti».

E questo era il punto dolente: non avevo assolutamente pensato alla macchina di Serge. Come sarebbe arrivato alla Bigotte, altrimenti? Dovevi essere un immigrato per andarci in autobus. Anzi, in quel momento non ricordavo neppure se un autobus ci saliva fino a lassù o se bisognava farsi la strada a piedi!

«Aveva sempre la vecchia Ford Fiesta?».

«Sì».

Non mi ricordavo di averla vista al parcheggio. Ma non ricordavo granché. Solo la mano che impugnava l'arma. E gli spari. E Serge che cadeva senza dire addio alla vita.

Senza neppure dire addio a Pavie.

Lei doveva essere lì, in macchina. Non lontano. Non lontano neppure da me. E doveva aver visto tutto, Pavie. Erano usciti insieme dal Balto. Direzione la Bigotte, dove Serge doveva incontrare qualcuno. Senz'altro le aveva promesso di accompagnarla di nuovo negli Alti Pirenei. Dopo. E l'aveva lasciata lì, in macchina.

L'aveva aspettato. Da brava. Finalmente tranquilla, perché Serge era lì con lei. Come sempre. Per accompagnarla in ospedale. Per aiutarla, ancora una volta, a rifare un passo verso la speranza. Un altro passo. Forse quello buono. Questa volta ce l'avrebbe fatta. Doveva crederci, Pavie. Sì, lì in macchina, ci credeva con tutte le sue forze. E, dopo, la vita sarebbe tornata. Gli amici. Il lavoro. L'amore. Un amore che l'avrebbe guarita da Arno. E da tutte le schifezze della vita. Un tipo con una bella faccia, una bella macchina e un po' di grana, anche. E le avrebbe dato un meraviglioso bambino.

Dopo, non c'era più stato un dopo.

Serge era morto. E Pavie aveva tagliato la corda. A piedi? In macchina? No, non aveva la patente. A meno che... forse sì. Dio santo! Quella fottuta macchina era sempre lassù? E dov'era Pavie, ora?

La voce di Mourad dette un taglio ai miei pensieri.

Il suo tono di voce mi sorprese. Triste.

«Mio padre, prima, ascoltava anche lui questa musica. A mia madre piaceva molto».

«Perché? Non l'ascolta più?».

«Redouane dice che è peccato».

«Questo cantante? Lili Boniche?».

«No, la musica. La musica va con l'alcol, le sigarette, le donne».

«Ma tu ascolti il rap?».

«Non quando c'è Redouane. Lui...».

O Dio, abbi pietà di me,
che possa vedere ciò che amo
e che dimentichi la mia pena...

Lili Boniche ora cantava *Algeri, Algeri*.

Mourad tacque di nuovo.

Feci il giro della chiesa di Saint-Henri.

«A destra» disse Mourad. «Poi la prima a sinistra». Il nonno abitava a impasse des Roses. Qui c'erano solo case a uno o due piani. Tutte rivolte verso il mare. Spensi il motore.

«Senti, non hai mica visto una vecchia Ford Fiesta al parcheggio? È blu. Blu scuro».

«Non credo. Perché?».

«Niente. Vedremo più tardi».

Mourad suonò una volta, due volte, tre volte. La porta non si aprì.

«Forse è uscito» dissi.

«Esce solo due volte a settimana. Per andare al mercato».
Mi guardò, preoccupato.
«Conosci i vicini?».
Alzò le spalle.
«Lui credo di sì. Io...».
Risalii la strada fino alla casa vicina. Detti alcune rapide scampanellate. Non fu la porta ad aprirsi, ma la finestra. Dietro le sbarre apparve la testa di una donna. Una grossa testa piena di bigodini.
«Sì?».
«Buongiorno signora» dissi avvicinandomi. «Ero venuto dal signor Hamoudi. Sono con suo nipote. Ma non risponde».
«Strano. A mezzogiorno abbiamo fatto un po' di pulizia in giardino. E dopo va sempre a farsi un riposino. Secondo me dev'essere in casa».
«È malato, forse?».
«No, no, sta che è una meraviglia. Aspetti, le apro».
Dopo pochi secondi ci fece entrare. Si era messa un fazzoletto in testa per nascondere i bigodini. Era enorme. Camminava piano, ansimando come se avesse salito sei piani di corsa.
«Sto attenta prima di aprire. Con tutta la droga e gli arabi che girano si rischia di essere aggrediti anche in casa».
«Ha ragione» dissi, senza riuscire a trattenere un sorriso. «Bisogna essere prudenti».
La seguimmo in giardino. Il suo e quello del nonno erano divisi da un muretto, alto appena un metro.
«Ehi! Signor Hamoudi» gridò. «Signor Hamoudi, c'è qualcuno per lei!».
«Posso passare dall'altra parte?».
«Beh, faccia pure. Santa Madre! Speriamo che non gli sia successo niente».
«Aspettami qui» dissi a Mourad.
Scavalcai il muretto. Il giardino era identico a quello della vicina, tenuto altrettanto bene. Arrivato ai gradini, Mourad mi raggiunse. Entrò per primo in salotto.

Il nonno Hamoudi era per terra. Con la testa sanguinante. L'avevano colpito brutalmente. Gli stronzi, andandosene, gli avevano ficcato in bocca la sua medaglia militare. Gliela tolsi e gli sentii il polso. Respirava ancora. Era solo svenuto. Un miracolo. Ma gli aggressori forse non volevano ucciderlo.

«Vai ad aprire alla signora» dissi a Mourad. Si era inginocchiato vicino al nonno. «E telefona a tua madre. Dille di venire subito. Di prendere un taxi». Non si mosse. Era di gesso. «Mourad!».

Si alzò, lentamente.

«Morirà?».

«No. Dài! Muoviti!».

La vicina arrivò. Era grossa, ma si muoveva rapidamente.

«Santa Vergine!» gemette in un enorme sospiro.

«Non ha sentito niente?». Scosse la testa. «Neppure un grido?».

Scosse di nuovo la testa. Sembrava aver perso la parola. Era lì in piedi, a torturarsi le mani. Ripresi il polso del vecchio, lo tastai da ogni parte. Poi vidi una panchetta in un angolo della stanza. Lo sollevai. Non pesava più di un sacco di foglie secche. Lo feci stendere, mettendogli un cuscino sotto la testa.

«Mi trovi una bacinella, un asciugamano e dei cubetti di ghiaccio. E veda se può preparare qualcosa di caldo. Caffè o tè».

Quando Mourad tornò, stavo pulendo il viso del nonno. Aveva sanguinato dal naso. Il labbro superiore era spaccato. Il viso pieno di lividi. A parte il naso, forse, non aveva nulla di rotto. Sembrava l'avessero colpito solo al viso.

«Mia madre sta arrivando».

Si sedette accanto al nonno e gli prese la mano.

«Andrà tutto bene. Poteva andare peggio».

«C'è la cartella di Naïma nel corridoio» balbettò Mourad.

Poi scoppiò in lacrime.

Che cazzo di vita, pensai.

Ed ebbi un unico desiderio, che il nonno si riprendesse per raccontarci. Non sembrava un atto di delinquenza, una banale aggressione. Era un lavoro da professionisti. Il nonno ospitava Naïma. Naïma aveva trascorso la notte di venerdì con Guitou. E Guitou era morto. E anche Hocine Draoui.

Naïma aveva sicuramente visto qualcosa. Era in pericolo. Ovunque fosse.

Non c'era da preoccuparsi per il nonno. Il medico che avevo fatto chiamare confermò che non aveva niente di rotto. Neppure il naso. Aveva solo bisogno di riposo. Scrisse la ricetta consigliando alla madre di Mourad di sporgere denuncia. Certo, rispose, lo avrebbe fatto. E Marinette, la vicina, propose di accompagnarla. «Ma che roba è questa, venire a uccidere la gente in casa». Ma, questa volta, non fece alcuna allusione a tutti quegli arabi che ammazzano la gente. Non era il caso. Ed era una brava donna.

Mentre il nonno beveva il tè, io trangugiai una birra offerta da Marinette. In un attimo. Solo perché le idee fossero a una buona temperatura. Marinette tornò a casa. Bastava chiamarla, se avessimo avuto bisogno.

Avvicinai una sedia al letto.

«Se la sente di parlare un po'?».

Annuì. Le labbra gli si erano gonfiate. Sul viso c'erano segni violacei e rossi. L'uomo che l'aveva colpito portava un anello enorme, alla mano destra, aveva detto. Lo aveva colpito solo con quella mano.

Il viso del nonno mi era familiare. Un viso emaciato. Zigomi alti. Labbra carnose. Capelli ricci e grigiastri. Mio padre, così come avrebbe potuto essere oggi. Da giovane, come l'avevo visto sulle foto, assomigliava a un tunisino. "Siamo carne della stessa carne" diceva. Il Mediterraneo. Allora per forza siamo tutti un po' arabi, rispondeva quando lo prendevano in giro su questo argomento.

«Hanno portato via Naïma?».

Scosse la testa.

«Lei è entrata quando mi stavano picchiando. Tornava da scuola. Erano sorpresi di vederla qui. Ha cacciato un urlo ed è scappata. Uno di loro le è corso dietro. L'altro mi ha colpito con violenza, al naso. Ho sentito che stavo svenendo».

Una macchina, tra quei vicoli, non aveva nessuna possibilità contro una ragazzina a piedi. Sicuramente Naïma ce l'aveva fatta. Ma per quanto tempo? E dove poteva essere andata? Questa era un'altra storia.

«Erano in due?».

«Sì. Uno mi teneva seduto sulla sedia. L'altro mi faceva domande. Quello con l'anello. Mi aveva infilato la medaglia in bocca. Se gridavo me la faceva ingoiare, ha detto. Ma non ho gridato. Non ho detto niente. Mi vergognavo, signore. Per loro. Per questo mondo. Ho vissuto abbastanza, credo».

«Non dire così» piagnucolò Mourad.

«Dio mi può anche riprendere. Di questi tempi, non c'è più niente di veramente bello da vedere su questa terra».

«Cosa volevano sapere?».

«Se Naïma tornava qui tutte le sere. In che liceo andava. Se sapevo dove fosse stata venerdì sera. Se avevo mai sentito parlare di un certo Guitou... Comunque, non sapevo niente. A parte che vive qui con me, non so neppure dov'è il suo liceo».

Non faceva che confermare i miei timori.

«Naïma non le ha raccontato niente?».

Il vecchio scosse la testa.

«Quando è rientrata, sabato...».

«Che ore erano?».

«Le sette, circa. Mi ero appena alzato. Ero sorpreso di trovarla qui. Sarebbe dovuta tornare domenica sera, mi aveva avvertito. Era spettinata. Aveva lo sguardo sconvolto. Sfuggente. Si è chiusa in camera. Per tutto il giorno non si è mossa di lì. La sera, ho bussato alla porta per dirle di venire a mangiare. Ha rifiutato. "Non mi sento bene" ha risposto. Più tardi è scesa. Per andare a telefonare. Le ho chiesto cos'era che non andava. "Oh!

Lasciami stare, te ne prego!" ha detto. È tornata un quarto d'ora dopo. Ed è risalita in camera, senza dire una parola. Il giorno dopo si è alzata tardi. È scesa per fare colazione. Era più gentile. Si è scusata. Era triste per via di un amico, mi ha spiegato. Un ragazzo di cui era molto innamorata. Ma era finita. Ora stava meglio. Mi ha dato un bel bacio sulla fronte. Ovviamente non le ho creduto. Le si leggeva negli occhi che stava male. Che non diceva la verità. Non ho voluto infastidirla, capisce. Sentivo che era grave. Ho pensato a una pena d'amore. L'amichetto, eccetera eccetera. Pene della sua età. Le ho semplicemente detto: "Me ne puoi parlare se vuoi, d'accordo?". Ha fatto un sorrisetto. Triste. "Sei gentile, nonno. Ma ora non ne ho voglia". Era sul punto di piangere. Mi ha dato un altro bacio ed è tornata in camera sua.

«La sera è scesa di nuovo per telefonare. C'è stata più a lungo del giorno prima. Direi anche parecchio, perché mi sono preoccupato quando non la vedevo tornare. Sono uscito in strada per controllare. Ha fatto finta di mangiare qualcosa e poi è andata a dormire. Ecco, il lunedì è andata a scuola...».

«Non ci va più a scuola» interruppe Mourad.

Lo guardammo tutti e tre.

«Non va più a scuola!» gridò la madre.

«Non ne ha più voglia. È troppo triste, mi ha detto».

«Quando l'hai vista?» gli chiesi.

«Lunedì. All'uscita di scuola. Mi aspettava. Dovevamo andare insieme a un concerto, la sera. A vedere Akhénaton. Il cantante degli IAM. Cantava da solo».

«Cosa ti ha detto?».

«Niente, niente... Quello che le ho detto l'altra sera. Che tra lei e Guitou era finita. Che se n'era andato. E che era triste».

«E non voleva più andare al concerto?».

«Doveva vedere un amico di Guitou. Era urgente. Mi sono detto che forse tra di loro non era poi così finita. Che ci teneva a quel Guitou».

«E non era andata a scuola?».

«No. Ha detto che, per qualche giorno, non ci sarebbe andata. Per via di tutto quello che era successo, ecco. Che non aveva la testa per ascoltare i professori».

«Lo conosci questo amico?».

Alzò le spalle. Poteva essere solo Mathias. Immaginai il peggio. Che avesse visto, per esempio, Adrien Fabre. E che avesse raccontato tutto a Mathias. In che stato dovevano essere quei due! Cosa avevano fatto, dopo? A chi ne avevano parlato? A Cûc?

Mi voltai verso il nonno.

«Apre sempre la porta, quando suonano?».

«No. Guardo prima dalla finestra, come tutti, qui».

«Allora perché ha aperto?».

«Non lo so».

Mi alzai. Avrei bevuto volentieri un'altra birra. Ma Marinette non c'era più. Il nonno capì.

«C'è della birra in frigo. Sa, io la bevo. Una ogni tanto. In giardino. È buona. Mourad, vai a prendere una birra per il signore».

«Lascia» dissi. «La prendo io».

Avevo bisogno di sgranchirmi le gambe. In cucina bevetti direttamente alla bottiglia. Un lungo sorso. Mi rilassò un po'. Poi presi un bicchiere, lo riempii e tornai in salotto. Li guardai tutti e tre. Nessuno si era mosso.

«Senta, Naïma è in pericolo. In pericolo di vita. Le persone che sono venute qui sono pronte a tutto. Hanno già ucciso due persone. Guitou non aveva ancora diciassette anni. Lo capisce questo? Allora glielo chiedo di nuovo, perché ha aperto a quegli uomini?».

«Redouane...» iniziò il nonno.

«È colpa mia» interruppe la madre di Mourad.

Mi guardò dritto in faccia. Erano belli i suoi occhi, contenevano tutta la pena del mondo. Invece di quel lampo di orgoglio che brilla quando le madri parlano dei figli.

«Colpa sua?».

«Ho raccontato tutto a Redouane. L'altra sera. Dopo la sua visita. Sapeva che lei era venuto. Sa sempre tutto di quello che succede. Ho l'impressione che siamo sempre sorvegliati. Voleva sapere chi fosse lei e che cosa volesse da noi. Se aveva a che fare con quell'altro, che aveva chiesto di lui nel pomeriggio, e...».

Sentii di andare in tilt.

«Quale altro, signora Hamoudi?».

Aveva parlato troppo. Era nel panico.

«L'altro».

«Quello che hanno steso. Il tuo amico. Stava cercando Redouane».

Basta o continuo? mi chiesi.

Nella mia mente uno schermo con su scritto "Game over". Cosa stavo dicendo l'altro giorno a Fonfon? "Finché giochi sei in vita". Continuai a giocare. Solo per vedere.

CAPITOLO DODICESIMO
*Nel quale in piena notte
si incrociano vascelli fantasma*

Tutti e tre mi guardavano in silenzio. I miei occhi andarono dall'uno all'altro.
Dove poteva essere Naïma? E Pavie?
Avevano visto la morte in diretta, dal vivo, e si erano date alla fuga. Sparite. Volatilizzate.
Le palpebre del nonno si chiudevano. I calmanti avrebbero presto fatto effetto. Lottava contro il sonno. Fu lui, comunque, a fare lo sforzo di parlare. Per concludere e per poter dormire, finalmente.
«Credevo fosse un amico di Redouane, quello che mi ha parlato dalla finestra. Voleva vedere Naïma. Gli ho risposto che non era ancora tornata. Mi ha chiesto se poteva aspettarla con me, che non aveva fretta. Non aveva l'aria... Faceva una buona impressione. Ben vestito, con abito e cravatta. Allora ho aperto».
«Ha degli amici così, Redouane?».
«Una volta mi venne a trovare con due persone, vestite anche loro perbene. Più grandi di lui. Uno di loro credo che abbia una ditta di macchine. L'altro, un negozio verso place d'Aix. Mi si sono inginocchiati davanti. Mi hanno baciato la mano. Volevano che partecipassi a una riunione religiosa. Per parlare ai giovani del nostro paese. Mi hanno detto che era un'idea di Redouane. Mi avrebbero ascoltato se avessi parlato di religione. Avevo combattuto per la Francia. Ero un eroe. Quindi potevo spiegarglielo, ai ragazzi, che la Francia non era la salvezza. Al contrario, la Francia toglie loro ogni rispetto. Con la droga, l'alcol e tutto il resto... E anche quella musica, che oggi ascoltano tutti».

«Il rap» precisò Mourad.

«Sì, fanno troppo chiasso, quelle musiche. A lei piacciono?».

«Non è la mia preferita. Ma è un po' come i jeans, s'incolla alla pelle».

«Sì, probabilmente è una cosa della loro età, ecco... Ai miei tempi...».

«Lui» disse Mourad, indicandomi, «ascolta delle vecchie cose arabe. Come si chiama quel cantante?».

«Lili Boniche».

«Oh». Il nonno sorrise e si fece pensieroso. Perso lì dove era bello vivere. I suoi occhi tornarono su di me. «Cosa stavo dicendo? Ah sì. Secondo gli amici di Redouane dovevamo salvare i nostri figli. Era ora che i nostri giovani tornassero verso Dio. Che imparassero di nuovo i valori. La tradizione. Il rispetto. Per questo chiedevano il mio intervento».

«Non si deve rimproverare a Redouane di essersi avvicinato a Dio» interruppe la madre di Mourad. «È la sua strada». Mi guardò. «Ha fatto molte sciocchezze prima. Allora... preferisco che preghi, piuttosto che se ne vada in giro con dei brutti tipi».

«Non dico questo» le rispose il nonno. «Lo sai bene. Gli eccessi sono da condannare. Troppo alcol o troppa religione, è la stessa cosa. Fanno male. E sono quelli che hanno fatto le peggiori cose che vogliono imporre il proprio modo di vedere! Di vivere. Non lo dico per Redouane. Anche se... in questi ultimi tempi...».

«Da noi» riprese dopo aver respirato profondamente, «da noi, tua figlia, la ucciderebbero. Ora è così, laggiù. L'ho letto sul giornale. Se cantano, se sono felici, le violentano, le nostre ragazze. Non dico che Redouane farebbe cose del genere, ma gli altri... Questo non è l'Islam. Eppure, Naïma è una brava ragazza. Come questo qui» aggiunse, indicando Mourad. «Io non ho mai fatto niente contro Dio. Quel che dico è che non si costruisce la propria vita con la religione, ma con il cuore». Mi guardò. «Questo ho detto a quei signori. E l'ho ridetto a Redouane quando è venuto, stamattina».

«Non le ho raccontato la verità, prima» riprese la madre di Mourad. «Redouane, quella sera, mi ha detto di non immischiarmi in queste storie. Che l'educazione di sua sorella spetta agli uomini. A lui. Può immaginare mia figlia...».

«L'ha minacciata» disse Mourad.

«Avevo paura per Naïma, soprattutto. Redouane se n'è andato come un pazzo, in fretta e furia. Voleva riportarla a casa. La storia con quel ragazzo ha fatto traboccare il vaso. Redouane ha detto che era abbastanza. Che aveva vergogna per sua sorella. Che meritava una lezione. Oh! Non so che altro...».

Si prese la testa tra le mani. Affranta. Divisa tra il ruolo di madre e quello di donna che obbedisce agli uomini.

«E cos'è successo con Redouane?» chiesi al nonno.

«Niente. Naïma non ha dormito qui stanotte. Ero molto preoccupato. Era la prima volta che faceva così. Non dirmi niente e lasciarmi senza notizie. Venerdì sapevo che passava il week-end da amici. Mi aveva pure lasciato un numero di telefono dove raggiungerla in caso di bisogno. Le ho dato sempre fiducia».

«Ha idea di dove sia potuta andare?».

Io un'idea me l'ero fatta, ma avevo bisogno di sentirlo da un'altra voce.

«Ha chiamato stamattina. Per non farmi stare in pensiero. È rimasta a Aix. A casa di un vecchio compagno di scuola, credo. Uno che era con lei in vacanza».

«Mathias? Le dice qualcosa?».

«Sì, forse è questo il nome».

«Mathias!» disse Mourad. «È simpaticissimo. È un vietnamita».

«Un vietnamita?» chiese la madre di Mourad.

Aveva perso il controllo della situazione. La vita dei figli le era sfuggita di mano. Redouane, Naïma. Anche Mourad, sicuramente.

«Solo da parte di madre».

«Lo conosci?» gli chiesi.

«Un po'. Per un periodo sono stati insieme lui e mia sorella. Andavo al cinema con loro».

«Mi ha di nuovo detto che era preoccupata, che non si sentiva in forma. Che dovevo cercare di capirla» riprese il nonno. «Ma non potevo saperlo, io. Che dramma. Perché... perché lo hanno ucciso quel ragazzo?».

«Non lo so. Naïma è l'unica a poter raccontare cos'è successo».

«Che tristezza la vita».

«E con Redouane com'è andata stamattina?».

«Gli ho detto che sua sorella era uscita prima. Non mi ha creduto. In tutti i modi, non avrebbe creduto a niente. Solo ciò a cui voleva credere. O sentire. È voluto andare in camera della sorella per assicurarsi che non fosse lì. E vedere se aveva dormito veramente qui. Ma non l'ho lasciato fare. Allora ha iniziato a urlarmi contro. Gli ho ricordato che l'Islam insegna a rispettare i vecchi. Gli anziani. È la prima regola. "Non ho nessun rispetto per te" mi ha risposto. "Sei un sacrilego! Peggio dei francesi". Ho preso il mio bastone e gliel'ho mostrato. "Sono ancora capace di darti una bella lezione". E l'ho cacciato».

«Malgrado tutto questo, ha aperto a quell'uomo».

«Pensavo che se avessi parlato con lui, avrebbe potuto far ragionare Redouane».

«Li aveva già visti insieme?».

«No».

«Era un algerino?».

«No. Quando l'ho visto, lì fuori, con quegli occhiali scuri, ho pensato che fosse un tunisino. Mi fidavo, allora».

«Non era arabo?».

«Non lo so. Ma non parlava arabo».

«Mio padre era italiano e lo prendevano per tunisino, quando era giovane».

«Sì, forse poteva essere italiano. Ma di giù. Verso Napoli. O siciliano. È possibile».

«Com'era fisicamente?».

«Circa la sua stessa età. Un bell'uomo. Un po' più basso di lei e più grosso. Non grasso, ma robusto. Qualche capello grigio. Baffi sale e pepe. E… portava quel grosso anello d'oro».

«Allora doveva essere italiano» dissi sorridendo. «O corso».

«No, non era corso. L'altro sì. Quello che mi è saltato addosso, quando ho aperto la porta. Ho visto solo la pistola che mi ha messo sotto il mento. Mi ha spinto indietro e sono caduto. Lui, sì, aveva l'accento corso. Non posso dimenticarlo».

Era esausto.

«La lascio dormire. Tornerò forse a farle alcune domande. Se sarà necessario. Non si preoccupi. Si sistemerà tutto».

Sorrise, felice. Non chiedeva altro, ora. Solo un po' di conforto. E la sicurezza che per Naïma sarebbe andato tutto bene. Mourad si chinò su di lui e lo baciò sulla fronte.

«Resto con te».

Alla fine fu la madre che rimase a vegliare il nonno. Sicuramente sperava che Naïma tornasse. Ma, soprattutto, non aveva nessuna voglia di ritrovarsi faccia a faccia con Redouane. «Le fa un po' paura» mi confidò Mourad al ritorno.

«È diventato matto. Obbliga mia madre a mettersi il velo quando lui è a casa. E a tavola, lo deve servire a occhi bassi. Mio padre non dice niente. Dice solo che gli passerà».

«Da quando è così?».

«Da un po' più di un anno. Da quando è uscito di galera».

«Quanto c'è stato?».

«Due anni. Aveva rapinato un negozio di stereo, a Chartreux. Con due amici. Erano strafatti».

«E tu?».

Mi guardò dritto negli occhi.

«Sono in squadra con Anselme, se è questo che vuoi sapere. Per il basket non si fuma, non si beve. È una regola. Nessuno della squadra. Sennò, Anselme ci butta fuori. Spesso vado da lui. A mangiare, a dormire. Si sta bene».

Si perse nel silenzio. I quartieri nord, con le migliaia di finestre illuminate, assomigliavano a delle barche. Navi perse. Vascelli fantasma. Era l'ora peggiore. Quella in cui si rincasa. Quella in cui, in quei blocchi di cemento, si sa di essere veramente lontani da tutto. E dimenticati.

Avevo i pensieri sottosopra. Dovevo assimilare tutto ciò che avevo appena sentito, ma ne ero incapace. La cosa che mi turbava di più erano quei due tizi che stavano addosso a Naïma. Quelli che avevano picchiato il nonno. Erano stati loro a uccidere Hocine e Guitou? Loro ad avermi seguito? Un corso. L'autista della Safrane? Balducci? No, impossibile. Come potevano sapere che anch'io cercavo Naïma? E così presto? Capire chi ero, eccetera eccetera. Impensabile. Avevano sicuramente a che fare con Serge. Era chiaro: gli sbirri mi avevano portato in commissariato e loro mi avevano seguito. Ero lì quando era stato ucciso. Potevo essere un amico di Serge. Suo complice in non so che cosa. Come sperava Pertin, d'altra parte. Forse volevano farmi fuori. O semplicemente sapere cosa covavo. Sì.

A Notre-Dame-Limite feci una frenata che distrasse Mourad dai suoi pensieri. Avevo appena visto una cabina telefonica.

«Solo due minuti».

Marinette rispose al secondo squillo.

«Mi rincresce disturbarla ancora» dissi dopo essermi presentato. «Ma, per caso, oggi pomeriggio, non ha notato una macchina un po' particolare?».

«Quella degli aggressori del signor Hamoudi?».

Andava al sodo, Marinette. In quei quartieri, come nelle *cités*, si nota tutto. Soprattutto una macchina nuova.

«No. Mi stavo facendo la messa in piega, dunque sono rimasta in casa. Ma Emile, mio marito, sì. Gli ho raccontato tutto. Allora mi ha detto che uscendo aveva visto una grossa macchina. Verso le tre. Qui, sulla nostra strada. Lui stava andando da Pascal. Il bar all'angolo. Emile gioca alla *belote* tutti i pomeriggi. Poveretto, è un modo per occupare il tempo. Si immagini se non l'ha notata la macchina! Non se ne vedono tutti i giorni! Solo in televisione si vedono cose del genere».

«Una macchina nera?».

«Aspetti un attimo. Emile! Era nera la macchina?» gridò al marito.

«Sì. Nera. Una Safrane» lo sentii rispondere. «E dì al signore che non era di qui la macchina, era del Var».

«Era nera».

«Ho sentito».

Avevo sentito, sì. E mi erano venuti i brividi.

«Grazie Marinette».

E riattaccai meccanicamente.

Stravolto.

Non ci capivo niente, ma non c'erano più dubbi, erano gli stessi. Da quanto tempo mi stavano alle calcagna, quei due stronzi? Buona domanda. Riuscire a rispondere avrebbe illuminato la mia lanterna magica. Ma non avevo risposte. Era chiaro che li avevo portati fino a casa degli Hamoudi. Il giorno prima. Prima o dopo il mio giro in commissariato. La sera, se non avevano insistito oltre non era perché pensavano che fossi più furbo di loro. No, avevano pensato, giustamente, che non sarei andato da nessun'altra parte, che mi sarei fermato da Félix. E... merda! Sapevano anche dove abitavo? Accantonai la domanda. Per evitare di farmi venire l'angoscia.

Dunque, riprendiamo. Quella mattina si erano presentati alla Bigotte e avevano aspettato che qualcuno si muovesse. E Redouane si era mosso. Per andare dal nonno. Come sapevano che era lui? Semplice. Allunghi dieci franchi a qualsiasi ragazzino che sta lì a gironzolare ed è fatta.

«Passiamo velocemente a casa tua» dissi a Mourad. «Prendi le tue cose e per qualche giorno vai a stare dal nonno».

«Che succede?».

«Niente. Preferisco che non dormi lì, ecco tutto».

«E Redouane?».

«Gli lasciamo un biglietto. Anche lui dovrebbe fare la stessa cosa».

«Non posso andare da Anselme, piuttosto?».

«Come vuoi. Ma telefona a Marinette. Per farlo sapere a tua madre».

«La ritroverai mia sorella?».

«Mi piacerebbe, sì».

«Ma non ne sei sicuro, vero?».

Di cosa potevo essere sicuro? Di niente. Ero partito alla ricerca di Guitou come si va al mercato. Con le mani in tasca. Senza fretta. Guardando qua e là. L'unica urgenza era l'angoscia di Gélou. Non certo mettere fine alla storia d'amore tra due ragazzini. E Guitou era morto. Ammazzato a bruciapelo da due killer. Strada facendo, un vecchio amico si era fatto stendere da altri assassini. E due ragazzini si stavano nascondendo. Tutti e due in grosso pericolo.

Su questo non c'erano dubbi. Dovevo riuscire a rintracciare Mathias e proteggere anche lui.

«Ti accompagno su» dissi a Mourad, una volta arrivati alla Bigotte. «Devo fare alcune telefonate».

«Cominciavo a preoccuparmi» disse Honorine. «Non hai chiamato per tutto il giorno».

«Lo so, Honorine. Lo so, ma...».

«Puoi parlare. Ho letto il giornale».

Perfetto!

«Ah!».

«Come possono accadere simili mostruosità?».

«Hai letto il giornale?» le chiesi per non rispondere alla sua domanda.

«Da Fonfon. Sono andata a invitarlo. Per domenica. A mangiare la bottarga. Te lo ricordi, no? Mi ha detto di non parlare di Guitou. Di lasciarti in pace. Senti, ma lo sai cosa stai facendo, eh?».

No, non lo sapevo bene neppure io.

«Ho visto la polizia, Honorine» dissi per rassicurarla. «E Gélou, anche lei ha letto il giornale?».

«Certo che no! A pranzo non ho neanche sentito il telegiornale regionale».

«Ti sembra molto preoccupata?».

«Beh...».

«Passamela, Honorine. E non aspettarmi. Non so a che ora tornerò».

«Io ho già mangiato. E Gélou non c'è più».

«Non c'è più? Se n'è andata?».

«No, no. Insomma, non sta più a casa tua. Ma è sempre a Marsiglia. Oggi pomeriggio l'ha chiamata il suo... amico».

«Alexandre».

«Ecco. Lo chiama Alex. Era appena tornato a Gap. A casa loro. Ha letto il biglietto sul letto del ragazzo. Allora, in quattro e quattr'otto, ha ripreso la macchina ed è venuto a Marsiglia. Si sono incontrati in città. Verso le cinque. Sono in albergo. Mi ha chiamata per dirmi dove potevi contattarla. Hotel Alizé. È al Vieux-Port, no?».

«Sì. Sopra al New York».

Aprendo un qualsiasi giornale, Gélou poteva apprendere della morte di Guitou. Come era successo a me. Di Fabre con un figlio che si chiama Mathias non dovevano esserlene a palate. E ancora meno di Fabre nel cui appartamento era stato ammazzato un ragazzino di sedici anni.

La presenza di Alexandre cambiava molte cose. Potevo pensare qualsiasi cosa di quel tizio, ma era l'uomo che Gélou amava. Che si voleva tenere. Stavano insieme da dieci anni. L'aveva aiutata a tirare su Patrice e Marc. E Guitou, malgrado tutto. Avevano la loro vita, e non perché erano razzisti potevo negare tutto questo. Gélou si appoggiava a quell'uomo, e anch'io dovevo farlo.

Dovevano sapere di Guitou.

Forse.
«Ora la chiamo, Honorine. Ti abbraccio».
«Senti...».
«Dimmi».
«Come stai, tu?».
«Bene. Perché?».
«Perché ti conosco. Lo sento dalla voce che non sei in forma».
«Sono un po' nervoso, è vero. Ma non preoccuparti».
«Certo che mi preoccupo, soprattutto quando mi dici così».
«Ti abbraccio».

Santissima donna! L'adoravo. Il giorno in cui morirò, in fondo al mio buco, è lei che mi mancherà più di tutti. L'inverso era più probabile, ma preferivo non pensarci.

Loubet era ancora in ufficio. I Fabre avevano riconosciuto di aver mentito a proposito di Guitou. Bisognava credergli, ora. Ignoravano la presenza del giovane a casa loro. Il loro figlio, Mathias, l'aveva invitato e gli aveva dato le chiavi. Venerdì, prima di partire per Sanary. Si erano conosciuti durante l'estate. Avevano simpatizzato, si erano scambiati i numeri di telefono...

«Ecco, e quando sono tornati, Mathias non era con loro. Ma ad Aix. E non hanno voluto sciocclarlo con questa tragedia... Chiacchiere. Ma si fanno progressi».

«Pensi che non sia vero?».

«La storia "dell'ora dirò la verità" mi lascia sempre perplesso. Quando si mente una volta, gatta ci cova. O non mi hanno detto tutto o Mathias nasconde qualcosa».

«Cosa te lo fa pensare?».

«Perché il tuo Guitou non era solo nel monolocale».

«Ho capito» dissi candidamente.

«C'era un preservativo tra le lenzuola. E non era vecchio come il cucco. Il giovane era con una ragazza. Se è fuggito di casa, forse, era per vedere lei. Queste sono cose che Mathias dovrebbe sapere. Penso che me lo dirà, domani, quando lo incontrerò. Un ragazzino a quattr'occhi con uno sbirro non bluffa a lungo. E mi piacerebbe sapere chi è la ragazza. Perché ne avrà di cose da raccontare. Non credi?».

«Sì, sì...».

«Pensaci, Montale. Sono a letto, tutti e due. Figurati se la ragazza se ne va, la mattina, da sola, e per giunta a piedi! Io non ci credo».

«Forse aveva un motorino».

«Dài, non dire cazzate!».

«Va bene, hai ragione».

«Forse...» riprese.

Non lo lasciai finire. E iniziai a fare il finto tonto.

«Sarebbe potuta rimanere lì, nascosta. È così?».

«Sì, qualcosa del genere».

«Un po' tirata per i capelli come ipotesi, no? I tizi ammazzano Draoui. Poi il ragazzo. Avranno senz'altro controllato se c'era qualcun altro in giro».

«Montale, sai bene che anche per i professionisti del crimine ci sono giorni in cui si fanno delle cazzate. Probabilmente quello è stato uno di quei giorni. Contavano di fare fuori Hocine Draoui, senza troppo problemi. Invece c'è l'intoppo: Guitou. Chissà cosa cazzo ci faceva nudo nel corridoio. Forse era uscito per il rumore. Ha avuto paura. E si è scatenato tutto».

«Uhm» feci fingendo di riflettere. «Vuoi che faccia alcune domande a mia cugina su Guitou? E su una possibile fidanzatina a Marsiglia? Una madre dovrebbe saperlo».

«Montale, mi sorprende che tu non l'abbia già fatto. Al tuo posto, avrei iniziato da lì. Spesso quando un giovane scappa di casa è per una ragazza. O per un buon amico. Lo sai questo, no? O hai dimenticato di essere stato un poliziotto?». Risposi con il silenzio. Riprese: «Ancora non capisco che pista hai seguito per mettere le mani su Guitou».

Montale nei panni dell'idiota del villaggio!

Questo è il problema quando si mente. O prendi il coraggio a due mani e dici la verità. O continui a mentire fino a che hai trovato una soluzione. La mia soluzione era di mettere Naïma e Mathias al sicuro. Nasconderli. Fino a quando le cose non sarebbero state più chiare. Mi ero già fatto un'idea sul posto. Avevo fiducia in Loubet, ma non in tutta la polizia. Gli sbirri e il *milieu* avevano per troppo tempo inciuciato insieme. Checché se ne dicesse, il telefono tra loro continuava a funzionare.

«Vuoi interrogare Gélou?» provai a chiedere per togliermi d'impaccio.

«No, no. Fallo tu. Ma non tenere le risposte per te. Io cercherò di guadagnare tempo».

«Ok» dissi serio.

Poi, mi tornò in mente il viso di Guitou. Un viso d'angelo. Come un lampo rosso negli occhi. Il suo sangue. La sua morte che mi schizzava addosso. Come avrei potuto, ora, chiudere gli occhi senza vedere quel corpo? Il suo corpo all'obitorio. Non era mentire o dire la verità a Loubet che mi turbava. Erano gli assassini. Quei due pezzi di merda. Volevo che mi capitassero tra le mani. Avere di fronte chi aveva ammazzato Guitou. Sì, faccia a faccia. Avevo abbastanza odio per sparare.

Non avevo altro in mente. Solo questo.

Uccidere.

Chourmo! Montale. *Chourmo!*

Che cazzo di vita!

«Oh! Ci sei?».

«Stavo pensando».

«Evita di farlo, Montale. Porta solo cattivi pensieri. Se vuoi il mio parere, questa storia puzza da morire. Non dimenticare che non hanno ucciso Hocine Draoui per niente».

«Pensavo proprio a questo».

«Te l'ho detto. Evita di farlo. Ti trovo a casa se avessi bisogno di te?».

«Non mi muovo. Salvo per andare a pesca, come già sai».

Capitolo tredicesimo
Nel quale abbiamo tutti sognato di vivere come principi

Mourad stava davanti a me, pronto. Uno zaino sulle spalle e la sua cartella in mano. Era teso. Riattaccai.
«Stavi chiamando Due Teste?».
«No, perché?».
«Ma stavi parlando con uno sbirro».
«Sono stato un poliziotto, come immagino tu sappia già. Non sono tutti come Due Teste».
«Una razza che non ho mai incontrato».
«Eppure esistono».
Mi fissò. Come aveva già fatto altre volte. Cercava un motivo per darmi fiducia. Non era semplice. Quegli sguardi li conoscevo bene. La maggior parte dei ragazzini che avevo incrociato nelle *cités* non sapevano cosa fosse un adulto. Uno vero.
I padri, a causa della crisi, della disoccupazione, del razzismo, erano ai loro occhi solo dei vinti. Dei perdenti. Senza più nessuna autorità. Uomini che abbassavano la testa, e le braccia. Anche solo per un biglietto da cinquanta franchi.
E quei ragazzini scendevano per la strada. Abbandonati a loro stessi. Lontano dai padri. Senza regole né ideali. Con un unico desiderio: essere diversi dal padre.
«Andiamo?».
«Ho ancora una cosa da fare» dissi. «Per questo sono salito, non solo per telefonare».
Stavolta fui io a fissarlo. Mourad posò la sua cartella. Gli occhi gli si riempirono di lacrime. Aveva capito qual era la mia intenzione.

Mi era venuta in mente ascoltando il nonno parlare di Redouane. Avevo ricordato cosa mi aveva confidato Anselme. Redouane era già stato visto con il tizio che guidava la BMW. Quella da cui erano partiti gli spari. E Serge stava uscendo da casa degli Hamoudi.

«È quella la camera?» gli chiesi.

«No, quella è dei miei genitori. La sua è in fondo».

«Lo devo fare, Mourad. Ho bisogno di sapere delle cose».

«Perché?».

«Perché Serge era mio amico» dissi aprendo la porta. «Non mi piace che si ammazzino le persone a cui voglio bene».

Restò fermo, impalato.

«Nessuno ha il diritto di entrare. Neanche mia madre per rifare il letto».

La camera era minuscola. Una piccola scrivania, con sopra una vecchia macchina da scrivere, una Japy. C'erano diverse pubblicazioni sistemate con cura. Alcuni numeri di *Al Ra'id*, di *Musulman*, un mensile edito dall'Associazione degli studenti islamici in Francia, e un opuscolo di Ahmed Deedat, *Come Salman Rushdie ha ingannato l'Occidente*. Una toilette anni '60 e un letto a una piazza, in disordine. Un armadio aperto, con camicie e jeans attaccati alle stampelle. Un comodino con sopra una copia del Corano.

Mi sedetti sul letto per riflettere, sfogliando il Corano. "Ogni popolo ha la sua fine e, quando arriva, non potrà rimandarla o anticiparla neppure di un secondo". Bel programma, pensai. Tra due pagine c'era un foglio ripiegato in quattro. Un volantino. Un volantino del Fronte nazionale. Cazzo! Per fortuna ero seduto! Era veramente l'ultima cosa che mi aspettavo di trovare lì.

Il testo riportava una dichiarazione del Fronte nazionale, apparsa in *Minute-la-France*. "Grazie al FIS, gli algerini assomiglieranno sempre più agli arabi e sempre meno ai francesi. Il FIS è per il diritto del sangue. Anche noi! Il FIS è contrario all'integrazione dei suoi immigrati nella società francese. ANCHE NOI!". E concludeva: "La vittoria del FIS è la fortuna insperata di avere un Iran alle porte".

Perché Redouane teneva quel volantino dentro al Corano? Dove l'aveva trovato? Non riuscivo a immaginare che i militanti di estrema destra ne riempissero le cassette della posta delle *cités*. Ma potevo sbagliarmi. In quei quartieri, le perdite elettorali dei comunisti lasciavano la strada aperta a ogni demagogia e, a quanto pareva, i militanti del Fronte nazionale ne avevano parecchia da vendere, anche agli immigrati.

«Vuoi leggere?» chiesi a Mourad che era venuto a sedersi vicino a me.

«Ho già letto, da sopra le tue spalle».

Ripiegai il volantino e lo rimisi nel Corano, dove l'avevo trovato. Nel cassetto del comodino, quattro biglietti da cinquecento franchi, una scatola di preservativi, una Bic, due foto formato tessera. Richiusi il cassetto. Vidi allora, in un angolo della stanza, alcuni tappeti da preghiera arrotolati. Li srotolai. All'interno, altri volantini. Un centinaio. Questi erano intitolati in arabo. Il testo, in francese, era breve: "Dimostrate di non avere il formaggio al posto del cervello! Lanciate una pietra, innescate una bomba, piazzate una mina, dirottate un aereo!".

Ovviamente non era firmato.

Mi bastava. Per ora.

«Vieni. Andiamo».

Mourad non si mosse. Fece scivolare la mano destra dietro il materasso, sotto la toilette. Tirò fuori un sacco di plastica blu. Un sacchetto della spazzatura, arrotolato.

«E questo non lo vuoi vedere?».

Dentro c'erano una .22 long rifle e una decina di proiettili.

«Merda!».

Non so quanto tempo passò. Senz'altro non più di un minuto. Ma quel minuto sembrò durare secoli. Secoli anteriori anche alla preistoria. Anteriori al fuoco. Dove c'era solo buio, minaccia, paura. Scoppiò una lite al piano inferiore. La donna aveva una voce acuta. Quella dell'uomo era aspra, stanca. Echi della vita nelle *cités*.

Mourad ruppe il silenzio. Con stanchezza.

«Quasi tutte le sere è così. Lui è disoccupato. Da un sacco di tempo. Dorme e beve. Lei urla». Poi voltò gli occhi verso di me. «Non credi mica che l'ha ucciso, no?».

«Non credo niente, Mourad. Ma tu hai dei dubbi, vero? Pensi che sia possibile».

«No, non l'ho detto! Non posso crederci. Mio fratello che fa questo. Ma... la verità è che ho paura per lui. Che s'immischi in cose pericolose, e poi, un giorno, beh... che lo usi, un attrezzo del genere».

«Credo che sia già immischiato. Pesantemente».

La pistola stava tra di noi, sul letto. Le armi mi hanno sempre disgustato. Anche quando ero poliziotto. Esitavo sempre a prendere la mia arma di servizio. Lo sapevo. Bastava premere il grilletto. La morte era sulla punta delle dita. Un solo colpo, e poteva essere fatale. Un unico proiettile per Guitou. Tre per Serge. Quando se n'è sparato uno, se ne possono sparare tre. O di più. E ricominciare. Uccidere.

«È per questo, vedi, che appena torno da scuola vengo a controllare se è ancora qui. Fin che c'è, significa che non può fare cazzate. Tu hai già ucciso?».

«Mai. Neppure un coniglio. E non ho neanche mai sparato a nessuno. Solo al bersaglio durante gli allenamenti, e nei luna-park. Facevo degli ottimi tiri e avevo un buon punteggio».

«E da sbirro?».

«No, da sbirro no. Non avrei mai potuto sparare su qualcuno. Neanche su uno stronzo pezzo di merda. O forse sì. Alle gambe. I miei compagni di squadra lo sapevano. E, ovviamente, anche i miei capi. Per il resto, non lo so. Non ho mai dovuto salvarmi la pelle. Uccidendo, voglio dire».

Eppure, la voglia di uccidere non mi mancava. Ma non lo dissi a Mourad. Sapevo che dentro di me, a volte, scattava quella follia. Perché sì, per Dio, avevo voglia di fare la pelle a chi aveva ucciso Guitou, con un solo colpo, senza lasciargli nessuna possibilità. Non sarebbe cambiato nulla, ovviamente. Ci sarebbero stati altri killer. Sempre. Ma così mi sarei alleggerito il cuore. Forse.

«Dovresti portatelo via quest'affare» riprese Mourad. «Pensaci tu a farlo sparire. Io preferisco sapere che non sta più qui».

«Ok».

Arrotolai l'arma nel sacchetto di plastica. Mourad si alzò e si mise a camminare a piccoli passi, con le mani in tasca.

«Anselme dice che Redouane non è cattivo. Ma che può diventare pericoloso. Che fa questo perché non sa più a cosa aggrapparsi. Non è riuscito a prendersi un diploma, e poi ha fatto solo dei lavoretti. Alla Società elettrica, un impiego... Come dicono?».

«Precario».

«Sì, ecco, precario. Che non dura molto».

«È vero».

«Poi ha fatto il fruttivendolo, a rue Longue. Ha anche distribuito *Le 13*, il giornale gratuito. Solo cose così. Tra un lavoro e l'altro, beh, passava il tempo nel gabbiotto dell'ascensore a fumare e ascoltare rap. Si conciava come MC Solaar! È stato a quel punto che ha cominciato a fare cazzate. E a sballarsi sempre di più. All'inizio, quando mia madre andava a trovarlo alle Baumettes, la obbligava a portargli la roba. Nel parlatorio! Lei l'ha fatto. Ti rendi conto? Diceva che sennò, quando sarebbe uscito, ci avrebbe uccisi tutti».

«Non vuoi sederti?».

«No, sto meglio in piedi». Mi lanciò un'occhiata. «È difficile raccontare di Redouane. È mio fratello, gli voglio bene. Quando col lavoro riusciva a farsi un po' di soldi, li faceva fuori insieme a noi. Ci portava al cinema, a Naïma e me. Al Capitole, sai, sulla Canebière. Ci comprava i pop corn. E tornavamo in taxi! Come dei principi».

Fece schioccare le dita, dicendo queste ultime parole. Con un sorriso. E dovevano essere meravigliosi quei momenti. I tre ragazzini in giro sulla Canebière. Il grande, il piccolo e in mezzo la sorella di cui erano tanto orgogliosi.

Con Manu e Ugo, avevamo sognato di vivere come principi. Eravamo stufi di lavorare per due soldi, mentre il padrone si riempiva le tasche sulla nostra pelle. «Non siamo puttane» diceva Ugo. «Non ci faremo fottere da questi rotti in culo». A Manu erano i centesimi della tariffa oraria a mandarlo fuori di testa. I centesimi erano l'osso del prosciutto da rosicchiare. E io ero come loro, volevo vedere il colore del prosciutto.

Quante farmacie e stazioni di servizio avevamo rapinato? Non lo ricordavo più. Un bell'albo d'oro. Lo si faceva con tranquillità. Prima Marsiglia, poi l'intera regione. Non volevamo fare un record. Solo vivere bene per quindici, venti giorni. E poi ricominciare. Per il piacere di spendere senza contare. Di sfarfallare. Bei vestiti, eccetera eccetera. Fatti su misura. Andavamo da Cirillo. Un sarto italiano di avenue Foch. La scelta del tessuto, del modello, le prove, le rifiniture. Con la piega dei pantaloni che cade perfettamente sulle scarpe, italiane ovviamente. Che classe!

Un pomeriggio, me lo ricordo bene, avevamo deciso di fare un giro fino a Sanremo. Per fare la scorta di vestiti e scarpe. Un amico meccanico, José, pazzo per le macchine da corsa, ci aveva prestato una coupé Alpine. Sedili in pelle e cruscotto di legno. Un capolavoro. C'eravamo rimasti tre giorni. Offrendoci il meglio. Alberghi, ragazze, ristoranti, locali notturni e, all'alba, un pieno di fiches al casinò.

Gran vita. Bei tempi.

Oggi non è più così. Riuscire a rubare tremila franchi in un piccolo supermercato è una vera impresa. Per questo il mercato della roba aveva prosperato. Offre maggiori garanzie. E può rendere parecchio. Diventare spacciatore è il massimo.

Due anni fa ne avevamo beccato uno, Bachir. Sognava di aprire un bar vendendo eroina. "Compravo a otto, novecento franchi al grammo" ci aveva raccontato. "La tagliavo e rivendendola mi facevo quasi un milione. A volte riuscivo a farmi quattromila franchi al giorno...".

Si era presto dimenticato il bar e si era messo a servizio di un "grande capo", come diceva lui. Un grosso spacciatore, ecco tutto. Al cinquanta percento. Lui correva tutti i rischi. Gironzolare con le bustine, aspettare. Una sera rifiutò di consegnare l'incasso, un ricatto per ottenere il settanta percento. L'indomani, orgoglioso di sé, prendeva l'aperitivo al Bar des Platanes, a Merlan. Un tizio era entrato e gli aveva sparato due colpi alle gambe. Fu allora che lo arrestammo. Era schedato e riuscimmo ad affibbiargli due anni e mezzo. Ma non aveva spifferato niente sui suoi fornitori. "Faccio parte di quel giro" aveva detto. "Non posso sporgere querela. Ma posso raccontarti la mia vita, se vuoi...". Non avevo voluto ascoltarla. Conoscevo la sua vita.

Mourad continuava a parlare. La vita di Redouane assomigliava a quella di Bachir e di centinaia di altri.

«Vedi, quando Redouane ha iniziato a spacciare, non ci ha più portati al cinema. Ci passava i soldi e basta. "Tieni, compraci quello che ti pare". Cinquanta, cento franchi. Una volta, mi ci sono comprato le Reebok. Fu fantastico. Ma in fondo non ero poi così contento. Non era un regalo. Sapevo da dove venivano i soldi, e non mi piaceva. Il giorno in cui Redouane si è fatto arrestare, le ho buttate».

Com'è possibile, in una stessa famiglia, che i figli possano prendere strade diverse? Capivo le donne. Il loro desiderio di riuscire era l'unico modo per guadagnarsi la libertà. Per essere indipendenti. Per scegliere liberamente il proprio marito. Per lasciare i quartieri nord. Le madri le aiutavano. Ma i maschi? Quando si era aperta la voragine tra Mourad e Redouane? Come? Perché? La vita era piena di domande come queste, senza risposte. Ma lì dove non c'erano risposte, proprio lì, a volte, riusciva a infilarsi una piccola felicità. Una pernacchia alle statistiche.

«Cos'è successo perché cambiasse così?».

«La prigione. All'inizio ha fatto il duro. Ha lottato. Diceva: "Devi essere uomo. Se non sei uomo, sei fottuto. Ti calpestano. Sono dei cani". Poi ha conosciuto Said. Un frequentatore delle galere».

Avevo sentito parlare di Said. Un vecchio galeotto, diventato predicatore. Un predicatore islamista del Tabligh, un movimento di origine pachistana che recluta essenzialmente nelle periferie povere.

«So chi è».

«Beh, da quel giorno non ci ha più voluto vedere. Ci ha scritto una lettera da matto. Tipo…». Pensò, cercando di ricordare le parole esatte. «"Said è come un angelo che mi è venuto incontro". E poi: "La sua voce è dolce come il miele, e saggia come quella del profeta". Said gli aveva ridato speranza, questo ci scriveva mio fratello. Si è messo a imparare l'arabo e a studiare il Corano. E in galera non ha più rotto i coglioni a nessuno.

«Quando è uscito, con sospensione della pena per buona condotta, era cambiato. Non beveva più, non fumava più. Si era lasciato crescere il pizzo e rifiutava di salutare chi non andava alla moschea. Passava le giornate a leggere il Corano. Lo recitava ad alta voce, per impararlo a memoria. A Naïma parlava di pudore, di dignità. Quando andavamo a trovare il nonno, gli faceva i salamelecchi recitando formule sacre. Il nonno rideva, perché doveva essere da tanto che non andava più alla moschea! Vedi, cercava di perdere anche l'accento… Nella *cités* nessuno lo riconosceva più.

«Poi, ha iniziato a frequentare dei tipi. Dei barbuti, in *djellaba*, che guidavano grosse macchine. Andava via con loro il pomeriggio e tornava la sera tardi. Poi, altri tizi ancora, che indossavano l'*abaya* bianco e il turbante. Un giorno ha preso le sue cose e se n'è andato. Per seguire l'insegnamento di Muhamad, ha detto a mio padre e mia madre. A me ha confidato, e questo me lo ricordo bene, "che andava a cercare un fucile, per liberare il nostro paese. Quando tornerò" aveva aggiunto, "ti porterò con me".

«È stato via per più di tre mesi. Al suo ritorno era quasi irriconoscibile, e non si è più occupato di me. Mi diceva soltanto: non fare questo, non fare quello. Oppure: "Mourad, non voglio più niente dalla Francia. Sono solo dei rotti in culo. Ficcatelo nella testolina! Vedrai, presto sarai orgoglioso di tuo fratello. Farà cose di cui si parlerà. Grandi cose. Inshallah"».

Me lo immaginavo dove era andato Redouane.

In mezzo alle scartoffie di Serge c'era un grosso dossier sui «pellegrinaggi» che il Tabligh – ma non era l'unico – organizzava per le nuove reclute. In Pakistan soprattutto, ma anche in Arabia Saudita, in Siria, in Egitto... Con visite ai centri islamici, studio del Corano e, essenzialmente, iniziazione alla lotta armata. Questa si faceva in Afghanistan.

«Sai dove è stato in quei tre mesi?».

«In Bosnia».

«In Bosnia!».

«Con un'associazione umanitaria, Merhamet. Redouane aveva aderito all'Associazione islamica di Francia. Lì dentro difendono i bosniaci. Sai, sono musulmani. Fanno la guerra per salvarsi contro i serbi, e anche contro i croati. Me lo ha spiegato Redouane. All'inizio... perché dopo, sai, mi rivolgeva a stento la parola. Ero solo uno schifoso ragazzino. Non ho saputo più niente. E neppure delle persone che frequentava. Né cosa faceva tutto il giorno. Né dei soldi che portava ogni settimana a casa. Quel che so è che un giorno lui e gli altri sono andati a pestare gli spacciatori al Plan d'Aou. Gli spacciatori di ero. Non di fumo. Sono stati i miei amici a vederlo. L'ho saputo così».

Sentimmo aprire la porta d'ingresso, poi delle voci. Mourad, per primo, corse nella sala da pranzo. Per sbarrare l'accesso al corridoio.

«Spostati ragazzino, ho fretta!».

Uscii dalla stanza con il sacchetto di plastica in mano. Dietro a Redouane c'era un altro giovane.

«Cazzo! Andiamocene!» urlò Redouane.

Non sarebbe servito a nulla corrergli dietro.

Mourad tremava dalla testa ai piedi.

«L'altro è Nacer. È lui che guidava la BMW. Non lo dice solo Anselme. Lo sappiamo tutti. Lo abbiamo già visto girare da queste parti in macchina».

E si mise a frignare. Come un bambino. Mi avvicinai e lo abbracciai. Mi arrivava al petto. I singhiozzi raddoppiarono.

«Non è niente» dissi, «non è niente».

C'era solo troppa merda in questo mondo.

CAPITOLO QUATTORDICESIMO
*Nel quale non siamo così sicuri
che altrove non sia peggio*

Avevo perso la cognizione del tempo. I pensieri andavano in tutte le direzioni. Avevo lasciato Mourad di fronte al palazzo di Anselme. Aveva infilato il sacchetto di plastica con la pistola nel cassetto del cruscotto, poi aveva detto "Ciao". Senza neppure voltarsi per farmi un cenno. Doveva essere pieno di rimorsi. Anselme avrebbe saputo parlargli. Tirarlo su. In fin dei conti preferivo sapere che era da lui piuttosto che dal nonno.

Prima di lasciare la Bigotte avevo fatto il giro del parcheggio per cercare la macchina di Serge. Ma senza nessuna speranza. Non venni deluso, non c'era. Probabilmente Pavie se l'era portata via. Sperai che Pavie avesse la patente e che non facesse cazzate. Pie illusioni, come sempre. Anche credere che ora fosse al sicuro era un'illusione. Da Randy, per esempio. Non ci credevo, ma mi aveva dato la forza di riprendere la mia macchina e di scendere verso il centro.

Ora Art Pepper suonava *More for less*. Un gioiello. Il jazz aveva sempre un buon effetto su di me. Mi aiutava a rimettere insieme i pezzi, quando si trattava di sentimenti. Di amore. Ma ora si trattava di tutt'altra storia. Di pezzi ce n'erano troppi. Troppi punti di vista, troppe piste. E anche troppi ricordi. Avevo un urgente bisogno di bermi un bicchierino. Due, forse.

Costeggiai il lungomare, il bacino della grande Joliette, fino al quai de la Tourette, poi girai intorno alla Butte du parvis Saint-Laurent. Il Vieux-Port era circondato di luci. Immutabile e magnifico.

Mi tornarono in mente due versi di Brauquier:

Il mare
A metà addormentato, mi prendeva tra le sue braccia
Come se accogliesse un pesce sperduto...

Rallentai davanti all'hotel Alizé. Era questa la meta che avevo scelto. Ma non ebbi il coraggio di fermarmi. Vedere Gélou. Conoscere Alex. A quell'ora, era al di sopra delle mie forze. Trovai mille pretesti per non scendere dalla macchina. Prima di tutto, non c'era posto per parcheggiare. Poi, sicuramente erano andati a cena fuori. O qualcosa del genere. Mi ripromisi di chiamare più tardi.

Parola di ubriacone! Ero già al terzo whisky. La mia vecchia R5 mi aveva portato, a occhi chiusi, alla Plaine. A Maraîchers, da Hassan. Dove si è sempre il benvenuto. Un bar di giovani, il più simpatico del quartiere. Di Marsiglia, forse. Erano alcuni anni che lo frequentavo. Da prima che le strade tra la Plaine e cours Julien si riempissero di bar, ristoranti, negozi di vestiti e di alimentari. Oggi il quartiere è piuttosto alla moda. Ma tutto è relativo. Senz'altro non ci si gira in Lacoste, e si può bere il pastis fino all'alba.

Una notte, qualche mese fa, c'era stato un incendio nel bar di Hassan. Perché, avevano detto, la birra alla spina era la meno cara di Marsiglia. Forse era vero. Forse no. Se ne dicono tante, sempre. In questa città, ogni storia viene nutrita da altre storie. Più misteriose. Più segrete. Sennò, è un semplice fatto di cronaca, e non vale un fico secco.

Hassan aveva rifatto il bar. L'intonaco e tutto il resto. Poi, tranquillo, come se niente fosse successo, aveva riappeso al muro la foto in cui Brel, Brassens e Ferré erano insieme. Seduti allo stesso tavolo. Per Hassan, quella foto era un simbolo. Anche una buona referenza. Da lui non si ascoltava qualsiasi cosa. La musica era musica solo se aveva sentimento. Entrando, sentii infatti Ferré cantare:

Oh Marsiglia si direbbe che il mare abbia pianto
Quelle parole che camminavano abbracciate per strada
E che ora non volano più con lo stesso slancio
Sulle labbra della tua gente imbalsamata dalla tristezza
Oh Marsiglia...

Mi ero seduto a un tavolo, in mezzo a un gruppo di ragazzi che conoscevo un po'. Frequentatori abituali. Mathieu, Véronique, Sébastien, Karine, Cédric. Quando mi ero seduto avevo pagato il mio giro e ora i giri continuavano a succedersi. Sonny Rollins suonava *Without a song*. Con Jim Hall alla chitarra. Era il suo album più bello, *The Bridge*.

Mi faceva un gran bene stare lì, in un mondo normale. Con dei ragazzi sani. Ad ascoltare risate sincere. Discussioni che navigavano, felici, sui fumi dell'alcol.

«Ma cazzo, non dobbiamo sbagliare bersaglio» urlava Mathieu. «Cosa vuoi fottere i parigini! È lo stato che dobbiamo fottere! I parigini sai che sono? I più colpiti e basta. Perché vivono vicino allo stato. Noi siamo lontani, allora stiamo meglio, per forza».

L'altra Marsiglia. Con un pizzico di tradizione libertaria. Qui, durante la Comune del 1871, la bandiera nera aveva sventolato per quarantott'ore sopra la prefettura. Nel giro di cinque minuti, di colpo, si sarebbero messi a parlare di Bob Marley. Dei giamaicani. Per dimostrarsi che avere due culture è senz'altro meglio per capire gli altri. E il mondo. Potevano passare la notte a parlare di questo.

Mi alzai e mi aprii un varco fino al banco per raggiungere il telefono. Rispose al primo squillo, come se fosse stata lì, ad aspettare.

«Sono Montale» dissi. «La sveglio?».

«No» disse Cûc. «Sapevo che avrebbe richiamato. Prima o poi».

«C'è suo marito?».

«È a Fréjus, per lavoro. Sarà qui domani. Perché?».

«Volevo fargli una domanda».

«Forse posso risponderle io».
«Non credo».
«Ci provi».
«Ha ucciso lui Hocine?».
Riattaccò.
Rifeci il numero. Rispose immediatamente.
«Non è una risposta» dissi.
Hassan mi mise di fronte un whisky. Gli strizzai l'occhio in segno di riconoscenza.
«Non era una domanda».
«Allora, provo con questa. Dove posso contattare Mathias?».
«Perché?».
«Risponde sempre a una domanda con un'altra domanda?».
«Non sono obbligata a risponderle».
«Naïma è senz'altro con lui» strillai.
Il bar era strapieno. Intorno a me la gente sgomitava. B. B. King riempiva gli amplificatori con *Rock my baby*, e tutti gridavano insieme a lui.
«E allora?».
«E allora?! La smetta di dire cazzate! Sa benissimo cosa sta succedendo. È in pericolo. E anche suo figlio. Chiaro? È chiaro?!» ripetei, urlando ancora più forte.
«Dov'è ora?».
«In un bar».
«Questo lo sento. Dove?».
«A Maraîchers. Alla Plaine».
«Ho capito. Non si muova, arrivo».
Riattaccò.
«Tutto bene?» chiese Hassan.
«Non lo so».
Mi servì un altro bicchiere e brindammo. Andai a raggiungere il tavolo dei miei giovani amici.
«Sei in vantaggio» disse Sébastien.
«I vecchi sono così».

Cûc riuscì a raggiungere il mio tavolo. Tutti gli sguardi si calamitarono su lei. Indossava pantaloni neri attillati, una maglietta nera, anch'essa attillata, e un giubbotto jeans. Sentii Sébastien lasciarsi scappare un "Cazzo! Che bocconcino!". Avevo fatto una cazzata a farmi raggiungere qui, ma non ero più in grado di valutare niente. Salvo lei. La sua bellezza. Persino Jane March poteva andarsi a rivestire.

Come per incanto, trovò una sedia libera e si sedette di fronte a me. I ragazzi si fecero immediatamente dimenticare. Si mettevano d'accordo per andare "a vedere in giro". All'Intermédiaire, a due passi da lì, dove suonava Doc Rober, un bluesman. O al Cargo, un nuovo locale, in rue Grignan. O ad ascoltare jazz, il Mola-Bopa quartet. Potevano passare ore anche a fare questo. A parlare di posti dove finire la notte, senza muoversi.

«Cosa bevi?».

«Quello che bevi tu».

Feci un cenno a Hassan.

«Hai mangiato?».

Scosse la testa.

«Ho mangiucchiato qualcosa, verso le otto».

«Beviamo qualcosa e ti porto a cena. Ho fame».

Alzò le spalle e si sistemò i capelli dietro le orecchie. Il gesto che uccide. Tutto il suo viso, libero, era proteso verso di me. Sulle labbra, leggermente truccate, apparve un sorriso. I suoi occhi fissarono i miei. Come quelli di una belva che sta per afferrare la preda. Cûc era così, sembrava sempre vicina a quel limite estremo dove la specie umana confina con la bellezza animale. L'avevo capito nell'istante in cui l'avevo vista.

Adesso, era troppo tardi.

«Salute» dissi.

Perché non sapevo cos'altro dire.

A Cûc piaceva parlare di sé, e non esitò a farlo per tutta la cena. L'avevo portata da Loury, a carré Thiars, vicino al porto.

Ci si mangia bene, checché ne dicano Gault e Millau. C'è la migliore cantina di vini provenzali. Scelsi un Château-Sainte-Roseline. Senz'altro il più buono tra i rossi di Provenza. Il più sensuale, anche.

«Mia madre viene da una famiglia importante. Dall'aristocrazia colta. Mio padre era ingegnere. Lavorava per gli americani. Hanno lasciato il nord nel 1954, dopo la divisione del paese. Per lui quella partenza fu uno sradicamento. Da allora non si è mai ripreso. La distanza con mia madre si è accentuata. Mio padre si chiudeva sempre di più. Non avrebbero mai dovuto incontrarsi...

«Non appartenevano allo stesso mondo. A Saigon vedevamo solo gli amici di mia madre. Si parlava solo di quelli che venivano dagli Stati Uniti o dalla Francia. Già a quell'epoca tutti sapevano che la guerra era persa, ma... stranamente, la guerra non si sentiva. Vivevamo solo una costante oppressione. Controlli, perquisizioni notturne».

«Tuo padre è rimasto lì?».

«Doveva raggiungerci. Così aveva detto. Non so se lo desiderasse davvero. Venne arrestato. Abbiamo saputo che era stato internato nel campo di Lolg-Giao, a sessanta chilometri da Saigon. Ma non abbiamo mai più avuto sue notizie. Altre domande?» disse, finendo il bicchiere.

«Rischiano di essere più indiscrete».

Sorrise. Poi, di nuovo, fece quel gesto di spostare i capelli dietro le orecchie. Ogni volta le mie difese crollavano. Mi sentivo alla mercé di quel gesto. Lo aspettavo, lo desideravo.

«Non ho mai amato Adrien, se è questo che vuoi sapere. Ma devo tutto a lui. Quando lo conobbi era pieno di entusiasmo, di amore. Mi ha permesso di scappare. Mi ha messo al sicuro e mi ha aiutata a finire gli studi. All'improvviso, grazie a lui, ho recuperato la speranza. Per me, per Mathias. Credevo di nuovo nel futuro».

«E quando il padre di Mathias è tornato?».

Un lampo di violenza le passò negli occhi. Ma non si sentì il tuono. Restò in silenzio, poi riprese con voce più grave.

«Il padre di Mathias era un amico di mia madre. Un professore di francese. Mi ha fatto leggere Hugo, Balzac, e poi Céline. Con lui stavo bene. Meglio che con le ragazze del liceo, che, per i miei gusti, pensavano un po' troppo alle storie romantiche. Avevo quindici anni e mezzo. Ero piuttosto selvaggia e molto audace...

«Una sera, l'ho provocato. Avevo bevuto champagne. Due coppe, forse. Festeggiavamo i suoi trentacinque anni. Gli ho chiesto se era l'amante di mia madre. Mi ha schiaffeggiata. La prima sberla della mia vita. Gli sono saltata addosso. Mi ha preso tra le braccia... È stato il mio primo amore. L'unico uomo che abbia amato. L'unico ad avermi posseduta. Lo capisci?» disse chinandosi verso di me. «Mi ha sverginata e messo un bambino nella pancia. Si chiamava Mathias».

«Si chiamava?».

«Doveva finire l'anno scolastico a Saigon. È stato accoltellato per strada. Stava andando all'ambasciata di Francia per cercare di avere nostre notizie. È quello che disse il direttore del liceo, dopo».

Cûc aveva incastrato il mio ginocchio tra le sue gambe, e mi sentii invadere dal suo calore. La sua elettricità. Carica di emozioni, di rimpianti. Di desideri. I suoi occhi erano fissi sui miei.

Riempii i bicchieri e alzai il mio davanti a lei. Avevo ancora una domanda da farle. Essenziale.

«Perché tuo marito ha fatto uccidere Hocine? Come mai era lì quando è successo? Chi sono quei killer? Dove li ha conosciuti?».

Sapevo che era questa la verità, o quasi. Ci avevo pensato e ripensato per tutta la sera. Whisky dopo whisky. E tutto corrispondeva. Naïma, non sapevo come, quella sera aveva visto Adrien Fabre. Lo aveva visto. Lo conosceva, perché era andata diverse volte a casa dei Fabre. A trovare Mathias, il suo ex ragazzo. E a lui aveva raccontato tutto quell'orrore. A lui che non amava quel "padre" che neppure sua madre amava.

«Se andassimo a parlarne a casa tua...».

«Solo una cosa, Cûc...».

«Sì» disse senza esitare. «Sì, quando sei venuto, lo sapevo. Mathias mi aveva chiamato». Posò la mano sulla mia. «Sono al sicuro, lì dove stanno. È la verità. Credimi».

Non mi restava altro che crederle. E sperare che fosse vero.

Era venuta in taxi, dunque la feci salire sulla mia carriola. Non fece alcun commento né sulle condizioni esterne della macchina né su quelle interne. C'era un odore stantio, di tabacco, sudore e pesce. Aprii il finestrino e misi una cassetta di Lightnin' Hopkins, il mio bluesman preferito. *Your own fault, baby, to treat me the way you do.* E via. Come nel '14. Come nel '40. E come per tutte le cazzate di cui gli uomini sono capaci.

Percorsi la Corniche. Per riempirmi gli occhi con la baia di Marsiglia e per poterla seguire come una ghirlanda di Natale. Avevo bisogno di convincermi che tutto questo esisteva. Di convincermi, pure, che Marsiglia ha un destino. Il mio. Quello di coloro che ci abitano e che non se ne vanno. Non è un problema di storia o di tradizioni, di geografia o di radici, di memoria o di credenze. No, è così e basta.

In fondo, malgrado tutto, noi non siamo così sicuri che altrove non sia peggio.

«A che pensi?».

«Che altrove è senz'altro peggio. E non credo che da qualche altra parte il mare sia più bello».

La sua mano, che da quando eravamo saliti in macchina si muoveva lungo la mia coscia, si fermò all'altezza dell'inguine. Le sue dita bruciavano.

«Quello che sento del mondo fa vomitare. La settimana scorsa, in un campo di rifugiati di Sungai Besi, in Malesia, quattromila boat-people vietnamiti si sono ribellati. Non so quanti morti ci siano stati... Ma che importanza ha?».

Tolse la mano per accendere due sigarette. Me ne tese una. «Grazie».

«I grossi numeri azzerano la morte. Più ce ne sono, meno contano. Troppi morti sono come l'ignoto. Lontano, non reale. È vera solo la morte individuale. Quella che ti tocca personalmente. Quella che vediamo con i nostri occhi, o negli occhi di un altro».

Si perse nel silenzio. Aveva ragione. Per questo sulla morte di Guitou non si poteva lasciar correre. No, non potevo. E neppure Gélou. E Cûc neanche. Capivo il suo stato d'animo. Tornando a casa, quella sera, aveva visto Guitou. Il suo viso d'angelo. Bello come doveva esserlo anche Mathias. Come lo erano tutti i ragazzini di quell'età. Chiunque siano, di qualsiasi razza. Ovunque.

Cûc aveva guardato la morte nei suoi occhi. Anche io, all'obitorio. La schifezza del mondo ci era saltata in faccia. Basta una morte, una sola, ingiusta e priva di senso come quella, e tutte le atrocità di questa terra si mettono a urlare. No, non potevo abbandonare Guitou nel conto costi-benefici di questo mondo marcio. E lasciare le madri in lacrime, per sempre.

E *chourmo!* che lo volessi o meno.

Arrivato alla Pointe-Rouge, presi a destra, l'avenue d'Odessa, lungo il nuovo porto turistico. Poi, ancora a destra in boulevard Amphitrite, e a sinistra per ritrovarmi sull'avenue de Montredon. Direzione centro.

«Cosa stai facendo?» chiese Cûc.

«Solo un controllo» risposi, dando un'occhiata allo specchietto retrovisore.

Non ci seguiva nessuno. Ma volendo essere prudente mi spinsi fino all'avenue des Goumiers, mi infilai nel dedalo di vicoli della Vieille-Chapelle e tornai sull'avenue de la Madrague de Montredon.

«Abiti al confine del mondo» disse, quando imboccai la stradina che porta a les Goudes.

«È casa mia. Il confine del mondo».

Posò la testa sulla mia spalla. Non conoscevo il Vietnam, ma tutti i suoi odori mi vennero incontro. Appena c'è del desiderio, pensai, gli odori sono diversi. Sempre molto gradevoli. Una scusa banale per quello che poteva succedere.

E avevo bisogno di scuse. Non avevo chiamato Gélou. E avevo anche dimenticato che andavo in giro con una pistola nel cruscotto.

Quando tornai dalla cucina con i due bicchieri e la bottiglia di Lagavulin, mi trovai di fronte Cûc. Nuda. Appena illuminata dalla piccola lampada blu che avevo acceso entrando.

Il suo corpo era perfetto. Fece alcuni passi verso di me. Sembrava segnata da un destino d'amore. Ogni suo movimento sprigionava una voluttà trattenuta. Sorda, intensa. Quasi insopportabile ai miei occhi.

Posai i bicchieri ma non lasciai la bottiglia. Avevo veramente bisogno di bere. Era a cinquanta centimetri da me. Non potevo smettere di guardarla. Affascinato. Il suo sguardo era di un'indifferenza assoluta. Sul suo viso non si muoveva un muscolo. La maschera di una dea. Opaco, liscio. Così come la sua pelle, compatta, così tesa da chiamare, pensai, sia la carezza che il morso.

Mi attaccai alla bottiglia di whisky. Mandai giù un bel sorso. Poi cercai di guardare oltre. Dietro di lei, verso il mare. Al largo. L'orizzonte. Alla ricerca del faro del Planier, che avrebbe potuto indicarmi la rotta da seguire.

Ma ero solo con me stesso.

E con Cûc ai miei piedi.

Si era inginocchiata, la sua mano seguì il contorno del mio sesso. Con un dito lo percorse tutto. Poi, slacciò i bottoni, uno dopo l'altro, senza fretta. La punta del pene saltò fuori dagli slip. I pantaloni mi scivolarono lungo le gambe. Sentii i capelli di Cûc sulle cosce, poi la sua lingua. Mi afferrò le natiche, infilandoci le unghie con violenza.

Ebbi voglia di gridare.

Mandai giù un altro lungo sorso. Mi girava la testa. La bocca dello stomaco mi bruciava. Un filo di sperma apparve sulla punta del mio pene. Stava per prenderlo nella sua bocca, calda e umida, come la sua lingua, e la sua lingua...

«Anche con Hocine...».

Le unghie lasciarono la presa. Tutto il corpo di Cûc si accasciò. Il mio iniziò a tremare. Per aver balbettato quelle parole. Articolandole a fatica. Bevvi ancora. Due brevi sorsate. Poi mossi la gamba. Il corpo di Cûc, improvvisamente afflosciato, si stese sul pavimento. Mi tirai su i pantaloni.

La sentii piangere, debolmente. Le passai vicino e andai a raccogliere i suoi vestiti. Quando mi inginocchiai accanto a lei, il pianto aumentò. Era scossa dai singhiozzi. Sembrava un bruco agonizzante.

«Tieni, rivestiti, per favore».

Lo dissi con tenerezza.

Ma senza toccarla. Tutto il desiderio che avevo avuto di lei era lì. Immutato.

Capitolo quindicesimo
Nel quale anche i rimpianti appartengono alla felicità

Il sole si stava alzando quando accompagnai Cûc alla stazione di taxi più vicina, che del resto non era poi così vicina. Per trovare una macchina dovetti arrivare fino alla Vieille-Chapelle.

Durante il tragitto, avevamo fumato senza scambiarci una parola. Mi piaceva quell'ora buia, prima dell'alba. Era un momento puro, che non apparteneva a nessuno. Inutilizzabile.

Cûc si voltò verso di me. I suoi occhi neri avevano ancora quella brillantezza che mi aveva immediatamente sedotto. Erano leggermente offuscati dalla stanchezza e dalla tristezza. Ma soprattutto, liberi dalle bugie, avevano perso la loro indifferenza. Era uno sguardo umano. Con le sue ferite, le sue piaghe. E anche le sue speranze.

Da quando avevamo cominciato a parlare, ormai da due ore, non avevo smesso di bere. La bottiglia di Lagavulin era finita. Cûc si era interrotta per chiedermi:

«Perché bevi così tanto?».

«Ho paura» avevo risposto, senza ulteriori spiegazioni.

«Anch'io ho paura».

«Non è la stessa paura. Vedi, più si invecchia e più il numero di atti irreparabili che si commettono aumenta. Cerco di evitarli, come con te. Ma questi non sono i peggiori. Ce ne sono altri che non puoi aggirare. Se lo fai, la mattina non ti puoi più guardare allo specchio».

«E tutto questo ti consuma?».

«Sì, esatto. Ogni giorno di più».

Era rimasta in silenzio. Persa nei suoi pensieri. Poi aveva ripreso:

«E vendicare Guitou è uno di questi atti?».

«Uccidere qualcuno è un atto irreparabile. Uccidere il pezzo di merda che lo ha fatto mi sembra inevitabile».

Avevo detto queste parole con stanchezza. Per condividerla, Cûc aveva posato la mano sulla mia.

Parcheggiai dietro l'unico taxi fermo al posteggio. Un autista che iniziava la sua giornata.

Cûc posò le labbra sulle mie. Un bacio furtivo. L'ultimo. L'unico. Perché sapevamo che ciò che non era stato possibile compiere non si sarebbe mai compiuto. Anche i rimpianti appartengono alla felicità.

La vidi salire sul taxi senza voltarsi. Come Mourad. Il taxi partì e quando persi di vista le luci di posizione feci dietrofront e tornai a casa.

Dormire, finalmente.

Mi stavano scuotendo piano, dalle spalle. «Fabio... Fabio... Ohi!». Conoscevo quella voce. Mi era familiare. La voce di mio padre. Ma non avevo voglia di svegliarmi per andare a scuola. No. E poi, ero malato. Avevo la febbre. Ecco, sì. Almeno trentanove. Il mio corpo bruciava. Quello che volevo era la colazione a letto. E leggere *Tarzan*. Ero sicuro che fosse mercoledì. Il nuovo numero delle *Avventure di Tarzan* doveva essere appena uscito. Mia madre sarebbe andata a comprarlo. Non poteva dirmi di no, perché ero malato.

«Fabio».

Non era la voce di mio padre. Ma l'intonazione era la stessa. Dolce. Sentii una mano sulla testa. Dio mio, come faceva bene! Provai a muovermi. Un braccio. Il destro, credo. Pesante. Come un tronco. Merda! Ero incastrato sotto un albero. No. Avevo avuto un incidente. La mia mente si stava svegliando. Un incidente in macchina. Tornando a casa. Ecco. Non avevo più le braccia. Forse neppure le gambe.

«No!» urlai, voltandomi.

«Cazzo! Non c'è bisogno di urlare come un forsennato» disse Fonfon. «Ti ho toccato appena!».

Mi tastai dappertutto. Sembravo sano. Tutto intero. E vestito. Aprii gli occhi.

Fonfon. Honorine. La mia camera. Sorrisi.

«Accidenti, mi hai messo una bella strizza. Credevo che ti fosse successo qualcosa. Un infarto. O non so che. Allora sono andata a chiamare Fonfon».

«Se devo morire, il giorno prima ti lascio un biglietto. Sul tavolo. Per non metterti paura».

«Ehi» disse Fonfon a Honorine, «appena sveglio deve subito sfottere! E io che perdo tempo con le sue cazzate! Non ho più l'età, accidenti».

«Vacci piano, Fonfon. Ho un tale casino in testa... Mi hai portato un caffè?».

«Sì, e poi che altro? Cornetto, brioche. Sul vassoio, per il signore!».

«Beh, sarebbe stato carino da parte tua».

«Ma vaffanculo!».

«Il caffè è quasi pronto» disse Honorine. «È sul fuoco».

«Mi alzo».

Era una giornata splendida. Niente nuvole. Niente vento. Ideale per andare a pesca, se si ha tempo. Guardai la mia barca. Era triste quanto me di non poter uscire in mare, neppure oggi. Fonfon aveva seguito il mio sguardo.

«Senti, prima di domenica, troverai il tempo per andare a far visita ai pesci, o li devo ordinare?».

«Ordina i frutti di mare, quelli sì. Ma al pesce ci penso io. Quindi, non venire a far casino».

Sorrise e finì il caffè.

«Bene, io vado. I clienti inizieranno a perdere la pazienza. Grazie per il caffè, Honorine». Si voltò verso di me e con tono paterno disse: «Passa da me, prima di andartene».

Era bello averli vicini, Honorine e Fonfon. Con loro c'era sempre la sicurezza del domani. Superata una certa età, è come se la vita fosse eterna. Si fanno progetti per il giorno dopo e per il giorno dopo ancora. E per la domenica successiva, e quelle a venire. E i giorni vanno avanti. Una vittoria sulla morte.

«Ti preparo un altro caffè».

«Grazie Honorine. Sei un angelo».

E tornò in cucina. La sentii sfaccendare. Svuotare i posacenere, lavare i bicchieri. Buttare le bottiglie. Visto l'andazzo mi avrebbe anche cambiato le lenzuola.

Accesi una sigaretta. Un sapore schifoso, come sempre la prima. Ma avevo voglia di sentirne l'odore. Non sapevo ancora bene in che pianeta mi trovavo. Avevo l'impressione di nuotare controcorrente. Quel tipo di sensazione lì.

Dal cielo al mare, era un'infinita varietà di blu. Per il turista, quello che viene dal nord, dall'est o dall'ovest, il blu è sempre blu. Solo dopo, quando ci si sofferma a guardare il cielo e il mare, ad accarezzare con gli occhi il paesaggio, se ne scoprono altre tonalità: il blu grigio, il blu notte e il blu mare, il blu scuro, il blu lavanda. O il blu melanzana, nelle sere di temporale. Il blu verde. Il blu rame del tramonto, prima del mistral. O quel blu così pallido, quasi bianco.

«Ehi! Dormi?».

«Pensavo, Honorine. Pensavo».

«Beh, vista la tua faccia non ne vale la pena. Meglio non pensare, piuttosto che farlo a metà, diceva la mia povera mamma».

Non c'era niente da dire.

Honorine si sedette, avvicinò la sedia, si sistemò la gonna, e mi guardò bere il caffè. Posai la tazza.

«Non è tutto. Gélou ha telefonato due volte. Alle otto e alle nove e un quarto. Le ho detto che dormivi. Beh, era vero. E che non ti avrei svegliato subito. Perché eri andato a letto tardi».

Mi guardò con occhi maliziosi.

«Che ore sono?».

«Quasi le dieci».

«Diciamo pure che non ci sono andato a letto. Era preoccupata?».

«Beh, non è questo». Tacque, provando a fare la faccia arrabbiata. «Hai fatto male a non chiamarla. È una madre, è chiaro che è preoccupata. È rimasta a mangiare al New York, nel caso fossi passato. C'era un messaggio per te in albergo. A volte non ti capisco».

«È meglio non farlo, Honorine. La chiamerò».

«Sì, perché il suo... Alex vuole che torni a Gap. Dice che se la sbrigherà lui con te, per quanto riguarda Guitou. Che non serve a niente che lei rimanga a Marsiglia».

«Sì» dissi pensieroso. «Forse lui lo sa già. Magari ha letto il giornale. E vuole prendere tempo con lei. Non so. Non conosco quell'uomo».

Mi guardò a lungo. C'era un turbine nella sua mente. Di nuovo, si sistemò la gonna.

«Senti, pensi che sia una persona perbene? Per lei, voglio dire».

«Stanno insieme da dieci anni, Honorine. Ha cresciuto i ragazzini».

«Per me, una persona perbene...». Si fermò a pensare. «Sarò pure all'antica, ma insomma... va bene, ha chiamato... ma poteva venire fino a qui, no? Presentarsi... Capisci cosa voglio dire? Non lo dico per me. Ma non è bello nei tuoi confronti. Non sappiamo neppure che faccia abbia».

«Ascolta, Honorine, quell'uomo è arrivato da Gap. Era stato via per diversi giorni, tornato a casa ha saputo della scomparsa di Guitou... Sicuramente la cosa che gli premeva di più era vedere subito Gélou. Il resto...».

«Sì» disse poco convinta. «Comunque è strano...».

«Vedi problemi ovunque. Ce ne sono già abbastanza, non credi? E poi...». Cercavo di trovare validi argomenti. «Vuole vedere insieme a me cosa si può fare, no? Gélou cosa ne pensa di quest'idea?».

«Non ha voglia di tornare a casa. È preoccupata, poveretta. Completamente smarrita. Dice di avere i giramenti di testa. Credo che inizi a pensare al peggio».

«Il suo peggio è ancora molto lontano dalla realtà».

«Per questo ha telefonato. Per parlarne con te. Per sapere qualcosa. Ha bisogno di essere rassicurata. Se le dici di tornarsene a casa, forse ti ascolterà... Non potrai nasconderle la verità per molto».

«Lo so».

Squillò il telefono.

«Quando si parla del lupo...» disse Honorine.

Ma non era Gélou.

«Sono Loubet».

Aveva la voce dei brutti giorni.

«Salve, qualche novità?».

«Dove sei stato tra mezzanotte e le quattro del mattino?».

«Perché?».

«Montale, sono io che faccio le domande. Ti conviene: primo rispondere, secondo non bluffare. È meglio per te. Dunque, ti ascolto».

«A casa mia».

«Solo?».

«Su Loubet, spiegati!».

«Rispondi, Montale. Solo?».

«No. Con una donna».

«Sai come si chiama, spero».

«Non posso, Loubet. È sposata e...».

«Quando rimorchi una donna, prima informati. Dopo, è troppo tardi, coglione!».

«Cazzo, Loubet! Ma a cosa stai giocando? Che vuoi da me?».

«Ascoltami bene, Montale. Posso accollarti un omicidio. A te e a nessun altro. Lo capisci? O devo venire lì a spiegartelo? Con le sirene e tutto il resto. Dimmi il suo nome. Se ci sono testimoni che vi hanno visto insieme. Prima, durante, dopo. Verifico la tua versione, riattacco e ti presenti qui entro un quarto d'ora. Sono stato chiaro?».

«La moglie di Adrien Fabre. Cûc».

Gli raccontai i dettagli. La serata. I luoghi. E la notte. Insomma, quasi. Per il resto poteva pensare ciò che voleva.

«Perfetto» disse. La sua voce si addolcì. «La deposizione di Cûc concorda con la tua. Non ci resta che controllare il taxi. E sarà tutto ok. Dài, vieni! Adrien Fabre è stato ammazzato, stanotte, a boulevard des Dames. Tra le due e le quattro. Tre colpi in testa».

Era ora che uscissi dal coma.

Chissà perché, ci sono giorni in cui va tutto storto. Al Rond-Point de la Plage, lì dove il David – una copia di Michelangelo – mostra la sua nudità al mare, c'era appena stato un incidente. Ci deviarono verso avenue du Prado e il centro. All'incrocio Prado-Michelet si era formato un ingorgo fino a place Castellane. Presi a destra, boulevard Rabatu, poi, per disperazione, la rocade du Jarret. Così potevo raggiungere il porto costeggiando il centro. Questo raccordo, che copre un piccolo corso d'acqua, ora è una fogna a sfogo diretto ed è uno dei punti più brutti di Marsiglia.

Superato Chartreux, vidi il cartello «Malpassé – La Rose – le Merlan» ed ebbi un'improvvisa intuizione: sapevo dove si era rifugiata Pavie.

Non esitai un attimo. Per non aver inserito la freccia, mi beccai diversi colpi di clacson. Loubet aspetterà, pensai. Poteva essere andata solo lì. Da Arno. In quella topaia dove aveva vissuto felice. Tra le grinfie di Saadna. Avrei dovuto pensarci prima, per Dio! Che fesso.

Tagliai attraverso Saint-Jérôme e le villette dove vivevano gli armeni. Passai davanti alla facoltà di scienze e arrivai a traverse des Pâquerettes. Proprio sopra lo sfasciacarrozze di Saadna. Come l'altra volta.

Parcheggiai a rue du Muret, lungo il canale di Provence, poi proseguii fino a casa di Arno. Sentii strillare la radio di Saadna, più in basso, verso lo sfasciacarrozze. L'aria era impestata dall'odore di gomma bruciata. Un fumo nero saliva verso il cielo. Quel pezzo di merda continuava a bruciare i vecchi pneumatici. C'erano state delle petizioni, ma Saadna se ne fotteva. C'era da credere che mettesse strizza anche agli sbirri.

La porta di Arno era aperta. Una veloce occhiata all'interno confermò i miei timori. C'erano lenzuola e coperte appallottolate. A terra c'erano diverse siringhe. Dio mio, perché non se n'era tornata al Panier? A casa di Randy. Loro avrebbero saputo...

Scesi verso lo sfasciacarrozze nel modo più discreto possibile. Niente Pavie in giro. Vidi Saadna infornare gli pneumatici nei bidoni dove li faceva bruciare. Poi sparì. Feci ancora alcuni passi, per cercare di sorprenderlo. Sentii lo scatto del coltello a serramanico. Alle mie spalle.

«Ti ho sentito, rotto in culo! Cammina» disse puntandomi la lama sulla schiena.

Entrammo da lui. Afferrò il fucile da caccia e lo caricò. Poi chiuse la porta.

«Dov'è?».

«Chi?».

«Pavie».

Scoppiò a ridere. Una terribile puzza di alcol.

«Anche tu avevi voglia di scopartela? Non mi stupisce. Ti dài tante arie ma sei solo un pezzo di merda. Come quell'altro. Il tuo amico Serge. Ma lui non le avrebbe fatto del male a Pavie. Non aveva una grande passione per le tope. Preferiva i culetti dei ragazzini».

«Ti spacco la faccia, Saadna».

«Non darti tante arie» disse agitando il fucile. «Siediti là». Mi indicò un vecchio divano lurido, di cuoio marroncino. Ci si affondava come nella merda. Quasi rasoterra. Difficile potersi muovere da lì. «Non lo sapevi questo, eh Montale? Che il tuo amico Serge era un frocio della peggiore razza. Uno che inculava i bambini».

Prese una sedia e si sedette a una certa distanza da me. Vicino a un tavolo di formica dove c'erano una bottiglia di rosso e un bicchiere lercio. Lo riempì.

«Ma che stronzate dici?».

«Ah! Ah! Sono ben informato, io. So parecchie cose. Credi sul serio che lo abbiano cacciato dal lavoro perché facevate comunella? Lo sbirro e il curato! Col cazzo!». Si mise a ridere. Una risata di denti neri. «C'erano state delle denunce. Per esempio i genitori del piccolo José Esparagas».

Non potevo crederci. José Esparagas era un ragazzino gracile. Figlio unico, madre nubile. A scuola lo maltrattavano tutti. Lo zimbello della classe. Si faceva picchiare. E, soprattutto, sfruttare. Cento franchi qui, cento franchi là. Il giorno in cui gli chiesero di tornare con mille franchi, tentò il suicidio. Non ne poteva più. Avevo beccato i due ragazzini che lo facevano dannare. Serge era intervenuto e aveva fatto cambiare liceo a José. Per diversi mesi Serge era andato a casa loro, ad aiutare José a mettersi in pari con il programma. José aveva preso la maturità.

«Chiacchiere. Dimmi piuttosto dov'è Pavie».

Si versò un bicchiere di vino rosso e lo mandò giù in un solo colpo.

«Allora è vero, anche tu stai dietro a quella puttanella. L'altra sera vi siete mancati per un pelo. Quando sei andato via, lei è arrivata. Che sfortuna! Ma io c'ero. Ci sono sempre. Chi mi cerca mi trova. Sempre pronto a fare favori. Sono servizievole, io. Aiuto gli altri».

«Taglia».

«Non mi crederai. Ti ha visto quando hanno sparato a Serge e sei corso verso di lui. Ma quando sono arrivati gli sbirri, ha avuto strizza. Allora è filata via, con la macchina. Disperata. Ha girato per tutta la città. Poi è venuta qui. Era sicura che saresti venuto. Che ci avresti pensato. L'ho lasciata parlare. Mi divertivo. Soprattutto sentire che ti prendeva per Zorro. Allora glielo ho detto. Che te n'eri appena andato». Di nuovo, scoppiò a ridere. «Che eri scappato come un coniglio quando avevi visto questo!». Alzò il fucile. «E che non saresti tornato tanto presto. Dovevi vedere la sua faccia! Impalata lì, con le braccia ciondoloni, non più tanto sicura di sé come quando stava con Arno. Allora le si poteva guardare il culo, ma non le si potevano mettere le mani addosso. Beh, vedi, ora avrebbe voluto. Se le procuravo una piccola dose. Sono servizievole, come ti ho detto. Ho solo fatto una telefonata. La roba non manca mai. Potevo fornirgliela».

«Dov'è?» gridai attanagliato dall'angoscia.

Trangugiò un altro bicchiere.

«Me la sono fatta un paio di volte. Mi è costata un po'. Ma valeva comunque la pena. Un pochino sfiorita, Pavie. A furia di farsi fottere, capisci... Ma ha belle tette e un culetto grazioso. Ti sarebbe piaciuta, credo. Sei un vecchio vizioso come me, io lo so. E vai, giovinezza! pensavo mentre me la scopavo».

Scoppiò di nuovo a ridere. Il mio odio cresceva ogni istante di più. Pericolosamente. Puntai i piedi per poter scattare alla prima occasione.

«Non muoverti, Montale» disse. «Non sei altro che un vizioso, e ti tengo d'occhio. Se muovi un dito ti sparo. Sui coglioni, preferibilmente».

«Dov'è?» chiesi di nuovo con la massima calma possibile.

«Non mi crederai, quella stronza aveva una scimmia tale che si è fatta un buco che l'ha mandata all'altro mondo. Deve essersi sballata come mai nella sua cazzo di vita! Che stronza. Aveva tutto, qui. Da dormire, da mangiare. Tutti i trip possibili e immaginabili, offerti dalla casa. E io, per scoparla qua e là».

«È te che non ha sopportato. Stronzo di merda. Anche da strafatti si sanno riconoscere le chiaviche. Cosa ne hai fatto, Saadna? Rispondi! Per Dio!».

Rise. Una risata nervosa, stavolta. Si riempì un bicchiere di quel vinaccio e lo mandò giù. Con gli occhi rivolti all'esterno della casa. Poi, con la testa, indicò la finestra. Si vedeva il fumo alzarsi, nero, grasso. Un nodo in gola.

«No» dissi debolmente.

«Cosa volevi che facessi? Che la seppellissi nel campo? E che ogni sera le portassi i fiori? La tua Pavie era solo una puttana. Buona solo a farsi fottere. Non era vita la sua, non credi?».

Chiusi gli occhi.

Pavie.

Urlai come un pazzo. Per sfogare la rabbia. Come se mi avessero infilato nel cuore un ferro rovente. Mi sfilarono davanti agli occhi tutte le immagini più orribili. I carnai di Auschwitz. Di Hiroshima. Del Ruanda. Della Bosnia. Un grido di morte. Il grido di tutti i fascismi del mondo.

Da vomitare.

Veramente.

E scattai a testa bassa.

Saadna non capì. Atterrai su di lui come un ciclone. La sedia barcollò e anche Saadna. Il fucile gli sfuggì di mano. Lo afferrai dalla canna, lo sollevai e colpii più forte possibile sul suo ginocchio.

Lo sentii rompersi. E mi sentii liberato.

Saadna non aveva neppure urlato. Era svenuto.

Capitolo sedicesimo
*Nel quale si ha un appuntamento
con le ceneri fredde dell'infelicità*

Svegliai Saadna con una secchiata d'acqua.
«Stronzo» urlò.
Ma era incapace di fare il minimo sforzo. Lo afferrai per il collo e lo tirai verso il divano. Appoggiò la schiena contro uno dei braccioli. Puzzava di merda. Si era cacato addosso. Ripresi il fucile dalla canna, con due mani.

«La gamba matta non è niente, Saadna. Ti faccio fuori l'altro ginocchio. Non potrai camminare mai più. Credo che ti fracasserò anche i gomiti. Sarai solo una larva. Avrai un unico sogno, quello di crepare».

«Ti devo far vedere una cosa».

«Troppo tardi per fare il furbo».

«Una cosa che ho trovato nella macchina di Serge, quando l'ho smontata».

«Parla».

«La smetti di colpirmi?».

Non sarei stato più capace di colpirlo con la violenza e l'odio di prima. Mi sentivo vuoto. Come se appartenessi al mondo dei morti viventi. Senza più nulla all'interno del corpo. Solo vomito al posto del sangue. Mi girava la testa.

«Parla, poi vedremo».

Neppure la mia voce era più la stessa.

Mi guardò, pensando di avermi di nuovo in pugno. Per lui la vita erano solo intrallazzi e imbrogli. Sorrise.

«C'era, attaccato con lo scotch alla ruota di scorta, un quaderno. Dentro un sacchetto di plastica. Un bel lavoretto. Con un sacco di roba scritta dentro. Non ho letto tutto. Perché non me ne fotte niente degli arabi, dell'Islam, eccetera eccetera. Cazzo, per me possono crepare tutti! Ma c'erano elenchi di nomi e indirizzi. Una *cité* dopo l'altra. Una specie di rete, direi. Documenti falsi. Grana. Droga. Armi. Ti do il quaderno e ti togli dalle palle. Dimentichi tutto e dimentichi anche me. Non avremo più nulla a che fare tu e io».

Avevo buoni motivi per credere che un quaderno di appunti esistesse davvero. Non sapevo cosa stesse combinando Serge, ma lo conoscevo, era un tipo coscienzioso. Quando lavoravamo insieme, prendeva appunti su tutto, giorno dopo giorno.

«Ti sei visto, Saadna? O mi dici dov'è quel cazzo di quaderno o ti faccio nero di botte».

«Non credo che ce la fai, Montale. Sei proprio il tipo che ha le palle solo quando è pieno di odio. Ma a sangue freddo, non vali niente. Dài, picchia».

Tese la gamba verso di me. Evitai di guardarlo negli occhi.

«Dov'è il quaderno?».

«Giuralo sui tuoi vecchi».

«Chi ti dice che mi interessa quel fottuto quaderno?».

«Cazzo! È una vera e propria guida. Lo leggi e poi ne fai quello che ti pare. Lo fai fuori o lo vendi. Con quello tieni tutti in pugno. Solo con la minaccia di strappare una pagina gli puoi far cacciare un sacco di grana».

«Dimmi dov'è, poi ti giuro che me ne vado».

«Hai una sigaretta?».

Accesi una sigaretta e gliela misi tra le labbra. Mi guardò. Ovviamente non si fidava. E io non ero tanto certo di non avere voglia di buttarlo nei bidoni, insieme alle gomme.

«Allora?».

«Nel cassetto del tavolo».

Era un grosso quaderno. Le pagine erano coperte della scrittura fitta e sottile di Serge. Lessi a casaccio: "I militanti sfruttano a fondo il campo dell'aiuto sociale, trascurato dall'amministrazione comunale. Portano avanti obiettivi umanitari quali il tempo libero, il sostegno scolastico, l'insegnamento dell'arabo". E ancora: "L'obiettivo di questi agitatori supera ampiamente la lotta alla tossicomania. S'inquadra nella prospettiva di una guerriglia urbana".

«Ti piace?» disse Saadna.

La seconda metà del quaderno somigliava a una rubrica. La prima pagina iniziava con questo commento: "I quartieri nord traboccano di giovani *beurs* pronti a fare i kamikaze. Chi li manovra è conosciuto dalla polizia (vedi Abdlekader). Sopra di loro ci sono altri capi. Molti altri".

Per la Bigotte, un unico nome. Quello di Redouane. C'era scritto ciò che Mourad mi aveva raccontato. Con maggiori dettagli. Tutto quel che Redouane non aveva confidato al fratello.

I due padrini di Redouane, nei quartieri nord, erano Nacer e un certo Hamel. Tutti e due, precisava la scheda, sono militanti agguerriti. Dal 1993. Prima facevano parte del servizio d'ordine del Movimento islamico della gioventù. Hamel era addirittura stato responsabile della sicurezza al grande meeting di sostegno alla Bosnia, a La Plaine-Saint-Denis.

L'estratto di un articolo del *Nouvel Observateur* menzionava quel meeting. "In tribuna troviamo l'addetto culturale dell'ambasciata dell'Iran e un algerino, Rachid Ben Aissa, intellettuale vicino alla Fraternità algerina in Francia. Rachid Ben Aissa non è una persona qualunque. È stato promotore di numerose conferenze, negli anni '80, al centro islamico iraniano della rue Jean-Bart, a Parigi. È lì che sono stati reclutati la maggior parte dei membri della rete terroristica diretta da Fouad Ali Salah, che ha fomentato gli attentati del 1986 a Parigi".

Redouane, prima di partire per Sarajevo, nella "7ª brigata internazionale dei Fratelli musulmani", aveva partecipato a corsi di sopravvivenza, ai piedi del monte Ventoux.

Un tale Rachid (Rachid Ben Aissa? si chiedeva Serge) si occupa dell'organizzazione e dell'alloggio, nei casolari del villaggio di Bédoin, ai piedi del monte Ventoux. "Una volta seguiti i corsi, precisava, non si può più tornare indietro. I recalcitranti vengono minacciati. Viene ricordato, con foto alla mano, la sorte riservata ai traditori in Algeria. Foto di uomini marchiati come le pecore". Questi "corsi commando" continuano al ritmo di uno a trimestre.

Un certo Arroum accompagnava le giovani reclute in Bosnia. Questo Arroum era saldamente protetto. Membro del Lowafac Foundation, la cui sede si trova a Zagabria, era accreditato, per ciascuna delle sue missioni in Bosnia, dall'Alto Commissariato ai rifugiati dell'Onu. A margine, Serge aveva scritto: "Arroum arrestato il 28 marzo".

La scheda di Redouane si concludeva così: "Dopo il suo ritorno ha partecipato soltanto ad azioni antispaccio d'eroina. Non sembra sufficientemente affidabile. Da tenere sotto controllo. Non ha più alcun riferimento. Istruito da Nacer e Hamel. Dei duri. Può diventare pericoloso".

«Cosa stava preparando, Serge? Un'inchiesta?».

Saadna ridacchiò.

«Si era convertito. Un po' controvoglia, ma... Lavorava per gli R.G.[1]».

«Serge!».

«Quando lo hanno licenziato, gli R.G. gli si sono fiondati addosso. Con un fascicolo pieno di testimonianze di genitori. Denunce. Del tipo che si faceva i ragazzini».

Che pezzi di merda, pensai. Era un loro metodo tipico. Pur di infiltrarsi in una rete, qualunque fosse, erano pronti a tutto, approfittandosi di persone in difficoltà: malavitosi pentiti, algerini in situazione illegale...

«E dopo?».

«Dopo cosa? Non so se siano vere quelle storie sui ragazzetti. Ma è vero che quella mattina, quando sono sbarcati a casa

[1] Informazioni Generali, ripartizione politica della polizia.

sua con il fascicolo, era a letto con un altro frocio. Non aveva neppure vent'anni. Cazzo, forse neanche maggiorenne. T'immagini, Montale! Che schifo! Pronto per la galera. Mi dirai che alle Baumettes avrebbe potuto farselo infilare tutte le sere».

Mi alzai e ripresi il fucile in mano.

«Ancora un'altra stronzata e ti faccio fuori l'altro ginocchio».

«Qualsiasi cosa dica... lui rimane lì dov'è».

«Appunto. Come sai tutte queste cose?».

«È stato Due Teste a raccontarmelo. Lui e io andiamo d'accordo».

«Sei stato tu a dirgli che Serge abitava da te?».

Annuì.

«Serge, rovistando nella merda, non faceva contenti tutti. Due Teste non rompe i coglioni a quelli che sono segnati lì nel quaderno. Anzi, dice che fanno pulizia. Tolgono di mezzo gli spacciatori e tutti gli altri. Fanno abbassare le statistiche. Ed è un grosso vantaggio. Verrà il momento, dice, quando i barbuti saranno i padroni in Algeria, in cui tutti questi sporchi arabi verranno messi sulle navi. Ritorno a casa».

«Cosa cazzo ne sa quello stronzo?».

«È una sua opinione. Non è male».

Ripensai ai volantini del Fronte nazionale, dentro il Corano di Redouane.

«Capisco».

«Correva voce che ci fosse una spia nelle *cités*. Due Teste mi aveva chiesto di informarmi. Accidenti se l'ho fatto. Ce l'avevo sotto mano».

Rise.

Due Teste mi aveva preso per coglione, in commissariato. Trovarmi lì, alla Bigotte, doveva averlo preoccupato. Non era previsto. Aveva senz'altro pensato che la mia presenza sul luogo dell'omicidio avesse dietro qualcosa. Serge e io, una squadra. Come prima.

Improvvisamente capii perché nessuno aveva aperto bocca

sulla morte di Serge. Nessuna pubblicità per un tizio degli R.G. che si fa stendere. Nessuna eco.

«Hai parlato con qualcuno del quaderno?».

«Mi fa male» disse.

Mi accovacciai di fronte a lui. Non troppo vicino. Non per paura che mi saltasse addosso, ma per via della puzza che emanava. Chiuse gli occhi. Per il dolore. Appoggiai leggermente il calcio del fucile sul ginocchio rotto. Spalancò gli occhi. Uno sguardo pieno di odio.

«A chi ne hai parlato, pezzo di merda?».

«Ho solo detto a Due Teste che poteva fare un colpaccio. Un certo Boudjema Ressaf. Un tizio espulso dalla Francia nel 1992. Un militante del Gia. Serge lo aveva identificato. Al Plan d'Aou. È scritto nel quaderno. Dove abita, eccetera eccetera».

«Gli hai parlato del quaderno?».

Abbassò la testa.

«Sì, glielo ho detto».

«Ti ricatta, vero?».

«Sì».

«Quando l'hai chiamato?».

«Due ore fa».

Mi alzai.

«Mi stupisce che tu sia ancora vivo».

«Cosa?».

«Se Due Teste non rompe i coglioni ai barbuti significa che è in combutta con loro, coglione. Me lo hai spiegato tu stesso».

«Credi?» balbettò, tremando dalla fifa. «Passami un goccio, per favore».

Cazzo, pensai, si cacherà di nuovo addosso. Riempii il bicchiere del suo schifoso vino e glielo tesi. Era urgente che tagliassi la corda.

Guardai Saadna. Non sapevo neanche più se poteva essere incluso nella categoria degli esseri umani. Accasciato contro il divano, ripiegato su se stesso, sembrava un foruncolo pieno di pus. Saadna capì il mio sguardo.

«Senti, Montale... non mi farai mica fuori, spero».

Nello stesso istante si sentì un rumore. Un rumore di bottiglie rotte. Da un mucchio di ferri vecchi si alzarono delle fiamme, sulla destra. Esplose un'altra bottiglia. Delle molotov, che stronzi! Mi accovacciai e con il fucile in mano, raggiunsi la finestra.

Vidi Redouane correre verso l'uscita dello sfasciacarrozze. Nacer non doveva essere lontano. E l'altro, Hamel, era lì anche lui? Non avevo certo voglia di morire in quella topaia.

Neppure Saadna. Si trascinò verso di me, gemendo. Sudava a fiotti. Puzzava di morte. Di merda e di morte. Tutto ciò che era stata la sua vita.

«Salvami, Montale. Sono pieno di soldi».

E quella schifezza si mise a frignare.

Lo sfasciacarrozze prese fuoco tutto in una volta. Vidi arrivare Nacer. Con un salto raggiunsi la porta d'ingresso. Caricai il fucile. Ma Nacer non badò a entrare. Lanciò attraverso la finestra aperta una di quelle fottutissime bottiglie. Si fracassò in fondo alla stanza. Dove Saadna era seduto qualche minuto prima.

«Montale» gridava, «non mi lasciare».

Il fuoco stava raggiungendo la sua catapecchia. Corsi a prendere il quaderno sul tavolo. Lo infilai dentro la camicia. Tornai verso la porta aprendola lentamente. Ma sapevo che non mi avrebbero sparato. Redouane e Nacer dovevano già essere lontani.

Il calore mi prese alla gola. L'aria era solo un'immensa puzza di bruciato. Ci fu un'esplosione. Benzina, senz'altro. Sarebbe esploso tutto.

Saadna si era trascinato fino alla porta. Come un verme. Mi afferrò una caviglia. La strinse con le due mani, con una forza inaspettata. Sembrava che gli occhi gli uscissero dalla testa.

Impazzito. Di paura.

«Fammi uscire!».

«Creperai!». Lo afferrai con violenza per i capelli e lo obbligai ad alzare la testa. «Guarda! È l'inferno. Quello vero. Quello delle carogne come te! È la tua schifosa vita che viene a divorarti. Pensa a Pavie».

Con il calcio del fucile, gli detti un colpo violento sul polso. Urlò, lasciandomi la caviglia. Scappai via costeggiando la casa. Il fuoco si propagava. Lanciai il fucile tra le fiamme il più lontano possibile e corsi via senza fermarmi.

Arrivai al canale giusto in tempo per vedere la catapecchia di Saadna sparire tra le fiamme. Credetti di sentirlo gridare. Ma era nella mia testa che urlava. Come in aereo, dopo l'atterraggio, quando le orecchie continuano a fischiare. Saadna bruciava e la sua morte mi fracassava i timpani. Ma non avevo rimorsi.

Ci fu un'altra esplosione. Un pino in fiamme precipitò sulla baracca di Arno. Ecco, pensai, è finita. Tra poco tutto questo non esisterà più. Raso al suolo. Tra un anno o due, nuove costruzioni avranno preso il posto dello sfasciacarrozze. Con grande gioia di tutti. Giovani dirigenti in carriera, contenti del loro destino, ci andranno a vivere. Si affretteranno a dare dei figli alle proprie mogli. E vivranno felici, per tanti anni dopo il 2000. Sulle ceneri fredde della disgrazia di Arno e di Pavie.

Misi in moto quando risuonarono le prime sirene dei pompieri.

Capitolo diciassettesimo
Nel quale a volte meno si spiega meglio è

Loubet s'incazzò, ovviamente. Era una furia. Mi aspettava da ore. E, tra l'altro, Cûc gli aveva fatto sapere che non poteva incontrare Mathias. Non sapeva proprio dove fosse finito.

«Mi prende per il culo o cosa!». Indeciso se fosse una domanda o una affermazione, non dissi niente. Continuò. «Ora, visto che sei in rapporti intimi con la signora, le darai un suggerimento: ritrovare il figlio e anche in fretta».

Da dove stavo, vedevo innalzarsi nel cielo una densa colonna di fumo nero, dalla direzione dello sfasciacarrozze di Saadna. I camion dei pompieri arrivavano da ogni lato. Avevo guidato tanto quanto bastava per non ritrovarmi intrappolato. A Four de Buze mi ero fermato per telefonare.

«Dammi ancora un'oretta».

«Cosa?».

«Ancora un'ora».

Urlò di nuovo. Aveva ragione, ma era fastidioso. Aspettai. Senza ascoltare. Senza dire una parola.

«Ehi, Montale, ci sei?».

«Fammi un favore. Chiamami tra un quarto d'ora al commissariato di Pertin».

«Aspetta. Spiegami».

«Non adesso. Telefona. E sarai sicuro che verrò da te. Vivo, voglio dire».

E riattaccai.

A volte, meno si spiega meglio è. Per il momento mi sentivo

come un cavallo di legno delle giostre. Giravo a vuoto. Nessuno mi sorpassava. E io non sorpassavo nessuno. Si tornava sempre allo stesso punto. A questo fottuto mondo di merda.

Chiamai Gélou.

«Camera 406, per favore».

«Un attimo». Silenzio. «Spiacente, la signora e il signor Narni sono usciti. Hanno lasciato la chiave».

«Può controllare se c'è un messaggio per me? Montale. Fabio Montale».

«No, signore. Vuole lasciarne uno lei?».

«Dica soltanto che richiamerò verso le due, due e mezza».

Narni. Bene, pensai. Non era poi andata così tanto male, stamattina. Sapevo il cognome di Alexandre. Sai che svolta!

La prima cosa che vidi, entrando in commissariato, fu un manifesto che invitava a votare per il Fronte nazionale della polizia alle elezioni sindacali. Come se non bastasse, un volantino di Solidarité Police, attaccato con le puntine al manifesto, diceva: "Assistiamo, in tema di mantenimento dell'ordine, a un diffuso lassismo da parte di chi occupa i posti di comando, che obbliga a evitare al massimo lo scontro e a dare ordini troppo cauti.

«Questi comportamenti hanno contribuito alla mancanza di efficienza e a un numero incalcolabile di feriti nelle nostre fila, a beneficio di delinquenti a cui non resta che contare le prede.

"Bisogna rovesciare la tendenza nichilista che regna nei nostri servizi. La paura deve cambiare campo. Tanto più che i nostri avversari non sono *persone perbene,* ma gentaglia che viene a 'fare a pezzi gli sbirri'. Diamoci da fare per diventare macellai piuttosto che vitelli".

In fin dei conti per essere bene informati non c'era niente di meglio che una gita in commissariato. Meglio del Tg delle venti!

«L'hanno appena messo» disse Babar alle mie spalle.

«Auguriamoci la pensione!».

«Già. Tutte queste cose puzzano».

«Lui c'è?».

«Sì, ma è come se avesse le emorroidi. Non riesce a tenere il culo sulla sedia».

Entrai senza bussare.

«Mi raccomando, fai come se fossi a casa tua!» protestò Pertin.

Feci proprio così. Mi sedetti e accesi una sigaretta. Girò intorno alla scrivania, appoggiandoci le mani ben aperte, e chinò su di me la sua faccia rossa.

«A cosa devo l'onore?».

«Ho fatto una cazzata, Pertin. L'altro giorno. Sai, quando hanno steso Serge. Pensandoci bene, vorrei firmare quella deposizione».

Si tirò su, stupefatto.

«Non rompere i coglioni, Montale. Le storie di froci non vanno di moda. Dobbiamo occuparci di cose serie, per esempio, di quei pezzi di merda degli arabi e dei negri. Non te lo puoi neppure immaginare! Giurerei che quelle merde fanno i pompini ai giudici. Ne becchi uno la mattina, la sera è già fuori... perciò, togliti dalle palle!».

«Ecco, vedi, pensavo che forse non si tratta di una storia tra froci finita male. Ma, piuttosto, che la morte di Serge sia legata agli arabi. Non credi?».

«E cosa avrebbe combinato, Serge, con loro?» disse candidamente.

«Dovresti saperlo, Pertin. Non ti sfugge niente. E poi sei uno sbirro molto informato. No?».

«Parla, Montale».

«Ok, ti spiego».

Si sedette, incrociò le braccia e aspettò. Avrei voluto sapere a cosa pensava nascosto dietro ai suoi Ray-Ban. Ma ero pronto a scommettere che moriva dalla voglia di tirarmi un cazzotto in faccia.

Gli raccontai una storia a cui credevo solo per la metà. Ma

una storia plausibile. Serge era stato "incastrato" dagli R.G. Perché era pedofilo. O perlomeno era quello che erano riusciti ad accollargli.

«Interessante».

«Ma il resto è meglio, Pertin. Ti hanno informato che gli R.G. avevano mandato una spia nelle *cités*. Per disattivare eventuali reti alla Kelkal. Non si può più scherzare con loro, da quando a Parigi e a Lione ci sono state esplosioni una dietro l'altra. Ma l'identità di Serge l'hai conosciuta solo qualche mese fa. Quando Serge è "uscito dai binari" e gli R.G. hanno perso le sue tracce. Nessuno sapeva più dove abitava. Pensa che casino».

Feci una pausa. Solo per rimettere in ordine le idee. Perché era questo a cui credevo. Per Serge, frocio o meno, i ragazzi delle *cités* erano la sua vita. Non poteva cambiare così, da un giorno all'altro. Diventare delatore. Schedare i ragazzi "pericolosi", i potenziali Kelkal, e consegnare la lista agli sbirri, a cui non restava altro da fare che beccarli tutti appena scesi dal letto.

C'erano già state alcune retate. A Parigi e nella periferia lionese. E alcuni arresti anche a Marsiglia. Al porto. E a cours Belsunce. Ma niente ancora di veramente serio. Le reti a cui si appoggiavano i terroristi, nei quartieri nord, rimanevano inviolate. Dovevano essere la ciliegina sulla torta.

Ne ero sicuro. Serge non avrebbe mai fatto una cosa del genere. Neanche per evitarsi un processo o la galera. La vergogna. Ogni nome soffiato agli sbirri era come offrire una preda. La solita storia che conosceva a memoria. I pezzi grossi, i capi, i mandanti se la cavavano sempre. Sono i piccoli a pagare e per tutta la vita, a meno di non ritrovarsi con una pallottola nella fronte.

Il silenzio si tagliava col coltello. Un silenzio denso. Marcio. Pertin non aveva fiatato. Stava facendo funzionare il cervello. Avevo sentito squillare il telefono diverse volte. Non gli era stata passata nessuna comunicazione. Loubet mi aveva dimenticato. Oppure era veramente incazzato. Ora che ero qui, non potevo fare altro che continuare.

«Vado avanti?» chiesi.

«Il tuo racconto mi appassiona».

Ripresi le mie spiegazioni. Il mio punto di vista si avvicinava a qualcosa di possibile. Una verità a cui mi aggrappavo.

Serge si era messo in testa di fare ciò che nessuno aveva mai osato. Andare dai giovani più a rischio e parlare con loro. Incontrare i genitori, i fratelli, le sorelle. E, così, passare il messaggio agli altri ragazzi. Per coinvolgerli. Perché tutti nelle *cités* venissero coinvolti. Come Anselme. Il principio *chourmo*.

Serge aveva sempre fatto così, per anni. Era un buon metodo. Efficace. Aveva dato buoni risultati. I giovani che agivano con i barbuti non erano altro che delinquenti che Serge aveva seguito anno dopo anno. Gli stessi. Ma induriti dalla galera. Più aggressivi. E votati al Corano liberatore. Fanatici.

Come i loro fratelli disoccupati delle periferie di Algeri.

Nelle *cités* Serge era conosciuto da tutti. Lo ascoltavano. Gli davano fiducia. Anselme lo aveva detto, "era a posto, quel tipo". I suoi argomenti di persuasione erano i migliori, perché aveva pazientemente smontato il sistema di reclutamento dei giovani *beurs*. La guerra contro gli spacciatori, per esempio. Erano stati cacciati dal Plan d'Aou e anche dalla Savine. Avevano applaudito tutti. Il comune, i giornali. "Bravi ragazzi, quelli". Come dire "bravi selvaggi". Ma il mercato dell'eroina non era scomparso. Si era spostato. Verso il centro della città. Si era ricomposto. Per quanto riguardava l'erba, eccetera, non era cambiato niente. Una fumatina, una preghierina, tutto rimaneva nell'ordine di Allah.

Il controllo degli spacciatori era adesso assicurato proprio da chi incitava i giovani a combatterli. Nel quaderno di Serge avevo letto che uno dei posti dove andavano a pregare – il retrobottega di un negozio di tessuti, vicino a place d'Aix – serviva da luogo di ritrovo per gli spacciatori. Quelli che rifornivano i quartieri nord. Il proprietario del negozio non era altri che lo zio di Nacer. Quel tale Abdelkader.

«Dove vuoi arrivare?» disse finalmente Pertin.

«A questo» risposi con un sorriso. Finalmente abboccava all'esca. «Prima di tutto, gli R.G. ti hanno chiesto di ritrovare Serge. Ma questo lo avevi già fatto. Grazie a Saadna. Poi, di trovare un modo per mettere fine alle sue stronzate. Farlo fuori, insomma. Infine, mi stai prendendo per il culo, facendo finta di ascoltare la mia storia. Perché la sai a memoria. O quasi. Ci sguazzi dentro fino al collo, e principalmente con la complicità di alcuni delinquenti ben riciclati nell'Islam. Come Nacer e Hamel. Quei due, mi pare, ti sei dimenticato di consegnarli al giudice. O forse ti fanno i pompini!».

«Continua così e ti spacco il culo».

«Vedi, Pertin, per una volta avresti potuto dire che non sono così coglione come sembro».

Si alzò sfregandosi le mani.

«Carli!» urlò.

Mi avrebbero fatto la festa. Carli entrò e mi lanciò uno sguardo cattivo.

«Sì».

«Bella giornata, no? Se andassimo a prendere un po' d'aria? Verso le cave. Abbiamo un invitato. Il re degli stronzi in persona».

Il telefono del commissariato squillò e subito dopo quello sul tavolo di Pertin.

«Sì» disse Pertin. «Chi?». Silenzio. «Salve, sì, tutto bene». Mi guardò, guardò Carli e si lasciò cadere sulla sedia. «Sì, sì, glielo passo. È per te» disse freddamente, tendendomi la cornetta.

«Ho quasi finito, vecchio mio» risposi a Loubet, che mi stava chiedendo cosa cazzo ci facessi con quello stronzo. «Cosa? Sì... Diciamo... Aspetta. Abbiamo finito, qui?» chiesi ironico a Pertin. «O è ancora valida la gita alle cave?». Non rispose. «Sì, mezz'ora. Ok». Stavo per riagganciare, ma pensai che fosse meglio aggiungere qualcos'altro. Per stupire Pertin. «Sì, sì, un certo Boudjema Ressaf e poi, già che ci sei, vedi se hai qualcosa su un certo Narni. Alexandre Narni. Ok, ti spiegherò, Loubet».

Riattaccò. Bruscamente. Ma prima di farlo mi aveva dato del rompicoglioni. Aveva ragione, probabilmente.

Mi alzai. Con il sorriso dei giorni buoni. Quello che evita di sporcarsi sputando in faccia ai pezzi di merda.

«Lasciaci soli» gridò Pertin a Carli.

«Cos'è questo circo?» abbaiò quando l'altro fu uscito.

«Un circo? Non ho visto neppure un clown».

«Smettila con questa farsa. Non sei il tipo. E Loubet non è un giubbotto antiproiettile».

«Non lo faresti, vero Pertin? Se vuoi il mio parere, non è stata una buona idea andare ad appiccare il fuoco da Saadna. Tanto più che i due ragazzotti, sai di chi parlo, vero, non si sono neppure presi la briga di controllare se Saadna si è arrostito o meno. Certo, io non lo rimpiango davvero».

Incassò il colpo. Era come con i tonni. Arrivava il momento in cui si sfiancavano. Bisognava reggere fino ad allora. Per uncinare di nuovo.

«Cosa ne sai, tu, di questo?».

«C'ero. Ti aveva chiamato per darti informazioni su Boudjema Ressaf. Credeva di darti una buona dritta e che, per questo, lo avresti decorato. Posso anche dirti chi hai chiamato, subito dopo».

«Ah, sì?».

Bluffavo, ma giusto un po'. Tirai fuori il quaderno.

«È tutto scritto qui. Vedi, devi solo leggere». Aprii il quaderno a caso. «Abdelkader. Lo zio di Nacer. Una vera bomba, questo quaderno. Arriverei anche a supporre che questo Abdelkader ha una BMW nera. Tipo quella che è stata vista alla Bigotte, l'altro pomeriggio. Era talmente sicuro che nessuno gli avrebbe rotto i coglioni che ci sono andati con la sua stessa macchina. Come se andassero a ballare! Solo che...».

Pertin rise nervosamente, poi mi strappò il quaderno di mano. Lo sfogliò. Solo pagine bianche. L'altro l'avevo nascosto in macchina e ne avevo comprato uno nuovo prima di venire. Non serviva a niente. Era solo la ciliegina sulla torta.

«Rotto in culo!».

«Eh, sì. Hai perso. L'originale ce l'ha Loubet». Lanciò il quaderno sulla scrivania. «Ti dico una cosa Pertin. Non va per niente bene che tu e i tuoi amici ve ne stiate zitti, quando delle teste di cazzo manipolano dei ragazzini disperati per mettere la Francia a ferro e a fuoco».

«Che altre cazzate dici ancora?».

«Che io non ho mai avuto simpatia per Saddam Hussein. Preferisco gli arabi senza i barbuti e Marsiglia senza di voi. Addio, Due Teste. Conserva il quaderno per le tue memorie».

Uscendo, strappai il manifesto e il volantino del Fronte nazionale. Li appallottolai e li lanciai nel secchio della spazzatura. Canestro.

Babar fece un fischio di ammirazione.

Capitolo diciottesimo
*Nel quale non si può obbligare
la verità a venire a galla*

Riuscii a convincere Loubet ad andare a L'Oursin, vicino al Vieux-Port. Uno dei migliori locali per mangiare ostriche, vongole, ricci e uova di mare. E questo ordinai, insieme a una bottiglia di Cassis. Il bianco di Fontcreuse. Loubet era di cattivo umore, ovviamente.

«Racconta nell'ordine che preferisci» disse, «ma racconta tutto. D'accordo? Ti voglio bene, Montale, ma stai veramente cominciando a gonfiarmeli».

«Un'unica domanda, posso?». Sorrise. «Hai veramente creduto che avessi ammazzato Fabre?».

«No. Né tu, né lei».

«Perché hai fatto tutta quella scena, allora?».

«A lei per metterle strizza. A te per farti smettere di fare cazzate».

«Sei andato avanti?».

«Avevi detto una domanda. È la terza. Ora basta. Dimmi, prima di tutto, che cazzo ci facevi da Pertin».

«D'accordo, inizio da lì. Ma non c'entra niente con Guitou, Hocine, Fabre, eccetera eccetera».

Cominciai dall'inizio. Dal mio arrivo alla Bigotte, senza precisare il vero motivo della mia visita. Dall'omicidio di Serge fino alla morte di Saadna. E il mio colloquio con Pertin.

«Serge» aggiunsi, «era sicuramente frocio, pedofilo anche, perché no. Me ne frego. Era un tipo onesto. Non violento. Amava la gente. Con l'ingenuità di coloro che credono. Una fede profonda. Nell'uomo e nel soccorso di Dio. I ragazzini erano la sua vita».

«Forse li amava un po' troppo, no?».

«E allora? Anche se fosse? Sicuramente non è quando stavano con lui che erano più infelici».

Con Serge ero come con tutte le persone che amavo. Avevano la mia fiducia. Potevo accettare cose che non capivo. L'unica che non riuscivo a tollerare era il razzismo. Durante l'infanzia avevo convissuto con il dolore di mio padre. Per non essere stato considerato un essere umano, ma un cane. Un cane da banchina. Ed era solo un italiano! Di amici, lo devo ammettere, non ne avevo più molti.

Non avevo voglia di continuare quella conversazione su Serge. Mi metteva a disagio, malgrado tutto. Volevo girare pagina. Pensare solo al dolore. Serge. Pavie. Arno. Un altro capitolo della mia vita, da aggiungere, anche questo, alla lista già lunga delle perdite.

Loubet sfogliava il quaderno di Serge. Con lui potevo sperare che tutto ciò che era stato minuziosamente riportato non si sarebbe perso in fondo a un cassetto. O perlomeno, l'essenziale. E, soprattutto, che Pertin non uscisse indenne da questa storia. Non era direttamente responsabile della morte di Serge. Né di quella di Pavie. Era solo il simbolo di una polizia che mi disgustava. Quella in cui si fanno passare avanti ai valori repubblicani, alla giustizia, all'uguaglianza, le idee politiche o le proprie ambizioni. Esistevano tonnellate di Pertin. Pronti a tutto. Se un giorno le periferie fossero esplose sarebbe stato a causa loro. Del loro disprezzo. Della loro xenofobia. Del loro odio. E di tutti i loro piccoli patetici calcoli per diventare un giorno "un grande poliziotto".

Conoscevo Pertin. Per me non era uno sbirro anonimo. Aveva una faccia, grassa e rossa. Portava i Ray-Ban per nascondere gli occhi porcini. Un sorriso arrogante. Speravo che Due Teste "crollasse". Ma non mi facevo illusioni.

«C'è un modo perché io possa recuperare l'inchiesta» disse Loubet, pensieroso. «Ricollegarla all'altra».

«Ma non c'è alcun legame».

«Lo so. Ma possiamo accollare la morte di Hocine al Fis o al Gia. Vado dritto su Abdelkader e scuoto l'albero. Vediamo se Pertin riesce ad aggrapparsi ai rami».

«Un po' tirato per i capelli, no?».

«Ti dico una cosa, Montale. Si prende quello che si trova. Non si può obbligare la verità a venire a galla. Non sempre. Questa verità vale quanto un'altra verità».

«Ma gli altri? I veri killer di Draoui e Guitou?».

«Non ti preoccupare. Li beccherò. Credimi. Non è il tempo che manca. Ci prendiamo un'altra dozzina di ostriche e di ricci di mare?».

«Volentieri».

«Ci sei andato a letto?».

A un altro non avrei risposto. E neppure a lui, forse, in circostanze diverse. Ma, in quel momento, era una questione di fiducia. D'amicizia.

«No».

«Ti dispiace?».

«Eccome!».

«Perché non l'hai fatto?».

Loubet era imbattibile negli interrogatori. Aveva sempre pronta la domanda che dava il via alle spiegazioni.

«Cûc è una mangiatrice di uomini. Perché non si è potuta tenere l'uomo che ha amato, il primo, l'unico, il padre di Mathias. È morto. Vedi, Loubet, quando perdi qualcuno, anche se ormai non c'è più, continui a perderlo per sempre. Lo so. Non sono mai stato capace di tenermi accanto le donne che ho amato».

«Ne hai fatte soffrire tante?» chiese sorridendo.

«Senz'altro troppe. Ti confido un segreto e poi torniamo alle nostre storie. Con le donne, non riesco a carpire quello che cerco. E finché non saprò di cosa ho bisogno, non farò altro che ferirle. Una dopo l'altra. Tu sei sposato?».

«Sì, con due figli. Maschi».

«Sei felice?».

«Mi sembra di sì. Non ho mai molto tempo per chiedermelo. O preferisco non trovarlo. O forse, semplicemente, non me lo chiedo affatto».

Finii il bicchiere e accesi una sigaretta. Guardai Loubet. Era un uomo solido, rassicurante. Sereno, anche se il suo lavoro non era tutti i giorni rose e fiori. Un uomo con delle certezze. Il contrario di me.

«Tu ci saresti andato a letto?».

«No» disse ridendo. «Ma devo riconoscere che ha qualcosa di irresistibile».

«Draoui non ha resistito a Cûc. Aveva bisogno di lui. Come aveva avuto bisogno di Fabre. Sa come accalappiare gli uomini».

«E aveva bisogno di te?».

«Voleva che Draoui l'aiutasse a salvare Fabre» continuai, senza rispondere alla sua domanda.

Perché mi faceva male ammetterlo. Sì, aveva tentato di sedurmi, così come aveva fatto con Hocine Draoui. Sì, potevo esserle utile. Preferivo continuare a pensare che mi aveva desiderato, senza secondi fini. Il mio orgoglio maschile ne usciva vittorioso. Non ero latino per niente!

«Credi che amasse suo marito?» disse senza far notare che non avevo risposto alla sua domanda.

«Non sono in grado di rispondere. Lei dice di no. Ma gli deve tutto. Le ha dato un nome. Le ha permesso di tirare su Mathias. E mezzi per vivere più che decentemente. Non tutti i rifugiati vietnamiti hanno avuto questa fortuna».

«Hai detto che voleva salvare Fabre. Ma salvarlo da cosa?».

«Aspetta. Cûc è anche una donna che vuole fare, costruire, vincere, riuscire. È il sogno di chi un giorno ha perso tutto. Ebrei, armeni, pieds-noirs[1], sono tutti così. Non sono degli immigrati. Lo capisci? Un immigrato è qualcuno che non ha per-

---

[1] Francesi d'Algeria.

so niente, perché lì dove viveva non aveva niente. La sua unica motivazione è sopravvivere un po' meglio di prima.

«Cûc voleva lanciarsi nella moda. Fabre le ha trovato i soldi. Molti soldi. I mezzi per imporre velocemente la sua firma, in Francia e in Europa. Aveva abbastanza talento da convincere i promotori dell'operazione. Questi avrebbero investito denaro in qualsiasi affare, o quasi. L'importante era che i soldi avessero una destinazione. Sicura».

«Vuoi dire che è denaro sporco?».

«L'azienda di Cûc è una società anonima che ha come azionari banche svizzere, panamensi e costaricane. Lei è solo la direttrice. Non è neppure proprietaria del marchio. Non ha capito subito. Fino al giorno in cui sono arrivati grossi ordini e il marito le ha detto che non doveva incassarli, ma solo fatturarli. La somma non doveva essere accreditata sul suo conto corrente, ma su un altro conto della società. Un conto svizzero sul quale Cûc non ha la firma. Hai capito?».

«Se non sbaglio parliamo della Mafia».

«È un nome che fa talmente paura che non si osa neppure pronunciarlo, qui in Francia. Cos'è che fa andare avanti il mondo, Loubet? I soldi. E chi è che ne ha di più? La Mafia. Sai per quanto è stato valutato il volume di traffico di stupefacenti nel mondo? 1.650 miliardi di franchi all'anno. È più del mercato mondiale di petrolio! Quasi il doppio».

La mia amica giornalista, Babette, me l'aveva spiegato, un giorno. Sapeva molto sulla Mafia. Da diversi mesi era in Italia. Stava preparando, insieme a un giornalista romano, un'inchiesta sulla Mafia in Francia. Esplosivo, mi aveva annunciato.

Per lei era evidente che, tra due anni, la Francia avrebbe conosciuto una situazione simile a quella italiana. I soldi neri, quelli che, per definizione, non hanno bisogno di dichiarare l'origine, erano diventati la merce più usata dagli uomini politici. Al punto, mi aveva detto recentemente Babette al telefono, "di scivolare impercettibilmente da una società politica di tipo mafioso a un sistema mafioso".

«Fabre era legato alla Mafia?».

«Chi era Fabre? Ti sei occupato un po' di lui, no?».

«Un architetto, talentuoso, di sinistra, che ha avuto successo».

«Che ha avuto successo in tutto, vuoi dire. Cûc mi ha confidato che il suo studio era stato caldamente suggerito per la pianificazione portuale Euroméditerranée».

Euroméditerranée doveva essere la "nuova ripartizione" per far tornare Marsiglia sulla scena internazionale, tramite il suo porto. Ne dubitavo. Un progetto nato a Bruxelles, nel cervello di qualche tecnocrate, non poteva avere come scopo il futuro di Marsiglia. Ma solo il controllo dell'attività portuale. Ridistribuire le carte nel Mediterraneo, tra Genova e Barcellona. Ma, per l'Europa, i porti del futuro erano già Anversa e Rotterdam.

Ci stavano fregando, come sempre. L'unico futuro preventivato per Marsiglia era di essere il primo porto per il commercio della frutta del Mediterraneo. E accogliere crociere internazionali. L'attuale progetto puntava essenzialmente a questo. Si profilava un enorme cantiere sui centodieci ettari del bacino e del porto. Quartiere d'affari, centro di comunicazioni internazionali, teleporto, università del turismo... Una manna per le imprese di costruzioni e di lavori pubblici.

«Una cassaforte per Fabre! L'ennesimo merdaio, oltre a quello di Serge e i barbuti».

«È una cosa diversa, ecco tutto, ma che puzza nello stesso identico modo. Tra le carte di Serge ho trovato dei documenti del Fais. Mi hai detto che Draoui ne faceva parte. Per loro, l'Algeria è sprofondata nello stesso sistema politico mafioso. La guerra fatta dal Fis al potere non è una guerra santa. È solo una lotta per dividersi la torta. Per questo Boudiaf è stato assassinato. Perché è stato l'unico a dirlo chiaramente».

«Tieni» disse riempiendo i bicchieri. «Ne abbiamo bisogno».

«Sai, in Russia è uguale. Non c'è nessuna speranza neppure lì. Creperemo per questo. Salute» dissi, alzando il bicchiere.

Restammo in silenzio con i bicchieri in mano. Persi nei nostri pensieri. L'arrivo del secondo vassoio di frutti di mare ci distrasse.

«Sei un tipo strano, Montale. Mi fai pensare a una clessidra. Quando la sabbia è scesa, c'è sempre qualcuno che viene a girarla. Cûc ti ha fatto un bell'effetto!».

Sorrisi. Mi piaceva quest'immagine della clessidra. Del tempo che scorre. Si vive la vita in quel lasso di tempo. Fin quando nessuno viene più a girare la clessidra. Perché si è perso il piacere di vivere.

«Non è stata Cûc a girare la clessidra. È la morte. La vicinanza della morte. Ovunque intorno a noi. Credo ancora nella vita».

Questa conversazione mi portava troppo lontano. Là dove, di solito, rifiutavo di avventurarmi. Più il tempo passava meno trovavo ragioni per vivere. Per questo preferivo dedicarmi alle cose semplici. Come bere e mangiare. E andare a pesca.

«Per tornare a Cûc» continuai, «non ha fatto altro che scatenare il tutto. Volendo che Fabre rompesse i ponti con i suoi amici mafiosi. Ha iniziato a ficcare il naso nei suoi affari. I contratti. Le persone che incontrava. Ha iniziato ad aver paura e, soprattutto, a sentirsi minacciata. Da ciò che aveva intrapreso. Dagli obiettivi che si era prefissa, una notte, nel suo miserabile appartamentino di Le Havre. Una minaccia alla sua vita, e la sua vita è Mathias. Il frutto del suo amore perduto. Distrutto dalla violenza, dall'odio, dalla guerra.

«Ha supplicato Fabre di smettere. Di partire. In Vietnam. Loro tre. Per iniziare una nuova vita. Ma Fabre aveva mani e piedi legati. La classica situazione. Come alcuni uomini politici. Ne fanno di tutti i colori pur di avere un posto al sole e pensano che una volta in cima alla scala avranno abbastanza potere per fare pulizia. Basta con le cattive abitudini e le cattive amicizie. Ma no. È impossibile. Al primo sgarro o imbroglio, sei morto.

«Fabre non poteva cancellare il passato. Arrivederci e grazie. Non voleva sprofondare. Ritrovarsi nella merda, come se ne vedono parecchi di questi tempi. Ha iniziato a incazzarsi. A bere e a diventare odioso. A tornare sempre più tardi la sera. A non tornare affatto. Per questo Cûc ha sedotto Hocine Draoui. Per umiliare il marito. Per dirgli che non lo amava. Che l'avrebbe lasciato. Un ricatto disperato. Un grido d'amore. Perché, in fondo, credo che lo amasse.

«Fabre non ha capito niente. O non ha voluto capire. Comunque, non lo ha sopportato. Cûc era tutta la sua vita. L'amava più di ogni altra cosa, credo. Forse ha fatto tutto questo solo per lei. Non lo so... Non lo sapremo mai. L'unica cosa certa è che si è sentito tradito da lei. E da Hocine Draoui... I suoi studi andavano contro il progetto del parcheggio della Vieille-Charité... gestito dallo studio di Fabre. L'ho letto sul cartello, all'ingresso del cantiere».

«Lo so, lo so. Ma... vedi, Montale, gli scavi della Vieille-Charité non sono poi così eccezionali. E Fabre non può averlo saputo che da Hocine Draoui. La serie di motivazioni che ha presentato ai servizi interessati, per difendere il progetto del parcheggio, erano chiare, rigorose. Non lasciavano alcuna possibilità agli archeologi. Lo stesso Draoui ci credeva poco. Ho letto l'intervento che fece durante il simposio del '90. Il cantiere più interessante è quello della place Jules Verne. Quegli scavi permettono di risalire a sei secoli prima dell'era cristiana. Forse ciò che verrà portato alla luce è l'imbarcadero del porto Ligure. Quello dove un giorno è sbarcato Protis. Ci metto la mano sul fuoco che lì non verrà mai costruito un parcheggio... Secondo me, Fabre e Draoui avevano un certo rispetto uno per l'altro. E questo spiegherebbe perché Fabre, appena saputo in quali difficoltà si trovava Draoui, gli abbia proposto di ospitarlo. Fabre, da quel che ho saputo, era un uomo colto. Amava la sua città e il suo patrimonio artistico. Il Mediterraneo. Sono sicuro che avevano molte cose in comune, quei due. Da quando si sono conosciuti, nel '90, non hanno mai smesso di scriversi.

Ho letto alcune lettere di Draoui a Fabre. Appassionanti. Sono sicuro che ti interesserebbero».

«Questa storia è folle» dissi, non sapendo cos'altro aggiungere. Capivo dove voleva arrivare e mi sentivo intrappolato. Non potevo continuare a fare il finto tonto e a tacere ciò che sapevo.

«Sì, una bella storia di amicizia» riprese con tono leggero. «E che va a finire male. Come se ne leggono a migliaia sui giornali. L'amico che va a letto con tua moglie. Il marito cornuto che si fa giustizia».

Per un attimo rimasi a pensare.

«Ma non corrisponde all'idea che ti sei fatto di Fabre, è questo che pensi?».

«Tanto più che il marito cornuto si fa ammazzare poco dopo. Non è stata lei a ucciderlo. Né tu. Ma dei killer. Come è successo con Draoui. E Guitou, che ha avuto la sfortuna di trovarsi lì al momento sbagliato».

«E credi che ci sia un'altra ragione».

«Sì. La morte di Draoui non è legata al fatto che è andato a letto con Cûc. È più grave».

«Grave al punto che due killer vengono da Tolone apposta per questo. Per uccidere Hocine Draoui».

Merda! Dovevo pur dirglielo.

Non batté ciglio. I suoi occhi erano fissi su di me. Ebbi la strana sensazione che sapesse già ciò che gli avevo appena confessato. Il numero dei killer. Il loro luogo d'origine. Ma come avrebbe potuto saperlo?

«E come lo sai? Che sono venuti da Tolone?».

«Mi si sono attaccati al culo dal primo giorno, Loubet. Cercavano la ragazzina. Si chiama Naïma. Quella che era a letto con Guitou. Sapevo chi era e...».

«Sei andato alla Bigotte per questo?».

«Sì, per questo».

Mi guardò con una violenza che non sapevo gli appartenesse. Si alzò.

«Un cognac» urlò al cameriere.
E se ne andò verso i cessi.
«Due» precisai. «E un altro caffè».

Capitolo diciannovesimo
Nel quale quando la morte arriva è già troppo tardi

Loubet tornò che era più calmo. Dopo aver pisciato, aveva semplicemente detto: «Hai la fortuna di starmi simpatico, Montale. Perché ti avrei volentieri spaccato la faccia!».

Gli sciorinai tutto quel che sapevo. Guitou, Naïma, la famiglia Hamoudi. Poi tutto quello che mi aveva raccontato Cûc quella notte, e che non gli avevo ancora detto. Nei dettagli. Come un bravo scolaro.

Naïma era andata da Mathias ad Aix. Lunedì sera. Il giorno prima, al telefono, gli aveva raccontato l'essenziale. Mathias aveva chiamato la madre. Spaventato e furibondo al tempo stesso. Cûc, ovviamente, era andata ad Aix. Naïma aveva raccontato di quella drammatica notte.

Adrien Fabre era presente. Lei non lo aveva visto. Aveva solo sentito urlare il suo nome. Dopo che avevano ucciso Guitou. "Cazzo! Cosa ci faceva qui questo ragazzino? Fabre!" aveva urlato un tizio. "Vieni qui!". Si ricordava le parole. Non avrebbe mai potuto dimenticarle.

Lei si era nascosta nella doccia. Accovacciata sul piatto. Terrorizzata. Se era riuscita a non urlare, aveva spiegato, era perché una goccia d'acqua le cadeva sul ginocchio. Il sinistro. Si era concentrata su questo. Fino a quanto poteva contare prima che un'altra goccia le cadesse addosso.

C'era stata una discussione tra gli uomini, davanti alla porta del monolocale. Tre voci, con quella di Fabre. "L'avete ucciso! L'avete ucciso!" gridava. Quasi piangendo. Quello che sembrava essere il capo lo aveva trattato da stronzo. Poi c'era stato un rumore secco, come uno schiaffo. Fabre, allora, si era messo a singhiozzare. Una delle voci, con un forte accento corso, aveva chiesto cosa si dovesse fare. Il capo aveva risposto di darsi una mossa per trovare un furgoncino. Con tre o quattro traslocatori. Per svuotare la casa. Del grosso. Dell'essenziale. Lui avrebbe portato via "l'altro", prima che crollasse del tutto.

Quanto tempo avesse passato nella doccia, a contare le gocce d'acqua, Naïma lo ignorava. L'unica cosa che ricordava era che, a un certo punto, ci fu il silenzio. Nessun rumore. Soltanto lei, che singhiozzava e tremava. Il freddo le era entrato nella pelle. Non il freddo delle gocce d'acqua. Il freddo dell'orrore che la circondava e che immaginava.

Aveva salvato la pelle, questo l'aveva capito. Ma restò lì, a occhi chiusi, sotto la doccia. Senza muoversi. Senza poter fare il minimo gesto. A singhiozzare. A tremare. A sperare che quell'incubo finisse. Guitou avrebbe posato un bacio sulle sue labbra. Lei avrebbe aperto gli occhi e lui le avrebbe detto: "Dài, è tutto finito". Ma il miracolo non avvenne. Un'altra goccia le era caduta sul ginocchio. Reale, come ciò che aveva vissuto. Si alzò, penosamente. Rassegnata. E si vestì. La cosa più terribile, aveva pensato, l'aspettava dietro la porta. Doveva scavalcare il corpo di Guitou. Si avvicinò girando la testa per non vederlo. Ma non ci riuscì. Era il suo Guitou. Si accovacciò davanti a lui, per guardarlo un'ultima volta. Dirgli addio. Non tremava più. Non aveva più paura. Più niente avrebbe avuto importanza, ora, aveva pensato, alzandosi, e…

«E dove sono ora lei e Mathias?».

Assunsi l'aria più angelica possibile e risposi:

«Beh, è proprio questo il problema. Non lo sappiamo».

«Mi prendi per il culo o cosa?».

«Te lo giuro».

Mi guardò con cattiveria.

«Ti metto al gabbio, Montale. Per due o tre giorni».

«Non dire stronzate!».

«Mi hai rotto le palle! E non ti voglio più tra i piedi».

«Anche se pago il conto?» dissi, con la mia espressione più idiota.

Loubet scoppiò a ridere. Una bella risata franca. Una risata da uomo. Capace di tenere testa a tutte le bassezze del mondo.

«Hai avuto strizza, eh?».

«Eccome! Sarebbero venuti tutti a vedermi. Come allo zoo. Anche Pertin mi avrebbe portato le noccioline».

«Il conto si divide» riprese, serio. «Rilascerò un mandato di arresto per Balducci e l'altro. Narni». Pronunciò quel nome lentamente. Poi piantò i suoi occhi nei miei. «Come lo hai identificato?».

«Narni. Narni» ripetei. «Ma...».

Una porta si aprì sulla peggiore e più inimmaginabile delle porcherie. Sentii il mio stomaco contrarsi. Ebbi un conato di vomito.

«Cos'hai, Montale? Non ti senti bene?».

Tieni duro, pensai. Tieni duro. Non vomitare sul tavolo. Trattieniti. Concentrati. Respira. Dài, respira. Lentamente. Come se stessi camminando nelle calanche. Respira. Ecco, va meglio. Respira ancora. Soffia. Bene. Sì, ci siamo... Vedi, si digerisce tutto. Anche la merda allo stato puro.

Mi asciugai la fronte coperta di sudore.

«Va bene, va bene. Solo un fastidio allo stomaco».

«Hai una faccia che fa paura».

Non vedevo più Loubet. Davanti a me c'era l'altro. Il bell'uomo. Con le tempie brizzolate e i baffi sale e pepe. Con il grosso anello d'oro sulla mano destra. Alexandre. Alexandre Narni.

Ebbi un altro conato, ma il peggio era passato. Come aveva fatto Gélou a ritrovarsi nel letto di un omicida? Dieci anni, per Dio!

«Non è niente» dissi. «Passerà. Che ne dici di un altro cognac?».

«Sicuro di star bene?».
Mi sarei ripreso.
«Narni» dissi con tono scherzoso, «non so chi sia. Solo un nome che mi è venuto in mente prima. Boudjema Ressaf, Narni... Volevo far scena con Pertin. Fargli credere che eravamo d'accordo, io e te».
«Ah!» disse.
Loubet non mi lasciava con gli occhi.
«E chi è, allora, questo Narni? Dài, quel nome non ti è venuto in mente per caso. Ne hai sicuramente sentito parlare di Narni. Per forza. Una delle guardie del corpo di Jean-Louis Fargette». Ebbe un sorriso ironico. «Dài, ti ricordi di Fargette? Eh? La Mafia...».
«Sì, certo».
«Nel corso degli anni, il tuo Narni si è distinto come padrone del racket su tutta la Costa. Si è parlato di lui, quando Fargette si è fatto ammazzare a Sanremo. Forse è stato proprio lui a fare il lavoro. Il capovolgimento delle alleanze tra famiglie, sai come succede. Da allora, Narni si è fatto dimenticare».
«E cosa fa, ora che Fargette è morto?».
Loubet sorrise. Il sorriso di chi sa che ti stupirà. Mi aspettavo il peggio.
«È consulente finanziario di una società internazionale di marketing economico. La società che gestisce il secondo conto dell'azienda di Cûc. Che gestisce anche il secondo conto dello studio di architettura di Fabre. E altri ancora... Non ho avuto il tempo di spulciare la lista. C'è dietro la Camorra napoletana, ne ho avuto la conferma poco fa, prima di incontrarti. Come vedi Fabre era coinvolto alla grande. Ma non come pensi».
«Addirittura!» dissi evasivamente.
Non ascoltavo quasi più. Avevo un nodo allo stomaco. Lì dentro, era tutto un sali e scendi. I ricci, le uova di mare, le ostriche. Il cognac non mi era stato di nessun aiuto. E avevo voglia di mettermi a piangere.

«Secondo te, per quei tizi, cos'è il marketing economico?».
Lo sapevo. Babette me lo aveva spiegato.
«L'usura. Prestano soldi alle imprese in difficoltà. Denaro sporco, ovviamente. A tassi folli. Quindici, venti per cento. Ma tanti soldi. In Italia funziona già così. Lo fanno anche le banche! La Mafia aveva attaccato il mercato francese. L'affare Schneider, con le sue appendici belghe, è stato il primo esempio».

«Ebbene, il tizio che gestisce tutto quanto si chiama Antonio Sartanario. Narni lavora per lui. Si occupa, in particolare, di chi ha difficoltà a restituire i prestiti. O di chi tenta di cambiare le regole del gioco».

«Fabre c'entrava in questo?».

«Ha iniziato a chiedere prestiti per avviare il suo studio. Poi ha chiesto sempre di più, per aiutare Cûc a lanciarsi nella moda. Era un cliente abituale. Ma, in questi ultimi mesi, si era fatto più volte tirare le orecchie. Spulciando le sue carte, abbiamo scoperto che passava grandi quantità di denaro su un conto titoli. Un conto aperto a nome di Mathias. Vedi, Hocine Draoui era un avvertimento per Fabre. Il primo. Lo hanno ucciso, lì a casa sua, davanti a lui, proprio per questo. Il lunedì seguente, Fabre ha ritirato una grossa somma».

«Ma lo hanno comunque ammazzato».

«La morte del ragazzino deve essere stato un colpo duro per Fabre. Allora, invece di restituire i soldi, cosa ha fatto? Cosa gli è venuto in mente? Di sputare l'osso? Di ricattare per essere lasciato in pace?... Ehi! Mi ascolti, Montale?».

«Sì, sì».

«Hai capito di che merdaio si tratta? Balducci, Narni. Quei tipi non scherzano. Mi senti, Montale?». Guardò l'ora. «Cazzo, sono in ritardo». Si alzò. Io no. Non mi reggevo ancora in piedi. Loubet mi posò la mano sulla spalla, come la volta scorsa, da Ange. «Un consiglio, se hai notizie dei ragazzini non dimenticare di chiamarmi. Non vorrei gli succedesse qualcosa. Neppure tu, credo».

Annuii.

«Loubet» dissi, «ti voglio bene».

Si chinò verso di me.

«Allora, fammi un piacere, Fabio. Vai a pescare. È più sano... per il tuo stomaco».

Mi feci servire un terzo cognac. Lo bevvi tutto di un fiato. Scese con la forza che speravo. Capace di scatenare la tempesta nel mio stomaco. Mi alzai, penosamente, e mi diressi verso il bagno.

In ginocchio, tenendo la tazza del cesso con le due mani, vomitai. Tutto. Fino all'ultima vongola. Non volevo tenermi niente di quel fottuto pranzo. Con lo stomaco contratto dal dolore, mi misi a singhiozzare piano. Ecco, pensai, le cose finiscono sempre così. Per mancanza di equilibrio. Perché così sono iniziate. Si vorrebbe che tutto si sistemasse, alla fine. Ma no, non succede mai.

Mai.

Mi rialzai e tirai lo sciacquone. Come si tira la maniglia dell'allarme.

Fuori c'era un tempo splendido. Avevo dimenticato che esisteva il sole. Inondava il cours d'Estienne d'Orves. Mi lasciai trasportare dal dolce calore. Con le mani in tasca andai fino a place Huiles. Sul Vieux-Port.

Un forte odore saliva dall'acqua. Un misto di olio, morchia e acqua salata. Certamente non un buon odore. Puzza, avrei detto un altro giorno. Ma ora mi faceva un gran bene. Un profumo di felicità. Vero, umano. Era come se Marsiglia mi prendesse alla gola. Mi venne in mente il "brum brum" della mia barca. Mi vidi in mare a pescare. Sorrisi. La vita mi si stava risvegliando dentro. Grazie alle cose più semplici.

Arrivò il ferry-boat. Mi regalai un'andata e ritorno per il più corto e più bello dei viaggi. La traversata di Marsiglia. Quai du Port-Quai de Rive Neuve. C'era poca gente a quell'ora. Alcuni vecchi e una madre che dava il biberon al suo bambino. Mi sorpresi a canticchiare *Chella lla*. Una vecchia canzone napoletana di Renato Carosone. Ritrovavo le mie origini. Con i ricordi che le accompagnavano. Mio padre mi aveva fatto sedere sul bordo della finestra del ferry boat e mi aveva detto: "Guarda, Fabio. Guarda. È l'ingresso del porto. Vedi, il forte Saint-Nicolas. Il forte Saint-Jean. E lì, il Pharo. Dopo, c'è il mare. Al largo". Sentivo le sue grosse mani che mi tenevano sotto le ascelle. Quanti anni potevo avere? Sei o sette, non di più. Quella notte avevo sognato di essere un marinaio.

Place de la Mairie, i vecchi che scesero furono sostituiti da altri vecchi. La madre di famiglia mi guardò prima di lasciare il ferry-boat. Le sorrisi.

Salì una liceale. Il tipo di ragazza che fiorisce meglio a Marsiglia che altrove. Padre o madre antillesi, forse. Capelli lunghi e ricci. I seni belli dritti. La gonna lunga fino ai piedi. Venne a chiedermi da accendere, perché l'avevo guardata. Mi lanciò un'occhiata alla Lauren Bacall, senza sorridere. Poi andò dall'altra parte della cabina. Non ebbi il tempo di ringraziarla. Per il piacere di quello sguardo.

Al ritorno, costeggiai il lungomare, per andare da Gélou. Avevo chiamato in albergo prima di lasciare l'Oursin. Mi aspettava al New York. Non sapevo cosa avrei fatto se Narni fosse stato lì. Forse, lo avrei strangolato sul posto.

Ma Gélou era sola.

«Non c'è Alexandre?» dissi, baciandola.

«Sarà qui tra mezz'ora. Avevo voglia di vederti senza di lui. Per ora. Cosa succede Fabio? Con Guitou».

Gélou aveva le occhiaie. Era segnata dall'ansia. L'attesa, la stanchezza, e tutto il resto. Ma era bella, mia cugina. Sempre. Volevo ancora approfittare del suo viso, così com'era ora. Perché la vita non le aveva sorriso? Si era aspettata troppo da se stessa? Sperato troppo? Ma non siamo tutti così, appena apriamo gli occhi sul mondo? Esistono persone che non chiedono niente alla vita?

«È morto» dissi, piano.

Le presi le mani. Erano ancora calde. Poi alzai gli occhi verso di lei. Misi nello sguardo tutto l'amore che avevo in riserva per i mesi invernali.

«Cosa?» balbettò.

Sentii il sangue rifluire dalle sue mani.

«Vieni» dissi.

E la obbligai ad alzarsi, a uscire. Prima del crollo. La presi per le spalle, come un'innamorata. Il suo braccio scivolò intorno alla mia vita. Attraversammo in mezzo al flusso delle macchine. Senza preoccuparci delle frenate. Dei clacson. Degli insulti che volavano. C'eravamo solo noi. Noi due. E quel dolore comune.

Camminammo sul lungomare. In silenzio. Stretti uno all'altra. Mi chiesi dove fosse quell'uomo di merda. Non doveva essere lontano, Narni. A spiarci. A chiedersi quando, finalmente, avrebbe potuto spararmi una pallottola in testa. Doveva sognarlo. Anch'io. La pistola che mi portavo in macchina, dalla sera prima, doveva servire a quello. E avevo un vantaggio su Narni. Ora sapevo che essere schifoso fosse.

Sentii sussultare la spalla di Gélou. Le lacrime stavano arrivando. Mi fermai e la feci voltare verso di me. L'abbracciai. Tutto il suo corpo si strinse al mio. Sembravamo due amanti, folli di desiderio. Dietro il campanile di Accoules, il sole si nascondeva già.

«Perché?» chiese tra le lacrime.

«Non hanno più importanza le domande. Né le risposte. È così, Gélou. È così, ecco tutto».

Sollevò il viso verso di me. Un viso sfatto. Il rimmel era colato. Lunghe tracce blu. Le guance sembravano piene di crepe, come dopo un terremoto. Vidi il suo sguardo ritirarsi dentro di lei. Per sempre. Gélou se ne andava. Altrove. Nel paese delle lacrime.

Gli occhi e le mani, malgrado tutto, si aggrappavano ancora

a me, disperatamente. Per restare al mondo. E mantenersi a tutto ciò che ci univa fin dall'infanzia. Ma non le ero di alcun aiuto. La mia pancia non aveva spinto un bambino verso la luce. Non ero una madre. E neppure un padre. E tutte le parole che potevo dire appartenevano al dizionario della stronzaggine umana. Non c'era niente da dire. Non avevo niente da dire.

«Sono qui» le mormorai, vicino all'orecchio.

Ma era troppo tardi.

Quando la morte arriva, è già troppo tardi.

«Fabio...».

Tacque. La sua fronte venne a posarsi sulla mia spalla. Si stava calmando. Il peggio sarebbe venuto dopo. Le accarezzai dolcemente i capelli, poi feci scivolare la mano sotto il suo mento, per alzarle il viso.

«Hai un Kleenex?».

Annuì. Si staccò da me, aprì la borsa, tirò fuori un Kleenex e uno specchietto. Asciugò le tracce di rimmel. Non fece altro.

«Dov'è la tua macchina?».

«Al parcheggio dell'albergo. Perché?».

«Non farmi domande, Gélou. A che livello? Primo? Secondo?».

«Primo. Sulla destra».

La presi nuovamente per le spalle e ripartimmo verso il New York. Il sole stava sparendo dietro le case della collina del Panier. Dietro a sé lasciava una bella luce che colorava di rosa i palazzi del Quai di Rive-Neuve. Era splendido. E ne avevo bisogno. Di aggrapparmi a questi momenti di bellezza.

«Parlami» disse.

Eravamo di fronte a uno degli ingressi del metrò Vieux-Port. Ce n'erano tre. Questo. Uno sotto la Canebière. L'altro a place Gabriel Péri.

«Più tardi. Ora vai in macchina. Sali e aspetta che arrivi io. Ti raggiungo tra meno di dieci minuti.

«Ma...».

«Lo puoi fare?».

«Sì».

«Bene. Ti lascio qui. Tu torna verso l'albergo. Quando ci sei di fronte, fermati per qualche secondo. Come se stessi pensando a qualcosa. Qualcosa che hai dimenticato, per esempio. Poi, senza fretta, ti dirigi verso il parcheggio. D'accordo?».

«Sì» disse meccanicamente.

L'abbracciai come se la stessi salutando. Stringendola a me. Teneramente.

«Devi fare esattamente ciò che ti ho detto, Gélou» le dissi dolcemente, ma con fermezza. «Hai capito?». La sua mano scivolò nella mia. «Forza, vai».

Andò. Rigida. Come un automa.

La guardai attraversare. Poi scesi nel metrò, prendendo la scala mobile. Senza fretta. Arrivato nel corridoio, iniziai a correre. Attraversai tutta la stazione per raggiungere l'uscita Gabriel Péri. Salii le scale due a due, e mi ritrovai sulla piazza. Girai a destra per raggiungere la Canebière, davanti al Palazzo della Borsa. Il parcheggio era lì di fronte.

Se Narni, o l'altro, Balducci, mi stavano sorvegliando, avevo un bell'anticipo. Lì, dove Gélou e io stavamo andando, non avevamo bisogno di nessuno. Attraversai senza aspettare l'omino verde e mi tuffai nel parcheggio.

Ci fu un lampeggiamento di fari e riconobbi la Saab di Gélou.

«Spostati» dissi, aprendo lo sportello. «Guido io».

«Dove andiamo, Fabio? Spiegami!».

Aveva urlato.

«Andiamo solo a farci una passeggiata» dissi piano. «Dobbiamo parlare, no?».

Non parlammo fino all'imbocco dell'autostrada Nord. Avevo gironzolato per Marsiglia con l'occhio fisso sullo specchietto retrovisore. Ma nessuna macchina ci seguiva. Rassicurato, raccontai a Gélou cosa era successo. Le dissi che il commissario che seguiva l'inchiesta era un amico. Che gli si poteva dare fiducia. Mi aveva ascoltato, senza fare domande. Aveva solo detto:

«Tanto, ora, non cambia niente».

Presi l'uscita Les Arnavaux e iniziai ad attraversare le strade che salgono verso Sainte-Marthe.

«Come hai conosciuto Narni?».

«Cosa?».

«Dove hai conosciuto Alexandre Narni?».

«Al ristorante che avevo con Gino. Era un cliente. Un buon cliente. Veniva spesso. Con amici, a volte solo. Amava la cucina di Gino».

Anche io. Mi ricordavo ancora di un piatto di *lingue di passero*[1] al tartufo. Non ne avevo più mangiate di così buone. Neppure in Italia.

«Ti faceva il filo?».

«No. Insomma, dei complimenti...».

«Come un bell'uomo può fare a una bella donna».

«Se vuoi, sì... Ma ero con lui come con tutti gli altri clienti. Né più né meno».

«Ah... E lui?».

«Lui cosa? Fabio, cosa sono tutte queste domande? Sono legate alla morte di Guitou?».

Alzai le spalle.

«Ho bisogno di sapere delle cose sulla tua vita. Per capire».

«Capire cosa?».

«Come ha fatto Gélou, la mia cara cugina, a incontrare Alexandre Narni, killer professionista della Mafia. E come, nei dieci anni che è andata a letto con lui, non ha mai intuito niente».

E all'improvviso, frenai. Per parcheggiare. Prima di ricevere uno schiaffo.

---

[1] In italiano nel testo.

Capitolo ventesimo
*Nel quale viene proposta
una visione limitata del mondo*

Narni diventò uno dei migliori clienti del ristorante soltanto dopo pochi mesi dall'apertura. Ogni volta veniva con persone famose. Sindaci, deputati. Persone elette nella regione. Ministri. Gente dello spettacolo. Del cinema.

Ecco i miei amici, sembrava dire. Siete fortunati che apprezzo la vostra cucina e che veniamo dallo stesso posto. Narni, come Gino, era originario dell'Umbria. Senz'altro la regione d'Italia dove si mangia meglio. Anche più della Toscana. Questa era una fortuna. Bisognava riconoscerlo. Il ristorante era sempre pieno. Alcuni ci venivano a cena solo per vedere questa o quest'altra personalità.

Le pareti erano piene di cornici con le foto di tutti coloro che passavano al ristorante. Gélou posava con ognuno di loro. Come una star. La star delle star, in quel ristorante. Un regista italiano, non si ricordava più quale, le aveva addirittura proposto, un giorno, di recitare nel suo prossimo film. Aveva riso di cuore. Amava il cinema, ma non si era mai immaginata davanti a una cinepresa. E poi Guitou era appena nato. Dunque, il cinema...

I soldi entravano. Un periodo felice. Anche se, la sera, si ritrovavano a letto esausti. Soprattutto nelle sere dei week-end. Gino aveva assunto un aiuto cuoco e due cameriere. Gélou non serviva più ai tavoli. Accoglieva gli ospiti importanti e prendeva un aperitivo con loro. Ecco. Narni la invitava ai ricevimenti ufficiali, le serate di gala. Diverse volte anche al festival di Cannes.

«Ci andavi sola?».

«Sì, senza Gino. Il ristorante doveva andare avanti. E lo sai, lui non amava molto le mondanità. Non c'era niente che gli facesse perdere la testa, a parte me» disse, con un sorrisetto triste. «Né i soldi, né gli onori. Era un vero contadino, con i piedi per terra. Per questo l'ho amato. Mi ha dato equilibrio. Mi ha insegnato la differenza tra il vero e il falso. Le apparenze. Ti ricordi com'ero da ragazzina? Correvo dietro a tutti i ragazzi che facevano gli sbruffoni con i soldi di papà».

«Volevi addirittura sposarti con il figlio di un fabbricante di scarpe marsigliese. Era un buon partito».

«Era brutto».

«Gino...».

Si perse nei suoi pensieri. Eravamo rimasti fermi sulla strada dopo la mia brusca frenata. Gélou non mi aveva schiaffeggiato. Non si era neppure mossa. Frastornata. Poi si era voltata verso di me, lentamente. I suoi occhi lanciavano segnali di sgomento. Non avevo osato guardarla subito.

«È così che hai trascorso il tempo?» aveva detto. «A spulciare la mia vita?».

«No, Gélou».

E le avevo raccontato tutto. Insomma, non tutto. Soltanto ciò che aveva diritto di sapere. Poi fumammo, in silenzio.

«Fabio» riprese.

«Sì».

«Cosa vuoi sapere?».

«Non lo so. È come se mancasse un pezzo al puzzle. Si vede l'immagine, ma quel pezzo che manca, manda tutto per aria. Capisci?».

La notte era scesa. Malgrado i finestrini aperti, il fumo riempiva la macchina.

«Non ne sono sicura».

«Gélou, quel tizio vive con te. Ti aiuta a crescere i tuoi figli. Patrice, Marc e Guitou. Ha visto crescere Guitou... Ha giocato con lui. Ci sono stati i compleanni, Natale...».

«Come ha potuto, è questo?».

«Sì, come ha potuto. E come... Supponi che non avessimo saputo niente. Se tu non fossi venuta da me, eh? Narni viene, ammazza quell'uomo, Hocine Draoui. Poi Guitou, che sfortunatamente si trovava lì. Passa attraverso le maglie degli sbirri. Come sempre. Torna a Gap... Come avrebbe potuto... infilarsi il pigiama, pulito e stirato, e venire a letto con te e...».

«Credo che... morto Guitou, non avrei più sopportato nessun uomo nel mio letto. Alex o chiunque altro».

«Ah» feci, sconcertato.

«Avevo bisogno di un uomo per essere sicura di poter riuscire a tirare su i bambini, Guitou soprattutto. Di un... di un padre, sì». Gélou era sempre più nervosa. «Oh, Fabio, sono confusa. Capisci, ci sono cose che una donna si aspetta da un uomo. La gentilezza. La tenerezza. Il piacere. Il piacere, conta, sai? E poi, c'è tutto il resto. Che fa sì che un uomo sia veramente un uomo. La stabilità che offre. La sicurezza. Un'autorità, diciamo. Su cui appoggiarsi... Madre sola con tre figli, no, non ho avuto il coraggio. La verità è questa». Accese, automaticamente, un'altra sigaretta. Pensierosa. «Non è così semplice».

«Lo so, Gélou. Dimmi, non ha mai desiderato avere un figlio da te?».

«Sì, lui sì. Io no. Tre bastavano. Non credi?».

«Sei stata felice in questi ultimi anni?».

«Felice? Sì, penso di sì. Andava tutto bene. Hai visto la mia macchina?».

«Sì, l'ho vista, ma questo non significa essere felici».

«Lo so. Ma cosa vuoi che ti risponda? Accendi la televisione... Quando vedi cosa ti succede intorno, o altrove... Non posso certo dire che fossi infelice».

«Cosa ne pensava Gino di Narni?».

«A lui non piaceva molto. Insomma, all'inizio sì. Lo trovava simpatico. Parlavano del loro paese di origine. Ma Gino, lo sai, non è mai stato molto socievole. Per lui esisteva solo la famiglia».

«Era geloso?».

«Un po'. Come ogni buon italiano. Ma non è mai stato un problema. Anche quando per il mio compleanno mi arrivava un bellissimo mazzo di rose. Gli ricordava soltanto che lui se l'era dimenticato il mio compleanno. Ma non era grave. Gino mi amava e io lo sapevo».

«Allora, cos'era?».

«Non lo so. Gino... Ad Alex succedeva anche di venire a mangiare con tipi strani. Tutti in gran tiro, ma... accompagnati da... guardie del corpo. Con loro, niente fotografie! A Gino non piaceva averli al ristorante. Diceva che erano della Mafia. Con quelle facce, li si riconosceva subito. Erano più veri che al cinema!».

«Lo ha mai detto a Narni?».

«No, vuoi scherzare! Era un cliente. Quando hai un ristorante, fai pochi commenti. Servi da mangiare e basta».

«È da allora che Gino ha cambiato atteggiamento con lui?».

Spense la sigaretta. Era lontano nel tempo. E soprattutto, era un periodo sul quale non aveva ancora girato pagina. Dieci anni dopo. Nella sua mente, la foto di Gino doveva senz'altro avere una cornice d'oro e una rosa posata accanto.

«Gino, a un certo punto, è diventato nervoso. Ansioso. Si svegliava di notte. Perché lavoravamo troppo, diceva. È vero, non ci si fermava mai. Il ristorante era sempre al completo, eppure, non navigavamo nell'oro. Vivevamo. A volte, avevo la sensazione che guadagnassimo meno di prima. Gino diceva che era una spirale d'inferno quel ristorante. Iniziò a parlare di vendere. Di andare altrove. Di lavorare meno. E che saremmo stati ugualmente felici».

Gino e Gélou. Adrien Fabre e Cûc. La Mafia riprendeva con una mano ciò che dava con l'altra. Senza regalare niente. Non si sfuggiva al racket. Soprattutto se chi lo esercitava aveva costruito la tua clientela. Qualsiasi essa fosse. Funziona così ovunque. A livelli diversi. Anche per i più piccoli bar di quartiere, da

Marsiglia a Mentone. Niente di che, solo un piccolo flipper non dichiarato. O due.

Narni, tra l'altro, amava la proprietaria. Gélou. Mia cugina. La mia Claudia Cardinale. Mi ricordo che dieci anni fa era ancora più bella che d'adolescente. Una donna matura, raggiante. Come piacciono a me.

«Una sera hanno un po' litigato» riprese Gélou. «Ora mi ricordo. Non so a che proposito. Gino non me ne aveva voluto parlare. Alex era venuto a mangiare da solo, come a volte capitava. Gino si era seduto al suo tavolo, per bere un bicchiere di vino e chiacchierare. Alex aveva finito il primo e se n'era andato. Senza mangiare altro e salutando appena. Ma mi aveva guardata, a lungo. Prima di uscire».

«Quando è successo?».

«Un mese prima che uccidessero Gino... Fabio!» urlò, «non vorrai dire che...».

Non volevo dire niente, appunto.

Da quella sera, Narni non rimise più piede al ristorante. Chiamò Gélou, una volta. Per dirle che andava via per lavoro, ma che sarebbe tornato presto. Riapparve solo due giorni dopo la morte di Gino. Per il funerale, più precisamente. Fu molto presente in tutto quel periodo, aiutando Gélou in ogni momento, consigliandola.

Lei gli parlò della sua intenzione di vendere e di lasciare la regione. Di ricominciare da un'altra parte. Anche in questo caso, la aiutò. Fu lui a occuparsi della vendita del ristorante e riuscì a ottenere un ottimo prezzo. Da un suo parente. Gélou, un po' alla volta, si appoggiò più a lui che alla sua famiglia, la quale, passata la disgrazia, era tornata a occuparsi degli affari propri. Io compreso.

«Avresti potuto chiamare» protestai.

«Sì, forse. Se fossi stata sola. Ma c'era Alex e... non ho avuto bisogno di chiedere aiuto».

Un giorno, circa un anno dopo, Narni le propose di portarla a Gap. Aveva trovato una piccola attività che le sarebbe piaciuta. E anche una villa sulle prime scarpate del colle Bayard. La vista sulla valle era magnifica. I bambini sarebbero stati felici lì. Un'altra vita.

Visitarono la casa, come una giovane coppia che si deve sistemare. Ridendo. Facendo progetti, timidamente. La sera, invece di tornare, rimasero a cenare a Gap. Si fece tardi. Narni suggerì di dormire lì. Il ristorante aveva anche un albergo e aveva due camere libere. Gélou si era ritrovata tra le sue braccia, senza sapere come. Ma senza rimpianti.

«Era passato troppo tempo... Non... non potevo vivere senza un uomo. All'inizio avevo creduto di sì. Ma... avevo trentotto anni, Fabio» precisò, come per scusarsi. «Alle persone che avevo accanto, soprattutto alla mia famiglia, la cosa non piacque. Ma non si vive con la famiglia. Non c'è, la sera, quando hai messo a letto i bambini, e sei sola davanti alla televisione».

E, invece, c'era quell'uomo, che conosceva da così tanto tempo, e che aveva saputo aspettarla. Quell'uomo elegante, sicuro di sé, senza preoccupazioni economiche. Le aveva detto che era consigliere finanziario in Svizzera. Sì, Narni era rassicurante. Le si riprospettava un futuro. Non quello che aveva sognato sposando Gino. Ma migliore di quello che aveva previsto dopo la sua morte.

«Poi, vedi, spesso partiva per lavoro. In Francia, in Europa. E anche questo» precisò Gélou, «andava bene. Ero libera. Di andare e venire. Di essere sola con i miei figli, a loro disposizione. Alex tornava proprio quando la sua assenza iniziava a pesarmi. No, Fabio, in questi ultimi dieci anni non sono stata infelice».

Narni aveva ottenuto ciò che desiderava. Questa era l'unica cosa che non potevo rimproverargli. Che avesse amato Gélou, al punto da allevare i figli di Gino. Lo aveva ucciso solo per questo? Per amore? O perché Gino aveva deciso di non dargli più un centesimo? Poco importa. Quel tizio era un assassino. Avrebbe ucciso Gino comunque. Perché Alexandre Narni era come tutta la gente della Mafia. Ciò che volevano se lo prendevano, prima o poi. Il potere, i soldi, le donne. Gélou. Odiavo Narni ancora di più, per questo. Per aver osato amarla. Per averla sporcata, fregandola con tutti i suoi crimini. Con tutta quella morte che gli aleggiava intorno.

«Cosa succederà, adesso?» chiese Gélou, con un filo di voce.

Era una persona forte. Ma era comunque tanto, per una sola donna, in una sola giornata. Doveva riposarsi per evitare di crollare definitivamente.

«Andrai a riposarti».

«In albergo?» urlò, terrorizzata.

«No. Lì non ci torni. Narni, ora, sarà come un cane rabbioso. Ormai saprà che sono al corrente di tutto. Non vedendoti tornare, avrà immaginato che ti ho raccontato ogni cosa. È capace di uccidere chiunque. Anche te».

Mi guardò. Non la vedevo. Solo per un attimo, scorsi il suo viso illuminato dal passaggio di una macchina. Nei suoi occhi non ci doveva essere granché. Il deserto. Come dopo il passaggio di un tornado.

«Non ci credo» disse piano.

«A cosa non credi?».

«Che possa uccidermi». Riprese fiato. «Una notte, avevamo appena fatto l'amore. Era stato via a lungo. È tornato molto stanco. Abbattuto. Un po' triste. Mi ha preso tra le braccia, con tenerezza. Sapeva essere tenero e mi piaceva. "Vedi" aveva mormorato, "preferirei perdere tutto piuttosto che perdere te". Aveva le lacrime agli occhi».

Che cazzo! pensai. Avevo sentito veramente tutto in questa merda di vita. Anche questo. Storie di assassini teneri. Gélou, Gélou, perché mi hai lasciato la mano, quella domenica, al cinema?

«Ci saremmo dovuti sposare, noi due».

Non so neppure io cosa stavo dicendo.

Scoppiò a piangere e si rifugiò tra le mie braccia. Le sue lacrime m'impregnavano la camicia e la pelle. Sapevo che avrebbero lasciato una macchia indelebile.

«Non so neppure io cosa dico, Gélou. Ma sono qui. E ti voglio bene».

«Anch'io» disse piangendo. «Ma non ci sei stato sempre».

«Narni è un assassino. Uno pericoloso. Forse gli piaceva la vita di famiglia. E senz'altro ti ama. Ma non cambia niente. È un killer professionista. Pronto a tutto. In questo mestiere, non puoi tirarti indietro, così, come se niente fosse. Uccidere è un lavoro. Deve rendere conto a chi sta sopra di lui. A tizi ancora più pericolosi. Persone che non uccidono come lui, con delle armi. Ma che controllano uomini politici, industriali, militari. Persone per cui la vita umana non conta niente... Narni non può permettersi di lasciarsi dei feriti alle spalle. Non poteva lasciare vivere Guitou. E neppure te. Né me...».

La mia frase rimase sospesa. Io, non mi aspettavo più niente dalla vita. L'avevo solo prevista così com'era, un giorno. E avevo finito per amarla. Senza colpa, senza rimorsi, senza timore. Semplicemente. La vita è come la verità. Si prende ciò che ci si trova. Spesso si trova ciò che si è dato. Non è poi così complicato. Rosa, la donna che per tanti anni aveva vissuto con me, prima di lasciarmi mi disse che avevo una visione limitata del mondo. Era vero. Ma ero ancora vivo e bastava niente per rendermi felice. Morto, non sarebbe cambiato granché.

Feci scivolare il braccio intorno alle spalle di Gélou. Ripresi: «Gélou, ti voglio bene e voglio proteggerti da lui. Fino a quando non sarà tutto sistemato. Ma ho bisogno che tu, prima, lo uccida nella tua testa. Che tu distrugga anche l'ultima briciola di tenerezza che hai per lui. Altrimenti non posso aiutarti».

«È il secondo uomo che perdo, Fabio» disse, implorando.

Il peggio dovevo ancora dirlo. Avevo sperato di potermelo risparmiare.

«Gélou, immagina Guitou. Ha appena vissuto la prima notte d'amore, con una bella ragazzina. Poi, ci sono strani rumori in casa. Un grido, forse. Un grido di morte. Terrorizzante per chiunque. A qualsiasi età. Forse dormivano, Guitou e Naïma. Forse stavano di nuovo facendo l'amore. Immagina il loro panico.

«Allora, si alzano. E lui, Guitou, tuo figlio, che è appena diventato uomo, fa quello che probabilmente un uomo non avrebbe fatto. Ma lo fa. Perché Naïma lo sta guardando. Perché Naïma è preoccupatissima. Perché ha paura per lei. Apre la porta. E cosa vede? Quello stronzo di Narni. Quello che gli dà lezioni sui bianchi, sui neri, sugli arabi. Quello capace di picchiare tuo figlio, con tale violenza e brutalità da lasciargli dei lividi per più di quindici giorni. Quello che va a letto con sua madre. Che fa con sua madre ciò che lui ha appena fatto con Naïma.

«Immagina, Gélou, gli occhi di Guitou in quel momento. L'odio e la paura, anche. Perché sa di non avere più nessuna possibilità. Immagina anche gli occhi di Narni. Vedendo quel ragazzino davanti a sé. Quel ragazzino che lo sfida da anni, che lo disprezza. Immagina, Gélou. Voglio che tu abbia bene in mente queste schifose immagini! Tuo figlio in mutande. E Narni con la pistola. Che sta per sparare. Senza esitazione. Senza tremare. Una sola pallottola, Gélou. Una sola, per Dio!».

«Smettila!» singhiozzò.

Con le dita mi stringeva la camicia. Stava per avere una crisi isterica. Ma dovevo continuare.

«No, devi ascoltarmi, Gélou. Immagina ancora Guitou che cade e si fracassa la fronte sulla pietra della scala. Il sangue cola. Chi dei due, in quel momento, ha pensato a te? In quella frazione di secondo in cui la pallottola è partita per andarsi a infilare nel cuore di Guitou. Voglio che ti ficchi tutto questo in testa, una volta per tutte. Sennò, non potrai più dormire. Per tutta la vita. Devi immaginartelo, Guitou. E anche lui, Narni, te lo devi immaginare mentre spara. Lo ucciderò, Gélou».

«No!» urlò tra i singhiozzi. «No, non tu!».

«Qualcuno lo deve pur fare. Per cancellare tutto. Non per dimenticare, no. Questo, non lo potrai mai fare. E neppure io. No, solo per togliere la sporcizia. Fare un po' di pulizia. Nelle nostre menti. Nei nostri cuori. Allora, solo allora, potremo fare degli sforzi per sopravvivere».

Gélou si strinse a me. Eravamo lì, come durante la nostra adolescenza, stretti uno all'altra, a letto, a raccontarci storie incredibili. Ma le storie terrorizzanti ci avevano raggiunti. Erano più che reali. Potevamo addormentarci, certo, uno accanto all'altra, come prima. Al caldo. Ma sapevamo che al risveglio l'orrore non sarebbe scomparso.

Aveva un nome. Un viso.

Narni.

Ingranai la marcia. Senza più dire una parola. Adesso, ero arrivato al punto di non poter più aspettare. Andavo piuttosto veloce, nelle stradine quasi deserte a quell'ora.

Attraversammo un villaggio, con vecchie case, alcune dell'epoca coloniale. Ce n'era una, in stile moresco, che mi piaceva molto. Come se ne vedono a El Biar, sulle colline di Algeri. Era abbandonata, così come molte altre. Le finestre non si aprivano più, come una volta, su grandi parchi verdeggianti, su giardini, ma su palazzi di cemento.

Salimmo ancora. Gélou si lasciava trasportare. Lì dove la portavo, sarebbe andato tutto bene. Poi, comparve l'immenso Buddha d'oro, sul fianco della collina. La luna lo illuminava. Dominava maestosa la città, serena. Il tempio, costruito recentemente, ospitava un centro di studi buddhisti. Cûc ci stava aspettando. Con Naïma e Mathias.

Li aveva nascosti lì. Era il giardino segreto di Cûc. Dove veniva a rifugiarsi, quando le cose andavano male. Ci veniva a meditare, a pensare. A ricaricarsi. Nel posto dove era il suo cuore. Per sempre. Il Vietnam.

Non credevo in nessun Dio. Ma era un luogo sacro. Un luogo puro. E, pensai, non c'è niente di male se ogni tanto si respira un po' d'aria buona. Sarebbe stata bene qui, Gélou. Con loro. Tutti avevano perso qualcosa in questa storia. Cûc un marito. Mathias, un amico. Naïma, un amore. E Gélou, tutto. Avrebbero saputo occuparsi di lei e di loro stessi. Curarsi le ferite.

Un monaco ci accolse all'ingresso. Gélou si strinse a me. Le posai un bacio sulla fronte. Alzò il viso verso di me. Nei suoi occhi c'era un velo, che stava per strapparsi.

«Devo dirti ancora una cosa».

E seppi che quella cosa non avrei mai voluto sentirla.

Capitolo ventunesimo
*Nel quale si sputa nel vuoto,
per disgusto e con stanchezza*

Tornai con la Saab. Avevo acceso la radio ed ero capitato su una stazione di tango. Edmundo Riveiro cantava *Garuffa*. Era proprio quello di cui avevo bisogno. Avevo il cuore a pezzi, dopo ciò che mi aveva detto Gélou. Ma non volevo pensarci. Volevo allontanare quelle ultime parole. Dimenticarle, addirittura.

Avevo l'impressione di fare lo zapping nella vita degli altri. Di seguire storie già iniziate. Gélou e Gino. Guitou e Naïma. Serge e Redouane. Cûc e Fabre. Pavie e Saadna. Arrivavo sempre alla fine. Quando si uccide. Quando si muore. Sempre in ritardo di una vita. Di una felicità.

Sarei invecchiato così. Esitando troppo e facendomi sfuggire la felicità. Non avevo mai saputo prendere decisioni, né assumermi responsabilità. Su niente che potesse impegnarmi nella vita. Per paura di perdere. Ma perdevo ugualmente. Ero un perdente.

Con Magali c'eravamo dati appuntamento a Caen. In un piccolo albergo. Tre giorni prima della mia partenza per Gibuti. Avevamo fatto l'amore. Lentamente, a lungo. Tutta la notte. La mattina, prima di fare la doccia, mi aveva chiesto: "Cosa ti piacerebbe che facessi nella vita? L'insegnante o la modella?". Avevo alzato le spalle, senza rispondere. Era uscita dal bagno già vestita, pronta per uscire.

«Ci hai pensato?».

«Fa' ciò che vuoi» avevo risposto. «Mi piaci così come sei».

«Furbo!» mi rispose, posandomi un rapido bacio sulle labbra. L'avevo abbracciata. La desideravo, ancora. «Farò tardi a lezione».

«A stasera».

La porta si era richiusa. Non era più tornata. Non l'avevo potuta rivedere per dirle che, prima di tutto, volevo che fosse mia moglie. Ero scappato davanti alla domanda essenziale. Alla scelta. E non mi era servito a niente. Non sapevo cosa ne sarebbe stato di Magali e di me. Ma Fonfon, ne ero sicuro, sarebbe stato fiero di saperci insieme, felici. Oggi, non sarebbe stato solo. E io neppure.

Spensi la radio quando Carlos Gardel attaccò *Volver*. Il tango, la nostalgia, meglio spegnere. Avrei potuto crollare e invece dovevo tenere i nervi saldi. Per affrontare Narni. C'erano ancora delle zone d'ombra, che non riuscivo a chiarire. Perché era uscito allo scoperto proprio ieri, quando avrebbe potuto restare nascosto e continuare a inseguire Naïma? Forse pensava di chiudermi in trappola, una volta rispedita Gélou a Gap? Non aveva importanza ormai. Erano fatti suoi.

Imboccai l'autostrada del Littoral. Dalla parte dei porti. Solo per il piacere di vedere le banchine dall'alto della passerella. Di costeggiare le darsene. Di offrirmi il lusso delle luci dei traghetti all'ormeggio. I miei sogni erano ancora là. Intatti. In quelle barche pronte a tirare su l'ancora. Per altri lidi. Forse avrei dovuto fare proprio questo. Stasera. Domani. Partire. Finalmente. Lasciare tutto. Andare in quei paesi che Ugo aveva visitato. L'Africa, l'Asia, l'America del sud. Fino a Puerto Escondido. Aveva ancora una casa laggiù. Una casetta di pescatori. Come la mia, a Les Goudes. E anche una barca. Lo aveva detto a Lole, quando era tornato per vendicare Manu. Ne avevamo parlato spesso con lei. Di andarci. In quella casa, in capo al mondo.

Troppo tardi, ancora una volta. Uccidendo Narni, mi sarei finalmente messo in regola con la vita? No, sistemare i conti non avrebbe azzerato tutti i miei fallimenti. E come potevo essere così sicuro di uccidere Narni? Perché non avevo niente da perdere. Però neppure lui aveva più niente da perdere.

E loro erano in due.

Imboccai il tunnel del Vieux-Port, per uscire sotto il forte Saint-Nicolas. Di fronte al vecchio bacino di carenaggio costeggiai il quai de Rive-Neuve. Era l'ora in cui Marsiglia si agita. In cui ci si chiede quale zuppa si mangerà, la sera. Antillese. Brasiliana. Africana. Araba. Greca. Armena. Vietnamita. Indiana. Provenzale. O delle isole Réunion. C'è di tutto nel calderone marsigliese. Per tutti i gusti.

Rue Francis-Davso, parcheggiai in doppia fila, vicino alla mia R5. Portai nella Saab alcune cassette e la pistola di Redouane. Rimisi in moto e imboccai rue Molière, costeggiando l'Opéra, rue Saint-Saëns, a sinistra, rue Glandeves. Di nuovo al porto. A due passi dall'hotel Alizé. C'era un parcheggio che mi tendeva le braccia. Perfetto. Strisce pedonali e marciapiede. Doveva costare caro, perché nessuno l'aveva occupato. Ma mi sarebbero bastati cinque minuti, non di più.

Entrai in una cabina telefonica, quasi davanti all'albergo e chiamai Narni. Fu allora che vidi la Safrane, posteggiata in doppia fila davanti al New York. Data la quantità di fumo che usciva dal finestrino, doveva esserci Balducci al posto di guida. Giorno fortunato, pensai. Preferivo vederli qui, piuttosto che saperli ad aspettarmi davanti a casa mia.

Narni rispose immediatamente.

«Montale» dissi. «Non ci siamo ancora presentati, io e te. Ma potremmo farlo ora, no?».

«Dov'è Gélou?» aveva una bella voce, calda, grave, che mi sorprese.

«Troppo tardi per preoccuparti di lei, vecchio mio. Non penso che la rivedrai più».

«Lo sa?».

«Lo sa. Tutti lo sanno. Anche gli sbirri. Non c'è più molto tempo per sistemare le cose tra noi».

«Dove sei?».
«A casa mia» mentii. «Posso essere lì tra tre quarti d'ora. Va bene, al New York?».
«Ok, ci sarò».
«Solo» mi divertii a dire.
«Solo».
Misi giù e aspettai.
Gli ci vollero meno di dieci minuti per scendere dalla stanza e salire sulla Safrane. Recuperai la Saab di Gélou. Via!, pensai.
Avevo un'idea in mente. Non mi restava altro che sperare fosse quella giusta.
Grazie agli ingorghi raggiunsi la Safrane in quai de Rive-Neuve. Avevano deciso di passare dalla Corniche. Perfetto, andava bene pure a me.
Mi tenevo a una certa distanza da loro. Dovevo solo cercare di raggiungerli al David. Al Rond-Point de la Plage. E feci così. Mentre si avviavano verso la Pointe-Rouge, mi avvicinai e lampeggiai. Poi, senza fermarmi, girai intorno alla statua e presi avenue du Prado. Non avrebbero potuto fare inversione fino ad avenue de Bonneveine. Si sarebbero incazzati e io avrei avuto il tempo di arrivare sotto il Pharo. Senza rischi. Li avrei aspettati lì. All'incrocio Prado-Michelet. Dopo sarebbe iniziato il rodeo.
Tirai fuori pistola e pallottole dal sacchetto di plastica. La caricai e l'appoggiai sul sedile. Con il calcio verso di me. Infilai una cassetta degli ZZ TOP. Avevo bisogno di loro. L'unico gruppo rock che amavo. L'unico vero. Vidi la Safrane. Le prime note di *Thunderbird*. Partii. Si stavano probabilmente chiedendo a cosa stessi giocando. Mi divertiva sapere che non avevano il controllo della situazione. Il loro nervosismo era il mio punto di forza. L'intero piano si basava su un loro errore. Un errore che speravo fatale.
Semaforo verde. Semaforo arancione. Semaforo rosso. Percorsi boulevard Michelet senza fermarmi mai. Poi ad alta velocità attraversai l'incrocio di Mazargues. Dopo Redon e Luminy

imboccai la D 559. Direzione Cassis. Passando dal colle de la Gineste. Il classico percorso dei ciclisti marsigliesi. Una strada che conoscevo a memoria. Da lì partivano diversi sentieri per le calanche.

Una strada piena di curve, la D 559. Stretta e pericolosa.

Gli ZZ TOP attaccarono con *Long distance boogie*. Benedetto Billy Gibbons! Affrontai la costa a 110, con la Safrane attaccata al culo. La Saab mi sembrava un po' molle, ma rispondeva bene. Sicuramente Gélou non l'aveva mai spinta così.

Dopo il primo curvone, provarono a sorpassarmi. Avevano fretta. Vidi il muso della Safrane puntare la mia macchina e il braccio di Narni spuntare dal finestrino. Con una pistola in mano. Ingranai la quarta. Ero vicino ai 100 e imboccai la seconda curva con grande difficoltà. Anche loro.

Recuperai il vantaggio.

Iniziavo a dubitare delle mie possibilità. Balducci era un asso del volante. Hai poche speranze di assaggiare la bottarga di Honorine, pensai. Merda! Avevo fame. Che stronzo! Avrei dovuto mangiare prima di scatenare questo casino. Tipico mio. Tuffarmi senza neanche aver respirato. Dopotutto, Narni non aveva così tanta fretta. Mi avrebbe aspettato. O sarebbe venuto a cercarmi. So che l'avrebbe fatto.

Un bel piatto di spaghetti *all'amatriciana*[1] con un bicchierino di rosso. Un Tempier rouge, per esempio. Di Bandol. Forse lo avrei trovato, all'altro mondo. Che cavolo dici, coglione! Dopo, non c'è niente.

Sì, dopo non ci sarà più niente. Il buio. E basta. E poi, neanche lo sai, che c'è buio. Perché sei morto.

La Safrane mi stava ancora appiccicata al culo. Non poteva fare altro. Per ora. Dopo la curva avrebbe di nuovo cercato di sorpassarmi.

Dunque, Montale, hai un'unica possibilità: cavartela. Ok?

---

[1] In italiano nel testo.

Così potrai strafogarti di tutto ciò che vuoi. Ecco, per esempio, è da tanto che non mangi una zuppa di carciofi con fette di pane grigliato e olio d'oliva. Niente male. Accelerai un altro po'. O uno stufato. Buono, anche questo. Avresti dovuto dire a Honorine di preparare una marinata. Come ci sarebbe stato il Tempier? Penso bene. Me lo sentivo in bocca...

Una macchina stava scendendo sulla corsia opposta. Lampeggiò. Il tizio al volante sembrava terrorizzato dalla nostra velocità. Arrivato alla mia altezza, si attaccò al clacson come un pazzo. Se l'era vista brutta.

Scossi la testa, per cacciare via gli odori di cucina. Per tranquillizzare il mio stomaco. Ne riparliamo dopo, Montale. Non eccitarti. Sta' calmo.

Restiamo calmi.

È una parola riuscirci a 110 all'ora, su questa cazzo di strada!

Stavamo salendo sopra la baia di Marsiglia. Da qui il panorama della città è sublime. Più in alto, proprio prima di iniziare la discesa verso Cassis, è ancora meglio. Ma non eravamo lì per fare turismo.

Ingranai di nuovo la quinta. Per ridarmi forza. Calai a 90. La Safrane mi tallonava. Quello stronzo voleva sorpassarmi. Scalai in terza. La macchina fece un salto in avanti. Risalii a 100, fino all'uscita della curva. Quarta. Davanti a me, un rettilineo di novecento, mille metri. Non di più. Poi, la strada curvava a destra. Non a sinistra, come quelle incontrate finora.

Accelerai. Con la Safrane sempre attaccata al culo.

110.

Provò a sorpassarmi. Aumentai il volume al massimo. Nelle orecchie avevo solo l'elettricità delle chitarre.

Mi raggiunsero e si accostarono alla mia macchina.

Accelerai.

120.

La Safrane accelerò ancora.

Vidi la pistola di Narni puntare il mio finestrino.

«Lì!» urlai.

Lì!
Lì!
Frenai di botto.
110. 100. 90.
Mi sembrò di sentire uno sparo.
La Safrane sorpassò e andò contro il guardrail in cemento. Cappottò. E se ne andò per aria. Le quattro ruote verso il cielo. Cinquecento metri più giù, gli scogli e il mare. In questo punto nessuno si era mai salvato.

Nasty dogs and funky kings, urlavano gli ZZ TOP.

Il piede sul pedale era molle. Rallentai ancora e mi fermai vicino al guardrail. Tremavo dalla testa ai piedi. Cazzo, che sete! Sentii le lacrime scorrermi sulle guance. La strizza. La gioia.

Scoppiai a ridere. Una bella risata nervosa.

Alle mie spalle apparvero i fari di una macchina. Inserii le quattro frecce. La macchina mi sorpassò. Una R21. Rallentò e andò a fermarsi cinquanta metri più avanti. Scesero due tizi. Due fusti. In jeans e giubbotto di pelle. Si avvicinarono.

Merda.

Troppo tardi per capire che avevo fatto una cazzata a fermarmi.

Posai la mano sul calcio della pistola. Tremavo ancora. Sarei stato incapace di alzarla, quella fottuta pistola. Ancora meno di puntargliela contro. E sparare...

Eccoli qui.

Uno dei due bussò al finestrino. Lo abbassai lentamente. E vidi la sua faccia.

Ribero. Uno degli ispettori di Loubet.

Sospirai.

«Hanno fatto un bel salto. Eh? Come va?».

«Cazzo, mi avete fatto paura».

Risero. Riconobbi l'altro, Vernet.

Scesi dalla macchina. E feci alcuni passi verso il punto dove Narni e Balducci avevano fatto il tuffo. Barcollavo.

«Non finire di sotto» disse Ribero.

Vernet si avvicinò e guardò in basso.

«Un ottimo lavoro. Non deve esserci rimasto granché».

Si divertivano, quei coglioni.

«Mi stavate dietro da tanto?» chiesi, tirando fuori una sigaretta.

Ribero mi allungò l'accendino. Tremavo troppo per poter accendere.

«Da oggi pomeriggio. Ti aspettavamo all'uscita del ristorante. Loubet ci aveva chiamati».

Quando era andato a pisciare, lo stronzo!

«Ti vuole bene» riprese Vernet, «ma non si fida molto...».

«Mi avete seguito dappertutto?».

«Sul ferry-boat. All'appuntamento con tua cugina. Dal Buddha. E qui, come vedi... e avevamo messo due uomini a sorvegliare casa tua. Nel caso in cui...».

Mi sedetti sul pezzetto di guardrail scampato al massacro.

«Ehi! Attento a non cadere proprio ora» disse Ribero, ridendo.

Non avevo intenzione di precipitare. No. Pensavo a Narni, il padre di Guitou. Narni aveva ucciso Guitou. Ma ignorava che fosse suo figlio. Gélou non glielo aveva mai detto. Né a lui, né a nessuno. Solo a me. Prima.

Era successo una sera, a Cannes. La sera di una prima. C'era stata una cena sontuosa. Incantevole, per lei. La ragazza cresciuta nei vicoli del Panier. Alla sua destra c'era De Niro. Alla sua sinistra, Narni. Intorno, non ricordava più. Altre star. E lei, in mezzo. Narni aveva posato la mano sulla sua. «Sei felice?» aveva chiesto. Le loro ginocchia si toccavano. Sentiva il proprio calore. Un calore che si era impadronito del suo corpo.

Più tardi, erano andati tutti a finire la serata in un locale. Gélou si era lasciata andare tra le braccia di Narni. A ballare. Come non succedeva da anni. Ballare. Bere. Divertirsi. L'ebbrezza dei vent'anni. Aveva perso la testa. Dimenticato Gino, i bambini, il ristorante.

L'albergo era un castello. Il letto, immenso. Narni l'aveva

spogliata. L'aveva presa con passione. Più volte. Di colpo, la sua gioventù era riaffiorata. Anche questo aveva dimenticato. E altre cose ancora. Ma lo seppe solo più tardi. Che era il suo periodo fertile. Gélou apparteneva a un'altra generazione. Non prendeva la pillola. E non sopportava la spirale. Ma non c'erano rischi. Con Gino era da tanto che non facevano più follie, la sera, dopo la chiusura del ristorante.

Quella notte avrebbe potuto ricordarla per tutta la vita. Come qualcosa di meraviglioso. Il suo segreto. Ma c'era stato l'annuncio di quel bambino. E la gioia di Gino, che la sconvolse. Un po' alla volta, sovrappose le immagini della felicità. Quelle dei due uomini. Senza sensi di colpa. E quando partorì, coccolata da Gino come non mai, offrì a quell'uomo che l'amava, all'uomo della sua vita, un terzo maschio. Guitou.

Ridiventò madre e ritrovò l'equilibrio. Si dedicò ai figli, a Gino. Al ristorante. Vedere Narni non l'emozionava più. Apparteneva al passato. Alla sua gioventù. Fino alla tragedia. E fino a quando Narni non le tese la mano, nella sua disperazione e solitudine.

«Perché avrei dovuto confessarglielo?» disse Gélou. «Guitou apparteneva a Gino. Al nostro amore».

Avevo preso il viso di Gélou tra le mani.

«Gélou...».

Dalle labbra le uscì quella domanda che non avrei mai voluto che mi facesse.

«Credi che sarebbe stato tutto diverso se avesse saputo che era suo figlio?».

Il monaco era lì. Gli avevo fatto un cenno. Aveva preso Gélou sottobraccio e io me ne ero andato, senza voltarmi. Come Mourad. Come Cûc. E senza rispondere.

Perché non c'erano risposte.

Sputai nel vuoto. Proprio dove Narni e Balducci erano precipitati. Per sempre. Un grosso sputo di disgusto. E di enorme stanchezza.

Ora, non tremavo quasi più. Avevo solo voglia di un bel bicchiere di whisky. Del mio Lagavulin. Una bottiglia, sì. Ecco cosa mi andava.

«Non avete niente da bere?».

«Neppure una birra, vecchio mio. Ma andiamo a prenderci qualcosa, se vuoi. Basta tornare sulla terra» disse ridendo.

Iniziavano a rompermi i coglioni, quei due.

Accesi un'altra sigaretta, stavolta senza il loro aiuto. Con la cicca che non avevo ancora spento. Feci un lungo tiro e li guardai.

«Perché non siete intervenuti prima?».

«Loubet ha detto che erano affari tuoi. Un affare di famiglia. Hai giocato secondo le tue regole, e anche noi. Perché no, eh? Non li rimpiangeremo quei due pezzi di merda. Non credi?».

«E se fossi stato io a fare il salto? Al loro posto?».

«Beh, li avremmo "raccolti". Come fiori. C'era un posto di blocco in fondo alla strada. Non sarebbero riusciti a passare. A meno di scappare a piedi, attraverso la montagna. Ma non credo fosse il loro sport preferito... li avremmo beccati comunque».

«Grazie».

«Di niente. Quando ci siamo accorti che prendevi la Gineste abbiamo capito subito. Non so se hai notato come ti abbiamo spianato la strada».

«Addirittura!».

«Solo una macchina è riuscita a sfuggirci. Non abbiamo capito da dove sia spuntata. Se quei due innamorati hanno sentito lo sparo si saranno raffreddati!».

«Dov'è Loubet?».

«Sta mettendo sotto torchio due ragazzi» disse Ribero. «Li conosci, tra l'altro. Nacer e Redouane. Li hanno beccati nel pomeriggio. Quei coglioni se ne andavano ancora in giro con la BMW nera. Erano alla *cité* La Paternelle. Boudjema Ressaf li ha raggiunti lì. Avevamo piazzato degli uomini vicino a casa sua. Ci siamo tenuti in contatto e così li abbiamo incastrati. Bel colpo. Quel buco dove pregavano era un vero arsenale. Stavano per portare via tutto e spedire le armi in Algeria. Se ne sarebbe occupato Ressaf».

«Domani, all'alba» continuò Vernet, «ci sarà una retata. Ne vedremo di tutti i colori. Eccezionale il tuo quadernino, ha detto Loubet».

E così eravamo alla fine. Con un lotto di sconfitti. Mentre gli altri, tutti gli altri, la gente felice, dormiva nel proprio letto. È così, inesorabilmente. Qui, e ovunque, sulla terra.

Mi alzai.

Con difficoltà. Perché mi sentivo a pezzi. Mi tirarono su proprio mentre stavo per svenire.

Epilogo
La notte è la stessa e l'ombra, nell'acqua,
è l'ombra di un uomo consumato

Ribero, Vernet e io eravamo andati a bere. Ribero aveva guidato la Saab fino al David del Rond-Point de la Plage. Ora, con un whisky caldo nello stomaco, andava tutto meglio. Era solo un Glenmorangie, ma non era male. Loro si erano presi uno sciroppo di menta.

Vernet vuotò il suo bicchiere, si alzò e indicò a sinistra: «Casa tua è laggiù. Hai ancora bisogno degli angeli custodi?».

«No, è a posto così».

«Per noi non è finita qui. Abbiamo altre gatte da pelare».

Gli strinsi la mano.

«A proposito, Loubet ti raccomanda di andare a pesca. Dice che non c'è niente di meglio per i tuoi disturbi».

E risero, di nuovo.

Parcheggiai davanti alla porta di casa e vidi Honorine uscire dalla sua. In vestaglia. Non l'avevo mai vista in vestaglia. O forse quando ero molto piccolo.

«Vieni, vieni» disse a bassa voce.

La seguii dentro casa.

C'era Fonfon. Seduto al tavolo di cucina. Davanti un mazzo di carte. Stavano giocando a ramino. Appena voltavo le spalle, quei due se la spassavano.

«Come va?» chiese, abbracciandomi.

«Hai mangiato?».

«Mangerei volentieri lo stufato».

«Senti che pretese» s'innervosì Fonfon. «Lo stufato. Come se non avessimo niente da fare».

Era così che li amavo.

«Ti faccio subito una *bruschetta*[1] se vuoi».

«Lascia stare, Honorine. Ho soprattutto voglia di bermi qualcosa. Vado a prendere una bottiglia da me».

«No, no. Sveglierai tutti. Per questo ti aspettavamo con Fonfon».

«Tutti chi?».

«Beh, nel tuo letto ci sono Gélou, Naïma e... non mi ricordo il nome. La signora vietnamita».

«Cûc».

«Ecco, sì. Sul divano c'è Mathias. E su un piccolo materasso che avevo in casa, c'è il fratello di Naïma. Mourad, giusto?».

«Giusto. E cosa ci fanno qui?».

«Non lo so. Forse pensavano di stare meglio qui che altrove. Cosa ne dici, Fonfon?».

«Beh, dico che hanno fatto bene. Vuoi venire a dormire da me?».

«Grazie, sei gentile. Ma credo di non avere più sonno. Andrò a fare un giro in mare. Mi sembra una buona nottata».

Li abbracciai.

Entrai in casa come un ladro. Afferrai una bottiglia di Lagavulin, un giubbotto e una coperta calda. Mi infilai in testa un vecchio berretto da pescatore e scesi verso la barca.

La mia fedele amica.

Vidi la mia ombra riflessa nell'acqua. L'ombra di un essere consumato.

Uscii a remi, per non fare rumore.

Sulla terrazza credetti di vedere Honorine e Fonfon, abbracciati.

Allora mi misi a piangere.

Cazzo, ci voleva proprio.

---

[1] In italiano nel testo.

SOLEA

Nota dell'Autore

Conviene dirlo un'altra volta. Questo è un romanzo. Niente di quello che leggerete è esistito. Ma dato che mi è impossibile restare indifferente alla lettura quotidiana dei giornali, la mia storia prende spunto dalla realtà. Perché è proprio lì che si gioca tutto, nella realtà. E l'orrore, nella realtà, supera di gran lunga ogni possibile finzione. Per quanto riguarda Marsiglia, la mia città, sempre a mezza strada tra la tragedia e la luce, si trasforma, per forza, nell'eco di ciò che ci minaccia.

Per Thomas,
quando sarà grande

> Ma qualcosa mi diceva che era normale,
> baciare un cadavere,
> ci sono momenti nella vita in cui bisogna farlo.
>
> PATRICIA MELO

Prologo
Lontano dagli occhi vicino al cuore,
Marsiglia, sempre

La sua vita era laggiù, a Marsiglia. Laggiù, dietro quelle montagne che, stasera, il sole al tramonto colorava di un rosso vivo. "Domani ci sarà vento" pensò Babette.

Da quando, quindici giorni prima, era arrivata a Le Castellas, un villaggio delle Cévennes, alla fine della giornata saliva sul crinale. Percorrendo il sentiero dove Bruno portava le capre.

Qui, aveva pensato il mattino del suo arrivo, nulla cambia. Tutto muore e rinasce. Anche se ci sono più villaggi morenti che vivi. Sempre, prima o poi, un uomo reinventa i gesti più antichi. E tutto ricomincia. I sentieri, coperti dalla sterpaglia, ritrovano la loro ragione di esistere.

«È questa, la memoria della montagna» aveva detto Bruno, servendole una gran tazza di caffè.

Aveva conosciuto Bruno nel 1988. Il giornale aveva affidato a Babette la sua prima inchiesta importante. Vent'anni dopo il Maggio '68, che fine hanno fatto i militanti?

Giovane filosofo, anarchico, Bruno si era battuto sulle barricate del Quartiere latino, a Parigi. *Corri compagno, il vecchio mondo ti insegue* era stato il suo unico slogan. Aveva corso, lanciando sassi e bombe molotov sui C.R.S.[1] Aveva corso sotto i gas lacrimogeni, con i C.R.S. alle calcagna. Aveva corso in ogni direzione, a maggio, a giugno, soltanto per non essere raggiunto dalla felicità del vecchio mondo, i sogni del vecchio mondo, la morale del vecchio mondo. La stupidità e la stronzaggine del vecchio mondo.

[1] Battaglione mobile anti-sommossa.

Quando i sindacati firmarono gli accordi di Grenelle, gli operai ripresero la strada della fabbrica e gli studenti quella dell'università, Bruno capì di non aver corso abbastanza. Né lui né tutta la sua generazione. Il vecchio mondo li aveva raggiunti. I soldi diventavano sogno e morale. L'unica gioia della vita. Il vecchio mondo dava il via a una nuova era, la miseria umana.

Così Bruno aveva raccontato le cose a Babette. "Parla come Rimbaud" aveva pensato, commossa e sedotta da quel bell'uomo di quarant'anni.

Lui e molti altri erano fuggiti da Parigi. Direzione l'Ariège, l'Ardèche, le Cévennes. Verso i villaggi abbandonati. *Lo Païs*, come amavano dire. Nasceva un'altra rivolta, fra i detriti delle loro illusioni. Naturalista e fraterna. Comunitaria. Si inventarono un nuovo paese. *La Francia selvaggia*. Molti, dopo uno o due anni, se ne andarono. I più perseveranti tennero duro per cinque o sei anni. Bruno si era aggrappato a quel villaggio che aveva risistemato. Solo, con il suo gregge di capre.

Quella sera, dopo l'intervista, Babette era andata a letto con Bruno.

«Rimani» le aveva chiesto.

Ma non era rimasta. Non era per lei quella vita.

Nel corso degli anni, era tornata spesso a trovarlo. Ogni volta che passava da quella parti. Adesso Bruno aveva una compagna e due figli, la luce, la televisione, un computer e produceva formaggio di capra e miele.

«Se un giorno avrai dei problemi» aveva detto a Babette, «vieni qui. Non esitare. Qui e nella valle, ci sono solo amici».

A Babette, stasera, Marsiglia mancava molto. Ma non sapeva quando ci sarebbe potuta tornare. E comunque, anche se un giorno ci fosse tornata, niente, più niente, sarebbe stato come prima. Babette non aveva dei guai: nella sua mente aveva preso posto l'orrore. Appena chiudeva gli occhi vedeva il cadavere di Gianni. E dietro quello di Francesco, di Beppe, che non aveva visto ma che immaginava. Corpi torturati, mutilati. Tutto quel sangue intorno alle ferite, nero, coagulato. E altri cadaveri ancora. Alle sue spalle e soprattutto davanti. Per forza.

Quando aveva lasciato Roma, in preda al terrore, disperata, non sapeva dove andare. Per trovare riparo. Per pensare di nuovo a tutto con la maggior calma possibile. Per mettere ordine tra le sue carte, dividerle, catalogare le informazioni, ritagliarle, ordinarle, controllarle. Chiudere l'inchiesta della sua vita. Sulla mafia in Francia e nel sud. Mai nessuno era andato così a fondo. Troppo a fondo, capiva oggi. Si era ricordata le parole di Bruno.

«Ho dei problemi. Gravi».

Lo stava chiamando da una cabina di La Spezia. Era quasi l'una di notte. Bruno dormiva. Si alzava presto per via degli animali. Babette tremava. Due ore prima, dopo aver guidato senza soste come una matta da Orvieto, era arrivata a Manarola. Un paesino delle Cinqueterre, su un picco roccioso, dove viveva Beppe, un vecchio amico di Gianni. Aveva composto il suo numero proprio come gli aveva chiesto di fare. Una precauzione, aveva precisato lui, la mattina stessa.

«*Pronto*[1]».

Babette aveva riattaccato. Non era la voce di Beppe. Poi aveva visto la macchina dei *carabinieri*[2] parcheggiare sulla strada principale. Non ebbe dubbi: gli assassini erano arrivati prima di lei.

Aveva percorso di nuovo la strada al contrario, una strada di montagna, stretta e sinuosa. Aggrappata al volante, esausta, ma attenta alle rare macchine che la sorpassavano o la incrociavano.

«Vieni» aveva detto Bruno.

Dopo si era trovata una camera modesta all'Albergo Firenze e Continentale, vicino alla stazione, ma non aveva chiuso occhio tutta la notte. I treni. La presenza della morte. Le era tornato in mente tutto, nei minimi dettagli. Un taxi l'aveva appena lasciata a piazza Campo dei Fiori. Gianni era tornato da Paler-

[1] In italiano nel testo.
[2] In italiano nel testo.

mo. L'aspettava a casa sua. Dieci giorni sono tanti, le aveva detto al telefono. Anche per lei erano tanti. Non sapeva se lo amava, ma tutto il suo corpo lo desiderava.

«Gianni! Gianni!».

La porta era aperta, ma non si era preoccupata.

«Gianni!».

Era lì. Legato a una sedia. Nudo. Morto. Chiuse gli occhi, ma troppo tardi. Seppe che avrebbe dovuto vivere per sempre con quell'immagine.

Quando aveva riaperto gli occhi, aveva visto i segni delle bruciature sul petto, la pancia, le cosce. No, non voleva più guardare. Distolse lo sguardo dal pene mutilato di Gianni. Si mise a urlare. Si vide urlare, rigida come una scopa, con le braccia che tremavano, la bocca spalancata. Il suo grido s'ispessì dell'odore di sangue, merda e piscio che riempiva la stanza. Quando non ebbe più fiato, vomitò. Ai piedi di Gianni. Lì dove, scritto con il gesso sul parquet, si poteva leggere: "Regalo per la signorina Bellini. A più tardi".

Francesco, il fratello maggiore di Gianni, era stato assassinato la mattina della sua partenza da Orvieto. Beppe, prima che lei potesse arrivare.

Avevano cominciato a braccarla.

Bruno era venuto ad aspettarla alla fermata del pullman, a Saint-Jean-du-Gard. Babette era arrivata in treno da La Spezia a Ventimiglia, poi con una macchina a noleggio aveva attraversato la frontiera a Mentone, poi di nuovo in treno fino a Nîmes, e dopo in pullman. Un modo per sentirsi più sicura. Non poteva credere che la seguissero. L'avrebbero aspettata a casa sua, a Marsiglia. Era logico. E la mafia era di una logica implacabile. In due anni di inchiesta, aveva potuto verificarlo in più occasioni.

Poco prima di arrivare a Le Castellas, lì dove la strada domina la valle, Bruno aveva fermato la sua vecchia jeep.

«Vieni, camminiamo un po'».

Avevano camminato fino al dirupo. Le Castellas si intravedeva appena, tre chilometri più in su, in cima a un sentiero sterrato. Non si poteva andare oltre.

«Qui, sei al sicuro. Se sale qualcuno, Michel, la guardia forestale, mi chiama. E se qualcuno volesse arrivare dal crinale, Daniel ce lo direbbe. Non abbiamo cambiato le nostre abitudini, io chiamo quattro volte al giorno, lui pure. Se uno dei due non chiama all'ora stabilita, significa che c'è qualche rottura di coglioni. Quando il trattore di Daniel si è rovesciato, lo abbiamo saputo così».

Babette l'aveva guardato, incapace di dire una parola. Neppure grazie.

«E non sentirti obbligata a raccontarmi le tue rotture di coglioni».

Bruno l'aveva abbracciata e lei era scoppiata a piangere.

Babette rabbrividì. Il sole era sparito e, davanti a lei, le montagne si stagliavano nel cielo, violette. Spense con cura la cicca con la punta del piede, si alzò e scese verso Le Castellas. Placata da quel miracolo quotidiano del tramonto.

In camera lesse di nuovo la lunga lettera che aveva scritto a Fabio. Gli raccontava tutto, dal suo arrivo a Roma due anni fa. Fino alla conclusione. La sua stanchezza. Ma anche la sua determinazione. Sarebbe andata fino in fondo. Avrebbe pubblicato l'inchiesta. Su un giornale, o forse avrebbe scritto un libro. "Tutti devono sapere" affermava.

Le venne in mente la bellezza del tramonto, e volle chiudere con queste parole. Soltanto dire a Fabio che, malgrado tutto, il sole era più bello sul mare, non più bello ma più vero, no, non era così, no, aveva voglia di stare con lui, nella sua barca, al largo di Riou e vedere il sole fondersi nel mare.

Stracciò la lettera. Su un foglio bianco scrisse: "Ti amo ancora". E sotto: "Conservali preziosamente". Infilò cinque dischetti in una busta, la nascose e si alzò per andare a cena con Bruno e la sua famiglia.

Capitolo primo
Nel quale, a volte, quello che si ha nel cuore è più chiaro di ciò che si dice con la lingua

La vita puzzava di morte.
Avevo questo in mente, ieri sera, entrando da Hassan, al Bar des Maraîchers. Non era uno di quei pensieri che, a volte, passano per la mente, no, sentivo veramente la morte intorno a me. Il suo odore marcio. Schifoso. Mi ero annusato il braccio. Mi aveva disgustato. Era quell'odore, lo stesso. Anch'io puzzavo di morte. Mi ero detto: "Fabio, non t'innervosire. Torna a casa, fatti la doccia con calma ed esci in barca. Un po' di aria fresca di mare e tutto si sistemerà, vedrai".

È vero che faceva caldo. Una trentina di gradi e nell'aria una mescolanza appiccicosa di umidità e inquinamento. Marsiglia soffocava. E questo metteva sete. Quindi, invece di tirare dritto dal Vieux-Port e la Corniche – il percorso più diretto per andare a casa mia, a Les Goudes – avevo imboccato la stretta rue Curiol, in cima alla Canabière. Il Bar des Maraîchers era su in alto, a due passi da place Jean-Jaurès.

Ci stavo bene nel bar di Hassan. Tra i frequentatori abituali non esistevano barriere di età, sesso, colore di pelle, ceto sociale. Eravamo tutti amici. Chi veniva lì a bersi un pastis, sicuramente non votava Fronte nazionale, e non l'aveva mai fatto. Neppure una sola volta nella vita, come altri che conoscevo. Qui, in questo bar, tutti sapevano bene perché erano di Marsiglia e non di fuori, perché vivevano a Marsiglia e non altrove. L'amicizia che aleggiava qui, tra i vapori dell'anice, si comunicava con uno sguardo. Quello dell'esilio dei nostri padri. Ed era rassicurante. Non avevamo niente da perdere, avendo già perso tutto.

Quando entrai, Ferré cantava:

Sento che stanno arrivando
treni pieni di browning,
di berretta e fiori neri
e i fiorai preparano bagni di sangue
per i telegiornali...

Avevo preso un pastis al bancone, poi Hassan, come al solito, me ne aveva versato un altro. Dopo, non li avevo più contati. A un certo punto, forse al quarto, Hassan si era chinato verso di me:
«La classe operaia è un po' goffa, non trovi?».
Non era una domanda. Soltanto una constatazione. Un'affermazione. Hassan non era un chiacchierone. Ma gli piaceva, qui e là, buttar lì una frasetta al cliente che aveva di fronte. Come una sentenza su cui meditare.
«Cosa vuoi che ti dica» avevo risposto.
«Niente. Non c'è niente da dire. Andiamo dove andiamo. Ecco tutto. Dài, finisci il bicchiere».
Il bar un po' alla volta si era riempito, facendo salire di qualche grado la temperatura. Ma fuori, dove alcuni andavano a sorseggiare le bevande, non era affatto meglio. La notte non aveva portato l'aria fresca, l'umidità si incollava alla pelle.

Ero uscito sul marciapiede per parlare con Didier Perez. Era entrato da Hassan e, vedendomi, era venuto dritto verso di me.
«Cercavo proprio te».
«Sei fortunato, avevo intenzione di andare a pesca».
«Usciamo?».
Era stato Hassan a presentarmi Perez, una sera. Perez era pittore. Appassionato della magia dei segni. Avevamo la stessa età. I suoi genitori, originari di Almería, erano emigrati in Algeria dopo la vittoria di Franco. Lui era nato lì. Quando l'Algeria divenne indipendente, né loro né lui esitarono sulla scelta della nazionalità. Sarebbero diventati algerini.

Perez aveva lasciato l'Algeria nel 1993. Professore all'istituto di Belle Arti, era allora dirigente del Comitato degli artisti, intellettuali e scienziati. Quando le minacce di morte divennero più pressanti, i suoi amici gli consigliarono di allontanarsi per un po'. Era a Marsiglia da appena una settimana, quando seppe che il preside e suo figlio erano stati uccisi all'interno della scuola stessa. Decise di rimanere a Marsiglia con la moglie e i figli.

Fu la sua passione per i Tuareg che mi sedusse immediatamente. Non conoscevo il deserto, ma conoscevo il mare. Mi sembrava fossero la stessa cosa. Avevamo parlato a lungo di questo. Della terra e dell'acqua, della polvere e delle stelle. Una sera mi regalò un anello d'argento con vari punti e trattini incisi sopra.

«Viene da lì. Le combinazioni di linee e punti sono il Khaten. Dice cosa accadrà alle persone che ami e che non ci sono più, e come sarà il tuo futuro».

Perez mi aveva messo l'anello in mano.

«Non so se davvero mi interessa saperlo».

Aveva riso.

«Non preoccuparti, Fabio. Dovresti sapere leggere i segni. Il *Khat el R'mel*. E, secondo me, ce ne vorrà! Ma quello che è inciso è inciso, comunque vadano le cose».

Non avevo mai portato anelli in vita mia. Neppure quello di mio padre, dopo la sua morte. Avevo esitato un attimo, poi mi ero infilato l'anello all'anulare sinistro. Come per saldare la mia vita al mio destino. Quella sera, mi sembrò di avere l'età per farlo.

Sul marciapiede, con il bicchiere in mano, avevamo fatto due chiacchiere, poi Perez mi aveva messo un braccio intorno alle spalle.

«Ti devo chiedere un favore».

«Dài».

«Aspetto qualcuno, qualcuno del mio paese. Vorrei che l'ospitassi. Soltanto per una settimana. Da me è troppo piccolo, lo sai».

I suoi occhi neri mi fissarono. Casa mia non era certo più grande. La casetta di campagna che avevo ereditato dai miei genitori aveva solo due stanze. Una cameretta e una grande sala da pranzo-cucina. L'avevo sistemata alla bell'e meglio, con semplicità e senza farmi invadere dai mobili. Ci stavo bene. La terrazza affacciava sul mare. Otto gradini più in giù c'era la barca che avevo comprato da Honorine, la mia vicina. Perez lo sapeva. L'avevo invitato più volte a mangiare con la moglie e degli amici.

«Saperlo a casa tua mi tranquillizzerebbe» aveva aggiunto.

L'avevo guardato.

«Va bene, Didier. Da quando?».

«Non lo so ancora. Domani, dopodomani, tra una settimana. Non lo so. Non è semplice, lo sai. Ti telefonerò».

Dopo che se ne fu andato, avevo ripreso il mio posto al bancone. A bere con questo o con quello, e con Hassan che non si lasciava mai sfuggire un giro. Ascoltavo le conversazioni. Anche la musica. Dopo l'ora ufficiale dell'aperitivo, Hassan abbandonava Ferré per il jazz. Sceglieva i pezzi con cura. Trovando il suono giusto per ogni momento. La morte e il suo odore si allontanavano. E indubbiamente, io preferivo l'odore dell'anice.

«Preferisco l'odore dell'anice» avevo urlato a Hassan.

Cominciavo a essere leggermente ubriaco.

«Sicuro».

Mi aveva fatto l'occhietto. Complice fino in fondo. E Miles Davis aveva attaccato *Solea*. Un pezzo che adoravo. Che ascoltavo continuamente, la notte, da quando Lole mi aveva lasciato.

«La *solea*» mi aveva spiegato lei una sera, «è la colonna vertebrale del canto flamenco».

«Perché non canti? Un po' di flamenco o di jazz...».

Sapevo che aveva una voce meravigliosa. Pedro, suo cugino, me l'aveva detto. Ma Lole si era sempre rifiutata di cantare fuori dalle riunioni familiari.

«Quello che cerco non l'ho ancora trovato» mi aveva risposto dopo un lungo silenzio.

Quel silenzio, appunto, che bisogna trovare al culmine della tensione della *solea*.

«Non capisci niente, Fabio».

«Cosa dovrei capire?».

Mi aveva sorriso con tristezza.

Era una delle ultime settimane di vita insieme. Una di quelle notti in cui ci sfinivamo a discutere per ore e ore, fumando una sigaretta dietro l'altra e bevendo bicchieri pieni di Lagavulin.

«Dimmi, Lole, cosa dovrei capire?».

Avevo percepito che si era allontanata da me. Ogni mese di più. Anche il suo corpo si era chiuso. La passione l'aveva abbandonata. I nostri desideri non inventavano più niente. Perpetuavano soltanto una vecchia storia d'amore. La nostalgia di un amore che sarebbe potuto esistere un giorno.

«Non c'è niente da spiegare, Fabio. È questa la tragedia della vita. Ascolti il flamenco da anni e stai ancora lì a chiederti cosa ci sia da capire».

Era stata una lettera, una lettera di Babette, a provocare tutto. Avevo conosciuto Babette quando mi avevano messo a capo della Squadra di Sorveglianza dei Settori, nei quartieri nord di Marsiglia. Era l'inizio della sua carriera di giornalista. Il giornale, *La Marseillaise*, l'aveva scelta casualmente per intervistare l'uccello raro che la polizia mandava in guerra ed eravamo diventati amanti. A Babette piaceva chiamarci "i saltuari dell'amore". Poi, un giorno, eravamo diventati amici. Senza mai esserci detti che ci amavamo.

Due anni fa aveva conosciuto un avvocato italiano, Gianni Simeone. Il colpo di fulmine. L'aveva seguito a Roma. Conoscendola, sapevo che l'amore non doveva essere l'unico motivo. Non mi ero sbagliato. Il suo amante avvocato era specializzato nei processi di mafia. E da anni, da quando era diventata una grande reporter free lance, era questo il suo sogno: scrivere un'inchiesta approfondita sulle reti e l'influenza della mafia nel sud della Francia. Quando era tornata a Marsiglia per raccogliere alcune informazioni negli ambienti politici e finanziari della regione, Babette mi aveva spiegato tutto: a che punto era il suo lavoro e cosa ancora le rimaneva da fare. Ci eravamo visti tre o quattro volte, per chiacchierare, davanti a un piatto di spigola e finocchi alla griglia, da Paul in rue Saint-Saëns. Uno dei pochi ristoranti del porto, insieme a L'Oursin, dove non ti trattano da turista. L'aspetto piacevole dei nostri incontri era quell'atmosfera da finti innamorati. Ma ero incapace di dire perché fosse così. Di spiegarlo a me stesso. E, ovviamente, di spiegarlo a Lole.

E quando Lole tornò da Siviglia, dove era andata a trovare la madre, non le dissi niente di Babette e dei nostri incontri. Con Lole ci si conosceva dall'adolescenza. Aveva amato Ugo. Poi Manu. Poi me. L'ultimo sopravvissuto dei nostri sogni. La mia vita non aveva segreti per lei. Neppure le donne che avevo amato e perso. Ma non le avevo mai parlato di Babette. Quello che c'era stato tra di noi mi sembrava troppo complicato. Quello che ancora c'era tra di noi.

«Chi è questa Babette a cui dici ti amo?».

Aveva aperto una lettera di Babette. Per caso o per gelosia, poco importa. «Perché la parola amore deve avere tanti significati?» aveva scritto Babette. «Ci siamo detti ti amo...».

«C'è ti amo e ti amo» avevo bofonchiato più tardi.

«Ripetilo».

Come spiegarlo: ti amo per fedeltà a una storia d'amore che non è mai esistita, e ti amo per verità di una storia d'amore che si costruisce su mille gioie quotidiane.

Non ero stato onesto. Sincero. Mi ero perso in false spiegazioni. Confuse, sempre più confuse. E avevo perduto Lole alla fine di una bella notte d'estate. Eravamo nella mia terrazza a bere una bottiglia di vino bianco delle Cinqueterre. Una Vernaccia che alcuni amici ci avevano riportato da lì.

«Lo sai questo?» mi aveva chiesto. «Quando non si può più vivere si ha il diritto di morire e di trasformare la propria morte in un'ultima scintilla».

Da quando Lole se n'era andata, avevo fatto mie quelle parole. E cercavo la scintilla. Disperatamente.

«Cosa hai detto?» mi aveva chiesto Hassan.
«Ho detto qualcosa?».
«Mi pareva di sì».
Aveva servito un altro giro, poi, chinandosi verso di me, aveva aggiunto:
«A volte quello che si ha nel cuore è più chiaro di ciò che si dice con la lingua».

Avrei dovuto fermarmi lì, finire il bicchiere e tornarmene a casa. Uscire in barca e andare al largo delle isole di Riou a vedere l'alba. Quel che mi passava per la mente mi angosciava. Avevo sentito tornare su di me l'odore della morte. Con la punta delle dita avevo sfiorato l'anello che mi aveva regalato Perez, senza sapere affatto se era un buono o un cattivo presagio.

Alle mie spalle era cominciata una strana discussione tra un ragazzo e una donna sulla quarantina.

«Cazzo!» si era innervosito il ragazzo. «Sembri la Merteuil!».
«E chi è questa?».
«Madame de Merteuil. Il personaggio di un romanzo. *Le relazioni pericolose*».
«Non la conosco. È un insulto?».

La cosa mi aveva fatto sorridere e avevo chiesto a Hassan di servirmi di nuovo. In quel momento era entrata Sonia. Insomma, non sapevo ancora che si chiamava Sonia. L'avevo incrociata diverse volte negli ultimi tempi. L'ultima, nel mese di giugno, alla sagra della sardina, all'Estaque. Non c'eravamo mai parlati.

Dopo essersi aperta un varco fino al bancone, Sonia si era infilata tra un cliente e me. Addosso a me.

«Non mi dica che mi stava cercando».
«Perché?».
«Perché un amico mi ha già fatto lo stesso scherzo, stasera».
Un sorriso le aveva illuminato il viso.
«Non la stavo cercando, ma mi fa piacere vederla».
«Beh, anche a me. Hassan, servi la signora».
«La signora si chiama Sonia» aveva detto.
E le servì un whisky con ghiaccio. Senza domande. Come a una cliente abituale.
«Alla nostra, Sonia».
In quel momento la notte aveva vacillato. Quando i nostri bicchieri si erano toccati. E gli occhi grigio blu di Sonia si erano piantati nei miei. Cominciavo a eccitarmi. Così tanto da sentire dolore. Non avevo contato i mesi, ma era un bel pezzo che non andavo più a letto con una donna. Mi ero perfino dimenticato che ci si potesse eccitare, credo.

Bevemmo ancora. Al bancone, poi a un tavolino appena liberato. Avevo la coscia di Sonia incollata alla mia. Bruciava. Ricordo di essermi chiesto perché le cose succedono sempre così in fretta. Le storie d'amore. Vorremmo che accadessero in un altro momento, quando siamo al massimo della forma, quando ci sentiamo pronti per l'altro. Un'altra. Un altro. Mi ero detto che in fondo nella vita non si controlla niente. E anche tante altre cose. Ma non ricordavo più nulla. Neppure cosa mi aveva raccontato Sonia.

Non ricordavo niente della fine di quella notte.

E il telefono squillava.

Il telefono squillava rompendomi i timpani. Avevo una tempesta nel cervello. Con uno sforzo enorme aprii gli occhi. Ero a letto nudo.

Il telefono continuava a squillare. Merda! Perché mi dimenticavo sempre di staccarlo, quel maledetto apparecchio!

Rotolai su un fianco e allungai il braccio.

«Sì».
«Montale».
Una voce disgustosa.
«Ha sbagliato numero».
Riattaccai.
Meno di un minuto dopo il telefono squillò di nuovo. La stessa voce disgustosa. Con una punta di accento italiano.
«Lo vedi che è il numero giusto. Preferisci che veniamo a trovarti?».
Non era il tipo di risveglio che avevo sognato. La voce di quel tizio mi entrava nel corpo come una doccia fredda. Ghiacciandomi le ossa. Sapevo dare un viso, un corpo a quelle voci e, addirittura, avrei saputo dire dove nascondevano la pistola.
Imposi il silenzio alla mia mente.
«Ascolto».
«Solo una domanda. Sai dove si trova Babette Bellini?».
Non era più una doccia gelata, sentivo un freddo polare. Mi misi a tremare. Tirai su il lenzuolo e mi ci arrotolai dentro.
«Chi?».
«Non fare il coglione, Montale. La tua amica, Babette, la rompicazzo. Sai dove possiamo trovarla?».
«Era a Roma» dissi, sapendo che se la cercavano qui, non doveva più essere in Italia.
«Non c'è più».
«Non mi ha avvertito».
«Interessante» ridacchiò il tizio.
Ci fu un silenzio. Talmente pesante che le mie orecchie cominciarono a ronzare.
«Tutto qui?».
«Ecco cosa devi fare, Montale. Muovere il culo e trovare la tua amichetta. Ha alcune cose che ci piacerebbe recuperare, capisci? Non hai un cazzo da fare tutto il fottuto giorno, dovresti riuscirci in poco tempo, no?».
«Vaffanculo».

«Quando richiamerò, farai meno lo sbruffone, Montale».
Riattaccò.
La vita puzzava di morte, non mi ero sbagliato.

CAPITOLO SECONDO
*Nel quale l'abitudine alla vita
non è una vera ragione per vivere*

Sul tavolo, vicino alle chiavi della macchina, Sonia aveva lasciato un biglietto. "Eri troppo ubriaco. Peccato. Chiamami stasera. Verso le sette. Un bacio". Sotto, il suo numero di telefono. Dieci cifre vincenti: un invito alla felicità.

Sonia. Sorrisi al ricordo dei suoi occhi grigio blu, della sua gamba calda contro la mia. E del suo sorriso, quando le illuminava il volto. Gli unici ricordi che avevo di lei. Ma piacevoli. Avevo fretta che arrivasse la sera. Anche il mio pene aveva fretta, teso dentro le mutande.

Sentivo la testa pesante come una montagna. Non sapevo se farmi una doccia o preparare un caffè. S'imponeva il caffè. E una sigaretta. Il primo tiro mi strappò le budella. Credevo che mi sarebbero uscite dalla bocca. "Che schifezza!" pensai aspirando un altro tiro, per principio. Il secondo conato fu ancora più violento. E di nuovo mi sembrò che la testa mi si spaccasse.

Mi piegai in due sul lavandino della cucina. Ma non avevo niente da vomitare. Neppure i polmoni. Non ancora! Che fine avevano fatto quei tempi in cui con il primo tiro di sigaretta inalavo tutta la mia gioia di vivere? Erano lontani, molto lontani. I demoni, prigionieri nel mio petto, non avevano più granché da mettersi sotto i denti. Perché l'abitudine alla vita non è una vera ragione per vivere. La voglia di vomitare me lo ricordava ogni mattina.

Infilai la testa sotto il rubinetto dell'acqua fredda, feci un bell'urlo, mi stirai e ripresi a respirare, senza mollare la sigaretta che mi stava bruciando le dita. Da un po' di tempo, non facevo più abbastanza sport. Né abbastanza camminate nelle calanche. Né allenamenti nella palestra di pugilato di Mavros. Mangiar bene, alcol, sigarette. "Tra dieci anni sei morto, Montale" mi dissi. "Reagisci, per Dio!". Pensai a Sonia. Con sempre maggiore piacere. Poi alla sua immagine si sovrappose quella di Babette.

Dov'era Babette? In quale casino si era andata a ficcare? Le minacce del tizio al telefono non erano semplici intimidazioni. Ne avevo percepito il peso, reale, in ogni parola. La freddezza con cui le aveva pronunciate. Schiacciai la sigaretta consumata e ne accesi un'altra, versandomi il caffè. Mandai giù un sorso, tirai una lunga boccata di fumo e uscii in terrazza.

Il sole cocente mi venne addosso con brutalità. Abbagliante. Un velo di sudore mi coprì il corpo. La testa mi girava. Per un attimo credetti di svenire. Ma no. Il pavimento della terrazza ritrovò il suo equilibrio. Aprii gli occhi. L'unico vero regalo che ogni giorno la vita mi offriva era lì davanti a me. Il mare, il cielo. A perdita d'occhio. Con quella luce uguale a nessun'altra che nasceva dall'uno e dall'altro. Spesso mi accadeva di pensare che stringere il corpo di una donna era, in qualche modo, trattenere su di sé quella gioia ineffabile che scende dal cielo verso il mare.

Stanotte, avevo stretto il corpo di Sonia contro il mio? Se Sonia mi aveva accompagnato a casa, come se n'era andata? Mi aveva spogliato? Aveva dormito qui? Con me? Avevamo fatto l'amore? No. No, eri troppo sbronzo. Te l'ha pure scritto.

La voce di Honorine interruppe le mie riflessioni.

«Ehi! Hai visto che ore sono?».

Mi voltai verso di lei. Honorine. La mia vecchia Honorine. Era tutto ciò che restava della mia vita consumata. Fedele fino alla fine. Aveva raggiunto quell'età in cui non si invecchia più. Forse, ogni anno raggrinziva un pochino. Ma aveva soltanto delle leggere rughe sul viso, come se i brutti colpi della vita le fossero scivolati addosso senza segnarla, senza intaccare la sua gioia di essere al mondo. "Beato chi vive e ha potuto vedere queste cose" diceva spesso indicando il cielo e il mare con le isole sullo sfondo. "Solo per questo, non rimpiango di essere venuta al mondo. Nonostante ciò che ho vissuto...". La frase s'interrompeva sempre lì. Come per non macchiare di miseria e di tristezza la sua semplice gioia di vivere. Ormai Honorine aveva soltanto ricordi felici. Le volevo bene. Era la madre delle madri. Ed era solo mia.

Aprì il cancelletto che separa la sua terrazza dalla mia e, con la sporta in mano, venne verso di me con passo strascicato, ma sempre sicuro.

«È quasi mezzogiorno!».

Con un ampio gesto indicai il cielo e il mare.

«Sono in vacanza».

«Le vacanze sono per chi lavora...».

Da mesi era la sua ossessione. Trovarmi lavoro. Non sopportava che un uomo "ancora giovane, come te" non facesse niente tutto il giorno.

In realtà non era proprio così. Da più di un anno, ogni pomeriggio sostituivo Fonfon dietro al bancone. Dalle due alle sette. Aveva pensato di chiudere il bar. Di venderlo. Ma non si era potuto rassegnare a tale prospettiva. Dopo tanti anni trascorsi a servire i clienti, a parlare con loro, a incazzarsi con loro, chiudere era come morire. Una mattina, mi aveva proposto il suo bar. Per un simbolico franco.

«E così» mi aveva spiegato, «potrò venire a darti una mano. Per esempio, all'ora dell'aperitivo. Solo per avere qualcosa da fare».

Avevo rifiutato. Avrebbe tenuto il bar e sarei stato io a venirlo ad aiutare.

«Beh, allora rimaniamo d'accordo per i pomeriggi».

Avevamo fatto così. Mi guadagnavo quattro soldi per pagare benzina, sigarette e giri notturni in città. Sul conto avevo ancora circa centomila franchi. Erano pochi, i soldi si dileguavano, ma potevano darmi il tempo di stare a vedere cosa sarebbe successo. Molto tempo, direi anche. Avevo sempre meno bisogni. La peggiore cosa che potesse capitarmi era che la mia vecchia R5 si rompesse e che dovessi comprarne un'altra.

«Honorine, non ricominciare».

Mi guardò fisso negli occhi. Con le sopracciglia aggrottate e le labbra strette. Tutto il viso voleva mostrarsi severo, ma gli occhi non ci riuscivano. C'era solo tenerezza. Mi rimproverava solo per amore. Per paura che, senza fare niente, potessi stare male. L'ozio è padre di tutti i vizi, lo sappiamo. Quante volte ce l'aveva ripetuta quella cantilena, quando venivamo a gironzolare lì con Ugo e Manu? Noi le rispondevamo recitando Baudelaire. I versi dei *Fiori del male*. Felicità, lusso, calma e voluttà. Allora, iniziava a strillare. A me bastava guardarla negli occhi per capire se era davvero arrabbiata.

Forse avrebbe dovuto sgridarci veramente. Ma Honorine non era nostra madre. E come poteva sapere che a furia di scherzare sulle cazzate avremmo finito veramente per farle? Per lei eravamo solo adolescenti, né migliori né peggiori di altri. E andavamo sempre in giro con tonnellate di libri che, dalla sua terrazza, ci sentiva leggere ad alta voce, di notte, di fronte al mare. Honorine aveva sempre creduto che i libri rendono bravi, intelligenti e seri. Non potevano condurre a rapinare farmacie e stazioni di servizio. Né a sparare sulla gente.

Le avevo visto la rabbia negli occhi quando ero venuto a dirle addio, trent'anni fa. Una grande rabbia che l'aveva lasciata muta. Mi ero appena arruolato nelle truppe coloniali. Destinazione Gibuti. Per fuggire da Marsiglia. E dalla mia vita. Perché con Ugo e Manu avevamo superato il limite. Manu, preso dal panico, aveva sparato contro un farmacista di rue des Trois-Mages, che stavamo rapinando. Il giorno dopo, sul giornale, avevo letto che quell'uomo, padre di famiglia, sarebbe rimasto paralizzato a vita. Quello che avevamo fatto mi aveva disgustato.

L'orrore per le armi era nato quella notte. Diventare poliziotto non aveva cambiato le cose. Non ero mai riuscito a portare un'arma con me. Ne avevo discusso spesso con i miei colleghi. Certo, poteva capitare di imbattersi in uno stupratore, uno squilibrato, un malavitoso. C'era una lunga lista di persone che, violente, folli, o semplicemente disperate, potevano trovarsi un giorno sulla nostra strada. E mi era successo diverse volte. Ma in fondo a quella strada, vedevo sempre Manu con la pistola in pugno. E, dietro a lui, Ugo. E io, poco lontano.

Manu si era fatto ammazzare da alcuni malavitosi. Ugo dagli sbirri. Io, ero ancora vivo. Pensavo fosse fortuna. La fortuna di aver saputo capire nello sguardo di certi adulti che eravamo uomini. Esseri umani. E non stava a noi dare la morte.

Honorine raccolse la sporta.

«Accidenti, parlare con te è come parlare a un sordo».

E tornò verso la sua terrazza. Arrivata al cancelletto si voltò:

«Senti, se per pranzo aprissi un barattolo di peperoni? Con le acciughe. Faccio una bella insalata... Con questo caldo!».

Sorrisi.

«Mangerei volentieri una frittata con i pomodori».

«Ehi! Ma che avete tutti, oggi. Anche Fonfon ha voluto la stessa cosa».

«Ci siamo telefonati».

«Prendimi in giro, dài!».

Da alcuni mesi, Honorine cucinava anche per Fonfon. Spesso la sera mangiavamo tutti e tre sulla mia terrazza. In realtà, Fonfon e Honorine passavano sempre più tempo insieme. Proprio alcuni giorni fa, Fonfon era venuto a farsi una siesta da lei. Verso le cinque era tornato al bar imbarazzato come un ragazzino che ha baciato una fanciulla per la prima volta.

Avevo aiutato Fonfon e Honorine ad avvicinarsi uno all'altra. Pensavo che non fosse giusto che vivessero soli, ognuno per conto proprio. Il lutto e la fedeltà alla persona amata avevano consumato quasi quindici anni della loro vita. Mi sembrava ampiamente sufficiente. Non c'era da vergognarsi a non volere finire la vita da soli.

Una domenica mattina gli avevo proposto di andare a fare un pic-nic alle isole del Frioul. Che fatica convincere Honorine! Non era più salita in barca dalla morte di Toinou, suo marito. Mi ero un po' innervosito.

«Per Dio, Honorine! Da quando ho questa barca ci ho portato solo Lole. Se vi ci porto è perché vi voglio bene. Lo capisci questo?».

Gli occhi le si erano riempiti di lacrime e aveva sorriso. Allora avevo capito che finalmente voltava pagina, senza rinnegare nulla della sua vita con Toinou. Al ritorno, stringeva la mano di Fonfon, e l'avevo sentita mormorare:

«Ora possiamo morire, non è vero?».

«Abbiamo ancora un po' di tempo, no?» le aveva risposto Fonfon.

Mi ero voltato e avevo lasciato vagare lo sguardo sull'orizzonte. Lì dove il mare diventa più scuro. Più denso. Mi ero detto che la soluzione a tutte le contraddizioni dell'esistenza era lì, in quel mare. Il mio Mediterraneo. E mi ero visto fondermi in lui. Sciogliermi e risolvere, finalmente, tutto ciò che non avevo risolto nella vita, e che non avrei mai risolto.

L'amore di quei vecchi mi faceva piangere.

Alla fine del pranzo, Honorine, che stranamente era rimasta in silenzio, mi chiese:

«Senti, quella brunetta che ti ha riportato a casa stanotte, tornerà? Sonia, no?».

Fui sorpreso.

«Non lo so. Perché?» bofonchiai, quasi preoccupato.

«Perché sembra molto carina. Quindi, mi chiedevo se...».

Questa era un'altra ossessione di Honorine. Che mi trovassi una donna. Una donna gentile, che si prendesse cura di me, anche se non era proprio contenta all'idea che un'altra persona cucinasse per me al suo posto.

Le avevo spiegato, non so quante volte, che c'era solo Lole

nella mia vita. Se n'era andata. Perché non avevo saputo essere l'uomo che si aspettava che fossi. Non avevo più dubbi, il più grande dispiacere che avevo potuto darle, era stato quello di costringerla ad andarsene. A lasciarmi. Quel dispiacere che avevo dato, a lei e a noi, mi svegliava spesso di notte.

Ma Lole, l'avevo aspettata per tutta la vita, quindi non avevo intenzione di rinunciarci. Avevo bisogno di credere che sarebbe tornata. Che avremmo ricominciato. Perché i nostri sogni, i nostri vecchi sogni che ci avevano unito e dato già tanta felicità, potessero realizzarsi. Liberamente. Senza più dubbi e paure. Con fiducia.

Quando dicevo queste cose, Honorine mi guardava con tristezza. Sapeva che ormai Lole viveva la sua vita a Siviglia. Con un chitarrista, passato dal flamenco al jazz. Apparteneva alla bella stirpe di Django Reinhardt. Tipo Bireli Lagrène. Si era finalmente decisa a cantare per i *gadjos*. Da un anno si era integrata nel gruppo del suo amico e si esibiva in concerto. Avevano registrato un album insieme. Tutti i grandi del jazz. Me l'aveva mandato con queste parole: "Tu, come stai?".

I Can't Give You Anything but Love, Baby... Non ero riuscito ad andare oltre il primo brano. Non perché non fosse buono, anzi. La sua voce era roca. Soave. Con delle intonazioni che aveva a volte nell'amore. Ma non era la voce di Lole che sentivo, solo la chitarra che dava corpo alla sua voce. La sosteneva. Mi era insopportabile. Avevo messo via il disco, ma non le mie folli illusioni.

«Vi siete parlate?» avevo chiesto a Honorine.

«Sì, certo. Abbiamo preso il caffè insieme».

Mi guardò con un grande sorriso.

«Non era molto in forma per andare a lavorare, poveretta».

Non raccolsi. Non avevo alcuna immagine del corpo di Sonia. Il suo corpo nudo. Sapevo soltanto che il vestito leggero che indossava ieri lasciava sperare molta felicità a un brav'uomo. Ma, pensai, forse io non sono così bravo.

«Fonfon ha telefonato ad Alex. Il tassista che ogni tanto gioca con voi a carte. Per farla riaccompagnare. Credo che fosse un po' in ritardo».

La vita andava avanti, sempre.

«E di cosa avete parlato con Sonia?».

«Un po' di lei. Parecchio di te. Non abbiamo spettegolato, sai. Soltanto parlato un po'».

Piegò il tovagliolo e mi guardò fisso negli occhi. Come prima in terrazza. Ma senza neppure un pizzico di malizia.

«Mi ha detto che sei triste».

«Triste!».

Mi sforzai di ridere, accendendo una sigaretta per darmi contegno. Cosa diavolo avevo raccontato a Sonia? Mi sentivo come un ragazzino preso in castagna.

«Mi conosce appena».

«Perciò ho detto che è una persona carina. Ha capito molto di te. In poco tempo, se non sbaglio».

«Esatto. Hai indovinato» risposi alzandomi. «Vado a prendere un caffè da Fonfon».

«Ehi, non si può più parlare!».

Era arrabbiata.

«Non te la prendere, Honorine. È la mancanza di sonno».

«Dài, ho solo detto che mi piacerebbe rivederla».

Nei suoi occhi c'era di nuovo la malizia.

«Anch'io Honorine. Anch'io ho voglia di rivederla».

CAPITOLO TERZO
*Nel quale non è inutile avere
qualche illusione sulla vita*

Fonfon aveva alzato le spalle. Bevendo il caffè gli avevo annunciato che non sarei potuto rimanere al bar nel pomeriggio. La brutta storia in cui Babette si era ficcata mi frullava per la testa. Dovevo riuscire a capire dov'era finita. E, nel suo caso, non era semplice. Conoscendola, poteva benissimo essere in crociera sullo yacht di un emiro arabo. Ma era solo un'ipotesi. La più divertente. In realtà, più ci pensavo, e più mi convincevo che stava fuggendo. O era nascosta da qualche parte.

Avevo deciso di andare a fare un giro nell'appartamento che aveva tenuto in cima a cours Julien. L'aveva comprato per un tozzo di pane negli anni '70, e adesso valeva una fortuna. Cours Julien era il quartiere più alla moda di Marsiglia. Da un lato e dall'altro del corso, fino in alto, al metrò Notre-Dame-du-Mont, c'erano soltanto ristoranti, bar, locali, antiquari e case di moda marsigliesi. Tutta la Marsiglia notturna si dava appuntamento lì, dopo le sette di sera.

«Sapevo che non sarebbe durata questa storia» aveva brontolato Fonfon.

«Oh, Fonfon! È la prima volta».

«Sì... Comunque, i clienti non verranno a frotte. Staranno tutti con le chiappe nell'acqua. Vuoi un altro caffè?».

«Grazie».

«Non fare quella faccia! Te l'ho detto solo per farti preoccupare. Non so cosa vi facciano oggi le ragazze, ma quando uscite dal letto sembrate passati sotto un rullo compressore».

«Non sono le ragazze, sono i pastis. Non so quanti ne ho bevuti stanotte».

«Ho detto ragazze, ma intendevo quella che ho messo nel taxi stamattina».

«Sonia».

«Sì, Sonia. Sembra molto gentile».

«Aspetta, Fonfon. Non ti ci metterai anche tu, adesso. C'è già Honorine, penso che basti».

«Non affermo niente. Dico solo come stanno le cose. E invece di andare a ciondolare chissà dove, con questo caldo dovresti fare come me, una bella siesta. Così stanotte...».

«Chiudi?».

«Mi ci vedi tutto il pomeriggio ad aspettare qualcuno che viene a bersi uno sciroppo di menta! Ma scherzi! E domani sarà lo stesso. E dopodomani pure. Finché ci sarà questo caldo è inutile avvelenarsi la vita. Ti dò la giornata libera. Va' a dormire, vai».

Non avevo dato ascolto a Fonfon. Avrei dovuto. Avevo sonno. Infilai una cassetta di Mongo Santamaria. *Mambo terrifico*. A tutto volume. E diedi un leggero colpo all'acceleratore, solo per lasciare entrare in macchina una parvenza di aria fresca. Malgrado tutti i finestrini aperti, sudavo. Le spiagge, dalla Pointe-Rouge fino al Rond-point de David, erano piene di gente. Tutta Marsiglia con le chiappe nell'acqua, come diceva Fonfon. Aveva ragione a chiudere il bar. Anche i cinema, malgrado l'aria condizionata, non aprivano prima delle cinque.

Meno di una mezz'ora dopo ero di fronte al palazzo di Babette. I giorni d'estate a Marsiglia sono una pacchia. Non c'è traffico, nessun problema a trovare parcheggio. Suonai dalla signora Orsini. Faceva le pulizie da Babette quando lei non c'era, controllava che tutto andasse bene e le mandava la posta. L'avevo chiamata per assicurarmi che fosse in casa.

«Dove vuole che vada con questo caldo. Passi pure quando vuole».

Mi aprì. Alla signora Orsini era impossibile dare un'età. Diciamo tra i cinquanta e i sessanta. Dipendeva dall'ora del giorno. Bionda ossigenata fino alle radici, non molto alta, piuttosto rotondetta, indossava un abito leggero, ampio, che, in controluce, permetteva di vedere tutto. Dall'occhiata che mi diede capii che non le sarebbe dispiaciuto farsi una siesta insieme a me. Sapevo perché piaceva tanto a Babette. Anche lei era una mangiatrice di uomini.

«Posso offrirle qualcosa?»
«Grazie. Volevo soltanto le chiavi dell'appartamento».
«Peccato».
Sorrise. Anch'io. E mi tese le chiavi.
«È da tanto che non ho più notizie di Babette».
«Sta bene» mentii, «lavora molto».
«È sempre a Roma?».
«Con il suo avvocato».
La signora Orsini mi guardò in modo strano.
«Ah... sì».

Sei piani più su, ripresi fiato davanti alla porta di casa di Babette. L'appartamento era come lo ricordavo. Magnifico. Un'immensa vetrata dava sul Vieux-Port. E in lontananza le isole del Frioul. Era la prima cosa che si vedeva entrando, e tanta bellezza ti prendeva alla gola. Me ne riempii gli occhi. Per una frazione di secondo. Perché il resto non era bello da vedere. L'appartamento era sottosopra. Qualcuno era venuto prima di me.

Mi riempii di sudore. Il caldo. L'improvvisa presenza del Male. L'aria diventò irrespirabile. Andai verso il rubinetto della cucina e lasciai scorrere l'acqua per berne un bel sorso.

Feci il giro delle stanze. Avevano frugato dappertutto, minuziosamente ma senza cura. In camera, mi sedetti sul letto di Babette e, pensieroso, accesi una sigaretta.

Quel che cercavo non esisteva. Babette era talmente imprevedibile che anche un'agenda, se ne avesse lasciata una qui, non avrebbe condotto ad altro se non a perdersi in un labirinto di nomi, strade, città e paesi. Il mio interlocutore mi aveva chiamato dopo essere passato da qui. Poteva essere stato solo lui. Loro. La mafia. I suoi killer. La stavano cercando e, come me, avevano cominciato dall'inizio. Il suo domicilio. Avevano senz'altro trovato qualcosa che li aveva portati a me. Poi mi tornarono in mente le domande della signora Orsini su Babette. E il modo in cui mi aveva guardato. Sicuramente erano passati da lei.

Spensi la sigaretta su un orribile posacenere *Ricordo di Roma*[1]. La signora Orsini mi doveva alcune spiegazioni. Feci di nuovo il giro dell'appartamento, sperando che mi venisse in mente un'idea brillante.

Nello studio due grossi classificatori neri, posati a terra, attirarono la mia attenzione. Aprii il primo. Tutte le inchieste di Babette. Catalogate per anni. Riconoscevo perfettamente il suo modo di lavorare. Un'opera giornalistica. Sorrisi. E mi sorpresi a sfogliare le pagine, a scorrere gli anni. Fino a quel giorno del mese di marzo 1988 quando era venuta a intervistarmi.

L'articolo era lì. Una mezza pagina, con la mia foto tra le due colonne.

"La pratica dei controlli sulla base dei tratti somatici è banale" avevo risposto alla sua prima domanda. "È proprio questa, tra l'altro, che alimenta la rivolta di tutta una fetta della gioventù. Quella che vive le peggiori difficoltà sociali. I comportamenti vessatori della polizia legittimano e sostengono atteggiamenti delinquenziali. Aiutano a creare le fondamenta di uno stato di rivolta e di una perdita di punti di riferimento.

"Alcuni giovani sviluppano un sentimento di onnipotenza che li conduce a rifiutare ogni autorità e a volere imporre la loro legge nella propria *cité*[2]. La polizia, ai loro occhi, è uno dei sintomi di questa autorità. Ma, per opporsi efficacemente alla delinquenza, i poliziotti devono avere un comportamento irreprensibile. Il

---

[1] In italiano nel testo.
[2] Agglomerati urbani, popolari, perlopiù abitati dagli immigrati.

rap è diventato un modo di espressione per i giovani delle *cités*, perché denuncia, spesso, comportamenti umilianti da parte della polizia, e mostra che siamo lontani dall'obiettivo".

I miei capi non avevano affatto apprezzato la mia sparata. Ma non avevano aperto bocca. Conoscevano il mio punto di vista. E proprio per questo mi avevano nominato a capo delle Squadre di Sorveglianza dei Settori, nei quartieri nord di Marsiglia. Nel giro di poco tempo, c'erano state due madornali cantonate della polizia. Lahaouri Ben Mohamed, un giovane di diciassette anni, era rimasto ucciso durante un banale controllo d'identità. Le *cités* erano in rivolta. Poi, alcuni mesi dopo, fu la volta di un altro giovane, Christian Dovero, il figlio di un tassista. E, in questo caso, ci furono sommosse in tutta la città. "Un francese, merda!" aveva gridato il mio capo. Diventò urgente ristabilire calma e serenità. Ancor prima dell'intervento degli ufficiali dell'I.G.P.N., la polizia delle polizie. Usare altri metodi, avere nuovi obiettivi, è di questo che confabularono alla prefettura di polizia. E allora mi tirarono fuori dal cappello. L'uomo miracolo.

Mi ci volle del tempo per capire che ero solo una marionetta da manovrare in attesa di tornare ai buoni vecchi metodi. Umiliazioni, facce spaccate, pestaggi. Tutto ciò che poteva soddisfare coloro che pretendevano maggiore sicurezza.

Oggi eravamo appunto tornati ai buoni vecchi metodi. Con il venti per cento degli effettivi che votava Fronte nazionale. La situazione, nei quartieri nord, era di nuovo tesa. Ogni giorno di più. Bastava aprire il giornale. Scuole saccheggiate a Saint-André, aggressioni di guardie mediche notturne a La Savine, o di impiegati comunali a La Castellane, autisti di autobus minacciati durante il turno di notte. E, in sottofondo, la proliferazione nelle *cités* dello spaccio dell'eroina, del crack e di tutte quelle schifezze che i ragazzini sniffavano. Riducendoli a pezzi. "I due flagelli di Marsiglia" gridavano i cantanti marsigliesi del gruppo IAM, "sono l'ero e il Fronte nazionale". Tutti quelli che frequentavano i giovani sentivano che l'esplosione era vicina.

Avevo dato le dimissioni, pur sapendo che non era una soluzione. La polizia non poteva cambiare da un giorno all'altro, né a Marsiglia né altrove. Essere sbirro, che lo si voglia o no, significa appartenere a una storia. La retata degli ebrei al Vel' d'Hiv'. Il massacro degli algerini, gettati nella Senna, nell'ottobre '61. Tutte queste cose. Riconosciute tardi e non ufficialmente. Tutte queste cose influivano sui comportamenti quotidiani di molti poliziotti, quando avevano a che fare con giovani provenienti dal mondo dell'immigrazione.

La pensavo così. Da tanto tempo. Ed ero *scivolato*, per riprendere un'espressione dei miei colleghi. Nel voler capire troppo. Nello spiegare. Nel convincere. "L'educatore" venivo soprannominato al commissariato di zona. Quando mi avevano sollevato dalle mie funzioni, avevo detto al mio capo che coltivare il soggettivo, il sentimento d'insicurezza, piuttosto che l'oggettivo, l'arresto dei colpevoli, era una strada pericolosa. Aveva sorriso. Non gliene fregava più niente di me.

È vero che sentivo discorsi nuovi da parte dell'attuale governo. Che la sicurezza non era soltanto una questione di effettivi o di mezzi, ma di metodo. Mi rassicurava un po' sentir dire, finalmente, che la sicurezza non era un'ideologia. Solo la consapevolezza della realtà sociale. Ma era troppo tardi per me. Avevo lasciato la polizia e, anche se non sapevo fare altro, non avrei mai ripreso servizio.

Tirai fuori l'articolo dalla cartellina per leggerlo. Un foglietto bianco, ingiallito, volò via. Babette aveva scritto: "Montale. Molto affascinante e intelligente". Sorrisi. Benedetta Babette! L'avevo chiamata dopo la pubblicazione dell'articolo. Per ringraziarla di avere riprodotto fedelmente le mie idee. Mi aveva invitato a cena. Senz'altro aveva già in mente qualcosa. E, perché negarlo, avevo accettato senza troppo esitare, perché Babette era proprio carina. Ma non potevo immaginare che una graziosa giornalista avesse voglia di sedurre un poliziotto non più tanto giovane.

Sì, ammise il mio ego guardando di nuovo la foto, sì, affascinante questo Montale. Feci una smorfia. Era tanto tempo fa. Quasi dieci anni. Da allora, i miei lineamenti si erano ingrossati, appesantiti, ed erano apparse alcune rughe agli angoli degli occhi e sulle guance. Più il tempo passava e più ciò che vedevo ogni mattina allo specchio mi lasciava perplesso. Invecchiavo ed era normale, ma invecchiavo male. Ne ero preoccupato e lo avevo detto a Lole, una notte.

«Cosa t'inventi, ora?» aveva risposto.

Non inventavo niente.

«Mi trovi bello?».

Non ricordo più cosa aveva risposto, e se aveva risposto. Nella sua testa se n'era già andata. Verso un'altra vita. Verso un altro uomo. Un'altra vita che sarebbe stata bella. Un altro uomo che sarebbe stato bello.

In seguito, avevo visto una foto del suo amico su un settimanale – non osavo pronunciare il nome di quell'uomo neppure col pensiero – e l'avevo trovato bello. Magro, alto, un viso emaciato, i capelli arruffati, gli occhi ridenti e una bella bocca – un po' a culo di gallina a mio parere – ma comunque bella. Il contrario di me. Odiavo quella foto, soprattutto quando immaginavo che Lole avesse potuto sostituirla, nel portafoglio, alla mia. Questo pensiero mi aveva fatto male. Gelosia, mi ero detto, eppure quel sentimento mi faceva orrore. Gelosia, sì. E sentivo una stretta al cuore al pensiero che quella foto, o un'altra, Lole potesse tirarla fuori dal portafoglio e guardarla ogni volta che lui si allontanava per qualche giorno o soltanto per qualche ora.

Era una di quelle fottute notti in cui, a letto, ogni dettaglio assume proporzioni enormi, in cui non si riesce più a ragionare, a capire, ad ammettere. Avevo già provato parecchie volte la stessa cosa con altre donne. Ma mai un dolore così intenso. Lole se ne andava ed era il senso della mia vita a fare le valigie. Che già aveva fatto le valigie.

La mia foto mi guardava. Ebbi voglia di una birra. Siamo

belli soltanto attraverso lo sguardo dell'altro. Di chi ti ama. Poi un giorno succede che non puoi più dire all'altro che è bello, perché l'amore ha tagliato la corda e non sei più desiderabile. A quel punto puoi infilarti la camicia più bella, tagliarti i capelli, farti crescere i baffi, non cambierà nulla. Avrai soltanto diritto a "ti sta bene", e non più al "sei bello" tanto atteso e che promette piacere e lenzuola sgualcite.

Rimisi l'articolo dentro la cartellina e chiusi il classificatore. Ora stavo soffocando. La risata di Sonia mi trattenne per un attimo davanti allo specchio. Avevo ancora fascino, malgrado tutto? Un futuro in amore? Feci una smorfia di cui solo io conosco il segreto. Poi tornai a prendere i classificatori di Babette. Leggere la sua prosa aiuterà a distrarmi, pensai.

«Alla fin fine una birra l'accetterei» dissi alla signora Orsini quando mi aprì di nuovo la sua porta.

«Va bene».

Stavolta non c'erano sottintesi tra noi. I suoi occhi diventarono sfuggenti.

«Non so se ne ho ancora in frigo».

«Non importa».

Eravamo uno di fronte all'altra. Avevo le chiavi dell'appartamento in mano.

«Ha trovato quello che cercava?» chiese, indicando con il mento i due grossi classificatori.

«Forse».

«Ah!».

Il silenzio che seguì si riempì di pesante tensione.

«Babette ha dei problemi?» chiese infine la signora Orsini.

«Cosa glielo fa credere?».

«È venuta la polizia. Non mi piace questa storia».

«La polizia?».

Un altro silenzio. Anche questo soffocante. Avevo sulla lingua il sapore del primo sorso di birra. I suoi occhi diventarono di nuovo sfuggenti. Con, nel fondo, un pizzico di paura.

«Insomma... sì, mi hanno mostrato un tesserino».
Mentiva.
«E le hanno fatto delle domande. Dove era Babette, se l'aveva vista recentemente, se conosceva i suoi amici qui a Marsiglia, tutte queste cose, no?».
«Sì, esatto».
«E gli ha dato il mio nome e numero di telefono».
«Sa com'è... con la polizia».

Adesso avrebbe voluto che me ne andassi. Chiudere la porta. Aveva la parte alta della fronte imperlata di sudore. Un sudore freddo.

«La polizia, eh?».
«Non lo so, ma queste storie non mi piacciono. Non sono la portiera. Lo faccio per fare un favore a Babette. Non lo faccio per quello che mi paga».
«L'hanno minacciata?».

I suoi occhi tornarono su di me. La signora Orsini era stupita dalla mia domanda e spaventata da ciò che sottendeva. L'avevano minacciata.

«Sì».
«Per farsi dare il mio nome?».
«Perché sorvegli l'appartamento... Se viene qualcuno, chi e perché. E anche per non spedire la posta a Babette. Hanno detto che mi chiameranno ogni giorno. E che farò bene a rispondere».

Squillò il telefono. A due passi da noi. Era posato su un tavolino coperto da una tovaglietta di pizzo. La signora Orsini rispose. La vidi impallidire. Mi guardò in preda al panico.

«Sì. Sì. Certo».

Appoggiò una mano tremante sulla cornetta.

«Sono loro. È... per lei».

Mi tese il telefono.

«Sì».

«Ti sei messo al lavoro, Montale. Bene. Ma stai perdendo tempo. Abbiamo fretta, capisci?».

«Vaffanculo, pezzo di merda».
«Stronzo! Sarai tu tra non molto a mangiare la merda!».
E riattaccò.
La signora Orsini mi guardava terrorizzata.
«Continui a fare quello che le hanno chiesto».
Ebbi voglia di Sonia. Del sorriso di Sonia. Degli occhi di Sonia. Del suo corpo, che mi era ancora sconosciuto. Un desiderio folle di lei. E di perdermi in lei. Di dimenticare con lei tutta la schifezza del mondo che rovinava le nostre vite.
Perché avevo ancora qualche illusione.

Capitolo quarto
*Nel quale le lacrime sono l'unico rimedio
contro l'odio*

Presi una birra, poi due, poi tre. Ero seduto all'ombra, sulla terrazza del bar La Samaritaine, al porto. Arrivava un po' di aria di mare. Non era esattamente aria fresca, ma bastava per non gocciolare di sudore a ogni sorso di birra. Stavo bene qui. Sulla terrazza più bella del Vieux-Port. L'unica dove si può godere, dalla mattina alla sera, la luce della città. Qui è palpabile. Anche nelle ore più calde. Anche quando obbliga ad abbassare gli occhi. Come oggi.

Ordinai un'altra birra, poi andai a telefonare di nuovo a Sonia. Erano quasi le otto e l'avevo chiamata invano ogni mezz'ora.

Il desiderio di rivederla aumentava sempre di più. Non la conoscevo e già mi mancava. Chissà cosa aveva raccontato a Honorine e Fonfon per sedurli così in fretta? Chissà cosa mi aveva raccontato per ridurmi in un tale stato? Come poteva una donna introdursi con tanta facilità nel cuore di un uomo, soltanto con sguardi e sorrisi? Era possibile accarezzare il cuore senza aver mai neppure sfiorato la pelle? Questo significava sedurre. Intrufolarsi nel cuore dell'altro, farlo vibrare, legarlo a sé. Sonia.

Il suo telefono squillava ancora a vuoto e cominciavo a disperarmi. Mi sentivo come un adolescente innamorato. Febbrile. Impaziente di sentire la voce della propria ragazza. Uno dei motivi del successo dei telefoni cellulari, pensai, era proprio questo. Poter essere legati alla persona amata, dovunque, in qualsiasi momento. Poterle dire ti amo, mi manchi, a stasera. Ma non riuscivo a vedermi con un cellulare e non capivo niente di quello che mi stava succedendo con Sonia. In verità, non ricordavo neppure il suono della sua voce.

Tornai a sedermi e mi rituffai negli articoli di Babette. Avevo già letto sei delle sue inchieste. Riguardavano la giustizia, le *cités*, la polizia. E la mafia. Soprattutto le più recenti. Babette aveva scritto, per il giornale *Aujourd'hui*, sulla conferenza stampa di sette giudici europei, tenutasi a Ginevra: Renaud van Ruymbeke (Francia), Bernard Bertossa (Svizzera), Gherardo Colombo e Edmondo Bruti Liberati (Italia), Baltazar Garzon Real e Carlos Jimenez Villarejo (Spagna) e Benoît Dejemeppe (Belgio). "Sette giudici arrabbiati contro la corruzione" l'aveva intitolato. L'articolo era datato ottobre 1996.

"I giudici" scriveva Babette, "sono esasperati perché la collaborazione giudiziaria è inesistente o frenata dai politici, un'organizzazione criminale non deve far altro che versare una commissione di 200.000 dollari per riciclarne 20 milioni, i soldi della droga (1.500 miliardi di franchi ogni anno) prendono senza grosse difficoltà la strada dei circuiti internazionali e vengono investiti per il 90% nelle economie occidentali.

"Per Bernard Bertossa, procuratore generale di Ginevra" continuava Babette, "è ora di creare un'Europa della giustizia dove a esistere non sia solo la libera circolazione di delinquenti e dei capitali che manipolano, ma anche la libera circolazione delle prove.

"Ma i giudici sanno che il loro grido d'allarme va a scontrarsi con l'atteggiamento schizofrenico dei governi europei. 'Bisogna farla finita con i paradisi fiscali, lavatrici di denaro sporco! Non si possono redigere nuove norme e allo stesso tempo fornire i mezzi per aggirarle!' esclama il giudice Baltazar Garzon Real, i cui procedimenti che conducono a Gibilterra, ad Andorra o al Principato di Monaco finiscono insabbiati. 'Oggi basta interporre società panamensi fasulle e moltiplicare gli schermi, e non si può più fare niente, anche se si sa che sono soldi provenienti dalla droga' fa notare Renaud Van Ruymbeke".

Si stava facendo sera ma l'aria non rinfrescava. Ero stufo di leggere e di aspettare. Di questo passo sarei stato di nuovo sbronzo quando avrei rivisto Sonia. Se si fosse degnata di rispondere.

Dopo un quarto d'ora ancora niente.

Chiamai Hassan.

«Come va?» mi chiese.

Dietro di lui Ferré cantava:

Quando la macchina ha preso il via
Quando non sai più dove sei
E aspetti ciò che succederà...

«Perché me lo chiedi?».

«Visto in che stato eri stanotte...».

«Ho fatto parecchie cazzate?».

«Non ho mai visto nessuno reggere l'alcol con tanto sangue freddo».

«Sei troppo buono, Hassan!».

E si aspetta ciò che succederà...

«Carina Sonia, eh?».

Ci si metteva anche Hassan.

«Sicuro» dissi, imitandolo. «A proposito, sai dove abita?».

«Sì...» disse ingoiando un sorso di qualcosa. «Rue du Consolat. 24 o 26, non ricordo. Ma è sicuramente un numero pari. Quelli dispari me li ricordo sempre».

Rise, mandando giù un altro goccio.

«A che punto sei?».

«Birra».

«Anch'io. E qual è il cognome di Sonia?».

«De Luca».

Italiana. Cazzo. Era un'eternità. Dopo Babette avevo evitato le italiane.

«Hai sicuramente visto suo padre qui. Faceva lo scaricatore. Attilio. Hai capito chi è? Non molto alto. Calvo».

«Cazzo, sì! È suo padre?».

«Sì. (Ingoiò un altro sorso.) Beh, se vedo Sonia le devo dire che stai indagando su di lei?».

Rise ancora. Ignoravo a che ora Hassan avesse cominciato a bere. Ma mi sembrava in forma.

«Esattamente. A presto, ciao».

Sonia abitava al 28.

Diedi un colpetto al campanello d'ingresso. La porta si aprì. Il mio cuore si mise a battere più forte. Sulla buca delle lettere c'era scritto primo piano. Salii quattro gradini alla volta. Bussai piano. La porta si aprì. E si chiuse dietro di me.

C'erano due uomini di fronte a me. Uno dei due mi mostrò il distintivo.

«Polizia. Chi è lei?».

«Che ci fate qui?».

Il cuore batté ancora più forte. Ma per altri motivi. Immaginai il peggio. E pensai che, sì, certo, basta voltare la testa anche solo un secondo e la vita rimette le cose a posto. Strato su strato. Come un millefoglie. Uno strato di crema e uno strato di pasta sfoglia che si sbriciola. Una vita che si sbriciola. Porca puttana. No, non immaginavo il peggio. Lo sapevo. Il mio cuore smise di battere. E sentii di nuovo l'odore di morte. Non quello che aleggiava nella mia mente e che credevo di sentire su di me. No, un odore di morte reale. E quello del sangue, che spesso lo accompagna.

«Le ho fatto una domanda».

«Montale. Fabio Montale. Avevo appuntamento con Sonia» mentii a metà.

«Scendo, Alain» disse l'altro poliziotto.

Era pallido.

«Ok, Bernard. Staranno per arrivare».

«Che succede?» chiesi per rassicurarmi.

«Lei è il suo... (Mi guardò dalla testa ai piedi. Per capire la mia età. Quella di Sonia. Una ventina d'anni di differenza, suppongo che pensò.) Il suo amico?».

«Sì. Un amico».

«Ha detto Montale?».

Restò a pensare per qualche secondo. Con lo sguardo mi esaminò di nuovo.

«Sì. Fabio Montale».

«È morta. Assassinata».

Mi si attorcigliò lo stomaco e un groppo si formò all'altezza dell'intestino. Pesante. Che saliva e scendeva. Saliva fino in gola. Chiudendola. Soffocandomi. Lasciandomi muto. Senza parole. Come se qualsiasi parola avesse fatto ritorno alla preistoria. In fondo alle caverne. Da dove l'umanità non sarebbe mai dovuta uscire. In principio era il peggio. E il grido del primo uomo. Disperato, sotto l'immensa volta celeste. Disperato di capire, lì, schiacciato da tanta bellezza, che un giorno, sì un giorno, avrebbe ucciso suo fratello. In principio esistevano già tutti i motivi per uccidere. Prima ancora che li si potesse nominare. L'invidia, la gelosia. Il desiderio, la paura. Il denaro. Il potere. L'odio. L'odio per il prossimo. L'odio per il mondo.

L'odio.

Voglia di gridare. Di urlare.

Sonia.

L'odio. Il groppo smise di salire e scendere. Il sangue cessò di scorrere nelle mie vene. Si concentrò nel groppo, così pesante ora, che mi premeva sull'intestino. Venni invaso da un freddo polare. L'odio. Avrei dovuto vivere con quel freddo. L'odio. Sonia.

«Sonia» mormorai.

«Tutto bene?» mi chiese il poliziotto.

«No».

«Si sieda».

Mi sedetti. Su una poltrona che non conoscevo. In un appartamento che non conoscevo. Da una donna che non conoscevo. E che era morta. Assassinata. Sonia.

«Come?» chiesi.

Il poliziotto mi tese una sigaretta.

«Grazie» dissi accendendola.

«Le hanno tagliato la gola. Sotto la doccia».

«Un maniaco?».

Alzò le spalle. Significava no. O forse no. Se fosse stata violentata, me l'avrebbe detto. Violentata, e poi uccisa. Aveva solo detto assassinata.

«Anch'io sono stato poliziotto. Tanto tempo fa».

«Montale. Sì... Mi sembrava... Quartieri nord, vero?».

Mi tese la mano.

«Sono Béraud. Alain Béraud. Non aveva molti amici...».

«No. Uno solo. Loubet».

«Loubet. Sì... è stato trasferito. Sei mesi fa».

«Ah».

«A Saint-Brieuc, nella Côtes-d'Armor. Non è stata proprio una promozione».

«Lo immagino».

«Anche lui non aveva molti amici».

Si sentì una sirena della polizia. La squadra stava arrivando. Avrebbero preso le impronte. Fotografato i luoghi. Il corpo. Analizzato. Ci sarebbe stata la deposizione. Il verbale. La routine. Un delitto in più.

«E lei?».

«Ho lavorato per Loubet. Sei mesi. Mi trovavo bene. Era un tipo a posto».

Fuori, le sirene urlavano ancora. Senza dubbio il furgone della polizia non trovava parcheggio. Rue Consolat era stretta e tutti parcheggiavano dove e come volevano.

Parlare mi faceva bene. Scacciavo dalla mente l'immagine di Sonia con la gola tagliata. Un flusso impossibile da controllare. Come nelle notti d'insonnia quando non ci si riesce a liberare da quel film in cui la donna che si ama è tra le braccia di un altro uomo, lo bacia, gli sorride, gli dice che lo ama, gode e mormora è bello, sì, è bello. Lo stesso viso. Gli stessi gemiti di piacere. Gli stessi sospiri. Le stesse parole. E sono le labbra di un altro. Le mani di un altro. Il sesso di un altro.

Lole se n'era andata.

E Sonia era morta. Assassinata.

Una ferita aperta da cui usciva ancora sangue denso che colava sul seno, sulla pancia, formando una piccola pozza all'altezza dell'ombelico, e colava ancora tra le cosce, sul pube. Le immagini erano quelle. Schifose, come sempre. E l'acqua della doccia che portava il sangue verso le fogne della città...

Sonia. Perché?

Perché mi trovavo sempre sul lato in ombra della vita? Sul versante della tristezza? C'era un motivo? O era solo un caso? Forse non amavo abbastanza la vita?

«Montale?».

Le domande procedevano a una velocità folle. E con loro tutte le immagini di cadaveri che avevo immagazzinato nella testa da quando ero poliziotto. Centinaia di cadaveri di sconosciuti. E poi gli altri. Quelli che amavo. Manu, Ugo. E Guitou, così giovane. E Leila. Leila, meravigliosamente bella. Non ero riuscito a impedire la loro morte.

Sempre troppo tardi, Montale. Sempre in ritardo sulla morte. E sempre in ritardo sulla vita. Sull'amicizia. Sull'amore.

Fuori tempo, perso. Sempre.

E ora, Sonia.

«Montale?».

E l'odio.

«Sì» dissi.

Sarei uscito in barca. Avrei preso il largo. Di notte. Per interrogare il silenzio. E sputare sulle stelle, come indubbiamente aveva fatto il primo uomo, una sera, quando, tornando dalla caccia, aveva scoperto la propria moglie sgozzata.

«Dobbiamo raccogliere la sua deposizione».

«Sì... Come?» chiesi. «Come... l'avete saputo?».

«Il doposcuola».

«Cosa, il doposcuola?».

Tirai fuori le sigarette e ne tesi una a Béraut. Rifiutò. Prese una sedia e si sedette proprio di fronte a me. Il suo tono diventò meno amichevole.

«Ha un figlio. Otto anni. Non lo sapeva?».

«L'ho conosciuta ieri sera».

«Dove?».

«In un bar. Les Maraîchers. Un bar che frequento spesso. Anche Sonia, suppongo. Ma ci siamo conosciuti solo ieri sera».

Mi esaminava con attenzione. Intuivo tutto ciò che gli passava per la mente. Conoscevo a menadito tutti i ragionamenti che può fare un poliziotto. Un buon poliziotto. Avevamo bevuto parecchio, Sonia e io. Avevamo scopato. E poi, passata la sbornia, non le andava più. L'errore di una notte. La cosa che non si riesce a capire. L'incidente di percorso nella vita di una madre di famiglia. Fatale. Situazioni comuni. Già viste. Un crimine. Ed essere stato poliziotto non cambiava le cose. L'atto folle. E la sua violenza.

Inconsciamente tesi le mani verso di lui per dire:

«Non siamo stati insieme. Non è successo niente. Dovevamo rivederci stasera, ecco tutto».

«Non la sto accusando».

«Volevo che lo sapesse».

Lo fissai a mia volta. Béraud. Un poliziotto per bene. Al quale era piaciuto lavorare con un commissario per bene.

«Il doposcuola vi ha chiamato. È così?».

«No. Si sono preoccupati perché la madre era sempre puntuale. Mai un ritardo. Quindi hanno telefonato al nonno del ragazzino e...».

Attilio, pensai. Béraud fece una pausa. Perché potessi registrare l'informazione che mi stava fornendo. Il nonno, non il padre. Mi dava di nuovo fiducia.

«Non il padre?» chiesi.

«Il padre... non l'hanno mai visto. Il nonno si è arrabbiato. Aveva già tenuto il bambino la sera prima e doveva tenerlo di nuovo stasera».

Béraud rimase in silenzio. Un silenzio nel quale, Sonia e io, ci ritrovavamo per passare la notte insieme, stavolta.

«La madre doveva farlo mangiare, fargli il bagno. E...».

Mi guardò con tenerezza quasi.

«E...».

«È andato a prendere il bambino al doposcuola e l'ha portato da lui. Poi ha cercato la figlia in ufficio. Ma se n'era andata. Alla solita ora. Allora ha chiamato qui, pensando che con questo caldo Sonia fosse tornata a farsi una doccia e che... Invano. Si è preoccupato e ha telefonato alla vicina. Si scambiavano dei favori, lei e Sonia. Quando è andata a bussare alla porta, l'ha trovata accostata. È stata lei ad avvertirci, la vicina».

L'appartamento si riempì di rumori, di voci.

«Buonasera commissario» disse Béraud, alzandosi.

Alzai gli occhi.

Una donna, alta, era di fronte a me. Jeans e maglietta neri. Una bella donna. Facevo fatica a muovermi dal divano sui cui ero seduto.

«È il testimone?» chiese.

«Un ex poliziotto. Fabio Montale».

Mi tese la mano.

«Commissario Pessayre».

La sua stretta era energica e la mano calda. Calorosa. Aveva vivaci occhi scuri. Pieni di vita. Di passione. Restammo per una frazione di secondo a guardarci. Il tempo necessario per credere che la giustizia potesse abolire la morte. Il crimine.

«Ora mi racconta».

«Sono stanco» dissi, sedendomi di nuovo. Stanco.

E gli occhi mi si riempirono di lacrime. Finalmente.

Le lacrime erano l'unico rimedio contro l'odio.

Capitolo quinto
Nel quale può far bene dire o ascoltare anche ciò che non serve

Non avevo sputato sulle stelle. Non avevo potuto.

Al largo delle isole di Riou avevo spento il motore e lasciato vagare la barca. Più o meno nel posto dove mio padre, tenendomi sotto le ascelle, mi aveva per la prima volta immerso nel mare. Avevo otto anni. L'età di Enzo. "Non avere paura" diceva. "Non avere paura". Non avevo avuto altri battesimi. E quando la vita mi faceva male era sempre in questo luogo che tornavo. Come per tentare, lì, tra il mare e il cielo, di riconciliarmi con il resto del mondo.

C'ero venuto anche dopo la partenza di Lole. Fino a qui. Per un'intera notte.

Un'intera notte trascorsa a elencare tutto ciò che mi rimproveravo. Perché dovevo dirlo. Almeno una volta. Anche al nulla. Era il 16 dicembre. Il freddo mi congelava le ossa. Malgrado il Lagavulin che mandavo giù piangendo. Tornando, all'alba, avevo avuto la sensazione di tornare dal paese dei morti.

Solo. E nel silenzio. Ero avvolto da ghirlande di stelle. Dalla volta che disegnavano nel cielo nero. E dal riflesso sul mare. Unico movimento, quello della mia barca che galleggiava sull'acqua.

Restai così senza muovermi. Con gli occhi chiusi. Fino a quando, finalmente, sentii sciogliersi quel groppo di disgusto e tristezza che mi opprimeva. Qui, l'aria fresca restituiva al mio respiro il suo ritmo umano. Libero dalla sua lunga angoscia di vivere e di morire.

Sonia.

«È morta. Assassinata» gli avevo detto.

Fonfon e Honorine giocavano a ramino in terrazza. Il gioco di carte preferito da Honorine. Vinceva sempre, perché amava vincere. Fonfon la lasciava vincere perché gli piaceva vedere la sua gioia. Fonfon aveva di fronte a sé un pastis. Honorine un fondo di Martini. Avevano alzato gli occhi verso di me. Sorpresi di vedermi tornare così presto. Preoccupati, ovviamente. E avevo solo detto:

«È morta. Assassinata».

Li avevo guardati, poi, con una coperta e il mio giubbotto sotto un braccio e la bottiglia di Lagavulin nell'altra mano, avevo attraversato la terrazza, sceso i gradini fino alla barca e mi ero tuffato nella notte. Dicendomi, come ogni volta, che questo mare, offertomi da mio padre come un regno, l'avrei perso per sempre a furia di venire a lasciarci tutti i colpi gobbi del mondo e degli uomini.

Quando aprii gli occhi, tra lo scintillio delle stelle, capii ancora una volta che non avrei potuto farci niente. Mi sembrava che il corso del mondo si fosse fermato. La vita era sospesa. Tranne che nel mio cuore dove, in quel momento, qualcuno piangeva. Un bambino di otto anni e suo nonno.

Mandai giù un lungo sorso di Lagavulin. Mi risuonarono in mente prima la risata, poi la voce di Sonia. Tutto tornava al suo posto. Con precisione. La sua risata. La sua voce. Le sue parole.

«C'è un posto chiamato *l'eremo dannunziano*[1]. È un belvedere dove spesso andava Gabriele D'Annunzio...».

Aveva cominciato a parlare dell'Italia. Dell'Abruzzo, la sua regione. Di quella zona di costa tra Ortona e Vasto che, per lei, "era unica al mondo". Sonia era inarrestabile e l'avevo ascoltata, lasciando che il suo piacere entrasse dentro di me con la stessa gioia dei bicchieri di anice che ingurgitavo senza più pensare.

«Si chiama *Turchino,* la spiaggia dove ho trascorso le mie

---

[1] In italiano nel testo.

estati, quando ero piccola. *Turchino*, per il colore turchino delle acque... È piena di ciottoli e di bambù. Si possono fare piccole giunche con le foglie, o canne da pesca, vedi...».

Vedevo, sì. E sentivo. L'acqua che scorreva sulla pelle. La sua dolcezza. E il sale. Il sapore dei corpi salati. Sì, vedevo tutto, a portata di mano. Come la spalla nuda di Sonia. Rotonda e dolce da accarezzare come i ciottoli levigati dal mare. Sonia.

«E poi c'è una linea ferroviaria che scende fino a Foggia...».

I suoi occhi accarezzarono i miei. Un invito a prendere quel treno, a lasciarsi scivolare verso il mare. Nel *Turchino*.

«La vita è molto semplice laggiù, Fabio, soltanto ritmata dal suono del treno che passa, il rumore del mare, la pizza *al taglio*[1] a pranzo e» aveva aggiunto ridendo, «*una gerla alla stracciatella per me*[2], verso sera...».

Sonia.

La voce ridente. Le parole come un getto di gioia di vivere.

Io non ero più tornato in Italia dall'età di nove anni. Mio padre aveva portato mia madre e me nel suo paese. A Castel San Giorgio, vicino a Salerno. Voleva rivedere sua madre, almeno un'ultima volta. Voleva che sua madre vedesse il bambino che ero. L'avevo raccontato a Sonia. E pure che mi ero arrabbiato come mai nella mia vita perché ero stufo di mangiare pasta a pranzo e a cena, tutti i giorni.

Aveva riso.

«Ho proprio voglia di questo, ora. Di portare mio figlio in Italia. A Foggia. Come ha fatto tuo padre con te».

Il grigio blu dei suoi occhi si era alzato verso di me, lentamente. Come un'alba. Sonia aveva aspettato la mia reazione. Un figlio. Come avevo fatto a dimenticare che mi aveva parlato di suo figlio? Di Enzo. Come avevo fatto a non ricordarlo, poco fa, quando gli sbirri m'interrogavano? Cosa non avevo voluto sentire, quando aveva detto: "Mio figlio"?

[1] In italiano nel testo
[2] In italiano nel testo.

Non avevo mai desiderato dei figli. Da nessuna donna. Per paura di non sapere essere padre. Di non sapere dare, non tanto l'amore, ma la fiducia nel mondo, negli uomini, nel futuro. Non vedevo nessun futuro per i bambini di questo secolo. Indubbiamente, i tanti anni passati tra gli sbirri avevano alterato la mia visione della società. Avevo visto più ragazzini finire nella droga, nei piccoli furti prima, in quelli grossi dopo, e poi in galera, che aver successo nella vita. Anche quelli che amavano la scuola e andavano bene, si ritrovavano prima o poi in un vicolo cieco. E, o sbattevano la testa al muro, rimanendoci secchi, o reagivano ribellandosi contro l'ingiustizia subita. Violenza, armi. Galera.

L'unica donna da cui avrei voluto un figlio era Lole. Ma ci eravamo detti che non ne avremmo avuti. Con la scusa che eravamo troppo vecchi. Eppure mi era successo spesso, quando facevamo l'amore, di sperare che avesse rinunciato, senza dirmelo, a prendere la pillola. E che un giorno mi avrebbe annunciato, con un sorriso tenero sulle labbra: "Aspetto un bambino, Fabio". Come un regalo, per noi due. Per il nostro amore.

So che avrei dovuto confessarle questo desiderio. Dirle anche che volevo sposarla. Che diventasse mia moglie, veramente. Forse avrebbe detto di no. Ma tutto sarebbe stato chiaro tra noi. Perché il sì e il no sarebbero stati pronunciati nella semplicità della gioia di vivere insieme. Ma ero rimasto zitto. E anche lei, ovviamente. E quel silenzio, allontanandoci uno dall'altra, ci aveva separati.

Invece di replicare avevo finito il bicchiere e Sonia aveva continuato:

«Suo padre mi ha lasciata. Cinque anni fa. Non si è più fatto vivo».

«È dura» mi ricordo di avere risposto.

Aveva alzato le spalle.

«Quando un tizio molla suo figlio, senza preoccuparsi... senza farsi vivo per cinque anni, neanche a Natale o per il compleanno, beh, è meglio così. Non sarebbe stato un buon padre».

«Ma un bambino ha bisogno di un padre!».
Sonia mi aveva guardato, silenziosa. Sudavamo da ogni poro. Io più di lei. La sua gamba, sempre contro la mia, aveva acceso in me un fuoco che credevo di avere dimenticato. Un braciere.
«L'ho tirato su da sola. Con l'aiuto di mio padre, certo. Forse, un giorno, incontrerò un uomo che mi farà piacere presentare a Enzo. E quel tizio non sarà mai suo padre, no, ma credo che potrà dargli tutto ciò di cui un bambino ha bisogno per crescere. Autorità e tenerezza. Anche fiducia. E sogni da uomo. Veri sogni da uomo...».
Sonia.
Avevo avuto voglia di prenderla tra le braccia. In quel preciso momento. Di stringerla a me. Si era scansata, con gentilezza, ridendo.
«Fabio».
«Va bene, va bene».
E avevo alzato le mani sopra la testa per mostrarle che non l'avrei toccata.
«Ci beviamo un ultimo bicchiere e andiamo a farci un bagno. D'accordo?».
Avevo pensato di portarla in barca per andare a nuotare al largo. Nelle acque profonde. Lì dove ero in quel momento. E ora mi stupivo di averlo proposto a Sonia. L'avevo appena conosciuta. La barca era la mia isola deserta. La mia solitudine. Ci avevo portato solo Lole. La notte in cui era venuta a vivere da me. E Fonfon e Honorine, solo recentemente. Mai nessuna donna aveva meritato di salire su questa barca. Neppure Babette.
«Sicuro» aveva detto Hassan quando gli avevo fatto segno di servirci di nuovo.
Coltrane suonava. Ero completamente ubriaco, ma avevo riconosciuto *Out of this World*. Quattordici minuti che potevano consumare una notte intera. Realizzai che Hassan avrebbe chiu-

so tra non molto. Coltrane, sempre, per accompagnare ognuno dei suoi clienti. Verso i loro amori. Verso la loro solitudine. Coltrane, per il ritorno.

Fui incapace di alzarmi dalla sedia.

«Sei bella, Sonia».

«E tu sei sbronzo, Fabio».

Eravamo scoppiati a ridere.

La felicità. Possibile. Sempre.

La felicità.

Il telefono squillava quando entrai in casa. Le due e dieci. Stronzo, dissi, pensando a chiunque osava chiamare a quell'ora. Lasciai squillare. Rinunciarono.

Silenzio. Non avevo sonno. E avevo fame. In cucina Honorine mi aveva lasciato un biglietto. Appoggiato a un recipiente in terracotta dove faceva cuocere gli stufati e i ragù. "C'è la zuppa al pesto. È buona anche fredda. Mangiane un po'. Ti abbraccio forte. E anche Fonfon ti abbraccia". In un piattino aveva lasciato il formaggio grattugiato.

Indubbiamente ci sono mille modi di preparare la zuppa al pesto. A Marsiglia tutti dicevano: "Mia madre la fa così", e dunque la cucinavano in modi diversi. Ogni volta un sapore diverso. A seconda delle verdure che venivano usate. Ma soprattutto a seconda di come erano stati dosati basilico e aglio, e della quantità di questi ingredienti che veniva aggiunta alla polpa dei pomodori sbollentati nell'acqua dove erano state cotte le verdure.

Honorine riusciva a fare la migliore di tutte le zuppe al pesto. Fagioli bianchi e rossi, corallini, patate e maccheroni. Lasciava cuocere a fuoco lento per tutta la mattina. Dopo cominciava con il pesto. A pestare in un vecchio mortaio di legno l'aglio e le foglie di basilico. A quel punto non bisognava assolutamente disturbarla. "Ehi, se resti lì come una statua a guardarmi non riesco a fare niente".

Misi la pentola sul fuoco. La zuppa al pesto era ancora più buona se veniva riscaldata una o due volte. Accesi una sigaretta e mi versai un fondo di vino rosso di Bandol. Un Tempier '91. L'ultima bottiglia che avevo di quell'annata. La migliore, forse.

Chissà se Sonia aveva parlato di tutto questo con Honorine? Con Fonfon? Della sua vita di donna sola. Di madre abbandonata. Di Enzo. Come aveva fatto Sonia a capire che non ero un uomo felice? "Triste" aveva detto a Honorine. Ero sicuro di non averle raccontato niente di Lole. Ma avevo parlato di me. A lungo anche. Della mia vita da quando ero tornato da Gibuti, da quando ero diventato poliziotto.

Lole era il mio dramma. Non qualcosa di triste. Ma la sua partenza era forse una delle conseguenze del mio modo di vivere. Di pensare alla vita. Vivevo troppo e da troppo tempo senza credere nella vita. Forse senza farci caso avevo ceduto alla tristezza? O a furia di credere che le piccole cose quotidiane bastino a dare felicità, avevo rinunciato a tutti i miei sogni, i miei veri sogni? E al futuro? Non avevo nessun domani quando l'alba, come ora, nasceva. Non mi ero mai imbarcato su un cargo. Non ero mai andato all'altro capo del mondo. Ero rimasto qui a Marsiglia. Fedele a un passato che non esisteva più. Ai miei genitori. Ai miei amici scomparsi. E ogni nuova morte di una persona vicina aggiungeva piombo alle mie scarpe e alla mia testa. Prigioniero di questa città. Non ero mai neppure tornato in Italia, a Castel San Giorgio...

Sonia. Forse l'avrei accompagnata lì, in Abruzzo, con Enzo. Forse l'avrei portata – oppure sarebbe stata lei a spingermici? – fino a Castel San Giorgio, e avrei fatto amare a tutti e due quel bel paese che era anche il mio. Mio quanto questa città dove ero nato.

Avevo mandato giù un piatto di zuppa, tiepida, come piace a me. Honorine ancora una volta aveva superato se stessa. Finii il vino. Ero pronto a dormire. Ad affrontare tutti gli incubi. Le immagini di morte che mi ronzavano in testa. Domani, appena sveglio, sarei andato dal nonno. Attilio. Ed Enzo. Gli avrei detto: "Sono l'ultimo uomo che Sonia ha conosciuto. Non ne sono sicuro, ma credo che le piacessi, a Sonia. E anche a me piaceva lei". Non sarebbe servito a niente, ma non faceva male dirlo e non poteva fare male sentirlo.

Il telefono ricominciò a squillare.

Risposi con rabbia.

«Merda!» urlai, pronto a riattaccare.

«Montale» disse la voce.

Quella voce schifosa che già ieri avevo sentito due volte. Fredda, malgrado il leggero accento italiano.

«Montale» ripeté la voce.

«Sì».

«Quella ragazza, Sonia, è stato solo per farti capire. Capire che non scherziamo».

«Cosa?» urlai.

«È solo l'inizio, Montale. L'inizio. Sei un po' duro di orecchi. E anche un po' stronzo. Continueremo. Fino a quando non trovi la rompicazzo. Capito?».

«Stronzi!» urlai. Poi sempre più forte: «Pezzi di merda! Rotti in culo! Teste di cazzo!».

Dall'altro lato il silenzio. Ma il mio interlocutore non aveva riattaccato. Quando non ebbi più fiato, la voce riprese:

«Montale, uccideremo i tuoi amici uno dopo l'altro. Tutti. Fino a quando non trovi la Bellini. E se non muovi il culo, quando saremo arrivati alla fine, rimpiangerai di essere ancora vivo. Ecco, puoi scegliere».

«Ok» dissi, completamente svuotato.

I visi dei miei amici sfilarono di fronte ai miei occhi a grande velocità. Fino a quelli di Fonfon e di Honorine. "No" piangeva il mio cuore, "no".

«Ok» risposi a bassa voce.

«Ti chiamiamo di nuovo stasera».

Riattaccò.

«Lo ammazzo quel pezzo di merda!» urlai. «Ti ammazzo! Ti ammazzo!».

Mi voltai e vidi Honorine. Si era infilata l'accappatoio che le avevo regalato a Natale. Teneva le mani incrociate sulla pancia. I suoi occhi mi guardavano, pieni di preoccupazione.

«Credevo avessi un incubo, tanto urlavi».

«Gli incubi esistono solo nella vita» dissi.

Era tornato l'odio. E con lui la puzza di morte.

Capii che dovevo ammazzare quel tizio.

Capitolo sesto
*Nel quale sono spesso gli amori segreti
quelli che si dividono con una città*

Il telefono squillava. Le nove e dieci. Merda! Il telefono non aveva mai squillato tanto in questa casa. Risposi aspettandomi il peggio. Quel solo gesto mi coprì di sudore. Faceva sempre più caldo. Anche con le finestre aperte non entrava il minimo soffio di aria.

«Sì» dissi di cattivo umore.

«Commissario Pessayre, buongiorno. È sempre così scontroso la mattina?».

Mi piaceva quella voce. Bassa, un po' trascinata.

«È solo per tenere lontani i rappresentanti delle cucine Rossetti».

Rise. Una risata roca. Doveva essere del sud ovest. O giù di lì.

«Ci possiamo vedere? Stamattina».

La voce era la stessa. Calorosa. Ma non lasciava alcuno spazio a un rifiuto. Era sì. E per forza stamattina.

«Qualcosa non va?».

«No, no... Abbiamo controllato le sue dichiarazioni. E i suoi impegni. Non è tra i sospetti, stia tranquillo».

«Grazie».

«Diciamo che vorrei parlare con lei di alcune cose».

«Ah!» dissi con finta allegria. «Se è un invito non ci sono problemi».

Questo non la fece ridere. E mi tranquillizzai: quella donna non era una scema. Aveva carattere. Non sapendo che strada avrebbero preso le cose, era meglio sapere su chi potere contare. Tra gli sbirri, ovviamente.

«Alle undici».
«Nel suo ufficio?».
«Non penso che lei ci tenga, o sbaglio?».
«Non proprio».
«Al forte Saint-Jean? Cammineremo un po', se le va».
«Mi piace quel posto».
«Anche a me».

Avevo seguito la Corniche. Per non perdere di vista il mare. Ci sono giorni in cui non posso far altro che entrare così nel centro della città. Quando ho bisogno che la città venga verso di me. Sono io a muovermi, ma è lei ad avvicinarsi. Se potessi arriverei a Marsiglia solo dal mare. L'ingresso del porto, una volta superata l'ansa di Malmousque, mi dava ogni volta grandi emozioni. Ero Hans, il marinaio di Edouard Peisson. O Cendrars che tornava da Panama. O anche Rimbaud, "fresco angelo sbarcato al porto ieri mattina". Ogni volta si ripeteva quel momento in cui Protis, il Focese, entrava in rada, affascinato.

La città, stamattina, era trasparente. Rosa e blu nell'aria immobile. Faceva già caldo, ma ancora non era appiccicoso. Marsiglia respirava la propria luce. Così come i clienti, seduti alla terrazza della Samaritaine, bevevano, con leggerezza, fino all'ultima goccia di caffè. Il blu dei tetti, il rosa del mare. O l'inverso. Fino a mezzogiorno. Dopo, il sole schiacciava tutto per alcune ore. L'ombra come la luce. La città diventava opaca. Bianca. In quel momento Marsiglia profumava di anice.

Cominciavo ad avere sete e voglia di un pastis ben freddo, seduto all'ombra in una terrazza. Quella di Ange, per esempio, a place des Treize-Coins, nel vecchio quartiere del Panier. La mia mensa, quand'ero poliziotto.

«È qui che ho imparato a nuotare» le dissi, indicando l'ingresso del porto.

Sorrise. Mi aveva appena raggiunto ai piedi del forte Saint-Jean. Con passo deciso e una sigaretta tra le labbra. Indossava jeans e maglietta, come il giorno prima, ma sul beige. I capelli, castano rosso, erano raccolti sulla nuca in un piccolo chignon. I suoi occhi, nocciola, brillavano di malizia. Dimostrava una trentina d'anni. Ma ne doveva avere dieci di più, la signora commissario.

Le mostrai l'altra riva.

«Per essere uomo e potere fare il ganzo con le ragazze bisognava fare andata e ritorno».

Sorrise ancora. Svelando, stavolta, due belle fossette sulle guance.

Di fronte a noi, tre coppie di pensionati con la pelle incartapecorita stavano per tuffarsi. Frequentatori abituali. Facevano il bagno qui e non lungo la spiaggia. Senz'altro per fedeltà alla loro adolescenza. Per tanto tempo, con Ugo e Manu, eravamo venuti a nuotare qui. Lole, che raramente faceva il bagno, veniva a raggiungerci con uno spuntino. Stesi sui ciottoli ci lasciavamo asciugare ascoltandola leggere Saint-John Perse. Versi dell'*Esilio*, i suoi preferiti.

> ...porteremo più di un lutto, cantando ieri, cantando l'altrove, cantando il male alla sua nascita
> e lo splendore del vivere che si esilia a perdita d'uomo quest'anno.

I pensionati si tuffarono in acqua – le teste delle donne coperte da cuffie bianche – e nuotarono verso l'ansa del Pharo. Un crawl senza esagerazioni, movimenti sicuri, controllati. Non dovevano stupire più nessuno. Si stupivano da soli.

Li seguii con lo sguardo, scommettendo che si erano incontrati lì, a sedici o diciassette anni. Tre amici e tre amiche. E invecchiavano insieme. Con la gioia semplice del sole sulla pelle. Qui la vita non è altro. Una fedeltà ai gesti più semplici.

«Le piace sedurre le ragazze?».

«Non ho più l'età» dissi più seriamente possibile.

«Ah sì?» rispose, altrettanto seriamente. «Non si direbbe».

«Se allude a Sonia...».
«No. Al suo modo di guardarmi. Pochi uomini sono così diretti».
«Ho un debole per le belle donne».
Era scoppiata a ridere. La stessa risata che avevo sentito al telefono. Una risata sincera, come l'acqua di una cascata. Roca e calda.
«Non sono esattamente quel che si dice una bella donna».
«Tutte le donne dicono così, fino a quando non vengono sedotte da un uomo».
«Sembra conoscere bene l'argomento».
Ero disorientato dalla piega che aveva preso la conversazione. Ma che stai dicendo! pensai. Mi guardò fisso negli occhi e mi sentii a un tratto imbarazzato. Quella donna mi dava dei punti.
«Ne so qualcosa. Camminiamo, commissario?».
«Hélène, per favore. Sì, volentieri».

Abbiamo camminato lungo il mare. Fino alla punta dell'avamporto della Joliette. Di fronte al faro Sainte-Marie. Sì, come me amava quel posto da dove si vedevano entrare e uscire i traghetti e i cargo. Come me, tutti i progetti riguardanti il porto la preoccupavano. Un'unica parola riempiva la bocca dei politici e dei tecnocrati. Euromediterraneo. Tutti, anche quelli che erano nati qui, come l'attuale sindaco, avevano gli occhi puntati sull'Europa. L'Europa del nord, ovviamente. Capitale, Bruxelles.

Marsiglia aveva un futuro solo se rinunciava alla sua storia. Questo ci spiegavano. E quando si parlava di rinnovamento portuale era per meglio affermare che bisognava finirla con questo porto così com'era oggi. Il simbolo di una gloria antica. Anche gli scaricatori marsigliesi, benché piuttosto testardi, avevano finito per ammetterlo.

Avrebbero raso al suolo gli hangar. Il J3. Il J4. Avrebbero ridisegnato le banchine. Aperto tunnel. Costruito sopraelevate.

Piazze. L'intera urbanistica e l'habitat, da place de la Joliette fino alla stazione Saint-Charles, sarebbero stati riprogettati. E rimodellato il paesaggio marittimo. Questa era l'ultima grande idea. La nuova grande priorità. Il paesaggio marittimo.

Ciò che si leggeva sui giornali faceva sprofondare qualsiasi marsigliese in una grande perplessità. A proposito dei cento posti per ogni banchina dei quattro bacini del porto, si parlava di "operatività magica". Sinonimo di caos per i tecnocrati. Siamo realisti, spiegavano: poniamo fine a "quest'affascinante e nostalgico disuso paesaggistico". Mi ricordo di essermi messo a ridere, un giorno, leggendo sulla rivista *Marseille*, una rivista piuttosto seria, che la storia della città, "attraverso i suoi scambi con il mondo esterno, attinge nelle proprie radici sociali ed economiche il progetto di un generoso centro città".

«Guarda, leggi qui» avevo detto a Fonfon.

«Compri queste cazzate?» aveva chiesto rendendomi la rivista.

«C'è l'inserto sul Panier. Tutta la nostra storia».

«Bello mio, non abbiamo più storia. E quel poco di storia che ci rimane ce la metteranno in culo. E voglio essere educato».

«Assaggia».

Gli avevo riempito il bicchiere di Tempier bianco. Erano le otto. Stavamo sulla terrazza del suo bar. Con quattro dozzine di ricci di mare sui piatti.

«Ehilà!» aveva detto facendo schioccare la lingua. «Da dove lo hai tirato fuori?».

«Ne ho due cartoni. Sei bottiglie di rosso del '91. Sei di rosso del '92. Sei di rosé e sei di bianco del '95».

Ero diventato amico di Lulu, la proprietaria delle cantine, al Plan du Castellet. Assaggiando i vini avevamo parlato di letteratura. Di poesia. Conosceva a memoria alcuni versi di Louis Brauquier. Quelli di *Bar d'escale*. Di *Liberté des mers*.

> Sono ancora lontano e mi permetto di essere bravo,
> Ma verrà il giorno in cui saremo sotto il tuo vento...

*

Quei tecnocrati arrivati da Parigi, avevano letto Brauquier? E i loro consiglieri paesaggistici avevano letto Gabriel Audisio? E Toursky? E Gérald Neveu? Sapevano che qui un addetto alla pesa delle merci, di nome Jean Ballar, aveva creato nel 1943 la più bella rivista letteraria di questo secolo, e che Marsiglia, in tutte le barche del mondo e in tutti i porti del mondo, aveva brillato per *Les Cahiers du Sud* ben più che per i suoi scambi di merci?

«Per tornare alle cazzate scritte lì dentro» aveva ripreso Fonfon, «ora ti spiego. Quando cominciano a parlarti di generosità del centro città, puoi stare certo che vogliono dire tutti fuori. Via! Gli arabi, i comoriani, i neri. Tutto ciò che macchia, insomma. E i disoccupati, e i poveri... Fuori!».

Il mio vecchio amico Mavros che vivacchiava con una palestra di pugilato sulle alture di Saint-Antoine, diceva più o meno la stessa cosa: "Ogni volta che qualcuno ti parla di generosità, di fiducia e di onore, se guardi dietro di te, sei quasi sicuro di vedere un cazzo pronto a sfasciarti il culo". Non riuscivo a rassegnarmi a questa evidenza e ogni volta con Mavros ci incazzavamo su questo.

«Esageri, Fonfon».

«Sì. Bene, allora versami un altro goccio. Ti eviterà di dire cazzate».

Hélène Pessayre aveva gli stessi timori sul futuro del porto di Marsiglia.

«Il sud, il Mediterraneo... Non abbiamo nessuna possibilità. Apparteniamo a ciò che i tecnocrati chiamano "le classi pericolose" del domani».

Aprì la borsa e mi tese un libro.

«L'ha letto?».

Era un testo di Sandra George e Fabrizio Sabelli. *Crediti senza frontiere, la religione secolare della Banca mondiale*.

«Interessante?».

«Appassionante. Spiegano che con la fine della guerra fredda e la preoccupazione dell'occidente di integrare il blocco dell'est – in gran parte a discapito del terzo mondo – il mito rivisitato delle classi pericolose si sposta verso il sud e su coloro che migrano da sud verso nord».

Ci eravamo seduti su una panchina di pietra. Vicino a un vecchio arabo che sembrava dormisse. Aveva un leggero sorriso sulle labbra. Più giù, seduti sugli scogli, due pescatori, disoccupati o al minimo del salario, sorvegliavano la loro lenza.

Di fronte a noi il largo. L'infinito blu del mondo.

«Per l'Europa del nord, il sud è ovviamente caotico, radicalmente diverso. Preoccupante, dunque. Insomma, sono d'accordo con gli autori del libro che gli Stati del nord reagiranno costruendo un *limes* moderno. Come un richiamo della frontiera tra l'Impero romano e i barbari».

Fischiavo tra i denti. Ero sicuro che a Fonfon e Mavros quella donna sarebbe piaciuta.

«Pagheremo cara questa nuova rappresentazione del mondo. Noi, voglio dire, tutti quelli che non hanno più lavoro, quelli che sono vicini alla miseria, e tutti i ragazzini, tutti quelli dei quartieri nord, dei quartieri popolari che vediamo ciondolare in città».

«Credevo di essere un pessimista» dissi, ridendo.

«Il pessimismo non serve a niente, Montale. Questo nuovo mondo è chiuso. Finito, ordinato, stabile. E non c'è più posto per noi. Domina un nuovo pensiero. Giudeo-cristiano-ellenodemocratico. Con un nuovo mito. I nuovi barbari. Noi. E siamo innumerevoli, indisciplinati, nomadi. E anche inaffidabili, fanatici, violenti. E, ovviamente, miserabili. La ragione e il diritto sono dall'altra parte della frontiera. Anche la ricchezza».

Un velo di tristezza le scese sugli occhi. Alzò le spalle e con le mani nelle tasche dei jeans s'incamminò verso l'acqua. Lì, restò in silenzio, con lo sguardo perso sull'orizzonte. La raggiunsi. Mi indicò il largo.

«Da lì sono arrivata a Marsiglia, la prima volta. Dal mare. Avevo sei anni. Non ho mai dimenticato la bellezza di questa città all'alba. E non ho neppure mai dimenticato Algeri. Ma non ci sono più tornata. Conosce Algeri?».

«No. Non ho viaggiato molto».

«Sono nata lì. Per anni ho lottato per essere trasferita qui a Marsiglia. Marsiglia non è Algeri. Ma da qui è come se potessi vedere il porto. Anch'io ho imparato a nuotare tuffandomi nell'acqua delle banchine. Per sorprendere i ragazzi. Andavamo a riposarci sulle boe, al largo. I ragazzi ci venivano a nuotare intorno e si urlavano l'un l'altro: "Ehi! Hai visto che bel gabbiano!". Eravamo tutte dei bei gabbiani».

Si voltò verso di me e i suoi occhi brillavano di una felicità passata.

«*Sono spesso degli amori segreti...*» cominciai.

«*Quelli che dividiamo con una città*» continuò con il sorriso sulle labbra. «Anch'io amo Camus».

Le offrii una sigaretta e la fiamma del mio accendino. Aspirò il fumo e lo espirò lentamente buttando la testa all'indietro. Poi mi guardò di nuovo, fissandomi. Pensai che finalmente avrei saputo perché aveva chiesto di vedermi stamattina.

«Ma non mi ha fatto venire fino a qui per parlarmi di tutto questo, no?».

«È vero, Montale. Vorrei che mi parlasse della mafia».

«Della mafia?».

I suoi occhi si fecero penetranti. Hélène era tornata a essere il commissario Pessayre.

«Ha sete?» chiese.

Capitolo settimo
*Nel quale esistono errori troppo mostruosi
per averne rimorso*

Ange mi abbracciò.

«Cazzo, pensavo che non saresti più venuto!».

Mi fece l'occhietto vedendo Hélène sedersi sulla terrazza, sotto dei magnifici platani.

«Bella donna, vecchio mio!».

«E commissario».

«No!».

«Come no. Vedi» aggiunsi ridendo, «ti rinnovo la clientela».

«Sei proprio stronzo! Davvero».

Hélène ordinò una *mauresque*[1]. Io un pastis.

«Mangiate?» chiese Ange.

Interrogai Hélène con lo sguardo. Forse le domande che voleva farmi non lasciavano posto al menu del giorno, semplice, ma sempre delizioso, che preparava Ange.

«Oggi ci sono le trigliette» propose. «Magnifiche. Alla griglia con un po' di salsa *bohémienne*. E come antipasto ho fatto la torta salata di sardine, fresche ovviamente. Con questo caldo il pesce è la cosa migliore».

«D'accordo» disse.

«Hai sempre il rosé del Puy-Sainte-Réparade?».

«Eccome! Ve ne porto una caraffa, intanto».

Brindammo. Avevo l'impressione di conoscere quella donna da sempre. Tra noi si era immediatamente creata una certa intimità. Da quando ci eravamo stretti la mano, la sera prima. E la

---

[1] Pastis con sciroppo di orzata.

nostra conversazione, lungo il mare, non aveva fatto altro che confermarla.

Non sapevo cosa mi stesse succedendo. Ma in quarantott'ore, due donne, completamente diverse una dall'altra, erano riuscite a entrarmi dentro. Indubbiamente mi ero tenuto troppo a distanza da loro, dall'amore, dopo la partenza di Lole. Sonia aveva aperto la porta del mio cuore, e ora entrava chi voleva. Insomma, non proprio chiunque. Ero convinto che Hélène Pessayre non fosse chiunque.

«L'ascolto» dissi.

«Ho letto alcune cose su di lei. In commissariato. Rapporti ufficiali. È stato per due volte coinvolto in questioni che riguardavano la mafia. La prima, dopo la morte del suo amico Ugo, nella guerra tra clan in cui si sono affrontati Zucca e Batisti. La seconda, a causa di un killer, Narni, venuto a fare un po' di pulizia a Marsiglia».

«E che aveva sparato a un ragazzino di sedici anni. Lo so, sì. Un caso. E allora?».

«Non c'è due senza tre, no?».

«Non capisco» dissi con aria idiota, ma senza esagerare.

Ma capivo fin troppo bene. E mi chiedevo come aveva fatto a tirare fuori così in fretta una simile ipotesi. Mi guardò con espressione piuttosto dura.

«Si diverte a fare l'idiota, eh, Montale?».

«Cosa glielo fa pensare? Solo perché non colgo la sua allusione?».

«Montale, Sonia non è stata uccisa da un sadico. Né da uno squilibrato, né da un maniaco dell'arma bianca».

«Suo marito, forse» dissi il più ingenuamente possibile. «Insomma, il padre del bambino».

«Certo, certo...».

I suoi occhi cercarono i miei, ma li tenevo abbassati sul bicchiere. Lo vuotai d'un sol colpo, per darmi un contegno.

«Un'altra *mauresque*?» proposi.

«No, grazie».
«Ange!» chiamai «Mi porti un altro pastis?».
Me lo portarono, poi Hélène riprese:
«Vedo che non ha perso l'abitudine di inventare storie».
«Senta, Hélène...».
«Commissario. È il commissario che le sta facendo delle domande. Nell'ambito di un'inchiesta su un omicidio. Quello di una donna, Sonia De Luca. Madre di un bambino di otto anni. Nubile. Trentaquattro anni. Trentaquattro anni, Montale. La mia età».

Aveva alzato leggermente il tono.

«Lo so questo. E so che quella donna mi aveva sedotto in una sola notte. E che ha incantato i miei amici più cari chiacchierando cinque minuti con loro. Perché doveva senz'altro essere una donna meravigliosa».

«E cos'altro mi può dire?».
«Niente».
«Merda!» gridò.
Ange posò la torta salata e ci guardò.
«Buon appetito» disse.
«Grazie».
«Ehi! Se la fa arrabbiare, mi chiami».
Sorrise.
«Buon appetito» osai dire anch'io.
«Sì».
Mandò giù un boccone, poi posò forchetta e coltello.
«Montale, ho parlato a lungo al telefono con Loubet. Prima di chiamarla».

«Ah sì? E come sta?».
«Come può stare uno che è stato messo in disparte. Se lo può immaginare. Tra l'altro gli farebbe piacere avere sue notizie».

«Sì, è vero. Non sono stato molto gentile. Lo chiamerò. E allora? Cosa le ha raccontato di me?».

«Che è un rompipalle, ecco cosa mi ha detto. Una persona per bene, onesta, ma un gran rompipalle. Capace di nascondere informazioni alla polizia, solo per avere un vantaggio e sistemare le sue cose da solo. Come una persona grande».

«Troppo buono quel Loubet».

«E quando finalmente si decide a mollare l'osso, il casino è diventato totale».

«Ah sì?» risposi innervosito.

Perché, ovviamente, Loubet aveva ragione. Ma ero testardo. E non avevo più fiducia negli sbirri. I razzisti, i poliziotti corrotti. E poi gli altri, quelli la cui unica morale era fare carriera. Loubet era un'eccezione. Nelle città poliziotti come lui si contavano sulle dita di una mano. L'eccezione che conferma la regola. La nostra polizia era repubblicana.

Guardai Hélène negli occhi. Ma non ci lessi più né la malizia né la nostalgia di una felicità passata. Né quella dolcezza femminile che avevo intravisto.

«Comunque» ripresi, «i cadaveri, le cantonate, gli errori, l'arbitrio, i pestaggi... sono sempre dalla vostra parte, no? Io non ho le mani sporche di sangue».

«Io neppure, Montale! E che io sappia, neanche Loubet! La smetta! Cosa vuole? Fare Superman? Farsi ammazzare?».

Ebbi un flash di alcune morti atroci per mano dei killer della mafia. Uno di loro, Giovanni Brusca, aveva strangolato un bambino di undici anni. Il figlio di un pentito, Santino Di Matteo, un ex del clan Corleone. Brusca aveva poi immerso il cadavere del bambino in una vasca di acido. L'assassino di Sonia doveva essere uscito dalla stessa scuola.

«Forse» mormorai. «Perché, la disturba?».

«Mi disturberebbe».

Si morse il labbro inferiore. Le parole le erano sfuggite di bocca. Ebbi un brivido, ma lo dimenticai immediatamente e pensai che avevo forse una possibilità di riprendere il sopravvento nella discussione. Dato che, commissario o no, non avevo nessuna intenzione di parlare della mafia a Hélène Pessayre. Di quell'incredibile caso che era costato la vita a Sonia. Né delle telefonate dell'assassino. E ancora meno della fuga di Babette. Certo non ora, per ciò che riguardava Babette.

No, non mi avrebbero cambiato. E avrei fatto come al solito. Come sentivo che era giusto fare. Da stanotte, da quando quel rotto in culo di merda aveva chiamato, pensavo a tutto con molta semplicità. Avrei dato appuntamento al tizio, l'assassino, e gli avrei vuotato addosso l'intero caricatore. L'avrei sorpreso. Come poteva immaginare che un coglione come me era capace di afferrare una pistola e sparare? Ogni killer pensa di essere il migliore, il più furbo. Al di sopra della massa di mediocri. Questo non avrebbe cambiato nulla al casino in cui si era ficcata Babette. Ma mi avrebbe alleggerito il cuore.

Quando ero uscito, ieri pomeriggio, ero persuaso che avrei riportato Sonia da me. Avremmo fatto colazione in terrazza e poi saremmo andati a nuotare al largo. Honorine ci avrebbe preparato qualcosa per pranzo e per cena. E la sera avremmo mangiato tutti e quattro insieme.

Una visione idilliaca. Avevo sempre vissuto così la realtà. Tentando di innalzarla al livello dei miei sogni. Al livello dello sguardo. Ad altezza d'uomo. Della felicità. Ma la realtà era come il giunco. Si piegava ma non si rompeva mai. Dietro l'illusione si nascondeva sempre la stronzaggine umana. E la morte. La morte che ha uno sguardo per tutti.

Non avevo mai ucciso. Ma oggi sentivo di esserne capace. Di uccidere. O di morire. Di uccidere e di morire. Perché uccidere è anche morire. Oggi non avevo più nulla da perdere. Avevo perso Lole. Avevo perso Sonia. Due felicità. Una conosciuta. L'altra intravista. Identiche. Tutti gli amori prendono la stessa strada e la ripercorrono, identica. Lole aveva saputo trasformare il nostro amore in un altro amore. Avrei potuto trasformare Lole in Sonia. Forse.

Tutto mi era indifferente.

Ripensai a quella poesia di Cesare Pavese: *Verrà la morte e avrà i tuoi occhi.*

Gli occhi dell'amore.

Sarà come smettere un vizio,
come vedere nello specchio
riemergere un viso morto,
come ascoltare un labbro chiuso.
Scenderemo nel gorgo muti.

Certo, se morissi, Fonfon e Honorine non me lo perdonerebbero. Ma sopravviverebbero, tutti e due. Avevano vissuto d'amore. Di tenerezza. Di fedeltà. Ne vivevano e ne avrebbero vissuto ancora. La loro vita non era un fallimento. Io... "In fin dei conti" pensai, "l'unico modo per dare un senso alla propria morte è provare una certa gratitudine per tutto ciò che è successo prima".

E di gratitudine ne avevo da vendere.

«Montale».
Ora la sua voce era dolce.
«Montale. Sonia è stata uccisa da un professionista».
Hélène Pessayre riusciva con tranquillità a dirmi ciò che voleva.
«E la sua morte è firmata. Solo la mafia taglia in quel modo la gola alla gente. Da destra a sinistra».
«Cosa ne sa?» dissi con stanchezza.
Arrivarono le triglie, riportando la vera vita al nostro tavolo.
«Delizioso» disse dopo aver ingoiato un primo boccone. «Ho fatto la tesi sulla mafia. È un'ossessione».
Avevo il nome di Babette sulla punta della lingua. Anche lei era ossessionata dalla mafia. Avrei potuto chiedere a Hélène Pessayre il perché di quest'ossessione. Tentare di capire cosa l'aveva spinta a passare la sua giovinezza a comprendere gli ingranaggi della mafia. Tentare di capire come Babette si era lasciata intrappolare da quegli ingranaggi al punto da mettere in pericolo la sua vita. La sua e quella di molti altri. Non lo feci. Ciò che in-

tuivo mi faceva orrore. Il fascino della morte. Del crimine. Del crimine organizzato. Preferivo innervosirmi.

«Chi è lei? Da dove viene? Dove pensa di arrivare con le sue domande, le sue ipotesi? Eh? Nel dimenticatoio, come Loubet?» dissi.

Mi stava salendo una rabbia sorda. Quella che mi attanagliava quando pensavo a tutte le schifezze del mondo.

«Non ha altro da fare nella vita? Solo smuovere merda? Posare i suoi begli occhi su cadaveri sanguinolenti? Eh? Non ha un marito che la tiene a casa? Non ha figli da tirare su? La sua vita è saper riconoscere una gola tagliata dalla mafia da una tagliata da un maniaco sessuale? Eh, è così?».

«Sì, è questa la mia vita. Nient'altro».

Posò la sua mano sulla mia. Come se fossi stato il suo innamorato. Come se mi stesse per dire "ti amo".

No, non potevo dirle cosa sapevo, no, non ancora. Prima dovevo trovare Babette. Ecco. Stabilii questo come tempo per continuare a mentire. Avrei ritrovato Babette, avremmo parlato, poi avrei raccontato tutto a Hélène Pessayre, non prima. No, prima avrei ammazzato quel tizio. Quel figlio di puttana che aveva ucciso Sonia.

Gli occhi di Hélène scrutavano i miei. Quella donna era straordinaria. Ma ora cominciava a farmi paura. Paura per ciò che sarebbe stata capace di farmi raccontare. Paura anche di quel che sarebbe stata capace di fare.

Non mi disse ti amo. Disse semplicemente:

«Loubet ha ragione».

«Cos'altro le ha detto di me?».

«Mi ha parlato della sua sensibilità a fior di pelle. È troppo romantico, Montale».

Tirò via la mano dalla mia e intuii cosa fosse il vuoto. L'abisso. La sua mano lontano dalla mia. Una vertigine. Stavo per crollare e confessarle tutto.

No, prima avrei fatto fuori quell'assassino.

«Allora?» chiese.
Prima di tutto ucciderlo, sì.
Scaricargli addosso il mio odio.
Sonia.
E tutto quell'odio dentro di me. Che mi consumava.
«Allora cosa?» risposi il più laconicamente possibile.
«Ha dei problemi con la mafia?».
«Quand'è il funerale di Sonia?».
«Quando firmerò il permesso di inumare».
«E quando pensa di farlo?».
«Quando avrà risposto alla mia domanda».
«No!».
«Sì».

I nostri sguardi si affrontarono. Violenza contro violenza. Verità contro verità. Giustizia contro giustizia. Ma avevo un vantaggio su di lei. Quell'odio. Il mio odio. Per la prima volta. Non battei ciglio.

«Non ho nessuna risposta da darle. Ho tonnellate di nemici. Nei quartieri nord. In galera. Tra gli sbirri. E nella mafia».
«Peccato, Montale».
«Peccato per cosa?».
«Lo sa che esistono errori troppo mostruosi per averne rimorso?».
«Perché dovrei avere rimorsi?».
«Se Sonia fosse morta per colpa sua».

Il mio cuore fece un tonfo. Come se volesse scappare, uscire dal corpo e volare via. Andare in qualche posto dove regna la pace. Se solo esistesse. Hélène Pessayre aveva toccato il tasto dolente. Perché a questo pensavo. Esattamente a questo. Sonia era morta per causa mia e per l'attrazione che aveva provato per me. L'avevo spinta verso la lama dell'assassino. L'avevo appena conosciuta. E loro l'avevano uccisa per farmi capire che non scherzavano. La prima dell'elenco. Nella loro fredda logica c'era una scala di sentimenti. Sonia era in basso nella scala. Honorine in cima e Fonfon subito sotto.

Dovevo trovare Babette. Prima possibile. E controllarmi, per evitare di strangolarla subito.

«Aveva la mia età, Montale. Non glielo perdonerò mai».

Hélène Pessayre si alzò.

«Cosa?».

«Se mi ha mentito».

Bugiardo lo ero. Lo sarei rimasto?

Si diresse con passo deciso verso il bancone. Con il portamonete in mano. Per pagare il suo pranzo. Mi ero alzato. Ange mi guardava senza capire.

«Hélène».

Si voltò. Piena di vita come un'adolescente. Per una frazione di secondo intravidi la ragazza che doveva essere stata ad Algeri. L'estate ad Algeri. Un bel gabbiano. Fiera. Libera. Intravidi anche il suo giovane corpo abbronzato e il disegno dei muscoli quando stava per tuffarsi nelle acque del porto. E gli sguardi degli uomini su di lei.

Come oggi, il mio. Vent'anni dopo.

Nessun'altra parola mi uscì di bocca. Rimasi lì a guardarla.

«A presto» dissi.

«È molto probabile» rispose con tristezza. «Arrivederci».

Capitolo ottavo
*Nel quale ciò che si può capire
si può anche perdonare*

Georges Mavros mi stava aspettando. Era l'unico amico che mi rimaneva. L'unico amico della mia generazione. Ugo e Manu erano morti. Gli altri si erano persi. Lì dove avevano trovato lavoro. Lì dove pensavano di riuscire. Lì dove avevano incontrato una donna. A Parigi, perlopiù. Ogni tanto uno di loro faceva una telefonata. Per dare notizie. Per annunciare il suo arrivo con la famiglia, tra due treni, due aerei, due navi. Per un breve incontro a pranzo o a cena. Marsiglia per loro era solo una città di transito. Di scalo. Ma, nel corso degli anni, le telefonate si erano diradate. La vita divorava l'amicizia. Disoccupazione per alcuni, divorzio per altri. Senza contare quelli che avevo cancellato dalla memoria, e dall'agenda, a causa delle loro simpatie per il Fronte nazionale.

Arrivati a una certa età non si fanno più amici. Solo conoscenze. Persone con cui ci si diverte, si gioca a carte o a bocce. Gli anni passano così. Dal compleanno di uno al compleanno dell'altro. Serate trascorse a bere e a mangiare. A ballare. I bambini crescono. Portano a casa le loro ragazzine, carine da morire. Seducono i padri, gli amici degli amici, giocano con il loro desiderio, come si è capaci di fare solo tra i quindici e i diciotto anni. Spesso, tra un bicchiere e l'altro, alcune coppie spettegolano sulle infedeltà degli uni o degli altri. E si vedono persone che si lasciano nel corso di una sera.

Mavros perse Pascale durante una di quelle serate. Tre anni fa, alla fine dell'estate, a casa di Marie e Pierre. Avevano una splendida casa a Malmousque, rue de la Douane, e adoravano invitare gente. Mi piacevano molto, Pierre e Marie.

Lole e io avevamo appena finito di ballare alcune meravigliose salsa. Juan Luis Guerra, Arturo Sandoval, Irakere, Tito Puente. Eravamo senza fiato e i nostri corpi erano piuttosto su di giri per essere stati così a lungo incollati uno all'altro. C'eravamo fermati sul magnifico *Benediction* di Ray Barreto.

Mavros era solo, appoggiato al muro, con un bicchiere di champagne in mano. Teso.

«Come va?» gli avevo chiesto.

Aveva alzato il bicchiere, come per brindare, e l'aveva vuotato.

«A pezzi».

Ed era andato a servirsi di nuovo. Si sbronzava con impegno. Avevo seguito il suo sguardo. Pascale, la sua compagna da cinque anni, era dall'altro lato della stanza. Chiacchierava animatamente con la sua vecchia amica Joëlle e Benoît, un fotografo marsigliese che s'incontrava qua e là alle feste. Ogni tanto qualcuno passava, si univa alla conversazione e se ne andava.

Ero rimasto per un attimo a guardarli, tutti e tre. Pascale era di profilo. Monopolizzava la conversazione, con quella parlantina rapida che aveva quando si appassionava per qualcosa o per qualcuno. Benoît le si era avvicinato. Così vicino che la sua spalla sembrava appoggiarsi a quella di Pascale. A volte, Benoît posava la mano sullo schienale di una sedia e la mano di Pascale, dopo aver respinto indietro i lunghi capelli, si posava vicino alla sua, ma senza toccarla. Era in atto un gioco di seduzione, si vedeva. E mi chiedevo se Joëlle capiva cosa stava succedendo sotto i suoi occhi.

Mavros, che moriva dalla voglia di unirsi a loro, non si mosse, e continuò a bere da solo. Con impegno disperato. A un certo punto, Pascale lasciò Joëlle e Benoît per andare, credo, in bagno e gli passò davanti senza neppure guardarlo. Quando tornò e lo vide, gli si avvicinò e gentilmente, con il sorriso sulle labbra, gli chiese:

«Stai bene?».

«Non esisto più, vero?».

«Perché dici così?».

«È un'ora che ti guardo e vengo a versarmi da bere vicino a voi. Non mi hai rivolto neanche uno sguardo. Come se non esistessi più. È così?».

Pascale non gli rispose. Gli voltò le spalle e tornò verso il bagno. Per piangere. Perché era vero, non esisteva più per lei. Nel suo cuore. Ma non se l'era ancora confessato. Fino a quando non era stato Mavros a dirglielo esplicitamente.

Un mese dopo Pascale non tornò a dormire a casa. Mavros era a Limoges per un paio di giorni, a sistemare i dettagli di un incontro di pugilato che aveva organizzato per uno dei suoi ragazzi. Telefonò a Pascale quasi ogni ora durante la notte. Preoccupato che le fosse successo qualcosa. Un incidente. Un'aggressione. I suoi messaggi riempivano la segreteria telefonica che lui interrogava a distanza. Il giorno seguente, dopo i suoi, ne trovò uno di Pascale: "Non mi è successo niente. Non sono all'ospedale. Non è successo niente di grave. Non sono tornata a casa stanotte. Sono in ufficio. Chiamami se vuoi".

Dopo la separazione da Pascale, io e Mavros passammo qualche serata insieme. A bere, a parlare del passato, della vita, dell'amore, delle donne. Mavros si sentiva un povero disgraziato e non riuscivo ad aiutarlo a ritrovare la fiducia in se stesso.

Ora Mavros viveva solo.

«Mi succedeva di svegliarmi di notte e attraverso la luce delle persiane restavo ore a guardare Pascale dormire. Spesso era sdraiata sul fianco con il viso rivolto verso di me e una mano sotto la guancia. E pensavo: "È più bella di prima. Più dolce". Il suo viso, di notte, mi rendeva felice».

Anche il viso di Lole riempiva me di felicità. Più di tutto mi piacevano le mattine. I risvegli. Posarle le labbra sulla fronte, poi fare scivolare la mia mano sulla sua guancia, sul collo. Fino a che il suo braccio si allungava e la sua mano si posava sulla mia nuca per attirarmi verso le sue labbra. Era sempre un buon giorno per amare.

«Tutte le separazioni si somigliano, Georges» gli avevo detto quando mi aveva chiamato dopo la partenza di Lole. «Tutti soffrono. Tutti provano dolore».

Mavros era stato l'unico a telefonarmi. Un vero amico. Quel giorno avevo cancellato tutti gli altri. E le loro feste. Avrei dovuto farlo prima. Anche Mavros, un po' alla volta, lo avevano lasciato perdere, non invitandolo più. A tutti loro piaceva molto Pascale. E Benoît. E tutti preferivano le storie felici. Creavano meno problemi. E gli evitava di pensare che sarebbe potuto succedere anche a loro. Un giorno.

«Sì» aveva risposto. «Ma se ami qualcun altro, hai una spalla su cui appoggiarti, una mano che ti accarezza la guancia, e... vedi, Fabio, il nuovo desiderio ti allontana dal dolore della persona che lasci».

«Non lo so».

«Io sì, lo so».

Stava ancora male per la partenza di Pascale. Come io per Lole, oggi. Ma cercavo di dare un senso alla decisione di Lole. Perché tutto questo aveva un senso, per forza. Lole non mi aveva lasciato senza ragione. In qualche modo, adesso, ero riuscito a capire molte cose, e ciò che potevo capire potevo perdonare.

«Ci scambiamo qualche colpo?».

La palestra non era cambiata. Sempre così pulita. Solo i manifesti alle pareti erano ingialliti. Ma Mavros ci teneva a quei manifesti. Gli ricordavano che era stato un bravo pugile. E anche un buon allenatore. Ora non organizzava più incontri. Dava lezioni. Ai ragazzi del quartiere. E la circoscrizione l'aiutava, con un piccolo finanziamento, a mantenere in buono stato la palestra. Tutti nel quartiere preferivano vedere i giovani allenarsi al pugilato piuttosto che dare fuoco alle macchine o spaccare le vetrine.

«Fumi troppo, Fabio» mi disse. «E qui (aggiunse colpendomi gli addominali) è un po' moscio».

«E che ne pensi di questo?» risposi, allungandogli un pugno sul mento.

«Moscio anche questo. (Rideva.) Dài, avvicinati!».

Mavros e io avevamo sistemato una faccenda di donne sul ring. Avevamo sedici anni. Si chiamava Ophelia. Ne eravamo innamorati tutti e due. Ma io e Mavros ci volevamo bene. E non volevamo litigare per una storia di donne.

«Ce la giochiamo ai punti» aveva proposto. «In tre round».

Suo padre, divertito, arbitrò. Questa palestra era stato lui a crearla con l'aiuto di un'associazione vicina alla C.G.T. Sport e cultura.

Mavros era ben più forte di me. Al terzo round mi trascinò in un angolo del ring e aggrappandosi a me cominciò a colpire con forza. Ma avevo più rabbia di lui. Volevo Ophelia. Mentre colpiva ripresi fiato e scostandomi lo riportai al centro del ring. Lì, riuscii ad assestargli una buona ventina di colpi. Sentivo il suo respiro sulla spalla. Eravamo alla pari come forza. Il mio desiderio di Ophelia compensava la mia mancanza di tecnica. Proprio prima del gong lo colpii sul naso. Mavros perse l'equilibrio e cercò appoggio sulle corde. Assestavo i colpi al limite delle forze. Ancora qualche secondo e, con un solo uppercut, avrebbe potuto stendermi.

Suo padre mi dichiarò vincitore. Mavros e io ci abbracciammo. Ma il venerdì sera Ophelia decise che era con lui che voleva uscire. Non con me.

Mavros se l'era sposata. Ophelia aveva appena compiuto vent'anni. Lui ventuno e aveva una bella carriera di pesi medi davanti. Ma lei l'aveva obbligato a lasciare il pugilato. Non lo sopportava. Era diventato camionista fino a quando aveva capito che ogni volta che prendeva la strada, lei gli metteva le corna.

Venti minuti dopo gettai la spugna. Con il fiato corto e le braccia stanche. Sputai il proteggi-denti nel guantone e andai a sedermi all'angolo. Lasciai cadere la testa tra le spalle, troppo stanco per tenerla dritta.

«Allora, campione, rinunci?».

«Vai a quel paese!».

Scoppiò a ridere.

«Una doccia e andiamo a farci un bella birra fredda».

È proprio quel che avevo in mente. Una doccia e una birra. Meno di un'ora dopo eravamo seduti sulla terrazza del Bar des Minimes, su chemin Saint-Antoine. Dopo la seconda birra avevo raccontato a Mavros tutto quello che era successo. Dall'incontro con Sonia al pranzo con Hélène Pessayre.

«Devo ritrovare Babette».

«Sì, e dopo? Fai un bel pacchetto e lo spedisci a quei tizi, è così?».

«Dopo non lo so, Georges. Ma devo ritrovarla. Almeno per capire quanto la situazione è grave. Forse esiste un modo per mettersi d'accordo con loro».

«Ma scherzi! Persone capaci di fare fuori una ragazza solo per spingerti a muoverti, secondo me non perdono tempo in chiacchiere».

Non sapevo veramente cosa pensare di tutto questo. Giravo a vuoto. La morte di Sonia rosicchiava ogni altro pensiero. Ma una cosa era certa. Anche se ce l'avevo con Babette per avere scatenato tutto quell'orrore, non mi ci vedevo a consegnarla ai mafiosi. Non volevo che uccidessero Babette.

«Forse sei sul loro elenco» dissi in tono scherzoso.

Quest'eventualità mi era improvvisamente venuta in mente e mi fece rabbrividire.

«Non credo. Se fanno fuori persone troppo vicine a te, gli sbirri non ti molleranno più. E non potrai fare ciò che quei tizi vogliono da te».

Il discorso reggeva. E poi come facevano a sapere che Mavros era mio amico? Venivo ad allenarmi in palestra. Come andavo a bere un bicchiere da Hassan. Avrebbero steso anche Hassan? No, Mavros aveva ragione.

«Hai ragione» dissi.

Vidi nei suoi occhi che comunque era più semplice dire le cose che crederle. Mavros non aveva paura. Ma il suo sguardo era preoccupato. Lo si poteva essere per molto meno. Anche se la morte non ci faceva paura, avremmo preferito che ci prendesse più tardi possibile, e ancor meglio a letto, dopo una bella notte di sonno.

«Georges, credo che bisognerebbe rinviare gli allenamenti. Ti prendi qualche giorno di vacanza, è la stagione giusta. Te ne vai un po' in giro in montagna... Una settimanella».

«Non so dove andare. E non ne ho voglia. Ti ho detto come vedo le cose, Fabio. E credo che stiano esattamente così. La cosa peggiore che può succedere è che se la prendano con te. Che ti facciano a pezzi. E se dovesse succedere, voglio esserci. Ok?».

«Ok. Ma stanne fuori. Non c'entri niente con questa storia. Babette è un problema mio. Tu la conosci appena».

«La conosco abbastanza. Ed è una tua amica».

Mi guardò. I suoi occhi erano cambiati. Erano diventati nero carbone, ma senza la brillantezza dell'antracite. C'era solo una grande stanchezza in fondo al suo sguardo.

«Ti dirò di più» riprese. «Cosa abbiamo da perdere? Ci siamo fottuti la vita. Le donne ci hanno piantato. Non siamo stati capaci di fare bambini. Allora, che ci resta? L'amicizia».

«Appunto. È troppo importante per buttarla così in pasto agli avvoltoi».

«D'accordo, vecchio mio» disse, colpendomi alla spalla. «Facciamoci un'altra birra e poi filo via. Ho appuntamento con la moglie di un capostazione».

«No!».

Si mise a ridere. Era il Mavros della mia adolescenza. Rissoso, tutto muscoli, forte, sicuro di sé. E seduttore.

«No, è solo un'impiegata dell'ufficio postale. Una delle isole della Réunion. Suo marito l'ha piantata con i due figli. Gioco a fare il papà, la sera, mi tiene occupato».

«E dopo giochi anche con la mamma».

«Ehi! È finita quell'età, no?».
Finì il bicchiere.
«Non si aspetta nulla da me e io niente da lei. Ci aiutiamo soltanto a rendere le notti meno lunghe».

Ripresi la macchina e infilai una cassetta di Pinetop Perkins. *Blues After Hours*. Per scendere verso il centro.
Marsiglia blues, era sempre ciò che mi piaceva di più.
Deviai verso il litorale. Lungo quelle brutte passerelle metalliche che i consiglieri paesaggisti di Euroméditerranée volevano distruggere. In quell'articolo della rivista *Marseille*, parlavano "di una fredda repulsione verso quell'universo di macchine, catrame e strutture metalliche inchiodate sotto il sole". Che coglioni!
Il porto era magnifico in quel punto. Entrava negli occhi. Le banchine. I cargo. Le gru. I traghetti. Il mare. Il castello d'If e le isole del Frioul in lontananza. Tutto era bello da vedere.

Capitolo nono
Nel quale si impara che è difficile sopravvivere a quelli che sono morti

Andavamo avanti paraurti contro paraurti e a grandi colpi di clacson. Sulla Corniche c'erano solo lunghe file di macchine nei due sensi. Tutta la città sembrava essersi data appuntamento sulle terrazze delle gelaterie, dei bar, dei ristoranti che costeggiavano il lungomare. A questo ritmo avrei presto esaurito il mio stock di cassette. Ero passato da Pinetop Perkins a Lightnin' Hopkins. *Darling, do you remember me?*

La mia mente stava cominciando ad agitarsi. I ricordi. Da alcuni mesi i miei pensieri uscivano sempre più spesso dai loro binari. Facevo fatica a concentrarmi su una cosa precisa, anche pescare – e questo era grave. Più passava il tempo e più l'assenza di Lole diventava significativa. Occupava la mia vita. Vivevo nel vuoto che aveva lasciato. Il peggio era tornare a casa. Essere solo a casa. Per la prima volta in vita mia.

Avrei dovuto cambiare musica. Farmi schizzar fuori dalla testa i pensieri neri a furia di suoni cubani. Guillermo Portabales. Francisco Repilado. O meglio ancora, il Buena Vista Social Club. Avrei dovuto. La mia vita era una sfilza di "avrei dovuto". Fantastico, pensai dando un lungo colpo di clacson all'automobilista che mi stava davanti. Con grande calma faceva scendere l'intera famiglia con il pic-nic per la spiaggia. La borsa frigo, le sedie, il tavolino pieghevole. Ci mancava solo la televisione, pensai. Stavo diventando di cattivo umore.

All'altezza del Café du Port, alla Pointe-Rouge – ero arrivato qui in quaranta minuti – mi venne voglia di bere qualcosa. Uno o due bicchieri. Tre, forse. Ma immaginavo Fonfon e Honorine in terrazza ad aspettarmi. Non ero proprio solo. C'erano loro due. E il loro amore per me. La loro pazienza. Stamattina, dopo la telefonata di Hélène Pessayre, ero andato via senza salutarli. Non avevo ancora avuto il coraggio di dirglielo. Di Sonia.

«Chi vuoi uccidere?» mi aveva chiesto Honorine la notte scorsa.

«Lascia perdere, Honorine. Ci sono migliaia di persone che vorrei uccidere».

«Sì, ma nel mucchio, mi sembra che questo ti sta particolarmente a cuore».

«Non è niente, è il caldo. Mi fa saltare i nervi. Torna a dormire».

«Fatti una camomilla. Ti rilassa. Anche Fonfon la prende».

Avevo abbassato la testa. Per non leggerle negli occhi la domanda a cui pensava. La paura di vedermi coinvolto in brutte storie. Ricordavo ancora perfettamente come mi aveva guardato quando, quattro anni fa, le avevo annunciato la morte di Ugo. Non volevo di nuovo affrontare quello sguardo. Per niente al mondo. E soprattutto non ora.

Honorine sapeva che non avevo le mani sporche di sangue. Che non avevo mai ucciso un uomo a sangue freddo. Batisti, avevo lasciato che lo facessero i poliziotti. Narni, era precipitato con la sua macchina in fondo a un dirupo del colle della Gineste. C'era solo Saadna. L'avevo abbandonato in mezzo alle fiamme e senza rimorsi. Ma anche quell'immonda schifezza non avrei potuto farlo fuori, così, lucidamente. Sapeva tutto questo. Gliel'avevo raccontato.

Ma oggi non ero più lo stesso. E anche questo sapeva Honorine. Avevo troppa rabbia repressa, troppi conti non saldati. Troppa disperazione, anche. Non ero amareggiato, no, ero stufo. Stanco. Una grande stanchezza degli uomini e del mondo. La morte di Sonia, ingiusta, idiota, crudele, mi frullava in mente. La sua morte rendeva insopportabile tutte le altre morti. Comprese quelle, anonime, che potevo leggere ogni mattina sul giornale. Migliaia. Centinaia di migliaia. Bosnia. Ruanda. E l'Algeria con il suo flusso di massacri quotidiani. Centinaia di donne, bambini e uomini massacrati, sgozzati, notte dopo notte. Il disgusto.

Roba da vomitare, veramente.

Sonia.

Ignoravo che faccia avesse il suo assassino, ma era sicuramente una faccia da morto. Faccia da morto su lenzuolo nero. Una bandiera che certe notti si issava nella mia mente. Sventolando libera, impavida. Volevo finirla con tutto questo. Almeno una volta. Una volta per tutte.

Sonia.

E merda! Mi ero ripromesso di andare a trovare suo padre e suo figlio. Piuttosto che andare a bere avrei dovuto almeno fare questo stasera. Incontrarli. Lui e il piccolo Enzo. E dirgli che avrei amato Sonia, credo.

Misi la freccia a sinistra e tentai di infilare il muso della macchina nella fila contraria. Cominciarono subito a clacsonare. Ma me ne fregavo. Tutti se ne fregavano. Clacsonavano per principio. E urlavano per lo stesso motivo.

«Dove vai, coglione!».

«Da tua sorella».

Dopo due retromarce riuscii a introdurmi nella fila. E girai subito a sinistra per evitare di beccarmi gli ingorghi nell'altro senso. Feci lo slalom in un dedalo di vicoletti e riuscii a raggiungere avenue des Goumiers. Qui andava già meglio. Direzione La Capelette, un quartiere dove, dagli anni '20, si erano stabilite famiglie italiane, essenzialmente del nord.

Attilio, il padre di Sonia, abitava in rue Antoine-Del-Bello, all'angolo con rue Fifi-Turin. Due partigiani italiani morti per la Francia. Per la libertà. Per quell'idea dell'uomo incompatibile con l'arroganza di Hitler e di Mussolini. Perché Del Bello, figlio dell'Assistenza pubblica italiana, quando è morto per la resistenza, non era neppure francese.

*

Attilio De Luca aprì la porta e lo riconobbi. Come mi aveva detto Hassan, De Luca e io ci eravamo già incontrati nel suo bar. E avevamo bevuto insieme qualche aperitivo. Era stato licenziato nel 1992, dopo quindici anni a Intramar, come addetto al controllo merci. Erano trentacinque anni che lavorava al porto. Mi aveva raccontato frammenti della sua vita. L'orgoglio di essere scaricatore. Gli scioperi. Fino all'anno in cui gli scaricatori più anziani vennero fregati. In nome della modernizzazione del lavoro. I più anziani e i rompicoglioni. De Luca era sulla lista rossa. Tra i "non malleabili". E data anche l'età fu uno dei primi a trovarsi per strada.

De Luca era nato a rue Antoine-Del-Bello. Una strada abitata da persone con cognomi che finivano per *i* e *a*, prima che sbarcassero gli Alvarez, i Gutierrez e i Domenech.

«Quando sono nato, in questa strada, su mille persone, novecentonovantaquattro erano italiani, due spagnoli e uno armeno».

I suoi ricordi d'infanzia assomigliavano stranamente ai miei e risuonavano nella mia mente con la stessa felicità.

«D'estate, nella strada chiusa, non c'era altro che una lunga fila di sedie sistemate sul marciapiede. Ciascuno raccontava la propria storiella».

Per Dio, pensai, perché non mi ha mai parlato di sua figlia! Perché non era mai venuta con lui da Hassan? Perché avevo conosciuto Sonia per doverla poi perdere per sempre? La cosa terribile con Sonia è che non c'erano rimpianti – come con Lole – ma solo rimorsi. Non c'è niente di peggio. Di essere stato, involontariamente, l'artefice della sua morte.

«Oh, Montale!» disse De Luca.

Era invecchiato di un secolo.

«Ho saputo. Di Sonia».

Alzò su di me i suoi occhi arrossati. Nel fondo, un mare di domande. Certo De Luca non capiva perché fossi lì. I giri di pastis, anche da Hassan, facevano nascere simpatie, non legami di famiglia.

Al nome Sonia vidi apparire Enzo. Con la testa arrivava alla vita del nonno. Strinse con un braccio la gamba di Attilio e alzò, anche lui, gli occhi su di me. Gli occhi grigio blu della madre.

«Io...».

«Entra, entra... Enzo, torna a letto! Sono quasi le dieci. I bambini non vogliono mai dormire» iniziò in tono monocorde.

La stanza era piuttosto grande, ma piena di mobili carichi di ninnoli e foto di famiglia incorniciate. Così come l'aveva lasciata la moglie, dieci anni fa, quando l'aveva piantato. Così come sperava che lei la ritrovasse, quando un giorno sarebbe tornata. "Prima o poi" mi aveva detto, pieno di speranza.

«Siediti. Vuoi bere qualcosa?».

«Sì, un pastis. In un grande bicchiere. Ho sete».

«Che cazzo di caldo» disse.

La differenza di età tra lui e me era minima. Sette o otto anni, forse. Avrei potuto avere un figlio dell'età di Sonia. Una femmina. Un maschio. Il pensiero mi mise in imbarazzo.

Tornò con due bicchieri, del ghiaccio e una grande caraffa d'acqua. Poi, da una credenza, tirò fuori una bottiglia di anice.

«È con te che aveva appuntamento ieri sera?» chiese servendomi.

«Sì».

«Quando ti ho visto, qui davanti alla porta, l'ho capito».

Sette od otto anni di differenza. La stessa generazione, o quasi. Quella cresciuta nel dopoguerra. Quella dei sacrifici, dei piccoli risparmi. Pasta a pranzo e a cena. E pane. Pane, pomodoro e un filo d'olio. Pane e broccoli. Pane e melanzane. La generazione di tutti i sogni, che avevano per i nostri padri il sorriso e la bonomia di Stalin. De Luca, a quindici anni, aveva aderito alla Gioventù comunista.

«Ho mandato giù tutto» mi aveva raccontato. «L'Ungheria, la Cecoslovacchia, il bilancio globalmente positivo del socialismo. Ora, ingoio solo le uova».

Mi tese il bicchiere senza guardarmi. Intuivo cosa gli ronzava in mente. I suoi sentimenti. Sua figlia tra le mie braccia. Sua figlia sotto il mio corpo, mentre facevamo l'amore. Non so se gli sarebbe piaciuta. La storia tra lei e me.

«Non è successo niente tra noi. Dovevamo rivederci, e...».

«Lascia perdere, Montale. Ormai...».

Mandò giù un lungo sorso di pastis, poi, finalmente, posò lo sguardo su di me.

«Non hai figli?».

«No».

«Non puoi capire, allora».

Mandai giù la saliva. La sofferenza di De Luca era a fior di pelle. Gli imperlava le tempie. Ero sicuro che saremmo stati amici, anche dopo. E che sarebbe stato dei nostri a casa, con Fonfon e Honorine.

«Avremmo potuto costruire qualcosa insieme, lei e io. Credo. Con il bambino».

«Sei mai stato sposato?».

«No, mai».

«Devi aver conosciuto parecchie donne...».

«Non è come credi, De Luca».

«Non credo più a niente. Comunque...».

Vuotò il bicchiere.

«Ne vuoi un altro?».

«Un goccio».

«Non è mai stata felice. Ha incontrato solo degli stronzi. Come te lo spieghi, eh, Montale? Bella, intelligente, e solo degli stronzi. Senza parlare dell'ultimo, il padre di... (Con la testa indicò la camera dove dormiva Enzo.) Fortunatamente se n'è andato, sennò, un giorno o l'altro, l'avrei ammazzato».

«Non lo si può spiegare».

«Sì. Ma credo che passiamo il nostro tempo a perderci, e quando ci ritroviamo, è troppo tardi».

Mi guardò ancora. Dietro le lacrime, pronte a sgorgare, c'era una luce di amicizia.

«La mia vita» dissi, «è stata solo questo».

Il mio cuore si mise a battere forte, poi si serrò. Lole, da qualche parte, lo stava stringendo. Aveva mille volte ragione, non capivo niente di niente. Amare era senza dubbio mostrarsi nudo all'altro. Nudo nella forza e nudo nella fragilità. Sincero. Cosa mi faceva paura nell'amore? Questa nudità? La sua verità? La verità?

A Sonia avrei raccontato tutto. E avrei anche ammesso quella spina nel cuore che era Lole. Sì, come avevo appena detto a De Luca, avrei potuto costruire qualcosa con Sonia. Un'altra cosa. Gioie, risate. Felicità. Ma un'altra cosa. La donna che si è sognata, attesa e desiderata per anni, poi incontrata e amata, quando se ne va sei sicuro che non la ritroverai mai più. E, tutti lo sanno, non esiste un ufficio degli amori smarriti.

Sonia l'aveva capito. Lei che, in così poco tempo, aveva saputo far parlare il mio cuore, farmi parlare, semplicemente. E forse ci sarebbe stato un dopo. Un dopo vero, che avrebbe risposto secondo i nostri desideri.

«Sì» disse De Luca vuotando di nuovo il bicchiere.

Mi alzai.

«Sei venuto solo per dirmi questo, che eri tu?».

«Sì» mentii. «Per dirtelo».

Si alzò a fatica.

«Lo sa, il bambino?».

«Non ancora. Non so come... Non so neppure come farò con lui... Una notte, un giorno. Una settimana per le vacanze... Ma educarlo? Ho scritto a mia moglie...».

«Posso andarlo a salutare?».

De Luca annuì. E mi posò una mano sul braccio. Tutta la tristezza che era riuscito a contenere stava straripando. Il petto si sollevò. I singhiozzi ruppero le dighe di orgoglio che si era imposto di fronte a me.

«Perché?».

Piangeva.

«Perché me l'hanno ammazzata? Perché lei?».
«Non lo so» dissi sottovoce.
Lo attirai a me e lo strinsi tra le braccia. Singhiozzava forte. Ripetei, più piano possibile:
«Non lo so».
Le lacrime del suo amore per Sonia, grosse lacrime calde, appiccicose, mi colavano sul collo. Puzzavano di morte. Quella che avevo sentito entrando l'altra sera da Hassan. Era esattamente così. In fondo agli occhi cercavo di dare un viso all'assassino di Sonia.
Poi vidi Enzo in piedi davanti a noi con un orsacchiotto di pelouche sotto il braccio.
«Perché piange il nonno?».
Mi staccai da De Luca e mi accovacciai davanti a Enzo. Gli passai il braccio intorno alle spalle.
«Tua mamma» dissi, «non tornerà. Ha avuto… un incidente. Lo capisci, Enzo? È morta».
E anch'io mi misi a piangere. A piangere per noi che dovevamo sopravvivere a tutto questo. L'assoluta schifezza del mondo.

Capitolo decimo
Nel quale, grazie alla leggerezza, la sofferenza può riconciliarsi con il volo di un gabbiano

Con Fonfon e Honorine avevamo giocato a ramino fino a mezzanotte. Giocare a carte con loro era più che un piacere. Un modo per restare uniti. Per condividere, senza dirlo apertamente, sentimenti difficili da esprimere. Tra due carte giocate si scambiavano sguardi e sorrisi. Ma sebbene il gioco fosse semplice, era necessario concentrarsi sulle carte giocate dall'uno o dall'altro. Ero costretto a tenere a bada i pensieri per alcune ore.

Fonfon aveva portato una bottiglia di Bunan. Una vecchia grappa di La Cadière, vicino a Bandol.

«Assaggia» aveva detto, «un'altra cosa rispetto al tuo whisky scozzese».

Era delizioso. Niente a che fare con il Lagavulin, dal leggero sapore di torba. Il Bunan, benché secco, era molto fruttato, con tutti gli aromi delle garighe. Il tempo di vincere due partite di ramino e di perderne otto e mi ero bevuto con piacere quattro bicchierini.

Prima che me ne andassi, Honorine venne verso di me con una busta.

«Mi stavo dimenticando. Stamattina il postino ha lasciato questo per te. C'è scritto fragile e non ha voluto infilarlo nella buca delle lettere».

Sul retro, nessun mittente. La busta era stata inviata da Saint-Jean-du-Gard. L'aprii e tirai fuori cinque dischetti. Due blu, uno bianco, uno rosso, uno nero. "Ti amo ancora" aveva scritto Babette su un pezzo di carta. E sotto: "Conservali preziosamente".

Babette! Il sangue mi salì alle tempie. Come un flash negli occhi. Il viso di Sonia. Sonia sgozzata. Mi ricordai con esattezza il collo di Sonia. Abbronzato come la sua pelle. Magro. E che sembrava dolce come la spalla su cui, per un momento, avevo posato la mano. Un collo che veniva voglia di baciare, lì, sotto l'orecchio. E di accarezzare con la punta delle dita, solo per meravigliarsi della dolcezza del contatto. Avrei voluto odiare Babette!

Ma come si fa a odiare qualcuno che si ama? Che si è amato? Un amico o un'innamorata. Mavros o Lole. Così come non ero riuscito a disfarmi dell'amicizia di Manu e Ugo. Ci si può imporre di non vederli, di non dargli notizie, ma odiarli, no, è impossibile. Almeno per me.

Rilessi il biglietto di Babette e soppesai i dischetti che tenevo in mano. Ebbi la sensazione che ormai i nostri destini, nelle circostanze più schifose, fossero legati. Babette faceva appello all'amore ed era la morte a farsi avanti. Per la vita e per la morte. Dicevamo così quando eravamo ragazzini. Ci facevamo un taglietto sui polsi e li mettevamo uno sopra all'altro. Sangue mescolato. Amici per la vita. Fratelli. Amore per sempre.

Babette. Per anni non avevamo avuto in comune che il desiderio. E la solitudine. Il suo "Ti amo ancora" mi mise in imbarazzo. Non trovava in me alcuna risonanza. Era sincera? mi chiesi. O era l'unico modo che aveva per chiedere aiuto? Sapevo fin troppo bene che si potevano dire alcune cose, crederci nel momento in cui le si affermava, e fare, nelle ore o nei giorni seguenti, azioni che le smentivano. Soprattutto in amore. Perché l'amore è il sentimento più irrazionale, e la sua origine – checché se ne dica – è nell'incontro tra i due sessi, nel piacere che si danno.

Un giorno Lole, infilando le sue cose in una borsa, mi disse: «Vado via. Per una settimana, forse».

Il mio sguardo aveva a lungo accarezzato i suoi occhi. Con un nodo in gola. Di solito diceva: "Vado a trovare mia madre" o: "Mia sorella non sta bene. Vado qualche giorno a Tolosa".

«Ho bisogno di riflettere, Fabio. Ne ho bisogno. Per me. Capisci, ho bisogno di pensare a me».

Era tesa, perché me lo diceva così. Non aveva saputo trovare il momento opportuno per annunciarmelo. Spiegarmi. Capivo la sua tensione anche se mi faceva male. Avevo pensato, ma come al solito senza dirglielo, di portarla a fare un giro nell'entroterra nizzardo. Verso Gorbio, Sainte-Agnès, Sospel.

«Fai come vuoi».

Partì per andare a raggiungere il suo amico. Quel chitarrista che aveva conosciuto durante un concerto. A Siviglia, quando era con sua madre. Lole me lo confessò solo al ritorno.

«Non ho fatto niente perché accadesse...» aggiunse. «Non credevo che potesse succedere così presto, Fabio».

La strinsi tra le braccia, lasciando che il suo corpo, leggermente irrigidito, si avvicinasse al mio. Seppi allora che aveva riflettuto su di lei e su di noi. Ma, ovviamente, non come avevo sperato. Non come avevo pensato di capire nelle parole che mi aveva detto prima di andarsene.

«Senti, cosa sono quelle cose?».

«Dischetti. Per il computer».

«Te ne intendi?».

«Un po'. Ne avevo uno, prima. In ufficio».

Diedi un bacio a tutti e due. Augurando buona notte. Avevo fretta, ora.

«Se te ne vai presto, domattina, passami a salutare» disse Fonfon.

«Promesso».

Avevo già la testa altrove. Ai dischetti. Al loro contenuto. Al motivo per cui Babette si trovava in un merdaio. Nel quale mi stava trascinando. E che era costato la vita a Sonia. E che lasciava soli, a pezzi e sconvolti, un bambino di otto anni e un nonno.

Telefonai a Hassan. Quando rispose, riconobbi le prime note di *In a Sentimental Mood*. E il suono. Coltrane e Duke Ellington. Un gioiello.

«Ascolta, Sébastien è lì, per caso?».

«Sicuro. Te lo chiamo».

Nel corso degli anni, da Hassan, avevo simpatizzato con un gruppo di amici. Sébastien, Mathieu, Régis, Cédric. Avranno avuto venticinque anni. Mathieu e Régis stavano finendo gli studi di architettura. Cédric dipingeva e, da poco, organizzava concerti techno. Sébastien faceva dei lavori al nero. L'amicizia che li univa mi scaldava il cuore. Era evidente quanto inspiegabile. Con Manu e Ugo eravamo così. Passavamo le notti da un bar all'altro, parlando di tutto, anche delle ragazze con cui uscivamo. Eravamo diversi e avevamo gli stessi sogni. Come questi quattro giovani. E come loro sapevamo che le nostre chiacchierate non avremmo potuto farle con nessun altro.

«Sì» disse Sébastien.

«Sono Montale. Spero di non mandarti niente all'aria!».

«Le nostre amiche sono sotto la doccia. Siamo soli».

«Tuo cugino Cyril potrebbe leggermi dei dischetti?».

Cyril, mi aveva spiegato Sébastien, era pazzo dei computer. Attrezzato al massimo. E di notte navigava su Internet.

«Certo. Quando?».

«Ora?».

«Ora! Oh cazzo! Peggio di quando eri sbirro!».

«Esatto».

«Ok, ti aspettiamo. Abbiamo quattro giri da pagare».

Ci impiegai meno di venti minuti. Beccai tutti i semafori verdi, tranne tre che passai con il giallo. Senza intravedere l'ombra di un vigile. Da Hassan non c'era molta gente. Sébastien e i suoi amici. Tre coppie. E un frequentatore abituale, un trentenne stanco, che ogni settimana veniva a leggere *Tatik,* il giornaletto culturale di Marsiglia, dalla prima all'ultima riga, non potendosi pagare un posto al concerto e neppure al cinema.

«Se te li porti via» disse Hassan indicando i quattro ragazzi, «posso finalmente chiudere».

«Cyril ci aspetta» disse Sébastien. «Andiamo quando vuoi. Abita a due passi da qui. Boulevard Chave».

«Pago un altro giro?».

«Beh, almeno questo, visto che lavoriamo di notte».

«Va bene. L'ultimo. Portate i bicchieri» disse Hassan. Mi servì un whisky. Senza chiedere il mio parere. Lo stesso che serviva a Sonia. L'Oban. E, cosa eccezionale, se ne versò uno anche lui. Alzò il bicchiere per brindare. Ci guardammo, lui e io. Pensavamo alla stessa cosa. Alla stessa persona. Le parole non avevano alcun senso. Era come con Fonfon e Honorine. Non ci sono parole per il Male.

Hassan aveva lasciato scorrere l'album di Coltrane ed Ellington. Attaccavano *Angelica*. Una musica che parlava di amore. Di gioia. Di felicità. Con una leggerezza capace di riconciliare qualsiasi sofferenza umana con il volo dei gabbiani verso altri lidi.

«Te ne verso un altro?».

«Dài. E anche ai ragazzi».

I cinque dischetti contenevano pagine e pagine di documenti. Erano stati compressi per racchiudere il massimo di informazioni.

«Va bene?» chiese Cyril.

Ero seduto davanti al suo computer e iniziai a fare scorrere i file dei dischetti blu.

«Ne avrò per un'oretta. Non leggerò tutto. Ho solo bisogno di trovare alcune cose».

«Fai con comodo. Abbiamo di che passare il tempo!».

Si erano portati dietro diverse confezioni di birra, pizze e abbastanza sigarette da non soffrire di astinenza. Da come erano partiti avrebbero mandato all'aria il mondo quattro o cinque volte. E visto cosa mi scorreva sotto gli occhi, il mondo aveva veramente bisogno di essere mandato all'aria.

Per curiosità aprii il primo documento. *Le mafie come cancrena dell'economia mondiale*. Babette aveva cominciato a scrivere la sua inchiesta. "Nell'era della mondializzazione dei mercati, il ruolo del crimine organizzato nell'economia resta sconosciuto. Nutrita dagli stereotipi hollywoodiani e dal giornalismo scandalistico, l'attività criminale è strettamente associata, per l'opinione pubblica, al crollo dell'ordine pubblico. Vengono evidenziati i misfatti della piccola delinquenza, mentre il ruolo politico ed economico e l'influenza delle organizzazioni criminali internazionali restano invisibili".

Cliccai. "La criminalità organizzata è saldamente intrecciata con il sistema economico. L'apertura dei mercati, il declino dello Stato previdenziale, le privatizzazioni, la mancanza di regole nella finanza e nel commercio internazionale, ecc., tendono a favorire la crescita di attività illecite così come l'internazionalizzazione di una economia criminale concorrente.

"Secondo l'Organizzazione delle Nazioni Unite, il reddito mondiale annuale delle organizzazioni criminali transnazionali è nell'ordine di mille miliardi di dollari, una somma equivalente al prodotto interno lordo dei paesi a basso reddito (secondo la classificazione della Banca mondiale) e dei loro tre miliardi di abitanti. Questa stima tiene conto tanto del prodotto del traffico di droga, delle vendite illecite di armi, del contrabbando di materiali nucleari, ecc., che dei prodotti di attività controllate dalle mafie (prostituzione, gioco d'azzardo, mercato nero di valuta…).

"D'altra parte, non tiene conto dei continui investimenti effettuati dalle organizzazioni criminali nel controllo di affari legittimi e il dominio che esercitano sui mezzi di produzione in numerosi settori dell'economia legale".

Cominciavo a capire cosa potessero contenere gli altri dischetti. Delle note a piè di pagina facevano riferimento a documenti ufficiali. Altre note, in grassetto, rimandavano agli altri dischetti secondo un criterio preciso: per affari, luoghi, aziende, partiti politici e nomi. Fargette. Yann Piatt. Noriega. Sun Investissement. International Bankers Luxembourg… Mi venne la pelle d'oca. Perché ero sicuro che Babette aveva lavorato con quella ferocia professionale che l'animava da quando aveva cominciato questo mestiere. L'amore per la verità.

Cliccai di nuovo.

"Parallelamente, le organizzazioni criminali collaborano con aziende legali, investendo su una serie di attività lecite che assicurano non solo una copertura per il riciclaggio del denaro, ma anche un modo sicuro per accumulare capitali fuori da attività criminali. Questi investimenti vengono essenzialmente effettuati nel settore immobiliare, nel turismo, nell'editoria e nei media, nei servizi finanziari, ecc., ma anche nell'industria, nell'agricoltura e nei servizi pubblici".

«Faccio la pasta al ragù. Ti va?» m'interruppe Sébastien.

«Solo se cambiate musica».

«Lo senti, Cédric?» gridò Sébastien.

«Faremo uno sforzo» rispose.

La musica si fermò.

«Ascolta! È Ben Harper».

Non lo conoscevo e, tutto sommato, pensai che potevo tollerarlo.

Lasciai lo schermo su quest'ultima frase: "I risultati della criminalità organizzata superano quelli delle cinquecento ditte mondiali indicate ai primi posti dalla rivista *Fortune*, con organizzazioni che assomigliano di più alla General Motors che alla mafia siciliana tradizionale". Tutto un programma. Quello che Babette aveva deciso di attaccare.

«A che punto siete?» chiesi sedendomi a tavola.

«Sempre lì» rispose Cédric.

«Da qualsiasi parte prendiamo le cose» disse Mathieu, «torniamo sempre al solito punto. Lì dove abbiamo i piedi. Nella merda».

«Perfetto» dissi. «E allora?».

«E allora» riprese Sébastien ridendo, «l'importante, quando si cammina, è di non spargerla ovunque».

Tutti risero. Anch'io, ma tra i denti. Perché ero proprio lì, nella merda, e non ero così sicuro di non spargerla ovunque.

«Buonissima la pasta» dissi.

«Sébastien ha preso dal padre» commentò Cyril. «Gli piace fare da mangiare».

Era in uno degli altri dischetti che doveva trovarsi la chiave dei problemi di Babette. Dove elencava nomi di uomini politici, di capi di aziende. Il dischetto nero.

Quello bianco conteneva documenti. Quello rosso interviste e testimonianze. Tra cui una a Bernard Bertossa, il procuratore generale di Ginevra.

"Lei trova che la Francia lotta efficacemente contro la corruzione internazionale, almeno a livello europeo?".

"In Europa, solo l'Italia ha sviluppato un piano politico per lottare contro il denaro sporco e la corruzione. In particolare durante l'operazione Mani pulite. Sinceramente, la Francia non dà affatto l'impressione di volere aggredire le reti del denaro sporco e della corruzione. Non esiste alcuna strategia di lotta, solo casi individuali, giudici o procuratori che lavorano su documenti a loro disposizione e danno prova di grande tenacia. Adesso sta cominciando anche la Spagna. Hanno appena creato un piano anti corruzione, mentre in Francia non esiste niente di simile. Questo atteggiamento non è di un partito o di un altro, che sia al potere o meno. Hanno tutti qualcosa da nascondere e nessuno ha interesse a parlare".

Non ebbi il coraggio di aprire il dischetto nero. A cosa mi sarebbe servito? La mia visione del mondo era già abbastanza sporca.

«Posso farne una copia?» chiesi a Cyril.

«Quante ne vuoi».

Poi, ricordandomi le spiegazioni di Sébastien su Internet, aggiunsi:

«E... tutto questo può essere messo su Internet?».

«Creare un sito, vuoi dire?».

«Sì, che chiunque può consultare».

«Certo».

«Lo puoi fare? Crearmi un sito e aprirlo solo se te lo chiedo?».

«Non faccio altro durante il giorno».

Li lasciai alle tre di notte. Dopo aver bevuto un'ultima birra. Per strada accesi una sigaretta. Attraversai place Jean-Jaurès totalmente deserta e, per la prima volta dopo tanto tempo, non mi sentii al sicuro.

Capitolo undicesimo
*Nel quale è proprio la vita che si recita,
fino all'ultimo respiro*

Mi svegliai di soprassalto. Un campanello nella testa. Ma non era il telefono. E neppure un rumore. Era proprio nella mia testa e non era veramente un campanello. Uno scatto. Avevo sognato? Cosa? Le sei meno cinque, merda! Mi stiracchiai. Non mi sarei riaddormentato, lo sapevo.

Mi alzai e con una sigaretta in mano, che evitai di accendere, andai in terrazza. Il mare, blu scuro, quasi nero, cominciava ad agitarsi. Si stava alzando il mistral. Brutto segno. Il mistral, d'estate, è sinonimo di incendi. Centinaia di ettari di foreste e di garighe se ne vanno in fumo ogni anno. I pompieri dovevano già essere all'erta.

Saint-Jean-du-Gard, pensai. Era questo. Lo scatto. Il timbro sulla busta di Babette. Saint-Jean-du-Gard. Le Cévennes. Cosa cazzo ci faceva lì? Da chi? Mi ero preparato un caffè con la piccola caffettiera italiana da una tazza. Una tazza dopo l'altra. Il caffè mi piaceva così. Non riscaldato. Finalmente accesi la sigaretta e diedi un tiro. La prima boccata passò senza problemi. Una vittoria per quelle che seguivano.

Misi un disco del pianista sudafricano Abdullah Ibrahim. *Echoes from Africa*. C'era un pezzo in particolare che amavo ascoltare. *Zikr*. Non credevo né in Dio né al diavolo, ma c'era in quella musica, nel canto – il duo con Johnny Dyani, il suo bassista – una tale serenità che veniva voglia di lodare la terra. La sua bellezza. Avevo ascoltato quel pezzo per ore e ore. All'alba. O al tramonto. Mi riempiva di umanità.

La musica si alzò. Con la tazza in mano, appoggiato allo stipite della porta-finestra, guardai il mare agitarsi con più violenza. Non capivo le parole di Abdullah Ibrahim, ma questa *Remembrance of Allah* trovava in me la traduzione più semplice. È la mia vita che recito qui, su questa terra. Una vita dal sapore di pietra calda, di sospiri del mare e di cicale che, presto, si metteranno a cantare. Avrei amato questa vita fino all'ultimo respiro. *Insh'Allah.*

Passò un gabbiano, molto basso, quasi a livello della terrazza. Ebbi un pensiero per Hélène Pessayre. Un bel gabbiano. Non avevo il diritto di mentirle ancora. Adesso che ero in possesso dei dischetti di Babette. Adesso che immaginavo dove fosse nascosta. Dovevo verificare, ma ne ero quasi sicuro. Saint-Jean-du-Gard. Le Cévennes. Aprii il suo contenitore di articoli.

Era la sua prima inchiesta. L'unica che non avevo ancora letto. Senz'altro a causa delle foto che illustravano l'articolo e che Babette stessa aveva scattato. Foto piene di tenerezza per quell'ex studente di filosofia, diventato allevatore di capre dopo il Maggio '68. Aveva amato quel Bruno, ne ero sicuro. Come me. Forse ci aveva amati, lui e me, nello stesso periodo? Insieme anche ad altri?

E allora? pensai, continuando a leggere l'articolo. Erano passati dieci anni. Ma Babette ti amava ancora? Ti amava ancora veramente? Quel biglietto mi tormentava. "Ti amo ancora". È possibile rifarsi una nuova vita con una persona che si è amata? Con cui si è vissuto? No, non ci credevo. Non ci avevo mai creduto per le donne che avevo lasciato o che mi avevano lasciato. Non lo credevo neppure per Babette. Riuscivo a immaginarlo solo per Lole, ed era assolutamente insensato. Non ricordavo più quale donna mi aveva detto un giorno che non bisogna disturbare i fantasmi dell'amore.

Le Castellas, ecco. Babette era lì. Ne ero sicuro. Da come Babette descriveva quel luogo era il posto adatto per nascondersi. Ma non si poteva rimanere lì in eterno. A meno che non si decidesse, così come aveva fatto quel Bruno, di viverci la propria vita. Non riuscivo a immaginare Babette allevatrice di capre. Aveva ancora troppa rabbia nel cuore.

Mi feci un'altra tazza di caffè e chiamai le informazioni. Ottenni il numero di Le Castellas. Risposero al quinto squillo. Una voce di bambino. Un maschio.

«Chi è?».

«Volevo parlare con tuo papà».

«Mamma!».

Rumore di passi.

«Pronto».

«Buongiorno, vorrei parlare con Bruno».

«Chi parla?».

«Montale. Fabio Montale. Non mi conosce».

«Un attimo».

Ancora rumore di passi. Una porta che si apre. Poi sentii la voce di Bruno dall'altro capo del filo.

«Sì, l'ascolto».

Mi piaceva quella voce. Determinata. Sicura. Una voce di montagna, ruvida.

«Non ci conosciamo. Sono un amico di Babette. Vorrei parlarle».

Silenzio. Stava pensando.

«Chi vuole?».

«Senta, non perdiamo tempo. So che si nasconde a casa sua. Le dica che Montale ha telefonato. E che mi chiami presto».

«Cosa succede?».

«Le dica di chiamarmi. Grazie».

Babette telefonò mezz'ora dopo.

Fuori il mistral soffiava a grosse raffiche. Ero uscito per chiudere il mio ombrellone e quello di Honorine. Ancora non si era fatta vedere. Era senz'altro andata a prendere un caffè da Fonfon e a leggere *La Marseillaise*. Da quando *Le Provençal* e *Le Méridional* si erano fusi in un unico giornale, *La Provence*, Fonfon comprava solo *La Marseillaise*. Non gli piacevano i giornali mosci. Gli piacevano quelli con un preciso orientamento. Anche se non ne condivideva le idee. Come *La Marseillaise*, giornale comunista. O come *Le Méridional* che, prima di essere di destra moderata, aveva fatto la sua fortuna, una ventina d'anni fa, propagando le idee estremiste e razziali del Fronte nazionale.

Fonfon non capiva come, sulla *Provence*, l'editoriale fosse scritto un giorno da un direttore orientato a sinistra e il giorno dopo da un altro orientato a destra.

«Questo è il pluralismo!» aveva urlato.

Poi mi aveva fatto leggere l'editoriale che, quella mattina, rendeva omaggio al papa in viaggio in Francia. E lodava le virtù morali della cristianità.

«Non ho niente contro questo signore, il papa. Né contro chi ha scritto l'articolo. Ognuno è libero di pensarla come vuole. Ma...».

Girò le pagine del giornale.

«Tieni, leggi questo».

Nella cronaca locale c'era un articoletto con foto su un ristoratore del lungomare. Il tizio spiegava che il suo stabilimento era il massimo. Le cameriere, giovani e carine, servivano praticamente nude. Non diceva che si potevano mettere le mani sul culo, ma quasi. Per i pranzi di lavoro era il posto ideale. Soldi e sesso sono sempre andati bene insieme.

«Non puoi farti benedire dal papa in prima pagina e parlare di pompini in quarta!».

«Fonfon!».

«Merda! Un giornale che non ha morale non è un giornale! Non lo compro più. Basta».

Da allora leggeva solo *La Marseillaise*. Ma anche questo lo faceva incazzare come una furia. A volte con una punta di malafede, spesso invece con ragione. Fonfon non sarebbe mai cambiato. Mi piaceva così com'era. Ne avevo incrociate tante di persone che avevano solo l'aria incazzata, e niente dietro.

Sussultai quando squillò il telefono. Per un attimo ebbi il dubbio che non fosse Babette, ma i mafiosi.

«Fabio» disse.

Nella sua voce c'erano tonnellate di paure, stanchezze, sfinimenti. Pronunciò un'unica parola, il mio nome, e capii che non era più la stessa. Ebbi improvvisamente la sensazione che aveva dovuto soffrire parecchio, prima di iniziare la fuga.

«Sì».

Silenzio. Ignoravo cosa contenesse quel silenzio. Nel mio, la versione integrale delle nostre notti d'amore. Guardandosi indietro, mi aveva detto sempre la stessa donna di cui avevo dimenticato il nome, si rischia di cadere in fondo al pozzo. Ero sul bordo del pozzo. Babette.

«Fabio» disse di nuovo con maggior sicurezza.

Il cadavere di Sonia riprese il suo posto nella mia mente. Vi si stabilì di nuovo. Con la sua glaciale pesantezza. Scacciando ogni pensiero, ogni ricordo.

«Babette, dobbiamo parlare».

«Hai ricevuto i dischetti?».

«Li ho letti. Quasi tutti. Stanotte».

«Che ne pensi? Ho lavorato duro, no?».

«Babette, smettila con questa storia. I tizi che ti cercano mi stanno attaccati al culo».

«Ah!».

La paura le risalì in gola, bloccando le parole.

«Non so più che fare, Fabio».

«Vieni».

«Venire!» gridò, quasi isterica. «Sei pazzo! Hanno massacrato Gianni. A Roma. E Francesco, suo fratello. E Beppe, il suo amico... e...».

«Hanno ucciso una donna che amavo, qui» risposi alzando la voce. «E ne uccideranno altri, altre persone che amo. E anche me, dopo. E te, un giorno o l'altro. Non potrai mica restare nascosta lì degli anni, no?».

Un altro silenzio. Mi piaceva molto il viso di Babette. Un viso leggermente rotondo, incorniciato da lunghi capelli castano rosso che si arricciano sulle punte. Un viso alla Botticelli.

«Dobbiamo trovare un accordo» ripresi dopo essermi schiarito la gola.

«Cosa!» urlò. «Fabio, quel lavoro è tutta la mia vita! Se hai aperto i dischetti ti sarai reso conto di quanto ho lavorato. Che accordo vuoi che troviamo, eh?».

«Un accordo con la vita. O con la morte. Scegli».

«Smettila! Non ho voglia di filosofeggiare».

«Io neppure. Solo di restare in vita. E di fare rimanere in vita te».

«Sì. Venire vuol dire suicidarmi».

«Forse no».

«Ah no! E cosa proponi?».

Sentivo montare la rabbia. Le raffiche di vento, fuori, mi sembravano sempre più violente.

«Che cazzo, Babette! Stai trascinando tutti in questa fottuta storia dell'inchiesta. Non ti preoccupa? Riesci a dormire? A mangiare? A scopare? Eh? Rispondi, cazzo! Ti piace che facciano fuori i miei amici? E che stendano anche me? Eh? Per Dio! E dici di amarmi ancora! Ma sei proprio fuori di testa, stronza!».

Scoppiò in singhiozzi.

«Non hai il diritto di parlarmi così!».

«Sì, invece! Amavo quella donna, cazzo! Si chiamava Sonia. Aveva trentaquattro anni. Da anni non incontravo una come lei. Perciò ho tutto il diritto di incazzarmi!».

«Vaffanculo!».

E riagganciò.

Georges Mavros era stato ammazzato quella mattina, verso le sette. Lo seppi solo due ore dopo. Il mio telefono era sempre occupato. Quando squillò di nuovo pensai che fosse Babette che richiamava.

«Montale».

Un tono duro, da commissario. Hélène Pessayre. Ancora noie, pensai. E con noie intendevo la sua ostinazione a farmi dire cosa nascondevo. Non usò i guanti di velluto per annunciarmi la notizia.

«Il suo amico Mavros, Georges Mavros, è stato ucciso stamattina. Tornando a casa. Lo hanno trovato sgozzato sul ring. Nello stesso modo di Sonia. Non ha ancora niente da dirmi?».

Georges. Pensai subito a Pascale, come un fesso. Ma Pascale da sei mesi non si faceva più viva. Non aveva figli. Mavros era solo. Come me. Sperai sinceramente che la sua ultima notte fosse stata felice e bella con la sua nuova compagna.

«Vengo».

«Immediatamente!» ordinò Hélène Pessayre. «Alla palestra di pugilato. Così lo potrà identificare. Almeno questo glielo deve, no?».

«Vengo subito» dissi, con voce rotta.

Riattaccai. Il telefono squillò di nuovo.

«Hai saputo del tuo amico?».

L'assassino.

«L'ho appena saputo».

«Peccato. (Rise.) Avrei preferito dirtelo io. Ma gli sbirri sono veloci, ormai».

Non risposi. Mi lasciavo impregnare dalla sua voce, come se questo potesse permettermi di farne un identikit.

«Carina quella poliziotta, eh? Montale! Mi ascolti?».

«Sì».

«Non provare a fare il furbo, né con lei né con altri. Sbirro o meno. Possiamo accelerare la cadenza, capito?».

«Sì. Non farò scherzi».

«Ma ieri sei andato a spasso con lei, no? Cosa speravi, di sbattertela?».

Erano lì, pensai. Mi seguivano. Mi seguono. Così sono arrivati a Sonia. E a Mavros. Non hanno nessun elenco. Non sanno niente di me. Mi seguono e se capiscono che qualcosa mi lega a qualcuno lo ammazzano. Ecco tutto. Solo che in cima all'elenco dovevano esserci Fonfon e Honorine. Perché, che ci tenevo a loro due, avevano dovuto capirlo.

«Montale, a che punto sei con la rompicazzo?».

«Ho una pista. Lo saprò stasera».

«Bravo. A stasera».

Mi presi la testa tra le mani per pensare. Ma avevo già pensato a tutto. Rifeci il numero di Bruno. Fu lui a rispondere. Ci doveva essere un consiglio di guerra a Le Castellas.

«Sono sempre Montale».

Silenzio.

«Non vuole parlarle».

«Le dica che se vengo lì, la uccido. Glielo dica».

«Ho sentito. C'è il vivavoce» disse Babette.

«Hanno fatto fuori Mavros, stamattina. Mavros!» gridai. «Te lo ricordi, per Dio! E quante notti abbiamo trascorso a ridere insieme a lui».

«Come faccio?» chiese.

«Come fai cosa?».

«Quando arrivo a Marsiglia. Come faccio?».

Cosa ne sapevo io? Non ci avevo pensato neppure per un secondo. Non avevo un piano. Volevo solo che tutto questo finisse. Che i miei amici fossero lasciati in pace. Chiusi gli occhi. Che Fonfon e Honorine non venissero toccati. Era tutto ciò che volevo.

E uccidere quel rotto in culo figlio di puttana.

«Ti richiamo più tardi. Te lo dirò. Ciao».

«Fabio…».

Non sentii il seguito. Avevo riattaccato.

Misi di nuovo *Zikr*. Quella musica. Per placare il disordine che regnava dentro di me. Calmare quell'odio che non riuscivo a trattenere. Accarezzai leggermente col dito l'anello che mi aveva regalato Didier Perez e, ancora una volta, tradussi, come mi pareva, la preghiera di Abdullah Ibrahim. Sì, amo questa vita con abbandono e voglio viverla in libertà. *Insh'Allah*, Montale.

Capitolo dodicesimo
Nel quale viene posta la domanda sulla gioia di vivere in una società senza morale

Diedi uno sguardo alla palestra di pugilato. Tutto mi era familiare. Il ring, l'odore, l'illuminazione debole. I sacchi per l'allenamento, il punching-ball, i pesi. Le mura giallastre e i manifesti. Tutto era rimasto come l'avevamo lasciato il giorno prima. Gli asciugamani posati sul banco, le bende appese alla sbarra.

Sentii la voce di Takis, il padre di Mavros.

«Dài, piccino, vieni avanti!».

Cosa potevo avere? Dodici anni, forse. Mavros mi aveva detto: "Mio padre ti allenerà". Nella mia mente si affastellavano le immagini di Marcel Cerdan. Il mio idolo. E anche quelle di mio padre. Sognavo di fare pugilato. Ma farlo significava innanzi tutto imparare a superare le paure fisiche, imparare a ricevere colpi e a renderli. Farsi rispettare. Per strada era essenziale. La mia amicizia con Manu era cominciata così, prendendoci a pugni. In rue du Refuge, al Panier. Una sera in cui riaccompagnavo la mia bella cugina Gélou. Quel rotto in culo di spagnolo mi aveva trattato da mangiaspaghetti! Un pretesto. Per scatenare la rissa e attrarre l'attenzione di Gélou.

«Dài, colpisci!» diceva Takis.

Avevo colpito, timoroso.

«Più forte, merda! Più forte! Sono abituato». Mi tendeva la guancia perché colpissi. E così avevo fatto. E poi di nuovo. Un diretto ben piazzato. Takis Mavros aveva apprezzato.

«Dài, ragazzo».

Avevo colpito ancora una volta, con forza stavolta, e aveva

schivato il colpo. Il mio naso aveva urtato con violenza la sua spalla, dura, muscolosa. Il sangue aveva cominciato a scorrere e io, un po' inebetito, l'avevo guardato macchiare il ring.

E sangue ce n'era dappertutto, sul ring.
Non riuscivo a distogliere lo sguardo. Cazzo, Georges, pensai, non abbiamo fatto neppure a tempo a sbronzarci un'ultima volta insieme!
«Montale».
Hélène Pessayre aveva posato la mano sulla mia spalla. Il suo calore mi si sparse in tutto il corpo. Faceva bene. Mi voltai verso di lei. Lessi una punta di tristezza nei suoi occhi neri, e molta rabbia.
«Dobbiamo parlare».
Si guardò intorno. C'era molta gente nella palestra. Avevo visto i due poliziotti che erano in squadra con lei. Alain Béraud mi aveva fatto un cenno con la mano. Un cenno che voleva essere amichevole.
«Di qua» dissi indicando una piccola stanza che serviva da ufficio a Mavros.
Si avviò con passo deciso. Indossava ora dei jeans verdi e una maglietta nera, larga, che le copriva il sedere. Doveva essere armata, pensai.
Aprì la porta e mi lasciò entrare. La richiuse dietro di sé. Ci fissammo per una frazione di secondo. Eravamo alti più o meno uguali. Lo schiaffo mi arrivò in pieno viso, prima ancora che riuscissi ad accendermi una sigaretta. La violenza del colpo e la sorpresa mi fecero mollare il pacchetto di sigarette. Mi chinai per raccoglierlo. Ai suoi piedi. Mi bruciava la guancia. Sollevandomi la guardai. Non batté ciglio.
«Ne avevo molta voglia» disse freddamente.
Poi con lo stesso tono:
«Si sieda».
Restai in piedi.

«È il primo schiaffo che ricevo. Da una donna, voglio dire».

«Se vuole che sia l'ultimo mi racconti tutto, Montale. Per quel che so di lei, la stimo. Ma non sono Loubet. Non ho tempo da perdere a farla seguire né a costruire ipotesi su cose che lei sa. Voglio la verità. Ho orrore delle bugie. Gliel'ho già detto ieri».

«E che non mi avrebbe mai perdonato, se le avessi mentito».

«Le do una seconda possibilità».

Due morti, due possibilità. L'ultima. Come un'ultima vita. I nostri sguardi si affrontarono. Non c'era ancora guerra tra noi.

«Tenga» dissi.

E posai sul tavolo i cinque dischetti di Babette. La copia che mi aveva fatto Cyril quella sera. Ci aveva tenuto. Il tempo necessario a Sébastien e ai suoi amici di farmi ascoltare i nuovi gruppi di rap marsigliesi. La mia cultura si fermava a IAM e a Massilia Sound System. Ero in ritardo, a quanto pare.

Mi fecero scoprire i Fonky Family, giovani del Panier e di Belsunce – che avevano partecipato ai Bads Boys di Marsiglia – e i Troisième Œuil, che arrivavano dritti dritti dai quartieri nord. Il rap non era il mio genere preferito, ma rimanevo sempre sbalordito da ciò che raccontava. La giustezza delle intenzioni. La qualità dei testi. Non cantavano altro che la vita dei loro amici, a casa o nei riformatori. E la morte facile, anche. E gli adolescenti che finivano negli ospedali psichiatrici. Una realtà a cui avevo assistito per anni.

«Cos'è?» mi chiese Hélène Pessayre senza toccare i dischetti.

«L'antologia aggiornata delle attività della mafia. Quanto basta per appiccare il fuoco da Marsiglia a Nizza».

«A tal punto?» rispose, volutamente incredula.

«A tal punto che se lo legge farà fatica, dopo, a gironzolare per i corridoi del commissariato. Si chiederà chi può sparare alle spalle».

«Sono coinvolti dei poliziotti?».

La calma non l'abbandonava. Non sapevo che tipo di forza avesse, ma sembrava che nulla riuscisse a scuoterla. Come Loubet. Il contrario di me. Forse era per questo che non ero mai riuscito a diventare un bravo poliziotto. I miei sentimenti erano sempre a fior di pelle.

«Un mucchio di gente è coinvolta. Uomini politici, industriali, imprenditori. Può leggere i loro nomi, quanto hanno preso, in quale banca hanno i soldi, i numeri di conto. Tutto. Per quanto riguarda i poliziotti...».

Si era seduta e feci come lei.

«Mi offre una sigaretta?».

Le tesi il pacchetto e l'accendino. Posò leggermente la mano sulla mia perché avvicinassi la fiamma.

«Per quanto riguarda i poliziotti?».

«Si può dire che tra loro e la mafia le cose funzionano bene. Si scambiano informazioni».

Per anni, raccontava Babette nel documento dedicato al Var, Jean-Louis Fargette aveva comprato a caro prezzo da alcuni poliziotti l'ascolto telefonico di certi uomini politici. Solo per assicurarsi che fossero corretti sui favori che gli dovevano. E, nel caso, per fare pressione su di loro. Perché alcune di queste comunicazioni telefoniche riguardavano la loro vita privata. La vita familiare. Le perversioni sessuali. Prostituzione. Pedofilia.

Hélène Pessayre aspirò un lungo tiro. Alla Lauren Bacall. Ma più naturale. Aveva il viso teso verso di me, ma gli occhi guardavano lontano. In un luogo dove, senz'altro, c'erano le sue ragioni per essere poliziotto.

«E poi?» disse riportando lo sguardo su di me.

«Tutto ciò che ha sempre voluto sapere. Tenga...».

Avevo davanti agli occhi un estratto dell'inchiesta di Babette. "Gli affari legali e illegali s'intrecciano sempre più, introducendo un cambiamento fondamentale nelle strutture del capitalismo del dopoguerra. Le mafie investono negli affari legali e, di rimando, questi incanalano delle risorse finanziarie verso l'economia criminale, attraverso il controllo di banche o di imprese commerciali coinvolte nel riciclaggio del denaro sporco o in rapporti con le organizzazioni criminali.

"Le banche sostengono che queste transazioni vengono effettuate in buona fede e che i loro dirigenti ignorano l'origine dei fondi depositati. Non soltanto le grandi banche accettano di riciclare il denaro in cambio di pesanti commissioni, ma concedono crediti a tassi elevati alle mafie criminali, a scapito di investimenti produttivi industriali o agricoli.

"Esiste" scriveva Babette, "una stretta relazione tra il debito mondiale, il commercio illecito e il riciclaggio di denaro. Dalla crisi del debito, all'inizio degli anni '80, il prezzo delle materie prime è precipitato, comportando problemi drammatici per i paesi in via di sviluppo. Sotto l'effetto di misure di austerità dettate dai creditori internazionali, diversi funzionari vengono licenziati, imprese nazionali liquidate, investimenti pubblici congelati e i crediti agli agricoltori e agli industriali ridotti. Con la crescente disoccupazione e l'abbassamento dei salari, l'economia legale è in crisi".

Eravamo lì, pensai, nella notte, a leggere quelle frasi. Di fronte a questa miseria umana che riempiva tutte le caselle di ciò che veniva chiamato futuro. Quanto aveva dovuto pagare di multa quella madre che aveva rubato alcune bistecche al supermercato? Quanti mesi di carcere si erano fatti quei ragazzini di Strasburgo per aver rotto i vetri degli autobus e delle pensiline?

Mi erano tornati i mente i discorsi di Fonfon. Un giornale che non ha morale non è un giornale. Sì, e una società senza morale non è più una società. E neppure un paese senza morale. Era più facile mandare gli sbirri a sgomberare i comitati di disoccupati negli uffici di collocamento che prendersela con le radici del male. Quella schifezza che rosicchiava l'umanità fino all'osso.

Bernard Bertossa, procuratore generale di Ginevra, dichiarava al termine del suo colloquio con Babette: "Sono più di due anni che abbiamo congelato il denaro proveniente da un traffico di droga in Francia. Gli autori sono stati condannati, ma la giustizia francese non mi ha ancora presentato una richiesta di restituzione, malgrado i nostri molteplici avvisi".

Sì, eravamo lì, a questo livello zero della morale.
Guardai Hélène Pessayre.
«Sarebbe troppo lungo da spiegare. Li legga, se può. Io mi sono fermato all'elenco dei nomi. Non ho avuto il coraggio di andare oltre. Non sarei stato sicuro, dopo, di poter guardare il mare dalla mia terrazza con serenità».
Aveva sorriso.
«Come mai ha questi dischetti?».
«Me li ha dati un'amica giornalista. Babette Bellini. Ha lavorato negli ultimi anni su quest'inchiesta. Un'ossessione».
«Che rapporto c'è con la morte di Sonia De Luca e Georges Mavros?».
«La mafia ha perso le tracce di Babette. Vogliono riacciuffarla. Per recuperare alcuni documenti. Alcuni elenchi, suppongo. Quelli dove vengono menzionati banche e numeri di conto».
Chiusi gli occhi per una frazione di secondo. Il tempo necessario per rivedere il viso di Babette, il suo sorriso, poi aggiunsi:
«E farla fuori, dopo, ovviamente».
«E lei cosa c'entra?».
«Gli assassini mi hanno chiesto di trovarla. Per spingermi a farlo, ammazzano quelli che amo. Sono pronti a continuare, fino a chi mi è veramente vicino».
«Amava Sonia?».
La sua voce aveva perso ogni durezza. Era una donna che parlava a un uomo. Di un uomo e di un'altra donna. Quasi con complicità.
Alzai le spalle.
«Avevo voglia di rivederla».
«Solo questo?».
«No, non solo» risposi bruscamente.
«E allora?».
Insisteva, senza cattiveria. Obbligandomi a parlare di ciò che avevo provato quella notte. Il mio stomaco si contrasse.

«Andava aldilà del desiderio che può suscitare una donna» dissi alzando il tono di voce. «Lo capisce? Ho sentito che poteva succedere qualcosa tra lei e me. Vivere insieme, per esempio».

«In una sola sera?».

«Una serata o cento, uno sguardo o mille sguardi, non cambia niente».

Avevo voglia di urlare ora.

«Montale» mormorò.

E questo mi calmò. La sua voce. Quell'intonazione che aveva quando pronunciava il mio nome e che sembrava portare con sé ogni gioia e ogni risata delle sue estati ad Algeri.

«Lo si capisce subito, credo, ciò che succede tra due persone. Se è solo voglia di scopare o di costruire qualcosa insieme. No?».

«Sì, credo anch'io» disse senza lasciarmi con gli occhi. «È infelice, Montale?».

Merda! Avevo la tristezza stampata in viso? L'altro giorno Sonia l'aveva detto a Honorine. Ora, Hélène Pessayre me lo sbatteva in faccia. Lole aveva svuotato a tal punto i cassetti della felicità nel mio corpo? Si era veramente portata via tutti i miei sogni? Tutte le ragioni di vivere? O ero io che, semplicemente, ero incapace di trovarle dentro di me?

Dopo la partenza di Pascale, Mavros mi aveva raccontato:

«Ha girato le pagine a una velocità folle. Cinque anni di risate, di gioie, di scazzi, di amore, di tenerezza, di notti, di risvegli, di riposi, di sogni, di viaggi... Tutto questo per arrivare alla parola fine. Che lei stessa ha scritto di suo pugno. Si è portata il libro con sé. E io...».

Piangeva. L'ascoltavo in silenzio. Disarmato di fronte a tanto dolore.

«E io non ho più ragioni per vivere. Pascale è la donna che ho amato di più. L'unica, Fabio, l'unica, porca puttana! Ora faccio le cose senza passione. Perché devo farle. Perché è questa la vita, fare cose. Ma non ho più niente in testa. E neppure nel cuore».

Con il dito si era toccato prima la testa, poi il cuore.

«Niente».

Non avevo avuto nulla da rispondere. Niente, appunto. Perché non esistevano risposte. L'avevo capito quando Lole mi aveva lasciato.

Quella notte avevo riportato Mavros a casa mia. Dopo innumerevoli ingressi nei bar del porto. Dal Café de la Mairie al Bar de la Marine. Con una lunga sosta anche da Hassan. L'avevo fatto sdraiare sul divano con una bottiglia di Lagavulin a portata di mano.

«Va bene?».

«Ho tutto ciò che mi serve» aveva risposto indicando la bottiglia.

Poi ero andato a infilarmi contro il corpo caldo di Lole. Caldo e dolce. Il mio pene contro il suo sedere. E una mano posata sul suo seno. La tenevo come fa un bambino quando impara a nuotare e si aggrappa al salvagente. Con disperazione. L'amore di Lole mi permetteva di tenere la testa fuori dall'acqua della vita. Di non affogare. Di non essere trascinato via dalla corrente.

«Non risponde?» chiese Hélène Pessayre.

«Vorrei essere assistito da un avvocato».

Scoppiò a ridere. Mi fece bene.

Bussarono alla porta.

«Sì».

Era Béraud. Il suo assistente.

«Commissario, abbiamo finito. (Mi guardò.) Può identificarlo?».

«Sì» dissi. «Lo farò».

«Ancora qualche minuto, Alain».

Richiuse la porta. Hélène Pessayre si alzò e fece qualche passo nella piccola stanza. Poi si piazzò davanti a me.

«Se trovasse Babette Bellini, me lo direbbe?».

«Sì» risposi senza esitare, guardandola dritto negli occhi.

Mi alzai anch'io. Eravamo uno di fronte all'altra, come prima che mi desse lo schiaffo. Avevo la domanda essenziale sulla punta della lingua.

«E cosa faremo dopo? Se la trovo?».

Per la prima volta avvertii in lei un leggero smarrimento. Come se avesse intuito le parole che sarebbero seguite.

«La metterete sotto protezione. È così? Fino a quando non troverete gli assassini, se ci riuscite. E dopo? Quando arriveranno altri assassini? E altri ancora?».

Era il mio modo di schiaffeggiarla. Per dire l'inascoltabile per gli sbirri. L'impotenza.

«Da qui ad allora non è a Saint-Brieuc come Loubet che l'avranno trasferita, ma allo sprofondo!».

Impallidì e rimpiansi di essermela presa con lei. Quella meschineria che consisteva nel vendicarmi dello schiaffo con parole cattive.

«Mi scusi».

«Ha un'idea, un piano?» mi chiese freddamente.

«No, niente. Solo voglia di trovarmi di fronte al tizio che ha ucciso Sonia e Georges. E di farlo fuori».

«È veramente stupido».

«Forse. Ma è l'unica giustizia per quelle merde».

«No» precisò, «è veramente stupido che rischi la sua vita».

I suoi occhi neri si posarono con dolcezza su di me.

«A meno che non sia veramente così infelice».

Capitolo tredicesimo
Nel quale è più facile spiegare agli altri che capire in prima persona

Le sirene dei pompieri mi strapparono brutalmente dal sonno. L'aria che entrava dalla finestra sapeva di bruciato. Un'aria calda e nauseabonda. Lo seppi dopo, l'incendio era divampato da una discarica pubblica. A Septèmes-Les-Vallons, un comune a nord di Marsiglia. A due passi da qui, dall'appartamento di Georges Mavros.

Avevo detto a Hélène Pessayre:

«Mi seguono. Ne sono sicuro. Sonia mi ha riaccompagnato l'altra notte. Ha dormito da me. L'hanno seguita quando è tornata a casa. Sono stato io a portarli da Mavros. Se vado da un amico, prima o poi, si ritroverà sul loro elenco».

Eravamo ancora nell'ufficio di Mavros. A tentare di mettere in piedi un piano. Per liberarmi dalla morsa che mi attanagliava. L'assassino avrebbe chiamato di nuovo stasera. Ora voleva dei fatti. Che gli dicessi dov'era Babette, o qualcosa del genere. Se non gli avessi dato sufficienti garanzie avrebbe ucciso qualcun altro. E potevano essere Fonfon o Honorine se non trovavano un mio amico o amica da mettere sotto i denti.

«Sono incastrato» le dissi mentendo.

Era meno di un'ora fa.

«Posso difficilmente muovermi senza mettere in pericolo la vita di qualcuno che mi è vicino».

Mi guardò. Cominciavo a conoscere i suoi sguardi. In questo, la fiducia non era totale. Persisteva un dubbio.

«Tutto sommato è una fortuna».

«Cosa?».

«Che non si possa muovere» rispose con una punta d'ironia. «No, voglio dire il fatto che la seguono, è il loro punto debole».

Capivo dove voleva arrivare e non mi piaceva molto.

«Non la capisco».

«Montale! La smetta di prendermi per scema. Lei sa benissimo cosa voglio dire. La seguono e così noi potremo seguire loro».

«E gli salterete addosso al primo semaforo rosso?».

Rimpiansi immediatamente di aver pronunciato quelle parole. Un velo di tristezza le scese sugli occhi.

«Mi dispiace, Hélène».

«Mi dia una sigaretta».

Le tesi il pacchetto.

«Non le compra mai?».

«Ce le ha sempre. E… ci vediamo spesso, no?».

Lo disse senza sorridere. Con voce stanca.

«Montale» continuò piano, «non arriveremo da nessuna parte insieme se non ci mette un po' di…».

Cercò le parole, aspirando una lunga boccata alla sigaretta.

«…Se non crede a ciò che sono. Non al poliziotto. Ma alla donna. Credevo che avrebbe capito dopo la nostra chiacchierata sul lungomare».

«Cosa dovrei capire?».

Le parole mi sfuggirono di bocca. Appena pronunciate cominciarono a ronzarmi in testa. Crudelmente. Avevo detto esattamente la stessa cosa a Lole, quella notte, terribile, in cui mi aveva annunciato che era finito tutto. Gli anni passavano e io facevo sempre la stessa domanda. O più esattamente continuavo a non capire niente della vita. "Se si torna sempre allo stesso punto" avevo spiegato una notte a Mavros, dopo la partenza di Pascale, "vuol dire che si gira a vuoto. Che si è perduti…". Aveva annuito. Girava a vuoto. Era perduto. È più facile spiegare agli altri queste cose che capirle in prima persona, pensai.

Hélène Pessayre ebbe lo stesso sorriso di Lole in quel momento. La sua risposta fu leggermente diversa.

«Perché non ha fiducia nelle donne? Cosa le hanno fatto, Montale? Non le hanno dato abbastanza? L'hanno delusa? L'hanno fatta soffrire?».

Ancora una volta quella donna mi spiazzava.

«Forse. Soffrire, sì».

«Anch'io sono stata delusa dagli uomini. Anch'io ho sofferto. Per questo dovrei odiarla?».

«Ma io non la odio».

«Le dirò una cosa, Montale. A volte, quando i suoi occhi si posano su di me, sono molto turbata. E sento una grossa emozione salirmi dentro».

«Hélène» cercai di interromperla.

«Stia zitto, accidenti! Quando guarda una donna, io o un'altra, va diritto all'essenziale. Ma ci va con le sue paure, i suoi dubbi, le sue angosce, tutto quello schifo che le stringe il cuore e che le fa dire: "Non funzionerà, non funzionerà". Mai con la certezza di una possibile felicità».

«Lei ci crede alla felicità?».

«Credo nei rapporti veri tra le persone. Tra gli uomini e le donne. Senza paura, senza bugie».

«E dove ci porta tutto questo?».

«Ora glielo dico. Perché ci tiene tanto a far fuori quel tizio, l'assassino?».

«Per Sonia, e adesso per Mavros».

«Mavros lo capisco. Era suo amico. Ma Sonia? Le ho già fatto questa domanda. L'amava? Ha sentito di amarla quella notte? Non ha risposto. Mi ha solo detto che aveva voglia di rivederla».

«Sì, voglia di rivederla. E...».

«E forse o senz'altro, è così? Come al solito, dunque. E voleva rivederla con la parte di lei incapace di accogliere l'attesa e i desideri di quella persona? Ha mai saputo, solo per un giorno, darsi interamente? Dare tutto a una donna?».

«Sì» dissi, pensando al mio amore per Lole.

Hélène mi guardò con tenerezza, come l'altro giorno sulla terrazza di Ange, quando aveva posato la mano sulla mia. Ma, anche stavolta, non mi avrebbe detto ti amo. Né sarebbe venuta ad accoccolarsi tra le mie braccia. Ne ero sicuro.

«Lei ci crede, Montale. Ma io, io non le credo. E quella donna neppure, non le ha creduto. Lei non le ha dato la sua fiducia. Non le ha detto che credeva in lei e non gliel'ha neppure dimostrato. Non abbastanza comunque».

«Perché dovrei darle fiducia?» dissi. «Perché è qui che vuole arrivare. Questo mi sta chiedendo, no? Di darle fiducia».

«Sì. Per una volta nella vita, Montale. A una donna. A me. E allora sarà reciproco. Se mettiamo in piedi un piano insieme, voglio essere sicura di lei. Voglio essere sicura dei motivi che la spingono a uccidere quel tizio».

«Me lo lascerebbe uccidere?» chiesi sorpreso. «Lei?».

«Se ciò che la anima non è l'odio o la disperazione. Ma l'amore. Quell'amore che ha sentito nascere per Sonia. Ho parecchie certezze e un forte senso morale. Ma... secondo lei quanto si è beccato Giovanni Brusca, l'assassino più sanguinario della mafia?».

«Non sapevo che fosse stato arrestato».

«Un anno fa. A casa sua. Stava mangiando gli spaghetti con la sua famiglia. Ventisei anni. Ha ucciso con il tritolo il giudice Falcone».

«E un bambino di undici anni».

«Solo ventisei anni. Non avrei nessun rimorso se quel tizio, quell'assassino, crepasse piuttosto che essere processato. Ma non siamo ancora arrivati a questo punto».

No, non c'eravamo ancora arrivati. Mi alzai. Sentivo le sirene dei pompieri da tutte le parti. L'aria era acre, schifosa. Chiusi la finestra. Avevo dormito mezz'ora sul letto di Mavros. Hélène Pessayre e la sua squadra se ne erano andati. E io, con il suo permesso, ero salito a casa di Mavros, sopra la palestra di pugilato. Dovevo aspettare lì. Fino all'arrivo di un'altra squadra che sarebbe venuta per individuare la macchina dei miei inseguitori. Poiché ne eravamo certi, erano lì davanti alla porta, o quasi.

«Ha i mezzi per farlo?».

«Ho due cadaveri sulle spalle».

«Ha parlato dell'ipotesi della mafia nei suoi rapporti?».

«Assolutamente no».

«Perché?».

«Perché mi verrebbe tolta l'inchiesta».

«Sta rischiando».

«No. So esattamente dove metto i piedi».

L'appartamento di Mavros era molto ordinato. Un ordine quasi morboso. Tutto era come prima della partenza di Pascale. Quando se n'era andata non si era portata via niente o quasi. Stupidaggini: soprammobili, oggetti che Mavros le aveva regalato. Qualche piatto, cd, libri. La televisione. L'aspirapolvere che avevano appena comprato.

Amici comuni, Jean e Bella, lasciavano a Pascale, per un modesto affitto, una casetta ammobiliata in rue Villa-Paradis, una zona tranquilla di Marsiglia, in cima a rue Breteuil. Era nato il loro terzo figlio e la casa, piccola e su due livelli, non andava più bene per loro.

Pascale aveva subito adorato quella casa. La strada sembrava quella di un paesino e senz'altro sarebbe rimasta così ancora per parecchi anni. A Mavros, che non capiva, aveva spiegato: "Non ti lascio per Benoît. Ma per me. Ho bisogno di ripensare alla mia vita. Non alla nostra. Alla mia. Forse un giorno riuscirò a vederti, finalmente, così come ti devo vedere, come ti vedevo prima".

Mavros aveva fatto del suo appartamento la tomba dei ricordi. Anche il letto sul quale mi ero lasciato cadere prima, totalmente sfinito, sembrava non essere stato più usato dopo la partenza di Pascale. Capivo meglio, ora, perché si era dato da fare per trovarsi alla svelta una nuova amica. Per non dovere dormire lì.

La stanza più triste era il cesso. Sotto un vetro c'erano incollate una all'altra tutte le migliori foto dei loro anni di felicità. Immaginavo Mavros pisciare mattino, pomeriggio e sera guardando il fallimento della sua vita. Almeno queste, avrebbe dovuto toglierle, pensai.

Smontai il vetro e lo posai delicatamente a terra. C'era una foto che mi stava a cuore. L'aveva scattata Lole a casa di amici a La Ciotat. Georges e Pascale dormivano su una panchina in giardino. La testa di Georges era appoggiata sulla spalla di Pascale. Sembravano in pace. Felici. La staccai e l'infilai nel portafoglio.

Squillò il telefono. Era Hélène Pessayre.

«Ci siamo, Montale. I miei uomini sono lì. Li hanno individuati. Sono posteggiati davanti al 148. Una Fiat Punto, blu metallizzata. Sono due».

«Bene» dissi.

Mi sentivo oppresso.

«Facciamo come abbiamo detto?».

«Sì».

Avrei dovuto aggiungere qualcos'altro, ma avevo appena trovato la soluzione per incontrare Babette senza rischi e lontano da tutti. Compresa Hélène Pessayre.

«Montale?».

«Sì?».

«Tutto bene?».

«Sì. Perché ci sono i pompieri?».

«Un incendio. Enorme. Partito da Septèmes, ma si sta estendendo. Un nuovo focolaio sta divampando verso Plan-de-Cuques, ma non so altro. Il problema è che i canadair sono bloccati a terra a causa del mistral».

«Che schifezza» dissi. (Respirai profondamente.) «Hélène?».

«Sì?».

«Prima di tornare a casa, devo... fermarmi da un vecchio amico».

«Chi è?».
C'era un lieve sospetto nella sua voce.
«Hélène, non faccio scherzi. Si chiama Félix. Aveva un ristorante in rue Caisserie. Avevo promesso di andarlo a trovare. Andiamo spesso a pescare insieme. Abita a Vallon-des-Auffes. Devo andarci prima di tornare a casa».
«Perché non me l'ha detto prima?».
«Me lo sono appena ricordato».
«Lo chiami».
«Non ha telefono. Da quando è morta sua moglie ed è andato in pensione, chiede che lo si lasci in pace. Quando lo si vuole chiamare bisogna lasciare un messaggio alla pizzeria accanto».
Era tutto vero. Aggiunsi:
«E non ha bisogno di sentirmi, ha bisogno di vedermi».
«Va bene».
Credetti di sentirla soppesare i pro e i contro.
«Come facciamo?».
«Lascio la macchina al parcheggio del Centre-Bourse. Salgo al centro commerciale, esco e prendo un taxi. Ci metterò un'ora».
«E se la seguono?».
«Vedrò».
«Ok».
«A più tardi».
«Montale, se ha una pista per Babette Bellini, non mi dimentichi».
«Non la dimentico, commissario».

Una densa colonna di fumo nero si alzava sopra ai quartieri nord. L'aria calda mi s'insinuò dentro i polmoni e pensai che se il mistral non s'indeboliva, avremmo vissuto con quell'aria per parecchi giorni. Giorni dolorosi. La foresta che bruciava, la vegetazione, e anche la più piccola delle garighe, era un dramma per questa regione. Si ricordavano ancora tutti il terribile incendio che, nell'agosto del 1989, aveva devastato tremilacinquecento ettari sul fianco della montagna Sainte-Victoire.

Entrai nel bar più vicino e ordinai una birra. Il padrone, come tutti i clienti, aveva l'orecchio incollato su Radio France Provence. L'incendio aveva fatto il "salto" e attaccava la zona verde del piccolo villaggio di Plan-de-Cuques. Si cominciavano a evacuare gli abitanti delle ville isolate.

Ripensai al mio piano per mettere Babette al sicuro. Poteva essere perfetto. A un'unica condizione: che il mistral calasse. E il mistral poteva soffiare uno, tre, sei o nove giorni.

Vuotai il bicchiere e ne chiesi un altro. Il dado è tratto, pensai. Vedremo se avrò ancora un futuro. Sennò ci sarebbe stato sicuramente un posto, sottoterra, dove con Manu e Ugo avremmo potuto giocare alla *belote*, tranquilli.

Capitolo quattordicesimo
*Nel quale si comprende il senso esatto
dell'espressione: un silenzio di morte*

Avviai il motore. E dietro fecero lo stesso. La macchina dei mafiosi. Quella degli sbirri. Essere seguito, in altre circostanze, mi avrebbe divertito. Ma non ce la facevo a sorridere. Non ce la facevo a fare niente se non quello che avevo deciso di fare. Senza nessuno stato d'animo. Conoscendomi, meno stati d'animo avevo, più possibilità c'erano di andare fino in fondo al mio piano.

Ero svuotato. La morte di Mavros prendeva posto dentro di me. Freddamente. Il cadavere si faceva un letto nel mio corpo. Ero la sua bara. Un'ora di sonno aveva estromesso tutto il flusso di sentimenti che mi avevano sopraffatto rivedendolo per l'ultima volta.

Con un gesto deciso Hélène Pessayre aveva scoperto il viso di Mavros. Fino al mento. Mi aveva lanciato uno sguardo furtivo. Identificarlo era solo una formalità. Mi ero chinato lentamente sul corpo di Georges. Con tenerezza e con la punta delle dita avevo accarezzato i capelli brizzolati, poi l'avevo baciato sulla fronte.

«Addio vecchio» avevo detto stringendo i denti.

Hélène Pessayre, infilando il braccio sotto il mio, mi aveva portato in fretta dall'altro lato della stanza.

«Ha famiglia?».

Angelica, sua madre, era tornata a Nauplia, nel sud del Peloponneso, dopo la morte del marito. Panayotis, il fratello maggiore, viveva a New York da vent'anni. Non si erano più rivisti. Andreas, il più giovane dei tre, viveva a Fréjus. Ma Georges era arrabbiato con lui da dieci anni. Lui e la moglie erano passati dal voto socialista nell'81, al voto R.P.R., poi al Fronte nazionale. Pascale non avevo voglia di chiamarla. Non sapevo neppure se avevo ancora il suo nuovo numero di telefono. Era uscita dalla vita di Mavros. E da quel momento anche dalla mia.

«No» mentii. «Ero il suo unico amico».

L'ultimo.

Ora non avevo più nessuno da chiamare a Marsiglia. Certo, rimanevano diverse persone a cui volevo bene, come Didier Perez e qualcun altro. Ma nessuno a cui potevo dire: "Ti ricordi…". L'amicizia era questo, una serie di ricordi comuni da mettere in tavola insieme a una bella spigola grigliata coi finocchi. Solo il "ti ricordi" permette di confidare la propria vita più intima, quei pezzi di sé dove spesso regna la confusione.

Per anni avevo tempestato Mavros di dubbi, paure, angosce. Lui mi teneva testa con le sue certezze, le sue opinioni sicure, le sue speranze. E quando avevamo vuotato una o due bottiglie di vino, a seconda degli umori, arrivavamo sempre alla conclusione che, da qualsiasi parte prendi la vita, ci si ritrova invariabilmente a quel punto in cui le gioie e i dolori non sono altro che un'eterna lotteria.

Arrivato al Centre-Bourse, feci come previsto. Trovai parcheggio senza difficoltà al secondo livello. Poi presi la scala mobile che porta al centro commerciale. L'aria fresca del condizionatore mi sorprese piacevolmente. Avrei volentieri trascorso il resto del pomeriggio lì. C'era molta gente. Il mistral aveva cacciato i marsigliesi dalle spiagge, e ciascuno ammazzava il tempo come poteva. Soprattutto i giovani. Potevano guardare le ragazze e costava meno che andare al cinema.

Avevo scommesso che uno dei due sicari della mafia mi avrebbe seguito. E avevo anche scommesso che non sarebbero stati tanto felici di vedermi gironzolare tra i reparti dei saldi estivi. Così, dopo aver ciondolato per un po' tra camicie e pantaloni, presi la scala mobile centrale per accedere al secondo livello. Lì, una passerella metallica scavalcava rue Bir-Hakeim e rue des

Fabres. Un'altra scala mobile permetteva di raggiungere la Canabière. E così feci, con più disinvoltura possibile.

Il posteggio dei taxi era a due passi, e cinque autisti, davanti alle loro macchine, disperavano di veder arrivare un cliente.

«Ha visto?» mi disse un autista indicandomi il parabrezza.

Ci si era depositato un sottile strato di fuliggine nera. Allora mi accorsi che scendevano dal cielo fiocchi di cenere. L'incendio doveva essere enorme.

«Che schifo d'incendio» dissi.

«Che schifo di mistral, piuttosto! Brucia tutto e nessuno può fare niente. Non so quanti pompieri hanno mandato in soccorso. Millecinquecento, milleottocento... Ma, cazzo, divampa dappertutto. Dicono che sta raggiungendo Allauch».

«Allauch!».

Era un altro comune limitrofo di Marsiglia. Un migliaio di abitanti. L'incendio divorava la cintura verde della città, devastando la foresta. Strada facendo avrebbe incontrato altri villaggi: Simiane, Mimet...

«Per di più, sono tutti impegnati a proteggere la gente, le abitazioni».

Sempre la stessa storia. Gli sforzi dei pompieri, le piogge d'acqua dei canadair – quando riuscivano a volare – si concentravano perlopiù sulla protezione delle ville, dei comprensori. Ci si poteva chiedere perché non esistesse una regolamentazione più severa. Che i costruttori dovevano rispettare. Pannelli, nebulizzatori, serbatoi d'acqua, barriere antifuoco. Spesso, anzi, succedeva che i mezzi dei pompieri non riuscissero a passare tra le case e il fronte dell'incendio.

«Cosa dicono del mistral?».

«Che dovrebbe calare durante la notte. Indebolirsi. Cazzo, se fosse vero...».

«Sì» dissi pensieroso.

Avevo l'incendio in mente. Sì, certo. Ma non solo l'incendio.

«Non si può dire, Fabio» disse Félix.

Félix fu sorpreso di vedermi. Soprattutto nel pomeriggio. Andavo da lui ogni quindici giorni. Spesso lasciando il bar di Fonfon. Venivo a prendere l'aperitivo con lui. Chiacchieravamo per un paio d'ore. La morte di Céleste lo aveva maledettamente scosso. I primi tempi credemmo che Félix si sarebbe lasciato morire. Non mangiava più e si rifiutava di uscire. Non aveva neppure più voglia di andare a pesca e questo era veramente un brutto segno.

Félix era un pescatore della domenica. Ma apparteneva alla comunità dei pescatori di Vallon-des-Auffes. Una comunità d'italiani della zona di Rapallo, Santa Margherita e Maria del Campo. Insieme a Bernard Grandona e Gilbert Georgi era uno dei promotori della festa del patrono dei pescatori. San Pietro. L'anno scorso Félix mi aveva portato in barca per assistere alla cerimonia al largo della grande diga. Corno da nebbia, pioggia di fiori e petali in memoria dei morti in mare.

Honorine, amica d'infanzia di Cèleste, e Fonfon mi davano il cambio per tenere compagnia a Félix. Lo invitavamo a pranzo nei week-end. Lo andavo a prendere e lo riaccompagnavo. Poi una domenica mattina Félix venne da me in barca. Portava il pesce che aveva pescato. Una bella pesca. Orate, donzelle e anche qualche muggine.

«Oh cazzo!» disse ridendo e salendo i gradini della mia terrazza. «Non hai neppure preparato la brace!».

Per me quel momento fu più emozionante della festa di San Pietro. Una festa della vita sulla morte. Avevamo brindato come era giusto che fosse e, per la decima volta, Félix ci raccontò che suo nonno quando decise di sposarsi andò a Rapallo a cercare moglie. Prima che finisse, Fonfon, Honorine e io gridammo in coro:

«E a tutta randa!».

Ci aveva guardati, sbalordito.

«Mi ripeto, eh?».

«Ma no, Félix» gli rispose Honorine. «Questo non significa ripetersi. I ricordi si possono raccontare anche cento volte. È quel che c'è di più bello nella vita. E se si condividono, è ancora meglio».

E ognuno snocciolò i propri. Il pomeriggio trascorse così, accompagnato da alcune bottiglie di bianco di Cassis. Il Fontcreuse, che tenevo sempre per i giorni migliori. Poi, ovviamente, avevamo parlato di Manu e di Ugo. Dall'età di quindici anni frequentavamo il ristorante di Félix. Lui e Céleste ci nutrivano di pizze ai fegatelli, di spaghetti alle vongole e di lasagnette alla *brousse*. È qui che, una volta per tutte, avevamo imparato cos'era una vera bouillabaisse. Neppure Honorine riusciva, in questo piatto, a uguagliare la sua amica Céleste. Cinque anni fa Manu era stato ucciso uscendo da Félix. Ma i nostri ricordi si erano fermati prima di quel momento. Ugo e Manu erano ancora vivi. Ma non erano lì con noi, ecco tutto, e ci mancavano. Come Lole.

Félix si era messo a cantare *Maruzzella*, la canzone preferita di mio padre. Cantammo in coro il ritornello e ognuno poté versare lacrime su quelli che amava e non erano più lì. *Maruzzella, o Maruzzella...*

Félix mi guardò con la stessa paura che provavano Fonfon e Honorine quando capivano che c'erano delle belle rotture di coglioni in vista. Quando arrivai, era davanti alla finestra con lo sguardo rivolto verso il mare e la sua collezione di *Pieds-Nickelés* sul tavolo. Félix leggeva solo quelli e continuava a rileggerli. E più il tempo passava più assomigliava a Ribouldingue senza la barba.

Parlammo dell'incendio. Anche su Vallon-des-Auffes pioveva una fine cenere. E Félix mi confermò che l'incendio si era spostato su Allauch. Anche per il comandante del servizio regionale degli incendi si rischiava la catastrofe, l'aveva appena sentito alla radio.

Portò due birre.
«Hai un problema?» mi chiese.
«Sì» risposi, «grave».
E gli raccontai tutta la storia.

Di mafia e di malavitosi, Félix ne sapeva parecchio. Uno zio di sua moglie, Charles Sartène, era stato una delle guardie del corpo di Mémé Guérini. Il capo incontestato del *milieu*[1] marsigliese del dopoguerra. Arrivai piano piano a Sonia. E a Mavros. Alla loro morte. Poi gli spiegai che in cima alla scala erano in gioco la vita di Fonfon e Honorine. Mi sembrò che le sue rughe si facessero più profonde.

Gli spiegai in seguito come ero arrivato fino a casa sua, le precauzioni prese per confondere gli assassini. Alzò le spalle. I suoi occhi si spostarono dai miei per fermarsi sul porticciolo di Vallon-des-Auffes. Lì i tumulti del mondo erano lontani. Un'oasi di pace. Come a Les Goudes. Uno di quei luoghi dove Marsiglia si trasforma nello sguardo posato su di lei.

Alcuni versi di Louis Brauquier cominciarono a ronzarmi in testa:

Sono in cammino verso la gente del mio silenzio
Lentamente, verso coloro presso cui posso tacere.
Verrò da lontano, entrerò e mi siederò.
Vengo a prendere quel che mi serve per ripartire.

Félix mi guardò di nuovo. Gli occhi leggermente appannati, come se avesse pianto. Non fece alcun commento.

«Io, che devo fare?» chiese soltanto.

«Ho pensato» cominciai, «che il posto più sicuro dove incontrare Babette fosse il mare. Quei tizi si sono piazzati davanti a casa mia. Se esco di notte in barca non mi staranno attaccati al culo. Aspetteranno che torni. L'altra notte è successo così».

«Sì».

---

[1] Gli ambienti della malavita.

«Dico a Babette di venire qui. La porti a Frioul. E io vi raggiungo lì. Porterò da mangiare e da bere».

«Credi che accetterà?».

«Di venire?».

«No, quello che hai in mente. Di rinunciare a pubblicare l'inchiesta... Insomma, quella cosa che compromette un sacco di gente».

«Non lo so».

«Sai, non cambierà niente. La uccideranno lo stesso. E senz'altro anche te. Quella gente...».

Félix non era mai riuscito a capire come si potesse diventare assassini. Assassini di professione. Me ne aveva parlato spesso. Dei suoi rapporti con Charles Sartène. Lo Zio, come veniva chiamato in famiglia. Un uomo adorabile. Gentile. Premuroso. Félix aveva dei bellissimi ricordi delle riunioni di famiglia con lo Zio a capotavola. Sempre molto elegante. E i bambini andavano a sedersi sulle sue ginocchia. Un giorno, alcuni anni prima della sua morte, ad Antoine, uno dei nipoti che voleva diventare giornalista, lo Zio aveva detto:

«Ah! Se fossi stato più giovane, ci sarei andato io al *Provençal*, ne avrei ammazzati un paio ai piani superiori e ti avrei fatto vedere, piccolo mio, come ti avrebbero assunto subito».

Tutti avevano riso. Félix, che doveva avere circa diciannove anni, non aveva mai dimenticato quelle parole. Né le risate che le avevano accompagnate. Aveva rifiutato di andare al funerale dello Zio e aveva rotto per sempre con la sua famiglia. Senza rimpianti.

«Lo so» ripresi. «Ma è un rischio che devo correre, Félix. Dopo aver parlato con Babette vedrò. E poi non mi muoverò da solo» aggiunsi per rassicurarlo. «Ne ho parlato a un poliziotto...».

Paura e rabbia apparvero in fondo ai suoi occhi.

«Vuoi dire che hai parlato con la polizia?».

«Non con la polizia. Con un poliziotto. Una donna. Quella che indaga sulla morte di Sonia e Mavros».

Alzò le spalle come prima. Forse con più stanchezza.

«Se ci è coinvolta la polizia, io non voglio entrarci, Fabio. Tutto si complica. E aumentano i rischi. Cazzo, lo sai, qui…».

«Aspetta, Félix. Mi conosci, no? Bene. Gli sbirri interverranno dopo. Quando avrò visto Babette. Quando avremo deciso cosa fare con i documenti. Ora quella donna, il commissario, non sa ancora che Babette arriverà qui. Come gli assassini. Aspettano tutti che ritrovi Babette».

«D'accordo» disse.

Guardò di nuovo fuori dalla finestra. I fiocchi di cenere stavano diventando più grossi.

«È da tanto che non nevica più qui. E ora c'è questo. Uno schifo d'incendio».

Lo sguardo tornò su di me, poi sulla copia dei *Pieds-Nickelés* che aveva davanti.

«D'accordo» disse di nuovo. «Ma questo cazzo di mistral deve fermarsi. Non possiamo uscire in barca sennò».

«Sì, lo so».

«Non potresti vederla qui?».

«No, Félix. Non posso fare di nuovo il colpo del Centre-Bourse. Né questo né un altro. Staranno in guardia, adesso. E non voglio. Mi serve che si fidino di me».

«Stai sognando o cosa!».

«Non che si fidino, merda. Mi hai capito, Félix. Devono credere che faccio un gioco pulito, ecco. Avere la sensazione che sono un povero coglione».

«Sì» disse, pensieroso. «Di' a Babette di venire. Dormirà qui. Aspettando che cali il mistral. Appena potremo uscire in mare chiamerò Fonfon».

«Chiama me».

«No, non te. Chiamo Fonfon. Al bar. Di' a Babette che non mi muovo. Può venire quando vuole».

Mi alzai. E lui fece lo stesso. Gli misi un braccio intorno alle spalle e lo strinsi a me.

«Andrà tutto bene» bofonchiò. «Ce la caveremo. Ce la siamo sempre cavata».

«Lo so».

Lo tenevo stretto e lui non si scioglieva dall'abbraccio. Sapeva che avevo ancora qualcosa da chiedergli. Immaginai che gli si stesse formando un nodo nello stomaco. Perché sentivo la stessa cosa, nello stesso punto.

«Félix» dissi. «Ce l'hai sempre la pistola di Manu?».

L'odore di morte riempì la stanza. Capii esattamente il senso dell'espressione *un silenzio di morte*.

«Ne ho bisogno, Félix».

Capitolo quindicesimo
*Nel quale l'imminenza di un evento crea
una sorta di vuoto che attira*

Telefonarono uno dopo l'altro. Prima Hélène Pessayre, poi gli assassini. Ero riuscito a chiamare Babette. Ma dal bar di Fonfon. Félix mi aveva messo la pulce all'orecchio dicendomi che mi avrebbe chiamato da Fonfon e non a casa. Potevo avere il telefono sotto controllo, aveva ragione. Hélène Pessayre sarebbe stata capace di farlo. E se la polizia poteva inserirsi sulla mia linea, tutto ciò che dicevo sarebbe finito all'orecchio di un mafioso. Bastava pagare, come Fargette aveva fatto per anni. Pagare bene. E per quelli che si erano piazzati davanti a casa mia pagare bene non doveva essere un problema. Con una rapida occhiata avevo provato a individuarli per strada. Gli assassini e gli sbirri. Ma non vidi né una Fiat Punto né una Renault 21. Non aveva importanza. Dovevano esserci. Da qualche parte.

«Posso telefonare?» avevo chiesto a Fonfon entrando nel bar.

Ero completamente assorto nella realizzazione del mio piano. Anche se dopo, dopo aver incontrato Babette, parlato con lei, ci sarebbe stato ancora il buio totale. L'imminenza del suo arrivo creava una sorta di vuoto verso il quale mi sentivo attratto.

«Ecco» borbottò Fonfon, mettendo il telefono sul bancone. «È come alla posta, ma la telefonata è gratis e il pastis offerto dalla casa».

«Dài, Fonfon!» gridai, componendo il numero di Bruno nelle Cévennes.

«Ehi! Sei diventato una corrente d'aria. Vai più veloce del

mistral. E quando sei qui, niente. Non spieghi niente. Non racconti niente. Sappiamo solo che dove passi, lasci dei cadaveri. Merda, Fabio!».

Posai lentamente la cornetta. Fonfon aveva versato due bicchierini di pastis. Ne posò uno di fronte a me, brindò e lo vuotò senza aspettarmi.

«Meno ne sai...» cominciai.

Esplose.

«No, caro mio! Non funziona così! Non più. Basta! Parla, Fabio! Perché la faccia di quello che sta nella Fiat Punto l'ho vista. Alla stessa distanza che c'è ora tra me e te. Ci siamo incrociati. Era andato a comprarsi le sigarette da Michel. Non ti dico come mi ha guardato».

«È uno della mafia».

«Sì... Ma quella faccia l'avevo già vista. Non molto tempo fa».

«Cosa? Qui?».

«No. Sul giornale. C'era la sua foto».

«Sul giornale?».

«Ehi, Fabio, quando leggi il giornale non guardi mai le figure?».

«Sì, certo».

«Beh, c'era la sua foto. Ricardo Bruscati. Ritchie, per gli amici. Si è parlato di lui quando c'è stato tutto quel casino sul libro di Yann Piat».

«Ricordi a che proposito?».

Alzò le spalle.

«Cosa vuoi che ne sappia, io. Dovresti chiederlo a Babette, sicuramente lo sa» disse con cattiveria, guardandomi negli occhi.

«Perché parli di Babette?».

«Perché in questo merdaio è lei che ti ci ha messo. O sbaglio? Honorine ha trovato il biglietto che era insieme ai dischetti. L'avevi lasciato sul tavolo e lei lo ha letto».

Gli occhi di Fonfon brillavano di rabbia. Non l'avevo mai visto così.

Si chinò verso di me.

«Fabio» cominciò. (Il tono di voce si era addolcito, ma restava fermo.) «Se ci fossi solo io... me ne fregherei. Ma c'è Honorine. Non voglio che le succeda niente. Lo capisci?».

Il mio stomaco si attorcigliò. Quanto amore!

«Versamene un altro» riuscii solo a dire.

«Te lo dico senza cattiveria. Quello che fa Babette riguarda solo lei. E tu sei abbastanza grande per fare tutte le stronzate che vuoi. Non sarò io a dirti cosa devi o cosa non devi fare. Ma se quei tizi toccano un solo capello a Honorine...».

Non finì la frase. Solo i suoi occhi, fissi nei miei, dissero quella cosa, per lui impossibile da formulare: mi considerava responsabile di tutto ciò che poteva succedere a Honorine. A lei sola.

«Non le succederà niente, Fonfon. Te lo giuro. E neanche a te».

«Sì» disse, poco convinto.

Ma brindammo comunque. Stavolta per davvero.

«Te lo giuro» ripetei.

«Bene, allora non parliamone più» disse.

«Sì, invece ne parliamo. Telefono a Babette e ti racconto».

Babette accettò. Di venire. Di parlare. Ma dal suo tono di voce capii che non sarebbe stata una passeggiata convincerla a rinunciare alla pubblicazione dell'inchiesta. Non polemizzammo. L'importante era dirsi le cose a quattr'occhi.

«Ho delle novità» disse Hélène Pessayre.

«Anch'io» risposi. «L'ascolto».

«I miei uomini hanno identificato uno dei due assassini».

«Lo so. Ricardo Bruscati».

Silenzio.

«La sorprende, eh?» dissi, divertito.

«Abbastanza».

«Anch'io sono stato poliziotto».

Cercai di immaginare il suo viso in quel momento. La delusione che ci si leggeva. A Hélène Pessayre non doveva piacere molto essere superata in velocità.

«Hélène?».

«Sì, Montale».

«Via, non se la prenda così!».

«Cosa sta dicendo?».

«Che è stato un puro caso che sapessi di Ricardo Bruscati. È stato Fonfon, il mio vicino, a riconoscerlo. Aveva visto la sua foto sul giornale di recente. Non so altro. Dunque, l'ascolto».

Si schiarì la gola. Era ancora un po' arrabbiata.

«Non aiuta a risolvere i nostri affari».

«Cosa?».

«Che il secondo uomo sia Bruscati».

«Ah sì? Ora si sa con chi abbiamo a che fare».

«No. Bruscati è un uomo del Var. Non è conosciuto per essere un killer sanguinario. È una guardia del corpo, non un asso del coltello. Solo un killer che fa pulizia. Nient'altro».

Adesso ero io a rimanere in silenzio. Intuivo dove volesse arrivare.

«C'è un altro uomo, vero? Un vero killer della mafia?».

«Sì».

«Che si sta bevendo tranquillamente un aperitivo sulla terrazza del New York».

«Esattamente. E se hanno assoldato Bruscati, che non è uno qualunque, vuol dire che non sono pronti a fare regali».

«Bruscati è coinvolto nell'assassinio di Yann Piat?».

«Non che io sappia. Anzi, ne dubito. Ma è uno di quelli che ha violentemente disturbato la grande conferenza di Yann Piat, il 16 marzo 1993, all'Espace 3000 a Fréjus. Si ricorda?».

«Sì. A colpi di gas lacrimogeni. Era stato Fargette a ordinarlo. Yann Piat non rientrava nei suoi obiettivi politici».

L'avevo letto sui giornali.

«Fargette» continuò, «aveva puntato sul candidato dell'U.D.F. Con il consenso del Fronte nazionale. Anche Bruscati, credo, lavora per il Fronte nazionale. Coordina di nascosto il servizio di sicurezza della regione, da Marsiglia a Nizza. Reclute, formazione... C'è una sua scheda sul dischetto bianco».

Quelle schede, le avevo appena scorse. Mi sembrava contenessero informazioni che avevo già letto, qua e là, sui giornali. Sembravano più un promemoria degli affari del Var che un documento esplosivo. Ma mi ero soffermato per un po' sui rapporti tra il Fronte nazionale e Fargette. Una trascrizione di telefonate tra il capo marsigliese Daniel Savastano e lui. Mi tornò in mente una frase: "Sono persone che vogliono lavorare e rimettere la città a posto. Gli ho detto, se hai degli amici che hanno imprese e cose simili, proveremo a farli lavorare...".

«Sarebbe stato Bruscati a far fuori Fargette?».

Fargette era stato ucciso in Italia, all'indomani della conferenza.

«Erano quattro».

«Sì, lo so. Ma...»

«A che serve supporre? Si può pensare che, dopo l'assassinio di Yann Piat, Bruscati abbia ucciso un mucchio di persone. Gente che disturbava».

«Tipo?» chiesi, curioso.

«Tipo Michel Régnier».

Fischiai. Dopo la morte di Fargette, Régnier era stato considerato il padrino del sud della Francia. Un padrino nato dalla teppa, non dalla mafia. Era stato crivellato di pallottole, sotto gli occhi della moglie, il 30 settembre 1996. Il giorno del suo compleanno.

«Per me è questa l'informazione principale. La presenza di Bruscati. Se oggi si trova qui è per conto della mafia. E questo significa che la mafia ha bello che preso il controllo economico della regione. Credo che questa sia una delle tesi dell'inchiesta della sua amica. Mette fine a tutte le supposizioni sulla guerra dei clan».

«Controllo economico, non politico?».
«Ancora non ho osato aprire il dischetto nero».
«Sì. Meno ne sapremo...» dissi ancora una volta, automaticamente.
«Lo pensa davvero?».
Mi sembrò di sentire Babette.
«Non credo niente, Hélène. Dico soltanto che ci sono quelli morti e quelli vivi. E che tra i vivi ci sono i killer dei morti. E che la maggioranza è ancora in libertà. E continua a fare affari. Oggi con la mafia, come ieri con il *milieu* del Var e marsigliese. Mi segue?».
Non rispose. La sentii accendersi una sigaretta.
«Qualche novità su Babette Bellini?».
«Credo di avere capito dove si trova» mentii con tono sicuro.
«Io sono paziente. Loro sicuramente no. Aspetto una sua chiamata... Piuttosto, Montale, ho cambiato squadra dopo la sua fuga dal Centre-Bourse. Dato che tornava a casa, non abbiamo voluto rischiare di farci riconoscere. Ora è una Peugeot 304 bianca».
«Ecco» dissi. «Ho da chiederle un favore».
«Dica».
«Vorrei che la casa di Honorine e il bar di Fonfon, qui a due passi, venissero sorvegliati».
Silenzio.
«Ci devo pensare».
«Hélène, non voglio farle un ricatto. Non sono il tipo. Se va a finire male... Hélène, non voglio abbracciare i cadaveri di quei due. Li amo più di chiunque altro. Mi sono rimasti solo loro, capisce?».
Chiusi gli occhi per pensare a Fonfon e Honorine. Il viso di Lole si sovrappose al loro. Amavo anche lei al di sopra di tutto. Non era più la mia donna. Viveva lontano da qui e con un altro uomo. Ma, assieme a Fonfon e Honorine, era ciò che avevo di più essenziale al mondo. Il senso dell'amore.
«D'accordo» disse Hélène Pessayre. «Ma non prima di domani mattina».

«Grazie».
Stavo riagganciando.
«Montale».
«Sì».
«Spero che la faremo presto finita con questa brutta storia. E... che... rimarremo amici. Voglio dire... spero che avrà voglia di invitarmi da lei, un giorno, per cenare con Fonfon e Honorine».
«Lo spero anch'io, Hélène. Veramente. Mi farebbe piacere invitarla».
«Nel frattempo prenda cura di se stesso».
E riagganciò. Troppo presto. Ebbi il tempo di sentire un leggero fischio. Avevo il telefono sotto controllo. Che stronza! dissi, ma senza avere il tempo di pensare ad altro né di assaporare le sue ultime parole. Il telefono squillò e, lo sapevo, la voce del mio interlocutore non sarebbe stata toccante come quella di Hélène Pessayre.
«Novità, Montale?».
Avevo deciso di tenere un profilo basso. Nessun rimprovero. Nessuna battuta. Obbediente. Tipo coglione in ginocchio, stremato.
«Sì. Ho parlato con Babette al telefono».
«Bene. È con lei che parlavi?».
«No. Con gli sbirri. Mi stanno addosso. Due cadaveri di amici, è un po' troppo per loro. Mi tartassano».
«Questi sono affari tuoi. Quando hai chiamato la rompicazzo? Oggi pomeriggio durante la tua fuga?».
«Esatto».
«Sei sicuro che non è a Marsiglia?».
«Non faccio scherzi. Può essere qui tra due giorni».
Rimase in silenzio.
«Ti lascio due giorni, Montale. Ho un altro nome sul mio elenco. E non piacerà al tuo affascinante commissario, puoi starne certo».
«Ok. Come facciamo quando arriverà?».

«Te lo dirò io. Di' alla piccola Bellini di non venire a mani vuote. Ehi, Montale? Ha alcune cose da renderci, l'hai capito questo?».

«Gliel'ho detto».

«Bene, vedo che fai progressi».

«E il resto? La sua inchiesta?».

«Del resto ce ne fottiamo. Può scrivere ciò che vuole, dove vuole. Parole al vento, come sempre».

Rise, poi la sua voce tornò a essere tagliente come il coltello che manovrava con destrezza:

«Due giorni».

Erano interessati soltanto al contenuto del dischetto nero. Quello che sia io che Hélène Pessayre non osavamo aprire. Nel documento che aveva cominciato a scrivere, Babette spiegava: "I circuiti del riciclaggio restano gli stessi e passano, in questa regione, attraverso dei 'comitati d'affari'. Una specie di tavola rotonda che riunisce i politici che decidono, gli imprenditori e i rappresentanti locali della mafia". Seguiva l'elenco di un certo numero di "società miste" create dalla mafia e gestite da notabili.

«Un'ultima cosa, Montale. Non farmi più lo scherzo di oggi. Ok?».

«Capito».

Lasciai che riagganciasse. Seguì lo stesso fischio di prima. S'imponeva un pastis. E un po' di musica. Un buon vecchio Nat King Cole. *The Lonesome Road*, sì, con Anita O'Day come guest star. Sì, era proprio quel che ci voleva prima di andare a raggiungere Fonfon e Honorine. Aveva annunciato come menu verdure farcite. Sapevo che il sapore della zucchina, del pomodoro o della melanzana preparate così, avrebbe tenuto la morte a distanza. Stasera, più che mai, avevo bisogno della presenza dei miei due amici.

Capitolo sedicesimo
Nel quale, anche involontariamente,
la partita si gioca sulla scacchiera del Male

A tavola il dubbio prese posto dentro di me.

Eppure le verdure farcite erano deliziose. Dovevo riconoscerlo, Honorine aveva una straordinaria capacità di fare restare tenere carni e verdure. Era tutta lì la differenza con le verdure farcite dei ristoranti. La carne era sempre un po' troppo cotta. Tranne, forse, al Sud du Haut, un ristorantino di Cours Julien dove c'è ancora una gestione familiare.

E tuttavia, mentre mangiavo, non potei fare a meno di pensare alla situazione in cui mi trovavo. Per la prima volta, vivevo con due assassini e due poliziotti sotto le finestre. Il Bene e il Male in sosta autorizzata davanti a casa mia. In uno statu quo. Io nel mezzo. Una scintilla che avrebbe dato fuoco alla polvere da sparo. È a questa scintilla che avevo pensato dopo la partenza di Lole? Fare della mia morte un'ultima scintilla? Cominciai a sudare. Se Babette e io, pensai, fossimo riusciti a sfuggire alla lama dell'assassino, ci avrebbe colpito la pistola di Bruscati.

«Ti servo di nuovo?» mi chiese Honorine.

Mangiavamo dentro casa, per via del mistral. Era senz'altro più debole, ma soffiava ancora a forti raffiche. Avevamo sentito alla radio che l'incendio si stava propagando tutto intorno a Marsiglia. E in un solo giorno quasi duemila ettari di pini di Aleppo e di garighe erano andati in fumo. Un dramma. Rimboscamenti di appena venticinque anni erano stati spazzati via. Tutto da rifare. Si parlava già di trauma collettivo. I dibattiti fervevano. Forse Marsiglia doveva pensare a costruire una zona tampone lungo i diciotto chilometri del massiccio dell'Etoile e dell'agglomerato urbano? Una zona coltivata con mandorli, olivi e vigne. Sì, ma chi avrebbe pagato? Si tornava sempre allo stesso punto. Ai soldi. Anche nelle peggiori circostanze. Ai soldi. I soldi prima di tutto.

Arrivati al formaggio, ci trovammo a corto di vino e Fonfon propose di andarlo a prendere al bar.

«Ci vado io» dissi.

Qualcosa non tornava e volevo assicurarmene. Anche se non mi sarebbe piaciuto. Non riuscivo a rassegnarmi all'idea che Hélène Pessayre avesse messo il mio telefono sotto controllo. Ne era sicuramente capace, ma non tornava con ciò che mi aveva detto prima di riattaccare. La possibile amicizia che aveva evocato. Ma, soprattutto, da buona professionista, non avrebbe mai riattaccato per prima.

Nel bar di Fonfon presi il telefono e composi il numero di cellulare di Hélène Pessayre.

«Sì» disse.

Musica sullo sfondo. Un cantante italiano.

un po' di là del mare c'è una terra chiara
che di confini e argini non sa[1]

«Sono Montale. Spero di non disturbarla».

un po' di là dal mare c'è una terra chiara[2]

«Ho appena finito di farmi la doccia».

Immediatamente, davanti ai miei occhi, sfilarono delle immagini. Carnali. Sensuali. Per la prima volta mi sorpresi a pensare a Hélène Pessayre con desiderio. Non mi era indifferente,

---

[1] In italiano nel testo.
[2] In italiano nel testo.

lo sapevo bene, ma i nostri rapporti erano talmente complessi, a tratti talmente tesi, da non lasciare posto ai sentimenti. Almeno così credevo. Fino a quel momento. Il pene mi accompagnò in queste immagini furtive. Sorrisi. Scoprii di nuovo con piacere di potermi eccitare al pensiero di un corpo femminile.

«Montale?».

Non ero mai stato un guardone, ma mi piaceva sorprendere Lole all'uscita della doccia. Nel momento in cui prendeva l'asciugamano per avvolgersi. Offrendo al mio sguardo solo le gambe e le spalle dove ancora rimanevano gocce d'acqua. Trovavo sempre qualcosa da fare in bagno appena sentivo chiudere il rubinetto. Aspettavo che sollevasse i capelli sulla nuca per avvicinarmi. Erano senz'altro i momenti in cui la desideravo di più, qualsiasi ora fosse. Mi piaceva il suo sorriso quando i nostri occhi si incrociavano nello specchio. E il brivido che percorreva il suo corpo quando le mie labbra le si posavano sul collo. Lole.

un po' di là dal mare c'è una terra sincera[1]

«Sì» dissi, mettendo a tacere i pensieri e il sesso. «Ho una domanda da farle».

«Deve essere importante» rispose ridendo. «Vista l'ora».

Abbassò il volume.

«È una domanda seria, Hélène. Ha messo il mio telefono sotto controllo?».

«Cosa?».

Avevo la risposta. Era no. Non era stata lei.

«Hélène, ho il telefono sotto controllo».

«Da quando?».

Rabbrividii. Perché non me lo ero chiesto? Da quando? Se era da stamattina, Babette, Bruno e la sua famiglia erano in pericolo.

---

[1] In italiano nel testo.

«Non lo so. Me ne sono accorto stasera dopo la sua telefonata».

Nella telefonata con Babette aveva riattaccato lei o io? Non me lo ricordavo. Ma dovevo farlo. La seconda volta ero stato io. La prima... la prima, era stata lei. "Vaffanculo!" aveva detto. No, dopo non c'era stato il classico fischio. Ne ero sicuro. Ma potevo essere così sicuro? Veramente. No. Dovevo chiamare Le Castellas. Subito.

«Ha telefonato alla sua amica Babette Bellini da casa sua, stasera?».

«No. Stamattina. Hélène, chi può esserci dietro questo controllo?».

«Non mi aveva detto che sapeva dov'era».

Quella donna era implacabile. Anche nuda e avvolta in un asciugamano.

«Le avevo detto di averla localizzata».

«E dov'è?».

«Nelle Cévennes. E sto provando a convincerla a venire a Marsiglia. Merda, Hélène, la situazione è grave!».

Mi stavo innervosendo.

«La smetta di innervosirsi ogni volta che viene colto in errore, Montale! In tre ore potevamo essere lì».

«A far che?» gridai, «una sfilata di macchine? Ecco! Voi, gli assassini, altri sbirri, altri assassini... Tutti in fila indiana come oggi pomeriggio quando ho lasciato la palestra di Mavros!».

Non rispose.

«Hélène» dissi con più calma, «non è mancanza di fiducia. Ma non può essere sicura di niente. Né dell'istituzione per cui lavora né dei poliziotti che collaborano con lei. La prova...».

«Ma a me, merda!» gridò a sua volta. «A me avrebbe potuto dirlo, no?».

Chiusi gli occhi. Le immagini nella mia mente non erano più quelle di Hélène Pessayre che esce dalla doccia, ma del commissario che mi aveva mollato uno schiaffo quella mattina stessa.

Non riuscivo a cambiare, aveva ragione.

«Non ha risposto alla mia domanda. Chi può essere stato tra i poliziotti?».

«Non lo so» disse con più calma. «Non lo so».

Il silenzio si fece pesante.

«Chi è il cantante che sentivo?» chiesi per distendere l'atmosfera.

«Gian Maria Testa. Bella canzone, vero?» Rispose con stanchezza. «Montale» aggiunse quasi con fermezza, «vengo da lei».

«Darà adito alle chiacchiere» dissi scherzando.

«Preferisce essere convocato in commissariato?».

Posai sul tavolo due litri di vino rosso delle cantine di Villeneuve Flayosc, a Roquefort-la-Bédoule. Un vino che Michel, un amico bretone, ci aveva fatto scoprire l'inverno scorso. Château-les-mûres. Un incredibile capolavoro di gusto.

«Ehi, Fonfon stava morendo di sete» disse Honorine.

Per farmi notare che ci avevo messo parecchio tempo.

«Ti sei perso in cantina?» rincarò Fonfon.

Riempii i loro bicchieri, poi il mio.

«Dovevo telefonare».

E prima che facessero commenti, aggiunsi:

«Ho il telefono sotto controllo. Gli sbirri. E dovevo richiamare Babette».

Babette se n'era andata nel pomeriggio, mi aveva spiegato Bruno. Per dormire a Nîmes da alcuni loro amici. Avrebbe preso il treno per Marsiglia domani mattina.

«Perché non vai in vacanza, Bruno? Per un po' di tempo. Con la tua famiglia».

Ripensai a Mavros. Gli avevo detto esattamente la stessa cosa. Bruno mi rispose quasi nello stesso modo. Tutti si credevano più forti del Male. Come se il Male fosse una malattia a loro estranea. Mentre invece ci rosicchiava fino all'osso, dalla testa al cuore.

«Ho troppi animali di cui occuparmi...».

«Merda, Bruno, almeno tua moglie e i tuoi figli. Questi tizi sono capaci di tutto».

«Lo so. Ma qui con gli amici controlliamo tutti gli accessi alla montagna. E» aggiunse dopo una pausa, «siamo armati».

Maggio '68 contro la mafia. Immaginavo il film e mi raggelava di orrore.

«Bruno» dissi, «non ci conosciamo, ma mi stai simpatico. Per quello che hai fatto per Babette. Ospitarla, rischiare...».

«Qui non si rischia niente» m'interruppe. «Se sapessi...».

Cominciavano a darmi sui nervi lui e le sue assicurazioni di copertura totale del rischio.

«Cazzo, Bruno! Parliamo di mafia!».

Anch'io lo stavo annoiando, tagliò corto.

«Ok, Montale. Ci penserò. Grazie di avere chiamato».

Fonfon vuotò il suo bicchiere lentamente.

«Credevo che quella donna avesse fiducia in te. Il commissario».

«Non è stata lei. Non sa neppure chi è stato a dare l'ordine».

«Ah!» disse semplicemente.

E capivo che la sua preoccupazione stava crescendo. Guardò a lungo Honorine. Contrariamente alle sue abitudini, non aveva chiacchierato molto stasera. Anche lei era preoccupata. Ma per me. Ero l'ultimo. Manu. Ugo. L'ultimo dei tre. L'ultimo sopravvissuto a tutta quella schifezza che divorava i ragazzini che aveva visto crescere, che aveva amato, che amava come una madre. Se fossi morto non sarebbe sopravvissuta. Lo sapevo.

«Cosa sono queste storie di Babette?» finì col chiedere Honorine.

«Storie di mafia. Si sa dove iniziano ma non si sa dove finiscono» dissi.

«Tutti quei regolamenti di conti che si sentono in televisione?».

«Sì, più o meno».

Dopo la morte di Fargette c'era stata un'ecatombe. Bruscati, come aveva detto Hélène Pessayre, non doveva esserne estraneo. Il macabro elenco mi tornava in mente. Chiaramente. C'era stato Henri Diana, ucciso così su due piedi nell'ottobre '93. Noël Dotori, vittima di una sparatoria nell'ottobre '94. E così anche José Ordioni, nel dicembre '94. Poi nel '96, Michel Régnier e Jacky Champourlier, i fedeli collaboratori di Fargette. L'elenco si era fermato recentemente con Patrice Meillan e Jean-Charles Taran, una delle ultime "punte di diamante" della malavita del Var.

«In Francia» ripresi, «abbiamo sottovalutato le attività della mafia per troppo tempo. Limitandoci solo ai crimini della malavita, dei delinquenti. Abbiamo fatto finta di credere a una guerra tra malavitosi. Oggi c'è la mafia. E prende il controllo degli affari. Economici e... anche politici».

Non c'era bisogno di aprire il dischetto nero per capirlo. Babette aveva scritto: "Questo nuovo ambiente in cui si muove la finanza internazionale crea un terreno fertile per la criminalizzazione della vita politica. Potenti gruppi di pressione legati al crimine organizzato e che agiscono in maniera clandestina si stanno sviluppando. Insomma, i sindacati del crimine esercitano la loro influenza sulla politica economica degli Stati.

"Nei nuovi paesi a economia di mercato, e dunque nell'Unione europea, personalità politiche e governative hanno creato legami con il crimine organizzato. La natura dello Stato e le strutture sociali si stanno trasformando. Nell'Unione europea questa situazione non è affatto limitata all'Italia, dove Cosa Nostra si è infiltrata ai vertici dello Stato...".

E Babette, quando affrontava la situazione della Francia, era terrorizzante. La guerra con il sostegno dei politici e degli industriali sarà senza pietà scatenata con violenza contro lo Stato di diritto, perché gli interessi finanziari sono enormi. "Ieri" affermava, "si è potuto uccidere un deputato che dava fastidio.

Domani, potrebbe essere il turno di un alto dignitario dello Stato. Un prefetto, un ministro. Oggi, tutto è possibile".

«Non siamo niente per loro. Soltanto pedine».

Fonfon non mi levava gli occhi di dosso. Era serio. Il suo sguardo tornò su Honorine. Per la prima volta li vidi così com'erano. Vecchi e stanchi. Più vecchi e stanchi che mai. Avrei voluto che niente di questo esistesse. Ma esisteva davvero. E, senza volerlo, eravamo sulla scacchiera del Male. Forse da sempre. Un caso, una coincidenza lo dimostrava. Babette era questo. Quel caso. Quella coincidenza. E diventavamo delle pedine da muovere. Fino alla morte.

Sonia. Georges.

Come porre fine a tutto questo?

Un rapporto delle Nazioni Unite, citato da Babette, diceva: "Rinforzare a livello internazionale i servizi incaricati di fare rispettare le leggi rappresenta solo un palliativo. In mancanza di un progresso simultaneo dello sviluppo economico e sociale, il crimine organizzato, su scala globale e strutturata, perdurerà".

Come uscirne? Noi. Fonfon, Honorine, Babette e io?

«Vuoi un altro po' di formaggio? Non è buono il *provolone*[1]?».

«Sì, Honorine, è delizioso. Ma...».

«Dài» disse Fonfon con voce falsamente allegra, «un pezzetto, solo per bere un altro bicchiere».

Mi servì d'autorità.

Non credevo al caso. Né alle coincidenze. Sono solo il segno che si è passati dall'altra parte della realtà. Lì dove non esiste alcun accomodamento con l'insopportabile. Il pensiero di uno raggiunge il pensiero dell'altro. Come in amore. Come nella disperazione. Babette si era rivolta a me per questo. Perché ero pronto a sentirla. Non sopportavo più l'insopportabile.

---

[1] In italiano nel testo.

Capitolo diciassettesimo
*Nel quale si dice che la vendetta non porta a niente,
e il pessimismo neppure*

Ero perso nei miei pensieri. Come molte altre volte, pensieri senza ordine. Caotici e ovviamente alcolizzati. Avevo già mandato giù due bei bicchieri di Lagavulin. Il primo l'avevo scolato tutto d'un fiato, tornando a casa.

Le immagini di Sonia si dileguavano a una velocità folle. Come se fosse stata un sogno. Tre giorni appena. Il calore della sua gamba sulla mia, il suo sorriso. Quei magri ricordi si sfilacciavano. Anche il grigio blu dei suoi occhi si dileguava. La stavo perdendo. E Lole, un po' alla volta, riempiva di nuovo la mia mente. Il suo posto, per sempre. Le sue dita, lunghe e sottili, sembravano riaprire le valigie della nostra vita insieme. Gli anni trascorsi ricominciavano a ballarmi sotto gli occhi. Lole ballava. Ballava per me.

Ero seduto sul divano. Aveva messo *Amor Verdadero*, di Rubén Gonzalez. Con gli occhi chiusi, la mano destra che sfiorava la pancia, quella sinistra alzata, si muoveva appena. Solo i fianchi, ancheggiando, davano movimento al corpo. A tutto il corpo. La sua bellezza, in quel momento, mi toglieva il fiato.

Accoccolata contro di me, dopo, su quello stesso divano, aspiravo l'aroma della sua pelle sudata e il calore del suo corpo fragile e solido allo stesso tempo. Eravamo invasi da ondate di emozioni. Era l'ora delle frasi brevi. "Ti amo... Sto bene qui, sai... Sono felice... E tu?".

Il disco di Rubén Gonzalez continuava a girare. *Alto Songo, Los Sitio' Asere, Pio Mentiroso...*

I mesi, le settimane, i giorni. Fino a quando quelle parole si comincia a cercarle, esitando, e le frasi diventano troppo lunghe. "Il mio desiderio è... di tenerti per sempre nel cuore. Non voglio perderti, non completamente. Mi auguro solo una cosa, che si possa rimanere vicini, che si continui ad amarci...".

I giorni e le ultime notti. "Nel mio cuore rimarrà un grande posto per te. Nella mia vita ci sarà sempre un grande posto per te...".

Lole. Le sue ultime parole. "Non lasciarti andare, Fabio".

E ora la morte che planava. Proprio sopra di me. Il suo odore così presente. L'unico profumo che restava per accompagnare le mie notti. L'odore della morte.

Vuotai il bicchiere, con gli occhi chiusi. Il viso di Enzo. I suoi occhi grigio blu. Gli occhi di Sonia. E le lacrime di Enzo. Se dovevo uccidere quel rotto in culo di sgozzatore, era per lui. Non per Sonia. Né per Mavros. No. Ora ne ero consapevole. Lo avrei fatto per quel bambino. Lui solo. Per tutte quelle cose che alla sua età non si capiscono. La morte. Le separazioni. L'assenza. La prima ingiustizia, che è l'assenza del padre, della madre.

Enzo. Enzo, piccolo mio.

A cosa servirebbero le lacrime se non trovassero una ragione di esistere nel cuore di un altro? Nel mio.

Mi ero appena versato un altro bicchiere quando Hélène Pessayre bussò alla porta. Avevo quasi dimenticato che doveva venire. Era mezzanotte circa.

Ci fu una leggera oscillazione tra di noi. Un'esitazione tra lo stringersi la mano o darsi un bacio. Non facemmo né l'uno né l'altro, e la lasciai entrare.

«Entri» dissi.

«Grazie».

Eravamo improvvisamente imbarazzati.

«Non le faccio visitare la casa, è troppo piccola».

«Più grande della mia, a quanto pare. Tenga».

Mi tese un cd. Gian Maria Testa. *Extra-Muros*.

«Così lo potrà ascoltare tutto intero».
Stavo per risponderle: "Per questo sarei potuto venire io a casa sua".
«Grazie. Ora sarà obbligata a venirlo ad ascoltare qui».
Sorrise. Non sapevo più cosa stavo dicendo.
«Le verso un bicchiere?» dissi mostrando il mio.
«Preferirei del vino».
Aprii una bottiglia. Un Tempier '92 e la servii. Brindammo bevendo in silenzio. Senza avere il coraggio di guardarci.
Indossava dei jeans slavati e una camicia blu scuro, leggermente aperta su una maglietta bianca. Cominciava a incuriosirmi non vederla mai in gonna o con un vestito. Forse non le piacevano le sue gambe, pensai.
Mavros aveva una teoria su questo.
«Mostrare le gambe» mi aveva spiegato, «anche se non sono quelle di una modella o di una star del cinema, piace a tutte le donne. Fa parte del gioco della seduzione. Mi segui?».
«Sì».
Aveva notato che Pascale, da quando aveva incontrato Benoît, durante quella serata da Pierre e Marie, portava solo pantaloni.
«Eppure continua a comprarsi le calze. Anche le Dim Up. Quelle che si fermano alle cosce...».
La tristezza l'aveva spinto una mattina a frugare tra gli ultimi acquisti di Pascale. Convivevano alla meno peggio da alcune settimane aspettando che Bella e Jean liberassero la loro piccola casa di rue Villa-Paradis. Pascale, la sera prima, gli aveva detto che sarebbe andata fuori per il week-end. Era andata a raggiungere Benoît in jeans, ma Mavros sapeva che nella sua borsa da viaggio c'erano minigonne, calze e anche le Dim Up.
«Pensa un po', Fabio» mi aveva detto.
Quel venerdì sera, circa mezz'ora dopo la partenza di Pascale, mi aveva telefonato, disperato.
Avevo sorriso con tristezza ascoltando le sue parole. Non avevo nessuna teoria sui motivi per cui una donna preferiva in-

filarsi una gonna piuttosto che i pantaloni. Eppure Lole fece lo stesso con me. Lo constatai con amarezza. Gli ultimi mesi indossava solo jeans. E, ovviamente, la porta del bagno era chiusa quando usciva dalla doccia.

Ebbi voglia di chiederlo a Hélène Pessayre. Ma mi sembrò un po' sfacciato. E poi, i suoi occhi erano troppo severi.

Tirò fuori dalla borsa un pacchetto di sigarette e me ne offrì una.

«Vede, le ho comprate».

Tornò il silenzio, in mezzo alle volute di fumo.

«Mio padre» cominciò a bassa voce, «è stato ucciso, otto anni fa. Avevo appena finito di studiare legge. Volevo diventare avvocato».

«Perché me lo racconta?».

«L'altro giorno mi ha chiesto se non avevo altro da fare nella vita. Se lo ricorda? Smuovere merda. Posare gli occhi sui cadaveri…».

«Ero arrabbiato. La rabbia è una mia difesa. E anche la volgarità».

«Era giudice istruttore. Aveva lavorato su molti casi di corruzione. Fatture false. Finanziamenti occulti ai partiti politici. Un incartamento lo ha trascinato oltre il previsto. Dai fondi neri di un partito politico dell'ex maggioranza risalì a una banca panamense. La Xoilan Trades. Una delle banche del generale Noriega. Specializzata in narcodollari».

Mi raccontò. Lentamente. Con voce grave, quasi roca. Un giorno suo padre venne informato dalla guardia di finanza di Parigi dell'arrivo in Francia di Pierre-Jean Raymond, il banchiere svizzero di quel partito politico. Fece immediatamente partire un mandato d'arresto contro di lui. La valigetta di Raymond era piena di documenti molto compromettenti. Erano coinvolti un ministro e diversi deputati. Raymond finì in custodia cautelare "senza poter dormire, come si lamentò con i suoi amici politici, trovandosi in compagnia di islamisti".

«Mio padre lo incriminò per infrazione alla legge sul finanziamento ai partiti, abuso di beni sociali, appropriazione indebita, stampa e spaccio di denaro falso. Tutto questo fece di lui il primo banchiere svizzero perseguito in Francia in un caso politico.

«Mio padre avrebbe potuto fermarsi lì. Ma si mise in testa di risalire alle reti bancarie. E lì tutto è saltato. Raymond gestiva anche i conti di clienti spagnoli, libici, così come i beni immobiliari del generale Mobutu, oggi venduti. Era proprietario di un casinò in Svizzera per conto di un gruppo bordolese e gestiva cinquanta società panamensi, a copertura di imprese svizzere, francesi, italiane…».

«Lo schema perfetto».

«La sua amica Babette è arrivata fin dove non è potuto arrivare mio padre. Al centro dell'ingranaggio. Prima di venire qui ho riletto alcuni passaggi dell'inchiesta che ha cominciato a scrivere. Prende il sud della Francia come esempio. Ma la dimostrazione vale per tutta l'Unione europea. Soprattutto, ed è terribile, evidenzia una realtà contraddittoria: meno gli Stati firmatari di Maastricht sono uniti contro la mafia, più quest'ultima prospera sul concime – è il termine che usa – di legislazioni nazionali obsolete e incompatibili».

«Sì, l'ho letto anch'io».

Prima stavo per raccontarlo a Fonfon e Honorine. Ma ne avevano già sentite abbastanza. Non avrebbe aggiunto niente alla comprensione del merdaio in cui si trovava Babette. E io con lei.

Babette sottolineava i punti di vista degli altri responsabili europei. "Questa debolezza degli Stati membri di Maastricht" affermava Diemut Theato, presidente della commissione di controllo del bilancio, "è tanto più grave in quanto sono ingenti i sacrifici che vengono chiesti ai contribuenti europei, mentre le evasioni fiscali scoperte nel 1996 arrivano all'1,4% del budget". E la responsabile per la lotta contro l'evasione, Anita Gradin, precisava: "Le organizzazioni del crimine operano secondo il principio del rischio minimo: ripartiscono ognuna delle loro diverse attività in quello tra gli stati membri nel quale il rischio è minore".

Servii di nuovo Hélène Pessayre.

«Molto buono» disse.

Non sapevo se lo pensava veramente. Sembrava altrove. Nei dischetti di Babette. Lì dove suo padre aveva trovato la morte. I suoi occhi si posarono su di me. Teneri. Carezzevoli. Ebbi voglia di prenderla tra le braccia e di stringerla. Di baciarla. Ma era proprio l'ultima cosa da fare.

«A casa arrivarono diverse lettere anonime. L'ultima diceva questo, non l'ho dimenticato: "Inutile prendere precauzioni riguardo alla sua famiglia, né disperdere i documenti in tutto il paese. Non ci sfugge niente. Allora, per favore, torni alla ragione e lasci perdere".

«Mia madre rifiutò di andarsene, i miei fratelli e io pure. Non credevamo veramente a quelle minacce. "Solo intimidazioni" diceva mio padre. Ma decise comunque di chiedere la protezione della polizia. La casa fu messa sotto sorveglianza. E lui sempre accompagnato da due ispettori. Anche noi, ma con più discrezione. Non so per quanto tempo avremmo potuto continuare a vivere così...».

Si fermò e guardò il vino nel bicchiere.

«Una sera l'abbiamo trovato nel garage del palazzo. Sgozzato in macchina».

Alzò gli occhi su di me. Il velo che prima ne aveva offuscato la brillantezza si era dissipato. Avevano ritrovato la loro oscura lucentezza.

«L'arma utilizzata era un coltello a doppio taglio, con una lama lunga circa quindici centimetri e larga un po' più di tre».

Chi parlava adesso era il commissario. Specialista del crimine.

«Lo stesso usato per Sonia De Luca e Georges Mavros».

«Non vorrà mica dire che è lo stesso uomo...».

«No. La stessa arma. Lo stesso tipo di coltello. Mi ha colpito quando ho ricevuto la relazione del medico legale sulla morte di Sonia. Mi ha riportato otto anni indietro. Capisce?».

Mi tornarono in mente le parole che le avevo schiaffato in faccia sulla terrazza di Ange, e improvvisamente non mi sentii fiero di me.

«Mi dispiace molto per quello che le ho detto l'altro giorno a pranzo».

Alzò le spalle.

«Ma è vero, sì, è vero, non ho altro da fare nella vita. Solo questo, sì. L'ho voluto io. Sono diventata poliziotto solo per questo motivo. Perseguire il crimine. Il crimine organizzato, soprattutto. È tutta la mia vita, ora».

Come poteva esserci tanta determinazione in lei? Diceva queste cose senza passione. Freddamente.

«Non si può vivere per vendicarsi» dissi, perché questo immaginavo ci fosse in fondo a lei.

«Chi ha parlato di vendetta? Non devo vendicare mio padre. Voglio solo continuare ciò che ha iniziato. A modo mio. Con un'altra funzione. L'assassino non è mai stato arrestato. L'inchiesta è stata archiviata. Per questo la polizia... La scelta che ho fatto».

Mandò giù un sorso di vino e riprese:

«La vendetta non porta a niente. Come il pessimismo, gliel'ho già detto. Bisogna solo essere determinati».

Mi guardò e aggiunse:

«E realisti».

Realismo. Per me questa parola serviva solo a giustificare il conforto morale, gli atti meschini e le indegne dimenticanze che gli uomini commettevano ogni giorno. Il realismo era anche il rullo compressore che permetteva a chi aveva potere, o briciole di potere in questa società, di schiacciare gli altri.

Preferivo non polemizzare con lei.

«Non mi risponde?» mi chiese con una punta di ironia.

«Essere realisti significa farsi fottere».
«Lo credo anch'io».
Sorrise.
«Volevo solo vedere se reagiva».
«Beh... avevo paura di beccarmi uno schiaffo».
Sorrise ancora. Mi piaceva il suo sorriso. Le due fossette sulle guance. Quel sorriso mi stava diventando familiare. E anche Hélène Pessayre.
«Fabio» disse.
Era la prima volta che mi chiamava per nome. E mi piacque, molto, come pronunciò il mio nome. Poi, mi aspettai il peggio.
«Ho aperto il dischetto nero».
«È pazza!».
«È veramente schifoso».
Sembrava come ipnotizzata.
Le tesi la mano. Ci posò sopra la sua e la strinse. Forte. Tutto ciò che era possibile e impossibile tra noi sembrava contenuto in quella stretta di mano.
Dovevamo prima liberarci della morte che ci opprimeva, pensai. E in quel momento i suoi occhi sembravano dire la stessa cosa. Era come un grido. Un grido muto di fronte ai tanti orrori che ancora ci aspettavano.

CAPITOLO DICIOTTESIMO
*Nel quale meno si concede alla vita
più ci si inoltra nella morte*

Le persone morte sono definitivamente morte, pensai, tenendo ancora la mano di Hélène Pessayre stretta nella mia. Ma noi dobbiamo continuare a vivere.
«Dobbiamo vincere la morte» dissi.
Sembrò non sentirmi. Era persa nei suoi pensieri.
«Hélène?» dissi, premendole piano le dita.
«Sì, certo» fece. «Certo...».
Sorrise con stanchezza, poi ritirò lentamente la mano dalla mia e si alzò. Fece alcuni passi nella stanza.
«È da tanto tempo che non ho un uomo» mormorò a bassa voce. «Voglio dire un uomo che non se ne va all'alba cercando una buona scusa per non rivedermi la sera stessa, né un'altra sera».
Mi alzai e mi avvicinai a lei.
Era di fronte alla porta-finestra che dava sulla terrazza. Con le mani infilate nelle tasche dei jeans, come l'altra mattina al porto. Il suo sguardo si perdeva nella notte. Lontano. Verso quell'altra riva da cui un giorno era partita. Sapevo che non si può dimenticare l'Algeria, se ci si è nati, se ci si è cresciuti. Didier Perez era instancabile quando parlava di questo. Avendolo ascoltato, sapevo tutto sulle stagioni di Algeri, sui giorni e le notti. "Il silenzio delle sere d'estate...". La nostalgia saliva in fondo ai suoi occhi. Quel paese gli mancava crudelmente. E, più di ogni altra cosa, quei silenzi delle sere d'estate. Quei brevi momenti che, per lui, erano sempre come una promessa di felicità. Ero sicuro che tutto questo fosse nascosto nel cuore di Hélène.
«Regna l'assurdo e l'amore salva» riprese, guardandomi.

«Lo ha detto Camus. Tutti quei cadaveri, quella morte con cui convivo ogni giorno... Tutto questo mi ha allontanato dall'amore. Dal piacere anche...».

«Hélène».

«Non si senta in imbarazzo, Montale. Mi fa bene dire queste cose. Dirle a lei».

Sentivo che rimuginava il suo passato quasi fisicamente.

«L'ultimo uomo che ho conosciuto...».

Tirò fuori il pacchetto di sigarette dalla tasca della camicia e me ne offrì una. Le diedi da accendere.

«Era come se il gelo fosse penetrato in me, capisce? Eppure lo amavo. Ma le sue carezze non mi... Non avevo più emozioni».

Non avevo mai parlato di queste cose con una donna. Di quel momento in cui il corpo si chiude e diventa assente.

Avevo cercato a lungo di ricordare l'ultima notte in cui Lole e io avevamo fatto l'amore. L'ultima volta che ci eravamo baciati con passione. L'ultima volta in cui mi aveva messo il braccio intorno alla vita. Avevo provato per ore senza riuscirci. Mi ricordavo solo di quella notte in cui la mia mano, le mie dita, dopo avere a lungo accarezzato il suo corpo, si erano fermate, disperate, sulla sua vagina, completamente asciutta.

«Non ne ho voglia» aveva detto.

Si era stretta a me, con la testa nell'incavo della mia spalla. Il mio pene si era afflosciato sulla sua pancia calda.

«Non è grave» avevo mormorato.

«Sì, invece».

E lo sapevo anch'io che era grave. Da alcuni mesi facevamo meno l'amore, e Lole ogni volta con meno piacere. Un altro giorno, mentre mi muovevo dentro di lei, lentamente, capii che era completamente assente. C'era il suo corpo. Ma lei era lontana. Già lontana. Non riuscii a venire. Mi spostai. Rimanemmo così, senza muoverci. Senza dire una sola parola. E arrivò il sonno.

Guardai Hélène.

«Semplicemente non amava più quell'uomo. Nient'altro».

«No... No. Lo amavo. E forse lo amo ancora, non so. Mi mancano le sue mani sul mio corpo. A volte, questa mancanza mi sveglia di notte. Sempre di meno, però».

Rimase a pensare aspirando il fumo della sigaretta.

«No, credo che sia molto più grave. Ho la sensazione che l'ombra della morte invada molto lentamente tutta la mia vita. E... come dire? Quando te ne accorgi è come essere al buio. Non distingui più niente. Neppure il viso di chi ami. E allora, intorno a te, ti considerano più morta che viva».

Mi dissi che se l'avessi baciata in quel momento, sarebbe stato senza speranza. E non pensavo veramente di farlo. Era stato solo un pensiero, un po' folle, per non lasciarmi trasportare dalla spirale vertiginosa delle sue parole. Sapevo dove stava andando. Ci avevo messo piede anch'io parecchie volte.

Cominciavo a capire quello che cercava di esprimere. Aveva a che fare con la morte di Sonia. La morte di Sonia la riportava a suo padre e, dunque, a ciò che era la sua esistenza. A tutto quello che si sfilaccia via via che si procede, che si fanno delle scelte. E meno si concede alla vita, più ci si inoltra nella morte. Trentaquattro anni. La stessa età di Sonia. L'aveva ripetuto più volte, l'altro giorno, sulla terrazza di Chez Ange.

La morte brutale di Sonia, nel momento in cui le si profilava di fronte un possibile futuro con me, di amore – e forse è proprio l'unico futuro ancora possibile – riportava Hélène al suo vicolo cieco. Ai suoi fallimenti. Alle sue paure. Capivo meglio, adesso, la sua insistenza nel sapere cosa avevo provato er Sonia quella notte.

«Lo sa...» cominciai.

Ma lasciai la frase in sospeso.

È evidente che la morte di Mavros mi privava per sempre e totalmente di ciò che era stata la mia adolescenza. La mia giovinezza. Grazie a Mavros, anche se non avevamo vissuto molte cose insieme da bambini, avevo potuto sopportare la morte di Manu, poi quella di Ugo.

«Cosa?» chiese.

«Niente».

Ora, il mondo era chiuso. Il mio. Non avevo alcuna idea di cosa potesse significare precisamente né delle conseguenze a cui poteva portare nelle prossime ore. Lo constatavo, semplicemente. E come Hélène aveva detto pochi minuti prima, ero anch'io al buio. Non distinguevo niente. Solo il futuro prossimo. Con alcune azioni del tutto irrimediabili da compiere. Tipo uccidere quel figlio di puttana della mafia.

Dopo un'ultima boccata spense la sigaretta. Quasi con rabbia. Ci guardammo.

«Credo» riprese, «che nel momento in cui qualcosa d'importante sta per compiersi, usciamo un po' dal nostro stato abituale. I nostri pensieri... voglio dire i miei, i suoi, cominciano ad attrarsi... I suoi verso i miei e viceversa. Capisce?».

Non avevo più voglia di ascoltarla. Non veramente. Il desiderio di stringerla tra le mie braccia prendeva il sopravvento su tutto il resto. Ero appena a un metro da lei. Potevo posarle la mano sulla spalla, farla scivolare lungo la schiena e prenderla dalla vita. Ma ancora non ero sicuro che lo desiderasse. Che era questo che si aspettava da me. Adesso. Due cadaveri, come un fosso, ci separavano. Potevamo solo tenderci la mano. Stando attenti a non cadere in quel fosso.

«Sì, lo credo anch'io» dissi. «Né lei né io possiamo vivere nella mente dell'uno o dell'altra. Fa troppa paura. È così?».

«Sì, più o meno. Diciamo che ci espone troppo. Se... andassimo a letto insieme, saremmo troppo vulnerabili... dopo».

Dopo, erano le ore che seguivano. L'arrivo di Babette. Il confronto con gli uomini della mafia. Le scelte da fare. Quelle di Babette. Le mie. Non per forza compatibili. La volontà di Hélène Pessayre di controllare tutto. E Honorine e Fonfon sullo sfondo. E anche la paura, la loro.

«Non c'è fretta» risposi stupidamente.

«Non sa cosa sta dicendo. Ne ha voglia quanto me».

Si era voltata verso di me e vidi il suo seno sollevarsi lentamente. Le sue labbra, semiaperte, aspettavano le mie. Non mi mossi. Soltanto i nostri occhi osavano accarezzarsi.

«L'ho avvertito prima al telefono. Questo desiderio... no? Mi sbaglio?».

Ero incapace di dire una sola parola.

«Lo dica...».

«Sì, è vero».

«Per favore».

«Sì, ho avuto voglia di lei. Ne ho maledettamente voglia».

Le si illuminarono gli occhi.

Tutto era possibile.

Non mi mossi.

«Anch'io» disse senza quasi muovere le labbra.

Quella donna era capace di strapparmi le parole di bocca, una dopo l'altra. Se in quel momento mi avesse chiesto quando arrivava Babette a Marsiglia, dove ci dovevamo incontrare, glielo avrei detto.

Ma non me lo chiese.

«Anch'io» ripeté. «Ne ho avuto voglia nello stesso momento, credo. Come se avessi sperato che mi telefonasse in quel preciso momento... Questo avevo in mente quando le ho detto che sarei venuta a casa sua. Di andare a letto con lei. Di passare la notte tra le sue braccia».

«E ha cambiato idea strada facendo?».

«Sì» disse sorridendo. «Cambiato idea, non desiderio».

Allungò lentamente la mano verso di me, e con le dita mi accarezzò la guancia. La sfiorò. La mia guancia s'infiammò, molto più violentemente che dopo lo schiaffo.

«È tardi» mormorò.

Sorrise. Un sorriso stanco.

«E sono stanca» aggiunse. «Ma non c'è fretta, vero?».

«Ciò che è terribile» tentai di scherzare, «è che tutto quello che posso dire si ritorce sempre contro di me».

«È una cosa che dovrà imparare con me».

Prese la borsa.

Non potevo trattenerla. Avevamo tutti e due qualcosa da fare. La stessa cosa, o quasi. Ma non avremmo fatto la stessa strada. Lo sapeva e, finalmente, sembrava averlo accettato. Non era più soltanto una questione di fiducia. La fiducia ci impegnava troppo l'uno verso l'altra. Dovevamo andare in fondo a noi stessi. Alle nostre solitudini. Ai nostri desideri. In fondo, ci sarebbe stata forse una verità. La morte. O la vita. L'amore. Un amore. Chi poteva saperlo?

Con il pollice sfiorai superstiziosamente l'anello di Didier Perez. E mi ricordai le sue parole: "Quello che è inciso è inciso, comunque vadano le cose".

«Deve sapere una cosa, Montale» disse davanti alla porta. «È stata la direzione della Squadra a mettere il suo telefono sotto controllo. Ma non sono riuscita a sapere da quando».

«L'avevo immaginato. E cosa significa?».

«Esattamente ciò che ha immaginato. Presto, sarò obbligata a fare un rapporto preciso sui due omicidi. Il motivo. La mafia, ecc... È stato il medico legale a fare il raffronto. Non sono l'unica a interessarmi alle tecniche dei crimini della mafia. Ha trasmesso le sue conclusioni al mio capo».

«E i dischetti?».

Me ne volle di averle fatto questa domanda. Glielo lessi negli occhi.

«Li consegni subito» dissi in fretta. «Insieme al suo rapporto. Nulla prova che il suo capo non sia una persona per bene, no?».

«Se non lo facessi» rispose con tono monocorde, «verrei fatta fuori».

Restammo per una frazione di secondo a guardarci.

«Dorma bene, Hélène».

«Grazie».

Non potevamo stringerci la mano. E neppure darci un bacio. Hélène Pessayre se ne andò com'era venuta. Con qualcosa in meno, l'ambiguità.

«Mi chiamerà, vero, Montale?» aggiunse.

Perché non era facile lasciarsi così. Era un po' come perdersi prima ancora di essersi trovati.

Annuii, poi la guardai attraversare la strada per raggiungere la macchina. Per un attimo rimasi a pensare a come sarebbe stato un bacio dolce e tenero. Le nostre labbra che si baciavano. Poi pensai ai due tizi della mafia e ai due sbirri che aprivano gli occhi insonnoliti al passaggio di Hélène Pessayre, per poi riaddormentarsi chiedendosi se mi ero scopato o meno il commissario. Questo cacciò dalla mia mente ogni pensiero erotico.

Mi versai un fondo di Lagavulin e misi il disco di Gian Maria Testa.

Un po' di là dal mare c'è una terra sincera
come gli occhi di tuo figlio quando ride[1]

Parole che mi accompagnarono durante le ultime ore della notte. *Un po' di là dal mare c'è una terra sincera come gli occhi di tuo figlio quando ride.*

Sonia, restituirò il sorriso a tuo figlio. Lo farò per noi, per ciò che sarebbe potuto esistere tra te e me, quel possibile amore, quella gioia, quelle gioie che continuano a esistere oltre la morte, per quel treno che scende verso il mare, nel *Turchino*, per quei giorni da inventare, quelle ore, il piacere, i nostri corpi e i nostri desideri, e ancora altri desideri, e per quella canzone che avrei imparato per te, che ti avrei cantato, soltanto per la semplice felicità di dirti

se vuoi restiamo insieme anche stasera

e dirti di nuovo e di nuovo ancora, *se vuoi restiamo insieme anche stasera.*

Sonia.

Lo farò. Per il sorriso di Enzo.

[1] In italiano nel testo.

*

Al mattino, il mistral era completamente calato.

Avevo ascoltato il notiziario, preparandomi il primo caffè della giornata. L'incendio era proseguito, ma all'alba i canadair erano potuti passare all'offensiva. La speranza di poter controllare rapidamente gli incendi era rinata.

Con la tazza di caffè in una mano e la sigaretta nell'altra andai in fondo alla terrazza. Il mare, calmandosi, aveva ritrovato il suo blu profondo. Pensai che questo mare, che bagnava Marsiglia e Algeri, non prometteva niente, non lasciava intravedere niente. Si accontentava di dare, ma a profusione. Pensai che ciò che ci attraeva uno verso l'altra, Hélène e me, forse non era amore. Ma soltanto quel sentimento comune di essere chiaroveggenti, cioè senza consolazione.

E stasera avrei rivisto Babette.

Capitolo diciannovesimo
Nel quale serve sapere come si vedono le cose

Mi si gelò il sangue nelle vene. Le persiane della casa di Honorine non erano aperte. D'estate non le chiudevamo mai. Le accostavamo soltanto, tenendo le finestre aperte, per godere di un po' di aria fresca notturna e del primo mattino. Posai il caffè e andai verso la sua terrazza. Anche la porta era chiusa. A chiave. Quando "scendeva in città" Honorine non prendeva mai tante precauzioni.

Infilai alla svelta jeans e maglietta e, senza neppure pettinarmi, volai da Fonfon. Era dietro il bancone, e stava leggendo distrattamente *La Marseillaise*.

«Dov'è?» chiesi.

«Vuoi un caffè?».

«Fonfon?».

«Merda!» disse posandomi davanti un piattino.

I suoi occhi, più rossi del solito, erano pieni di tristezza.

«L'ho portata via».

«Cosa?».

«Stamattina. Ci ha portati Alex. Ho una cugina a Caillols. Honorine starà bene lì. Qualche giorno... Ho pensato...».

Aveva fatto lo stesso ragionamento che avevo fatto io per Mavros, poi per Bruno e la sua famiglia. Improvvisamente mi rimproverai di non essere stato io a proporlo. Né a Honorine né a Fonfon. Dopo la discussione che avevamo avuto, lui e io, doveva apparirmi evidente. La paura che potesse succedere qualcosa a Honorine. E Fonfon era riuscito a convincerla ad andarsene. Aveva accettato. Lo avevano deciso insieme. Senza dirmi una parola. Perché non erano più affari miei, ma loro, solo loro. Lo schiaffo di Hélène Pessayre non era niente in confronto.

«Avreste potuto parlarmene» dissi con durezza. «Venire a svegliarmi... perché la potessi salutare, almeno!».

«Le cose sono andate così, Fabio. Non ti devi offendere. Ho fatto come mi sembrava meglio».

«Non sono offeso».

No, offeso non era la parola esatta. E, d'altra parte, non trovavo quella giusta. La mia vita stava andando a puttane e neppure Fonfon mi dava più credito. Questa era la verità.

«Non hai pensato che quelle merde, lì davanti alla porta, potessero seguirvi?».

«Sì che ci ho pensato!» gridò, posando la tazza di caffè sul piatto. «Cosa credi, eh? Che sono un coglione rimbambito? Accidenti!».

«Versami un cognac».

Afferrò nervosamente la bottiglia, un bicchiere e mi servì. Continuammo a fissarci.

«Fifi doveva sorvegliare la strada. Se una macchina che non conoscevamo fosse partita dopo di noi, avrebbe chiamato Alex sul cellulare. Saremmo tornati indietro».

Che vecchio! pensai.

Mandai giù il cognac tutto d'un fiato. Sentii immediatamente il bruciore propagarsi fino in fondo allo stomaco. Un fiotto di sudore mi bagnò la schiena.

«E nessuno vi ha seguiti?».

«Stamattina i tizi della Fiat Punto non c'erano. C'erano solo i poliziotti. E non si sono mossi».

«Come facevi a sapere che erano poliziotti?».

«Hanno una faccia che non ti puoi sbagliare».

Ingoiai un sorso di caffè.

«E hai detto che la Fiat Punto non c'era più?».

«Neppure adesso c'è».

Cosa stava succedendo? L'assassino mi aveva dato due giorni. Non potevo credere che si fossero bevuti la mia storia. Senz'altro ero solo un povero coglione, ma comunque!

Improvvisamente ebbi un'orribile visione. Un giro degli assassini a Le Castellas. Per incastrare Babette. Scossi la testa. Per scacciare quell'idea. E convincermi che avevo il telefono sotto controllo solo da ieri sera. E convincermi che gli sbirri non erano poi così legati con la mafia. No, provai a rassicurarmi, un capo no. Ma un poliziotto, un qualsiasi poliziotto, sì. Uno qualsiasi. Ne bastava uno. Uno che ci andasse a finire dentro. Uno solo, per Dio!

«Passami il telefono, per favore».

«Tieni» disse Fonfon, posandolo sul bancone. «Vuoi mangiare qualcosa?».

Alzai le spalle componendo il numero di Le Castellas. Sei, sette, otto squilli. Sudavo sempre di più. Nove.

Rispose.

«Tenente Brémond».

Una voce autoritaria.

Dal caldo al freddo, nel mio corpo. Le gambe cominciarono a tremare. Erano andati lassù. Avevano ascoltato le telefonate. Tremavo dalla testa ai piedi.

«Pronto!».

Riattaccai lentamente.

«Ti vanno due fegatelli alla griglia?» gridò Fonfon dalla cucina.

«Sì».

Feci il numero di Hélène Pessayre.

«Hélène» dissi quando rispose.

«Tutto bene?».

«No. Va male. Credo che siano saliti a Le Castellas, dov'era Babette. Credo che sia successa una disgrazia. Insomma non è che lo credo, ne sono sicuro, per Dio! Ho chiamato. Mi ha risposto un tenente. Il tenente Brémond».

«Dov'è questo posto?».

«Nel comune di Saint-Jean-du-Gard».

«La richiamo».
Ma non riattaccò.
«Era lì Babette?».
«No, a Nîmes. È a Nîmes» mentii.
Perché a quell'ora, Babette era appena salita in treno. O almeno così speravo.
«Ah» disse semplicemente Hélène Pessayre.
Riattaccò.
L'odore di fegatelli si stava diffondendo nel bar. Non avevo fame. Eppure quell'odore mi solleticava piacevolmente le narici. Dovevo mangiare. Bere meno. Mangiare. E fumare meno.
Mangiare.
«Mangi qualcosa, no?» chiese Fonfon uscendo dalla cucina.
Posò piatti, bicchieri e posate su un tavolo di fronte al mare. Poi aprì una bottiglia di rosé di Saint-Cannat. Un vinello che andavamo a comprare alla cooperativa. Andava bene per gli spuntini del mattino.
«Perché non sei rimasto con lei?».
Tornò in cucina. Lo sentii girare i fegatelli sulla griglia. Mi avvicinai.
«Eh, Fonfon?».
«Cosa?».
«Perché non ci sei rimasto anche tu da tua cugina?».
Mi guardò. Non sapevo più cosa ci fosse nei suoi occhi.
«Ti dirò…».
Vidi la rabbia salire. Esplose.
«Dove ti avrebbe chiamato, Félix? Eh? Per dirti quando portava Babette in barca. È qui, al mio bar, che gli hai detto di chiamare».
«È stato lui a proporlo, e…»
«Sì… Non credo che sia tanto rincoglionito».
«Sei rimasto per questo? Avrei potuto…».
«Avresti potuto cosa? Piazzarti qui ad aspettare lo squillo del telefono? Come ora».

Girò di nuovo i fegatelli.

«È pronto».

Fece scivolare tutto su un piatto, prese il pane e andò verso il tavolo. Lo seguii.

«Ti ha telefonato Félix?».

«No, sono stato io a chiamarlo. Ieri. Prima della nostra discussione. Volevo sapere una cosa».

«Quale?».

«Se questa storia è veramente grave. Allora gli ho chiesto se eri passato a prendere... la pistola di Manu. E mi ha detto di sì. E mi ha raccontato tutto».

«Sapevi già tutto ieri sera?».

«Sì».

«E non mi hai detto niente».

«Avevo bisogno di sentirlo dalla tua voce. Di sentirtelo dire direttamente a me. A me, Fonfon!».

«Cazzo!».

«E vedi, Fabio, penso che non ci hai raccontato tutto. Anche Félix lo pensa. Ma lui se ne frega. Me lo ha detto. Anche se fa finta di niente, non ci tiene più tanto alla vita. Capisci... No, non capisci. Certe volte non capisci niente tu. Passi...».

Fonfon si mise a mangiare. Con la testa china sul piatto. Io non ci riuscivo. Rialzò la testa dopo tre bocconi e molto silenzio. Aveva gli occhi pieni di lacrime.

«Mangia, cazzo! Diventerà freddo».

«Fonfon...».

«Ti dirò un'altra cosa. Sono qui per... per starti vicino. Ma non so perché, Fabio. Non so perché! Me lo ha chiesto Honorine. Di restare. Sennò non sarebbe partita. È stata la sua condizione. Merda, lo capisci questo!».

Si alzò bruscamente. Posò le mani sul tavolo e si chinò verso di me.

«Perché se non me l'avesse chiesto, non so se sarei rimasto».

Andò in cucina. Mi alzai e andai a raggiungerlo. Piangeva

con la testa appoggiata al congelatore. Gli misi un braccio intorno alle spalle.

«Fonfon» dissi.

Si voltò lentamente e lo strinsi a me. Continuava a piangere, come un bambino.

Che disastro, Babette. Che disastro.

Ma Babette non era responsabile di tutto. Era solo un detonatore. E io mi scoprivo per come ero davvero. Disattento verso gli altri, anche coloro che amavo. Incapace di capire le loro angosce, le loro paure. La loro voglia di vivere, per un altro po', felici. Vivevo in un mondo dove non lasciavo agli altri nessuno spazio. Li affiancavo, più che condividere. Accettavo tutto di loro, a volte con indifferenza, lasciando scivolare, spesso per pigrizia, ciò che mi dispiaceva in quello che facevano o dicevano.

In fondo, era per questo che Lole mi aveva lasciato. Per questo modo che avevo di passare attraverso gli altri con indolenza e incoscienza. Senza interesse. Non sapevo dimostrare, anche nei momenti peggiori, quanto in realtà fossi legato a loro. Non sapevo neppure dirlo. Credevo che tutto fosse scontato. L'amicizia. L'amore. Hélène Pessayre aveva ragione. Non avevo dato tutto a Lole. Non avevo mai dato tutto a nessuno.

Avevo perso Lole. Stavo perdendo Fonfon e Honorine. Ed era la peggiore cosa che mi potesse succedere. Senza di loro… Erano i miei ultimi punti di riferimento nella vita. Come fari in alto mare, capaci di indicare la strada del porto. La mia strada.

«Vi voglio bene, a tutti e due. Vi voglio bene, Fonfon».

Alzò gli occhi su di me e si liberò dall'abbraccio.

«Va bene, va bene» disse.

«Non ho più che voi, cazzo!».

«Ebbene sì!».

La sua rabbia esplose di nuovo.

«Solo ora ci pensi! Che siamo, come dire, la tua famiglia! Ma gli assassini ci gironzolano davanti alla porta… Ma gli sbirri ti controllano il telefono senza avvertire la tua amica commissario… E tu? Certo ti preoccupi, visto che vai a prendere la pistola. Ma noi? Di noi non ti preoccupi…! Noi dobbiamo aspettare che il signorino sistemi tutto. Che tutto torni alla normalità. E dopo, se la morte passa e ci risparmia, torniamo alle nostre vecchie abitudini. La pesca, gli aperitivi, le bocce, il ramino la sera… È così, Fabio? È così che vedi le cose? Di' un po', chi siamo noi?».

«No» mormorai. «Non è così che vedo le cose».

«Bene, e allora come le vedi?».

Squillò il telefono.

«Montale».

La voce di Hélène Pessayre era piatta. Vuota.

«Sì».

«Verso le sette di stamattina Bruno ha avuto una crisi di follia…».

Chiusi gli occhi. Le immagini mi scorrevano nella mente. Non erano neppure immagini ma fiotti di sangue.

«Ha ucciso la moglie e i due figli. A… colpi d'ascia. È…».

Non ce la faceva a parlare.

«E lui, Hélène?».

«Si è impiccato, ecco».

Fonfon si avvicinò lentamente e mi posò di fronte un bicchiere di rosé. Lo mandai giù tutto d'un fiato e gli feci segno di versarmene un altro. Mi posò la bottiglia accanto.

«Cosa dice la polizia?».

«Tragedia familiare».

Mandai giù un altro bicchiere di rosé.

«Sì, certo».

«Secondo alcuni testimoni non funzionava più tanto tra Bruno e la moglie. Da qualche tempo… Si è parlato molto nel villaggio di quella donna che viveva da loro».

«Mi stupisce. Nessuno sapeva che Babette era a Le Castellas».

«Ci sono dei testimoni, Montale. Almeno uno. Un vecchio amico di Bruno. La guardia forestale».

«Sì, certo» ripetei.

«È stato spiccato un mandato di comparizione per la sua amica. Vogliono ascoltarla».

«Cioè?».

«Ha gli sbirri al culo e dietro a loro gli uomini della mafia. E l'assassino che le fa la posta».

Se Bruno aveva parlato, e l'aveva fatto senz'altro, quei tizi si erano precipitati a Nîmes dagli amici da cui Babette doveva dormire. Speravo che Babette fosse partita prima del loro arrivo. Per lei. Per le persone che l'avevano ospitata. E che fosse in treno.

«Montale, dov'è Babette?».

«Non lo so. Adesso, non lo so. In treno, forse. Doveva venire a Marsiglia oggi. Deve chiamarmi quando arriva».

«Aveva un piano al suo arrivo?».

«Sì».

«E chiamarmi rientrava nel suo piano?».

«Non subito. Dopo».

La sentii respirare.

«Manderò con discrezione una squadra alla stazione. Nel caso in cui quegli stronzi fossero lì e provassero a fare qualcosa».

«Sarebbe meglio se non venisse seguita».

«Ha paura che scopra dove va?».

Sospirai a mia volta.

«Sì» dissi. «Mette in pericolo qualcun altro. E lei non è sicura di niente. Di nessuno. Neppure del suo più vicino collaboratore Béraud, vero?».

«So dove andrà Babette, Montale. Credo di sapere dove la incontrerà stanotte».

Mi versai un altro bicchiere. Ero stravolto.

«Mi ha fatto seguire?».

«No. L'ho anticipata. Mi aveva detto che quella persona che doveva vedere, Félix, abita a Vallon-des-Auffes. Ho mandato Béraud. Stava passeggiando al porto quando lei è arrivato».

«Non si fidava di me, eh?».

«Non ancora. Ma è meglio così. Per oggi. Ognuno gioca la propria partita. È quello che voleva, no?».

La sentii di nuovo respirare. Un peso la opprimeva. Poi la sua voce diventò più bassa. Roca.

«Spero ancora che ci si possa ritrovare, quando tutto sarà finito».

«Anch'io lo spero, Hélène».

«Non sono mai stata così sincera con un uomo come questa notte con lei».

E riattaccò.

Fonfon era seduto a tavola. Non aveva finito i fegatelli e io non li avevo neppure toccati. Mi guardò mentre mi avvicinavo a lui. Era sfinito.

«Fonfon, vai a raggiungere Honorine. Dille che sono io che decido. Non lei. E che voglio che stiate insieme. Non hai un cazzo da fare qui!».

«E tu?» mormorò.

«Io aspetto che Félix mi chiami e dopo chiudo il bar. Lasciami un numero di telefono dove posso raggiungervi».

Si alzò e mi guardò dritto negli occhi.

«Tu cosa farai?».

«Ucciderò, Fonfon. Ucciderò».

Capitolo ventesimo
*Nel quale non esiste verità che non porti
con sé la propria amarezza*

Ora che il mistral era calato, l'aria puzzava di bruciato. Una mescolanza acre di legno, resina e prodotti chimici. I pompieri sembravano finalmente avere domato l'incendio. Si parlava di 3.450 ettari distrutti. Soprattutto bosco. Alla radio, qualcuno, non so più chi, aveva parlato di un milione di alberi carbonizzati. Un incendio paragonabile a quello dell'agosto 1989.

Dopo una breve siesta ero andato a camminare verso le calanche. Avevo sentito il bisogno di alzare la testa verso la bellezza di questo paese. Di svuotarla degli sporchi pensieri e di riempirla di immagini sublimi. Bisogno anche di fare entrare un po' di aria pura nei miei poveri polmoni.

Ero partito dal porto di Calelongue, a due passi da Les Goudes. Una passeggiata facile, di appena due ore, lungo il sentiero delle dogane. Che offriva degli scorci meravigliosi sull'arcipelago di Riou e il versante sud delle calanche. Arrivato al Plan des Cailles avevo pigramente proseguito, non lontano dal mare, nel bosco sopra la calanca dei Queyrons. Sudando e soffiando come una bestia, avevo fatto una sosta in cima al sentiero panoramico che sovrasta la calanca di Podestat. Stavo bene lì, di fronte al mare. Nel silenzio. Là non c'era niente da capire, niente da sapere. Tutto si offriva agli occhi nel momento stesso in cui decidevi di goderne.

Mi ero messo in strada dopo la telefonata di Félix. Poco prima delle due. Babette era appena arrivata. Me l'aveva passata. Non aveva preso il treno a Nîmes. Una volta arrivata alla stazione, mi aveva spiegato, aveva esitato. Un presentimento. Era entrata in un'agenzia di autonoleggio e se n'era andata con una 205. Una volta a Marsiglia aveva parcheggiato la macchina al porto. Con un autobus aveva raggiunto la Corniche. Poi era scesa a piedi fino al Vallon-des-Auffes.

Avevo chiuso il bar, abbassato le persiane che davano sul mare e tirato giù la saracinesca. La sala restava leggermente illuminata da un lucernaio sopra la porta d'ingresso.

«Ho avuto voglia» aveva cominciato a raccontare, «che la città mi entrasse dentro. Impregnarmi della sua luce. Mi sono addirittura fermata a La Samaritaine, per bere e mangiare qualcosa. Pensavo a te. A ciò che dici spesso. Che non si può capire questa città se si rimane indifferenti alla sua luce».

«Babette...».

«Mi piace questa città. Ho guardato le persone intorno a me. Sedute sulla terrazza. Per strada. Le ho invidiate. Bene o male, con alti e bassi, come tutti, ma vivono. Io... mi sentivo un extraterrestre».

«Babette...».

«Aspetta... Mi sono tolta gli occhiali scuri e ho chiuso gli occhi. Di fronte al sole. Per sentirne il calore, come quando si è sulla spiaggia. Tornavo a essere me stessa. Mi sono detta: "Sei a casa". E... Fabio...».

«Cosa?».

«Non è vero, sai? Non sono più veramente a casa. Non posso più camminare per strada senza pensare che sono seguita».

Aveva taciuto, per un attimo. Avevo tirato il filo del telefono e mi ero seduto per terra con la schiena appoggiata al bancone. Ero stanco. Avevo sonno. Avevo bisogno di aria. Avevo voglia di tutto, tranne sentire ciò che stava per dire e che sentivo avvicinarsi in ogni parola.

«Ci ho pensato» riprese Babette.

La sua voce era stranamente calma. E questo mi era ancora più insopportabile.

«Non potrò mai più sentirmi a casa mia, a Marsiglia, se rinuncio all'inchiesta. Il lavoro di anni. Devo andare al fondo di me stessa. Come tutti qui, ognuno al suo piccolo livello. Con la nostra tipica esagerazione. Che ci farà perdere...».

«Babette, non voglio parlare di questo al telefono».

«Volevo che lo sapessi, Fabio. Ieri sera avevo finito con l'ammettere che avevi ragione tu. Avevo pesato e soppesato tutto. Ma... arrivando qui... la gioia del sole sulla pelle, questa luce negli occhi... Ho ragione io».

«Hai i documenti con te?» la interruppi. «Gli originali».

«No, sono in un luogo sicuro».

«Cazzo, Babette!» urlai.

«Non serve a niente innervosirsi, è così. Come si può vivere felici se ogni volta che andiamo da qualche parte o compriamo qualcosa sappiamo che la mafia ci sta fottendo? Eh? Fottendo di brutto».

Pezzi interi della sua inchiesta mi sfilavano sotto gli occhi. Come se quella notte da Céril mi fossi fatto entrare l'hard disc nella mente.

"È nei paradisi fiscali che i sindacati del crimine sono in contatto con le più grandi banche commerciali del mondo, e le loro filiali specializzate nel *private banking* offrono un servizio discreto e personalizzato alla gestione dei conti con alto rendimento finanziario. Tali possibilità di evasione sono usate tanto dalle imprese legali quanto dalle organizzazioni criminali. I progressi delle tecniche bancarie e delle telecomunicazioni offrono larghe possibilità di fare rapidamente circolare e sparire i profitti delle transazioni illecite".

«Fabio?».

Sbattei le palpebre.

"Il denaro può facilmente circolare con bonifici elettronici tra la società madre e la sua filiale registrata come società schermo in un paradiso fiscale. Miliardi di dollari provenienti dai gestori di fondi istituzionali – compresi i fondi pensione, della mutua e del tesoro – circolano così, passando via via su conti registrati nel Lussemburgo, nelle isole Anglonormanne, le Cayman, ecc.

"Conseguenza dell'evasione fiscale, l'accumulo nei paradisi fiscali di enormi riserve di capitali appartenenti a grosse società è anche responsabile della crescita del deficit pubblico nella maggior parte dei paesi occidentali".

«Non è questo il problema» dissi.

«Ah, no? E qual è allora?».

Non aveva parlato di Bruno. Immaginai che ignorasse ancora tutto del massacro. Di quell'orrore. Decisi di non dirglielo. Per ora. Di tenere quella schifezza come ultimo argomento. Quando, finalmente, ci saremmo trovati uno di fronte all'altra. Stasera.

«Non si tratta di un problema. Io non potrei mai più vivere felice se, domani... tagliassero la gola a Honorine e Fonfon! Come quelle merde hanno fatto con Sonia e Mavros».

«Anch'io ho visto il sangue!» s'innervosì. «Ho visto il corpo di Gianni. Mutilato. Dunque non venirmi a...».

«Ma tu sei viva! Loro no! E io sono vivo! E Honorine e Fonfon, e Félix anche, per ora! Non rompermi i coglioni con quello che hai visto! Perché per come vanno le cose, vedrai di peggio. Di molto peggio, anche. Il tuo corpo tagliato a pezzi...».

«Smettila...».

«Fino a quando non gli dirai dove sono quei cazzo di documenti. Sono sicuro che mollerai al primo dito tagliato».

«Stronzo!» urlò.

Mi chiesi dov'era Félix. Si era lanciato nella lettura delle avventure di *Pieds Nickelés*, bevendosi una birra bella fredda? Indifferente a ciò che sentiva? O era andato al porto perché Babette potesse parlare senza sentirsi spiata?

«Dov'è Félix?».

«Al porto. A preparare la barca. Ha detto che sarebbe uscito in mare verso le otto».

«Bene».

Silenzio, di nuovo.
La penombra del bar mi faceva bene. Avevo voglia di sdraiarmi per terra. E di dormire. Di dormire a lungo. Con la speranza che durante quel lungo sonno tutta l'immensa schifezza si dissolvesse nei miei sogni di un'alba pura sul mare.
«Fabio» riprese Babette.
Ricordai di avere pensato, in cima al colle Cortiou, che non esiste verità che non porti con sé la propria amarezza. L'avevo letto da qualche parte.
«Babette, non voglio che ti succeda niente di brutto. Non potrei più vivere se ti... uccidessero. Quelli che amavo sono tutti morti. I miei amici. E Lole se n'è andata...».
«Ah!».
Non avevo risposto alla lettera di Babette che Lole aveva aperto e letto. La lettera che aveva spezzato il nostro amore. Mi ero risentito con Lole per avere violato i miei segreti. E poi con Babette. Ma né Babette né Lole erano responsabili di quello che era successo dopo. Quella lettera era arrivata proprio nel momento in cui Lole era tormentata dai dubbi su di me, su di lei. Su di noi e la nostra vita.
«Lo sai, Fabio» mi aveva confessato una notte, una di quelle notti in cui cercavo ancora di convincerla ad aspettare, a restare. «Ho deciso. Da tanto tempo. Mi sono concessa un periodo di riflessione. La lettera della tua amica Babette non c'entra niente. Mi ha solo permesso di decidere... Da tanto, credo. Non è un colpo di testa. Ed è per questo che è terribile. Ancora più terribile. Io so... io so che per me è vitale partire».
Non avevo trovato nulla da rispondere, solo questo, che era ostinata e che sbagliava. Ed era talmente testarda da non riuscire ad ammetterlo. E fare marcia indietro. Tornare verso di me. Verso di noi.
«Testarda! Fabio, lo sei anche tu, quanto me! No...».
E aveva pronunciato le parole che chiusero definitivamente la porta alle sue spalle.

«Non provo più per te il tipo di amore che ci vuole per vivere con un uomo».

In seguito, un'altra volta, Lole mi aveva chiesto se avevo risposto a quella ragazza, Babette.

«No» avevo detto.

«Perché?».

Non avevo mai trovato le parole giuste per rispondere, né per chiamare Babette. E per dirle cosa? Che non sapevo quanto il nostro amore, quello fra Lole e me, fosse fragile. E che, senz'altro, tutti i veri amori sono così. Fragili come il cristallo. Che l'amore tende gli esseri fino al limite massimo. E che ciò che lei, Babette, credeva fosse amore non era altro che un'illusione.

Non avevo avuto il coraggio di pronunciare quelle parole. E neppure di dire che, dopo tutto questo – questo vuoto lasciato da Lole – non credevo fosse necessario ritrovarsi un giorno.

«Perché sai che non la amo» avevo risposto a Lole.

«Forse ti sbagli».

«Lole, per favore».

«Passi la vita a non volere ammettere le cose. Io che me ne vado, lei che ti aspetta».

Ebbi voglia di prenderla a schiaffi, per la prima volta.

«Non lo sapevo» disse Babette.

«Lascia perdere. L'importante è ciò che sta succedendo... Gli assassini che ci stanno addosso. Di questo dobbiamo parlare, dopo. Ho in mente qualcosa per negoziare con loro».

«Vedremo, Fabio... Ma sai... Credo che l'unica soluzione, oggi, sia un'operazione "mani pulite" in Francia. È l'unico modo, il più efficace, per rispondere ai dubbi della gente. Nessuno crede più in niente. Né agli uomini politici. Né ai progetti politici. Né ai valori di questo paese. È... l'unica risposta da dare al Fronte nazionale. Lavare i panni sporchi. Alla luce del giorno».

«Sogni! Cos'è cambiato in Italia?».

«Qualcosa è cambiato».

«Sì».

Certo, aveva ragione. E molti giudici in Francia condividevano quest'opinione. Andavano avanti con coraggio, fascicolo dopo fascicolo. Spesso da soli. Rischiando la vita a volte. Come il padre di Hélène Pessayre. Lo sapevo, sì.

Ma sapevo anche che non sarebbe stata una prodezza mediatica a ridare una morale a questo paese. Dubitavo della verità, così come la praticavano alcuni giornalisti. Il telegiornale delle venti era solo uno specchietto per le allodole. La crudeltà delle immagini dei genocidi, ieri in Bosnia, poi in Ruanda, e poi in Algeria, non faceva scendere in piazza milioni di cittadini. Né in Francia né altrove. Al primo terremoto, alla minima catastrofe ferroviaria, si voltava pagina. Lasciando la verità a chi mangiava quel pane. La verità era il pane dei poveri, non della gente felice o che si credeva tale.

«L'hai scritto tu stessa» dissi. «Che la lotta contro la mafia passa attraverso un contemporaneo progresso dello sviluppo economico e sociale».

«Questo non impedisce la verità. A un certo momento. Ed è questo il momento, Fabio».

«Col cazzo!».

«Fabio, per Dio! Vuoi che riattacchi?».

«Quanti morti vale la verità?».

«Non si può ragionare così. Sono discorsi da perdente».

«Siamo perdenti!» urlai. «Non cambieremo mai niente. Più niente».

Ripensai alle parole di Hélène Pessayre, quando ci eravamo incontrati al forte Saint-Jean. A quel libro sulla banca mondiale. A quel mondo, chiuso, che si stava organizzando e da cui saremmo rimasti esclusi. Da cui eravamo già esclusi. Da un lato l'ovest civilizzato, dall'altro le "classi pericolose" del sud, del terzo mondo. E quella frontiera. Il *limes*.

Un altro mondo.
Nel quale sapevo di non avere più un posto.
«Mi rifiuto di ascoltare delle simili cazzate».
«Sai cosa ti dico, Babette? Dài, cazzo! Pubblica la tua inchiesta, crepa, crepiamo tutti, tu, io, Honorine, Fonfon, Félix...».
«Vuoi che me ne vada, è così?».
«E dove vuoi andare, povera stronza!».
E le parole mi sfuggirono di bocca.
«Stamattina la mafia ha fatto fuori a colpi d'ascia il tuo amico Bruno e la sua famiglia...».
Piombò il silenzio. Così pesante come, presto, le loro quattro bare in fondo alla tomba.
«Mi dispiace, Babette. Pensavano fossi lassù».
Piangeva. La sentivo. Grosse lacrime, immaginai. Non singhiozzi, no, solo lacrime. Il panico e la paura.
«Vorrei che finisse» mormorò.
«Non finirà mai, Babette. Perché tutto è già finito. Non lo vuoi capire. Ma possiamo uscirne. Sopravvivere. Per qualche tempo, qualche anno. Amare. Credere alla vita. Alla bellezza... E anche dare fiducia alla giustizia e alla polizia di questo paese».
«Sei un coglione» disse.
E scoppiò in singhiozzi.

CAPITOLO VENTUNESIMO
Nel quale risulta evidente che l'immondizia è cieca

Con la barca entrai nel porto di Frioul. Erano le nove. Il mare era più agitato di quanto avessi pensato uscendo da Les Goudes. Babette, pensai rallentando il motore, non doveva essersela vista bella per una trentina di minuti. Ma avevo portato il necessario per riconfortarla. Salsicce di Arles, paté di cinghiale, sei caprini di Banon e due bottiglie di rosso di Bandol. Delle cantine di Cagueloup. E la mia bottiglia di Lagavulin, per più tardi. Prima di riprendere il mare. Sapevo che Félix non ci avrebbe sputato sopra.

Ero teso. Per la prima volta ero uscito in barca con uno scopo, una ragione precisa. Di colpo nella mia mente si era creata una folle sarabanda. Mi chiesi addirittura come fossi potuto arrivare fino a quel punto, alla mia età, avendo solo una vaga idea di ciò che ero e di ciò che volevo nella vita. Non c'era stata nessuna risposta. Ma altre domande, ancora più precise, che avevo cercato di scartare. L'ultima era la più semplice. Cosa cazzo ci facevo lì, in barca, con una pistola – una 6,35 – nella tasca del giubbotto?

Perché avevo deciso di portarmi dietro la pistola di Manu. Dopo qualche esitazione. Da quando Honorine e Fonfon se n'erano andati ero smarrito. Senza più punti di riferimento. Per un attimo avevo pensato di chiamare Lole. Per sentire la sua voce. Ma cosa le avrei detto dopo? Il posto dov'era adesso non assomigliava per niente a questo. Nessuno era stato ucciso. E senz'altro la gente si amava. Lei e il suo amico, almeno.

La paura, allora, mi era piombata addosso.

Uscendo in barca mi ero detto: e se ti sbagli, Fabio, se fiutano qualcosa e ti seguono in mare? Tornando, dopo essermi comprato un paio di pacchetti di sigarette, avevo visto che la Fiat Punto non era al solito posto. Avevo fatto tutta la strada a piedi quasi fino alla fine del villaggio. Non c'era neppure la 304 bianca. Né assassini, né sbirri. In quel preciso momento avevo sentito la paura annodarmi lo stomaco. Come un campanello d'allarme. Non era normale, dovevano essere lì: gli assassini, perché non avevano potuto mettere le mani su Babette; gli sbirri, perché Hélène Pessayre si era impegnata con me. Ma era troppo tardi. A quell'ora Félix aveva già preso il mare.

Vidi la barca di Félix a destra della diga che collega le isole di Pomègues e Ratonneau. Dalla parte delle costruzioni. Dove c'erano dei bar aperti. Il porto era calmo. Neppure d'estate, Frioul di sera attirava gente. I marsigliesi ci venivano solo di giorno. Nel corso degli anni tutti i progetti immobiliari erano caduti nel nulla. Le isole del Frioul non erano un posto abitabile, ma solo un luogo dove venire a fare immersione, pescare e nuotare nell'acqua fredda.

«Ehi, Félix!» chiamai, lasciando che la mia barca si avvicinasse alla sua.

Non si mosse. Sembrava stesse dormendo. Con il busto leggermente inclinato in avanti.

Lo scafo urtò leggermente quello della sua barca.

«Félix».

Allungai il braccio per scuoterlo dolcemente. La testa s'inclinò di lato, poi indietro e i suoi occhi morti vennero a piantarsi nei miei. Dalla gola aperta colava ancora il sangue.

Erano lì.

Babette, pensai.

Eravamo incastrati. E Félix era morto.

Dov'era Babette?

Una lama mi trafisse lo stomaco e sentii in gola il sapore acido della bile. Mi piegai in due. Per vomitare. Ma non avevo niente in corpo, solo un lungo sorso di Lagavulin che mi ero bevuto a metà strada.

Félix.

I suoi occhi morti. Per sempre.

E il sangue che colava. Che mi sarebbe colato nella memoria per tutto il resto della mia fottutissima vita.

Félix.

Non dovevo rimanere lì.

Con un gesto veloce, appoggiandomi al suo scafo, diedi una spinta alla mia barca, avviai il motore e feci retromarcia. Con gli occhi osservavo il porto, la diga, i dintorni. Nessuno. Sentii delle risate su una barca a vela. Le risate di un uomo e di una donna. Quella della donna frizzava come lo champagne. L'amore non era lontano. I loro corpi distesi sul ponte. Il piacere sotto la luna.

Portai la barca lontano. All'estremo est. Quella zona non era illuminata. Restai per un attimo a scrutare la notte. Lo scoglio bianco. Poi li vidi. Erano tre. Tutti e tre. Bruscati e l'autista. E lo sgozzatore, quel figlio di puttana. Si arrampicavano svelti per lo stretto sentiero che inizia dagli scogli e conduce a una serie di calette.

Babette stava fuggendo in quella direzione.

«Montale!».

Mi bloccai. Ma quella voce non mi era sconosciuta. Dall'ombra di uno scoglio, vidi apparire Béraud. Alain Béraud. Il collaboratore di Hélène Pessayre.

«L'ho vista arrivare» disse, saltando con agilità nella mia barca. «Loro no, credo».

«Che ci fai qui? C'è anche lei?».

«No».

Vidi i tre uomini sparire oltre gli scogli.

«Come l'hanno saputo quei rotti in culo?».

«Non lo so».

«Come non lo sai, merda!» gridai a bassa voce. Avevo voglia di scuoterlo. Di strangolarlo. «Che ci fai qui, allora?».

«Ero a Vallon-des-Auffres. Prima».

«Perché?».

«Merda, Montale! Il commissario te l'ha detto, no? Sapevamo che la tua amica sarebbe andata da quel tizio. Ero lì quando sei andato a trovarlo, l'altro giorno».

«Sì, lo so».

«Hélène aveva capito. La storia della barca... Astuta».

«Non rompere i coglioni, per Dio!».

«Non voleva che vi trovaste qui senza protezione».

«Vaffanculo! Ma l'hanno ammazzato, Félix. E tu dove cazzo eri?».

«Stavo arrivando. Sono appena arrivato».

Rimase a pensare per un secondo.

«Sono partito per ultimo. È stata questa la cazzata. Sarei dovuto venire qui direttamente. E aspettare. Ma... ma io... Non eravamo sicuri che fosse questo il posto dove dovevate incontrarvi. Poteva essere a Château d'If. A Planier... Non lo so...».

«Sì».

Non ci capivo niente, ma non aveva più importanza. Dovevamo muoverci per ritrovare Babette. Aveva un vantaggio sugli assassini, conosceva l'isola a memoria. Ogni caletta. Ogni sentiero roccioso. Per anni era venuta a farci le immersioni.

«Bisogna andare» dissi.

Pensai un secondo.

«Andrò lungo la costa, per tentare di recuperarla in una delle cale. È l'unico modo».

«Io vado a piedi» disse. «Prendo il sentiero. Dietro a loro. Va bene?».

«Ok».

Avviai il motore.

«Béraud» dissi.

«Sì».

«Come mai sei solo?».

«È il mio giorno di permesso» rispose senza ridere.

«Cosa!» gridai.

«È questo il problema. Siamo stati scaricati. Le hanno tolto l'inchiesta, dopo il rapporto».

Ci guardammo. Mi sembrò di vedere negli occhi di Béraud la furia di Hélène. La furia e il disgusto.

«Si è fatta bacchettare. Di brutto».

«Chi c'è al suo posto?».

«La squadra della finanza. Ma non so ancora chi sia il commissario».

Adesso ero in preda a una rabbia furiosa.

«Non avrà mica detto dove mi hai seguito!».

«No».

Lo presi con violenza dalla camicia, sotto il collo.

«Ma non sei sicuro, eh? Perché sono arrivati qui! Ancora non lo sai!».

«Sì... Credo».

La sua voce era calma.

«E allora?».

«L'autista. Il nostro autista. Può essere stato solo lui».

«Vaffanculo!» dissi mollandolo. «Dov'è Hélène?».

«A Septèmes-les-Vallons. Per indagare su eventuali cause dolose degli incendi... Pare che ci siano proteste ovunque. Quell'incendio... Hélène mi ha chiesto di non lasciarti».

Saltò dalla barca.

«Montale» disse.

«Cosa?».

«Il tizio che guidava il loro fuoribordo è imbavagliato e legato. Ho chiamato la polizia. Dovrebbero arrivare».

E si lanciò verso il sentiero. Sfoderò la pistola. Una grossa pistola. Tirai fuori la mia. Quella di Manu. La caricai e misi la sicura.

Costeggiai l'isola lentamente. Per cercare di individuare Babette o gli assassini. La luce bianca della luna dava un aspetto lugubre agli scogli. Queste isole non mi erano mai sembrate tanto spettrali.

Ripensai a cosa mi aveva detto Hélène Pessayre stamattina al telefono. "Ognuno gioca la propria partita". Aveva giocato la sua e aveva perso. Stavo giocando la mia e stavo perdendo. "È quel che voleva, no?". Avevo di nuovo mandato tutto all'aria? Saremmo a questo punto se...

Babette stava scendendo. In una stretta spaccatura tra gli scogli.

Avvicinai la barca. Tenendomi al centro della cala.

Chiamarla, adesso. No, non ancora. Lasciarla scendere. Fino in fondo alla cala.

Mi avvicinai un po', poi spensi il motore per scivolare lentamente sull'acqua. Capii di avere ancora l'acqua profonda sotto di me. Afferrai i remi e mi avvicinai ancora.

La vidi apparire sulla stretta battigia. Guardava in alto verso gli scogli. Mi sembrò di sentirla ansimare. La paura. Il panico. Ma era il mio cuore che sentivo. Batteva a più non posso. Come una bomba a orologeria. Cazzo, calmati! pensai. Succederà un finimondo!

Calmarmi! Calmarmi.

«Babette!».

Avevo urlato.

Si voltò e finalmente mi vide. Capì. L'uomo apparve in quell'istante. Appena tre metri sopra di lei. Non era una pistola quella che teneva in mano.

«Nasconditi!» urlai.

La raffica partì coprendo la mia voce. Le raffiche continuarono. Babette si alzò come per tuffarsi e cadde di nuovo. In acqua. Gli spari cessarono bruscamente e vidi l'assassino sparire dietro gli scogli. La mitragliatrice cadde tra le pietre. Poi, all'improvviso, il silenzio. Un attimo dopo il suo corpo si schiantò di sotto. L'urto della testa contro lo scoglio risuonò nella cala.

Béraud aveva fatto centro.

Diedi un colpo di remi. Sentii lo scafo toccare il fondo sassoso. Saltai fuori dalla barca. Il corpo di Babette era ancora nell'acqua. Immobile. Tentai di sollevarla. Piombo.

«Babette» piangevo, «Babette».

Trainai il corpo di Babette verso la spiaggia. Otto fori sulla schiena. La voltai lentamente.

Babette. Mi sdraiai su di lei.

Quel viso che avevo amato. Lo stesso. Sempre così bello. Come Botticelli doveva averlo sognato una notte. Come l'aveva dipinto un giorno. Il giorno della nascita del mondo. Venere. Babette. Le accarezzai lentamente la fronte, poi la guancia. Con le dita le sfiorai le labbra. Quelle labbra che mi avevano baciato. Che avevano coperto il mio corpo di baci. Succhiato il mio sesso. Le sue labbra.

Misi la bocca contro la sua, come un pazzo.

Babette.

Il sapore del sale. Spinsi la lingua con più forza possibile, più giù possibile nella sua bocca. Per quell'impossibile bacio che volevo portasse con sé. Le lacrime colavano. Salate, anche queste. Dai suoi occhi aperti. Baciai la morte. Con passione. Occhi negli occhi. L'amore. Guardarsi negli occhi. La morte. Non lasciarsi con gli occhi.

Babette.

Il suo corpo sobbalzò. Ebbi in bocca il sapore del sangue. E vomitai l'unica cosa che mi restava da vomitare. La vita.

«Salve, stronzo».

La voce. Quella che avrei riconosciuto tra mille.

Degli spari risuonarono sopra di noi.

Mi voltai lentamente, senza alzarmi, e restai seduto, con il culo sulla sabbia bagnata. Con le mani nelle tasche del giubbotto. Con la mano destra tolsi la sicura alla pistola. Restai immobile.

Puntava verso di me una grossa colt. Mi fissò. Non gli vedevo gli occhi. Pensai che l'immondizia non ha occhi. È cieca. Immaginai i suoi occhi sul corpo di una donna. Quando la scopava. Ci si poteva fare fottere dal Male?

Sì. Io.

«Hai cercato di fregarci, eh?».

Sentii il suo disprezzo colarmi addosso. Come se mi avesse sputato in faccia.

«Non serve più a niente» dissi. «Lei, me. Domani mattina, tutto, assolutamente tutto sarà su Internet. La lista completa».

Avevo chiamato Cyril, prima di partire. Gli avevo detto di trasmettere tutto, stanotte. Senza aspettare il parere di Babette.

Rise.

«Internet, hai detto».

«Tutti potranno leggere quelle cazzo di liste».

«Chiudi il becco, stronzo. Dove sono gli originali?».

Alzai le spalle.

«Coglione, non le hai lasciato il tempo di dirmelo. Eravamo qui per questo».

Altri spari, lassù tra gli scogli. Béraud era vivo. Almeno per ora.

«Sì».

Si avvicinò. Adesso era a due passi. Con la pistola dritta su di me.

«Hai usato la lama del tuo coltello con il mio vecchio amico».

Rise di nuovo.

«Avresti preferito che lo facessi anche con te, stronzo?».

Adesso, pensai.

Le mie dita sul grilletto.

Spara!

"Mi lascerebbe ucciderlo... Lei?".

Spara, per Dio! gridò Mavros. E anche Sonia si mise a gridare. E Félix. E Babette. Spara! urlavano. Fonfon con la collera nello sguardo e Honorine che mi guardava con occhi tristi. "L'onore dei sopravvissuti..." Spara!

Montale, porca puttana, ammazzalo! Ammazzalo!
"Lo ucciderò".
Spara!
Abbassò lentamente il braccio. Lo tese in avanti. Verso il mio cervello.
Spara!
«Enzo!» gridai.
E feci fuoco. L'intero caricatore.
Crollò a terra. L'assassino senza nome. La voce. La voce della morte. La morte stessa.
Tremavo con la mano aggrappata al calcio della pistola. Muoviti, Montale. Muoviti, non rimanere lì. Mi alzai. Tremavo sempre di più.
«Montale!» chiamò Béraud.
Non era molto lontano. Altro sparo. Poi il silenzio.
Béraud non mi chiamò più.
Mi avvicinai alla barca. Titubante. Guardavo l'arma che avevo in mano. L'arma di Manu. Con un gesto violento la lanciai lontano di fronte a me, in mare. Ricadde in acqua. Lo stesso rumore, o quasi, della pallottola che mi entrò nella schiena. Ma nella mia testa era lo stesso rumore. Sentii la pallottola, ma lo sparo soltanto dopo. O, forse, il contrario.
Feci qualche passo nell'acqua. Con la mano accarezzai la ferita aperta. Sangue caldo sulle mie dita. Mi bruciava. Dentro. Una bruciatura. Divampava come l'incendio sulle colline. Ettari della mia vita si stavano consumando.
Sonia, Mavros, Félix, Babette. Eravamo degli esseri carbonizzati. Il Male si propagava. L'incendio aveva raggiunto il pianeta. Troppo tardi. L'inferno.
Sì, ma stai bene, Fabio? Stai bene, no? Sì. È solo una pallottola. È uscita? No, cazzo. Sembrerebbe di no.
Mi lasciai cadere nella barca. Disteso. Il motore. Mettere in moto. Misi in moto. Tornare, adesso. Stavo tornando. È finita, Fabio.

Afferrai la bottiglia di Lagavulin, la stappai avvicinandola alle labbra. Il liquido mi scivolò dentro. Caldo. Mi faceva bene. Non si poteva capire la vita, solo viverla. Cosa? Niente. Avevo sonno. La stanchezza. Sì, dormire. Ma non dimenticare d'invitare Hélène a mangiare. Domenica. Sì, domenica. Quand'è domenica? Fabio, non dormire, cazzo. La barca. Guida la barca. Verso casa, laggiù. Les Goudes.

La barca correva verso il largo. Ora andava tutto bene. Il whisky mi colava sul mento, sul collo. Non sentivo più niente. Né nel corpo, né nella mente. Avevo chiuso con il dolore. Tutti i dolori. E le mie paure. La paura.

Ora, la morte, sono io.

L'avevo letto... Ricordarsi di questo, adesso.
La morte, sono io.
Lole, vuoi chiudere le tende sulla nostra vita? Per favore. Sono stanco.
Lole, per favore.

L'analisi sviluppata sulla mafia in questo romanzo si basa e s'ispira ampiamente a molti documenti ufficiali, soprattutto *Nazioni Unite. Vertice mondiale per lo sviluppo sociale. La globalizzazione del crimine*, Dipartimento d'informazione pubblica dell'O.N.U. Così come ad articoli apparsi in *Le Monde diplomatique*: "I confetti dell'Europa nel grande casinò planetario" di Jean Chesneaux (gennaio 1996) e "Come le mafie incancreniscono l'economia mondiale" di Michel Chossudovsky (dicembre 1996). Molti avvenimenti sono stati ugualmente riportati in *Le Canard enchaîné, Le Monde* e *Libération*.

NOTA SULL'AUTORE

Jean-Claude Izzo è nato nel 1945 a Marsiglia, dove è morto nel 2000, a soli 55 anni. Ha esercitato molti mestieri prima di conoscere un successo travolgente con la trilogia noir (*Casino totale*, *Chourmo*, *Solea*), con i romanzi *Il sole dei morenti* e *Marinai perduti*, la raccolta di racconti *Vivere stanca* e la raccolta di scritti inediti *Aglio, menta e basilico*, tutti pubblicati presso le nostre edizioni.

INDICE

Introduzione di Nadia Dhoukar
Jean-Claude Izzo. Il percorso di un uomo - 7

Casino totale - 41

Prologo. *Vent'anni dopo, rue des Pistoles* - 47
Capitolo primo. *Nel quale anche per perdere bisogna sapersi battere* - 65

Capitolo secondo. *Nel quale anche senza possibilità, scommettere significa sperare* - 80

Capitolo terzo. *Nel quale l'onore dei sopravvissuti è sopravvivere* - 93

Capitolo quarto. *Nel quale non è un cognac a far male* - 106

Capitolo quinto. *Nel quale è nel dolore che si riscopre di essere un esiliato* - 119

Capitolo sesto. *Nel quale le albe non sono che l'illusione della bellezza del mondo* - 132

Capitolo settimo. *Nel quale è meglio esprimere ciò che si sente* - 145

Capitolo ottavo. *Nel quale non dormire non risolve i problemi* - 158

Capitolo nono. *Nel quale l'insicurezza toglie ogni sensualità alle donne* - 172

Capitolo decimo. *Nel quale lo sguardo dell'altro è un'arma di morte* - 184

Capitolo undicesimo. *Nel quale le cose si fanno come si deve* - 198

Capitolo dodicesimo. *Nel quale si sfiora la parte più infima della schifezza del mondo* - 211

Capitolo tredicesimo. *Nel quale esistono cose che non si può lasciar correre* - 223

Capitolo quattordicesimo. *Nel quale è preferibile essere vivi all'inferno piuttosto che morti in paradiso* - 234

Capitolo quindicesimo. *Nel quale l'unica trama è l'odio del mondo* - 248

Epilogo. *Nulla cambia ed è un nuovo giorno* - 259

Chourmo. Il cuore di Marsiglia - 265

Prologo. *Capolinea: Marsiglia, stazione Saint-Charles* - 271

Capitolo primo. *Nel quale di fronte al mare la felicità è un'idea semplice* - 277

Capitolo secondo. *Nel quale quando si apre bocca si dice sempre troppo* - 286

Capitolo terzo. *Nel quale dove c'è rabbia c'è vita* - 295

Capitolo quarto. *Nel quale è essenziale che la gente si incontri* - 306

Capitolo quinto. *Nel quale un po' di verità non fa male a nessuno* - 316

Capitolo sesto. *Nel quale nella vita le scelte non determinano tutto* - 328

Capitolo settimo. *Nel quale si vorrebbe sbrogliare il filo nero dal filo bianco* - 338

Capitolo ottavo. *Nel quale la storia non è l'unica forma del destino* - 348

Capitolo nono. *Nel quale non esiste una bugia innocente* - 359

Capitolo decimo. *Nel quale è difficile credere alle coincidenze* - 370

Capitolo undicesimo. *Nel quale non c'è poi niente di veramente bello da vedere* - 380

Capitolo dodicesimo. *Nel quale in piena notte si incrociano vascelli fantasma* - 391

Capitolo tredicesimo. *Nel quale abbiamo tutti sognato di vivere come principi* - 403

Capitolo quattordicesimo. *Nel quale non siamo così sicuri che altrove non sia peggio* - 413

Capitolo quindicesimo. *Nel quale anche i rimpianti appartengono alla felicità* - 424

Capitolo sedicesimo. *Nel quale si ha un appuntamento con le ceneri fredde dell'infelicità* - 435

Capitolo diciassettesimo. *Nel quale a volte meno si spiega meglio è* - 443

Capitolo diciottesimo. *Nel quale non si può obbligare la verità a venire a galla* - 451

Capitolo diciannovesimo. *Nel quale quando la morte arriva è già troppo tardi* - 461

Capitolo ventesimo. *Nel quale viene proposta una visione limitata del mondo* - 472

Capitolo ventunesimo. *Nel quale si sputa nel vuoto, per disgusto e con stanchezza* - 483

Epilogo. *La notte è la stessa e l'ombra, nell'acqua, è l'ombra di un uomo consumato* - 494

Solea - 497

Prologo. *Lontano dagli occhi vicino al cuore; Marsiglia, sempre* - 503

Capitolo primo. *Nel quale, a volte, quello che si ha nel cuore è più chiaro di ciò che si dice con la lingua* - 508

Capitolo secondo. *Nel quale l'abitudine alla vita non è una vera ragione per vivere* - 518

Capitolo terzo. *Nel quale non è inutile avere qualche illusione sulla vita* - 526

Capitolo quarto. *Nel quale le lacrime sono l'unico rimedio contro l'odio* - 536

Capitolo quinto. *Nel quale può far bene dire o ascoltare anche ciò che non serve* - 545

Capitolo sesto. *Nel quale sono spesso gli amori segreti quelli che si dividono con una città* - 554

Capitolo settimo. *Nel quale esistono errori troppo mostruosi per averne rimorso* - 562

Capitolo ottavo. *Nel quale ciò che si può capire si può anche perdonare* - 571

Capitolo nono. *Nel quale si impara che è difficile sopravvivere a quelli che sono morti* - 579

CAPITOLO DECIMO. *Nel quale, grazie alla leggerezza, la sofferenza può riconciliarsi con il volo di un gabbiano* - 587

CAPITOLO UNDICESIMO. *Nel quale è proprio la vita che si recita, fino all'ultimo respiro* - 596

CAPITOLO DODICESIMO. *Nel quale viene posta la domanda sulla gioia di vivere in una società senza morale* - 605

CAPITOLO TREDICESIMO. *Nel quale è più facile spiegare agli altri che capire in prima persona* - 614

CAPITOLO QUATTORDICESIMO. *Nel quale si comprende il senso esatto dell'espressione: un silenzio di morte* - 622

CAPITOLO QUINDICESIMO. *Nel quale l'imminenza di un evento crea una sorta di vuoto che attira* - 631

CAPITOLO SEDICESIMO. *Nel quale, anche involontariamente, la partita si gioca sulla scacchiera del Male* - 639

CAPITOLO DICIASSETTESIMO. *Nel quale si dice che la vendetta non porta a niente, e il pessimismo neppure* - 647

CAPITOLO DICIOTTESIMO. *Nel quale meno si concede alla vita più ci si inoltra nella morte* - 655

CAPITOLO DICIANNOVESIMO. *Nel quale serve sapere come si vedono le cose* - 663

CAPITOLO VENTESIMO. *Nel quale non esiste verità che non porti con sé la propria amarezza* - 672

CAPITOLO VENTUNESIMO. *Nel quale risulta evidente che l'immondizia è cieca* - 680

NOTA SULL'AUTORE - 691

*Finito di stampare il 20 luglio 2020
presso Arti Grafiche La Moderna
di Roma*